中国古典小说的世界

——深圳学人·南书房夜话第四季

张骁儒 主编

中国社会科学出版社

图书在版编目（CIP）数据

中国古典小说的世界：深圳学人·南书房夜话第四季/张骁儒主编．
—北京：中国社会科学出版社，2018.4
ISBN 978 - 7 - 5203 - 2287 - 4

Ⅰ.①中… Ⅱ.①张… Ⅲ.①古典小说—小说研究—中国 Ⅳ.①I207.41

中国版本图书馆 CIP 数据核字（2018）第 058951 号

出 版 人 赵剑英
责任编辑 马 明
责任校对 任晓晓
责任印制 王 超

出 版 中国社会科学出版社
社 址 北京鼓楼西大街甲 158 号
邮 编 100720
网 址 http://www.csspw.cn
发 行 部 010 - 84083685
门 市 部 010 - 84029450
经 销 新华书店及其他书店

印 刷 北京明恒达印务有限公司
装 订 廊坊市广阳区广增装订厂
版 次 2018 年 4 月第 1 版
印 次 2018 年 4 月第 1 次印刷

开 本 710 × 1000 1/16
印 张 31
插 页 2
字 数 458 千字
定 价 128.00 元

编 委 会

四大名著：中国文化的世情与心灵密码

张 霁

21世纪的第二个十年，全世界的人们都被新的未来图景震撼：毫无疑问，人工智能将全方位改变人类生活，人类再一次站在了历史巨变的边缘。即将到来的转型中，很多风靡一时、脍炙人口的东西，或许转瞬间就会消失在历史的长河中，但有些古老文明的瑰宝，则一定会历久弥新，继续引领人类前行。文学经典从来都是文明宝库中最灿烂的明珠，在它的照耀下，我们可以感受历史的兴亡沧桑，家国的动荡，族群的习俗风貌，大千世界的光怪陆离；同时，文学又是一门艺术，以其对人性的深刻认知，对人类情感的入微刻画，对精神世界不懈的探寻，为我们这仅有一次的生之旅程提供意义。因此，在新时代到来的时刻，回归文学经典便显得尤为必要。深圳图书馆南书房夜话这一季的"中国古典四大名著"系列来得恰逢其时，每一场讲座，读者的认真参与都让人感叹：在这座飞速发展的高科技之城里，人们是多么向往知识与智慧。尽管他们中的许多人也许并不那么熟悉这些文学经典，但那一双双渴望的眼睛，殷切的求知欲，让人深受触动。几百年的时光倏忽而过，然而，总有些永恒的东西，依旧可以激荡每个易感而求知若渴的心灵。

不管是否有足够的文化修养，几乎每个中国人都可以说出与四大名著相关的一些元素，然而很多人并不会想到，在这四大名著的背后，蕴含了我们这个民族的文化密码。可以说，理解了四大名著，便在很大程度上了解了我们这个民族的文化形态、精神气质和生存的状态，并且这种了解是全方位的。

"天下大势，分久必合，合久必分"，这句话是《三国演义》的开篇，浓缩概括了我们这个文明古国几千年来的历史大势，也预告了这部奇书的主旨。《三国演义》讲述的是中国历史上魏蜀吴三国鼎立时期的故事，书中大小战争不下百起，其间，权谋与计策，义气与江湖，庙堂与战场，功名与利禄……作者为读者描绘了一幅生动的乱世图景，刻画了大大小小四百多个人物，情节与人物之生动，都是以往的中国小说不曾具备的。除此之外，更值得关注的是小说作者欲借此书表达的观念。

在中国古代社会的大部分时间里，为人们提供行为准则和依据的是占统治地位的儒家学说，而落实到具体认知里，体现了国人种种现世规则理念的却是《三国演义》中的人物。无论是在动荡的时代，还是在太平盛世，人们总是渴望有体恤百姓的明君，刘备的形象很大程度上满足了这一要求：出身正统，看重情义，礼贤下士，仁爱忠厚。哪怕因过度的仁慈有"作秀"的嫌疑，也让百姓衷心爱戴——这是明君的典范。刘备的结义兄弟关羽，因"忠义勇武仁信"等美好的品德，在死后晋升为神仙，直到今天还被广泛叩拜，这是因为关羽代表了人们对武将和"兄弟"这两个层面的最高要求。而每每在戏曲戏剧舞台上表现最多的人物诸葛亮，同时也是后世无数文人墨客歌咏的对象，鞠躬尽瘁、死而后已，是老百姓对于贤相贤臣的渴望。这些经典的楷模，也是儒家正统观念对政治人物的要求，几乎可以应用于各个时代。他们本身便是中华文化伦理凝结而成。家国秩序应怎样维护，战争与政治智慧要怎样应用，"大丈夫"为人处世该遵循怎样的原则，在一个个活灵活现的故事中娓娓道来，这是文学独有的潜移默化的魅力。于是可以看到，不只是在中国，在儒家伦理辐射到的整个东亚文化圈内，《三国演义》都有巨大的影响力，伴随着巨大的历史沧桑感，一直以来在改朝换代的政治文化里占据重要的位置。

如果说《三国演义》讲述的是指点江山的帝王将相，那么，《水浒传》刻画的是底层和流民的江湖，但和《三国演义》类似的是，贯穿始终的"忠义"是作者最看重的品质，并出现在书中几乎所有"好汉"身上，《水浒传》最早的名字便叫作《忠义水浒传》，"替天行道"则成了日后所有江湖黑道白道共同认可的杀伐原则。只不过，此"忠义"与彼"忠义"的内涵并不全然一致。在中国这样一个古老而悠久的农耕文明体系下，即便是在民间和底层，也并不推崇古希腊的那种悲剧性个人英雄，哪怕是贩夫走卒，也必定因彼此之间的忠诚义气而联结在一起。阮小二有言，这一腔热血，要卖与识货的。因此当仗义疏财、代表了"忠义"的宋江出现在大小豪强（多为手工农商和小吏等底层人群或流民）面前时，各路英雄纷纷拜倒，尊他为首领。书中众好汉纷纷投奔梁山而来，一起打家劫舍、快意恩仇，大碗喝酒、大块吃肉，这样的日子至少在李逵这样有代表性的好汉看来，因其没有束缚而不晓得有多快活。

这种无束缚从而也无政府的状态，恐怕也是长期以来《水浒传》在四大名著中受非议最大的原因。"替天行道"显然是强梁为自己找的借口，这种"道"的内核究竟是什么，完全经不起推敲，从李逵、武松等人滥杀无辜的行为来看，梁山好汉们认可和崇拜的是强悍的武力，完全不遵从社会正常的法律法则，有很强的反社会性，只不过这种反社会性被群体性包裹，以"忠义"作为连接纽带，获得了广大百姓特别是流民阶层的衷心拥护。而更隐秘的一层是：梁山好汉的随心所欲反社会秩序，伴随着强有力的武力，契合了平民心中被压抑的愿望，君不见，日后盛行的武侠小说，无论打着怎样的旗号，骨子里依旧是要"华山论剑"，比赛武功，崇拜强者的吗？在中国这样一个专制皇权盛行两千多年的社会里，小民长期处于被压抑和无尊严的状态下，内心的反抗意识无从也不敢抒发，《水浒传》里的强梁身上强烈的冒险精神和积极主动的进攻性，在小百姓的眼中看，鲜血淋漓却生机勃勃，让他们在幻想的世界里终于可以快意恩仇，肆意以一己的好恶杀伐，特别是在家国动荡无安全感的时期，对这种强力会产生加倍的渴求。恐怕，这就是《水浒传》作为一部反社会、歌颂暴力的小说，却长期以来一直在民间广泛流传的真正原因。读懂了它，也就大概读懂了千百年来中国广大底层百姓内心的一重隐秘愿望。

前面说过，在中国传统文化范畴里，并不推崇悲剧的个人英雄，而一旦具备这种气质类型的人物出现，不是被消灭，就是会被限制、束缚、招降，最终纳入严密的社会主流伦理秩序里。孙悟空作为神通广大的英雄，"不伏麒麟辖，不伏凤凰管，又不伏人间王位所拘束，自由自在"，连阴司的生死簿都被他修改，天宫因对他不够尊重也被他大闹，这样一个酣畅淋漓的人物，有着极其勇武的力量，却有《水浒传》里强梁没有的天真单纯，同时又有强烈的个人意志。但依然难逃如来的手掌心，被压在了五行山下。的确，在中国古代漫长而森严的专制皇权体系下，任你如孙悟空般有上天入地的本事，在铜墙铁壁面前也会轻而易举败下阵来。落败的孙悟空等到了解救他的唐僧，赋予了他一定限度的自由（有紧箍咒束缚），同时也肩负起取经的使命。与前面两部作品相似的是，孙悟空对唐僧也可谓"忠义"贯穿始终，除却个人的恩情外，或许也是因为：即使唐僧有再多人性的弱点，但他对取经事业执着而坚定的态度，足以让孙悟空尊重。师徒四人求取真经的过程有重重艰难险阻，而所有磨难都不过是现世社会的写照，如李贽所云："作《西游记》者不过借妖魔来画个影子耳"，妖魔鬼怪背后的腐败社会规则，是小说的现实意义所在，哪怕到了西天，都不能摆脱佛祖身边人的索贿。

明清时代的批评家们普遍认为《西游记》与当时盛行的心学有关，在这一视域观照下，取经被看作明心见性、悟道的过程，而这部小说中蕴含的儒释道思想中，也的确数次强调"心"的概念。然而，不管作者吴承恩本人当初有怎样的创作动机，在后世读者看来，小说的最大价值并不在修道修心，而在于个人英雄孙悟空的美好品质。即使是戴了枷锁（紧箍咒）的征途，也丝毫没有影响孙悟空坚毅勇敢、一往直前，为理想奋战到底的牺牲精神。他的忠义由感恩而来，他对自由的追求也超越了普通人类的感官需求，他的执着不是由欲望构成，他的品质也是抽象化了的英雄精神，所以作者将其称为"美猴王"，这大抵也代表了我们这个民族对个人英雄品质的一种理想。

与前面的三大名著相比，最晚出现的《红楼梦》是不折不扣的异数，不仅没有"忠义"这一放之四海而皆准的守则，甚至连社会秩序怎样都不在所思范围。"修齐治平"，兼济天下，固然不被主人公考虑，生前身后之事都一并被抛弃了，主人公心心念念的只有一个"情"字。中国文化发展到了清代的"康乾盛世"，终于出现了将"传统的思想和写法都打破了"（鲁迅语）的小说，这部小说以孤绝的姿态横空出世，直到今天，依然是中国文学的标高，在世界范围内被公认代表了中国文学的最高成就。在这里，中国人第一次将无关家国的个人情感写得如此缠绵悱恻，第一次将人生的诸种退路堵了个彻彻底底，第一次不要传统伦理思想给予的安慰，第一次将"人要怎样生存"这一命题从现实中抽离，上升到了哲学的高度。作为王国维笔下的"宇宙之大悲剧"，《红楼梦》描写了清代百年簪缨大家族的兴衰，集诸种传统思想之大成又超越之，涉及方方面面的知识与民俗，内容之丰富堪比百科全书，塑造了几百个生动无比的人物特别是女性形象，语言和艺术手法都达到了炉火纯青的地步。但它的伟大还远不止于此，作品对人类个体的关注与尊重完全有别于此前的家国集体文化，其内部蕴含的美学哲学价值，及其对人类处境的探究，居然接近现代人的心灵。在这个意义上，《红楼梦》是一部在中国传统文化范畴内具有现代意义的小说。前无古人，后无来者。贾宝玉代表的"新人"，在儒家的家国伦理范畴内可谓百无一用，但曹雪芹在是书的开端就已然给出了与儒家传统伦理不一样的价值体系，"清明灵秀之人物"是他所要表现的群体，贾宝玉便是这一群体突出的代表。

儒家精英文化构筑的现世功名之路对贾宝玉这样的人来说，全然不构成吸引，让他醉心的是爱情和艺术的世界，"诗意地栖居"在贾宝玉眼中远胜一切功名利禄。在大观园这一作者设置的桃花源里，贾宝玉舍弃了现世的儒家秩序和功利追求，心心念念女儿为代表的自然审美准则。木石前盟不只是对爱情的追求和结盟，在更高层次上，它指向一种对僵死社会秩序的质疑，对回归自然心性的渴望，和对人类生存自由的向往。如果按照四大名著的时间线来看，发展到《红楼梦》这里，个体情感和心灵的形而上需求，已经被贾宝玉和林黛玉这样的先行者提出并实践，虽然终究以悲剧结局，但却将这些美好期冀本身尽最大可能铭刻与传扬。更难能可贵的是，是书又是在中国古代传统文化的审美背景之下写就，对传统的中国式东方审美有一个总结性的书写，是以成为本民族贡献给世界文学宝库的最大骄傲。

　　行文至此，只是将四大名著的某些思想特质进行了概括归纳，将它们代表的中国文化精神做一管窥，而文学之所以传世，首先在于其为语言的艺术，在这个层面上，四大名著皆是极佳的样本，需要读者自行细细品读，而本书中若干场讲座实录，是诸位学者专家在继承前辈学人研究的基础上思想及劳动的凝结，希望能对广大热爱经典的朋友有所帮助。也感谢深圳图书馆南书房夜话这一平台传播经典文学的良苦用心，这在任何时代都是莫大的功德。

2017 年 7 月于深圳

目　录

南书房夜话第三十一期：
中国古典小说的世界

嘉宾：沈金浩　杨争光　王海鸿　王绍培（兼主持）

时间：2016 年 4 月 9 日　19：00—21：00

王绍培

　　现场的听众朋友，南书房夜话第四季第一场活动，我们现在就开始。前面三季我来得比较多，第一季我基本上没怎么缺，第二季来了大部分，第三季来了大概一半吧，今天这是第四季的第一期。第一季讲的是儒学儒家文化；第二季是四书五经，就是中国国学里面最严格意义上所讲的国学，主要指四书五经；第三季我们讲的是诸子百家；第四季就是今天开始的这一期，我们开始讲中国的古典小说，也就是说四大名著。第一季现在已经物化成了一本书了，叫《儒学的返本开新》，有兴趣的朋友最好去买来看看，这是以深圳学者为主要作者阵容的一帮学人，在这个地方、大家交流产生的一本书，拿在手上也是沉甸甸的。

　　但是相对来讲，我们今天的活动开始转入文学的范围里面，我会比较轻松一点。因为前面几季学术性比较强，我今天还碰见了《商报》的一位朋友，他说："每一次我们拿到南书房的稿子，都觉得沉甸甸的，因为不是那么好读懂，你要有一些知识准备和学术素养。"今天这个相对来说比较好办，因为四大名著我们多多少少会知道一些，会读到一些，或深或浅。

　　然后我要再说一下，深圳学人·南书房夜话是深圳文化的一项德政。深圳有很多论坛，但是南书房夜话有几个特点：第一，它主要是立足于我们本土的文化资源、本土的学者、本土的作家、本土的文化名人，就是深圳本城的；第二个特点，相对来讲，它是我们所有的本土论坛中，档次不是说最高的，是相对比较高的，相对于其他活动来说，属于高端型的，是这样的定位，也可以说是硕士生和博士生的课程，而且是免费的。而且很难得的是这些教授、学者、博导等等，和大家现场的交流，这种感觉是很不一样的，比在课堂上要轻松，但是同时又很有系统性。

"南书房夜话"不是讲一场就完了，它是一个系列的，所以说你要是跟着一直走下来的话，你的人文素养、思想结构、知识结构也会有很大的完善和补充，所以"南书房夜话"是很值得追随的文化活动。今天我看，也有一些老面孔，就是相对来说老面孔少一点。就是说和过去相比，相对来说，来的新面孔比较多。我觉得这跟我们换了主题、换了嘉宾的阵容可能有一些关系。

今天的嘉宾阵容是非常强大的，不能说是空前的，因为行当不一样、门类不一样。首先是杨争光，深圳有"三光"，这是其中的一光——杨争光，应该说是深圳文学男一号，反正二号三号也不在，你们看了简介就知道他辉煌的战绩有哪些了。你们可能看过他编剧的电视剧、策划的一些电视剧和电影等等，还有他写过很多小说，他是去年读书月的年度自荐作家。就是说相当于在这一年下来，我们选一个最好的作家，向他表示敬意，在香港的书展他们会有这样一个环节。那么深圳读书月做了这么多年，第一次推出一个年度的自荐作家，就是杨争光老师。所以他是深圳文学的男一号应该是当之无愧的、公认的。

还有一位也是深圳的某一个方面的男一号，那就是王海鸿先生。他现在是深圳两大媒体的双料社长，一个是《深圳青年》杂志，还有一个是《女报》杂志。一个青年杂志和一个女性杂志，他现在都是掌门人。在深圳这样一个地方，他完全是在一种风花雪月、很飘逸的状态下，然后用一种非常游刃有余、举重若轻的态度，很多事情都被他搞定了，然后他经营的《深圳青年》非常好，以至于《女报》杂志在它的情况很不好的时候，需要这么一个谈笑风生的人去救场，可见这是很厉害的，所以是真正有智慧的。

　　还有一位是沈金浩先生，我第一次见。但是我昨天碰到景院长的时候，他还说后面的第四季主要是以沈院长等古典文学的专家来主演，所以今天的阵容非常强大。

　　今天的话题其实我们没有事先准备，也没有沟通，但是我觉得应该是非常放松的，因为大家云集，随便聊都可以聊出非常精彩的话题，聊出非常精彩的内容。首先我们有请杨老师，随便你从哪里开始都可以，你怎么讲都行，时间你自己把握，我们总共的时间是两个小时，留半个小时给下面的听众，每个专家都讲一下。

　　杨争光：非常高兴能来这儿。这个话题对我来说，当然也可以说，但今天碰到的都是搞四书五经的专家，四书五经和四大名著都是中国很厉害的很牛的东西，和专家相遇，我一下不知道该怎么说了。当然，既然来了，还是要说的，我的原则是有什么说什么，不知道的就说不知道，不懂的就说不懂。因为我不是搞学问的，知道的实在有限。

　　我一直有一个印象，中国人对自己祖上传下来的宝贝，都看得比较金贵，对许多吃宝贝饭的专家学者，就更为金贵，金贵到成了一种专利和霸权，他们能说，别人是不能说的。因为他们以为，只有他们才能说对、说出"真理"，而别人是不能的。

　　所以，我们那些宝贝的解释权始终掌握在专家和学者的手里，现在却有些不同了，尤其是五四新文化运动之后，更尤其是毛泽东时代以后，更更尤其是现在的网络时代，专家们的专权和霸权受到一次又一次的挑战。祖宗传下来的东西是所有后代的，都有权利评说，也不见得就说不出"真理"。

　　我可能因为性格的原因，对我们祖宗传下来的这些东西，尤其是对我们一直供奉着、要跪着仰视的那些宝贝，包括几位前面讲的那些个四书五经，总是抱有怀疑的态度。怀疑他们没有我们专家所说的那么金贵。现在要说的所谓"四大名著"，我也是这样的态度。

　　当然，四大名著都是中国古典小说的标志性作品，其中的红楼梦我是比较喜欢的。我觉得，《红楼梦》确实能代表中国的高度，如果把它划到古代的话，它就是中国古典小说叙事文学的高峰，可以和世界上任何一部伟大的经典作品相媲美，不但不差，而且有其不可替代的光辉。如果世界文学是由许多光束集成的，《红楼梦》应该就是其集合光体中的来自中国的一束。

其他三部作品，即《三国演义》《水浒传》《西游记》，要让我说很多好话，就得打折扣。我知道红学已然成了一门学科，也知道有水浒学会，好像在湖北的武汉大学。有没有《三国演义》学会我也不知道，有没有《西游记》学会我也不知道。后面这两个我不太清楚。

我是央视 98 版水浒传的编剧。接受改编任务时，《西游记》《红楼梦》《三国演义》都已经改编过了，且收视率不错，也都以为改得好。《水浒传》的改编要给四大名著改编画上一个圆满的句号，压力就非常大。当时有很多中国顶级的专家是我们的顾问，我们和他们之间的碰撞和交流比较多。《水浒传》是宝贝，要对《水浒传》怀有不敬的话，本身就已经有了风险，对一个改编者来说，就更有风险。但那时候我年轻嘛，有什么说什么，不愿意隐瞒观点，当然也是因为改编首先得要诚实，说假话，一到实践的过程中，就会碰到无法逾越的障碍。在这里插一句吧：今天晚上说的话，肯定有很大的局限性，要在这里事先声明。

就因为对《三国演义》《西游记》《水浒传》作为文学名著的看法和观点，我开始是不愿意做这个编剧的，我推辞了两次，由于制片方的坚持，还有许多好朋友的建言，终于接受了这个任务。

我认真看了《水浒传》之后，觉得它至少有一点我还是很感兴趣的，就是全本《水浒传》。就是说，我愿意改的，是全本的《水浒传》。当时有两种意见，水浒学会的会长张国光先生，他就坚决反对。他说你们这个《水浒传》不能改编后面，改到 71 回就行了，如果加上后边的内容，那就是胡来。专家和专家们吵起来了，吵得很厉害。最后张国光教授拂袖而去，连顾问都不当了。吵到这种程度，国内的学术大家、老先生们很认真，吵的现场把我们都吓着了。

由于我要改编剧本，写好的剧本要经过顾问们的审查，如果事先不沟通的话，写出的剧本在审查中就会遇到预先想不到的问题，不能按时完成任务，甚至压根儿就完不成任务。所以，那时我也跟他们一块儿吵，互相拍过桌子。那时候我年轻，不知道天高地厚，只知道坚持。

我的观点是，如果不改编全本的话，不足以呈现前人对《水浒传》的创作及研究成果。金圣叹腰斩《水浒传》毕竟是金圣叹一个人所为，就是那一版71回的《水浒传》。100回、120回的《水浒传》，尽管71回之后的文字很粗糙，远远不如前71回。金圣叹的腰斩，从文学意义上来说，自有他的道理，当然也有他的历史观。但对《水浒传》来说，金圣叹的"腰斩版"是一个半截子《水浒传》，只写到"逼上梁山"，而没有梁山"好汉们"后来的命运。对一部大部头的叙事文学来说，腰斩的《水浒传》显然是不完整的，是一个断章，也消解了全本《水浒传》应有的意义和价值。

"文革"时期，我也参加过"批《水浒传》"的运动，也有自己的一点点判断力。改编《水浒传》的时候，距离"文革"结束时间并不算长，"文革"遗风依然浓厚，但毕竟不是"文革"时期了，批《水浒传》批宋江批的是《水浒传》和宋江的投降，但全本《水浒传》的意义和价值有很大一部分正来自于它的"投降"，所以我认为，至少应按100回的版本来改编。因为120回和100回就差一个，围剿田虎、王庆那一段，和后来的征方腊差不多是重复的。

100回版的《水浒传》应该也属于全本的《水浒传》。

我们主流的历史观，在上个世纪40年代就已经是所谓的"历史唯物主义"了。我们的历史学家新写的"中国历史"，都有着这样的历史观的观照。如果说《水浒传》写的是一个个反抗的个体集合成一个造反的群体，及其造反的结果的话，应该也是成立的。

以"历史唯物主义"的历史观，造反是受褒扬的。

从陈胜吴广到李自成、太平天国，甚至义和团等等，也包括《水浒传》里的宋江及其"好汉"们的梁山水泊，其造反都是正面的，推进了中国历史的发展，是中国历史演进的积极因素，甚至是动力。就《水浒传》里的"好汉"们的造反来说，被定性为一种"农民起义"，这在"文革"时期应该是没有多大异议的，至少在公开的场合，甚至课本中的解读，都可能是这样的。

到我们改编《水浒传》的时候，至少我不这么看了。说他们是造反，我可以认可，但说是农民起义，实在是牵强的。我可以把他们认为是英雄，中国的民间英雄。小说塑造的，就是这样的民间英雄形象，讲述的是这些民间英雄"造反"的故事，但绝不是农民起义。好多像鲁智深、武松这样民间基础非常强大的，有很多人很喜欢的英雄好汉，我可以把他们当民间英雄来看，但他们实在不是农民。108将中的农民，包括愚民，加在一起只有三五个人吧。有一些像孙二娘这样的，干脆就是干坏事的英雄好汉，他们都因为不同的个人遭际，聚集在了梁山水泊，叫作"逼上梁山"，作为一个集体和朝廷对抗。这就是所谓的"造反"。

在中国，走造反一路的大体有三种结局：《水浒传》里的宋江和他的"好汉"兄弟们是一种。先造反，后招安，成为体制的一部分，最终被体制堂而皇之地毁灭；李自成是一种。造反后建立一个王朝，并不比他毁灭的王朝来得更好，最终也归于覆灭，可以称之为"自灭"加"他灭"；还有一种是陈胜吴广式的，干脆在造反过程中就被剿灭。差不多就这三种。太平天国和李自成差不多吧。

就是认为《水浒传》所反映的民间英雄"好汉"们造反和造反的命运有其价值和意义，给了我改编这部小说的积极性。当然，关于《水浒传》还有好多可说的，甚至值得一说的，在另外的场合说吧。

现在有人开始讨论中国文学的"中国故事""中国表达"，以及"中国文学与世界文学接轨"这样的论题了。尽管我对这样的论题有看法，但还是认为，在这样的语境中考量一下中国古典文学名著和世界文学的关系，以及中国古典文学名著在世界文学中的地位，是有其现实意义的。中国古典小说对我们现在的叙事，对我们的作家们能有什么样的启示？做一个回望，四大名著就是无法回避的。还要加一个《金瓶梅》。

关于《西游记》，我想说的是，像孙悟空孙猴子这样的中国人普遍很喜欢甚至喜爱的艺术形象，如果让它走出国门，走上世界文学的平台，洋人们会不会接受？对中国人来说一个接受度和认同度极其高的艺术形象，它的世界认同度和接受度到底能有多高？依我的看法，孙悟空这样的艺术形象，在世界范围的认同度应该是很低的，甚至是不被接受的。这不仅仅是中国文学和世界文学的隔阂，更是中国人和整个人类的隔阂。还有，《西游记》的主体结构，是一个又一个重复的故事，遇妖、信妖、受难、降妖，一个又一个，大同小异。这样的重复叙事，是一个叙事文学经典的叙事结构吗？也许曾经是，但现在还是吗？

《三国演义》也存在同样的问题。其中的许多人物在我们看来都是比较生动的，但整部小说中灵魂式的人物是诸葛亮。诸葛亮在我们中国是一个楷模，不仅是一个楷模，而且也是智慧的象征，已经被高度符号化、标志化。塑造艺术形象的主要元素是他的言行。把诸葛亮的言行讲述给中国以外的"人类"，认同度到底有多高？还能不能是智慧的象征和化身？每一个民族可能都有他们智慧的化身，比如西方文化和西方文学中的智慧女神。如果诸葛亮在世界文学中的认同度不高，甚至很低，原因在什么地方呢？

《水浒传》里的一个一个在我们看来很生动的艺术形象：武松、鲁智深、林冲、李逵……把他们讲述给中国以外的"人类"，是否也存在认同度的问题？

当然，我们也可以说这是我们中国的人物，中国的艺术形象，我们认同就已经足够，用不着中国以外的人去认同。那么问题又来了，我们为什么要讨论中国叙事、中国故事、中国表达，以及中国文学与世界文学接轨的问题呢？

总之，我们一直当作宝贝、经典的，要拿出国门，人家不认可，就会让我们尴尬。就和我们造一个东西、一个产品，人家不买、不喜欢是一样的。为什么不喜欢、不买账呢？我们也可以检查一下其中潜藏着的原因，是不是我们在什么地方出了问题？这就是我今天主要想说的。也许我的判断错了。

《红楼梦》另当别论。国际上也有"红学会"。《红楼梦》作为叙事文学，它的丰富性和复杂性，还有它的包容性，是中国叙事文学当之无愧的高峰。不说其他的，就金陵十二钗那几个女孩子的命运，我觉得也是一个足够让人震撼的多层次交叉的艺术构成了。不亚于西方的任何一部文学经典，不管是什么时候的、什么时代的文学经典。但另外三本，我从整体上是不愿意恭维的。

另外，也许是胡言乱语，但绝对诚实。

沈金浩：刚才听了杨争光老师的说法，受到启发。杨老师是专家，因为他参与了《水浒传》的改编，那是必须要深入地钻研这本书，必须要翻来覆去地啃这本书才能改编的。

杨老师所说的，让我想起了几个问题：第一是，我们为什么要读古典小说？这应该是有两方面的目的，或者说是两方面的效果，第一是学习；第二是认识。

学习，就是说几部小说名著，思想、艺术成就有高低，如果从学习的角度讲，要学思想性强，艺术水平高的，而这几部名著中，有的确实思想、艺术水平都有问题。毛泽东同志说过，对古典的遗产要吸收其民主性精华，剔除其封建性糟粕。在这么一个指导思想的指引下，我们读书就总想着要学习。但这些小说里的思想，有些我们未必能学习。艺术水平，以现代小说标准来讲，也有不足。

但我们读古典小说，还可以有第二个目的，就是认识。因为我是当老师的，我们也会引导学生说，你看古典小说，你还可以有一个目标，就是认识。阅读这些小说，我们可能看到这里面的人物有些行为不可取，比如说李逵，动不动就是抡起板斧一路杀将过去，这样不分青红皂白乱杀人，我们今天当然是不认可的。但是我们作为今天的人看古典小说，本身就是需要借助这个古典小说，去认识古人的想法，认识传统文化。

传统做学问讲究义理、考据、辞章。义理，就是弄明白它里面在说什么；考据，就是把事实搞清楚；辞章呢，就是讲作品的艺术性。那么我们今天再看这些古典小说，同样也可以看看其中的义理，它这里面在说什么，这些小说是汇聚着中国传统文化的内容的。从这个角度讲，看看这些小说，就有一个认识功能。比如说《水浒传》对女人的态度那么差、那么残酷，塑造的几个女英雄也都是不太像女人，那么《水浒传》的妇女观显然是有问题的。我们读这部小说，当然不能效仿《水浒传》里面的绿林人物去这么对待女人，但是我们可以从中理解到，原来古代，至少有一部分人是这么看待男女关系的，中国的女性是这么走过来的，所以我们就可以更好地认识中国传统文化里面的糟粕部分，这就是一个认识功能。对待《西游记》《红楼梦》《三国演义》，同样也有这样的情况。

另外，杨老师刚才说到了湖北的张老先生他们反对编70回以后的东西，其实对待《水浒传》这样的书，改编的时候，我是完全赞同杨老师他们把后面的征方腊这一块编进去的。因为我们今天再把《水浒传》呈现给观众，不是要我们去膜拜这108将。我们不是要去为这个英雄群体唱赞歌，我们是要重新去看待这部名著，重新去认识这部名著以及名著里面包含的传统文化。当然，既然是大众文艺，变成了电视剧，我们应该是赞扬正义的、善良的，批判否定那些残暴的、邪恶的，但是你如果说同时也要让我们更完整地认识这部作品，认识这部作品的思想含义，那么当然是应该包含后面的几十回。而且《水浒传》如果光写到宋江接班、聚义厅变忠义堂，写到这个地步，那《水浒传》的思想深度就还远远没有显现出来。如果只到这里，《水浒传》它要表达的思想就没有完成。《水浒传》让我们读完以后感到很无奈的，正是这些拼拼杀杀的绿林好汉，他最终逃不出中国文化环境所造成的个人人生道路，他们无法超越。宋江在柴大官人的府上碰到武松的时候，就劝武松到边关上去一刀一枪博得个封妻荫子，就是要他去建功立业。那么后来在这么一个体制下面，你怎么建功立业呢？想来想去还是要接受招安，这正是当时的文化氛围。绿林好汉打打杀杀，所谓的劫富济贫，终究不被当时的社会价值观所认可，所以他想来想去还是要接受招安，接受招安就为朝廷效命。所谓的替天行道，那这个天也变了，道也变了，最终去打田虎、王庆、方腊，打完了方腊，这些功臣虽然获得了封赏，但是像宋江之类的还是被毒死，这个毒死的结局是写得非常有价值的，毒死宋江，就如同这部小说最后的那首诗所说的"煞曜罡星今已矣，谗臣贼子尚依然"，这些乱臣贼子还在朝中，那么这些英雄的出路在哪里？英雄的出路就是"学取鸱夷范蠡船"，还不如学习范蠡，像范蠡一样功成身退，逍遥走人，所以《水浒传》里面塑造了浪子燕青这么一个功成身退、后来跑掉的人物形象。所以说完整的《水浒传》是更有深度的。

我们今天读古典小说，你爱一部小说是一个方面，认识一部小说又是一个方面，我们不能用爱一部小说来替代认识一部小说；用喜欢一个人物来替代客观理性地分析一个人物，这是有这样的讲究的。

再接着杨老师启发我的话题，就是关于外国人如何看待我们的小说。据我所知，外国人好像对《金瓶梅》很感兴趣。《金瓶梅》从国际标准来讲，除了四大小说之外，如果扩展到六大小说，就要加入《金瓶梅》和《儒林外史》。就艺术水平来说，《儒林外史》可能是最糟糕的。《金瓶梅》在艺术上是挺国际化的，能够以写实主义的手法，来呈现明朝的社会和世情。

那么中国的小说，像《金瓶梅》《红楼梦》应该说在国际上，我们可以有充分的自信，因为它的艺术水平是高的。其他的小说，如果说用国际性的小说标准讲起来，那么可能会差一些，因为这些小说，像《三国演义》《水浒传》《西游记》，它与《红楼梦》和《金瓶梅》的最大区别就在于《红楼梦》《金瓶梅》是一个人写的。《红楼梦》当然后来有一个续本，可以说是两个人。《金瓶梅》是兰陵笑笑生他一个人写的，而《三国演义》《西游记》《水浒传》呢，这种小说，学术界称之为世代累积型小说。就是说它先有一个故事的由头，然后在历史的发展进程中，不断地有人对他增补内容，滚雪球那样，最后到罗贯中、施耐庵、吴承恩的手上把它变成成型的著作。其实《三国演义》就算是到了罗贯中手上也还没有完成，因为清初的毛纶、毛宗岗父子，依然是对它做出了许多改动的，就像我们今天看《三国演义》电视剧，一开始杨洪基唱的那个歌"滚滚长江东逝水，浪花淘尽英雄"，这个歌词是毛纶、毛宗岗父子看到明代杨慎的一首《临江仙》，觉得这首词放在这里合适，就把它搬过来。所以说世代累积型的，它从艺术的角度来讲，容易发现问题，就是说它塑造人物、情节叙述这些方面是有许多问题的，思想也会比较驳杂。

我们看《西游记》的思想就挺不好把握的，就有点儿驳杂，对它的宗教态度就挺难把握好。它是喜欢佛教，还是喜欢道教？对佛教倾向性强一点，还是对道教肯定多一点？所以我想在座的朋友们，今后读这些小说，如果说我们用国际标准来讲呢，这些小说确实是有许多问题的，那么我们不妨就借助这些小说，来认识中国文化。

王海鸿：图书馆给我的任务是解读《西游记》。今年是猴年，很多网友对中央电视台没有请六小龄童登台都感到很遗憾，甚至有点儿愤怒。那么就是说《西游记》乃至于孙悟空，在短期内好像形成了一个新的热潮。但是这么多年来，其实在一个比较小众的范围内，《西游记》还是一直很能够受大家的喜欢、讨论的。当然这个小众可能比红学的人群范围要小一点，但是有些人是真喜欢。这些年关于《西游记》有很多趣味性的题目。比如说猪八戒是一只白猪，还是一只黑猪？据说在网上弄出来的时候，绝大多数人答错，是一只白猪。大家都是受到了二十多年来，那个很经典的电视剧版本的影响，白白胖胖的。而实际上真正的白猪这个物种是在 1927 年至 1937 年，所谓民国的黄金十年，就在那个时候，从乌克兰引进了这种白色的猪，在此之前中国的猪全是黑透的，就是说吴承恩老先生根本没有见过白色的猪。这种乌克兰的猪进来以后，很容易大量饲养，但肉质一般。如果和我们的土猪进行杂交，长得慢、出肉少，但是味道更好，比如说典型的两头乌，猪八戒就是黑猪，认真看原著也可以看得到。高老庄那一集，他第一次从云山雾罩中出来，孙猴子在那儿等着他，他是一只黑猪，只不过大家没有留意，这是第一个趣味课题。

第二个趣味课题：妖精的口味。唐僧，也不是说所有妖精都想吃他的，有些妖精是想跟他成家的，但是想吃他的这些妖精，把他抓到手了，作为食材已经准备炮制的时候，有人发现，妖精的口味都不重，都爱吃清淡的，对唐僧肉这样的顶级食材，烹调方法只有一种就是清蒸。只有一次例外，就是金平府的三个犀牛精，准备用那个香油来细细地煎唐僧肉来吃，就只有那一次，其他时间都是准备清蒸的，那就说明了一个问题，这是吴承恩作者本人的局限，还是说那个年代，辣椒本身还没有进入中国，剁椒麻辣这些做法还都没有出现，因为辣椒进入中国才四百年。

这是很有趣味的话题，但是也有人研究一些相对更深刻的悬疑。比如说孙悟空的师父须菩提祖师，他教给了孙悟空那么多本事，七十二变、筋斗云等等。但是大家留意到了没有，孙悟空大闹天宫惹那么多的麻烦之后，根本没有任何有关部门提出要对师父进行追责，都不提这事儿。孙悟空取经九九八十一难，求这个求那个，从来没有想过求自己的师父。为什么？是不是有人说了，须菩提教完他以后，跟他讲，以后你肯定会惹祸，不许说我是你师父，什么的。孙猴子会把人的话当真吗？因此这个时候也是挺悬疑的，当然这个悬疑有两种解读。

一种解读就是东方思路，须菩提在哪座山？"灵台方寸山、斜月三星洞"，灵台就是人的脑子，那么就是说按照东方的解读，这个人是不存在的，是孙悟空自己琢磨出来的，正如六耳猕猴为什么和孙悟空一模一样地产生了？就因为孙悟空自己的恶念产生了六耳猕猴，等他的恶念、对师父的这个怨恨消除了，这个六耳猕猴自然就消除了。那么回到前述的它的本质是怎么来的？他既然能够无父无母从石头里蹦出来，那他的师父、他的这些本事也可以从他脑子里琢磨出来。"灵台方寸山"，这是中国传统的一种解读。

但是最新的解读，我们引进了西方的思想方法，觉得不可能无中生有，用唯物论的方法来说，任何人任何事，总得有一个来头。那么现在我们看到一个文化现象，就是说任何一个有影响的东西都会有前传，比如说《星球大战》要拍前传，《指环王》《魔戒》的前传《霍比特人》也出来了。

那么《西游记》有没有前传呢？答案是有的，就是《封神演义》。有一些人就用西方的思想，就是用阴谋论的这个思路来揣测这个须菩提祖师到底是谁。《封神演义》中代表正派的就是元始天尊和老子，代表反派的就是通天教主，他们共同的师父是鸿钧老祖。但是他们别忘了，还有一个西方宗教在介入进来，西方宗教整天在瞎忙活的就是这个准提道人，他参与了中土的战争，到最后关头把他的师兄西方教主接引道人也引过来了。那么大家都揣测，这个接引道人应该是后来的如来佛祖，他统一了后来的教派。那么这个准提道人受到了排挤，准提道人和接引道人的关系，有点儿像切·格瓦拉和卡斯特罗的关系，革命胜利后，容不下自己的兄弟，所以说切·格瓦拉带着十几个人到玻利维亚打游击最后牺牲了。那么准提道人呢，被接引道人排挤了，所以自己就遁入深山，怎么说我也得给你惹一点儿事，我教一个徒弟来给你捣乱。就是说这些思想方法，我觉得今天还是有点儿意思的。

刚才沈老师还提到了宗教，我是这么看的。作为宗教作品，《圣经》或者《古兰经》，它同时也是非常优秀的文学作品。但是作为文学作品的《西游记》，千万别把它当成宗教作品来看，我了解到有几个戒律比较严的寺院，它的方丈是严格禁止手下的小和尚读《西游记》的，不许读，这是绝对影响你修行的。所以这是我的第一手资料，明文规定不许小和尚读《西游记》，它根本不是一个宗教作品。所以，本季中《西游记》的总标题，我就大概想了一下，就是"《西游记》：魔幻悬疑的文学和娱乐自黑的宗教"，我准备用这个标题。

没有准备，今天只能是开场白。这四大名著里面，其实我个人，从文字表达这方面来说，还是比较喜欢《三国演义》。《三国演义》按我的理解是浅层的文言文。文言文有浅层和深层之分，大家都说"之乎者也"这是文言文，其实"之乎者也"是浅层文言文，还有三个字"矣焉哉"，"之乎者也矣焉哉"，民国的时候都这样讲。

那么《三国演义》为什么好呢？就是说它这个表达在引入白话文之前是看得非常有味道的，口语感特别强。有一回，就是"徐公明大战沔水，关云长败走麦城"，我觉得那一段它作为一个悲剧表达，是整部书的一个高潮。就是说刘备取得了汉中郡，虽然汉中郡只是益州下面的一个郡。

那么我打断一下，就是我发现现在大家读这个书读得不透，出了很多笑话。就说新版的高希希版的《三国演义》电视剧，出了天大的笑话。他是这样描述的，曹操赤壁之战败逃的时候，看大家都很沮丧，他就动员大家，你们不要失望，我们还有机会，我们手上还有冀、青、幽、并四个州，这完全是胡说八道。曹操自己的老根据地是兖州，冀、青、幽、并四个州是他从袁绍手上抢来的。那么当时全中国的地理分划是13个州，袁绍是冀、青、幽、并，曹操的根据地是兖州，后来又取得了豫州，他让刘备当豫州牧，豫州是一个小州。然后从吕布手上抢到了原属于陶谦的徐州，这多少个州呢？

徐州、兖州、豫州、冀、青、幽、并共七个州了，然后在西北方有雍州和凉州，雍州就是在陕西这一带，更西在甘肃那边是凉州，然后益州、荆州，再加上孙吴控制的扬州，后来又设了一个交州，在当时的东都洛阳和原来的西汉的首都长安中间这一块，它不隶属于任何州，他设了一个司隶校尉来管辖，所以全国的地理单位是13个州，当然其中荆州比较大，有九个郡。

那么刘备取得了汉中，它只是益州下面的一个郡，那时候刘备的事业到达了巅峰，因为他和曹操打一直失败，他从北方起兵，转战以后失去了北方的所有根据地，向南败逃，然后又吸纳了荆州系，利用赤壁之战夺得了荆州的一多半，九郡中的七个还是六个郡，然后又夺得了益州，夺得了益州之后调兵向北，取得了益州下属的汉中郡，这个时候是刘备集团的巅峰。这时候三国鼎立中，曹魏势力最强，刘备第二，后来猇亭之战之后，刘备就跌成第三了，这有一个转换。

那么在刘备取得汉中郡之后，尽管这个地方不大，但是政治意义重大，因为当初高祖刘邦就是在汉中郡发兵最后统一了全国。所以刘备也就从这个时候开始，封自己为汉中王，这是刘备这个集团事业发展的巅峰。

那么我刚才说的这一回的回目呢，就是从这一幕开始，关羽作为刘备最忠诚的下属和事业同伴，他在这个大好的形势下坐不住了，他就觉得主公派我镇守荆州，但是荆州九郡到现在，除了东南方三个郡，是因为外交关系让给东吴之外，北方最重要的襄阳郡还在曹魏手上，这个不能容忍，所以他就发兵进攻襄阳。进攻襄阳一开始打得很顺，因为襄阳这个地方我们也实际去看过，就是但凡发生战争的时候，防守方往往会放弃比较难守的襄阳城，退到汉水对岸的樊城去，这样比较好守，所以当时的大将是曹操手下的曹仁退守樊城。然后关羽就拔襄阳围樊城，曹操就派了于禁、庞德带七支军队来救援，结果关羽水淹七军，所以他的战绩描述起来就叫"拔襄阳、围樊城、斩庞德、擒于禁、水淹七军"，达到了关羽个人事业的巅峰。那个时候，全国还没有定，还有好多不听调遣的地方武装纷纷接受关羽所授予的印玺和旗帜，愿意做他的下属，所以就形成了威震华夏的态势。乃至于许昌的曹操准备迁都避其锋芒。我觉得曹操也是作秀，为了刺激手下的将领，眼看我们的襄樊守不住了，那是今天湖北省的最北端，假如樊城失守，从逻辑上来讲，放弃许昌是有可能的，但是我相信曹操他就是激将，果然他达到效果，首先他的谋士司马懿就说，根本没有必要，关羽现在取得这么大的成绩东吴一定是妒忌。东吴呢，不像刘备这个集团有统一全国的志向，它只想割据自守，但是从军事地理来讲，偏安东南的王朝，必须取得长江的左岸两条大支流的上游，一个是汉江的上游，一个是嘉陵江的上游。按今天来讲，汉江的上游就是襄樊，嘉陵江的上游就是一千年后击毙蒙哥大汗的钓鱼城，我必须把这个牢牢掐在我自己手上，而不是交给靠不住的盟友，这样我的安全才有保障。所以现在这种情况下，东吴一定会对关羽动手。那在这个情况下呢，我们也不能不管，我们也要派兵去救。这个时候曹操手下的大将徐晃，就非常慷慨地挺身而出说要去救樊城。我觉得徐晃这个人，一生精彩之处不多，但是这个时候也是他人生最光辉的时候，他看到尽管关羽牛到不可一世的程度了，但是（其）败局已定，他是抱着必胜的信心带兵五万去救樊城的。

关羽呢，刚刚发生了什么事情呢？就是刮骨疗毒，太大意了。站在城下劝人投降，结果被人家射了一支毒箭，幸亏华佗老先生来给他刮骨疗毒，那时他在营里休养，听说徐晃来增援，他就派他的义子关平设下四冢寨，设下飞鸟难渡这个营寨去阻拦徐晃，没想到被徐晃一鼓踏平了。就是这段描述当事人的口语，我觉得特别精彩。关平打了败仗就退到关羽的大营向他报告，徐晃上来了，我们打败了。关羽呢，略一沉吟就吩咐，备马抬刀，他要出战。关平就说父亲箭伤未愈不便出战。关羽说了一通很牛的话"某与徐晃有旧，深知其能，今到阵前劝其退兵，彼若不听，某当斩之以警魏将"。意思是我和徐晃是有交情的，我知道他有多大能耐，现在我到两军阵前劝他退兵，他如果不听我的，我就当场宰了他，以吓唬吓唬别人。所以关羽提刀上马来到两军阵前，厉声高叫"公明何在？"徐晃字公明。这时候"魏营门旗开处，徐晃出马"，徐晃说了一通，作为一个武人，本来是一个粗鲁的人，说的话却体现着高贵的武士精神，而且呢，充满着中国人古典礼仪的一番话，非常精彩，他是这样讲的："自别君侯，倏忽数载。不想君侯须发已苍白矣。忆昔壮年相从，多蒙教诲，感谢不忘。今君侯英风震于华夏，使故人闻之，不胜叹羡！兹幸得一见，深慰渴怀。"什么意思呢？"自别君侯"，自从离开了君侯，关羽是汉寿亭侯，那么在侯前面加一个君字是一种尊称；"倏忽数载"，从我和您老人家分手之后，眨眼几年就过去了；"不想君侯须发已苍白矣"，不想君侯您的胡须和头发都已经斑白了；回忆往昔，当我还年轻的时候，我追随在您的左右（因为关羽毕竟当时是在曹营待过一段时间的）。"忆昔壮年相从，多蒙教诲，感谢不忘"，您对我的人生、对我的工作、对我的职业有很多的指导，我非常地感谢；"今君侯英风震于华夏，使故人闻之，不胜叹羡！兹幸得一见，深慰渴怀"，今天您老人家这么牛，拔襄阳围樊城斩庞德擒于禁，吓得我的主公要迁都避你，作为您的故人我听说这个消息以后，又感叹又羡慕。我都觉得我这么几年没有什么出息，跟您见个面都没资格，您还肯到两军阵前来见我，深深安慰了我焦渴的心怀。

这个小说里有这么精彩的一段话，太精彩了。我曾经跟几个外语学院的老师讲，这个话能不能用英语翻译出来。他们试了试，但是没有味道，结果最后因为这个太精彩了，关羽无言以对，最后说了一句非常没有水准的话，"公明与吾交契深厚，非比他人，今何故数穷吾儿耶"？我和你交情非常好，你今天为什么三番五次地难为我儿子，把我儿子弄得穷途末路的。这时徐晃正色回答："此国家事尔，某不敢以私废公。"刚才我们说的都是个人的交情，而这是国家大事，我不敢以私废公。这就是非常精彩的"徐公明大战沔水，关云长败走麦城"中间这一段对话。

我觉得这段话是非常非常的精彩，读到这儿就有一种朗朗上口、可以把它读出声的感觉，所以从我个人的角度我是非常喜欢《三国演义》的。而且还有一条，《三国演义》呢，它毕竟来自于正史，它做了演绎加工的同时又不失历史的真实风貌。在汶川地震的时候，到了后期的救灾的阶段，曾经有一些有文化情怀的人，因发生了汶川的地震，和陇南的地震，就想把《三国演义》涉及的历史好好地考察一下，当时约我去，我没有时间，很遗憾。

我觉得细究起来非常有意思，比如说失街亭，街亭到底在哪儿？据说史学界有五种说法，但是现在基本上认定是在甘肃的秦安县。有两个词，是天文数字和地质年代，就是说地质年代，《三国演义》到现在一千多年，可能某些地貌是没有改变的，为什么诸葛亮派马谡带着一万步兵到街亭这个地方去阻挡张郃的五万骑兵，你怎么能够挡得住。诸葛亮他年轻的时候，未必去过那个地方，但是他读过书，他知道那个地方是有一个，按今天的话叫断箭带。就是说在街亭正中要害有一个高出地面十多丈的高台，你的一万步兵带着一次发十支箭的连弩在高台占据有利位置是可以挡住骑兵的冲锋的。但是马谡赶到现场后发现情况不对，高台坍塌形成了一个缓坡。骑兵也许可以沿着缓坡冲上来，所以他就修改了思路，我不能正面打，我的目的就是拖住这五万人，使他们不能赶到诸葛亮正在作战的主战场，那么我就迂回到侧面的一座小山，使得这五万骑兵不敢越过去增援天水、南安的这些战场。应该说他达到目的了，但是问题他错在哪儿？马谡是湖北人，他到甘肃这个地方打仗，他不知道山上是没有水的，这是一个，现在基本上还原，最接近历史的正史应该是这个样子的，不是那么想当然的。

可以说诸葛亮做这个决策有他的道理，但是他有时候太过于专断，他是学究天人，他知道的东西很多，但是真实的历史不是这样的。小说上动不动派将领去打仗，给一个锦囊上面有四个字"贼来乃发"，敌人来了你才可以看，敌人不来你是不可以看的，这是很扯淡的一件事情。就是说完全对自己信息的掌握过于迷信，而实际上又不给指挥官到现场临机处置的机会，就造成了最后必然失败的结局。

我刚才说的地质年代，尽管已经过了一千八百多年，但是很多地貌没有太大的改变。比如说诸葛亮占领了汉中郡，把汉中郡作为向北伐的根据地，魏延曾经建议他，越过子午谷直取长安。一次偷袭可以考虑，但是长久来讲肯定不能这样的。诸葛亮一次都不肯偷袭是有他的道理的，秦岭是一个东西走向的大山，宽度有五百里，在这个秦岭中间有好几条道，就是子午道、陈仓道、褒斜道等，直到今天考察的朋友去看，还是那么的险峻，你在一千八百多年前，大队的军队带着辎重要通过，太艰难了。所以诸葛亮不得不左一次右一次地六出祁山，这是什么概念呢？就是说你在汉中，隔在你和长安之间的就是秦岭，你本该北伐，应该是向北边走，但是诸葛亮每一次都是从东向西绕到秦岭末端六盘山以西的平原，从那个地方转过弯来沿着关陇大道从西向东，他一直采取这个路线，直到后来的姜维的几次北伐，都走的这条路，一直没有达到效果，而且还埋下了后来蜀汉灭亡的祸根。本来邓艾偷渡的阴平小道，它的南端就在四川平武，说本来诸葛亮在那儿扎了一个营，设了两千人在那儿防守，但是宦官黄皓把这个两千人撤了，这是错误的说法。为什么是错误的？就是姜维继承诸葛亮的遗志，他继续对曹魏也不叫北伐了，叫骚扰。他就把这个从东向西的路走得更远，取得了沓中（就是现在的舟曲县），他就把阴平小道北边的出口占领了，本来北边的出口在敌人手上，那么南边的出口我肯定要设兵防守，免得敌人来袭击我。既然我取得了北边的口，我为什么要在南边多设一条防线呢？我蜀汉是兵力资源非常匮乏的一个小国家，所以他把这个撤了，我相信不是黄皓的主意，而是姜维的主意。但是他的错误在于什么呢？就是司马氏取代曹魏后，决定要灭西蜀，派钟会和邓艾两路大军进攻的时候，他就想把沓中的姜维主力隔绝在阴平桥以西去攻取汉中，然后姜维呢，他施展了他作为司令官的素质，摆脱了纠缠的军队，迅速回撤，但是回撤没能保住汉中，就进一步地又后撤，守住了剑门关，能够守住益州的基本盘，但是百忙中他忘记了在这场大的变动中，阴平小路的北口丢了。而邓艾在电光石火之间，他竟然就看到了转瞬即逝的战机，偷渡阴平七百里，趁着姜维的大军在剑门关和钟会相持的时候，长途奔袭，取得了成都，使蜀汉政权就这么灭亡了。

我觉得《三国演义》是可以非常严肃地去读的，不是那么魔幻。而《西游记》呢，就应比较魔幻地来读，当然，从魔幻中，从悬疑中也可以得到一种乐趣。今天没有准备就说这么多。谢谢大家。

王绍培

可能下面的听众不一定知道海鸿兄是学工科的，他是北航的，他是研究导弹的。他是葡萄酒知识的百科全书，是现当代军事史的百科全书，是金庸小说的百科全书。我今天还发现他是《三国演义》等古典小说的百科全书，他在很多地方能背下来，就是说记忆力方面，我还没有见到有一个人超过了王海鸿的，他的记忆力非常好，而且他不仅能够记得这么多东西，还能够化繁为简，比如说喝葡萄酒，他说你要是记不住那么多东西，又要显得自己对葡萄酒很有修养，很有了解，八字箴言就说"丹宁密实、酒体丰富"（音）就够了，别人就说你真的是懂的，我现在就靠这八个字喝红酒。

他刚才说《西游记》不是一部宗教的书，不是一本宗教作品。其实有一种说法我看到说，《西游记》这部小说写的是修炼的质地，有道家、可能也包括佛教，有一些他们修炼层面的东西是相通的，相似的，就是说一步一步是怎么进展的。用小说文学形象的方式，把里面的奥妙揭示出来了。我觉得庙里的和尚不让看，是不是因为他更像是道教修炼的东西，而且对佛教听起来也不是那么的尊重。

王海鸿：它基本是一个扬佛抑道的作品。你看道家出问题了，他首先对道家的神是有丑化的，太上老君沦为玉皇大帝的臣属了，严肃的道教，太上老君是三清之一，是最高神。在《西游记》小说里，它娱乐自黑，把它沦为了玉皇大帝手下的大臣，装神弄鬼。而且到摆不平孙猴子的时候，请如来佛祖，有很强的扬佛抑道的特点。所以我觉得佛教反而不需要禁读这本书。

王绍培

反正说是各种说法都有，有一种说法是说，如果你是一个修炼的人，你读这个书会得到很多的启发，很多的描述其实和修炼的过程中出现的东西有关系。可能说妖魔鬼怪就是人的幻觉，就这么一种说法。

刚才杨老师讲了他们的文学成就，而且从和世界文学接轨的角度来讲，《红楼梦》是很多的西方人认识中国文化的窗口，选亚洲文学作品要选一些代表作品出来，大概有两部作品是会进来的，一个是日本的《源氏物语》，《源氏物语》的排名在《红楼梦》的前面。当然我前两天看到有一篇文章，我们现在的学者写的，他说中国古典小说里面，成就最高的是《金瓶梅》，《红楼梦》最多排在第二。如果说《红楼梦》是泰山的话，《金瓶梅》就是珠穆朗玛峰，有这样的说法。

沈老师讲除了文化成就之外，他还可以作为我们认识我们的传统文化、中国文化的文本，这个意义我觉得是很重要的。我们很多老百姓他不一定读过诸子百家、不一定读过四书五经，但是我们很多的观念，很多的趣味是从哪里来的呢？可能就同这些古典小说是有关系的。

王海鸿：这个我真可以补一个很真实的例子。大概是几年前，那时候我儿子还在读高中，他在家做作业，我在家待着。突然接到一个快递的电话，说有人给了我一瓶酒，我说行，你就停在我们院子门口，我去取一下。我跑到院子门口，看到他一个大箱子往外端，弄了半天是一坛子花雕，我说你别端下来了，我拿不了，开到我楼下去。我不知道是谁给我的，闹了半天是万科的韦业宁，是他的一个好朋友自家酿的，每年给他送一坛，那时候他跟我聊得比较投缘，他就让人直接寄到我家里来了，但是这哥们儿很性情，他没有告诉我，我当时不知道是谁送过来的，后来才知道的。我就把酒拿回家，我儿子就问是谁送的，我说不知道，我儿子就说，那你敢喝啊？我就抓住这个机会对我儿子进行教育，我说儿子，人呢，必须得正确认识自己。人必须能正确认识自己，比如说你老爹我就很能认识我自己。我对自己的认识是：我已经混到有人给送酒的程度，但是还没有混到有人给送毒酒的程度。

王绍培

比如说中国人讲的义气和《三国演义》有关系，《水浒传》呢，胡兰成过去讲，说中国传统文化里面有很好的一个东西，就是他起兵的传统，其实就是说起义的传统，他认为这个传统很好。天下大逆不道了，老百姓就揭竿而起造反了，他觉得这个东西很好，这个东西就比较集中地表现在了《水浒传》里，当然《水浒传》被招安了。但是现在还是我们的一种符号，你看电影《老炮儿》，最后开了一个茶馆，茶馆叫什么名字呢？叫"聚义厅"，这是很有意思的。我说这种电影它还能够审查通过了放映，是因为它表扬了中纪委，那么中纪委睁一只眼闭一只眼，虽然它说"聚义厅"也过吧，其实"聚义厅"是什么意思呢？就是说天下有一点大逆不道了，我们要缅怀能够造反起义的事实。

王海鸿：《老炮儿》上映以后那几天，我费了好多时间向一批"八〇后"的朋友们去解释老炮儿是怎么回事，那个时候他们管警察局、拘留所叫炮局、拘进去就叫老炮儿。有些人理解成是不是"盗亦有道"，我说不是这么回事。冯小刚演的那个角色，他认为他自己是好人，他说那些人是坏人，他有几个原则：打架不伤人；拘留不判刑；违纪不犯法。他是有分寸的。

如果按照学究系的方式来解释，我们东方社会就是这样，社会地位越高，越能得到法律的保护，但是法律越到社会的下层，它就不时地有缺位的情况，那这个时候，小到一条街道、一个村子就需要强人来做主，按照他的一套道德和公正的逻辑来给大家做主，他的行为方式就是刚才说的，出手还是留着余地的，打架得我们去，不能叫这帮年轻人，这帮年轻人下手没有轻重。而且那个刀和人对砍了多少下没有被打倒。告诉大家，它这个东西呢，军大衣以及日本军刀是那个年代的北京年轻潮人的标配。但是那把刀是不开刃的，杀不了人，不开刃。

王绍培

就像海鸿兄刚才说他们是不合法的对不对？但是造反在中国是有传统的，而且是有正当性的，怎么讲呢？你看，那么多造反英雄都是打着替天行道的口号。那么在汉朝的时候，说这个政权，一个王朝的政权，不是说只能是一家一姓的，是可以改变的。什么情况下可以改变呢？当这个王朝君王他已经不能够承担天命的时候，那么把皇帝换掉是理所当然的，把他反倒是应该的，过去是有这样一个文人传统的。到了元明清后来这八百年就把这个传统消灭了。前面儒家的文化里面是有这样一个空间的。所以皇帝在过去，也是要收敛的，也是要检查自己的行为，是不是符合天命、天道的，不符合你就老老实实被人家取代、被人家推翻，这都是可以的。像这种文化，就通过《水浒传》民间的替天行道表现出来，包括冯小刚的这个电影，聚义厅最后这个茶馆是有这样的文学想象的，我们就知道它的寓意在什么地方。

还有比如说像《红楼梦》，过去吴毓新写《红楼梦》，他说《红楼梦》这部小说其实就写两个事情，一个世俗的世界，一个理想的世界。从某种意义上来讲，《红楼梦》是最能表现，就是说它有一种乌托邦的精神，桃花源是一种乌托邦，《红楼梦》也是一种乌托邦，写出另外一个乌托邦，一个很干净的世界。这种中国式的、中国文化里面的乌托邦，和西方文化不一样，当然也有我们对理想世界的想象，这对后面文人的影响，对文化的影响其实还是很深远的。

今天好不容易来了这么多的大家，谈的话题也是很接地气的，后面的时间全部用来互动，各位听众有什么问题可以请教嘉宾。

听众：几位老师，我一直有解不开的问题，就是说四大古典名著中有三部都提到了石头的问题。孙悟空是石头变的，《水浒传》也是把那块石头推开了，七十二天罡、三十六地煞才到人间，使人间大乱。《红楼梦》也是女娲补天一块石头。就是说石头在中国的传统文化中，是怎样的一个定位或说是象征？我很奇怪，为什么三部传世之作都要借石头来引开话题，我不知道这个是有什么样的寓意。

王海鸿：其实在我的设想里面，《西游记》给了我四讲。我最后一讲就很认认真真地探讨了一下宗教问题。这个宗教问题呢，以前有个说法：中国人没有信仰。本来就没有信仰，就是刘亚洲那句典型的话，人家到教堂是去忏悔，我们到庙里是去行贿。本来按照佛教的教义来说，你乞求升官发财完全是扯淡，你就是乞求平安都不对，你为什么不平安，是因为你上辈子有罪孽。现在成了无论你上辈子做了多少坏事，只要去烧香，就可以抹了，就使宗教非常不严肃。

　　我由此想到的是，前不久中国佛教协会发了一个文，说以后在佛协系统的所有文件中，不得再使用小乘佛教、大乘佛教的说法。以前我们说东南亚那边的佛教叫小乘佛教，以后不能叫了，叫南传上座部佛教。以前完全是我们自己的语系，我们是大的，你们是小的，我是普度众生，你只度自己。结果人家那边反击什么？大乘非佛，你已经背离了佛教了，因为在佛祖涅槃以后，它的一些上师，学问比较高的弟子向南传，使另一帮本来学识地位不如他们的人向北传，搞出今天的大乘。而且人家为什么说大乘非佛？他抓到了你在中土传播的好多劣迹，比如说你这个佛教在传播的过程中，太迎合于权势了。当初为了迎合武则天当皇帝，杜撰了一个大云经、伪经，后来那边就批评说你们有做伪经的传统。甚至还有人说连金刚经、心经都可能是伪造的，那时候我们很愤怒，是鸠摩罗什写的，他是印度名僧，人家说我们不认识这个人，印度人都说不知道。鸠摩罗什的父亲是印度高僧，母亲是高昌国的公主，人家印度人都不知道有这个人存在。

　　所以说我们的宗教这个脉络和一神教相比，不太像宗教。更大的一个认知上的偏差就是说，我们说三大宗教：基督教、伊斯兰教、佛教，你这个话到欧洲去问一个有中等学问的人，三大宗教是什么？他的答复是犹太教、基督教和伊斯兰教。他认为我们这些宗教是偶像崇拜，这就说来话长了。就是说首先，西方也有多神教泛信仰的时候，比如说希腊众神，宙斯为首，生下私生子无数，根本在道德上不是一个值得效仿的楷模，什么太阳神阿波罗、美丽之神维纳斯、智慧之神雅典娜等等，差不多是万物有灵了。罗马帝国也继承了它的这一套多神教，只不过把宙斯改成了朱庇特，那个时候泛神的宗教信仰，根本不能够成为社会的凝聚力，直到今天的中国还是如此。所以有人说中国好，中国文明，从来没有宗教战争，从来没有因为宗教死人，这个只看到其一没有看到其二，为什么没有宗教战争？

是因为没有人肯为了不值钱的东西玩命儿，而西方宗教是太神圣了，信什么不信什么，这个太重要了。东方王权最重要。

王绍培

你这些和石头有什么关系呢？

王海鸿：就是说石头崇拜是偶像崇拜的一个表现形式，在西方比较纯净的宗教范围里，根本不允许把某件物体看得那么重，这就是中国无论是佛教、道教这种偶像崇拜的宗教，都有这么一个，把东西寄托于一种物上。

有一个极端例子，我们的本焕老和尚在去世前五年去西安讲道，青海塔尔寺的活佛恭恭敬敬地侍奉他，他们有良好的沟通。有一个让人看起来怪怪的感觉，老头儿说着说着就一口痰，拿着一张纸一吐就吐了，那个青海的活佛恭恭敬敬把这个包着痰的纸收起来，就对具体的物有这种过分的痴迷。这个我觉得是东方文化里不太好的一种东西，至于为什么是这样，我也解读不了，但是我觉得这是不太好的东西。

杨争光：我觉得有时候专家也是忽悠人的，不能太信。像这三部书的作者，是不同时代的，三部作品开篇的时候写的都是石头，我更愿意认为它只是一个很偶然的事情。我们在生活中有这样的经验，母亲给孩子说，你是从石头缝里蹦出来的，有的说从水里面把你捞出来的，有的说你爸在山上砍柴把你捡回来的。我觉得小说也是这样的，是从生活中、从经验中来的，出现这种偶合是可能的。当然可以进行深度阐释，但深度阐释有时候会变为过度阐释，过度阐释就不再是"阐释"，而是一种创作。

《西游记》写的是僧人的故事，和宗教有关，但并不意味着它有真正的宗教。《红楼梦》里边也有僧人、道人，里边的人物也近僧或近道，但并不意味着小说的主旨、立意是指向宗教的。

如果把小说当作一种纯粹娱乐的东西来看的话，我们就可以什么都不说的，甚至这个讲座都可以不做，除非我们这个讲座也是一种娱乐。

正如同王老师非常喜欢《三国演义》一样，而我喜欢《红楼梦》，各有各的喜欢，各自的角度也不同。我强调的只是我希望我们有怀疑精神。就是对经典，也应该有一点怀疑。即也不厚古薄今，也不厚今薄古。当然，厚，不一定就是不怀疑；薄，也不意味着完全不"信"。我是说，我们全信了，甚至膜拜，我们将如何自处？还是要有自己的判断。

小说如果是一个娱乐的东西，你就把它当作娱乐的东西来看，这不能算错。事实上，小说也没有我们许多小说研究家们或者小说作家们想象的、希望的那么严重。

中国人画山水画，不同时代的，画法不同，但画的都是山和水，比之三部小说都写到了石头，有那么深的奥义吗？我觉得没有那么严重。

刚才那位老师背诵的《三国演义》里的语言，他很喜欢，也很赞赏，但我的感觉就很不同，我感到的是乏味，像一块又一块打磨光滑的石头。太光滑了，就没有了石头的质感，就"蹦蹦蹦"，是蹦跳着的光滑的石头子儿。

还有，阅读《三国演义》，我对这部作品面对战争、面对暴力的态度是很敏感的。阅读《水浒传》的时候也一样。但王老师关注的是语言的快感，你说我们两个人谁有道理呢？

小说是离人最近的文字形式，但离它最近的人对它的感受和亲近可以是很不相同的。比如说，对战争的态度，我和王老师就不一样。这可能与我们生长与生存的背景不一样有关系。王老师是学航天、导弹的，我们的战争观不一样，对诸葛亮这一艺术形象的观点也就不一样。我看到诸葛亮作为智慧形象的背后，藏着的是装神弄鬼。"赤壁之战"两军对阵，人数多达百万，这百万人可不是数字的集合体，而是一个个鲜活的生命，有爹有娘有孩子有老婆的生命，残酷对阵的时候，诸葛亮在干啥呢？可能在喝小酒呢！对胜利是很得意的。流血漂橹，可都是活生生的人的血啊！《三国演义》有战争的艺术，看不到对人的关怀，对生命的关怀。但对一个研究航天、导弹的科学家来说，制造杀人武器，就是爱国，不研究、不制造杀人武器，连自卫的能力都将失去。难道他错了吗？他也没有错。就是说立场不同，看东西看到的也会不同，但还是那句话，不管是什么样的专家，都别太信，更不要让专家给忽悠了，你们自己的立场才是最重要的。

沈金浩：关于三部小说都牵连到石头呢，我的理解是《水浒传》里面的石头和其他两部里面的石头是两回事，因为它是一个石板，中国古代人有一个地狱的观念。我们一般认为人死了埋在地下，地下有黄泉、阎王等，都是在地下的。所以它是关在石板底下，关在地底下就符合中国传统的习惯。

至于《红楼梦》为什么是石头呢，我想石头和玉之间有一定的对应性，因为它一直联系到女娲补天了，所以他设计了石头，他后来还要写到玉的问题。再一个呢，《红楼梦》它设计了一个宿命的外壳，就好像鸡蛋一样，外面有宿命的硬壳，里面才是最重要的内容。它从石头开始有这么一个构思。

至于《西游记》呢，刚才杨老师也说了，它和《红楼梦》都与石头有关有一定的重合性和巧合性，你不把猴子设计为从石头里蹦出来的，总要给它一个出身、来历，从石头里蹦出来就给人坚硬的很有力量的感觉，可能跟古代关于猴子的传说也有关系。

另外，顺便说一个事，王老师说《三国演义》的语言漂亮，我也觉得好，你如把这个书看熟了，你学文言文就很轻松，他是你从白话文进到文言文的一个阶梯，它会让你读文言文的语感大大提升。同时你自己以后写东西就不会啰啰唆唆，语言会精练准确，没有多余的字词，如果大家要培养孩子的语言表达能力，读《三国演义》有作用。

当然你从另外一个角度讲，以现代小说的眼光来看，它的语言的生活气息是不足的。

杨争光：那我就加一句，如果要给孩子们推荐读物学语言的话，还千万不能学《三国演义》。我们的孩子们要学习的是当代的表达，阅读《三国演义》对孩子们学古文可能有帮助，也对了解和认知中国古典小说叙事文学的语言有帮助。但是也要知道，它们都是经过文人整理的，是民间与文人的结合体。《红楼梦》不是整理，是真正意义上的创作，从语言到结构，就显得比较自然一些。学说话、学作文，就《三国演义》和《红楼梦》相比，我觉得《红楼梦》更像人在说话，而不是机器，更接近现代表达一点。学《三国演义》式的简练，也许能奏效，问题是，这样的简练很可能没有质感。

王绍培

　　我们的杨老师是创造家，他是无中生有的人，过去的这个世界上没有一本小说叫《从两个蛋开始》，他写了之后就有了对不对？做学问是有中生有，已经有了，我写一本书锦上添花。这个无中生有的人呢就要目空一切，我天下第一，否则的话写不了，觉得谁都写得比我好的话，我就没法儿写了，对不对？做学问的人，可能时间做长了以后，写一个东西出来，就觉得小子罪该万死，你们都那么厉害了，我还敢评论你们，这心态不太一样。

　　哪一种更好呢？西方的艺术家、文学家很多都是这样，把前面的推翻，不推翻是没有办法的，你像黑格尔，已经是哲学的集大成者，到了后面的哲学家，基本上都是以反黑格尔开始的，这个人不把他推翻那没法儿活，你还能说啥了，被他研究完了，通通不对。

王海鸿：所以他刚才说的，不要听专家忽悠。

杨争光：专家也是一家之言，专门家的忽悠，可以叫"专忽"。

王海鸿：中山大学哲学系的教授蔡红生，他说任何一个读书人的底线有两本书必须要读，要读"小红"，"小"就是黑格尔的《小逻辑》，"红"就是《红楼梦》。他说一个读书人你要是没有读过"小红"的话，基本上就不算，我想《红楼梦》大家都读过了，但是读过《小逻辑》的人，我不知道在座的有没有读过的。如果没有读过《小逻辑》，他认为这个不算读书人。但是西方很多人说，黑格尔的《小逻辑》有什么好读的，不要读，读别的。不同的人有不同的回答，哪个对，哪个错，要放在语境里面去理解，都可能是对的，都可能是错的，看你怎么想，看你怎么看。

听众：您刚才说的这两本书我都没有读过，我可能不算读书人。但是我就问一个问题。就是说这几个经典都属帝王时代，这样的作者，你们研究当中会不会发现这种写作理由，带有极大的奴性或极大的幡然性，就是说和我们现实不接地气，它肯定是不敢面对当时的现实，会不会有这样的感觉？就是说小说里面、文学里面，本来就会存在巨大的缺陷性，你们研究者有没有这样的发现？我们的古典小说中会不会存在这样的问题？

王海鸿：几十年前确实有这个困扰，就是说《西游记》里面，本来孙悟空活得那么精彩烂漫，谁都不服，谁都管不着我，就像那时候"评水浒，批宋江"，评《水浒传》的人说他最后也变成投降派了。最近《大圣归来》这个片子也提出这个问题了，怎么说呢？究竟是一个把本来没有奴性的原生态的猴子，最后戴上紧箍咒也有奴性了，还是说打消了年轻人对社会一厢情愿的浪漫想法，回归到对社会的正确认知，这有两种解读。

至于您说的奴性，我相信肯定有，但是是不是非常有奴性呢，我倒不完全认同。因为在西方崇尚民主自由的那些文化背景下，它也讲究反省、服从，但他们服从的不是王权，而是神的旨意。我们是把王权搞得太神圣了，无论是过去的王权还是今天的王权，而人家自始至终在神的面前拜伏，是非常严肃的。那这个是不是也是在神的面前的奴性呢，如果这样批判的话，所以我一部分认同您的观念，有奴性，但是没有充满着奴性，没有很强的奴性，这个我不太认同。

比如说孙悟空，如来佛是一个皇帝吗？孙悟空是向他的皇权屈服了吗？可能另一方面如来佛是一个教育家。一个调皮捣蛋的顽劣的学生，最终向社会的主流价值回归了，也有这么一层解读在里面，就是说你由着自己的性子乱来，搞一个齐天大圣、花果山怎么样，成不了正果，认认真真去经历八十一难、去修行、取经，最后能成就正果，是向社会主流价值的回归，我是这样认为的。谢谢。

沈金浩：我的体会是三部小说都不那么有奴性，就是说《水浒传》它毕竟造反了，虽最后是受招安了，但是作者没有安排他们受了招安以后就活得多滋润，而是让受招安的最主要的那些人死于非命了，这就表达作者并没有认为当时的社会体系有多么好。他还是在人生出路方面，是非常迷茫的，他能想得到的，一个人活在世上怎么办，你总得活得光彩一点，那么就要去追求自己的人生价值的实现。那怎么实现呢，就是在这个体制下去建功立业一番，但是建功立业完了，作者又安排这些人死了，这就说明他对整个社会的生存空间是有怀疑的。所以只有像燕青这样的功成身退才是唯一的出路吧。

《西游记》呢，孙悟空也是打打杀杀的，他总得做成一点儿什么事，于是小说就安排他辅佐唐僧取经，但是他对玉皇大帝是不服的，对如来佛也不见得服，作者的态度也不见得那么恭敬。小说里面写到，孙悟空直截了当地说你如来是妖精的后人，又安排他在如来的手指里面撒尿，就说明对如来也不是那么恭敬的。而且跑西天取经了，他又安排阿傩、伽叶这两个西天的上等佛界人士索要好处，搞得唐僧没有办法，只能把唐朝给它的钵孝敬了，这就表明了这个作者对佛教，或者说这本书对佛教也不完全恭敬，所以你也很难讲他对如来有奴性。

《红楼梦》中，贾宝玉是一个主角，但是贾宝玉是不服当时那一套的，他既不喜欢那个时代的男人，也不喜欢那个时代的科举制度，所以他选择了出走，在这个主角身上显现的并非奴性，但是你说要作者完全超离时代背景，想出一条反抗之路来，追求个性自由，民主平等，那是不可能的。他在那个时代写那些书，或者说那些书是在那个时代完成的，书中也产生不了那么新颖的思想。

听众：各位老师好，我个人问题可能有点儿大。刚才听王老师讲了一句说中国人没有信仰这句话，我虽然年纪不太大，但是还是一直在思考这个问题，就是说中国人没有信仰。但是中国作为古代的四大文明古国：古巴比伦、古埃及、古印度、古中国，中国的文明就一直这样延续下去，不像其他的几个国家有断层，我觉得中国人还是有一些信仰的。就是说我个人觉得，儒教算不算是一种信仰？中国人从孔子那儿就开始仁义礼智信，应该也算是一种信仰吧，这是我自己的想法，所以我就想请教各位老师的观点。

王海鸿：我相当程度认同你的观点。为什么呢？因为，中国的佛教和道教，在它的发展过程中是没有殉道者的，就是没有为信仰付出自己生命的。包括几次灭佛，尽管这中间有些和尚被害死了，但是他不像古罗马迫害基督徒似的，只要你改变信仰，我就立刻给你一条活命，根本不给你机会的。唯独中国历史上有殉道者的就是儒教，所以从这个角度来讲，我倒是挺认可你的观点的，就是相当多的中国传统知识分子把对儒教在内心摆的位置，应该说到了和西方信仰相媲美的高度。所以说中国人没有信仰，是泛泛的一种批评，并不是说我们完全认可这种说法。

王绍培

这个问题是这样的，就是说有没有信仰和有没有宗教信仰是不同的问题。很多人说中国人有信仰，有些人信钱，信仰石头，信仰共产主义这都是有信仰，但是这些信仰算不算是宗教信仰，这是一个问题。就像易中天先生就认为，中国人没有宗教信仰。认为中国人的儒道都不是宗教，为什么不是宗教呢？这按照西方的宗教框来套中国的这些信仰体系，他认为这个不能算严格的宗教信仰，所以说中国人没有宗教信仰。比如说像佛教，西方很多人认为他就不是一种宗教，有这种定义上的差异与不同，但是在中国人自己来说也是很有争议的。比如说道教是不是宗教？儒教是不是宗教？这是有争议的。有些人说儒教就是宗教，还有人认为儒教不是宗教。所以说这不是有统一标准答案的问题，这是开放式的问题，答案也是开放式的，看你怎么说，看看你怎么定义对宗教、对信仰的定义。

杨争光：我想补充一句。在我的印象中，有专家有专著有论文，认为世界几大文明，只有中国文明能够延续下来，就是因为中国人有信仰。我认为这也叫"专忽"的一种。一个文明能不能延续下来，可以和信仰有关系，也可以和信仰没关系。信仰不是一个文明能够延续下来的唯一的条件、先决的条件。人类也是生命群体的一种。蟑螂到现在还活着呢，生命力极其顽强，据说它是恐龙时期的生物。

在我看来，关于中国文明能够延续下来，它的原因可能比我们那些所谓的专家要复杂、要深刻得多。希腊、罗马、巴比伦、埃及，等等，它们作为文明，真没有延续下来吗？怎样界定"延续"这个词的内涵和外延？延续的过程中有没有流变？流变算不算一种延续？其流变之后生长的新质是对人类精神健康的保障还是破坏？一直固化着的、没有流变的、不生长新质的所谓文明，是否有利于人类精神的健康，有利于人的"文明"？难道这都不是问题吗？我以为都是问题。

听众：我的问题是在明清时代，我们的小说达到了高峰期，像唐诗宋词元曲，我们小说达到的高度，对整个中国文化传统的延续性和作用、历史地位你们各位是怎么来认为的？

沈金浩：古代主流社会人士是通过科举考到功名的文人士大夫，所以说小说在明清时期还是民间性的，主流社会对小说看得不是特别重。为什么我们今天翻开一部文学史，明清时代主要是在介绍小说戏曲的呢，那是因为受19世纪末以来，西方文学分类学的影响，西方文学分类学传进来以后，用这种文学分类学，我们看明清时代有那么多的小说戏曲，取得了较高的成就，所以我们在学文学史的时候，就把他们当重头戏了。其实在明清士大夫眼里，他们也看小说，但是毕竟是一小部分士大夫，而且他们在肯定小说具体地位的时候，常不忘记说"有补于正史""裨补风教"，所以我们今天看待明清小说戏曲的地位，跟古人看待小说戏曲的地位是有落差的，是不同的。换一个角度讲，明清小说戏曲对民众的作用，你却要客观地承认它。因为那么多的人看戏,观众多,小说流传又那么广,这就说明,在民间它的影响力是蛮大的,但是从正统的角度来说,在文人士大夫那里小说并不是主流社会的创作,它是民间的东西,是从这两个角度来看待。

王绍培

因为今天开始的时候稍微延迟了一点,所以我们现在把时间也延迟一下。最后一个问题。

听众:之前王老师讲《西游记》孙悟空前身的问题,我之前看过一种说法说追溯到《封神演义》里面的一个人物,孙悟空的前身是不是《封神演义》中的袁洪,就是说和二郎神打得天昏地暗,也是可以七十二变的那个。我听说过一种说法,袁洪是通臂猿猴,孙悟空是凌云石猴,还有一个六耳猕猴,还有一个叱喝马猴。就是说这四个猴子不在五行之中,查不到的,每个都是武艺超群,变化多端的。就是说是不是这么一追溯,袁洪就是孙悟空的前身呢?

王海鸿:你这个非常专业,但是我从感情上来说无论如何不能接受孙悟空是袁洪。孙悟空活泼跳脱的性格,它是一个猴,袁洪除了作者说它是一个猴子以外,他没有显示出任何猴性。

听众:《封神演义》中讲袁洪就是一个大白猿猴,最后也是被压在江山社稷图中,专门给杨戬说了,在五百年之后,他会重新蹦出来,到时候还需要杨戬出手再去把它降服。有这么一个逻辑关系,所以我觉得是不是有这样一个人。

王海鸿:经你这么一提醒,我回去要把《封神演义》这一段好好读一下。

听众:我也是看了野史讲了这个东西。

杨争光：你的问题可以用来写高质量的博士论文了。

王海鸿：但是《封神演义》原文上好像没有说它五百年后如何如何吧。

沈金浩：这个问题呢，我顺便表达一个观点，我们现在小说研究界有一个情况，就是老要把这个小说读着读着就变成一个真事儿了。千万不要忘了，特别是对《红楼梦》索引派，我就大为不解，你别忘了这是一个小说，是作者写出来的，他写到什么份儿上就是什么份儿上。林黛玉死了以后，曹雪芹没有虚构下去，别忘了这是虚构，他没有再虚构下去，应该是结束了。所以我们现在的学术研究界读着读着他就忘了这是虚构出来的小说，这是不妥的。

再比如说孙悟空这个人因为《西游记》最早的源头是玄奘西天取经，唐朝就出现了这么一件真事儿，他的弟子们写了《大唐西域记》，在这个基础上，从唐到宋，后人又添油加醋，出现了沙和尚、猪八戒这些人，它是慢慢增加的，你很难再去追踪孙悟空的前身是谁。本身就是有了《大唐西域记》以后，一些人为了说这些故事，慢慢地添加出来的。

王海鸿：沈老师给我启发，我觉得这个事情它不是客观事实，只能追溯到什么为止呢？就是说这两部书的作者他们是怎么想的，只能追溯到这个程度。

听众：因为《红楼梦》和其他三部书是不一样的，《红楼梦》作为被专门研究的一本书，那三本书从古到今民间中流传了一些故事，作者是去整理而完成的。很多人就喜欢前生、后世，就是这样的体系，可以这样去想？

杨争光：我觉得你这种想法一点也不奇怪，很好的。你能想到三个石头，我就没有想到，四大名著三个都和石头有关。真要找点历史资料什么的，我觉得曹雪芹的《石头记》就可以让一个人去写一本《石头证》了，有专家学者愿意写"石头证"，我觉得也是挺好的一件事，对自己和对有兴趣的阅读者也应该有一种乐趣。

听众：我自己后来想了一下，为什么三部作品都和石头有关呢，就是作者都是文人，就是"宁为玉碎、不为瓦全"，具有玉的这种高洁的志向，比如说我就是这本书的主人翁，以我为中心，我去发散一些东西，我去呼朋唤友、占卜、运筹帷幄，把自己的一些思想灌输进去的。

王海鸿：我们要把《封神演义》好好地破解破解。

杨争光：《红楼梦》有没有这样的想法在里面？我没这样想过。

王绍培

这可以作为一个课题来研究。印度人有猴神，他们去供奉，和孙悟空文化是一样的。也就是说《西游记》里面的文化、宗教观念，来自于宗教的大不敬和小不敬，和印度文化可能有关系。

沈金浩：我介绍你去孔夫子旧书网买一本书，就是山东教育出版社出过一套《名家解读西游记》《名家解读红楼梦》《名家解读水浒传》等等，书中收了一些名家的文章，有胡适、鲁迅的，胡适、鲁迅他们就专门讨论过猴子的来历。有一种说法是孙悟空的猴形象是进口的，是印度佛经里面讲到的；还有一种不认为是这样的，就是中国古代自己也有关于猴子的故事。在 20 世纪的二三十年代，这方面的讨论还挺多的，我们现在所认为的《三国演义》作者罗贯中、《水浒传》作者施耐庵、《西游记》作者吴承恩、《红楼梦》作者曹雪芹，这些说法也都是在 20 世纪的前二十年里大致落实，也不能说是铁板钉钉，就是说清以前，大家连这些小说的作者都是模模糊糊的。

王绍培

　　提一个好问题很难，回答问题也是很难的，你这两个问题都可以去做博士论文了。今天晚上"南书房夜话"第四季的第一场到此结束，谢谢大家。

南书房夜话第三十二期：
古今一梦唯红楼
——细说《红楼梦》的经典性

嘉宾：张　霁　段以苓　孙相宁（兼主持）

时间：2016 年 4 月 23 日　19：00—21：00

孙相宁

　　大家晚上好，很高兴在南书房夜话与您见面。今天我们说一部经典名著——《红楼梦》。我想先跟大家聊一条新闻，可能很多人已经看过了，广西师范大学出版社做了一次网络调查，评选"死活读不下去的一本书"，我们中国有四大古典名著，都很"幸运"地进入了前十名，尤其是《红楼梦》荣登榜首。这个现象让我们觉得很痛心，也引发了一些思考：为什么我们的经典名著，如今成为不受欢迎的书？经典的价值在哪里？《红楼梦》的价值体现在哪些方面？今天我们的主题就是——《红楼梦》的经典性。

　　首先，我介绍一下今天的嘉宾。

　　张霁老师，吉林大学文学博士、学者、作家、艺术评论人。2009 年起任教于深圳大学文学院至今。从事中西方文学比较研究及女性文学与文化研究。在深圳大学开设有《〈红楼梦〉研究》《外国文学史》《文史哲通论》《西方文学经典》《西方女性主义文学与文化》《当代诺贝尔文学奖小说研究》等课程。自幼熟读并喜爱《红楼梦》，对红学的研究更侧重于审美与艺术及形而上层面，有关《红楼梦》研究的系列课程深受欢迎，课堂时常爆满，连年荣膺授课评比第一名，多次荣获腾讯教学奖等奖项。2012 年登上深圳大学诸子讲坛开讲《〈红楼梦〉中的爱与美》，其后在深圳市少儿图书馆、福田区图书馆、深圳国学院、龙华区政府等多处开办红楼系列讲座，反响热烈。发表有《论胡适"新红学派"作为现代学术范式之生成》《旧瓶何妨装新酒——对王国维红学范式的再认识》《中西交融背景下的红学研究范式考论》等系列红学研究论文。撰有《〈红楼梦〉的彼岸世界》一书。另有短篇小说、散文、童话、影评、乐评若干篇散见于各大报纸杂志及网络。

另外一位，段以苓女士，她是作家、编剧、艺评人、女性主义者，现居深港两地。2006—2010 年韩国成均馆大学东洋艺术哲学专攻。德国科隆 vera-gliem 发表艺术评论《一个人画派》，同年发表于瑞士巴塞尔国际艺术博览会，散文《娑罗茶》收录于台北散文丛书《娑罗花开》，文字见诸香港《今天》、台北《中国时报》、《作品》、《长江文艺》等各大报刊。2013 年 10 月获台北中国时报文学奖，2013 年 12 月获全球华文文学星云奖并公益信托星云大师教育基金。

我是今天的主持人孙相宁，我曾经也是一名高校教师，研究文艺理论，我也曾经是一名记者，做过很多新闻报道。三年前创办春田文学社，做经典阅读推广的工作。

孙相宁

我们在座的各位都给《红楼梦》一个非常高的评价，觉得它是一部经典著作，那么我们的话题就从经典阅读开始，首先我们想请张老师谈一下，为什么经典阅读在今天这个时代呈现出式微的状态？

张霁：大家好，今天是一个比较特别的日子——4 月 23 日，是世界阅读日，同时从另外一个角度看，也是跟文学相关的比较重要的日子，不知道在座的有没有人知道？没错，今天是伟大的英国文豪莎士比亚逝世 400 周年的纪念日，这几天我们在网络以及各种媒体都看到了好多有关莎士比亚的纪念性文字及活动报道，可谓铺天盖地，举世关注。我们说，对于莎士比亚的作品，即便是没有读过的人，也往往大致知道一些故事的梗概，像《哈姆雷特》《罗密欧与朱丽叶》《威尼斯商人》等等，莎翁的影响力非同一般。但是，今天同时还是另外一个伟大文豪的忌日，可能知道的人就不多了，没错，今天还是西班牙伟大的文学家塞万提斯的忌日，塞万提斯跟莎士比亚是同年同月同日去世的。我们发现，知道莎士比亚忌日的人非常多，但知道塞万提斯的就特别少。我偏巧昨天看到了一个报道，就是西班牙人自己也在抱怨，抱怨什么呢？原来，西班牙为世界奉献出了一部伟大名著《堂吉诃德》，可是大大小小的调查向我们表明，西班牙人在阅读《堂吉诃德》这部名著的时候普遍遇到了困难：在整个西班牙，完整读过《堂吉诃德》的人并不多见，很多人都说，我下定决心要找一个空闲的时间坐下来好好地把塞万提斯的这部名著读一遍，但是一般情况下，只能阅读到第50页，就是"堂吉诃德大战风车"这儿，然后就再也翻不动了。所以西班牙的知识分子就抱怨，说本国的国民对阅读这么伟大的一部著作产生了心理障碍。我看到了这个报道，心想：这不就跟《红楼梦》成了中国人最难读的书差不多吗？看来这个问题是世界性的。没有人不知道塞万提斯的《堂吉诃德》是旷世名著，但西班牙人自己也很苦恼，读不下去。同样，一提起《红楼梦》，几乎每个受过教育的中国人都能说出来，这是我们中国文学金字塔尖的明珠，但是请问究竟有多少人认真读过呢？不少人不是望而生畏，就是刚翻了开头就觉得难以继续。那么现在就有一个比较严肃的问题，刚才主持人讲的，经典阅读在今天为什么面临这么困难的一个局面？我想大体上的原因大概有这么几个方向。首先，从时代的角度来看，今天是一个什么样的时代呢？举世谈论的已经是人工智能的未来前景，"阿尔法狗"已经战胜了李世石，并且在全世界的网络平台上现场直播；好莱坞的爆米花大片越来越向着全球同步首映的趋势在走；任何一个大的事件只要一经登录网络平台，会迅速在整个互联网乃至网下蔓延开来，速度之快令人咋舌。这是一个海量信息迅疾传播并且爆炸化的时代，好处当然是便捷迅速，但对阅读带来的负面效应也不容小觑。快速传播的信息同时具有很强的时效性，为了引起人们的关注，时常采用博眼球的方式来轰炸人们的视觉及心理，久而久之，导致人们的注意力很难长期集中，我们变得越来越讲求"速食化"，凡事只看"梗概"。就像有人开玩笑说的那样，微博只有140个字，但很多人都读不完，读到第一句就开始骂，更不要说有耐心花很长时间去阅读一部冗长的、似乎离我们又比较遥远的作品了。我们今天的这个时代，包括我自己在内，都订阅了一大堆微信订阅号，一早上起来就像皇帝审批奏章一样，每个人都要去看今天发生了什么，于是有人特地把一天的新闻做成一个条目，然后推送出来，大家看完了，觉得掌握了天下大势。我们就是这样渐渐被信息社会所淹没的，我曾经多次在不同的场合提出过这样一个观点，就是"这些东西都是信息，但不意味着就是知识"，我们想想看，我们每天阅读的订阅号里面的文章，看到的许多微信群里面转来转去的东西，真正有价值、有意义的又有多少呢？这些文章可以说更多的是在满足人们的猎奇心理，时常夸大其词，甚至有些文章为了博眼球，一味追求趣味性，出现了一种将经典文学艺术作品简约化、调侃化、八卦化的倾向，表面上这似乎传播了经典作品，但实际上却让人只求"梗概"，甚至连梗概都看不确切，有百害而无一利，我个人是很反对这种调侃经典的行为的。在这样一个时代背景下，人们更习惯的是梗概式阅读、碎片式阅读，更受欢迎的往往是快餐类文化，你去倡导经典阅读，大家都说"好吧，等我有时间一定好好读"，但是这个时间从来没有，而经典阅读因其深刻性，需要时间和精力的高度投入，不投入时间，则不可能进入经典阅读的大门。眼下是一个浮躁的、信息化的、碎片化的时代，所以经典阅读在此刻面临了最大的危机，可以说这是全世界目前面临的共同问题。不光是我们中国人，西方也是一样的，如我前面所举的西班牙人的例子。这是第一点，这是从经典阅读所面临的一个时代的挑战来说。

第二点，我觉得与文本本身有一定关系。还是刚才那个话题，审视莎士比亚的著作，我们会发现，莎士比亚的作品相对来说的确比《堂吉诃德》《红楼梦》这样的名著在世界范围内更有读者，这是什么缘故呢？我觉得，这与莎士比亚的著作在题材上更容易搬上屏幕有一定关系。它本身就是戏剧，矛盾非常集中、尖锐，情节大起大落，跌宕多彩，它跟《红楼梦》不一样，我刚才说的《堂吉诃德》其实也不能很好在舞台上表现的，也不能很好拍成一部电影或者戏剧，《红楼梦》也是一样，即使我们不做120回的考虑，就拿前

80 回来讲，能够把它提出来的，像《西游记》中"三打白骨精""偷吃人参果""真假美猴王""趣经女儿国"……这类极其富有戏剧性的经典桥段有多少呢？有听众说"黛玉葬花"，还有什么呢？"晴雯撕扇"，看来在座的朋友还比较熟悉《红楼梦》，可我们掰着手指头一数，决计不是很多，并且更多是一种画面感，而不是戏剧性的桥段。这是《红楼梦》自身的特点决定的，《红楼梦》作为作者自发创作的作品，有别于演义和历史小说，题材上选取的更多是日常生活中的点滴，林黛玉说的"一年三百六十日，风刀霜剑严相逼"，宝黛爱情的起伏、贾家由盛转衰的命运，都一点一滴蕴含在作品的罅隙中，这是非常写实的作品，矛盾和冲突都并不是让人一眼看上去就能发现的，所以在改编成影视剧作品搬上银幕的层面上，就不如莎士比亚的戏剧那样让人过目不忘，甚至也不如一些通俗的断案小说或是金庸的武侠小说那样让人印象深刻。因此当然传播度上就无法与如上作品相比，在阅读上亦是如此。这些放在一起构成了今天的局面，就是很多人觉得《红楼梦》是一座难以翻越的大山，觉得阅读起来很艰难，我觉得大的方向是这么两个方向。以苓，你觉得还有什么其他的因素，造成经典阅读的困难，尤其是《红楼梦》的阅读困难呢？

段以苓：我接着张老师再谈谈莎士比亚，在莎士比亚的 37 种著作里塑造了 400 多个人物，《红楼梦》一本书里就有 400 多个人物，所以《红楼梦》不好读是有道理的。曹公只写了这么一部书，但是他把莎士比亚 37 种剧作的人物都包括了，《红楼梦》历年的译本都有人物关系、人物名字的注释，比如英国戴维霍克思五卷本的译文，所以说读起来是有一些困难的。那么我们为什么要读经典呢？我们可得知经典书籍是独立于军队这样强大的、表面的东西，在浮华之外，它是更珍贵的东西。《红楼梦》曾在不同时代造成了轰动，似乎诞生以来，都是一部非常"红"的小说，倾倒众生。现在这个时代，文化成为一种消费，本质雷同如猎奇、简短、暴力、娱乐、周期性话题，文化消费成为文化受众的必需品，文化成为经济的一部分，几乎某类"文化"以爆炸性的增长吸引了大多数人的眼球。当然这类型的产物并非全无意义，如同我们这个时代并非全部选择盲从，有人从喧嚣内，云烟过眼见慧明，波澜自肃者仍存，对于一部文学巨著而言，寂寞未必是坏事，《红楼梦》像人类所有巨著一样，具有自己永远的生命，酝酿于未来。《红楼梦》的寂寞，不是《红楼梦》的损失，而是时代的损失。不是时代拒绝了《红楼梦》，而是《红楼梦》拒绝了时代。

孙相宁

　　我觉得也跟《红楼梦》的实用性和娱乐性有关。我们现在处于经济高速发展的社会，尤其是深圳，大家每天节奏很快，我们在想的是怎么做事业，要赚钱做生意，人们闲暇之余读书，要么是为了所谓的"充电"，读对事业对生意有帮助的书，你看书店里最明显的位置都是励志书籍和生意经；要么就是为了放松消遣而读书，看一些有趣离奇的，情感鸡汤的书，这些书会让人感觉轻松。而经典名著，尤其是《红楼梦》，我们暂且不谈深度阅读，只从表面来看，讲的都是家长里短，情爱痴缠，对于青春期的孩子还有些吸引力，对于在社会打拼的成年人来说不实用，政治谋略不如三国，娱乐性也不强，惊险刺激不如水浒、西游。《红楼梦》不是急功近利、马上能帮你解决问题的书，它只能够帮你解决在人生哲学或者对生命的理解方面的困扰，它需要细细品读，反复读，才可以读到一些体会，但是我们的生活状态本身就离哲学很远了，所以说这个也是造成我们经典阅读逐渐衰弱的原因之一。

　　说到经典，我们还要讨论一下，一部作品之所以为经典，它要有哪些价值或者特点呢？这个请张老师来谈一下。

　　张霁：接着刚才补充一点，虽然大家都不爱读经典，但是在所有经典里面，《红楼梦》为什么最不受人待见，排在榜首呢？这里面还有一个重要的因素，就是：这是一部悲剧。《红楼梦》诞生于清代雍正、乾隆年间，距离现在已有 200 多年，作品中展现的清代贵族生活距离常人较远，难以引起感同身受的共鸣。并且与其他几部作品如水浒、西游、三国不一样的是：《红楼梦》既不是描写史实，又不是演义游戏，也不是能供人茶余饭后消遣的作品，它也没有鲜明的道德立场，比如惩恶扬善、辨别正统异端之类我国古代小说通常的主题。里面的情感细腻隽永高贵，又有巨大的悲凉感，是真正的悲剧。

王国维先生说，《红楼梦》"大背于吾国人之精神，吾国人之精神，世间的也，乐天的也，故代表其精神之戏曲、小说，无往而不着此乐天之色彩：始于悲者终于欢，始于离者终于合，始于困者终于亨；非是而欲餍阅者之心，难矣"。意思是说，中国人特别喜欢立足于现实人生的喜剧，喜欢看大团圆的结局，在中国做小说、写故事，你要有这些思想准备，如果不能够符合这样一种原则来写作，这个小说是没多少人爱读的。而《红楼梦》不仅是一部悲剧，用王国维先生的话说还是"彻头彻尾之悲剧，宇宙之大悲剧"，那么在大众层面上，有多少人愿意接受这样一种彻头彻尾的宇宙的大悲剧呢？放眼看过去，我们现在所看到的影视作品，更多的是什么样的故事呢？现代剧作不说，就说对传统作品的改编，常常让人啼笑皆非。比方说京剧舞台里面的《红鬃烈马》，讲的是王宝钏和薛平贵的故事，王宝钏苦守寒窑十八年，丈夫薛平贵在西凉早被招赘了驸马并继承了皇位，十八年里几乎忘了这个悲苦的原配，重逢后第一件事想到的还是妻子是否守贞，这样的一个作品，今天的影视剧也给你改编成一个情深不渝的喜剧。可以说，几乎所有你能够想到的悲剧情节作品，比如《白蛇传》《秦香莲》《快嘴李翠莲记》……今天的影视作品通通给你改编成喜剧，没办法，观众喜欢看，要迎合市场，有收视率在跟着。可是试想，如果把《红楼梦》改编成喜剧，中国人即便没读过的恐怕也没有几个人会答应，因为宝黛爱情悲剧已经深入人心了，大家不能接受爱流泪的林妹妹最终和贾宝玉终成眷属。这也是《红楼梦》这个级别的经典的力量：已潜移默化进入到文化中，大家觉得不能轻易改编，否则一定骂声一片。但又实在是不爱看悲剧，那就敬而远之吧，干脆不看了。《红楼梦》作为一个彻头彻尾的悲剧，用王国维先生的话来说，跟我们中国人思想气质不太吻合，我们希望的是最终有一个皆大欢喜的大结局，所以《红楼梦》前80回出来之后，曹雪芹没有写完，后世有200多种续书，虽然曹雪芹已经在前80回里面给了那么多条线索说这是一个悲剧，比如第五回已经写得非常清楚了，太虚幻境的判词，女儿们都在"薄命司"，全部是悲剧结局。可是200多种续书里面，三分之二的人依然选择把这本书写成一个大团圆的结局，里面相当一部分写的是宝玉把宝钗和黛玉都娶了，他们觉得这样很好，他们很开心，就像《儿女英雄传》这类作品一样。在很多中国人心中，"洞房花烛夜，金榜题名时"就是人生最大乐趣了，两个都娶了，这叫"尽享齐人之美"，他们是不能理解贾宝玉的"空对着，山中高士晶莹雪，终不忘，世外仙姝寂寞林"的执着的，也不能理解林黛玉"天尽头，何处有香丘"的悲苦发问。所以《红楼梦》跟我们中国人这种世俗的快乐很不一样。有人跟我讲，说读了这个书之后非常痛苦，我说你痛苦就对了，这个书不像今天好多网络小说包括影视作品那样，读完后能获得一种意淫的快感，《红楼梦》不会的，它让你很痛苦，但这种痛苦恰恰是经典所具有的品质。能让我们在人生旅途中从灵魂里往外生发出来的痛苦是不多见的，一般的痛苦就是我没加上薪，我追求那个女孩没得到，我的什么欲求没有得到满足，但《红楼梦》不是，读完它之后，用曹雪芹的话说是"落得个白茫茫大地真干净"，你会感到一种骨子里的悲凉，对社会、人生乃至宇宙都生发出了一种彻骨的悲凉，并开始思考人生的终极意义。它不是让你舒服的作品，而真正的好作品，真正的经典，恰恰不屑于给人容易的、也是低级的快乐。因为思考的本质就不给人肤浅的世俗幸福，它带给你的冲击和提升好比在你的心灵上进行拓荒，将原本狭隘的世界扩大，原来单薄的生命充盈，那这个过程当然是沉重的。但同时，如果你真正走入经典的作品中去，全身心投入其中，在伟大的悲剧之中浸润，你会得到一种真正的升华的幸福感受，这是《红楼梦》作为经典悲剧，它拥有的其他同类型文学作品所难以代替的一种特质。所以刚才相宁讲的，经典的书应该具有什么样的品质，我想刚才这段也代表了我的意见，就是说读《红楼梦》不是让大家在生活的层面上感到我挺快乐挺满足——虽然也有这样的时候；但更多是在审美之旅中被潜移默化地熏陶，被悲剧人物伟大悲壮的精神震撼、涤荡，被悲剧的结局冲击心灵，思考人生和世界的本质。也就是说，读《红楼梦》，会让人产生一种跟此岸相距非常遥远的感动和震撼，那么这样的作品，在我看来当然是经典。当然，经典阅读也需要一定的文化积淀，《红楼梦》尤其如此，它展现的是清代贵族的日常生活，特别是涉及一些精神活动：首先这是一个爱情故事，而非"三言二拍"和《金瓶梅》的情欲故事，这个爱情故事又是形而上的，并非人人都有体会；其次，里面有大量的诗词歌赋、饮食服饰、礼仪文化、节日民俗等等，这都需要一定的文化基础和阅历，乃至审美感悟，才能更有共鸣感。

孙相宁

在《红楼梦》里面，可以看到一种超脱俗世的人生态度。最近有一些朋友跟我谈生和死的问题，感觉整个社会都有一种迷茫的情绪。咱们现在喜欢讲修行，修行有很多种，像妙玉那样，躲进空门不问俗事，是一种；像陶渊明远离纷争、隐居田园，享受采菊东篱下的生活，也是修行；大隐隐于市，在社会上打拼，其实更是修行。修行，修的是心，谁的心真正修成了大彻大悟呢？不是惜春，也不是妙玉，而是宝玉。不是每个声称修行的人，都能超脱，他得有异于常人的素质，懂得欣赏美、追求美。宝玉自幼厌恶读书，痛恨功名利禄，喜爱白璧无瑕的女儿。功名虽然给社会带来发展的动力，但也诱发了人性丑陋的一面，宝玉这样的贵族公子，看到美在欲望之下的毁灭，为之痛心不已。进一步思考，芸芸众生为欲望而挣扎的生活，终究还是一场空，每个人都是赤条条地来，赤条条地走，为何还要执着在得失之间呢？这尤其对我们现在的人来说，是很有启发作用的。

段以芩：《红楼梦》呢，在 1922 年的时候，德国一位学者埃克斯，他写过一篇文章《中国文学》，讲《红楼梦》在中国文学史上是唯一一部把现实和空想、把宗教的神秘、世俗恋爱和象征主义完全结合在一起的小说，他说《红楼梦》是中国具有现代意义的小说，用现代手法写成。这个评价是非常高的，所以《红楼梦》的经典不在于说讲了哪些事情，或者这里面有什么故事情节，而是在于它的整体，所有经典的意义都是在于整体。还有《红楼梦》的想象力，它达到了一个非常高的高度，这是中国小说的想象力，这里并不是对中国小说有什么非议，只是说中国小说往往很现实，因为中国的小说通常是世情小说，从世俗的角度、从人情的角度来写，明朝的《金瓶梅》"三言二拍"也好，明末清初的《醒世姻缘传》也好，这些都是偏向日常化的，但是《红楼梦》跟它们不一样的地方就是它在日常中写到了真正美的东西，它给了我们一个审美的标杆，《红楼梦》的经典是在于它非常独具一格，而且它具有整体的价值，《红楼梦》是一部真正的悲剧，鲁迅先生说悲剧是将人生有价值的东西毁灭给人看，《红楼梦》亦是一部纯粹的悲剧，超越爱情、时代、社会性，达到了形而上的纯粹。

张霁：对，《红楼梦》本来也是曹雪芹"批阅十载，增删五次"的心血之作，是精雕细琢出来的艺术品。其实有关经典，我还想起意大利著名作家卡尔维诺，他曾经专门写了一篇文章，谈我们为什么要读经典，什么样的书是经典。其中他给了一个标准，他说经典作品就是那些你经常听人家说"我正在重读……"而不是"我正在读……"的书，因为经典"从不会耗尽它要向读者说的一切东西"。也就是说在我们的一生中，我们可以无数遍地重读这个经典，每读一次，感受都是不一样的，《红楼梦》这个方面的特点，我自己的感受是非常强的。举例说，贾府里面的"元、迎、探、惜"四春，其中四小姐"惜春"是宁国府贾珍的胞妹，尤氏说她是个"心冷口冷心狠意狠"的人，在抄检大观园的时候，王善保家的抄到惜春的丫头入画，发现她的箱子里有男人的玉腰带，还有一些金银锞子，便立即拷问入画，连尤氏都做证说这些都是贾珍赏赐给入画哥哥的，这个事儿本已没有什么问题，所有人都觉得这个事儿可以过去了，可是惜春说不行，一定要把入画给撵走，我不要她了。多年来，我自己阅读这个地方的时候，都把这当作惜春这个人"心冷口冷"的证据。但在不久前，我看到了一个红迷做出的一种解读，说实际上惜春为什么要在这件事情上跟入画划清界限呢？因为搜到的这些财物远远超出了一个主人给一个仆人赏赐的标准，而且有男士贴身的腰带，这个在中国古代是带有一定的色情意味的，也就是说，入画的哥哥很有可能是跟贾珍有着不正当的关系。所以惜春才坚决不肯饶恕入画，也是她自己说的"我这样一个清白人，被你们带累了"，她对"只有门前两个石狮子是干净的"的宁国府里种种乌烟瘴气的糜烂生活深恶痛绝。我当时看了解读后感叹，我读了这么多年的《红楼梦》，这个细节我都没有注意到，原来惜春的"冷"背后还是有更深层次的原因的，并不像原来想的那样简单。可以说，曹公处处在书中埋设伏笔，每读一次《红楼梦》，只要足够用心，总会发现一些你此前没有发现的地方，非常的细致，这个是让人非常叹服的。

孙相宁

其实《红楼梦》的这些故事，无论是儿女情长、男欢女爱、权术谋略、人生起伏，在《红楼梦》之前的古典小说里面，我们都可以见到。那么，如果将《红楼梦》这部作品放在整个中国文学史上来看，应该处于什么样的地位？请张老师谈一下。

张霁：其实刚才提到的这些细节性的东西，在《金瓶梅》里面也可以看得到，在《水浒传》《三国演义》这类作品中，如果细读的话，我们都是可以看得到的——这些书毕竟是经过长时间的选择成为了经典，可是《红楼梦》又不止于此，虽然说这些高超的写作技巧层面，《红楼梦》也高明到足以傲视群雄，但这并不是它的全部意义所在。可以说，《红楼梦》的出现，对整个中国文学来说是一次全方位的、本质上的突破和飞跃。刚才以芩说有西方的学者认为《红楼梦》是有现代性的，的确是这样，的确是具有相当的现代性，为什么这么说呢？我们来简单追溯一下中国古代文学中，小说的地位以及演变。在中国古代传统的文学观念中，文学分为正宗和邪宗，"诗言志"，"文以载道"说的都是被视为正宗的诗歌和散文，是要用来表达观点，寄托主张，抒发情感，最终有裨于世事的。而主要用来叙事，带更多想象和娱乐色彩的小说、戏曲，在中国文学中一向被认为不登大雅之堂，是"小道"而非"大达"。鲁迅在《且介亭杂文二集》就曾说："小说和戏曲，中国向来是看作邪宗的。"在这样的观念下，中国的叙事文学并不发达。甚至连中国的戏剧和戏曲，情节性都更多让位于抒情性。国人似乎总不喜将一件复杂事情的具体细节细细勾勒，而更多关注此中的感情、感受。这也是整个中华文化的特点，不重写实而重写意。体现在绘画上亦是如此，中国的水墨画也好，工笔画也罢，一直未能像西方油画那样，涉及更复杂也更逼真的立体、光影、解剖范畴上。在小说这一文体形成期的魏晋南北朝时期，即便是讲述神仙鬼怪灵异的故事，也是当作真实的见闻来记述。那个时候小说就被当作是一种我们今天所说的八卦，我告诉你一件什么八卦的事情，大概就是这种。后世的唐传奇和宋元话本虽然有了很大的发展，但总体上篇幅较短小，情节也较简单。其实唐传奇的艺术成就还是蛮高的，出现了一些我们今天都比较耳熟能详的故事，比如像霍小玉、聂隐娘等，这些故事的故事性都非常强，现在也被改编成一些影视作品，但篇幅都比较短小，虽然矛盾冲突激烈，但情节并不是很复杂。到了明、清两代，中国小说的体裁终于演变成长篇章回小说，叙事艺术至此达到一个成熟期，表现的范围也较从前宽广，文化的成熟使得士人阶层和市民阶层的精神世界都呈现出和以往不同的面貌。可以说，从明代开始，小说这种文学样式的艺术性、价值，真正打破了传统诗文的"正宗"垄断，特别是在普及的社会影响性方面，和民间戏曲等形式一道，渗透到了生活的诸多方面。表现的范围也上到朝堂王府，下到乡村市井，各行各业，方方面面。但无论是神魔小说如《西游记》《封神演义》《聊斋志异》，还是历史演义小说《三国演义》《水浒传》，世情小说《金瓶梅》"三言二拍"《儒林外史》等，往往都有一个共同的主题方向，是什么呢？就是总是在强调道德层面的取向，说教意味很强，虽然《金瓶梅》讲的是西门庆家里的生活琐事、妻妾争宠等事，但漫长的故事讲完了，到了结尾，来一句不能够这个样子，这个样子是不行的，实际上主题就是劝人向善，还是不离说教。也就是说，中国古代其他小说都更多着眼于世俗现实层面，不论是家国之悲还是姻缘爱情，很显然，都不涉及形而上的超脱层面。可《红楼梦》不是，《红楼梦》的主题跟我前面说的那些小说很不一样，《红楼梦》没有任何说教意味，不仅如此，《红楼梦》对自己不具备这种意味是感到非常自豪和骄傲的。曹雪芹说得非常清楚：我就是要把我这一生见到的这些女子、这些事情写出来，传之于世，不能忘怀。

跟中国古代以往其他小说都不同的是，《红楼梦》关注的是我把它命名为"彼岸世界"的事情。我们生活的现实世界是此岸世界，比如《金瓶梅》里面，西门庆跟妻妾今天吃点什么，明天玩点什么，《红楼梦》里面也有，各种喜乐游宴，婚丧嫁娶，但这不是这本书关注的重点，它关注的是什么呢？就贾宝玉来说，他特别关注的是"我死之后，众姐妹的眼泪葬我"，后来他又醒悟说，"个人得个人的眼泪罢了"，也就是说他与林黛玉的爱情"木石前盟"是最重要的事了。在我们中国传统文化的语境之下，追求爱情，并且将死后这个事看得如此彻底干净的是很少见的。那么《红楼梦》洋洋洒洒80回的生活场景，最终要讲的到底是什么事呢？如果从深层次，也就是哲学的高度来说，其实是在讲有充沛生命热力和个体灵魂追求的人，具备诗性气质的自由主义者，在红尘俗世之中，与这个世界怎样的不相容。从贾宝玉的角度来说，这个不相容是全方位的：科举他看不上，也就是对仕途经济不感兴趣；爱情不能够遂他的心愿，他要的前世约定，也就是自由的爱情"木石前盟"，被世俗利益的结合"金玉良缘"代替；他心目中喜欢的、爱慕的所有美好的人和事最终全部凋零，而他对此完全没有办法。他在面对这种凋零的时候，就产生了一种个体对这个世界和宇宙的一种醒悟，这种醒悟既是非常个体的，但同时是具有全人类的共性的，所以我们说这是一本形而上意味的书，在原有的世俗生活层面再往上的那个部分，是《红楼梦》所重点关注的世界，它距离我们现实生活仿佛很近，但其实就本质上来说又非常的遥远。

可以说，《红楼梦》是中国文学的标杆，小说的结构方式、创作写法、塑造人物的方式都登峰造极，内容上又给我们展现了一幅广阔而立体的清代贵族生活画卷，而且小说的形而上与美学、哲学价值都达到了极高的水准，特别是它与此前的中国作品有着鲜明的不同：不同于以往的道德叙事，取而代之的是审美追求；不同于以往的对家国伦理秩序的追求，取而代之的是对个体精神自由的追求，那种对人类生存意义的追问震古烁今。也是从这个意义上说，《红楼梦》目前是中国最像西方小说的小说，具有现代性，它关注的是个体的内心世界，而非朝代兴衰，不回避人生与人性深处的矛盾，而且要求自由与诗意。

段以苓：《红楼梦》后40回，当然普遍认为这40回续写存在缺陷，尤其是对文字有要求的人，会觉得高鹗的续写是不舒服的，觉得他的文字很干涩。高鹗是一个科举出身的人，跟曹雪芹有审美意识的大家世族出身的人不一样，他这个续本有很多问题，但是我觉得值得肯定的地方是他把宝玉写得还不错，写宝玉放弃名利后自我放逐。高鹗续本中，宝玉和贾兰皆去科举了，放榜时宝玉中了第七名，这个是很难的，因为古代的科举能中榜是一个天大的喜事，人生四喜其一便为"金榜题名时"。但贾宝玉的选择是什么呢？他不要这个功名了，以后的光宗耀祖、功名利禄他也不要了，他出家去了，高鹗的败笔是写到宝玉又回去拜他父亲了，宝玉既然什么都不要了，为什么他又要坐一个小船回去给他父亲拜恩？

张霁：因为高鹗是考过科举的，他把这个事情看得很重。

段以苓：高鹗写科举写得非常好，人的写作跟他的经历是有关系的，所以高鹗写什么写得好？写科举、写抄家都写得挺好的，因为他亲自参与或有些体验。

张霁：但是他的续书里面最为人诟病的是什么呢？印象最深的之一是黛玉吃了什么（笑），在后40回里，黛玉的吃穿都让熟悉前80回的读者看出几个字："没见过世面"，非常明显。

段以苓：这个是跟人的教育有关的。古时讲究"君子远庖厨"，高鹗可能就没有这个意识，你可以看到他绞尽脑汁想黛玉吃什么，最后想来想去，吃五香大头菜，这是非常匪夷所思的，林妹妹为什么能吃大头菜呢？因为林妹妹在第四十五回里吃的是梅片雪花洋糖熬的燕窝粥，养肺润脾胃，洁粉梅片雪花洋糖还是宝钗送给她的，这才是林妹妹吃的东西。然后高鹗他有一点不靠谱的地方，就是紫鹃布置黛玉饮食时说，我们先喝火肉白菜汤，再吃粥，再吃五香大头菜，还要拌点麻油……自古就没有这样吃东西的，我们现在也不会这样吃东西的，粥与汤同时进食。

张霁：也说明高鹗的生活远远没有曹雪芹那么精致考究，这个是没有办法的，两个人毕竟在出身上有着巨大差异，经历和见识也都不一样。

孙相宁

我还觉得后40回非常不可思议的是，后40回的黛玉也会劝宝玉考取功名了，并且黛玉居然有了微笑的表情，在前80回里面，黛玉的说话方式要么是"冷笑道"，要么直接"黛玉道"，不会描写她带着什么样的笑，但是后40回开始描写黛玉的微笑了。

张霁：大家可以统计一下前80回里面黛玉的语言，曹雪芹很少会写黛玉如何如何笑，很少会有形容词。因为曹雪芹的如椽巨笔有能力通过对话就写出来黛玉的情态，让读者脑海里面自动闪现出黛玉会是一个什么样的笑，但到了高鹗这里，他没有办法，他只能直接给你这么一个词，他没有曹雪芹白描和写对话的能力，这就是大师和优秀作者的区别了。

段以苓：从后40回看，林黛玉变傻了，她的言语没有聪明劲了，而在前80回，林黛玉说话是非常幽默的，特别爱挖苦人的，刻薄犀利。程甲本第二十回回目"林黛玉俏语谑娇音"，俏语戏谑，皆形容黛玉讲话有趣聪明。第八回怡红院宝玉奶母李嬷嬷曾说"真真这林姐，说出一句话来，比刀子还尖呢"。曹公写黛玉"心较比干多一窍，病如西子胜三分"，传说比干是七窍玲珑心，黛玉比比干还多一窍，可见有多聪明，但是后40回就写得毫无灵气，变傻了，所以这是他语言上的一个败笔。

张霁：鲁迅曾经就说了一句非常刻毒的话，但是他的话让我们觉得很确凿，他说："人与人之间的差距，有时竟比人与类人猿之间的还要大"——这话看了《红楼梦》和它的续书，就知道是不错的。

孙相宁

可见高鹗不懂林黛玉，也不懂曹雪芹。《红楼梦》其实在中国的小说史上，上升到了前所未有的形而上高度，在主题表达上，把它之前的小说主题都囊括了，比如《金瓶梅》的欲望、《三国演义》的权术、《西游记》的叛逆、《儒林外史》的势利庸俗。但是《红楼梦》的写法是新颖的，中国古典小说写世间的善恶因果，大多从二元对立的角度出发，黑白分明、善恶有报，而《红楼梦》则不讨论善恶，只用写生的手法，展现真实的人性，无绝对的好人或坏人，大观园中的女儿也不尽完美，各人都有自己的好处和弱点，是一幅完整的心理画卷。《红楼梦》"大旨谈情"，这"情"也是前人所没有的东西，写世间至美至真的爱，这爱又不仅限于小儿女之间的情爱，而是大格局大境界，面向宇宙苍生的爱。从这一点来看，是突破了前人。至于《红楼梦》对后世的小说，有什么影响，我们请以苓谈一下。

段以苓：《红楼梦》一出，以后所有清朝的小说是无不受其影响，就是所有的小说都在模仿《红楼梦》。我们先把《红楼梦》放入文学史中看，它亦是承前启后之作。红楼梦对太虚幻境的超自然框架描写，可在中国小说史上的游仙窟类传奇找到起源，张鷟的《游仙窟》，是爱情故事嵌入神仙偶遇类唐传奇，与此之前出现的神仙偶遇故事原型不同，多了生动的世俗情爱，所以这部传奇为正统所不喜，以致中国失传，清末学者杨守敬在日本重获此书，评价却仍是浮艳二字，直到鲁迅先生在《中国小说史略》中重新发掘了《游仙窟》，其价值才逐渐得到正视。林黛玉前身绛珠仙子，要还眼泪报恩的故事原型，也于明代种种"风流债"轮回类小说略见端倪，如《醒世姻缘传》。郑振铎先生在《插图本中国文学史》中曾言，

《红楼梦》的描写、结构，也显然受到了《隋炀帝艳史》的启示。此为《红楼梦》的承前。《红楼梦》的启后，因《红楼梦》影响巨大，几乎每一部清中晚期的小说，里面的人物都有一位"林黛玉"和一位"贾宝玉"。清末花也怜侬写的《海上花列传》，是胡适先生和张爱玲都非常推崇的一部小说，胡适考证其作者为韩邦庆，《海上花列传》是用吴语写的，鲁迅评价它"平淡近自然"。《海上花列传》里面我们也可以看到林黛玉的影子，就是李漱芳和陶玉甫的爱情悲剧，还有《品花宝鉴》里也有宝玉和黛玉的原形，就是杜琴言和梅子玉，你读的时候就可以看到，它们完全就是照着《红楼梦》的文字来铺陈的：多病，咳嗽，吟诗，为长辈不喜，另外一个就是富贵多情公子，两人皆无法结为伉俪，结局一样是爱情悲剧。后来清末民初的言情小说更是受其影响，鸳鸯蝴蝶派的周瘦鹃，还有张恨水、张资平的许多小说，都有"红楼腔调"。

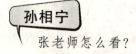

张老师怎么看？

张霁：包括林语堂的《京华烟云》、巴金的《家》，还有张爱玲的一些作品，无论是从语言到人物刻画，都在学《红楼梦》。还有一个好玩的事，就是五四时期有相当多的诗人专门歌颂一种气质，叫"结核病气质"，诗人吴奔星还专门写了一首诗叫《肺病女》，怎么样双颊绯红，然后消瘦咳嗽，他们觉得很美，这是当时相当多的知识男性对女性的审美，这肯定跟林黛玉的形象有莫大的关系。

孙相宁

我们说《红楼梦》有着西方的悲剧精神，这个悲剧精神在中国文学史上非常少见，正像张老师前面所讲，中国人有着乐天的情结，中国式的悲剧大多是由外界因素导致的悲惨结果，像《窦娥冤》《长生殿》，这生离死别都是外界原因造成的，有时候咱们还为了大团圆的场面，给出一个善有善报、恶有恶报的结局。或许现实的残酷已经让人难以忍受了，那么就在艺术中弥补缺憾。《红楼梦》则不同，它是很接近西方文学的，西方悲剧更注重人物自身性格造成的悲剧冲突，这冲突往往是激烈、悲壮的，具有崇高感，你会感到强大的力量冲击着心灵。例如希腊神话中的大英雄赫拉克勒斯这个形象，他跟咱们的孙悟空有点像，叛逆，不听话，但孙悟空后来被唐僧收了，还有紧箍咒，于是就改走正道西天取经了。赫拉克勒斯呢，他改不了自己的狂躁，于是他也就必须要忍受自己造成的后果，可是一旦重获自由，他又做回自己，依然故我。这在中国的文学作品里，是很少见的。《红楼梦》里面却有几个这样执拗地追求个性的人物，首当其冲是林黛玉，自己给自己找别扭，俗话说是"心窄看不开"，可当我们仔细探寻黛玉的内心，就可以看到她对爱与美的追求，是何等的执拗！宝玉、晴雯也均属这一类人。当然红楼梦的艺术风格，是温文尔雅，"怨而不怒"，最大的冲突也不过是宝玉挨打、抄检大观园，悲剧冲突的激烈，隐藏在文本后面，等待读者去揭开一层层谜底。

所以说，《红楼梦》跟西方文学在这一点上，是十分接近的，不知道西方读者怎么看待这部书？

张霁： 这个问题也是多年以来我们一直困惑和苦恼的问题，我们中国人把《红楼梦》看作是中国文学金字塔尖上的明珠，但是长时间以来，在世界文学上，恐怕《红楼梦》并没有得到它应得到的那么高的评价，首先一个很大的原因是与《红楼梦》的语言特点有关系，我们知道中国的汉字是象形文字，每个字有很丰富的意韵，包括像《红楼梦》里面四春，宝、黛、钗的名字，四大家族的"护官符"，贾雨村、甄士隐等等诸多的谐音，这些东西翻译到西方去，很难让西方的读者能够有所共鸣，这是非常难的。

段以苓： 另外提一点，就是《红楼梦》的前瞻性，它是属于未来之书，在当时的西方，《红楼梦》产生的那个年代，流传到西方是在19世纪的时候，西方的文学还是现实主义，后来是自然主义。西方19世纪文学，我们可以看乔治·艾略特或简·奥斯汀的小说，比如《爱玛》开头这样写："爱玛·伍德豪斯小姐端庄儒雅、才思敏捷、生性欢乐、家境宽裕，仿佛上苍将最美好的恩赐集中施与她一身了。她在这世界已经生活了将近二十一年，极少遭遇到苦恼或伤心的事情。"奥斯汀笔下，一开始这个人物就告诉我们了，故事也是平铺直叙，也很少去改变这个人物的性格，但是《红楼梦》呢，娓娓道来，不紧不慢地写出来，一直到五十六回，我们才知道探春是这么一个精明能干的人，作者从第一回开始就写了探春，但是具体人物的性格发展是有一个自己的速度的，所以这个对那时的西方人来说是非常难以理解的。

张霁：西方人很难接受这个速度，就像《大英百科全书》怎么定性《红楼梦》呢？说《红楼梦》这部作品"用80回的时间谈了一个冗长的恋爱——还没谈完"。西方人不能够理解这种细致缠绵的东方情感。我们看莎士比亚的《罗密欧与朱丽叶》，两个人一见钟情，罗密欧就跑到朱丽叶家的阳台下去，听见朱丽叶在喊，罗密欧啊罗密欧，你为什么是罗密欧呢？然后罗密欧就说，你要是不喜欢，我立马就不叫这个名了。爱人所在的地方就是天堂。《简·爱》里面，家庭女教师简·爱对罗切斯特先生说："你以为我低微、矮小、穷、不美，我就没有灵魂没有心吗？假如上帝给我多一点点财富，再给我多一点美貌，我就会让你难以离开我，就像现在我难以离开你一样！"说得非常直接。英国著名女作家艾米莉·勃朗特的作品《呼啸山庄》，女主角凯瑟琳说："不管别人的灵魂是什么料子做的，但我和希斯克利夫，我们两个的灵魂是一个料子做的"，东西方读者读到这些地方的时候都非常过瘾，因为直接的情感毕竟容易体会。而西方人理解含蓄而细致缠绵的《红楼梦》中的情感，可就难了，他们搞不清楚为什么自始至终贾宝玉和林黛玉的爱情都不能表白，这在西方的文化背景下是不可思议的。但其实进入到东方的文化背景下，只要你读进去，慢慢感受宝玉、黛玉的情感历程，是波澜起伏的，里面每次吵架都有着惊心动魄的原因。这只能细读、细品味。读《红楼梦》，要有一颗高度敏感的心，同时也会使读者磨砺心灵，情感变得更加细致丰富。

段以芩：但是西方早期的汉学家说，我们为什么要看两个年轻人没完没了地斗嘴？你就会觉得他的理解是跟我们不一样的。另外一个，《红楼梦》的前瞻性，不仅是现代性的，它甚至还是后现代的，当然"后现代"这个概念是不明确的，我们可以说是一种思潮。《红楼梦》用到很多梦境描写，处处伏笔暗示的写法，以及文本互套，故事内包含故事，江南甄家和贾府比照……魔鬼都藏在细节当中，这是典型的后现代文本，《红楼梦》不仅是超越了一个世纪，甚至是超越了两个世纪，所以对于西方人的理解滞后是可以理解的，包括像赛珍珠，应该是一个中国通，她获诺贝尔文学奖的代表作《大地》，描写了她以为的"中国农民生活"，还导致诺贝尔文学奖到现在口味都没有变，觉得中国文学都要写农民文学。赛珍珠谈诺贝尔获奖感言，讲中国文学，本是她擅长的东西，但是她讲到《红楼梦》的时候，理解就出现了偏差，首先赛珍珠搞混了曹雪芹和曹寅，认为曹雪芹是皇帝身边受宠官吏，其次她说《红楼梦》是一部堕落史，说宝玉和黛玉是人格病态的样本，《红楼梦》体现了清朝女性权力的集中，与世隔绝的女性的权力斗争……当然她有她的道理所在，不过今天我们看来，赛珍珠的理解不具备太多价值。不过到20世纪时，《红楼梦》在全世界，出现过一批质量极高的译文。比如英国霍克思的全译本。同样还有日文《红楼梦》全译本，是伊藤漱平教授译的。

张霁：一般喜欢乡土文学的人恐怕会对《红楼梦》产生一定程度的排斥，因为《红楼梦》的立场还是有一定精英性的，它描写的更多是贵族的生活，距离普通的大众显然有点距离，这恐怕也是《红楼梦》在名著中相对读者不那么多的一个很重要的原因。

孙相宁

《红楼梦》的叙述风格是典型的中国式，宝玉和黛玉谈恋爱，从前到后都没有表白过，这中间用的心机，足可以让秦国统一天下了，确实令人费脑筋，所以呢，大家不爱读《红楼梦》也确实有一定的原因，但是你一旦读进去了，就会知道，读《红楼梦》其实是一种修行。咱们现在谈到《红楼梦》这本书应该怎么去读？张老师教学这么多年，您觉得对于大学生来讲，他们现年龄阶段要怎么样去读这本书呢？

张霁：这个问题问得特别好，因为前两天我的学生还在跟我讲，说老师，我迄今为止还卡在贾雨村这儿，多年过不去啊！我想了一想，对他说，那你就越过去吧，你就直接往后读吧，不要卡在这儿了。我们读书切不可读死了，其实《红楼梦》是一部从什么地方读起都可以的书，甚至本书的结局，作者在一开始就"剧透"了。但这丝毫不影响我们的阅读，因为它真的好，值得用一生去反复阅读。不要抱任何功利目的去读书，也不要抱着一定要立即读懂的想法去读，经典需要一辈子去品味，常读常新。

从我个人的阅读经验来说，我没上学就开始阅读《红楼梦》，可能在座的有些家长觉得这会不会太早了，这就涉及一个问题，不光是对《红楼梦》的阅读，还有对其他一些经典文学的阅读，很多人会问，到底什么时候比较合适？结合我自身的经验及教学的经验来看，我觉得在孩子们小的时候，只要他开始读书了，就可以把大部头的经典给他读，哪怕这时候他们字认得不多，也没有关系，不要小看孩子们自我学习的能力。我字还认得不多的时候就开始阅读《红楼梦》，一遍一遍地读，把我们家我爸爸藏的《红楼梦》拿铅笔在旁边歪歪扭扭做了旁批。为什么强调一定要尽早读？有一种观念说，给孩子阅读要循序渐进，这样的阅读的理念我并不赞同。我认为在一个人成长很关键的时候，也就是从童年开始，就应该给孩子们打下一个经典阅读的坐标，这对他们的一生都非常重要。学者刘小枫曾经说过一句话，他说他17岁的时候开始读《罪与罚》，读得泪流满面，心口作痛，从此再也无法阅读垃圾。我们的生命实际上是很有限的，非常短暂，读经典要趁早，它会给我们一个坐标，让我们从此能够衡量出那些不好的东西，我们就对那些东西没有真正的兴趣了，这非常重要。所以每当我遇到家长，我都会跟家长说，不要害怕让孩子提早阅读，没有任何关系，这只会让你的孩子在今后的成长过程中无穷尽地吸收到名著的滋养，不要怕早。

孙相宁

　　对，大家都说女儿要富养，其实男孩女孩都要富养，那我们讲的"富养"是物质层面的，其实从精神层面更要富养，你要给他精神层面的奢侈品，他以后就知道什么是好的了。前段时间还有一个小男孩的父亲问我，他说男孩子读《红楼梦》好不好？因为人们有这样一种偏见，觉得《红楼梦》应该是女性读的书，在场的朋友大概也只有四分之一是男士，其余都是女孩子。其实我觉得，跟性别没多大关系，很多红学界的大家，也都是男性，所以千万别给这部书定义为"女性的书"。

　　以苓你也是一个女性主义者，你认为从女性的角度，怎么看《红楼梦》这本书？

　　段以苓：余英时先生有一篇文章叫《红楼梦的两个世界》，里面引了宋淇先生的《论大观园》，宋淇先生大家可能不太了解，这位先生是香港的红学家，他的儿子非常有名，是宋以朗先生，现在是张爱玲遗嘱的执行人，后来张爱玲所有的书都是他来付诸出版，《小团圆》等等。宋淇先生有着自己非常独到的见解，因他的"红学"思路，是随王国维先生那一派走下来的。宋淇先生说，大观园是一个什么样的境地呢？大观园是一个把众多女儿隔绝在一个优美的园林，让她们无忧无虑，自由自在，永远不要嫁出去，保持她们的青春，以免染上龌龊的男性气味。大观园在这一意义上说来，可以说是保护女儿们的堡垒。

　　此观点与广东明代中期开始的自梳女习俗多有相同，只不过一个是贵族家庭内的理想境地，一个为中下层社会的女性同盟。同样在欧美女性主义兴起的70年代，女性主义艺术家朱迪·芝加哥和米丽安·夏皮罗在美国也成立过一个像大观园这样发挥女性才华的女性机构，叫女性之家，以发起一个全球性的女性主义运动为理想，接纳各国女性艺术家进行艺术创作。希望所有的女性艺术家都能以女性的身份发展自己的才能。这与大观园诸多女儿们，各有独树一帜的才华何其相仿。为什么说特别强调女性呢？并不是说我们要排斥男性，女性主义讲的并不是说女人要压倒男人，女人要争夺所有的权力，并不是这样的，女性主义是人道主义的一部分。

红楼梦的现代性在于提出了自由、解脱、幻灭，女性主义在后现代范围内，仍旧提出了自我身份的肯定、女性性别的社会隔离性等等。其中不难看出共性，由此可见红楼梦的前瞻性的智慧所在，不得不令人感叹。

张霁：对。其实我刚才还说到了一点，为什么莎士比亚的忌日广为人知，而塞万提斯的忌日就没有那么多人知道呢？其实这里面还有一个原因，就是英国政府对自己本国经典的推广，在全世界范围内可以说是做得最好的。无论是政府层面还是私人层面，英国人都拍了大量有关莎士比亚的纪录片和影视作品，像BBC的纪录片大家都可以在网上看到，非常多且制作精良。相对来说，西班牙政府对塞万提斯以及《堂吉诃德》所做的就远远不能跟英国政府相提并论了，我们中国政府近些年来，似乎很把文化当作一个事业经营，可是更多地偏向于所谓的创新，而忽略了传统经典的阅读宣传，其实这是一个非常短视的行为，真正好的东西还是依然蕴含在经典的著作里头。当然近年来已经有所改进，今天我们坐在这里讲经典阅读，本身就是对经典阅读的推广行为之一。

还有，我要说从我个人的角度来讲，我非常推荐男士读《红楼梦》。男孩一读了《红楼梦》，马上变得非常精致。

孙相宁

对，从一个功利的角度来说，我非常建议男士读《红楼梦》，因为读了《红楼梦》，你的情商会直线上升。

张霁：对，毛泽东当年也是让许世友读三遍《红楼梦》的。其实我们现在看，读了《红楼梦》的男士，特别是痴心爱恋这本书的男士很少有粗鄙之人，从思想境界上，生活习惯上不自觉就变得雅致起来，这是中国古代贵族的阶层的一些美好品质、美好习惯，所以刚才相宁说读《红楼梦》是一种修行，这个话是不为过的，读《红楼梦》的确可以看作是一种个人的修行，同时也可以说是一种修养。

孙相宁

接下来，在座的朋友有没有问题，我们可以互动一下。

听众：老师您好，我想问一下，《红楼梦》是属于四大名著之一，经典是指"四书五经"，为何您把《红楼梦》归纳为经典呢？

张霁：这个问题实际上还是我刚才讲的中国传统文学的一个分类，就是分正宗和邪宗，我们中国古代文学的一个传统跟西方是不一样的，西方最早的文学样式是史诗，像《荷马史诗》等，但中国文学最开始的时候是史传文学，《史记》《左传》等都是这样一种史传文学，一直到明清之后小说才登上大雅之堂，直到今天有一些比较传统的学者依然不认为《红楼梦》是经典。这是和中国传统观念一脉相承的，但这显然是狭隘的观念。"四书五经"是经典，这毋庸置疑，但更多是作为政治学以及伦理学层面的经典，而《红楼梦》则是叙事文学的经典，是美学艺术哲学层面的经典，两者维度是不同的。我们前面说《红楼梦》具有一定的现代性，它关注的是个体的自由，而中国古代的大多数文学作品更关注的是家国、集体，以及社会道德秩序，但《红楼梦》关注的是我这个个体怎么样在这个世界追求我的自由，这种自由有审美的自由，有爱情的自由，有哲学意味的自由，有价值观的自由……那如果从形而上的层面和美学审美层面的标准来衡量，一些中国古代的经典典籍倒可能算不得是经典了。其实，今天我们对经典的概念界定要比从前宽泛得多，不只包括儒家伦理下的"修齐治平"类政治伦理类书籍，还要将审美艺术层面的作品也纳入经典之中。而事实上，以其传播度和影响来说，也不会有任何人否认《红楼梦》的经典性。可惜的是：迄今为止，《红楼梦》后面的中国叙事文学还远远地没有赶上。我们说经典是具有不可超越的特质，但是与之相似的作品，我们目前为止都没有看到。

听众：我非常赞成张老师的观点，中国古代文化里面缺少一种人的个性，那种社会秩序和经济压力使人的心灵压抑，但是《红楼梦》的伟大之处就在于它的爱情故事，体现了它的个性。谢谢。

张霁：刚才这位朋友，我也很感谢你的理解。其实的确是这样子的，中国古代的文学毫无疑问是士大夫倡导的贵族文学，长期以来，更多注重的是"修齐治平"的家国秩序，而个体的生活相对描写得不够细致，像宋词里更多的是讲述士大夫们私下里生活方式的抽象、凝练，叙事性并不是很强。我们迄今为止看到的中国古代叙事性文学作品特别是爱情作品，大多数的套路都比较简单：男女一见钟情，墙头马上，私相传递，床笫之欢，然后就完了，可以说万篇一律。所以《红楼梦》里面，曹雪芹就曾借贾母之口批驳过这种俗气的套路。《红楼梦》里面的爱情故事是贾宝玉和林黛玉，特别是林黛玉把爱情当作人生的全部去追求，而贾宝玉在林黛玉的引领之下，也向往着两个人共同的目标。我们说表面上看宝黛是在追求爱情，而实际上爱情只不过是通往自由的一个途径，所以他们最终追求的是个体的自由，贾宝玉讨厌的是什么呢？儒家世俗层面的"修齐治平"的那一套，贾宝玉全部是摒弃的。

段以芩：他是一个当时社会规则的反叛者。

张霁：对，但也不能完全说他彻底的反叛，他并不反对儒家，而且他对"四书"是非常熟悉的，但是他认为，这个世界只讲秩序是不够的，还要讲个体，讲自由，讲爱情。

孙相宁

在我们的传统文化里，爱情不是生命中最重要的，赚钱才是最重要的。古代的时候是要建功立业，现在我们要做事业，所以你如果把爱情放在生活中非常重要的位置，那你的朋友肯定会劝你成熟一点，现实一点。从爱情角度来讲，宝玉是个彻底的反叛者。

张霁：对，这个是跟我们中国文化传统的特点有关，在西方相对来说会有所不同，比如俄罗斯伟大的诗人普希金就是为了爱情决斗而死，没有人笑话他不值得，那这个在中国是不可想象的。

孙相宁

对，我们后面有一期会专门讲《红楼梦》中的哲学与美学，欢迎大家继续关注我们"古今一梦唯红楼"这个系列的讲座。我们今天讨论得其实是蛮充分的，最重要的是，我们探讨了关于经典阅读，也是想借此机会发出一种声音，希望经典阅读的影响能够越来越大，能够在我们的生活中变得更加重要，我相信即使是在这样一个浮躁的年代，一定还是有很多经典作品的铁杆粉丝，就比如在座的各位，我们也是经典的传承人。今天我们的讨论就到这里。希望大家关注我们下一期。谢谢。

南书房夜话第三十三期：
大观齐物园万象
——《红楼梦》文化生活制度渊源解析

嘉宾：张　霁　段以苓　孙相宁（兼主持）
时间：2016年5月7日　19：00—21：00

孙相宁

很高兴今天晚上又跟大家在南书房夜话相聚，今天是我们第二次讨论《红楼梦》这本书，在开始之前，我想问一下在场的朋友们：《红楼梦》这本书，给你印象最深的是什么？比方说，哪一个情节？或者是哪一个细节？给你印象最深的是什么？

听众：对《红楼梦》里印象比较深刻的人物可能是一些小人物，包括贾瑞、薛蟠等等，没读原著之前只是看电视剧，就觉得他们可能是反派，作恶多端，其实真正读的时候，就发觉他们的很多面相我们普通人都有。像薛蟠，他想法可能比较简单一点，做的事可能比较粗鲁一点，但是其实我们身边很多朋友都是这样的，像贾瑞，感觉像一个淫棍一样，实际不然，他其实是一种痴迷的状态，其实我们对很多东西都是一种痴迷的状态，实际上我们就是贾瑞，这样不能说他们是坏人，如果说他们是坏人的话，实际上我们也是坏人，只能说他们是人性的一面，所以我觉得这个是《红楼梦》很厉害的地方。

孙相宁

看来这位男士对《红楼梦》是特别熟悉，他指出了很多细节，包括一些小人物，可能有的人读过之后不会注意的细节，他都注意到了。就像大家说的，《红楼梦》这部书，我们可以从里面看到很多生活的现象，包括衣食住行——你们可能都注意到，《红楼梦》里面对吃什么、穿什么都描写得非常细致；除了衣食住行，我们还可以看到政治经济的问题，当然这些东西会谈得比较隐讳一点；还有读书教育的事，比方说，宝玉挨打，这是很明显的教育问题。可以说，在《红楼梦》里面，我们可以看到一幅中国晚期宗法社会的全画卷，它包括了当时社会的方方面面。曹雪芹的笔法是非常高超的，《红楼梦》无一处闲来之笔，我们要细细地去读，一层一层地抽丝剥茧，才能够读出里面的问题。所以呢，今天我们要谈《红楼梦》，就是要从《红楼梦》当中的细节入手。

要从细节看《红楼梦》，那我们今天就先看一段视频。

（看视频……）

咱们刚刚看到的这段视频就是乌庄头在年底的时候，给宁国府送野物、送银两，这里面有一份很长很长的账单，这份账单在电视剧里面没有读完，现在我给大家读完整，大家听一下，账单里面可以看得出很多问题。

大鹿三十只，獐子五十只，狍子五十只（狍子是东北特产，只在东北才有的一种野生动物），暹猪二十个（暹猪是从当时的泰国进贡过来的），汤猪二十个，龙猪二十个，野猪二十个，家腊猪二十个，野羊二十个，青羊二十个，家汤羊二十个，家风羊二十个，鲟鳇鱼二个，各色杂鱼二百斤，活鸡、鸭、鹅各二百只，风鸡、鸭、鹅二百只，野鸡、兔子各二百对，熊掌二十对，鹿筋二十斤，海参五十斤，鹿舌五十条、牛舌五十条，蛏干二十斤，榛、松、桃、杏穰各二口袋，大对虾五十对，干虾二百斤，银霜炭上等选用一千斤、中等二千斤，柴炭三万斤，御田胭脂米二石，碧糯五十斛，白糯五十斛，粉粳五十斛，杂色粱谷各五十斛，下用常米一千石，各色干菜一车，外卖粱谷、牲口各项之银共折银二千五百两。外门下孝敬哥儿姐儿顽意：活鹿两对，活白兔四对，黑兔四对，活锦鸡两对，西洋鸭两对。

这是一份完整的账单，其中如果不细心看的话，可能这一页就翻过去了，如果我们仔细来看的话，这份账单能看出什么问题呢？

张霁：虽然我已经看过很多次了，但是刚才听相宁念完一遍之后，依然还是有感触，真的是一份很奢华的账单，不知道在座的是不是有同感。这个账单首先数量非常庞大，种类又特别多，有家味、有野味，可以说是山珍海味，还有日常生活的用米，谷物，烧的炭，甚至还有孝敬门下哥儿姐儿的，也就是宝玉、黛玉、宝钗等少爷、小姐们平时玩的东西，还有二千五百两银子。如此庞大的单子，可是大家看到视频里面贾珍是怎么说的，说"真真是又教别过年了"。乌庄头解释说他们遭了灾，今年的年成不好，然后贾珍说"如今你们一共只剩了八九个庄子，今年倒有两处报了旱涝，你们又打擂台"，就是说你这个滑头；接着又说，现在的用度越来越大，不管你们要，管谁去要。

说到这要插一点：我们看很多小说，特别是一些通俗的武侠小说或网络小说，里面很多贵公子、小姐，有钱人特别多，而且有钱的程度又非常让人震惊，比如武侠小说里面，侠客到哪里都非常阔绰、豪爽，一锭金子就给店家了，可很少有人给你交代过，这么阔绰的出手，这些银两、这些金钱是从哪里来的。鲜少有小说给我们详细地写明这么奢华的生活的来源在哪儿，不写的原因就多种多样了，但总之，我们的巨著《红楼梦》，刚才主持人也讲了，这是百科全书式的一部巨著，曹雪芹的如椽巨笔写到了社会生活、家庭生活、贵族生活，乃至底层生活的方方面面，他当然不会疏漏贾府这么精致奢靡的生活的来源是什么，他不会漏过这一点。

这里需要再插一句的是：能够写得这么详细、详尽，百科全书到这种程度的小说是屈指可数的，政治、经济、文化、日常生活、礼仪、娱乐方方面面写到这个程度的不是没有，比方说像《战争与和平》《追忆似水年华》，还有像《源氏物语》，号称是"日本的《红楼梦》"（这里其实有一个很好玩的事，一"号称"什么，基本上就是不如什么的，《源氏物语》其实是不能和《红楼梦》比的）……

不管怎么样，能够写到如此详尽程度的小说，在全世界范围内放眼看过去没有几部，但如果说，在所有这些百科全书式的小说里面，找一部翘楚之作的话，写得最细致、最清楚，在所有的方面都无懈可击的——是的，在《红楼梦》的身上我特别敢用词，几乎无懈可击，每当我谈到这点，心里面还真是蛮自豪的——就是我们的《红楼梦》。我们中国出产的这部伟大的小说，无论是从百科全书的性质上，还是从爱情角度来说，抑或看形而上层面的深层含义，能写成这样子的，在人类文学史上可谓首屈一指。曹雪芹的高超之一在于，所有的地方都给你将全部来龙去脉写得清清楚楚。

从刚才的账单上，我们可以看到，原来贾府日常生活开销的一个重要的资金来源，便是以乌庄头的庄子为代表的那些农庄。这是清代的一个土地和经济制度：清统治者从入关攻城拔寨开始，就已经开始了圈地的行为，当时每攻下一处之后，清统治者就将很多汉人老百姓和地主的地抢过来，分配给八旗子弟。这些贵族分得的田庄数目是非常大的，我们今天看到的清代史料记载，一些获罪被查抄的王公贵族的抄家清单里，一家被查抄的庄子就多达二三十处。农庄的功能就跟大家刚才看到的视频里乌庄头的庄子差不多，整个农庄制度有点类似于俄罗斯的沙俄农奴制，庄里面的壮丁都没有人身自由，都是隶属于主人的。

段以苓：清代圈地跟英国的圈地运动截然不同。

张霁：对，它不是资产阶级的圈地，而是属于农业性质的圈地。刚才的这个视频里面，我们看到有好多山珍海味、谷物、木炭、水果干等，这说明农庄里面应该是有分工的，比方说有人种地，有人打鱼，有人烧炭，有人上山去打猎，还有人种植一些瓜果梨桃，并将其晒成干等。当时清代的圈地确实是使大量八旗子弟变得非常富有。看贾家宁国府的农庄，贾珍说庄子剩了八九个，那边府里面还略多一两个，这个资产数目是很庞大的。有后世的经济学家把刚才乌庄头的单子做了一个换算，折合成今天的人民币大概要值几百万，我们看那单子里海参都是成斤的，那些野味到今天也是非常珍贵的。

那么，一个庄子几百万，八九个庄子加一起，宁国府一年的收入就是几千万，再加上荣国府的，荣国府的更多一些，你看看，至少要一个多亿，否则贾府的奢华生活是怎么来的，这总是要有后盾的。这是清代当时的一个情况。所以我们看到有了这样一个后盾做基础，整个《红楼梦》里奢华的生活到处可见，举个很简单的例子，有朋友讲刘姥姥进大观园给大家印象很深刻，刘姥姥看什么都很新鲜，书中说她看什么都是不住地眨眼，实在是看呆了。其中有一次，大观园里面吃螃蟹，一顿螃蟹要二十多两银子，刘姥姥说这个够我们庄稼人一年了。然后鸳鸯和王熙凤捉弄她，让她夹鸽子蛋，她没夹住，因为特别给她一个很沉的筷子，就是故意捉弄她，蛋掉地上了，她被告知这蛋一两银子一个，刘姥姥心疼不已，说一两银子连个响声儿都没听见就没了。这种奢侈的地方非常多。

孙相宁

因为当时姨娘一个月的月钱也才两钱银子，她这一个鸽子蛋就一两。

张霁：对，而且当有人给贾母送新摘下来的要簪在头上的花时，曹雪芹写得非常细，说送花的时候用什么送呢？有人捧了一个翡翠盒子。贾宝玉挨打之后想喝那个"小荷叶儿小莲蓬儿的汤"，那个模具也是纯银的，贾府每一样东西都是非常贵重的，奢华的生活到处可见。

孙相宁

而且还不是特别心疼，我记得晴雯有句话是说宝玉"先时连那么样的玻璃缸、玛瑙碗不知弄坏了多少，也没见个大气儿"。

张霁：包括晴雯撕扇那处，晴雯撕的扇子，每一个都不是便宜的。后来秦可卿病重的时候，说要一天吃二两人参，王熙凤说，你看你公公婆婆这么疼你，一天二斤也没有问题。那都是野山参，在当时是非常贵的，并且售卖权只把持在皇家的手里，别人是不让你去卖的。

段以苓：还有宝玉对待物质的态度。他对晴雯说，你愿意撕就撕，它本来是扇子可以扇，但是你撕得高兴，你就撕。宝玉是一个不重物质的人，为什么不重物质呢？一是因为物质于他不匮乏，二是宝玉自然观哲学的本色。

张霁：是的，就是心中对钱完全没有概念，所以贾府的这种精致与奢侈实在是让我们今天的人叹为观止，其实背后是有巨大的支援的。

孙相宁

还有人是这样算乌庄头账单的价值：这个账单里，进了二千五百两银子，宁荣二府加起来有十六七个庄子，这样算下来，宁荣二府一年收入在四万两银子左右，这是它的收入；可是我们再去看一下它的支出，不用说其他，就是修建大观园的时候，要去江南采买女孩子（就是唱戏的那些女孩子），总共就支了两万两银子，这就占去了它一年一半的收入，因此它的支出是入不敷出的，所以有人就说贾府即使不被抄家，再过两年，自己也要吃空了。

张霁：后来王熙凤就已经是不停地典当了。

段以苓：清代的八旗，除了满洲人外，还有一些汉军和内务府包衣，这些人也都享有八旗的一些特权。曹家便是内务府正白旗包衣，为皇帝主管一些内务杂项。康熙一直将曹家作为自己的心腹，非常信任，曹雪芹的曾祖父曹玺，康熙初年已被任命为江宁织造，曹家三代人皆任此职。并且他们还肩负特殊的使命：为康熙密报江南舆情。

孙相宁

　　曹雪芹能把康乾盛世的面貌给我们在书里面展现出来，其实有赖于他们家江宁织造的背景，大家知不知道江宁织造大概是一个什么样的官职？我们段以苓老师昨天刚刚从江宁织造博物馆回来，我们请她来介绍一下江宁织造博物馆现在是什么情况。你在江宁织造博物馆有没有看到一些我们《红楼梦》书中提到的织品？

　　段以苓：现在的江宁织造博物馆是一个比较小的仿古建筑，主要展览在地下。里面有一些复制件，因为真品分布在南京博物馆和云锦博物馆等等，这跟我们国家的制度有关系，江宁织造博物馆只是个小博物馆。但我看到的有件复制品，比较震撼，是明万历年间的织金孔雀羽妆花纱袍料。之前在云锦博物馆也看过号称由多少代传人做的孔雀织物，但那件孔雀羽给我的感觉并不是特别精美，不在意料之外，可这一件就不同了，虽然也是复制品，但复制时间比较早，大概是我们国家老工艺师傅还健在时复制的，所以十分精美。孔雀羽毛金线交织在特别薄的薄纱上，仅几毫米的纱织品。

　　张霁：说明当时晴雯补的那个应该也是很薄的。

　　段以苓：对，应该非常不好补。金线和孔雀的羽毛黏在一起，所以可以看到那个线特别细，织出来四合云纹团龙的图案，五彩斑斓。

孙相宁

　　所以我们在《红楼梦》里其实看到很多关于织品方面的很专业的知识，这应该就跟曹雪芹他们家做江宁织造有关系。

　　段以苓：曹雪芹每次写到人物穿着打扮的时候，我们都读到一大串词，甚至是二十多个词一起连用。

张霁：这个绝对是行家里手。

段以芩：他一定是精通纺织品专业的，用到了缠枝、妆缎、缂丝等很多专业词。

孙相宁

江宁织造在当时应该算是一个肥缺吧？

张霁：这得从曹家的历史讲起了。为什么曹雪芹如此见多识广？为什么曹雪芹能够写出这样的《红楼梦》，这和曹家的背景有极大关系。据学者考证，曹家的祖上本是汉人；后来在辽宁战败被俘，也就是说，曹雪芹的祖籍是辽宁，巧的是，续书作者高鹗的祖籍是辽宁铁岭，所以这个书如果追起祖籍的话，算是辽宁人写的了（笑），当然我们说不能这么说，因为祖籍都是好几代之前了。曹雪芹祖上曾经追随着努尔哈赤，后来是在多尔衮帐下，在清军入关的时候立下了大功，对照《红楼梦》里面，贾家祖上立的也是战功。多尔衮死后被顺治罗列了好多罪名，然后抄家，把他所有的东西都拿到顺治自己的手里去了，这时候曹雪芹的曾祖父曹玺跟随着顺治，成了顺治的一个侍卫，曹玺的夫人就做了顺治的儿子康熙的奶妈，这一下子就跟皇家有了很深的渊源。曹玺的儿子曹寅是康熙从小的陪读，跟着皇帝一起受教育。曹寅是一个极有才华的人，我们今天看到的他的诗抄叫作《棟亭诗抄》，他首先是一个诗人，广泛结交了很多知名文士、学者，纳兰性德跟他关系非常好，我们现在在纳兰性德的诗句中看到他有题赠曹寅的诗句。曹寅同时还是一个藏书家，他的藏书好几万册，我们今天还能看到他的藏书的目录。清代的藏书家很多，可曹寅的藏书有一个特点是一般人都没有的，在清代也是很罕见的，那就是：里面除了儒家的典籍、历史书籍之外，还有大量的戏剧、戏曲、杂文、小说，部类非常多，可以说整个有清一代藏有这些通俗的小说戏曲像曹寅家这么多的，很难再找到了。他是一个非常喜欢这些东西的人。

段以芩：所以曹雪芹应该是从小就看了很多别人看不到的小说。

张霁：没错，他从小就看到了很多。我们第一期的时候讲过，小说是不登大雅之堂的，但是曹寅偏偏是一个爱好非常丰富的人，他藏了大量的通俗戏曲小说剧本，而且他自身便是一个剧作家，曹寅的剧作我们今天还能看到一些。举个例子，大家可能就会更明白为什么曹雪芹后来写出的作品里面，宝玉有着那样的思想倾向了：曹寅创作的一部剧《续琵琶记》里，历史上第一次把曹操作为正面的形象去描写。我们都知道，《三国演义》里面的曹操是一个奸臣形象，后来在历史的演义小说戏剧中曹操基本都是一个大白脸，一个奸雄，可是曹寅在他的剧作里把曹操描写成了正面形象，这说明这个人的思想是非常开放的。还有曹寅所做的杂剧《太平乐事》里，第八折《日本灯词》中的几个曲子的唱词就是用日语演唱的。

段以芩：曹寅是懂一些日文的。

张霁：对，而且他的交游非常广。曹寅跟当时的著名的剧作家，就是后来写出《长生殿》的洪升关系非常好，洪升后来获罪，曹寅把洪升接过来，给他出钱，让他排戏，还介绍了自己的好多朋友给他认识。曹寅还是个美食家，我们现在看到曹寅编纂的一本书叫作《居常饮馔录》，里面记载了大量前代的食谱，包括粥的做法、果脯的做法、酒的酿制方法、糖的做法等等。曹寅的知识含量是非常多的，所以曹雪芹能够写出《红楼梦》的确有家学渊源。

孙相宁

　　我忽然想起，贾母曾经说过一句："我养这些儿子孙子，也没一个像他爷爷的，就只这玉儿像他爷爷。"

张霁：对，从这里我们就可以猜测，很有可能曹雪芹的性格喜好等是比较像曹寅的。曹寅如此才学渊博，并且又是一个思想开放包容的人，而且他对"俗文学"，也就是戏曲是非常热爱的，我们后来在《红楼梦》里面可以看到，曹雪芹非常懂戏。

接下来我们要说到曹家的败亡。康熙非常喜爱曹寅，把他视为自己的家奴，就是心腹，所以康熙当时命曹寅要定期给他奏密折。

这里面要说到康熙对曹家的恩宠到什么地步呢？他六次南巡，四次住在曹家，简直是恩宠之至。曹家从曹玺也就是从曹雪芹的曾祖父开始一连三代担任江宁织造，长达六十余年，可是我们在今天翻阅清代的史料时是非常吃惊的：曹玺的俸禄换算下来，每个月银子不到六两，曹寅的俸禄每个月银子不到九两——近乎无俸禄去做官。那怎么活呢？这就说到清代当时普遍的一个情况，至少在康熙朝几乎就是这样：官员们自己想法去捞钱吧，朝廷不给你那么多俸禄，你自己去想办法，皇帝觉得反正我给了你多少俸禄你都是要贪的，我莫不如就不给你钱。所以《红楼梦》里，贾珍让贾蓉过年的时候去领宫里赏的银子，那个黄色袋子里面的钱其实很少，只是个象征，是一个彩头。康熙朝官员的俸禄是低得很惊人的，其实皇帝很聪明，一方面我不用从我的国库里面出钱，反正你自己到地方上去想办法，你去捞民脂民膏我不管；另一方面，百官皆贪，你们所有人的把柄都在我的手里，我随时可以因为经济的原因把你抓起来。所以一直到雍正朝的时候，雍正把曹家抄家，包括曹寅的妻兄李煦家也是一样的原因，都是说你们经济有问题，实际上本身更大的原因还是在政治上，因为他们无意中卷入了康熙朝的"九子夺嫡"。曹寅的长女嫁给了多罗平郡王讷尔苏，讷尔苏是十四阿哥胤禵的死党，所以雍正当了皇帝之后，可想而知他会怎么对曹家。当然了，康熙活着的时候对曹家还是非常好的，每次接驾之后，曹寅就马上给皇帝上奏折，说生活艰难，确实很艰难，大家从《红楼梦》"元春省亲"这一段就可以看出，用当时赵嬷嬷的话说，银子跟流水一样。怎么办呢？钱从哪儿来呢？有办法，康熙给了曹寅江宁织造的差使，后来为了贴补他们的家用，又曾经给了他们两淮巡盐御史的活儿，都是肥差，还有，甚至铸造铜币的铜矿也让曹家去办，这里面的油水是很多的。

孙相宁

实际上这些还不够，据说真实的历史是，当年为了迎接康熙南巡，为了接待他，曹家是挪用了国库的银子，到了雍正的时候，银子还是没有补上，填不上。

张霁：以《红楼梦》书中这种使钱的方式，多少钱都是不够的，所以后来曹家覆灭和灭亡了。但是从这个事儿我们可以看到，政治制度出现了问题，康熙朝从制度上就没有想让官员清廉。你每个月给一个三品大员区区六两银子，能干什么呢？所以到雍正继任的时候，雍正干的一件事就是整顿吏治。雍正是一个非常务实的皇帝，他想，我不能每个月就给你六两银子，这样你不贪也过不下去，所以雍正当时设立了"养廉银"的制度，官员的俸禄一下提高到几千两银子，但这个养廉银其实很大程度上都是地方出，有的地方也没有钱，所以最后雍正的改革也在逐渐不了了之。可以说，在制度上，整个清代官员的清廉是难以保证的。对比同时期的西方，逐渐地落后于整个世界。

孙相宁

制度的缺陷还体现在捐官，捐纳制度从秦朝的时候就一直都有，只是到清朝的时候，我们在《红楼梦》里面就可以看得出，当时这个风气非常盛行，比方说秦可卿丧事的时候，贾珍觉得贾蓉当时只是个黉门监，写在灵幡上不好看，所以想给他捐一个五品龙禁尉，曹雪芹把这个环节写得非常细。贾珍托求大明宫掌宫内相戴权，戴权是个太监，就把这个事给办了。戴权说："昨儿襄阳侯的兄弟老三来求我，现拿了一千五百两银子，送到我家里。"可见这一五品龙禁尉的价格是一千五百两，并且还很抢手，"永兴节度使冯胖子来求，要与他孩子捐，我就没工夫应他"。然后戴权看了贾蓉的履历，回手便递与一个贴身的小厮收了，说道："回来送与户部堂官老赵，说我拜上他，起一张五品龙禁尉的票，再给个执照，就把这履历填上，明儿我来兑银子送去。"户部堂官，也就是掌管人事的一把手，在戴权口中，成了"老赵"，可见太监和上层官员之间的关系，非常亲近。至于价钱，贾珍问："银子还是我到部兑，还是一并送入老内相府中？"戴权道："若到部里，你又吃亏了。不如平准一千二百两银子，送到我家就完了。"前文说到襄阳侯的兄弟花了一千五百两，贾珍花了一千二百两，相当于打了八折。

可以看得出来，当时捐官是非常盛行的，有价有市，即使给我一千五百两，我还不一定给你办，是这样一个风气。所以我们说，从这部小说里面，我们可以看到恐怕连史学家都写不到的一些细节，非常生动。所以我们说一部伟大的作品不光是有艺术价值，还有一些史料价值。

张霁：是的，它这个史料价值其实是更明显的，好多经济学家、历史学家都非常仔细地去读《红楼梦》。我们今天读到的一些史书可能会经过一些人为的篡改，但是像这些文学作品，作者可能并没有一些主观的意图说我非要表现一个什么时代的事，可是因为没有人可以逃离自己的时代，结果创作出来的文学作品反而作为那个时代的镜子，非常生动真实地将历史的一些情况呈现在我们的面前。所以我们说，一个好的文学作品的确可以作为史料来看，特别是《红楼梦》里面的一些民俗，成了今天民俗学家们特别热衷于探究的对象。

段以苓：小说里面充满了历史没有的细节。

张霁：没错，而且更加真实，因为那是跟人物结合在一起的。

孙相宁

我们刚说《红楼梦》是有史料价值的，我们知道，它实际上写的是清代的事情，可是曹雪芹在他的书里面强调，无朝代年纪可考，这跟当时的文字狱是有关系的。

张霁：文字狱确实很厉害，而且大家总是把乾隆作为一个明君的形象，他自己也总是在夸耀自己"十全武功"，文才武略，但事实上，他并非如一直以来传颂的那么宽松开明。举一个最简单的例子，乾隆一朝编纂了《四库全书》，好像是一个很伟大的功绩，但事实上根据清代文字狱的标准，销毁、查禁的图书并不比它编纂的少，可以说编纂《四库全书》的过程本身也是种破坏。

段以芩：对，以编书为目的，从民间收了大量的书，实际是一种思想检查。

张霁：整个清代的文字狱还是很猖獗的。无论是在政治经济还是文化，其实清代康乾盛世的时候已经蕴含了巨大的危机。

孙相宁

但是我们可以看得出来，《红楼梦》里面用了很多模糊的笔法来回避文字狱，包括描写人物穿的衣服，像宝玉穿的那身衣服，历史的真实人物身上是找不到的；包括北静王的穿着：北静王戴的帽子，是净白、簪缨、银翅帽，这个帽子为什么会有一个翅膀？应该是有点不敬，但为什么不敢写说是清朝王爷的打扮呢？因为清朝是有朝珠、有顶戴的，它实际上就是避讳，所以《红楼梦》叫"真事隐"，一开始就是把所有的真事给隐藏起来，非常小心翼翼，生怕自己在文字狱上会忌讳，但是实际上还是被忌讳了。

有没有发现，《红楼梦》里面不写发式？它不会详细描写。

张霁：曹雪芹唯一一个描写发式的男性就是贾宝玉。宝黛初会时宝玉穿的确实是相当于戏服，是戏台上的，真实生活中是没有的，包括刚才段以芩说的北静王的打扮都是戏服。可以说，《红楼梦》里的服饰是非常重要的一个环节，如果没有《红楼梦》里面描写的这么多华丽、精致的服装、妆容的话，《红楼梦》会逊色很多。刚才我们说的头饰，《红楼梦》里一般来说是不写的，可是写了宝玉，怎么写的呢？林黛玉刚见到他，他戴着一个束发紫金冠，勒着抹额，穿着厚的大红箭袖，厚的大红底鞋。换了衣服之后又出来，我们看到他的装束很有意思：头顶上一圈短发都结成小辫，然后到最后结成一个大辫子，这个大辫子又镶了几颗大珍珠，辫尾、辫梢的地方有八宝的吊坠，这个发型其实在中国历史上哪个阶段都没有，这是曹雪芹自己独创的。为什么呢？清代顺治二年（1645年）就公布了剃发令，"留发不留头，留头不留发"，你要么要脑袋，要么要头发。清代的发型是前面要剃成一个秃瓢，后面结一个大辫子，但是宝玉的发型，前面是短发，结成小辫，到最后结成一颗大辫子，清以前，中国历史上任何一个朝代都没有前额梳辫子的情况，所以这是曹雪芹自己杜撰的。曹雪芹为什么这样杜撰呢？第一个原因，就是刚才讲的为了文字狱的嫌疑，无朝代年纪可考，我一定要搞一个样子很特别的，让你看不出朝代的；还有一个很重要的原因，就是曹雪芹本人的审美，这个也很重要，因为清代的大辫子装束并不漂亮，清代男子的辫子后来在西方是遭到广泛的嘲笑的，在当时的一些西方人画的漫画里，辫子直到今天还是一个很耻辱的象征，他们那时都叫中国人是猪猡。

段以岑：还有改编自通俗小说的，在早期好莱坞系列电影里，有一个黄种人的反面人物叫傅满洲，他是一个西方人扮演的，但是为了表现他坏的样子，他把自己装扮成吊梢眼，然后后面留一个大辫子。

张霁：所以这不漂亮，也不美观，曹雪芹就根据自己审美的取向给贾宝玉设计了这么一个形象。整个《红楼梦》里面，其实对男子的服饰描写得是非常少的，只对贾宝玉凭空——用今天流行的词叫架空——设计出这个装扮来，所以我们今天看到的所有影视作品及插图里面的贾宝玉，都已经基本上是约定俗成的样子了，都是戴着一个束发紫金冠的形象，这个形象其实是戏台上的。我曾经看过，有人要恢复原来历史的真实面貌，把贾宝玉画成一个前面秃瓢、后面梳辫的清代男子的真实样子，真的不好看，我们不能够接受贾宝玉是这样的一个形象。

孙相宁

所以我自己的一种猜想，为什么曹雪芹特别地要把贾宝玉塑造成这么一个形象很漂亮的贵族公子？

张霁：面若中秋之月，色如春晓之花，鬓若刀裁，眉如墨画。

孙相宁

对，为什么要这样呢？因为我觉得在曹雪芹的想象之中，宝玉应该是世界上最美的男子，所以才会有这么多的女子倾心于他。你想一下，如果贾宝玉只是一个相貌平平，或者是长相丑陋的一个人，他单凭温存体贴就能获得那么多女孩的心吗？不能。咱们都知道审美先审脸，所以贾宝玉一定是外表特别漂亮的，这是我个人的一个看法。

张霁：这个书中有佐证，赵姨娘就跟马道婆讲，她说我就气不过大家都宠爱贾宝玉和王熙凤，宝玉也就罢了，"长得可人一些"——连最讨厌他的赵姨娘都说他很漂亮，就证明他确实好看。其实有关宝玉的服饰，书中还是能够看到一些蛛丝马迹的，比如他去袭人家中探望时，穿箭袖，外罩排穗褂，这就是典型的清代官服一袍一卦的穿法。

接下来说女性的服饰，相对来说就写得非常实，因为明清两代基本上女性的服饰是一样的，清朝统治者并没有对汉族的女性在服饰、发型上有特别要求。

孙相宁

但是女性不可以缠足。

张霁：清政府曾经公布过女性不可以缠足，可是这个事也挺奇葩的，民间说"男降女不降"，男人剃头了，但是女人坚决不放足，一定要裹小脚。但是我们在书中看到的，我问问大家，你在书中能不能够看到这些女性裹脚的情况，裹了没有？林黛玉、薛宝钗是不是裹脚的？大家摇头。为什么？

段以苓：有一篇文章，我记得邓云乡先生专门有一篇文章讨论《红楼梦》里诸位小姐的脚，她们到底是天足呢，还是缠三寸金莲，也是从服饰上入手的。他写到湘云和黛玉穿小皮靴，我们知道三寸金莲是畸形的脚，穿的鞋是特制的，不大可能穿靴。

张霖：湘云可以穿宝玉的靴子。

段以苓：对，所以她们既然能穿靴，也就是没有缠足的。

张霖：因为整个有清一代，满族人是不缠足的，而曹家很早就跟随着皇家，早已经成为了包衣，各种习惯同满人。从现在《红楼梦》的情况看来，书中的这些女孩应该是没有缠足的，唯一的一个例外，谁是有缠足的呢？大家回去可以在书中看，是尤二姐进贾府的时候，贾母特地掀起她的裙子看了一下，说明尤二姐是缠足的。因为她是小户人家的女儿，而像贾府这种王公贵族家的女孩儿是不缠足的。所以有人就说，开始大观园里面是没有厨房的，如果缠了足的话，这些小姐们怎么可能每天从大观园出来，跑到荣国府去吃饭，走不动啊！所以肯定是天足的。还有，刚才说了一下，贾宝玉的服饰，曹公特别喜欢让他穿大红的，尤其是红蟒袍，其实这也是一个戏剧化的成分，因为蟒袍在古代是有吉庆、喜庆事情的时候才穿，不会像书中贾宝玉那样日常穿的。

书中除了描写贾宝玉的服饰，还有一个人描写得最多，那就是王熙凤。从一开始，林黛玉进贾府，眼前看到的王熙凤就是彩绣辉煌，恍若神仙妃子，头上戴着八宝攒珠髻，绾着朝阳五凤挂珠钗，身上穿得艳丽之至，就像刚才以苓讲的，一用就是二十来个词形容一件衣服，曹雪芹对纺织品熟悉得不得了。这里面我想到了一个地方，我们刚才给大家放的视频的片断是新版《红楼梦》，这一版的《红楼梦》实在让人觉得槽点太多，让人吐不过来，我们简单说一处，刘姥姥一进大观园的时候，她去见王熙凤的场景，她眼中的王熙凤是什么样子呢？"那凤姐儿家常带着秋板貂鼠昭君套，围着攒珠勒子，穿着桃红撒花袄，石青缂丝灰鼠披风，大红洋绉银鼠皮裙，粉光脂艳，端端正正坐在那里，手内拿着小铜火箸儿拨手炉内的灰。"我在两版的电视剧中都看了这个地方的细节，都觉得有点问题。有人可能要问，曹雪芹不是很擅长写穿着吗？并且色彩搭配也很漂亮，可是我们看，王熙凤上穿桃红袄，下面是大红色的洋绉裙，从色彩搭配上来说，这有一些靠色啊！我们看，87版的《红楼梦》当时是怎么表现的呢？王熙凤穿的桃红色的袄，下面是大红色的裙，我特别仔细看了这块，这里它忽略了一个石青缂丝披风。而新版就更不用说了，实在没有一丝一毫的富贵气息。其实87版这个地方也是一个失误，没有给王熙凤穿石青缂丝披风，这是一个失误。为什么？因为上面桃红色已经是红的了，下面大红色，这两个红色是靠色的，我们看上去好像觉得色彩搭配出了问题，可是这个石青缂丝披风是非常重要的，石青是什么颜色呢？它是一种泛着红的黑，然后这个披风也是很长的，也就是说，披风只在中间有一块是连着的，一个扣系着。如果从刘姥姥的眼中看过去，她看到的王熙凤是什么样子的呢？头上戴着昭君套，围着珍珠抹额，衣服从外面看上去并不是红的，而是黑的，一个泛着红的黑色的缂丝披风，缂丝是一个技艺，也是带着五彩花纹的。所以是黑色的一个披风，里面透出桃红的领，下面透出大红的裙子——你看看，一下子用黑色一压就压得住了，并且都是带毛皮绲边的。我们看，两个版的电视剧都没有表现出曹雪芹的这种色彩审美。接着看王熙凤，手里面拿的是铜的小火箸在那儿拨灰，旁边的丫鬟平儿手里面捧着一个填漆的小茶盘，里面放着小茶盅。填漆的茶盘是五彩的，所以当时刘姥姥眼中的画面，如果给一个西洋的油画家画出来是什么样子呢？一个贵族的少妇穿着一个带毛边的黑色的披风，很气派，里头露出桃红撒花的领儿，下面是大红的裙子，围着鼠皮的昭君套，拿着小铜火箸，旁边的丫鬟还托着精美的茶盘。所以你看，曹雪芹在塑造人物的生活日常场景上的功力是非常强的。其实刚才那个画面的背景，再加上当时的背景：门上是大红撒花软帘，炕上是大红毡条，锁子锦（金线织的锁链图案）靠背，金心绿闪缎褥子，平儿也是珠光宝气，在旁边捧着填漆茶盘——曹雪芹细致到了把茶盘描写成"填漆"的，填漆的茶盘必然是有精致的五彩花纹的。凤姐手里拿着小铜火炉，慢慢给手炉拨灰。一副贵族冬日的秾丽画卷。油画般的质感与色彩。好多人都说87版是永远的经典，再也超越不了了，我真的不这么看，我觉得在这些地方还是有可改进之处的。

孙相宁

有一套雍正十二妃画像，从这些画像里面可以看得出，当时的衣着跟王熙凤的服装是很接近的，说明当时很流行这种搭配，但是雍正十二妃的服装色彩搭配，并不像曹雪芹设计的服装色彩冲击那么强烈，真实的雍正十二妃的衣着搭配，是青灰配绿色，或者红色配黄色，带一些过渡，两个暖色或者两个冷色调这样搭配，而曹雪芹用的是红配黑这样非常强烈的对比。

张霁：这个也跟人物性格是有关系的。

段以苓：所以黛玉系的叫"青金如意绦"，湘云穿的也是大貂鼠风领，大红昭君套，服饰是根据人物的性格来写的。

张霁：没错，可以说曹雪芹是一个用色专家，这一点特别突出体现在贾母的身上，贾母是非常会用色的。贾母在带着刘姥姥等人游大观园的时候，到了潇湘馆，看到了林黛玉的窗子，窗纱旧了，贾母就说要换一个，用什么呢？当时引出了一个美丽的绸缎的名字，叫软烟罗。贾母说，林黛玉的住所周围都是竹子，并且没有鲜花，糊窗纱就一定要用银红色的。贾母看到蘅芜苑，薛宝钗的屋子如雪洞一般，她就说这样不行，年轻姑娘也忌讳，说我帮你打扮一下，于是就搬来了水墨山水画的帐子。贾母就是一个色彩搭配专家，同时又非常懂得怎么样去设计装潢屋子。

孙相宁

　　贾母是非常有生活品位的，你看她去妙玉处喝茶，她直接说"我不喝六安茶"，妙玉说："知道，这是老君眉。"老君眉是一种在洞庭湖君山采摘的嫩尖，这种茶要在清明前后七天这段时间采，所以说这个茶是非常难得的。乾隆特别喜欢这种茶，在清朝的时候，老君眉是贡茶，一般人是喝不到的，所以贾母是非常讲究的，而六安茶我们大家应该也喝过，六安瓜片，那种茶是偏苦的，味道不是特别好。

　　段以苓：像宝玉的自鸣钟，把刘姥姥吓了一跳，说这个东西怎么会响，还有怡红院西洋的穿衣镜，她也没见过。

　　张霁：还有鼻烟壶，上面画着西洋的裸体的人，这其实也体现了当时的一些海外贸易，虽然说，整个康乾时期，整体上海禁还是比较严的，但是也还有仅有的一些通商的口岸，比方说广州。广州当时也是大的口岸，广州当时是谁去做巡抚呢？就是曹寅的妻兄李煦做广东巡抚，所以我们今天在书中看到的王熙凤，说我们家各国的来贡都是我们接待，实际上王熙凤家的原形很大可能性就是李煦家。

孙相宁

　　我们说曹雪芹在书里面写的这么多细节，其实都是想体现出在生活当中要有一点审美的观念，就包括我们现在，生活当中也要注意到家居这些细节，服饰、饮食等等方面，你吃饭的时候，用什么样的盘子，给你的感觉都是不一样的，这些细节在《红楼梦》里面是非常讲究的，甚至饮食的名字，用得都是非常美的，茯苓霜、玫瑰露，都是这些带有审美意味的词汇。

　　张霁：对，贾宝玉给探春去送荔枝，还要用缠丝玛瑙的碟子，说这个盛荔枝才好看，不光要吃，还要漂亮。说到这个我忽然想起来，其实清一代的审美，从色彩上来看有什么特点呢？刚才我们说的王熙凤服饰的精彩配色，其实书里面这类的例子还有很多。比如说"黄金莺巧结梅花烙"这一回里面，莺儿谈到什么颜色配什么颜色，葱黄配柳绿，大红配黑。但薛宝钗最关心的是什么呢？就是贾宝玉那块玉，薛宝钗说，你不如把你那个玉络起来就好了，用什么颜色呢？说到这儿，我先问问大家，大家是否想过，贾宝玉的那块宝玉是什么颜色的？有没有人知道是什么颜色的？我这里面跟大家说一下，大家可能没有注意，第八回的时候，薛宝钗看了贾宝玉那块玉，书中说"灿若明霞"，又有五彩花纹护身，在"黄金莺巧结梅花烙"这回里面，薛宝钗说了，"鸦色但使不得，大红又犯了色"，什么意思呢？这块玉实际是什么颜色呢？对了，是红色系的，明霞嘛，有五彩花纹护身。然后薛宝钗说，黑的又暗，把金线拿来，配着黑珠线一根一个的拈上，打成络子才好看。然后很可笑的就是李少红版的《红楼梦》，贾宝玉初识林黛玉砸了玉，我当时看得吓了一大跳，宝玉砸在地上的是硕大的一块白玉！显然编剧和导演根本没有好好研究原著。

《红楼梦》的这些色彩搭配是需要很细致地去看的，刚才说的温润的颜色，整个有清一代的色彩搭配，普遍的审美风格就是这种雍容大气之中带着典雅，相对来说，明代反而多一些像大红大绿这种大块的色系，但是清代不会，桃红上面要有小朵折枝花之类的彩色碎花；大红洋绉裙是上面有小褶皱波纹的，石青缂丝披风也是上面有五彩花纹的，整个清一代的审美取向，特别是从皇宫贵族开始，是很细致典雅、雍容大气的。

段以苓：对，包括爱新觉罗家族，他们是不配金的，看不起金，是都要配玉的，因为玉在汉文化里面，君子如玉嘛，礼器也与玉有关。刚才张老师也讲到，宝玉的玉是偏红色的，那这个玉很可能是块古董玉。我们现在珍贵的和田羊脂玉，但古时这些新玉不算得特别贵重，古人贵重的是汉玉，是古时候的玉，所以说，贾宝玉的玉很可能是有沁色的汉玉，聊备一说。

张霁：王熙凤配的是玫瑰色玉佩。

孙相宁

曹雪芹把很多真相埋在了他字里行间的每一处，所以必须要细读，才能看得出来。在《红楼梦》里最激烈的一场戏就是宝玉挨打，挨打是什么原因？就是因为父子之间长期的矛盾，焦点就在于读书科举这个问题上。我想先说一下，古时的学生接受私塾教育，启蒙阶段是读三字经、百家姓、千家诗，学习描红、写字，贾宝玉在这个阶段的启蒙老师就是姐姐元春，这个阶段一般是两年。两年之后，就需要进入到私塾里面去学习，私塾其实是有三种的，一种是把老师请到家里面来教，就像贾雨村教林黛玉，还有一种就是有钱的人，出钱请老师设帐教学，比如贾代儒在贾氏的学里面教书，也是宝玉和秦钟上学的地方，就是这种私塾；还有一种是老师自己设帐教学，收学生学费，比如鲁迅先生小时候读的三味书屋。其实私塾教育跟我们现在学校教育来比还是有优点的，它的优点就在于因材施教，老师不会讲太多，学生要先把书读到背诵如流的时候，老师才会给你讲。而讲呢，也不会讲太多，主要靠学生自学，书读百遍，其义自见。在私塾的这个阶段，先是学"四书五经"，学对对子，记诗韵，因为科举的时候，有一项是试帖诗，宝玉在贾代儒的门下学的就是这个阶段，我们知道，宝玉有一次在上学之前去见贾政，贾政问李贵："他现在都读些什么书？"李贵说："哥儿已经读到了第三本诗经"，就说明宝玉在学里面已经学诗了。贾政说："你去请学里太爷的安，什么诗经、古文一概不用虚应故事，只要把'四书'一气讲明背熟，是最要紧的。"因为科举考试的题目都是从"四书"里面出。

张霁：对，清代科举基本上就是"四书"。

孙相宁

对，"四书"这部分是最重要的，除了四书五经，这个阶段的学生就要开始练习写八股文。对于宝玉来说，学习写八股文是非常痛苦的一件事情，这个阶段结束了之后，就要进入到举业阶段，就是反复地练习八股文，就是为了应试，所以贾政对宝玉的要求，就是让他进入应试阶段。

张霁： 反正就是典型的应试教育模式。

孙相宁

贾政的教育其实也是很值得我们深思的。

张霁： 后来清末的时候，维新派攻击科举制度的时候说，有人甚至中了进士都不知道汉武帝、范仲淹是谁。在这种考试制度下，士子往往以毕生精力读经，而对各种有裨实用的知识无心关注，无暇学习。

段以苓： 宝玉不仅不愿意"务实"，还强烈反对，对有功利目的的念书考举的人，十分鄙视，甚至放言，"天下除了'四书'，都是杜撰？""除了'明明德'无书了不成？"贾政要求宝玉读书，"先把'四书'一气讲明背熟，是最要紧的"这种要求，与宝玉本性相悖，达不到要求，又使贾政对宝玉过于严苛，父尊子卑的传统，宝玉显得非常"害怕"父亲，数次因"不好学"被贾政训斥，甚至第三十三回还挨了打，惊动了大观园上上下下，上至贾母、王夫人、黛玉、宝钗，下至袭人，都为他心疼，伤心落泪，宝玉忤逆到不觉羞耻，反而正中了他的理想"能够你们哭我的眼泪流成大河"，亦可解释曹公描写宝玉"古今不肖无双"的诗词。宝玉是否"不好学"呢？纵观红楼梦，宝玉的学问才情虽比不上黛玉、宝钗、湘云，却也中上，对诗词歌赋、古今名物、金石艺术，包括四书典故，都有一定见解，有时还显得很"渊博"，所以宝玉反抗的是教育制度，不是教育本身，并非"不好学"，宝玉是一位自我教育者。

张霁： 宝玉上学去，临走的时候告诉丫鬟们说，那胭脂膏子等我回来再制——连这个他都会。但是好像书中的女性，《红楼梦》里面的女性真是精彩。我经常讲一句话，我说如果没有曹雪芹的话，我们中国文学所能提供的女性形象在世界上蛮抬不起头的。难道不是吗？你能举出我们此前的文学作品中有多少能拿到世界上跟一流名著相媲美的女性人物呢？我们说太罕见了，可是《红楼梦》一本书就给我们贡献了这么多漂亮的女性形象。

孙相宁

而且大观园中的女性都能诗善对。

张霁：宝玉常常落第。

孙相宁

比外面的男人都强很多。

段以芩：而且王熙凤绝对就是治国之才。还有贾探春，探春可能没有王熙凤那么有杀伐决断。

张霁：但是探春更有公心，她不像王熙凤那么有私心私利。这里面我想到《红楼梦》里面的女性教育也挺有意思的。我们刚刚谈到的私塾科举都是男性的教育，而《红楼梦》里面女性的教育，虽未明写，却也值得探讨。大家会发现一件事，就是宝钗说过"女子无才便是德"，实际上这个说法并不是我们中国自古以来就有的，这是从明代以后才有的一种观念，不过在此之前，《礼记》里面对女子的要求就是要"德容言功"，品德放在第一位的；"容"其实也不是说你要漂亮，而是你要端正得体，你要顺从，这很重要，不能妒忌，因为中国古代是男权社会，女子不能够受教育，不能工作，不能考科举，可是我们说，这并不妨碍我们中国古代出了一系列的才女，刚才以芩讲了，多数是自我教育、家庭教育。我觉得中国人在这个问题上还蛮分裂的，为什么这样讲呢？虽然说从明代以后，提倡"女子无才便是德"，可是你看说这句话的人薛宝钗本人就是才高八斗的，大观园中每次诗词比赛不是林黛玉第一，就是她第一，她本身就是很在意这个东西的，我们说实际上这是中国自古以来总有这样的情况，就是说一套，做一套。

段以苓：对，薛宝钗尤其喜欢这样。

张霁：是的，薛宝钗尤其喜欢这样，她说林黛玉你怎么看了《牡丹亭》？事实上她也看了，这里面实际有一个什么情况呢？就是如果女性完全依照"三从四德"来的话，那么作为一个家庭里面的女性，可能她还没有太多的个人魅力，她本人也并不愿意这样。所以其实私下里有另外一套规则。古训有云"娶妻娶德，纳妾纳色"，中国古代相当一部分恋爱是跟什么人去谈的呢？青楼里的妓女。

段以苓：中国古代的爱情故事几乎都发生在婚姻外。

张霁：对，所以往往青楼的高级妓女普遍的一个特点就是很有才华，其实这个事对闺阁里的女子也是有所触动的，让丈夫整天到外面去找青楼女子谈诗论画，这也不太好，所以说，其实中国古代的这些闺阁之中的闺阁教育，从《红楼梦》里面看是相当强的，只不过是小姐太太们的诗作不能拿到外面去传抄而已。

段以苓：《红楼梦》里面的诗，你看他们"结海棠诗社"，史湘云写"神仙昨日降都门，种得蓝田玉一盆"，黛玉的诗句"偷来梨蕊三分白，借得梅花一缕魂"，诸多女儿写的诗都是在宝玉之上的。

孙相宁

因为我觉得这可能因为她们的生活是无忧无虑的，所以无论吟诗作对还是读书，都不是功利性的，她们就可以去追求纯粹的审美的东西。

张霁：没错。为什么宝玉说女儿是水做的骨肉，男儿是泥做的骨肉，这是因为女子不用参加科举，一般情况下，特别是在未出阁之前，她不用参与社会公领域的竞争，所以她更多的时候可以在大观园这样一个美丽的世界之中尽情地享受艺术的人生。

孙相宁

用贾政的话说，做这些"怡情悦性"的文章。说到这儿，我想插一句，贾政这个人其实挺矛盾的。他在带领他的门客逛大观园的时候，要给这些门上题对联，这些门客为了奉承他，都说肯定是政老爷要先来题了，贾政说："我这些年来，案牍劳烦，于这些怡情悦性的文章差了很多，纵拟了出来，不免迂腐古板……"他知道他自己迂腐古板，他知道那些诗词、对联是怡情悦性的，可是他对宝玉的要求依然是要走他这条迂腐古板之路。

张霁：他自己知道他很讨人厌，有的时候，贾母领着这些孩子玩，他自己就很知趣地先走了。

段以芩：贾政就是那种典型传统古板的家长，所以他跟宝玉的矛盾是必然的。

张霁：书中曹雪芹常常正话反说，反话正说，写到贾政"治家有方"，可整个贾府的男人们一个个都坏成那样子（笑）。其实这里面有古人教子的理念在。比方在北齐的时候，有一个叫颜之推的教育家，他写过一本著名的书叫《颜氏家训》，怎么样教子，里面讲得非常细致，大意就是从孩子生下来能够察言观色开始，你就必须要教会他，告诉他什么，就要去做什么，不让他做什么，就坚决不可以去做。他特别提出一定要威严，必须要威严，"父母威严而有慈，则子女恐慎而多孝也"，就是说，父母要威严，再加上慈爱，子女才能够有所畏惧，从此以后长大了才会孝顺，而且又讲到"父子之严不相狎也"，就是说不能够很接近，怎么样不接近呢？就是爹跟儿子不能住在一起，一定要换着孩子教，我教你的孩子，你教我的孩子，在《颜氏家训》里面可以看到，父亲和儿子的关系是威严占了主导，并且要拉开一定的距离，不可以太近。所以你看贾政跟宝玉以及整个《红楼梦》里面的父子关系，有一对很亲近的吗？贾珍跟贾蓉父子两个一起去干坏事，叫"聚麀之乐"，但贾珍对贾蓉其实也很凶；贾敬对贾珍这个儿子也并不亲近；贾赦对贾琏一样不亲近。所以整个《红楼梦》里面我们看到的父子关系，除了贾政跟宝玉之外，其他人也都是不亲近的。

孙相宁

　　其实我倒觉得，在《红楼梦》里面看，贾政对宝玉相对来说是比较疼爱的。因为你仔细看一下，除了这一次宝玉挨打之前，其实贾政是没有真正的打过他，最多就是训斥，而且宝玉挨打是有原因的，这个原因呢，我们可以争议一下，因为我觉得这个打是应该打的。为什么呢？有两个原因，一个是因为金钏投井，还有一个是因为忠顺王府的人找到贾政，说你们家的宝玉跟蒋玉菡走得过近，因为蒋玉菡是忠顺王府养的一个戏子，当时在大清的时候，像忠顺王那样的人，是可以去养这些戏子的，这些戏子是没有人身自由的，当时蒋玉菡逃跑了，根据大清的《逃人律》，逃跑的奴婢，如果抓到的话，是可以处死的，窝藏他的户主也要处死，妻儿家产都要变卖，所以说，如果宝玉真的藏匿了蒋玉菡，那么贾家是有灭门之祸的，这个是非常严重的。所以我认为，这个不打不行了。

　　段以苓：可能贾政还有一种意思，他恨铁不成钢，宝玉之前有一个哥哥贾珠，贾珠是年轻的时候夭折了，留了一个贾兰，孀妇李纨就是这种传统女性最好的代表，说心如槁木死灰，各方面都没有品位，而且非常呆板，只守着一个贾兰度日。

　　张霁：李纨就是典型的按照书本上的教育出来的一个女性。

　　段以苓：对，李纨从小只读《烈女传》《贤媛集》。

孙相宁

我觉得按曹雪芹的看法，李纨至少是一个纯净的人，虽然她有点迂，但是她还不污浊。相对宝玉口中那些"嫁了汉子的女人"，"一旦嫁了汉子，反倒更可杀了！"咱不说那些老婆子了，就说尤氏，尤氏其实是一个很悲哀的人物，她出身低微，所以为了保住自己的地位，只能一味地顺从贾珍，我们看《红楼梦》里面，尤氏跟贾珍的妾们从来没有发生过矛盾。

段以芩：所以《红楼梦》除塑造了很雅的人物之外，它还塑造了一些"俗"的人物，尤氏就是一个蛮俗的人物。《红楼梦》包罗万象，雅也有，俗也有，这也可说中国雅文化跟俗文化之间的交结，雅和俗的文学之间有一种审美的对比，张老师有一些这方面的关于贵族阶层审美的研究。

孙相宁

因为有的人会觉得，《红楼梦》里面写了大量的贵族的生活，锦衣玉食的生活的细节的描写，这让他看不下去，其实如果忽略了这些东西，真的是很遗憾的。因为这些贵族生活的细节描写，还是有它的价值的。

张霁：的确很经常听到有人跟我讲类似的话，我们今天讲了好多贵族生活的点点滴滴，可能有人要问，是否有必要对这些距离我们非常久远——甚至如果是在几十年前我们可能会说，这是一群腐朽的，食着民脂民膏的一群贵族的生活，我们有必要对他们描写得那么细致吗？我们怎么样去看待这个事情？这里我想说，首先，的确在生产力发展水平不高的情况下，过这样一种锦衣玉食，如此豪奢，并且无论是在审美的哪个方面，都到达了一个相当程度的生活，这的确是要集很多人的力量。而这种集很多人的力量的本身的方式是不是道德的呢？我们说，如果只从道德的层面看，的确不怎么道德，像乌庄头那个单子所讲述的背后的故事，那么多人供养这么一个大家族，如果从道德的层面讲，的确可以持批判的态度。然而这里面要说一个小故事，大家都知道海瑞是明代的清官，此人两袖清风，甚至到不近人情的地步，又敢于直言进谏，不怕死。后来的皇帝把他安排到苏州去做地方官，大家却叫苦不迭，海瑞任苏州巡抚期间，苏州境内的若干奢侈品要停止制造，包括特殊的纺织品、头饰、纸张文具以及甜食。不准民间制造奢侈品，诸如忠靖凌云巾、宛红撒金纸、斗糖斗缠、大定胜饼桌席等等，都在严禁之列。我们都知道江南自古以来就是富庶之地，大量的工艺品，可海瑞极其地讨厌这些，结果他在任期间，苏州的手工业发展得特别糟糕，所以我们一看，如果把这些所谓海瑞眼中豪奢的东西都禁止的话，商业很难发展。

段以苓：另外传统中国文化皆特别尊崇世家大族，脂砚斋的批语，动不动就写"此乃大家风范"，作为大家怎么怎么样，还有我们说大家闺秀，那"大家"是什么意思呢？意思并不是说豪华奢侈，花了多少钱，不是这个意思，大家的意思还要落到温柔敦厚的诗书之礼，所谓"诗书继世长"的文化含量。所有古代贵族的风险和义务实际是相当的，第一次世界大战时，欧洲的贵族死了多少？贵族的文化意义在哪里？贵族的文化意义不在于它的权力，也不在于当时所享受的荣华富贵，在于贵族破落了之后，它的文化底蕴就呈现出来了。曹公也是破落的贵族之家，由十几岁炊金馔玉的贵公子生活，沦落为中年"举家食粥酒常赊"的困顿生活后，他的文化底蕴就显示出来了，所以才写出"满纸荒唐言，一把辛酸泪"的红楼梦。

张霁：是的，所以刘姥姥进大观园之后，她非常感叹，她除了感叹豪奢之外，也说到底是大户人家，真的是很懂礼节。所以我们就看到历史上出现了这样一个悖论，就是我刚才讲的：我们集这么多人之力，供养出了一个个贵族之家，那么贵族都做了什么呢？我们的确看到这种非常豪奢的贵族生活中有一些堕落的子弟，如贾珍、贾琏、贾蓉等人，但与此同时，我们也看到了大观园，我们也看到了那些精美的艺术创造。所以在历史上，这些东西向来都是同时存在的。对此，康德曾经有过一个说法，他说，如果你看到一座精美的宫殿，倘若你想到这是民脂民膏搜刮来的，你可能就要说，这个宫殿是不美的，可是，如果你不去想这件事情，你单纯看宫殿本身美不美呢？你不能不承认它就是美的，所以康德说，你看到了宫殿的民脂民膏的这一面，你就认为它不美，这是你出于利害的一种对于善不善的判断；而你单纯地看到宫殿本身觉得美，这个是事物本身就让你愉悦，康德说这个善和美要区分开来。

　　还要补充一点就是，我们今天跟当年的情况有了很大的不同，我们的生产力已经是当年的若干倍。今天可以说就在深圳市，一个普通市民恐怕都已拥有了当年普通小百姓像刘姥姥这样的人可望不可即的生活。在生产力高度发展的今天，回过头再看贾府雅致的生活，这种审美的追求，我们说，对今天的人来讲，你更加有条件，因为不用你去搜集什么民脂民膏，你就可以追求这种美的生活了。所以在今天，《红楼梦》这样的作品，它所倡导的这种雅致的生活方式，它的这种审美追求，它对中国古代各个领域文化的传承更加值得我们今人去追寻，值得我们去继承。

孙相宁

　　时间比较紧，我们现在把时间让给大家。

　　听众：老师我想请教一个问题，古人有这样的说法，男不读《红楼梦》，女不读《西厢记》，不知道三位老师如何解读？

　　段以芩：那她的人生要有多遗憾？《西厢记》语言那么美，写崔莺莺："檀口点樱桃……轻盈杨柳腰"，错过这么美的辞章，要有多遗憾？几乎是中国最美的戏曲剧本了。

　　张霁：其实《红楼梦》在清代后期的时候是被销禁的，甚至专门成立了禁《红楼梦》的机构，清末有一位老先生，对《红楼梦》恨之入骨，他说曹雪芹这个人死后在地狱里也没有好下场，因为把子弟全都带坏了。老先生所处正值光绪时期，正是内忧外患的时候，洋人给了我们很多气受，他说我想到一个好办法：为了报洋人的鸦片之仇，我们要把《红楼梦》出口到洋人那儿去，让他们也坏一坏。刚才这位朋友讲"男不读红楼，女不读西厢"，我想，男不读红楼的一个很主要的原因就是贾宝玉对仕途经济的排斥，对科举的排斥，而整个书中又把贾宝玉所有的生活写得如此美，感情写得如此真挚，让你无法不对其产生同情甚至是爱慕，可是这个人他讨厌科举。

孙相宁

因为宝玉不是传统的"走正道"的男人，所以说男不读红楼。为什么说女不读西厢呢？是不是觉得《西厢记》不守传统的妇女之道？

张霁：其实曹雪芹曾经借贾母之口在小说里面驳斥过这些才子佳人的小说，《西厢记》其实也是才子佳人的一个戏剧，贾母当时讲，说得大户人家的女儿就像没见过男人一样，见了一个男人上来就想跟他谈恋爱，我们家虽然不算什么，但也不可能说跟着小姐的只有一个丫头。的确，宝玉和贾母的房中，都七八个丫头。贾母的意思是，这些女孩并不是大户人家的样子。其实像《西厢记》这样的作品，包括《牡丹亭》，这些故事在古代都可以叫作"淫奔"，涉及性的意味更强，所以曹雪芹创造《红楼梦》的时候，也许特别安排了宝黛之间从来没有真正的性接触，以示恋情更纯粹高洁，更形而上而非欲望。所以说女不读西厢，更多的意味可能是像相宁说的，涉及淫奔，这就是个人的品行问题了。

孙相宁

其实对于这个问题，《红楼梦》已经有答案给你了，男不读红楼，他的结果就是贾政，女不读西厢，她的结果就是李纨或尤氏。

段以苓：所以还是一个艺术与道德的区别问题。

张霹：直到今天，我知道不少正统的儒生也是很排斥《红楼梦》的，其实儒家对《红楼梦》的排斥，本身也是它的一个遗憾。

南书房夜话第三十四期：
木石禅悦美如幻
——《红楼梦》的贵族生活与自然美学

嘉宾：张　霁　段以苓　孙相宁（兼主持）
时间：2016 年 5 月 21 日　19：00—21：00

孙相宁

　　各位现场的朋友，大家晚上好，今天是我们第三次在《南书房夜话》讨论我国古代名著之一《红楼梦》，现场的很多面孔都已经熟悉了，每一期都能见到，非常感谢你们的厚爱，也有一些新的朋友，非常欢迎你们的加入。我们今天的话题是：木石禅悦美如幻——《红楼梦》的贵族生活与自然美学。上一期我们讲到贵族生活，包括精致奢华的服饰、摆设、饮食等等，那么《红楼梦》中，还有很重要的一座园林，非常值得我们关注和探索，对了，那就是大观园。无可置疑，大观园的园林之美，既是贵族生活的反映，也是曹雪芹本人的美学观的体现，当然后人也有很多考证，现实世界中的大观园究竟在哪儿，大观园里面有南方的风俗，也有北方的特色，有满人的习俗，也有汉族的传统，而且大观园里发生了太多的故事，有着太多的情缘痴缠和悲欢聚散。

　　今天很荣幸跟大家一起讨论《红楼梦》。刚刚我们说了，要先从大观园开始谈起，首先就请张霁老师带我们开启大观园之门。

　　张霁：大家好！很高兴今天又能在这里跟大家一起分享有关

《红楼梦》的点点滴滴。刚才主持人相宁讲了一下关于大观园的情况，可以这样说，大观园无论是从它的建筑规模，还是质量，或者是它的风格，都接近于清代皇室的皇家园林水平，我们已经习惯了红楼梦中有一个大观园，大观园里面有宝玉、黛玉、宝钗及诸姐妹，是一个清净的女儿国，可是呢，我们很少想到一个问题：假设《红楼梦》的故事不发生在大观园里面，就只发生在贾府的荣国府、宁国府这两个府里面，大家是否有想过，会不会跟今天的《红楼梦》有什么不同？这样反向的思考是很有意义的，其实这个世界上好多东西都是这样，我们已经习惯了它的存在，但是你没有设想一下说，如果它不发生在大观园里面，会怎么样？好了，我们可能会想到柳湘莲曾经跟贾宝玉说过："你们东府里除了那两个石头狮子干净，只怕连猫儿狗儿都不干净。"荣、宁二府里充满各种肮脏、龌龊、钩心斗角的事，我们再想一下，大观园里面的女儿国又是什么样子？是了，我们长久以来，习惯了曹雪芹给我们的这个大观园，但是反向一思考就会发现，这是曹雪芹一个天才的创造——他设置了这样的一个世界，把贾宝玉林黛玉以及其他女儿们诗意、青春、美好的世界跟外面的荣宁二府，以及社会上更加肮脏的贾雨村他们所处的这个世界隔绝开来，这是很不容易的事，是极其天才的创造。曹雪芹要表现的不光是所处时代的种种政治、文化、经济情况，社会上的男盗女娼、蝇营狗苟、市井流民，他还要表现在一方诗意的天空下，一些诗意的女孩子和有着诗人气质的贾宝玉是怎样生活的。那当然要给他们一个诗性人生的活动场所。其实在现实生活中，即便是像曹家那样显赫的清代贵族家庭，是否真的会把家里面十几岁的小孩子都放在一个园林里面去，我觉得可能性不是很大，大家觉得呢？

孙相宁

我觉得这符合古希腊哲学家亚里士多德的可然律，即"在假定的前提条件下，可能发生的事"。这在现实生活当中，其实不太可能发生。

张霁：对，我觉得不太可能。大家想想看，在中国古代社会中，十几岁的小孩子，你给他们放到没有大人监管的地方，事实上这种情况发生的可能性是微乎其微的。

段以苓：所以说它是一种理想。

张霁：所以说曹雪芹设置了这样一个大观园的世界是一个天才的创举，他把外面的那个世界隔绝开来，就变成了两个世界。

孙相宁

作为纯净的女儿世界的大观园，代表一种理想，但缺乏现实支持，因此注定幻灭。余英时先生在《〈红楼梦〉的两个世界》中，指出曹雪芹创造了两个鲜明对比的世界：乌托邦的世界和现实的世界，落实到书中，就是大观园的世界和大观园之外的世界。曹雪芹用各种不同的象征，告诉我们这两个世界的分别，如"清"与"浊"，"情"与"淫"，"真"与"假"，以及风月宝鉴的正反两面。余英时先生认为，这两个世界是贯穿全书的一条最重要的线索，把握住这条线索，我们就等于抓住了作者在创作意图方面的中心意义。后来，余英时之子余定国提出"《红楼梦》里被遗忘的第三世界"，认为太虚幻境应该被当作第三世界看待，这个世界相比于大观园，更加清净，是没有男人的完全的女性世界，具有彼岸世界的若干特点，如果说大观园是对世俗世界的否定，那么太虚幻境就是对大观园世界的否定。这也可算作一家之言。

张霁：从文学创作手法来说，这是非常高超的，一般得是一流大作家的大作品才具备这样的品质，就是能够几条线同时进行。比如说莎士比亚的作品《哈姆雷特》，不光是哈姆雷特为父报仇的这一条复仇的线，同时进行的还有另两条复仇的线：奥菲利亚的哥哥雷欧提斯向哈姆雷特复仇，以及挪威的王子福丁布拉斯向丹麦人复仇——大作品往往是这样的一种结构方式，它不会只有一条线。

段以苓：《红楼梦》里的大观园是理想世界，是曹公的一种文学理想。如果转到现实中，有很多学者会问，这个地方到底在哪里？《红楼梦》诞生到现在，关于大观园的原型有很多种揣测和说法，一种是"随园说"，一种是"江宁织造府说"，还有"恭王府说"。

那么大观园到底是来自于什么地方呢？上一讲我们讲到曹雪芹自幼读过大量祖父的藏书，我们第一期的时候也讲过，明代有一本小说叫《隋炀帝艳史》，郑振铎先生的《插图本中国文学史》写过，《红楼梦》借鉴了大量《隋炀帝艳史》的内容。我们在《隋炀帝艳史》里面可以看到，隋炀帝的园林叫"五湖十六院"，里面有非常多的跟《红楼梦》大观园相似的地方，比如关于怡红院、潇湘馆等，皆为相仿的景色，例如竹林、秋爽斋三间通透的屋子等等。所以"大观园"的理想境地来源于文学史、艺术史以及曹雪芹的生活经验。大观园的高度理想化的美感来自于绘画和文学，这是《红楼梦》大观园文化史上的渊源。

孙相宁

就是很难去考究现实中到底哪个是大观园。

张霁：因为这个还争起来了，到处都在争抢。

孙相宁

而且我们读《红楼梦》的时候会发现，大观园里面有南方的风俗，也有北方的特色，有满人的，也有汉人的，所以你就不可能说它到底存在于哪里。

张霁：对，这是一个证据。

段以苓：对，大观园是一个"南北和"。

孙相宁

　　我们在大观园里面也看到很多，比方说它有炕，还有南方的桂花酒等东西。

　　段以苓：对，在桂花树下吃螃蟹喝酒，这个肯定不是北方的风俗。还有栊翠庵里的寒雪伴着红梅，实际上此景致有些不南不北了。

　　张霁：包括我们上一期讲的，贾宝玉的服饰也大部分是曹雪芹想象出来的。

　　段以苓：对，《红楼梦》中的服饰也是有戏装、有明的服饰、也有清的服饰，如涉及政治人物，曹雪芹都尽量用了戏装去描写。

孙相宁

　　对，我昨天还看到一个很能证明大观园"南北和"的例子，就是喝的酒，有一种叫黄酒。

　　段以苓：是惠泉酒。

孙相宁

　　对，惠泉酒属于南方的黄酒，度数是比较低的，咱们南方人可能喝过黄酒，还有一种叫烧酒，烧酒的度数就比较高，大概有五六十度的样子，它很明显就是北方少数民族在严寒天气里需要喝的酒。还有吃鹿肉，也是北方少数民族的一个饮食特点，因为鹿肉本身是温性的，吃了之后会上火，我相信南方的朋友应该很少在这种天气下吃鹿肉的，它适合北方的天气。

　　段以苓：对，包括《红楼梦》里面写喝茶，很多地方不写"喝茶"，而是"吃茶"，吃茶要"酽酽地"吃，所以喝的是浓茶，浓茶就不是南方的喝茶法，而是北方的喝茶法。然后再看妙玉的喝茶，她的排场比荣国府家宴还讲究，是在细细品鉴，那这就是江南品茶的方法，跟陆羽的《茶经》一样，讲求水质、器皿、喝茶的美感。

孙相宁

　　因为我是北方人，我知道，北方人的习惯是泡茶，泡得浓浓的再喝。

　　张霁：这个我想大概跟曹雪芹的个人经历有关。因为他小的时候长在江南，后来曹家获罪之后，当时清代的律法规定，获罪了的满族官员（也包括包衣）要全家再迁回京城，所以据今天的学者们考证，曹家大概是在曹雪芹十三四岁的时候，举家迁回了北京。那么，曹雪芹描写的大观园里面种种的南北风俗跟他自己的生活经历是有一定关系的。另外还有一个：满族的统治者是北方人，所以他们有一些自己的习俗，大家都以宫造的为上。

　　段以苓：对，所以清初期的统治者实行"国语骑射"，"国语"是什么呢？国语就是满文和满语，"骑射"就是八旗子弟练武功、操练武事。满族这个民族"马上定乾坤"，八旗是都要骑马的，上朝的时候也骑马，我们现在看到的那些清宫剧，实际上演的是不对的——大家都坐轿上朝，这是不对的，实际上满族的官员是骑马的，汉族大臣才允许坐轿。可见清代对骑马是非常重视的。《红楼梦》里面也可以看到，宝玉是骑马的，连秦钟也是骑马的，比如在"王熙凤弄权铁槛寺"那一回中就可以看到，宝玉的马拴在车后跟着，说明平时宝玉都是骑马的。曹雪芹家是汉军正白旗，汉军八旗也是骑马，这是他们的满人习俗。

　　张霁：是，包括《红楼梦》里面出现的大量皮草也是清代特有的。清代对皮草非常重视，甚至规定三品以上的官员冬天上朝时必须穿貂皮，不穿是不行的。所以有很穷的京官置办不起怎么办呢？就只好上一些二手市场去买别人淘汰下来的，或者只能穿用貂身上不太好的部位做的貂裘，没办法，中国古代传统社会对礼仪和礼节看得非常重。

孙相宁

　　是，我们看《红楼梦》里面无论是吃饭还是请安，礼仪上都是很严格的。

　　张霁：对，刘姥姥二进大观园的时候被带到贾母那儿，给贾母做一个解闷的，这段大家肯定印象非常深刻，因为非常有意思。刘姥姥在那儿出了很多洋相，让贾母非常开心，其中有一处描写贾府吃饭，怎么吃的呢？说有一桌是贾母带着宝玉、黛玉、宝钗和湘云，另外一桌是王夫人带着迎春、探春和惜春，那刘姥姥在哪里吃呢？我们看到，刘姥姥虽然是个乡野村妇，但是她可以坐在贾母身边，为什么？因为她是客人。而书中最活跃的一号人物王熙凤哪儿去了呢？王熙凤可以坐在哪一桌呢？原来，王熙凤是不能入座的，王熙凤跟李纨在旁边伺候贾母和王夫人吃饭，这个其实就是中国古代讲究的餐桌礼仪，特别是清代，一家子里面媳妇的地位是要低于姑娘的，所以，迎春、探春、惜春可以上桌吃饭，可是王熙凤、李纨，包括尤氏都是不可以上桌子的，我们今天好像有一些偏远山区还有这样的习俗，我有时在网上也看见有人吐槽说不让女眷上桌吃饭。

　　段以岑：另一个就是满族人家中女性的地位是比较高的，这源于游牧民族的遗风，所有的游牧民族女性的地位都是比较高的。

　　张霁：它源于一种理念，觉得姑娘将来是要嫁到别人家去的，以后再回来就是客人了，相当于说我在替人家养媳妇。当然这种风俗我们今天是不赞成的，可是在《红楼梦》中我们看到的是，贾府极其严格地执行这些礼仪，刘姥姥看到王熙凤和李纨在那儿给贾母端菜布箸，等大家都吃完了，收拾好残桌，又放了一桌，这个时候李纨和王熙凤才相对而食。刘姥姥看到这儿的时候，禁不住感叹了一句，说别的也都罢了，我最爱的就是你们大家行事的风度。

孙相宁

因为刘姥姥在贾府这样一个大家庭里，得到了尊重。

张霁： 而且我们可以想，一般情况下，家里面只有几口人的小户人家未必会严格地执行这些礼仪。我们看曹雪芹是无一处闲笔，所有的地方只要你细细看上去都有来头。包括林黛玉刚进贾府，吃饭的时候也是让林黛玉坐在上首，因为林黛玉这个时候是客人。王夫人先伺候了贾母，给贾母端了菜之后，才坐在自己的桌子上，然后王熙凤再伺候，这个媳妇和婆婆之间的关系和礼仪是看得极其重的。

孙相宁

包括主仆之间，例如王熙凤和平儿之间。

张霁： 对，王熙凤跟平儿两个人关系特别好，平儿是她的贴身丫头，从小就伺候她，又陪嫁到了贾府，并且嫁给了贾琏做妾。有一次王熙凤跟平儿说着体己话，王熙凤说，趁现在没人，你过来咱们俩一桌吃饭，可是平儿怎么样？平儿是半膝屈坐在炕上，另外一半身子还在地上，把饭吃完了——她并不敢跟王熙凤真的同桌对坐吃饭。

孙相宁

包括贾琏的乳母赵嬷嬷也是如此，王熙凤和贾琏夫妇是很尊重乳母的，也请赵嬷嬷坐到炕上来吃饭，但是赵嬷嬷还是不肯。

张霁： 对，她年事已高，但是依然不肯逾矩，最后让平儿给她弄了一个小儿，又弄了一个小脚踏凳坐在那儿吃。也就是说：不管什么时候，贾府的主仆之间的礼仪、辈分、尊卑都是规定严格并且被认真遵守的。

段以苓：包括黛玉进府的时候，她留心贾府的姑娘们怎么喝茶，然后她自己再跟着学，从这个细节便看到贾府的礼法教化，事无巨细，随处可见。林家也是五世封侯，到了林如海这一辈，封侯不世袭了，所以林如海科举出身了。林家已是一个大家了，黛玉从小亦是大家闺秀的教养，但进了荣国府，还是要格外小心谨慎，生怕失礼，所以黛玉要去留意"三春"是怎么喝茶的，以免自己失了礼数。

孙相宁

对，生怕失了礼，他们把"礼"字已经深入到内心了。

张霁：中国一直号称礼仪之邦，"礼"最初的含义是祭神求福，后来演化为社会行为准则、规范、仪式等。《礼记》里说："礼也者，犹体也，体不备，君子谓之不成人。"将礼比作人的五官四肢，可见看得极为重要。大家可以看一下《红楼梦》里面有多少次请安，这里面还有一些细节能透露时代信息，比方说，宝玉的这些小厮们在请安的时候，书中用的一个词叫"打千儿"，这个"打千儿"是左膝前屈，上身微俯，右手下垂，这是满族人的请安方式，所以书中还是处处可见一些能够反映当时史实的东西的。还有一次，贾赦生病了，贾母打发宝玉去看贾赦，到了贾赦那里，邢夫人本是宝玉的长辈，正常来说，我们想应该是宝玉马上先给邢夫人请安，可书中描写的是邢夫人忙站起来，先问老太太好，因为宝玉是奉贾母之命去看望贾赦的，接下来再坐下来受宝玉的请安——书中处处可见这种对礼仪的规范严格的要求。我们说这样的作品，在中国古代其他的小说里面是找不到的，不会有这么细致，当然这也跟作者本人是出身于大家有一定的关系。

段以苓：曹雪芹写《红楼梦》，在黛玉教诗、海棠社评诗时还写了有关于诗歌的理论，这也是在中国其他小说里面没有的，绝对是一种"雅论"。

张霁：对，还有就是刚才讲到的礼仪，我又想到一处，就是丧葬。书中最让我们印象深刻的丧葬是哪一次？（观众：秦可卿死的那一次。）对，秦可卿的丧事办得极为隆重，用贾珍的说法，"不过尽我所有罢了"，连贾政都觉得这太过奢侈了。我们都知道，贾珍和秦可卿两个人是有偷情的关系，这是一个乱伦的事，很不光彩，据说曹雪芹原来在书中有非常详细地描写这一部分，叫作"秦可卿淫丧天香楼"。可是后来，因为脂砚斋提意见，说秦可卿死后还能给王熙凤托梦，还是个很有主见的女性，这段露骨的就不要去写了，所以就命他删去，于是这段就没有了。可我们依然可以在书中看到很多痕迹，比方说，书中描写贾珍哭得泪人一般，他因为身体不好，又过于悲痛，挂了个拐踱了进来，看到邢夫人要跪下问安，邢夫人忙让宝玉搀住，命人找椅子来给他坐。这里面的拄拐是大有玄机的，因为中国古代对于丧葬的礼仪很是烦琐，在丧葬的时候，你的悲痛程度应该怎么样都是给你规定好的，比方说《礼记》里面把丧葬的礼仪叫作齐衰（穿全套丧服），对此有明确规定："父在为母，夫为妻，服期一年"，又称"杖期"——服丧时手中执杖。通俗的解释就是：如果是丈夫死了妻子的话，容许你怎么悲痛都不为过，你可以挂一个拐杖，表示我悲痛得不行了；但如果是长辈对小辈，是不杖期的。书中描写贾珍悲痛不已，挂个拐，你想想是怎么回事？这其实就是暗示。

段以苓：对，《红楼梦》全是"曲笔""侧锋"，写得有多讽刺。在当时看来，秦可卿可谓本质"不洁"的人，但贾府上上下下都喜欢她，都爱她爱到不行；然后妙玉虽是一位非常干净的人，但多数人都不喜欢她，"过洁世同嫌"，这是一个极其嘲讽的写法。

张霁：在《红楼梦》中我们可以看到中国古代文化的方方面面，越看越多，而且作者本人又是一个心细如发的人，他在很多地方埋了伏笔。刚才我举的那个例子，虽然说他删去了"秦可卿淫丧天香楼"这一段，可是他依然暗示说，两个人是有这种不正当关系的。在办丧事时，贾珍已经悲伤到用丈夫对妻子的礼仪去对一个儿媳妇了。

段以芩：对，所以脂砚斋处处都在评价说，"草蛇灰线，伏笔千里"，红楼梦的写作技巧非常高超，几乎只有在世界第一流的文学作品里，我们才可以看到这种心思缜密的写法。

张霁：绝对的一流，他的写法无论是从大的两个世界，甚至三个世界的设置上，还是在小的地方，每一个细节都细到了极致，难怪"批阅十载，增删五次"。其实我们回过头去看，世界上很多一流的大作品也会进行这样极其详尽的全景图式的描写，而且作者在写作上的时间跨度通常也是很久的，这确实很费心血。

> **孙相宁**

但是像《红楼梦》这样，把一个贵族世家，其生活的点点滴滴写得如此细致的，真的是再没有了。

张霁：真的没有了。是，虽然相对今人来说，古人的寿命比较短，但是我们又常会感觉他们的时间概念跟我们的不太一样，他们很舍得把大量的精力用在一件事情上。像《浮士德》《悲惨世界》《战争与和平》这样的世界级大作品，你不用最大的心血去写作，真的很难做到。

> **孙相宁**

我们回到《红楼梦》上来，其实《红楼梦》最大的特点还是说它体现了一种贵族审美的艺术。那么贵族审美，对我们有什么启示？

张霁：其实《红楼梦》的贵族审美的确是这本书一个非常鲜明的特点，有别于中国古代其他的文学作品。同举四大名著和其他几部名著为例，《三国演义》讲的是权谋、历史、战争、政治；《水浒传》讲的是不公的社会如何将人逼上梁山，打家劫舍等，也是那个时代的社会的图景；像《西游记》就是另外一个层面，属于神魔小说；《儒林外史》讲的是书生举子；《聊斋志异》讲的是鬼怪……但是像《红楼梦》这样，这么立体、全方位、全画卷地展示贵族生活，把它的每一个层面都写到极度精致的作品，我们说独此一部。有人说《金瓶梅》的生活气息也很浓厚，手法也很高超，的确，《金瓶梅》写得也非常细致，《红楼梦》还从中吸取了不少写法，可是两部作品并非一个层级。前两天我看到一篇文章，描写《金瓶梅》里面的吃——感兴趣的朋友可以去搜一下《金瓶梅》里面的吃，你再跟《红楼梦》里面的吃一比，就高下立见了。

段以芩：包括《金瓶梅》里面的审美，如果说《红楼梦》的审美是一种世家大族的审美，那《金瓶梅》的审美就是典型的暴发户审美——你可以看潘金莲的穿戴，非金即银，不是大红就是掐金的，可以说是耀武扬威的审美，就好像现在"可怜的新富"炫富的感觉。

张霁：对，刚才我们讲贵族审美，其实首先要说到一个问题：怎么样去界定贵族？中国的国情跟西方不太一样，西方的贵族制度，最早的时候更像是一种国王与臣子之间的契约关系，国王给贵族封地，贵族向国王称臣并履行义务。贵族在封地里面有相当大的自由，他可以进行自己的生产，并且他的身份可以世袭。但是中国从秦统一之后，基本上就不是这样了。也就是说，如果按照西方定义的话，中国有贵族的时期非常短暂，也就是在商周，中国才有世袭的、有封地的贵族，所以直到今天，很多历史学家其实并不太赞同说中国古代的社会能够叫作"封建社会"。

段以芩：对，这个名称是一些争议的。

张霁：对。因为"封"是封地，"建"是建国，也就是说，什么样叫封建社会呢？是要有封地，并且在这个封地上你能建起一个相当于自己城邦的地方，然后有相当的自主权。我们都比较熟悉《封神演义》，周文王和周武王起兵反商纣王，他们为什么有那么大的力量呢？就是因为他本身就有自己的国和封地，实际上那个时候才是真正的封建制度。后来当周灭了商之后建国，也是分封了七十多位贵族，其中就包括我们都知道的姜子牙，所以在秦以前的制度相对来说跟西方贵族制度比较接近，有自己的封地，有相当的自主权，然后有世袭——世袭是很重要的，严格来讲，西方意义上的贵族是要世袭的。秦以后就不是这样子了，变成了郡县制，皇权一统，然后历朝历代不断地加强这种中央集权。所以我们中国的贵族跟西方不太一样，更像是一种世家，文化政治经济的世家，世代相传，同时相对来说，也没有西方那么的稳定。西方的贵族制是非常稳固的，有的贵族一个家族世袭几百年，一路世袭下来。然后我们接着说贵族的审美，不管是中国还是西方，都存在着这么一伙人，在政治、经济上拥有一些特权，文化上也传承着世家的文化。这伙人对我们这个世界来说，是有多么重要呢？我们说这个怎么评价都不为过。从最开始的本源来看，亚里士多德在他的著作《形而上学》里面就讲到：知识最早出现在人们开始有闲暇的地方，数学所以先兴于埃及，就是因为那里的僧侣阶级是特权阶层，有闲暇。亚里士多德还说，只有当人的世俗物质生活的必需品都比较充足之后，他才有闲暇去探寻一些跟现实生活实用性无关的知识。

德国艺术史家格罗塞说"艺术的起源，就在文化起源的地方"，作为最初的文化创造者和传承者，毫无疑问，贵族与艺术有着最密切的联系。他们在一开始就有着天然的优势：掌握着最好的知识资源，并有优越的物质条件，使其可以摒除为稻粱谋的困窘而专注于更高层面的活动。

在贵族群体里，真正担当起贵族责任的实则有两类人：一类是秩序的维护者，在中国来说，即传统儒家士大夫所提倡的以天下为己任的君子，他们制定了整个世界的秩序，承担、维护此秩序的运转，并对此有天然的责任感，所谓"天下兴亡匹夫有责"，这类人无论身处庙堂还是江湖，都心系秩序，目的是希望人类社会能够以一种有序的状态运行，以区别于动物界的丛林法则。另一类则负责精神世界中美和艺术的创造，即提供人类的精神食粮。有些贵族自身并不亲自从事艺术，但对艺术的发展会起至关重要的推动作用。这方面的例子很多，如清末，京剧曾经大发展，由一个地方性的曲艺形式变成全国性的戏曲，乃至后来成为国粹，这其中有八旗贵族子弟相当的功劳，若不是他们的大力提倡、出资资助、痴迷钻研，京剧的鼎盛是绝不可能的。再如文艺复兴时期佛罗伦萨的美第奇家族，假如没有他们对艺术的大力支持，文艺复兴一定不是后来我们看到的这个样子。其实还有第三类人，就是一些宗教人士，他们也是这个世界运转的一种必需，但是因为它跟我们的主题不太相关，我就不重点去说了。

基本上，我把贵族分为以上这么几种。

其实中国传统的大一统的皇权社会，到后期特别是清代中晚期之后（也就是《红楼梦》的写作背景），在康乾盛世背后，其实相当地腐朽。你看贾府中的男人们，他们一个个的样子，贾赦、贾珍、贾琏、贾蓉……个个荒淫，贾政倒是不荒淫，但是迂腐、平庸，本该维持秩序的贵族男性已然变成了这个样子。而另一群人，就是我说的第二种贵族：从事精神文化生产，或者本身的生活就是一种艺术生活方式的这一群人，即贾宝玉和这些女孩们。反倒是他们，在这个时候承担起了贵族的职责：他们的诗意生活本身就是一种创造。我们看《红楼梦》全书中，贵族的审美，处处讲究雅致，比如我们上一期讲过里面服饰的考究、色彩的搭配、饮食的精致……处处可见。

孙相宁

包括他们平时的一些对话，尤其是黛玉，生怕落入俗套。

张霁：对，处处追求高雅，追求精美。甚至包括它的礼仪，其实礼仪也是规范着人的行为的。在这个层面上，《红楼梦》的贵族世界主要是由大观园中的贾宝玉和众姐妹的诗性气质所体现。

孙相宁

对，《红楼梦》处处都是崇尚雅致的。

张霁：说到这里可能又有人问了——因为以前我也曾经讲过这个问题，然后马上有人来问，我们为什么非要跟他们学呢？我们为什么非要雅致呢？

段以岑："雅俗"首先是一种隐喻，不能说是一种理论和观点，而是一种隐喻。

孙相宁

它很难做一个明确的区分。

段以岑：所以说"雅俗"是一个非常微妙的关系。在西方16、17世纪有一个争论不休的论题，就是何谓高雅？高雅艺术是什么？高雅艺术意味着对感官诱惑的拒绝，平庸的艺术则是应对感官愉悦需求的艺术，高雅的艺术是指的有文化修为的人所欣赏的艺术。那有文化修为的人肯定不是故事中的教皇，因为他只能看到艺术品表面的价值，而没有看到深层的思想文化，可艺术之所以是艺术，正是因为艺术创造了比表面价值更耀眼的价值。

张霁：你刚才说的那句话让我想起康德对崇高的定义，康德说什么是崇高呢？就是对跟你自身有利害关系的情感的抗拒。

段以岑：美的无功利性，审美判断力。

张霁：对，但其实提到"雅俗"，它们并不是一成不变的。

孙相宁

对，我觉得"雅俗"也是跟时代变迁有关系。比方说《诗经》，我们知道《诗经》有风、雅、颂三部分，其中《国风》部分就是来自民间的诗歌，后来《诗经》被儒家推崇，被列入"四书五经"之一，才慢慢地登上了大雅之堂。到了我们今天，我们再来看《诗经》

里面的《国风》这一部分，它里面的诗句都是很文雅的，比方说小伙子表达对姑娘的爱恋的句子，"关关雎鸠，在河之洲"，"蒹葭苍苍，白露为霜"，都是将感情寄托在自然界的事物当中，抒发情怀，不会像我们现在一些通俗的文学作品写得那么露骨，那么的不堪入目。

张霁：就像是《阿Q正传》里面，阿Q怎么表达对吴妈的感情——就是"我要和你困觉"，非常直接。在《诗经》那个时代是基本上不会有这样的文字的。

孙相宁

对，不会有这种文字。我记得《诗经》里面可能比较俗的一句文字就是说"人而无礼，胡不遄死"，就是说作为人，你如果无礼，还不如去死。这应该算是《诗经》里面相对较俗的一句了，其他的都是很雅的。

段以苓：是的，因为中国古代世界实际是有两套语言系统的，文言是高雅的书面的语言，白话是一般的市井的语言，但是《红楼梦》奇就奇在把市井的白话语言写得如此文雅。

张霁：鲁迅先生说自有《红楼梦》以来，所有的写法都被打破了，我曾经在第一期的时候也讲过，中国古代的文学分正宗和邪宗，诗和文才是中国古代士大夫心中的正宗，戏曲和小说是不入流的，是邪宗。事实上我们从流传至今的古代作品中看，士大夫的诗和文的体裁、语言的确都是非常文雅的，哪怕是写自己的政治主张，也往往写得非常优美，哪怕是历史的记载，也有很强的文学性。可是我们再来看中国古代的这些小说，从内容上看，无论是早期的话本，还是明代的"三言二拍"，基本上都有很多案子：凶杀案、盗窃、抢劫、诈骗、强奸、偷情……我打一个不是很恰当的比方，这有点像我们今天火车站前面那些地摊上卖的法制小报里的内容。后来逐渐出现了稍正式一些的小说，像《三国演义》这样的小说就比较好了，是在整理前代的史实、历史演义的基础上写成的。可是到了《红楼梦》这儿就完全不同了，《红楼梦》从内容上来看，它所展现的，除了荣宁二府中那些"除了那两个石头狮子干净，只怕连猫儿狗儿都不干净"的肮脏的事，除了贾雨村那些贪赃枉法的事，最重要的是它还有一个大观园的世界，而这个世界是极其雅致的。还有在大观园世界中萌发出来的，甚至最终与世俗的结合都没有关系的贾宝玉和林黛玉的爱情，这个是以前的文学作品里面完全没有的。

段以苓：对，《红楼梦》超越时代性、社会性。贾宝玉说，"都道是金玉良缘，俺只念木石前盟"，这是红楼十二支曲《终身误》里面唱的。金玉良缘，别人都说很好，他为什么心里面只念着木石前盟？可见贾宝玉是一个内心追求自然、率真，追求某种纯粹的人，虽然他是一位贵公子，但看他写的《红豆曲》，"咽不下玉粒金莼噎满喉"，可见他追求的不是世俗的东西。宝玉与贾蓉、贾珍这些世俗纨绔不同，他甚至对读书考功名，功利性教育都很反感。"金玉良缘"，"金"和"玉"是什么？"金"和"玉"是现实中名和利的象征，所以宝玉不要这些东西，他不要名和利，只要木石前盟，只要自然的东西。

孙相宁

　　说到这儿，我又想起大观园所蕴含的美，其实就是一种超凡脱俗的自然之美。比如宝钗，我们知道宝钗平时是一个很端庄的人，可是她在大观园里，四下无人的时候，她做了一件事，就是扑蝴蝶——其实这是非常符合十几岁女孩儿的自然天性的，曹雪芹就把这样一个情节放在了大观园里面，我觉得作者可能有他的用意，他认为大观园就应该是一个回归自然的场所。还有"憨湘云醉眠芍药茵"，当时她喝醉的时候，躺在石凳上，芍药花瓣落了满身。

张霁：还枕了一卷花瓣，她把衣服包上花瓣当作枕头。那个画面非常美，曹雪芹真是一个极会写美景的作家，好像画家一样。

段以芩：还有荷花枯掉时，宝玉说荷叶茎干不好看，让人全部都清理掉，黛玉就说，我最不喜欢李商隐的诗，但是仅有一句我喜欢，"留得残荷听雨声"。已衰败的荷叶为什么留着它呢？是要听落雨打在枯荷上的声音，可见是一件风雅的事情，所以你看大观园为什么无一不美。大观园是山子野造的，山子野这个名字一听就知道是一个世外高人，大观园的这种美是有当时文人画的意境的，文人画讲究的实际就是一种自然况味，从宫廷画、宋院本绘画里面脱离出来，讲究一种文人的自然观的体现。

孙相宁

包括黛玉葬花，也是极佳地体现了自然美：黛玉把花包起来，埋到土里面，让它随土化去，从哪儿来就回哪儿去。

张霁：这儿我就想起新版《红楼梦》的笑话了，这版电视剧费了很大的力气，让林黛玉包了一个很大的袋子，扛着这一袋花瓣到了花园里，挖了一个坑，然后把花瓣从袋子里面倒到土里埋上。

段以芩：还有画《红楼梦》插图比较拙劣的那种画家，他们画黛玉葬花，黛玉背的明明是一个花锄，是一个小小的细锄，我见过有画得比较拙劣的，就是黛玉背了个农锄一样的东西，这个和她"娴静时如娇花照水，行动处似弱柳扶风"相差甚远。

张霁：包括她那个锦囊都不该是很大的，87版《红楼梦》这点做得很漂亮，锦囊上面是精工的刺绣。黛玉为什么要葬花呢？就是怕这美丽的花瓣落到泥中给弄脏了，所以《葬花词》里才说"未若锦囊收艳骨，一抔净土掩风流"，拿个袋子装起来，再拿土埋上，不能让花瓣直接对着泥土。而新版《红楼梦》生怕这花瓣不在泥里，还特别从锦囊里面倒出来，倒进土里面埋上。（观众笑）

段以芩：这是"质本洁来还洁去"。

张霁：对，"质本洁来还洁去"，应该是这个样子的。我上期就讲了，李少红版的《红楼梦》槽多得完全吐不过来，包括让贾琏穿着明黄色该砍头的衣服。

孙相宁

尤其张老师刚刚说的"把花瓣直接扔到土里面"，他首先就没有领会到大观园作为一个"清净世界"的蕴意，"清净"二字他没有遵守。

张霁：他们连黛玉的《葬花词》都没读懂。我记得新版《红楼梦》在开拍之前，记者采访了编剧，记者很好玩，他问了这样一个问题，说你读过《红楼梦》没有？编剧的回答也很经典，说读过两遍。你看这太可怕了，我觉得我至少两百遍也读过了，但是我也不敢上来就贸然接这个活。这只能印证一句话——"无知者无畏"了。

段以芩：对，我们看英国 BBC 拍自己的古典剧，虽说可以看到并没有耗费很多资金，有些东西都是重复在用，可是每一件物品都尽量认真复原。很多历史剧是根据博物馆资料来复原的，亨利八世就是亨利八世时的衣服，简·奥斯汀的《傲慢与偏见》用的就是那个时代的女装，那种束腰靠上的女裙，包括男性贵族的打扮也是符合 18 世纪风格的……这能看出一个国家对待自己的文化经典是应该非常严肃认真的。

张霁：一定要非常认真。我有一个师姐曾经去问我的老师，形式有那么重要吗？我的老师就非常正色地说，当然，形式就是内容！非常重要！可是到《红楼梦》这里，还是刚才说的"雅俗"的话题，本来古代的正宗的雅的体裁是诗和文，但曹雪芹居然凭高超的艺术天分、全方位的艺术修养，以及绝高的文学水平，呕心沥血地创作了这样一部杰出的《红楼梦》，成功地使小说这种体裁终于登上了大雅之堂，这是非常不容易的。

孙相宁

曹雪芹对于园林的每一处描写，都渗透了诗意、哲理、禅机，这就是他的高明之处，周汝昌老先生曾经提到《红楼梦》的艺术魅力是"化景为境，境以诗传"。

张霁：这对我们民族来讲非常重要。

孙相宁

写怡红院，曹雪芹没有写得细致到像雨果写《巴黎圣母院》那样，洋洋洒洒几篇，他只用了八个字："粉墙环护，绿柳周垂"；写沁芳桥则是"柳垂金线，桃吐丹霞"。都是诗句带出的意境，没有写实的细致刻画。

张霁：《红楼梦》的语言是非常优美的，但如果光说语言优美的话，其实还有一些作品也不差，可是《红楼梦》在它语言优美的基础上，还有人物的那种精神，那种对于艺术、对于自由的追求，这是中国文学史上难得的，包括书中那些女性的形象。

孙相宁

它最巧妙的就是把每一个人物的自然天性跟情节结合起来。我们再举一个例子，湘云吃鹿肉，叫"琉璃世界，白雪红梅，脂粉香娃，割腥啖膻"，这个白雪红梅我们知道是下雪的场景，但是为什么这个场景里面要写湘云这个人物呢？我个人的理解是在这样的天气里面，一定要有一个热血之人才能压得住，而湘云是一个热血之人。

段以芩：张爱玲的《红楼梦魇》里面有推断说，为什么湘云的戏份越来越多了？因为在流传过程中，大家喜欢她，喜欢这种女侠气质的，有男子气概的洒脱的女性，所以后来就把湘云的戏份越写越多。

张霁：湘云这块确实是很精彩的，在皑皑的白雪世界中，有红梅花儿开。大家可以在脑海中想象一幅画面：白雪皑皑，红梅花儿开，一些衣着极其精致的，穿着大红猩猩毡的小姐、公子们，就像刘姥姥说的，像画上的一样。这个画面本已仿佛非常遥远，里面的人物和仙境中人一样，可是这个时候，湘云和贾宝玉马上就干了一件把你拉回现实生活中的事情，非常接地气——要去吃鹿肉。这应该是满族的一个习俗，一下子就把整个画面给活络起来，曹雪芹类似这样的桥段非常多。

孙相宁

而且这个桥段只有湘云合适。

张霁：湘云自称"是真名士自风流"，她说你们不用笑我，我们这会子大嚼大咽，一会儿写起文章来照样锦心绣口，所以我不在意那些东西，这非常真实，很自然。

段以苓：对，所以到了晚清时，对于《红楼梦》的评价几乎趋于一致。黄遵宪出使日本的时候，他向日本人介绍《红楼梦》，他说《红楼梦》是千古第一奇书，可与《左传》《史记》来相提并论。《左传》《史记》是儒士心里面公认最好的著作了，他把《红楼梦》与中国历史上超出文学之外的一流作品相提并论了，这是相当高的评价。

张霁：那是，他的确在每个他写到的地方都呈现出了最高的水准。比方说大观园的建筑，刚才我们讲了是"南北和"，其实还有一点，虽然是曹雪芹根据他的想象构筑了这个园子，但是刚才像以苓说的，他也是有充分借鉴了前人的蓝本的。

宝玉在跟着贾政去验收大观园的时候，当时有一个特别经典的桥段，就是，书中写宝玉跟着贾政每到一处，贾政为了试他的才华，就让他去题匾额，起名字，作对子，当他们走到稻香村的时候（就是后来李纨住的地方），稻香村是什么样子的呢？里面纸窗木榻，富贵气象一洗皆尽。贾政心中自是欢喜，却瞅宝玉道"此处如何？"众人见问，都忙悄悄地推宝玉，教他说好。宝玉不听人言，没想到他牛着心说："不及有凤来仪多矣"，有凤来仪就是林黛玉后来住的潇湘馆。然后，贾政听了道："无知的蠢物！你只知朱楼画栋，恶赖富丽为佳，那里知道这清幽气象。终是不读书之过！"宝玉忙答道："老爷教训的固是，但古人常云'天然'二字，不知何意？"——你看他对他的父亲，平时那样害怕，此刻却据理力争，就是因为他非常崇尚自然。结果贾政越听越生气，看宝玉说起歪理来一套一套的，最后气得说："叉出去！"

段以苓：贾政是典型的明清之际的一类儒家士族，当时的儒家士族有种思潮，就是我虽身在朝野，但是我心在山野，所谓"士族山人"。后来很多人批判这种"假隐士"，说他们是市井山人，实际上不懂得真正的山水之趣，他只是在市井里在那儿去想、去憧憬而已，贾政也是这样。

张霁：这非常造作。因为刚才讲了，大观园是比较接近皇家园林的，我们回过头看，清代的皇家园林，像今天看到的一些类似承德避暑山庄这样的地方，都要弄那么一处田庄，就是皇帝表示自己还是很关心稼穑的。从这点上来看，其实曹雪芹可能也是暗示他对这样的布局和设置是很不满的，因为曹雪芹主张的是天然，他特别讨厌扭捏造作。你看，虽然有凤来仪（也就是潇湘馆）很漂亮，但是它很天然。

孙相宁

庄子说"天地与我并生，万物与我为一"。天地之美在于道的自然无为，"天地有大美而不言"，我们看宝玉对大观园景致的评价，他认为稻香村不如潇湘馆，稻香村为人力所成，非天然而有，"峭然孤出，似非大观"。不如潇湘馆"入门便是曲折游廊，阶下石子漫成甬路，上面小小三间房舍，一明两暗，里面都是合着地步打就的床几椅案"，后院一大株梨花兼着芭蕉，后院墙下，开一隙，得泉一派，开沟仅尺许，灌入墙内，绕阶缘屋至前院，盘旋竹下而出。"有自然之理，得自然之气"。李纨和黛玉的居所，造作和自然的对比，也是人物性格的对比。

张霁：除了觉得潇湘馆优雅之外，同时他还觉得那里非常天然，所以天然是非常重要的。我们都知道，《红楼梦》原名曾经叫过《石头记》，实际上我们从曹雪芹设置主人公的名字，包括主人公的象征这个事情上，就可以看出曹雪芹本人对于自然的推崇，比方说贾宝玉和林黛玉有一个神话，前世的姻缘。第一回就交代：西方灵河畔有一株绛珠仙草，生得婀娜可爱，后来化身为贾宝玉的神瑛侍者每天取仙露去灌溉，使得绛珠仙草成为女形，也就成了后来的林黛玉。于是我们把贾宝玉和林黛玉的爱情叫作"木石前盟"。这个"木"和"石"，是自然界中的东西，是自然的；而石头到了红尘俗世中，变成了宝玉，就具有了人类社会赋予它的功利性价值，它可以作为货币流通，具有了红尘中的金钱功能，于是这个时候，与它相搭配的就是谁呢？对，是"金"，代表金的薛宝钗，"钗"是金字旁的，这就是"金玉良缘"，它是存在于红尘俗世中的。"木石前盟"既存在于仙界，同时木、石又是自然界中的东西，所以贾宝玉的取向是非常明显的，第三十六回的时候，薛宝钗在绛云轩听到贾宝玉梦中喊出一个话，是什么话呢？——"和尚道士的话如何信得，什么金玉良缘？我偏要说木石姻缘"。在这点上，贾宝玉是非常坚定的，包括曹雪芹自始至终的取向也是非常明显的，所以从这个意义上来说，我个人是非常不赞同"钗黛合一"说，说最后贾宝玉其实也会爱上薛宝钗等等，这是很荒诞的一件事。

少年宝玉真正地接触到了一些哲学层面的东西，他开始结合自己身边的实例进行独立的思考了。从这里面我们看到，曹雪芹在创作《红楼梦》的时候，是动用了他那个时代所能接触到的所有的前人思想资源的。

段以苓：对，包括妙玉给宝玉写的帖子是有关庄子的。妙玉作为一个出家人，是带发修行的尼姑，但是她特别爱读庄子，这也是曹公的一个妙笔所在了，也是我们讲儒释道合为一，儒释道是文化整体论。

张霁：所以我刚才讲的就是《红楼梦》调动了中国古代文化的几乎全部思想资源，可以说，涉及文化和物质的各个层面。无论是园林还是摆设，建筑，包括服饰，饮食、植物，医学……这个实在是大手笔。一般情况下，我们在文学上来讲，都会拒绝一件事情，就是：过于崇拜某位作家，以至于失去对他公允的评价，一般情况下我们都是这样讲的。可以说，在我常年的教学过程中，每当我讲到一个大作品，哪怕它是再伟大的作家和作品的时候，我们都会讲一下它的缺陷，可是极少数的情况下就真的不太好说。比方说，在雕塑史上，有一位 17 世纪的巴洛克风格的著名雕塑家贝尼尼，你想找贝尼尼的缺陷，我在这里可以跟大家讲，几乎是没有的。还有达·芬奇，大家都知道，达·芬奇是文艺复兴时期的一个巨匠，是百科全书式的一个人物，你想找达·芬奇的缺陷也是很难的。

段以苓：唯一的缺陷就是留下来的素描和画作太少了。

张霁：对，唯一的缺陷就是留下的作品少，据说达·芬奇传世的油画和壁画加一起才十七幅。

段以苓：《最后的晚餐》还被腐蚀掉了。

张霁：我还有幸看了一下，是当时在米兰的一座主教堂。看到之后极其震撼。回过头来说，我们对曹雪芹往往是不吝各种溢美之词的，那他其实是不是真的那样的完美？有没有一些缺陷呢？我们讲，这个世界上的确没有完美之物，在我看来他一个最大的缺陷就是没有写完（笑）。不过说真的，至少在前八十回中，我们很难看到一些真正的大缺陷，但是续书的缺陷就多如牛毛了。刚才讲禅，其实续书里面的禅这方面的内容也非常多，高鹗这个人很喜欢这个事。很多朋友和同学在问我，我们到底研究《红楼梦》是看八十回本，还是看一百二十回本，的确这两者差异蛮大的。这里面其实很重要的一点就是，王国维先生曾经写过著名的《红楼梦评论》，里面用了西方的叔本华的哲学来解读《红楼梦》，可最后他得出的结论却是佛教的，他说贾宝玉是最终要经历红尘的所有的事情，最后得到一种解脱，彻底的悟道。还有当代著名的儒家学者龚鹏程先生，他也是对《红楼梦》的主旨给予了解脱的、悟道的一种解读，包括著名学者刘小枫，在他的《拯救与逍遥》这本书里面，讲到贾宝玉这块石头最终还是变成了一块冰冷的石头。这三个人得出这种结论，有一个共同的前提：选取的都是一百二十回本，并且这三个人大量的论述和例子都来自于后四十回。我就不太愿意用高鹗的续本来做例子，因为他后面许多地方都太刻意了。

段以芩：程甲本有一篇序言，说是后四十回是得到曹雪芹的残稿而补成的，的确续书里面有一些高明的地方，不像是高鹗写的。所以要看《红楼梦》，还是说我们讲文化整体论，你不能把某一点抽出来单独讲，不能讲成是一个禅宗的或者是道教的作品，还是要整体地去看待。整体看待《红楼梦》，除了它没有完成这一点外，就真的是接近完美，完美到什么程度呢？古今中外，无论中西，有两个作家是被大家一直怀疑，怀疑这两个人是虚构的：一个是莎士比亚，一个就是曹雪芹。许多人怀疑他们两个人在历史上并没有其人，这也可从另外一方面说明，这么好的东西简直不像是真人写出来的。

张霁：对莎士比亚的诟病有一条，说莎士比亚的黄段子蛮多的。的确，在莎剧里面会有一些看起来相对下流的语言。无独有偶，《红楼梦》里面也有一些关于性的比较直接的描写，这个到底是不是它们的缺陷呢？我们说作为一个百科全书式的作品，它涉及了社会生活的方方面面，每一个等级，每一个阶层，你可以看一下，凡是这种直接的性描写的地方，是不是一定要写？

段以芩：但是这也是自然哲学，人的本能是不是最大的自然呢？所以说，这个小说里面这些描写是完全符合自然观哲学的总体的。

张霁：对，就包括薛蟠说的那种很黄的段子就很符合薛蟠这个人的天性。

孙相宁

对，因为你要描写这个人，就必须要这样写。

张霁：对，你说难道让薛蟠去做一首很雅的诗吗？

孙相宁

曹雪芹高雅的地方在于"情而不淫"，这是他的主旨。

张霁：刚才讲雅俗文学，我就想到了这个问题，其实对比一下我们今天看到的中国当代文坛的一些畅销书，特别是中华人民共和国成立以后，80年代以来流行于文坛的大量乡土文学作品。我们承认这些作品有一定的价值，就是它真实地再现了社会生活。可是有一点，它的语言及它的一些情节的描写，其实很大程度上并没有遵循"艺术来源于生活而高于生活"的准则。

何谓雅？何谓俗？每个人心中都有自己不同的定义，两位老师都讲了，雅要有一种对于诱惑的抗拒，没错，俗文学的一种很大的特点就是什么？它在应和我们的需要。而雅文学，它一个最大的特点，在我看来就是在引领、提升我们的生命，这个是非常重要的，在我看来这是"雅"和"俗"的一个界限。所以如果依照这样的标准，我们去看世界上那些经典的伟大作品，再来看看中国当下流行的一些所谓的畅销书，何谓雅？何谓俗？一目了然。

我为什么说我们一定要有引领社会精神生活的作品？举个最简单、直接的例子，大家都知道，西班牙有一部伟大的作品《堂吉诃德》，全世界几乎所有上过学的人都会知道——即便你没有读过，你也会知道堂吉诃德是一个自封的、大战风车的骑士，一个热情天真甚至带有傻气的老绅士。这样的一个形象，在文学史上，我们一向把它解读为一个为了自己的理想，执着、热情的理想主义者。我自己去过西班牙，就发现了一件事情，很多西班牙人其实并没有读过《堂吉诃德》，但他们热情的程度让人很吃惊。我当时的第一个反应就是怪不得这个国家出了《堂吉诃德》这样的作品，塞万提斯是根据他们民族的性格总结提炼出来的。那第二个反应是什么呢？就是我碰到过不少热情帮助我的西班牙人，我对他们说你真的是太好了，太 nice（热情）了，他们告诉我说，当然了，我们是《堂吉诃德》的同乡啊！什么意思呢？这就意味着说一方面，我们伟大的文学作品是从现实之中提取了一些精神，构筑出来这个民族的伟大的人物，但是反过来，也是用这种伟大的精神在重塑着这个民族的文化本身。

段以岑：对，所以说好的文学、经典的文学实际不仅仅是一个时代的喧嚣能够检验的，有些在某个时代轰轰烈烈的作品，后来在文学史上也销声匿迹了，毫无价值。《堂吉诃德》也是一部历久弥新的著作，包括很多后现代的文本研究，对《堂吉诃德》还有很多不同的解读，解读它看似混乱的写法，这种独特的叙事结构等等。所以说好作品的生命力是横跨过去、现在和未来的。

张霁：其实我刚才是开玩笑，说《红楼梦》几乎没有缺陷——当然它在缺陷层面上是非常小的，但并不代表没有，我个人认为这体现在主角贾宝玉的身上还是很明显的，但是这一部分内容我们留到后面的两期再给大家详细去讲。

孙相宁

那我们今天的时间也快到了，下面进入互动环节。

听众：老师好，我想问一下，当代社会什么是贵族？到底现在这个社会还有没有贵族呢？

张霁：这个问题问得非常好。我在这里引用西班牙的思想家奥尔特加的一个界定，他说什么是精英呢？（在当代社会，这里的精英就相当于你说的贵族。）他说今天的精英是一群自己对这个世界富有一种使命感，不愿意随波逐流，对这个世界和对自我都有严格要求的人，他把这种人称之为精英，也就是今天的贵族了。我自己的解读就是：今天是一个物质极大丰富的时代，跟过去的时代相比，普通百姓生活上的差异是非常大的，大到什么程度呢？我们在《红楼梦》里面可以看到，刘姥姥不是说了吗？你们吃一顿饭，够我们小户人家过一年了，西方也是如此，英国维多利亚时代，贵族在酒桌上饫甘餍肥，但是普通的老百姓每年只能吃几次肉。也就是说在古典时期，贫富差距悬殊，平民和贵族之间有几乎不可逾越的障碍。可是今天，我们逐渐地进入到公民社会，物质极大丰富，我上一期就讲了，基本上现在每个人都差不多有条件在自己能够许可的范围内追求一种雅致的生活，尤其是我们深圳市在全国范围内来看，GDP平均水平是比较高的，这个并不是很难，可是为什么中国在今天有贵族精神的人还是那么少呢？就是普遍缺乏一种对自我的严格要求。

段以芩：对，因为中国实际是没有严格意义的贵族，陈寅恪先生的著作，专门讲了门阀世家对于文化的意义，中国贵族的意义实际落脚点是落在文化的意义上。东汉时有洛阳太学，儒生都要出身高门，可以去太学里面学习。后来到了东汉末战乱，已经没有办法集中去学习的时候呢，就转变成地方士族，所谓的门风优美，诗书继世的这种，这是中国文化最基本的一个底色，士族大家传承文化，涵盖私人出版、收藏、教育，这是中国文化最本质的一种特征，所以说中国的贵族重点从来都不是特权，而是文化意义，那你说我们现在有没有贵族呢？我认为只要文化在，贵族就在。

张霁：对，更重要的就是一种贵族精神。

孙相宁

　　对，就像一开始说的，古代的贵族是能够在满足最基本的生活需求之上，才有闲暇时间来进行文化艺术创作，才能够对社会起到精神引领的作用的。其实我们从美国心理学家马斯洛的心理需求层次理论来看，马斯洛理论把需求分成生理需求、安全需求、爱和归属感、尊重和自我实现五类，依次由较低层次到较高层次排列。我们现在多数人都能够满足基本的生存需求，至少在我们深圳是这样，所以你现在完全有条件去追求形而上的精神层面的东西，所以现在当今社会的贵族是什么？我觉得，只要你愿意去做一个精神层次的引领者，只要你愿意积极向上，其实你就可以是贵族。这是我个人的看法。我们今天的夜话到此结束，下次夜话在两周后的南书房，同样时间，希望大家可以参与！

南书房夜话第三十五期:
悲金悼玉枉凝眉
——《红楼梦》人物谈(上)

嘉宾:张　霁　段以苓　孙相宁(兼主持)
时间:2016 年 6 月 4 日　19:00—21:00

孙相宁

　　喜爱《红楼梦》的朋友们,晚上好!今天是我们第四次讲《红楼梦》这个话题了,今天的主题我想更多的人会感兴趣,因为这期是《红楼人物谈》,大家可能在书或者电影、电视作品中都接触过这些人物了。《红楼梦》当中一共涉及几百个人物,这几百个人物,每个人都有自己的特点,每个人都是那么的生动、那么的形象立体,其实都很值得讲,但是我们时间有限,所以今天就选了几个我们认为最有代表性的人物,跟大家分享。当然也期待能够从中了解曹公的写作笔法,这也是我们讲座的意义所在——不只是普及这部名著的内容,更要深入地领略其中的文学性。

　　一部书里面能够把几百个人都写得这么生动,是很不容易的一件事情,请张老师先给我们介绍一下曹公独特的人物写法。

　　张霁:大家好!《红楼梦》这部著作是一部皇皇巨著,可能很多读者朋友在面对一部这样宏大的著作时,会感到无从说起,无从把握。我一直以来有一个小的心得,就是当我们对一部巨著觉得难以把握的时候,我们可以从分析这部作品主要人物的形象、性格、经历等等入手,因为在主人公的身上往往最能寄托作者本人的价值观,即他想在这个作品里面说些什么。《红楼梦》这部作品，很多朋友都觉得实在是太难读了，其中一个很大的原因就是人物太多，人物有多少呢？好多学者对此进行了统计，现在看到的说法也不一致。以苓，你那边看到的资料一般是多少人？

段以苓：通常认为《红楼梦》共有400多个人物，香港红学家宋淇先生引的《古典文学研究资料汇编·红楼梦卷》第119页，总核书中人物，除无姓名及古人外，男子有232人，女子有189人。那么合起来是400多个，此为红楼梦人物统计的说法之一。

张霁：对，我这边还有看到，也有学者统计，大概是有600多人，不管是400多还是600多，这几百个人放在这儿，好多朋友就会心生恐惧。曹雪芹在写作《红楼梦》时，运用了中国古代小说中几乎前无古人，在今天我们也没有看到来者的一种手法——他对人物的塑造可以说是一次史无前例的艺术创作。首先，《红楼梦》跟"四大名著"中其他三部的不同之处，第一点就是它不是一个总结前人的历史小说、演义。不像是《三国演义》或者《西游记》，这些在前面都是有传承的，可是《红楼梦》没有，它是一个完全自发的文人创作，这样的话，他创造的时候会更加自由——如果是《三国演义》的话，作者在创作的时候，要考虑在史书之中，曹操的形象是怎么样的？刘备是怎么样的？大体上的事情已经放在那里，不会太离谱，可是《红楼梦》不是，据胡适考证，曹雪芹是以自己亲身经历的曹家的兴衰及他自己的际遇为蓝本来创作的小说。可是，说到这里，鲁迅先生也提到了这个问题，说很多人读小说的时候，尤其是我们中国人，总是要心生利害，一定要把自己代入到小说作品的人物中去，这种代入还不是一般的代入，因为中国古代文学一开始就是一个史官文学的传统——想想看我们从小到大学到的文学作品，一开始都是《史记》《左传》《战国策》，这些都是史书，不像西方一开始的《荷马史诗》等是史诗的传统。因为我们是史官文学、史传文学的传统，所以我们就不太习惯于接受这样一种完全是艺术创作的作品，因此，在《红楼梦》诞生之后，很快就有人想索隐其中的故事，也给出了许多荒唐可笑的结论。直到今天，有些人也认为只有自己是真正读懂了《红楼梦》，并给出了这样的一些答案，比方说《红楼梦》讲的是什么呢？是康熙朝九子夺嫡，还有人说是雍正的妃子和情人一起刺杀雍正的故事，还有人认为讲的是纳兰性德的家事。

段以苓：所以鲁迅先生讲的"革命家看见排满，流言家看见宫闱秘事"，就是这个意思。

张霁：对，还有"道学家看见淫，才子看见缠绵"。当我们真正面对一部经典名著的时候，第一要务是弄清该怎么去看待它，抛去鲁迅先生所说的那些利害，我们首先要看的是作品本身，它作为文学，作为语言的艺术，作为思想艺术的结晶是怎么样的，所以从个人来讲，我并不太赞同像今天的很多学者一个劲儿给我们讲述着《红楼梦》背后的一个个"惊天大阴谋"的那种方式。红学研究的书籍，从《红楼梦》诞生的200年来可以说是汗牛充栋，多得不得了，每年至少也有几十部，论文就更是数不胜数，可是相当一部分人依然在走着这条道路。我们说这样子能不能解释得通呢？很多时候也是可以解释得通的，比方说蔡元培先生就曾经写过《红楼梦索隐》，鲁迅先生讲的"革命家看见排满"其实说的就是蔡元培先生，但是难能可贵的是蔡元培的这种索隐方式居然也说得非常圆全。所以有些我们一听起来觉得荒谬不经的说法，比如纳兰性德的家事、雍正的家事、康熙九子夺嫡等等，当你真正去看他们的著作时，却觉得似乎也能说得通，为什么会这样呢？这就涉及《红楼梦》这部巨著本身所具有的品质，就是它本身实在是有一个非常完整的体系，虽没有写完，可是在前五回基本上就已经把后面所有的情节全部预示出来了，而在面对这样的一个庞大的、网状的、严密完整且处处对称的体系时，你用各种各样的角度去解读它，往往都能够解读得通。所以很多人把《红楼梦》比附作谁谁谁的家事，我觉得如果我们在座的朋友看到了这样的作品，当然也可以欣赏一下，可是如果从更高一层的眼光来看，我是不太赞同这样去看一部文学作品的。

这是我要说的有关我们怎么样去看《红楼梦》这部作品：很难把它里面的人物与真实历史——对应。第二个，胡适先生虽然考证出来，说《红楼梦》是曹雪芹的家事，可是这里又出现了一些读者，甚至包括一些知名的学者，比方说著名的红学研究专家周汝昌老先生（大家应该很熟悉这个名字），周老先生到晚年的时候，几乎就把曹雪芹跟贾宝玉相提并论，我看到周老先生经常有这样的说法："曹雪芹最后娶的是史湘云。"他认为脂砚斋就是史湘云。把书中的人物跟现实中的人物——对应，可能今天的读者不再会这样子去看，可是在漫长的中国古代文学传统里，我们说一般情况下还是很多人会这样去——比附，这是我要说的重要一点——怎么去看待小说里的人物和现实人物的区别。还有一个就是关于《红楼梦》里面人物的描写，我刚才说了，想了解《红楼梦》的精髓，我们可以从它一些主要的人物身上看出作者的价值观，但是各位看官注意，在《红楼梦》这部作品里面，用脂砚斋的话来说，我们一定不能被作者的障眼法骗了去——在《红楼梦》这部书里面，曹雪芹常常喜欢正话反说，反话正说，明褒暗贬，明贬暗褒……诸多这样的地方。

孙相宁

对，这些蛛丝马迹是一定要细细去读作品，才能够看得到的。比方咱们先说王熙凤这个人，大家对王熙凤的印象是什么呢？（观众：精明、泼辣、八面玲珑、色厉内荏……）对，她很精明能干，又争强好胜，还有一个很著名的标签是"狠毒"，我们知道王熙凤做了两件大事，这两件大事也关系到两个人的生死：一个是贾瑞，还有一个就是尤二姐。先来说一下贾瑞这件事，看一下王熙凤到底算不算是一个狠毒的人？

张霁：如果没有王熙凤这个人物，《红楼梦》这部作品是不可想象的。大家回想一下，王熙凤刚出场是在哪一回？对，是在林黛玉进贾府的时候，她的出场是"未见其人，先闻其声"的——"我来迟了，不曾迎接远客"，黛玉心里想这是谁啊？跟贾母身边其他端然肃立的小姐太太们都不一样，这叫先声夺人。然后王熙凤来了之后，我们看到是什么样的一个形象？前几期的时候我们讲过她的穿戴，头上是什么样子的，身上穿着什么样的袄，什么样的裙子，书中形容她"彩绣辉煌，恍若神妃仙子"，她是光艳照人的。她的形象样貌大家还有印象吗？"一双丹凤三角眼，两弯柳叶吊梢眉……粉面含春威不露，丹唇未启笑先闻"——王熙凤的这个形象一看，就像很多听众刚才说的，很泼辣。刚才相宁说她有两件大事，其实她大事多了，不光是这两件，只不过在书中让我们印象最为深刻的就是涉及这两个人的事，因为这两个人都是贾府的，并且他们最后都死了。长期以来，只要谈到王熙凤，好多人就说这两个人都是王熙凤手上的人命，那么我们就来看一下，这是不是都是王熙凤手上的人命。

先来看贾瑞。在说王熙凤和贾瑞的瓜葛之前，我们先来看一下贾瑞是一个什么样的人。贾瑞最早出场是在什么地方呢？是在宝玉上学的那个地方，在第九回的"顽童闹学堂"这一处。贾瑞的名字是王字旁的，那就说明他跟贾府中的哪些人是一辈的？贾琏、贾珍，包括贾宝玉，他们都是一辈的，因为贾家男性的辈分我们从他们的名字中都可以看得出来。不过贾瑞是旁支的，他不是像贾珍、贾琏和宝玉那样的贾母这边主要的孙辈，他不是主支的，而是旁支的。贾瑞的爷爷贾代儒是贾家义学里面的先生，在"闹学堂"这一回里面，年老平庸的老先生贾代儒力不从心地教着宝玉、秦钟这批小孩，贾瑞作为贾代儒的孙子，在贾代儒出门的时候代为管理学堂。书中描写说贾瑞是什么样的人呢？是一个最贪图小便宜没行止的人，他收了薛蟠的钱，甚至帮着薛蟠在学生里面寻找相好的（薛蟠是男女通吃，也好男风，男女都喜欢，所以后来还被柳湘莲给打了）。在书中，连宝玉的小厮茗烟都瞧不起贾瑞的样子，说瑞大爷真是不像样子。我们说贾府的子弟虽然普遍都不怎么样，贾珍、贾琏、贾蓉这些人都在男女关系上甚为糜烂，甚至于贾珍和贾蓉还父子聚麀，都跟红楼二尤两个人有着不正当的男女关系，可是他们在大面上，是不是还都基本上过得去的？无论是什么样的场合，贾珍、贾琏、贾蓉等人在大体上的礼节是没有差过的。比如我们看贾珍对贾蓉的教育，虽然父子聚麀是一回事，但是当大热天的时候，贾蓉自己去乘凉了，贾珍说不行，命下人啐他，说明他对儿子还是很严格的。所以大面上来看，贾府的子弟还是过得去的，可是贾瑞却是连大面上也过不去了，非常的猥琐，以至于当王熙凤在宁府的花园里面行走的时候，她遇到了贾瑞，贾瑞上来就开始调戏王熙凤。其实这个地方也很奇怪，大家可能都会感到不解，贾瑞怎么会敢来调戏王熙凤？我对此的猜测是有这么两个方面的原因：第一，很可能是因为贾府里面有关于王熙凤的风言风语——我们知道，焦大的嘴里也说出来"爬灰的爬灰，养小叔子的养小叔子"这样的话，当然这"养小叔子"指的到底是谁，今天还在争论，但不管怎么样，给人的印象就是王熙凤和贾蓉似乎是有暧昧关系的。贾瑞在这些事上大概是听到了一些风言风语，所以这可能就促使他敢于去调戏王熙凤，这是第一个方向。第二个方向是我个人的体会和感悟，就是从后来王熙凤对贾瑞的戏弄，就是先给他在外面关了一夜，后来又派贾蓉和贾蔷去勒索他这个事，我们想，如果贾瑞是一个聪明的公子哥，在王熙凤第一次整他的时候，他是不是自己就应该有所察觉了？已经给关了一夜了，结果他还跑到王熙凤那儿去赌身发誓，说他没有失信不去赴约。这个人用我们通俗的一句话来说，就是他看不出眉眼高低，非常愚蠢。大家都知道，有时候有些人做出了超乎他本身能力的行为，那不是因为勇敢，而是"无知者无畏"式的愚蠢，贾瑞就是如此。以至于当王熙凤对平儿讲了这件事情的时候，平儿的第一个反应是什么呢？是说贾瑞"癞蛤蟆想吃天鹅肉"，也就是说，平儿的第一个反应还不是说贾瑞的行为怎样不合礼法、礼仪，而是觉得他这个人本身就不配。这个我们是能够想象的，连平儿都觉得他不配，因为这个人是又猥琐，又贪图小便宜，又愚蠢，贾瑞就是这样一个人。

孙相宁

　　我认为他对王熙凤不是爱慕之情，而是纯属欲望，当贾蓉冒充王熙凤去跟他约会的时候，他是非常心急的，上去就要直奔主题的。

　　张霁：对，今天跟过去的生活环境不一样了，我们经常看到一些社会问题也时有翻转，我在网上看到好多网友都提过这个问题，说贾瑞有什么错，他不过就是爱慕王熙凤，罪不至死。刚才相宁说得很对，其实他的这种感情是爱慕吗？这不是爱慕，只是赤裸裸的欲望。王熙凤也是人尖，她马上就看出来了，我们可以设想一下，以她的精明强干，她的心理活动很可能是："你是什么东西？你也敢想这件事情？"所以我们今天的翻案并不是不可以，但是也还是需要读者多方面去考虑，要细细对照作品中的情节——如果贾瑞真的爱慕王熙凤的话，怎么会在王熙凤跟他"约会"后，一上去就直奔主题？当然有的朋友会说，少男年轻的时候就这样，那我也没什么可说的了。但肯定不是所有少男都和贾瑞一样吧？

孙相宁

还有一点值得注意的是：贾瑞到底是不是王熙凤害死的？

张霁： 这个是非常重要的一件事，是我特别要重点提出的，这个人命是不能够算在王熙凤的头上的。为什么呢？我们看王熙凤第一次交代贾瑞，让他去荣国府的西边穿堂等，把他关了一夜；第二次是让他去一个小空屋子里等，让贾蓉和贾蔷去勒索他。王熙凤并没有像后来对付张华那样真的派人去杀他，那么贾瑞是怎么死的？大家回忆一下，是道人给了他风月宝鉴，让他不要去照正面，只照背面，但是他一看，背面是一个骷髅头，就说这个死道士害我，转到正面，看到了王熙凤，实际上用今天的医学观点来说，贾瑞就是死于手淫过度，难道这个事还能去怪王熙凤吗？我觉得是不合情理的。然后我也看到有网友说，那王熙凤作为嫂子难道就不应该对贾瑞循循善诱吗？不应该去教导他吗？我说难道王熙凤非要跟他私通才能摆脱这个责任吗？

孙相宁

那不是王熙凤的性格，如果把这个事情放在尤二姐的身上，或许还有可能。尤二姐又是一个什么样的人呢？她跟王熙凤是完全相反的一种性格。

张霁：说到尤二姐呢，就是我们下面要说的，第二个比较重大的又算在王熙凤身上的一条人命。在尤二姐这件事情上，我们看看王熙凤又是什么样子的？刚才说到的贾瑞，王熙凤在对贾瑞的这个事上是非常愤怒的，因为贾瑞是这么一个低劣的、猥琐不堪的人，居然也敢癞蛤蟆想吃天鹅肉。我们知道，王熙凤对自己在众人面前的形象是个什么样子是极度在意的，她是一个强人，强到什么程度呢？书中有个回目叫作"王熙凤恃强羞说病"，她就是喜欢在人前显得自己很强，当然她也确实很强。王熙凤是聪明灵巧，极其能言善辩的，按照贾珍的话说，就是"从小儿大妹妹玩笑时就有杀伐决断，如今出了阁，又在那府里办事，越发历练老成了"。王熙凤非常有魄力和才干，而且在《红楼梦》一书的所有女子中，对于自身的权利，她几乎是最善于去维护的。

孙相宁

馒头庵的净虚师父，求王熙凤办事，王熙凤说："我也不等银子使，也不做这样的事。"净虚很聪明，抓住了王熙凤最薄弱的一环，说："张家已知我来求府里，如今不管这事，张家不知道没工夫管这事，不希罕他的谢礼，倒像府里连这点子手段也没有的一般。"这一激将法一下子就管用了，王熙凤马上说："你叫他拿三千银子来，我就替他出这口气。"

张霁：而且还说："这三千银子，不过是给打发说去的小厮做盘缠，使他赚几个辛苦钱，我一个钱也不要他的。便是三万两，我此刻也拿得出来。"所以确实激将对王熙凤是很好使的，她特别喜欢在所有人的面前展示自己的才能，这不是中国古代传统女性的特点。在这个层面上，我们说，在目前看到的中国古代的文学作品里是很少见的。但是呢，我有一个猜想，就是我猜可能中国古代这样的女性也有不少，只不过没有那么多曹雪芹把她们写出来。所以说到这里，我们说《红楼梦》有一个很大的成就之处，就是它让我们知道了中国古代原来还有一些这样的女子。

接着再说王熙凤对自身权利的维护，这可以说是体现在方方面面的，她不是一个像尤二姐那样驯顺的女子，无论是从她去拿贾琏和鲍二家的偷情，还是从她平时对贾琏的监督、监视，都能看出她跟其他的已婚女性不太一样。王熙凤不像当时的多数传统女性那样，对丈夫在外面做什么不闻不问，她是要看得很严的，所以才有了"贾二舍偷娶尤二姨"，贾琏只能偷偷去做，他不敢明着来。刚才相宁讲了，尤二姐跟王熙凤是全然相反的形象，大家看，王熙凤是什么出身？四大家族里面的王家，"东海缺少白玉床，龙王来请金陵王"，她家极其显赫富有，并且还有官职。王熙凤多次说，我们王家怎么怎么样，我们王家如何如何，我王家的地缝里面扫一扫，就够你们过几年了。王家也是接过皇上驾的，那是见过大世面的，王熙凤对自己的家世是非常自豪的。再来看尤二姐是一个什么样的出身？尤二姐是尤氏的继母在第二次结婚的时候，从先夫那儿带过来的，出身是很低微的，所以在《红楼梦》中，红楼二尤才能被贾珍父子等人玩弄。然后我们来看尤二姐的性格，刚才讲了王熙凤是争强好胜、精明强干的，那尤二姐是什么性格呢？说好听点就是柔顺，不好听点就是软弱，所以贾珍和贾蓉、贾琏才可以玩弄她们。而且尤二姐嫁给贾琏之后，她还觉得非常满足。她觉得她后半生有依靠了。如果我们反着看，倘若我们不知道尤二姐此前跟贾珍父子的这些丑事的话，我们只看嫁给了贾琏之后的尤二姐，恐怕没有人会想到她此前是什么样子。自从嫁给了贾琏之后，她就是一个大门不出、二门不迈，柔顺、温柔、遵从三从四德的女子，让人真想不到她以前还有过那样的往事。所以贾琏特别满意，说谁还没有失过脚？于是一心一意地跟尤二姐过日子。尤二姐不仅出身跟王熙凤截然相反，性格也跟王熙凤大相径庭。我们再来看，她在后来被王熙凤赚入大观园后，受到了很多不好的待遇，可是她从来不敢去为自身争取利益。这样的女子，贾琏是非常"爱"她的，对她非常好。说到这里，我们再说说贾琏这个人，虽然书中并没有去描写贾琏的外貌，可是87版的贾琏形象太深入人心了，非常帅气。其实大家如果仔细去读原著的话，不难看出王熙凤对贾琏还是挺好的，在一些事上也还算明辨是非。贾琏的其他性格我们暂且不说，就说他在对尤二姐这件事上，我们看他对尤二姐的喜爱是不是很长久的呢？

孙相宁

　　刚才我们说尤二姐是温顺、软弱，其实我觉得用我们现在的一种说法，她是没有自我的一个人。这样一个没有自我的女人，她可以完全地牺牲自己，去顺从男人，去赢得一个男人对她的喜爱，但是这种喜爱不会长久的。我们现在的女性独立意识都很强，我们知道这是不会长久的。

　　张霁：对。然后马上就来了一个秋桐，是贾赦赐给贾琏的妾，然后贾琏马上开始把他的感情转移到秋桐的身上，所以我们看贾琏的"爱"是不长久的，本质上他并没有像贾宝玉这样真正的爱，他对尤二姐更多的是性欲。还有很关键的一点，就是尤二姐的这种驯顺满足了贾琏作为一个大男子主义者的征服和控制的心理需求，这一点在今天的社会上也有广泛体现，例如我们现在看到大量心灵鸡汤类的书籍会告诉女性，你一定要在男性面前装作柔弱的样子，才能够唤起男性的保护欲、征服欲，然后他就会对你更好。可是我们看尤二姐，她不用装，因为她本来就是这个样子的，她就是这么的温顺、驯顺，在这点上又跟王熙凤是一个鲜明的对比。我们回头来说，王熙凤在面对尤二姐的时候，即使不提尤二姐跟她分享了一个男人，就单从个人的喜好来看，王熙凤会不会喜欢尤二姐呢？她绝对不会喜欢尤二姐这个人。我们看看王熙凤喜欢的人都有谁？（观众答：黛玉、秦可卿、小红、平儿……）对，王熙凤喜欢的人全都有一个共同的特点：聪明伶俐。还有一个，大家忘了说了，是探春，王熙凤特别喜欢探春，甚至于探春不给她面子都没有关系，因为她喜欢她。可是再看看尤二姐是什么样子的？所以说即便尤二姐没有抢了贾琏，王熙凤也讨厌她。回头看，王熙凤对尤二姐是用了计谋的，这个确实是因为王熙凤想置尤二姐于死地。如果说王熙凤对贾瑞是有一打无一撞的想教训一下就行了，那么她对尤二姐就是真的想让她去死，她非常讨厌这个人。可以这样讲，尤二姐的出现可以在最大程度上威胁到王熙凤跟贾琏的感情，贾琏此前尽管对王熙凤有微词，但两个人的感情其实并不算坏。尤二姐的出现使得贾琏感到非常满意和满足，说句到家的话，就是尤二姐的身上，带有中国古代男权社会中最常见也最容易被歌颂的奴性女子的特质。尤二姐身上的奴性是非常强的，但是这种奴性在王熙凤的身上几乎是没有的。一旦贾琏习惯了尤二姐的态度和行为，他以后可能就会越来越不再习惯于跟王熙凤相处，所以尤二姐的出现对王熙凤来说是非常致命的，她一定要将她置于死地。总结刚才讲过的，贾瑞和尤二姐这两个人物以及王熙凤对待他们的态度，再结合我们之前说的王熙凤对黛玉、小红、探春等人的喜爱，可见王熙凤是一个爱憎分明的人。

孙相宁

只能说是贾琏这个人不行，王熙凤找的这个男人不行。我们看一下贾宝玉，贾宝玉在众多的姐妹当中，最后还是选择了林黛玉。我们再来看宝钗和黛玉之间，宝钗是识大体、沉稳的、宽容的，可是宝玉最后还是没有爱上她。宝钗这个人物其实也是蛮矛盾的一个人物，首先看她对宝玉的感情，在书中，宝钗很少直接流露自己的感情，第二十八回，元春给众姐妹们赐了一些小物件，包括红麝串，宝钗发现所有的姐妹当中，只有她和宝玉所得的东西是一样的，宝钗就"心里越发没意思起来"。注意，曹雪芹用了"没意思"这三个字，并且薛姨妈也经常跟王夫人念叨，说宝钗的金锁，日后一定要找一个有玉的人来配她，那么宝钗就开始对宝玉保持距离。

段以苓：因薛宝钗全盘接受儒家正统的思想灌输，她是正统的儒家闺秀。所以她说"女子无才便是德"，对自己的才华自贬。包括她对她自己的感情亦是有所隐藏，不让它外露的，她跟林黛玉完全不同。薛宝钗这个人物，很早就有说宝钗"藏奸论"，我是不太喜欢这种说法的。最"著名的"论点是宝钗在滴翠亭扑蝶，她不小心听到小红在跟一个丫鬟说贾芸私情之事，她听到了之后的第一个反应——书中用一句俗语写了她当时的心理活动："人急造反，狗急跳墙。"可见宝钗深谙人情世故，懂得揣摩人的心理。此时小红要推开窗，为了不让自己不小心的偷听败露，宝钗灵机一动想到的方法，是忙唤颦儿（林黛玉的小名），说："颦儿，我看你往那里藏！"给一般人的印象就是她把"意外偷听"嫁祸在林黛玉身上。我小时候读《红楼梦》的时候，非常不喜欢薛宝钗，包括金钏死时，宝钗的冷血，她说："据我看来，他并不是赌气投井。多半他下去住着，或是在井跟前憨顽，失了脚掉下去的。"她等于是替害死了金钏的王夫人开脱责任，这让我觉得她非常冷血。

张霁：有关薛宝钗身上的公案太多了，刚才讲的滴翠亭嫁祸黛玉是一个公案，宝钗对金钏之死的反应也是一个公案，还有柳湘莲出家的时候，当时薛姨妈都掉了眼泪，薛蟠就不用说了，非常痛心，然后宝钗是怎么个样子？

孙相宁

宝钗并不在意，还劝薛姨妈说："俗话说的好，'天有不测风云，人有旦夕祸福'。这也是他们前生命定……如今已经死的死了，走的走了，依我说，也只好由他罢了。妈妈也不必为他们伤感了。"

张霁：她对这些东西看得很透。有关宝钗的公案太多了，大家给出很多种解读。《红楼梦》这个作品就是这样，每一个细节你都可以给出很多种解读，像我们刚才讲的宝钗嫁祸黛玉的这个地方，金钏之死、柳湘莲出家这几个地方，都是争议不断，拥黛派跟拥钗派围绕这几桩公案打了200多年，拥黛派说宝钗心机很多，拥钗派说，那宝钗不这么说还能怎么办呢？这个争议很大。还有一个地方也很有意思，就是刚才以苓讲的，薛宝钗是看不上贾宝玉的，可是又有一处，当宝玉挨打之后，薛宝钗托着药，来看望宝玉，她跟宝玉说："别说老太太，太太心疼，就是我们看着，心里也疼"，眼圈还红了，宝玉当时是一下子连疼痛都忘到九霄云外去了，宝钗居然也会这个样子，太让他出乎意料了。从根本上来说，我觉得薛宝钗所有的一切都是浑然天成的，即使是她的虚伪，包括她的冷漠，都是浑然天成的，其实当时金钏死的时候，连袭人都掉眼泪了，王夫人都在内疚。可是宝钗说这没什么大不了的，说你给她多一点银子打发一下，尽一个主仆情义就可以了，宝钗为什么这样呢？我觉得其实一个很大的原因就是宝钗的心中一直有一个教条在那里。实际上金钏的事情贾府之内无人不知，宝钗肯定也知道，在宝钗看来，金钏的行为本身就是不合礼的，这个时候，把你赶出去了，你自己寻死，那是你自己的事情，所以宝钗的无情更多地体现在她对教条的遵守，这是一个方面。但第二个方面，我还要提到的一点就是，我不能完全为宝钗开脱的是什么，就是宝钗虽然口口声声"女子无才便是德"，但是她自己有没有看不该看的书？事实上，该看的不该看的她都看了，你看她教训林黛玉，说黛玉不该看《西厢记》，可是她自己也看了，这是为什么呢？我觉得这里面有一个中国古代社会的潜规则问题，就是：明面上的规则是一回事，你要遵守"女子无才便是德"，你要温顺、驯顺；但是呢，除此之外还有一层社会潜规则，我们前面讲了，宝钗是一个实用主义者，她在应和着当时的社会对于一个女性的要求，就是它表层的要求是一回事，内里的要求又是另外一回事。因为薛宝钗最终也是在太虚幻境中的"千红一窟，万艳同杯"里面，薛宝钗即使做到了这样的完美，无论是表层的规则还是潜规则，都那么符合社会对一个女性的要求，可是为什么最后还是一个悲剧呢？一直以来好多人都在问这件事，我觉得其实一个根本的原因是她碰到的对象刚好是贾宝玉，如果她碰到的是其他人的话，问题不大。

孙相宁

　　像宝玉和黛玉这样吵的还真不多，通常人们更多的吵架是为了现实中的事，比方说情人节为什么不送我花，过生日为什么不送我戒指？可是宝玉和黛玉争执的是什么呢？这个跟黛玉的性格有关。

　　张霁：宝黛一直吵架的根本原因就是在古代你是不能有"男朋友"的，因为父母之命，媒妁之言，你不可以恋爱，不可以恋爱怎么办？但又想表达自己的心迹。

　　段以芩：但古代那么多爱情故事，婚姻外的是很多的，婚内爱情也有，多是奇缘巧事类的叙事。

张霁：如果是未婚的男女谈恋爱，那就是淫奔。

段以苓：为什么在戏曲里面有呢？就是因为在现实里面没有。

张霁：所以贾母为了抨击戏文里的这些故事，在书中特别说，我们这样的人家没有这样的事。贾家的家风是非常严的，我们看那些结了婚的人是可以胡来，但是真正的爱情是不容的。当时的礼教吧，那还是严，特别是小姐不可以，但公子可以胡来，贾宝玉可以跟袭人乱来没关系。

段以苓：贾母有这样一句话，说我们家的女孩子如果生了这种心，就不行了。

张霁：没错，绝对是不行的，两个人不能表白，不能动摇到传统婚姻的伦理。贾宝玉你可以跟袭人，你跟晴雯都没有问题，可是你不能跟同为贵族阶层的一位小姐，否则这个小姐的名声就全毁了。所以宝黛两个人之所以不停地吵架，一个最根本的原因是他们没有办法像今天的人这样表白心迹、剖白心事，他们没有办法。这就回到刚才相宁讲的，林黛玉的性格为什么是这样的，她只能够不断地去试探，如果两个人可以像今天的男女一样一开始就确立感情的话，至少架会少吵一半。所以宝玉后来跟黛玉讲的是"你放心"，黛玉说我有什么不放心的？宝玉说："你皆因总是不放心的原故，才弄了一身病。但凡宽慰些，这病也不得一日重似一日。"

段以苓：所以宝玉对史湘云下逐客令后，他对袭人说："林姑娘从来说过这些混帐话不曾？若他也说过这些混帐话，我早和他生分了。"正巧林黛玉在门外听到了，十分感动，书里面用了一个词来形容——"铭心刻骨"。

张霁：黛玉听了这话是"不觉又喜又惊，又悲又叹"，后来听了宝玉让她放心的一番话，更是"如轰雷掣电，细细思之，竟比自己肺腑中掏出来的还觉恳切"。这个事是很难的，我说的难不光是两个人相爱难，还有曹雪芹能把这个情节写出来，我觉得简直是不可思议的。这个是真不容易——他又要让两个人谈恋爱，但是又不能真的像《牡丹亭》《西厢记》那样"淫奔"，只能在一个既定的礼教的框架下发展，所以就常常用吵架的办法，不停地相互试探彼此的心意，其实林黛玉心心念念所系的就是贾宝玉这个人。

孙相宁

我们对林黛玉的形象可能会有一定的误读，大家一提起林黛玉能想到什么？（观众：多愁善感、弱柳扶风……）就是一个很柔弱的女子是吧？那实际上林黛玉是一个什么样的女子呢？

张霁：实际上长期以来，读者对林黛玉，包括这些影视、编剧对林黛玉的形象，我觉得都是有一定误读的。我们更多看到的是林黛玉小性、爱哭的一面，但是对书中提到的她的风流伶俐的一面却顾及得很少——连薛蟠看到林黛玉如此的风流，都酥倒在地；同时黛玉的嘴又非常伶俐，薛宝钗开玩笑都说要撕了颦儿这张嘴，她是非常聪明善辩的。贾宝玉也说，如果比这个的话，那只有两个人可疼了，一个就是凤姐姐，一个就是林妹妹。林黛玉的形象光芒四射，非常能说会道，而且知识又渊博，性格又很直率。我们今天看到的这些影视作品，包括 87 版陈晓旭饰演的那个林黛玉，其实个人来看，我并不是很满意的，我觉得那还是更突出了林黛玉文弱的一面，可是对于黛玉的才华、风流体现得还不够。你看她穿的衣服：她冬天的时候穿着大红猩猩毡，红色的羊皮小靴子，系着金色的丝带，黛玉是很喜欢这种色彩亮丽的服饰的。

孙相宁

在书中的很多细节来看，黛玉其实是挺高调的，尤其喜欢跟宝玉高调地秀恩爱，而且每次秀恩爱的时候，无人点赞。比如过年的时候，宝玉拿着酒壶跟在座的每一位敬酒，到了黛玉这里，黛玉不喝，这个酒盅递到宝玉嘴边，然后宝玉一饮而尽，这时周围无人点赞，只有王熙凤回复了一句："宝玉别喝冷酒，仔细手颤，明儿写不得拉不得弓。"（五十四回）

张霁：其实就是点明说"你们应该注意了，这个太高调了"。所以林黛玉她是这样的一个很高调的，又很有才情很风流的、伶牙俐齿的一个人，同时她言辞也非常犀利。所以我就想到了一个什么人呢？就是我平常有跟大家讲起林黛玉的时候，有很多喜欢林黛玉的人，在我看来其实就是叶公好龙，因为生活中你真的遇到了林黛玉，至少相当一部分的男性是吃不消、受不了的。如果说在现实中找和林黛玉比较像的人，我倒是想到了一个，就是民国时代的一代才女林徽因。为什么这么说？林徽因也是有肺病，也很瘦弱，也非常有才华——她既是诗人，又是建筑家，同时她音乐也非常好。而且林徽因也跟黛玉一样，言辞极其犀利，据后来一些当年和她共处过的人回忆说，林徽因所到之处，别人简直就没有插嘴的地方，经常是一屋子男人听她在那儿雄辩，然后她说话也是不留情面的，嘴是很损的，脾气也是很冲的。事实上，追求林徽因的男性倒是有一些，但据说在她生活中，除了一位美国女性，几乎就没有什么女性朋友了，她并不是那么讨人喜欢的。所以后来很多人都说，林徽因很美丽，但其实你跟她真实相处起来，就知道有多难了。我觉得林黛玉其实很多地方如果再投射到现实当中，可能就跟林徽因有点像。有关林黛玉的神话早在书中第一回就讲了，她是灵河畔三生石上的一株仙草，这个仙草被贾宝玉的前身神瑛侍者所灌溉，于是她要到红尘俗世来还泪。这个其实是有很强的预示意味的：第一，她是一个草木之人，到了红尘俗世之后，她的身体就很不好，弱不禁风；而且，因为她是受到神瑛侍者的灌溉才成为了一个女形，她是来报恩的，这同时也预示了：在现实中，正如我们在书中也能看到的那样，黛玉几乎是离不了宝玉的，她是很依赖于宝玉的灌溉的，这是一个层面。第二个层面，就是她作为一个不染凡尘的仙子，她跟世俗的东西是边都不沾的，最重要的一点就是她所有的一切都不是指向世俗婚姻的，她为的是她的心，她没有像其他此前的中国古代爱情故事那样，一定有一种指向婚姻的诉求。你看杜丽娘、崔莺莺等女子，一般情况下都是要有婚姻诉求的，可是我们在书中看到的林黛玉却没有对婚姻的诉求，否则的话她就不用那样去对贾府的人了。她只追求爱情这个过程本身。其实林黛玉本质上来讲就是一个诗性美的化身，林黛玉虽然跟宝玉吵了这么多次，很多人说很讨厌林黛玉的小性、爱哭，总是没完没了的生气。关于这一点，我刚才已经讲了一个原因，是因为她没有办法，她只能通过吵架的方式来试探出宝玉的真心。第二点就是，我们想一想，假如林黛玉不是一个诗人，而是一个普通的女子，整天这么吵架和哭，可能的确是要招人讨厌了，但她是一个诗人，她非常敏感啊，她把她所有的所思所感都指向了精神境界的追求。到这个层面的时候，我们就会深深为之感动。而且她很悲观，她著名的"题帕三绝"也非常让人感动："眼空蓄泪泪空垂，暗洒闲抛却为谁，尺幅鲛绡劳解赠，叫人焉得不伤悲"，非常深情。你看到她跟宝玉争吵的样子，觉得她怎么老生气，但是你再读她对宝玉用心的这些诗句，那真的是一腔真情，缠绵悱恻。刚才我们讲到王熙凤的形象、宝钗的形象，其实宝钗的形象相对黛玉来说，她的横向和纵向的比较度并不是很强，因为她相对来说比较平庸；王熙凤的形象在我看来，在西方文学里面我们看到的可能会更多一点，比方说古希腊的欧里庇得斯的悲剧《美狄亚》，美狄亚面对丈夫的变心，她自己亲手去报复，是出身高贵而性情激烈的一个女性形象，和王熙凤诸多相似。但如果我们说林黛玉的形象，在世界文学之林找的话，就不是那么的好找。《红楼梦》这本书中的女性都非常精彩，但是毫无疑问，这其中统领群芳的，并不是我们在书中看到的俗世的薛宝钗，因为薛宝钗虽然在书中是"任是无情也动人"的牡丹花，可是她在第一回的神话里面是没有位置的，第一回前世的神话里写的就是绛珠仙草和神瑛侍者，这里面林黛玉的出现，林黛玉伴随贾宝玉的红尘俗世游是非常必要的，为什么？因为林黛玉的形象跟西方文学中的一种理想的女性形象——"永恒女性"是比较相近的。在意大利著名诗人但丁的《神曲》里面，我们可以看到他心爱的精神恋人贝雅特丽齐，歌德在《浮士德》里面也说

"永恒的女性，指引我们上升"。在西方，"永恒女性"的这个形象是有一定渊源的，这个渊源就是西方人对圣母的崇拜，逐渐地演化成中世纪时，骑士对贵夫人的崇拜。骑士的主要态度是：为了我心中高贵美好的贵夫人，我要完善我的自身。而在《红楼梦》里面，我们看到，如果没有林黛玉的存在，贾宝玉不会像我们书中看到的这么好，林黛玉一次又一次的哭泣，贾宝玉一次又一次赔小心。举一个小例子，有一次宝黛一起共读《西厢记》，黛玉读了之后，觉得这个书特别好，可是贾宝玉说了一句话："我就是个'多愁多病身'，你就是那'倾国倾城貌'。"他把黛玉比作莺莺，把自己比作张生，那黛玉是什么反应？黛玉马上就翻脸了，骂宝玉："你这该死的胡说！好好的把这淫词艳曲弄了来，还学了这些混话来欺负我。我告诉舅舅舅母去。"然后宝玉马上赔不是。不要小瞧这个地方，因为《西厢记》在当时是"淫书"，宝黛共读《西厢记》这是一个爱情的段落，但是《西厢记》作为一个爱情文学的前身，它更多是指向一种情欲、欲望，张生跟崔莺莺两个人是有肉体关系的。可是黛玉的勃然大怒立刻让宝玉不敢造次，马上就开始给黛玉赔不是。黛玉一次又一次这样的生气、吵架、哭泣，除了在感情上印证宝玉是爱她的之外，也是让宝玉的品质不断完善。作为一个当时贵族阶级的少爷，宝玉的品行必须得达到黛玉的要求，不可亵玩。所以从象征意味上来说，黛玉的眼泪也一直在涤荡着来自红尘俗世的这块石头，让它不至于落入俗流。

孙相宁

　　我们就要再研究一下贾宝玉了。贾宝玉大家是怎么看的？能给他贴上什么标签？（观众：多情、雌雄同体……）贾宝玉的确有很多跟常人不一样的地方，是一个"怪胎"。

　　张霁：说到贾宝玉，刚才相宁说他是一个怪胎，的确是这样，基本上在正统的儒家的书籍里面，我们是找不到这样的一个人的，恐怕即使是有这样的人，儒家的书也是不太愿意去写的，因为在他们看来，这是不入流的。所以我们看在宝黛初会的两首《西江月》

里是怎样讲宝玉的，说他"无故寻愁觅恨，有时似傻如狂。纵然生得好皮囊，腹内原来草莽。潦倒不通世务，愚顽怕读文章。行为偏僻性乖张，那管世人诽谤！"我们看到曹雪芹写贾宝玉的这首《西江月》，通篇都是贬义，后面还有"天下无能第一，古今不肖无双"，"寄言纨绔与膏粱：莫效此儿形状！"等等。这里要说到一个问题，就是我们最开始的时候讲过的，曹雪芹在写这部作品的时候，写得非常细，同时他的视角是在不断转化的。这两首《西江月》实际上用的是什么人的视角？没错，就是世人的视角。比如在大观园的婆子们眼中看来，那贾宝玉就是这样的人，大观园的婆子们对贾宝玉实际上是蛮瞧不上的。为什么这么讲呢？因为贾宝玉虽然是主子，是贾家最受人重视的少爷，可是老婆子们私下里议论过，说他连丫头片子们的气都受了，一点没有纲常，没有骨气。也就是说，我们可以设想一下，在那样的一个人际关系复杂、钩心斗角的贾府中，出现了一个不通世务，所作所为都跟别人不一样的小主人，那下人们是怎么看他的？

孙相宁

　　宝玉是不管现实的，有一次黛玉跟他说，我闲时也帮你们家算了一笔账，是入不敷出的，接着宝玉来了一句，管他怎么样，短不了我们两个。

　　张霁：宝玉于现实不仅不考虑，他还很唾弃。所以我们说宝玉的行为非常怪异，很重要的一点就是他的价值取向跟那个时代、跟他所处的阶层，或者跟周围的整个世界都不一样，在书中第二回中，作者就借贾雨村之口讲了贾宝玉是属于哪一种类型的人。

孙相宁

　　他属于清明灵秀的那一类人，贾雨村曾经提出过"清明灵秀之气"一说。这个清明灵秀之人是什么样的呢？贾雨村说："在上则不能成仁人君子，下亦不能为大凶大恶。"这样的人会是什么人呢？如果生于王侯贵族之家，那他就是情痴情种，那就是贾宝玉。

张霁：对，我们看他的灵秀之气，作者在第二回借贾雨村之口，又给出了一串人物，都有哪些呢？

孙相宁

比如陶渊明、阮籍，就是魏晋时期竹林七贤之首。

张霁：继续往下看，灵秀之气的还有哪些人？唐明皇、宋徽宗、阮籍、陶渊明、李龟年……还有女性：红拂女、崔莺莺、卓文君这些女性，在历史上从来没有哪一本书、哪一个作家能够把这些人归为一类。曹雪芹把一些画家、音乐家、名妓，跟唐明皇、宋徽宗这样的人归为一类，这样的归类方式我们说是前无古人的，绝对没有。这些人是以什么标准能够归在一起呢？曹雪芹借贾雨村之口，说这是灵秀之人，如果按照我们今天的观念来看，实际上这就是一群有艺术人格的性情中人。显然这部书前五回基本上就把书的主旨给你揭示出来了，第二回的时候就已经说明了这本书写的是哪一类人，其实贾宝玉自己也就是这类人。他既不是能匡世救世的那些大贤大德之人，同时他又不是俗世中的俗人，他就是一个有着艺术人格的诗人。宝玉和黛玉都是属于这个序列里面的。然后我们看，贾宝玉就是以这条标准来交朋友的，贾雨村每次来贾府想要见他的时候，他都特别地讨厌。那宝玉交朋友交的是谁呢？蒋玉菡、柳湘莲，他喜欢这样的人。所以贾宝玉在常人眼里看是不可思议的，其实就是他的标准跟大家的不一样，并且他还和一些丫鬟们关系非常好。刚才说到贾宝玉交朋友就跟常人不一样，至少跟当时的男性贵族非常不一样。这不同之处的再一点就是他不爱读书，他怕贾政，很大原因就是因为这个。他讨厌读书到什么程度呢？当他挨了贾政的打之后，在园里面休养，因为当时贾母发话说，不要叫人去为难他，所以贾政也不敢忤逆贾母之命，不敢再去找他，于是宝玉就更加放肆，他就自己在那儿逍遥。如果有哪一个姐妹去劝他，尤其如宝钗之辈，时不时去劝他一些仕途经济的话，他就非常生气，说"好好的一个清净洁白女儿，也学的钓名沽誉，入了国贼禄鬼之流"。又因为黛玉从来不去劝他，所以深敬黛玉。我提醒大家，后边还有一句，说宝玉"除四书外，竟将别的书焚了"。

孙相宁

宝玉说除四书以外都是杜撰。

张霁：宝玉焚书的这个细节一般很少有人提起，曹雪芹是笔力万钧，每一个小的细节又蕴含着无数的含义和意蕴。宝玉在对待科举、仕途经济的事上，其实他前面是承接了明末清初的一些思想家的，包括反宋明理学对人的桎梏的思想，像著名的明代思想家李贽，本身他的著作就叫作《焚书》，但他的这个焚书的意思是说，我的书因为涉及大量对儒家理论的鞭笞，将来可能是会被焚掉的。这个李贽是位什么样的人呢？他抨击程朱理学，反对男尊女卑，他认为男女之间的差异并非是天生，女性之所以没有男性成功是因为被禁止出门，所以他教书的时候是收女学生的，这些在当时都是令人震惊的举动。在明清两代的时候，出现了一股"以情抗礼"的思潮，还出现了一些像汤显祖这样的优秀的作家，他的《牡丹亭》"因情成梦、因梦成戏"，把情放到了一个非常高的位置……这些都是宝玉反对当时的科举取士，反对当时通行的对仕途经济的迷恋的思想资源。

孙相宁

说了这么多，贾宝玉这样的人物，我们从审美的角度来看，那是非常值得欣赏的。可是如果在现实中来看，他还是有他的局限性。

张霁：对，贾宝玉这个人物形象，刚刚我们讲了很多，我们一直以来把他说成是"封建社会的反叛者"，前面一期我们已经讲过了，"封建"这个词严格来说不适用于我们中国的传统社会，贾宝玉的反叛是没错的，贾宝玉身上的这些对于自我意志的认知是难能可贵的。他追求的不是普通人的道路，而是他自己这一生、这一世独有的生命意识。你看他听到"如花美眷，似水流年"，他就想到，那林黛玉以后终有一天也是要不知往何处去的，这么美好的青春、美好的爱情，终有一天也要无从寻觅。所以在贾宝玉的内心深处，他的生命意识和死亡意识是很强烈的，他说"我此时若果有造化，该死于此时的，趁你们（众姐妹）在，我就死了，再能够你们哭我的眼泪流成大河，把我的尸首漂起来，送到那鸦雀不到的幽僻之处，随风化了，自此再不要托生为人，就是我死的得时了"。

段以岑：对，但关于宝玉，刚才张老师也讲了，他是混沌未开的，蒙了尘的一块玉，所以他的觉悟是逐渐的，渐悟的过程。林黛玉就是引领他的女性，他一开始的死亡观是说"得你们的眼泪葬我"，但是到了三十六回，目睹了龄官痴情地画蔷之后，宝玉又悟了一层，所以他回来跟袭人说："从此后只是各人各得眼泪罢了。"

张霁：对，整本书中写得最好的部分之一就是作者清晰地写出了人从小到大的这种思想的变化，性格的成长过程，这个是很难的。贾宝玉这个人物拥有很多当时的贵族阶层还觉悟不到的一些东西，今天的评论者普遍认为贾宝玉是一个有博爱情怀的人文主义者，他考虑的是生命，考虑的是"存在"这个层面上的事，他追求的是自由意志、爱情和自由。可是要提醒大家的一点是，贾宝玉虽然在这样一个历史时期有相当超前的意义，可是呢，他同时也还是一个生活在历史中的人，他不能够完全摆脱他所处的时代环境。虽然八十回后面的情节我们不知道，可是我们可以从曹雪芹前面的铺垫猜测后面的一些走向，比方说，曹雪芹的写法是喜欢把几个人物一起写，两两对应，或者更多对的对应，比如像袭人跟宝钗，晴雯和黛玉，她们就有诸多相似之处，脂砚斋也说，"袭为钗副，晴有林风"。那么我们看，宝玉在面对晴雯被赶出大观园的时候，他做了什么？他只是在晴雯被赶走后去看她，后来又写了一首《芙蓉女儿诔》，他并没有为晴雯说情，更没有真正把晴雯解救出来。所以我们看，通过这样一种写法，我们可以猜测，后面按照曹雪芹的原意，宝玉会不会也并没有能力去争取跟林黛玉的美好结局？我觉得他没有这种能力。我们要看到宝玉作为一个对女儿用尽心思，至情至性的人文主义者，看到他诸多的优点，看到他作为一个诗人，对艺术的追求，对自由的追求，对爱情的追求。可是我们也要看到，他不具备把这些美好的追求转化为现实的能力。

孙相宁

脂砚斋说，宝玉一生心性无非"体贴"二字，故曰"意淫"。

张霁：对，他没有真正反抗严酷现实的能力。这个可以对比一下，什么样的人具备这种只身反抗不公社会秩序的能力，不仅停留在想的阶段，还要果敢地把它运用于现实，我们说在中国古代作品里面看到的这样的人是比较少的。与之相比较的，大家可以去看一下英国女作家艾米莉·勃朗特的巨著《呼啸山庄》，同样是追求爱情，同样是精神之恋，感天动地，看看那个男主角希斯克利夫具备什么样的勇力。这也是因为两种文化以及政治环境下的差异。从贾宝玉的身上，我们也看到了中国古代到康乾盛世时期，贵族的男性，即便是其中那么优秀的一部分人，可他们自身在现实之中是怎样的软弱无力。同时我们也看到具有诗性气质，这么美好的黛玉，在现实之中却也是很弱的体魄。

段以苓：黛玉有意使自己陷入一个孤立无援的状态，她其实很清楚做人怎么做，笼络人心如何笼络，以她那种聪明劲来讲，肯定很清楚的，但她不屑于此。包括贾母对黛玉也是真心喜爱，因为贾母是一个喜欢聪明人的人，她喜欢晴雯，不喜欢袭人，说袭人像一个没嘴的葫芦似的。

张霁：贾母的问题我们下一期再讲，我到时有非常多的关于贾母的想法和大家分享。我觉得最终实际上还是要扣一个题，就是从这些人物的身上，我们看到的确实是一幅末日的图景。曹雪芹唱的其实是一曲贵族世界的挽歌。

段以芩：对，就像刚才张老师讲的《呼啸山庄》，希斯克利夫是有担当的，可我们也很爱《简·爱》，觉得就是因为渴望而爱不到，不能得到，无法成全这爱情，所以这才是文学美的地方，要有写得不到的东西。

孙相宁

关于人物有太多东西要讲了，也确实感觉还有很多东西要讲，但是因为时间到了，我们还是留给现场观众，大家如果有什么问题，可以发问。

听众：为什么中国古代这种上流社会的男子都是以一种阴柔气质出现，而且不负责任？我觉得会不会是因为中国古代的男子都一直在妈妈、婶婶、姨姨的环境下长大，成了现代社会所说的典型的"妈宝男"，这会不会跟这种不负责任的心理的形成有一定关系呢？

段以芩：对，现在的中国男人相当一部分也继承了古代的阴柔。

张霁：还因为中国古代实行的这种一夫一妻多妾制，男性贵族身边女孩子是不缺的，所以男性一般很少会为一个女子而要死要活的。况且一直以来，儒家所讲的"修齐治平"，讲的是齐家，但是这个"家"讲的是夫妻和家族的大家庭，而不是爱情，如果有爱情的话，我们前面都说了——朱熹是将其视作"淫奔"的。整一个社会文化所塑造的概念就是说：如果你为了爱情而付出一切，把爱情放到很高的位置上，便是会被人瞧不起和唾弃的。

段以芩：另外还有一个中国文化性别观念流传变化的问题，在中国上古和中古时，女性地位相对而言还是比较高的，但是元明清以来，女性地位越来越低，包括社会上有各种各样的歧视，说女性是不洁的。以前鲁迅先生就在《阿长与山海经》里写过，他小时候的保姆说，女人是要站在城门上去防炮火的——让女人来防炮火，是因为洋枪洋炮看到不洁的女人是放不出来炮的，这等于是对女性的一个变相的诬蔑和侮辱吧。但中国上古和中古的性别观念不是这样的，据顾颉刚先生考证，古时是有女兵的，女人可以入伍。尤其中古的时候，你看唐时女性的地位，所以中国男性的阴柔、无责任感实际是跟中国古代社会性别观念变更，与女性社会地位有相应的对照关系的。

张霖：而且还有，中国古代男性在女子面前不需要竞争。在西方中世纪的时候，骑士们要通过竞争得到贵夫人的芳心。但是我们中国古代是不会讲这种竞争的，反而是驯顺的，如尤二姐这样的女子是大家赞美的对象，择偶的首选。

孙相宁

还有没有其他问题？

听众：在《红楼梦》里面有很多折子戏，包括《牡丹亭》也有讲过，有好多戏曲都是有关于情的故事，作为戏曲可以看，但是为什么书就不能看。

张霖：你这个问题问得特别好，因为此前还没有人说过这个问题。这是我个人的一种猜测：我觉得可能是因为中国古代戏曲的地位本来就非常低下，戏子的地位也是非常低的，也就是说，大家在对这些问题上相对来说可能是尺度放得比较宽一些，不太把戏曲当回事。但是看书的话，他觉得书是容易往人心里去的，可能会移了性情。中国古人看戏的时候，几乎没有人会像今天在西方的高雅歌剧院那样，什么都不干就只看戏，而是往往一边看戏一边吃东西一边聊天的，它不是很正式的。因此在这个问题上，我个人猜测可能是因为戏曲的尺度要放得开一些，它的受众面更广，没文化的人也可以看到，可是它的地位也一直很低下，昆剧里面也有一些比较黄的对白，我们只能猜测古代对戏曲的控制可能并不像对书籍的控制那么严格。我们回去再仔细研究研究，谢谢你提出这么好的问题。

最后一个问题。

听众：三位老师，刚才听你们交流了很多黛玉、宝钗之间的区别，但是脂砚斋提出过"钗黛合一"这样的说法，想听一下三位如何理解"钗黛合一"，曹雪芹这样写的意图是什么？如果真的有这种现象，贾宝玉对于这种现象的反应是什么？

张霁："钗黛合一"这个问题确实是由来已久了，包括今天好多学者也是持有这种观点。我觉得在书中一个地方应该是体现得最明显的，就是《红楼梦》第五回，贾宝玉在神游太虚幻境时看到的曲子词，其中有一首叫《终身误》："都道是金玉良缘，俺只念木石前盟。空对着，山中高士晶莹雪；终不忘，世外仙姝寂寞林。叹人间，美中不足今方信。纵然是齐眉举案，到底意难平。"其实这个是以贾宝玉自身的口吻来表达的，他说得非常清楚，"空对着，山中高士晶莹雪"，就是说薛宝钗再好，好到齐眉举案的程度——齐眉举案是中国古代对夫妇伦理的最高赞美，就是说你薛宝钗按世俗要求好到极致了——但还是"终不忘，世外仙姝寂寞林"，就是他最终依然不能忘记林黛玉。"空"字是非常说明问题的，就是说宝钗再好，我也不喜欢，这就像金庸先生有一本书叫《白马啸西风》，里面有一句最经典的台词说："那些都是很好很好的，偏偏我不喜欢。"所以这首《终身误》说得是非常清楚的，最后是"到底意难平"，从这点上来看，钗和黛，在我个人看来是不能够合一的，而脂砚斋虽然肯定跟曹雪芹的关系非常密切，但两个人的思想境界其实并不能完全画等号，比如说脂砚斋非常喜欢袭人，但是曹雪芹在书中把袭人给写得很不堪，显然他是不喜欢袭人的。所以关于"钗黛合一"，在我们今天看，钗和黛她们两个人在本质上是无法合一的。

孙相宁

因为林黛玉是形而上的，宝钗则完全是相反的。

张霁：对，我看刚才提问的这个朋友比较年轻，如果你再多一点社会阅历的话，可能就更能慢慢体会到这一点。对《红楼梦》这本书，随着你社会阅历的累积，你对书的认识也会逐渐有所不同。举一个最简单的例子，真正的诗人和艺术家，在红尘俗世中很少有如鱼得水的。曹雪芹本身就是这样的例子，还有梵·高等人都是这样。像林黛玉这种诗人气质的人，她是无法跟世俗社会的平庸优等生薛宝钗合一的，合一了她就不是世外仙姝了。而且再提示一下，大家可以回去看三十六回之后，贾宝玉对薛宝钗的态度越来越差，他后来非常不喜欢薛宝钗。

段以芩：贾宝玉跟林黛玉讲明了，他说我跟宝钗疏远，我与你才亲密无间，你从三十回左右开始翻阅，围绕这一主题有很多描写与暗示。

张霁：《红楼梦》是要一辈子不停细翻的，有很多东西。

孙相宁

好的，我们今天的活动到此结束，谢谢大家！

南书房夜话第三十六期：
恰似飞鸟各投林
——《红楼梦》人物谈（下）

嘉宾：张　霁　段以芩　孙相宁（兼主持）
时间：2016 年 6 月 18 日　19：00—21：00

孙相宁

　　大家晚上好，我们又见面了。今天是我们最后一期讲《红楼梦》，今天的题目——"恰似飞鸟各投林"，我想大家应该也猜到了，今天我们要讲的人物有很多，所以我们说"恰似飞鸟各投林"。

　　《红楼梦》中的配角甚多，尤其是女子，结局大多惨淡，她们的命运依附于家族，也依附于男权，贾府的兴衰往往决定了她们的生死存亡。男权掌控下，她们的幸福又无法自主，幸而有这样一座大观园，一个仿若仙境的人间乐园，给这些女子提供了展示自身的场所。贾府中最年长的人——贾母，某种程度上担当了这座园林的庇护者，贾母的性格特点和人生价值观、审美观，决定了这个庇护者非她莫属。我们今天先从贾母这个人物形象开始说起。

　　张霁：贾母这个人，与其说是一个配角，如果外延再扩大一点的话，可能也算是一个主人公了，我们很难想象，《红楼梦》里面如果没有贾母的话，整个小说会是什么样子。我们看贾母在《红楼梦》中所起的作用：首先她是老祖宗，辈分最大；其次呢，我们说贾母这个人跟别的普通的，哪怕同样也是贵族家庭的老太太，也不太一样。我们首先来看，书中但凡贾母出现，基本上都是伴随着什么样的情节呢？吃喝玩乐对吧？贾母是一个非常喜欢享乐的人，并且不是简单的享乐。她具有非常高的审美眼光，她的审美，我们在书中处处可见。比方说在游大观园的时候，她看到了当时林黛玉潇湘馆里面的窗纱，说颜色旧了，这里就引出来了她对色彩的认识，还引出了软烟罗。还有，大家想一想，书中的人物里面，贾母都喜欢谁？贾宝玉不用说了，这是心尖；还有呢？黛玉、鸳鸯，还有王熙凤，喜欢得不得了，还有吗？（观众答袭人、晴雯）袭人，贾母是否喜欢袭人？晴雯，晴雯是当时贾府的管家赖大家的妻子买的一个小丫头，因为长得非常漂亮，很伶俐，贾母十分喜欢，于是赖大家就把这个小丫头晴雯孝敬给了贾母，贾母又把晴雯给了宝玉。的确，我们一看，贾母喜欢的人的序列是：宝玉、黛玉、王熙凤、晴雯、鸳鸯，这里面就出来一个问题，我们说长期以来有关贾母这个人物有一个争议，争议非常大，可以说，二百年来，有关贾母的争议几乎快赶上对于薛宝钗和林黛玉孰优孰劣的争议了，那么这是什么争议呢？

孙相宁

她到底是支持"金玉良缘"还是"木石前盟"？

张霁：是这样的。贾母在对待宝玉婚姻的问题上，到底是一个什么样的态度？这成为二百年来红学史上一个著名的公案。我们说红学史的公案很多，因为《红楼梦》这本书没有写完，而在续书之中，贾母毫无疑问支持的是金玉良缘，可是为什么这二百年来，很多人都认为高鹗续得不对，不是那么回事，为什么会有这样一个争议呢？刚才现场的观众告诉我贾母喜欢的人的序列，我们一看，好像这个序列跟"金玉良缘"的序列不是一个序列呀！贾母在整个《红楼梦》之中地位非常高，起到的作用也非常大，从一开始，就是她把林黛玉带到了贾宝玉的面前，如果没有贾母的话，这个爱情故事是不会发生的，因为她不仅将林黛玉带到了贾宝玉的面前，同时还让林黛玉和贾宝玉朝夕相处。

孙相宁

　　这里要插一句，贾母的几个子女里面，她最喜欢的是林黛玉的母亲贾敏。

　　张霁：对，她确实对黛玉说过："我这些儿女，所疼者独有你母。"我们上一期的时候给大家讲过，书中第二回，曹雪芹借贾雨村之口，阐述了书中所要描写的最重要的主人公就是"清明灵秀"之人，我们看看，贾母的喜好，似乎跟这个"清明灵秀"是比较接近的。贾母非常爱玩，她是一个享乐主义者，这是没有问题的，大家可以看一下，凡是有她出场的地方，常有欢天喜地的欢宴，带着孙子、孙女们。

孙相宁

　　芦雪庵联诗的时候，贾母听说了，不请自来。

　　段以岑：而且贾母经常跟王熙凤互说笑话。

　　张霁：对，这个其实是挺少见的。

　　段以岑：因为在当时的礼教环境之下，这样是越级了。

　　张霁：对，孙媳妇跟祖婆婆，经常互相说笑话，而且甚至连丫头鸳鸯也在这种欢乐的气氛中时不时跟王熙凤开一开玩笑。贾母是把整个贾府的气氛都带动起来的一个老太太，她爱玩，喜欢美，审美眼光极高。贾母到蘅芜苑，也就是薛宝钗的住处的时候——这里有很多人是有争议的——她是怎么评价薛宝钗的住处的？书里描写的蘅芜苑是"雪洞一般，一色玩器全无"，薛宝钗的闺房朴素得不得了，贾母当时是怎么表态的？贾母摇着头说："使不得……年轻的姑娘们，房里这样素净，也忌讳。我们这老婆子，越发该住马圈去了。"然后说："不要很离了格儿"，于是，就命鸳鸯去拿几样玩器去装点薛宝钗的屋子。我们看，贾母一开始说，这孩子太老实了，但是后面的几句话，也就是刚才我给大家讲的那几句话——"忌讳""不要离格""我就该住马圈了"——那这个潜台词是什么呢？她喜不喜欢这个样子的蘅芜苑呢？她喜不喜欢这种做派呢？刘姥姥进大观园的时候，鸳鸯给刘姥姥插了满头的花，贾母是自己拿一朵大红花簪在鬓边的，也就是说，她非常爱美，喜欢精致的吃食，喜欢精致的摆件，她还说她是最会装点屋子的。

段以苓：她给宝钗的"墨烟冻石鼎"，是属于文人的那种玩器，品位不俗。

张霁：因为贾母本身是出身于四大家族之一的史家，小的时候，贾母也是一个很贪玩的小姑娘，她也曾经掉下过水。所以贾母她是一个对生活有着非常强烈的热情的老太太，又喜欢玩，喜欢美食、美景、美人、美物。如果没有贾母，我们很难想象贾宝玉从性格到行为会是现在的这个样子，因为是贾母一手培养了元春——书中写贾母把她这几个孙女都带在身边去抚养，而贾宝玉小的时候，就由元春来教育，长姐如母，所以后来元春进宫当上了贤德妃之后，又命众姐妹和宝玉住进大观园……也就是说，如果没有贾母，整个《红楼梦》的故事都会变一个样子。可是贾母她的取向到底是什么呢？她到底是支持"木石前盟"还是"金玉良缘"呢？

孙相宁

还是很扑朔迷离的。

张霁：对，刚才我们给大家举的这几个例子，就是贾母对薛宝钗屋子的评价，可以看出些她对宝钗的态度，而贾母平时对林黛玉是非常喜爱的，这是毋庸置疑的。另外，我们看到书中还有一个重要的人物，但是她只是出现了一次，大概占了两回，就是薛宝钗的堂妹薛宝琴，贾母对薛宝琴是喜欢得无以复加，一会儿我们再讲讲薛宝琴是什么样的女孩子，总体上是非常优秀，见多识广，聪明美丽，贾母是非常喜爱她的，于是就想为宝玉求配——你们说，从这件事上我们可以看出来什么呢？

孙相宁

仔细想一想贾母说宝钗的那句话，其实能够透露一点她的性格特征，她说"不要很离了格儿"，这就说明她的性格中有一种追求平衡的因素，对待问题，她会考虑得很多，平衡各方面的关系，所以我们在书中就可以看到，她对于宝玉的婚事，心里面是没有一个定论的。

张霁：她心中比较理想的人选就是薛宝琴，可是薛宝琴已经许配给了梅翰林家的，所以呢，这件事就有人说：你看，因为贾母向薛宝琴提亲，所以看来她并不满意薛宝钗；但从她向薛宝琴提亲这件事，我们也可以看出她也没有要支持黛玉。所以说，有关贾母的这个问题，二百年来大家一直在不停地分析，为什么会出现这个情况呢？因为曹雪芹在塑造这个人物的时候，他采取的一个方式就是：他自始至终并不去写任何描写贾母的心理活动，或者能够体现其心理活动的内容，他只是把贾母的所有行动——地写给大家看，但并不写她心里是怎么想的，所以你只能猜。

孙相宁

所以我们看到的贾母就是非常的老练世故，不露声色。

张霁：贾母这个特点，薛宝钗曾经说过一句话："我来了这么几年，留神看起来，凤丫头凭他怎么巧，再巧不过老太太去。"这句话说得对不对呢？这不单是薛宝钗对贾母的恭维，而是确实也没错，因为贾母各方面的能力的确是非常出众，特别是管家的能力——在这一点上，王熙凤跟贾母比起来，可能还真的略逊一筹。例如，当贾母知道园子里面的这些老婆子聚赌的时候，雷厉风行，杀伐决断，非常有主见，她的管家能力非常强，各方面都很优秀。可是我们接下来要说到的还有一点：从贾母的享乐人生出发，她对于她的这些子孙们的要求是怎么样的？

孙相宁

　　贾琏和鲍二家的事被闹出来之后，贾母也是轻轻地抹过去了，说："小孩子们年轻，馋嘴猫儿似的"，包括对宝玉，也是一味地袒护溺爱，所以她对子孙的教育不是特别重视，子孙们今后的发展前途，她似乎并不去考虑。但是这里要提一下，贾家的四位小姐：元、迎、探、惜，都是贾母调教出来的，倒是不差。

　　张霁：对，贾府四位小姐，元迎探惜，首先我们说元春，书中其实并没有用多少笔墨去描写她，只是在省亲的时候有所出现，对她的刻画是最少的。对她的出场，87版的电视剧里面可能表现得还稍多一点，元春这个人，我们只能从侧面上去分析，这是一个很有才华的人，同时也是教导了宝玉的一个大姐姐。其实元春本人也是整个《红楼梦》故事的一个间接的促成者，因为有了她省亲，才出现了大观园，然后又是她让宝玉和这些女儿们一同在大观园中生活。当然有一点我也很奇怪，既然元春是由贾母抚养大，而且跟宝玉两个人关系那么好，那为什么在后来赏赐给宝玉和众姐妹东西的时候，唯独只赏给了宝玉和宝钗一样的东西呢？

孙相宁

　　而且这应该不是贾母的意思。

　　张霁：因为我们刚才讲了，贾母在宝黛姻缘问题上，始终是态度不明的，可是王夫人在这个问题上，态度还是比较明显的，所以我们只能猜测是不是王夫人进宫对元春施加了影响，所以元春才会做出这样一个举动，就是赐给宝钗和宝玉一样的东西。《红楼梦》这部书中，曹雪芹的写法，大家仔细地看过去，会发现他经常写一些让我们有点疑惑的地方，需要我们细细地去揣摩，慢慢地去分析，他巧妙就巧妙在这里，他不论什么东西都不会写得很直白、很透。刚才说了元春。那迎春呢，迎春出场的次数比元春要多一些，但是有关迎春的笔墨也不是很多，可是迎春的形象，大家一想，还是很鲜明的，但是她的性格不像王熙凤那样泼辣、丰富，她不是这样的性格。

被称为"二木头"。

张霁：对，她是一个比较软弱、比较懦弱的人。

段以苓："三春"一出场时，对迎春的描写就是"观之可亲"，描写探春就是"见之忘俗"，从这描写一下便区分出了两人的性格。

张霁：对，这两个人物的性格，每次讲到这里的时候，我都会非常佩服曹雪芹的遣词用句，他的几个字往往就蕴含着一个很大的含量。其实关于迎春，有人说迎春是不是太平凡、太普通了，还如此懦弱——"懦小姐不问累金凤"，把她的东西偷了，她都不愿意去说。那么迎春是不是一无是处呢？我们说虽然迎春的诗作得一般，但是她毕竟也可以作，而且迎春有一个很大的爱好，表现得也不错，那是什么呢？就是当她确定被嫁给孙绍祖的时候，宝玉去她的住处，想起迎春，心里面很难过，就有了这样的诗句："不闻永昼敲棋声，燕泥点点污棋坪"，感叹这里不再像以前那样，每天都能听到下棋的声音了。这"棋坪"就是下棋的棋盘，"燕泥点点"就是说燕子的粪已经把棋盘给弄脏了，也就是说，迎春很喜爱下棋。所以曹雪芹不会很明着给你写，但是通过这些字里行间的词，我们可以想见，迎春她其实也是有她的优秀之处的，因为下棋也是一个比较高智商的活动。

孙相宁

迎春这个人，我觉得她的性格特点里有一点消极的思想，你看，司棋被赶出去的时候，她说"将来终有一散，不如你各人去罢"。可见她的世界观是很消极、悲观的，这也可能跟她从小没有亲生母亲的境况有关。

张霁：也许正是因为她无力反抗，所以才从《太上感应篇》的角度来寻求一种安慰和逃避。与她相反的，就是探春，无论怎么说，探春都是《红楼梦》里面一流的人物了。探春不仅是女政治家，同时还是一位女改革家。探春的名言是什么呢？她说"我但凡是个男人，可以出得去，我必早走了，立一番事业，那时自有我一番道理"。的确，整个《红楼梦》之中，我们看到探春的才能和眼光，可以说，整个书里面能赶上她的，好像也没有，探春有凤姐的才干，又没有凤姐那种贪欲，而且又有远见卓识。我们且看在抄检大观园的时候，探春是一个什么表现呢？首先，探春跟迎春不一样，迎春的丫鬟被抄检出东西，要赶走的时候，她也不敢去说什么，可是探春是怎么样的呢？探春压根儿就没给王善保家的去抄她丫鬟的东西的机会。探春说，你检查我的东西可以，但是要查我的丫鬟们却是断断不能，我这个人平时最歹毒，丫鬟们的东西都在我这儿。所以我们再联系到探春此前跟李纨、宝钗一起管家的那些举措，会发现探春的身上明显带有领导者、政治家的气概，"要想搜我的丫头，这却不能"，她这样对自己的手下，那么跟随探春的人真的是要死心塌地了。王善保家的是从贾赦那边来的，她并不太清楚探春平时是什么样子，以为她还像迎春那么懦弱，所以就摸了一下探春，说："连姑娘身上我都翻了，果然没有什么"，结果"啪"的一声，探春就给了她一记大耳光，说："你是什么东西，敢来拉扯我的衣裳！"把王善保家的打愣了。这记耳光非常痛快，同时也说明了探春的性格：她对个人的尊严看得非常重要。这点让我们想起上一期讲的，王熙凤对贾瑞癞蛤蟆想吃天鹅肉的行为，心里也是暗想"你是什么东西"——往往是意志非常强健的人才会有这样一种想法和行为。作为改革家的探春，她跟李纨一起管家的时候，就进行了一个改革，有点类似于今天改革开放的家庭联产承包责任制，把大观园里面的树木、果树都给下人们，说你们拥有种植它的权利，每年只要交上来多少就行，剩下的就都给你们了，这是不是让我们想起了家庭联产承包责任制？所以探春确实是一号人物，而且最经典的就是抄检大观园的时候，探春痛心疾首地说的那段话。

段以芩：她说："咱们倒是一家子亲骨肉呢，一个个不像乌眼鸡？恨不得你吃了我，我吃了你！"探春的个人矛盾也在于此，如果说到"亲骨肉"的话，她跟赵姨娘也是亲骨肉，但是她对赵姨娘，包括赵姨娘的兄弟赵国基的态度，其实也是侧面地反映了她具有强烈的自我意识和身世自尊心。

孙相宁

探春对她的庶出身份是有一点耿耿于怀的。

张霁：的确，在中国古代，嫡庶之分还是很重的，像王熙凤曾经说过，三姑娘太好了，只可惜她不是太太肚子里出来的。偏偏这么一个优秀的、才干如此出众的探春，是赵姨娘生的。提到赵姨娘，在整个《红楼梦》一书之中，曹雪芹是很少只写一个人物的不好，让其几乎没有优点的，而他这样写了的就只一个人，就是赵姨娘。所以我们看，在"辱亲女愚妾争闲气"这一回里面，赵姨娘直接就来给探春撒泼，探春当时跟她的母亲也是针锋相对，后来吵了一场，探春气哭了。为什么探春对她的生母如此冷漠呢？这也涉及一直以来对探春的争议——探春是不是一个无情或势利的人，只认自己的嫡母，却不认自己的生母、也就是她的庶母？这里面实际上还是有一个中国古代礼仪的原因所在，是吧，以芩？

段以芩：对，因为儒家讲孝道，"百善孝先行"，而且孝道是严重到可以压死人的。探春的个人意识也体现在她对赵姨娘的态度上。探春不认她的舅舅，她说赵国基是什么人，舅舅她只认王夫人之兄，她说我的舅舅在任上呢，是做官的。赵国基是什么人？赵国基是伺候贾环上学的，是奴仆，所以这是一个等级观念。结合当时的社会环境看，我不认为探春对她的母亲是无情的，探春不得不遵从当时礼教的环境。另外赵姨娘确实是一个从始至终心术不正，逮到机会就想害人的人，确实是在人品和道德上都不值得尊重。

张霁：而且我们其实只要想一下，如果探春对赵姨娘很恭敬的话，那赵姨娘岂不是要上天了？当然赵姨娘这个人物塑造得也是很成功的，我们这里暂且不再说她。接着说元迎探惜中最小的惜春。在抄检大观园的时候，因为入画被撵走，尤氏当时说惜春是一个冷面冷心、狠心狠意的人，实际上惜春是不是这样呢？小说从一开始就暗示，她最终是遁入了空门的。其实惜春这个人物给我的感受就是：她是个从小非常缺乏爱的姑娘。惜春是最年幼的，偏偏又将她放到了贾府中最污浊的一个环境里，就是宁国府。她是宁国府的主人贾珍的胞妹，宁国府大家都知道，极其污浊，乱七八糟，父子聚麀，吃喝嫖赌，无所不为，惜春在这样一个环境之下，如果从今天现代的心理学角度来说，她其实是自幼就给自己设置了一个隔离的屏障。所以惜春说我一个清清白白的人，被你们给带累了。所以从这点上看，实际上惜春在宁国府这么污浊的环境里，的确是出淤泥而不染的。前几期我讲过了这个问题，就是惜春为什么一定非要赶走入画？是不是因为冷漠？其实最根本的原因是入画的哥哥跟贾珍有着不正当的男男关系，所以在这个地方，惜春是非常厌恶的，用今天心理学角度来看，有可能是她看到了入画，甚至就想到了自己哥哥的污浊，所以实在是不想看到她。也就是说，惜春这个小女孩，在某种程度上讲，是一个正直清白的小姑娘，她的这种态度实际是对污浊环境的一种抗拒，所以不能简单地只把她看成是一个冷面冷心之人。

段以苓：在这种缺乏爱的环境之下，惜春作为一个小女孩，她要找一种情感和精神的双重寄托，迎春寄托给道教，惜春寄托了佛教。

孙相宁

同样的，书中还有另外一个出家人，就是妙玉。

　　张霁：妙玉这个人物，说起来挺有意思。首先看她是姑苏人士，小的时候因为她身体不好，所以有和尚告诉她说一定要出家，不出家你就好不了，于是妙玉就出家了。我们想起书中同样也是姑苏人士，同样也是小的时候身体不好，同样也被劝出家的，那个人是谁？——林黛玉。不同之处就是妙玉听从了劝告出家了，而林黛玉没有。我们看到，妙玉来到贾府的时候，带着一个老嬷嬷和一个小丫鬟，连这个配置，都跟当初林黛玉进贾府的时候一模一样，而且妙玉和黛玉，名字里面都带有"玉"字。再来看妙玉的性格是什么样子的？妙玉的人缘在贾府里面很糟糕，连李纨这样的人都说她不喜欢妙玉。

　　段以苓：对，因为李纨为"善贤"之人，儒家正统的端庄贞静，她应是跟宝钗一样，不会得罪人的。李纨这样一个人都讨厌妙玉，可见妙玉在贾府应是仅次于黛玉的人缘不好。

　　张霁：可能比黛玉还不好，"过洁世同嫌"，所以其实从这个意义上来看，我们可以这样讲，就是曹雪芹之所以塑造妙玉这个人物——还有一点，就是妙玉的诗写得也很好——他很可能有一个目的，就是要告诉读者：即使当初林黛玉出家了，可能依然不会真正遁入佛门，不是说心也悟到了禅理、佛理，而是像妙玉一样"欲洁何曾洁？云空未必空"，所以最后是"风尘肮脏违心愿"。妙玉最后的结果，在今天的120回本，也就是高鹗的后40回续书里面，我们看到她是被强盗掳去的，但曹雪芹的真实意图是怎么样呢？我们从判词里面其实还是可以看出来，的确是美玉落在了泥沼之中，所以一路上看过来，这些女孩的结局几乎都是悲剧。其实一个是刚才我说的，林黛玉如果出了家也是这个样子，还有一点，从妙玉的身上我们可以看到，她虽然出了家，身在佛门，但她也有一颗热爱现世生活的心，虽然她的姿态是很高傲，可是她对宝玉的若有若无的好感和感情以及其他行为都说明，其实她还是一个对生活有热情的人。

孙相宁

　　到第七十六回凹晶馆联诗，这时大观园的气数已开始走下坡路，宝钗回自家团圆，宝玉因晴雯病重，诸务无心，探春因家事烦恼，也无心游玩，只剩史湘云和林黛玉两个，在月下联诗。湘云是非常乐观的人，她见林黛玉俯栏垂泪，便宽慰她，拉着她联诗，其实她的身世不比林黛玉好多少，她在家里还要干活，还要受一点委屈，可是我们看到湘云的表现，她每次到贾府来的时候，都非常尽兴：吃肉、喝酒、写诗，她非常开心，虽然离去的时候，也是眼泪汪汪的，叫老太太想着接她，非常舍不得。

孙相宁

　　对，所以说湘云不是不知苦，而是她天生的乐观性格，能放开苦的心绪。她说黛玉，"我就不似你这样心窄"，两个人一样的命运，却是两种性格。

　　张霁：相似的命运吧，都是襁褓中父母双亡。其实湘云是个很有才华，但同时性格又直率、直爽的姑娘，她是著名的红学研究专家周汝昌老先生的最爱。

　　段以芩：史湘云这个角色非常讨人喜爱，有拥黛派也有拥钗派，但是无论拥黛或者是拥钗，没有不喜欢湘云的。

　　张霁：以芩说"没有人不喜欢史湘云"，其实我就不喜欢史湘云。她的好我都承认，她的聪明、她的直率，曹雪芹给她的一个字叫"憨湘云"，但我还真的不喜欢这个湘云。为什么呢？我们看湘云对于薛宝钗，尤其是刚一出场的时候，很是维护，经常公开与黛玉斗嘴，维护宝钗，你可以说她是直率，也可以说她是很犀利，她对于宝钗的这种维护，我们要怎么看这个事情呢？刚才讲了贾母喜不喜欢薛宝钗呢？字里行间看过去，我们已经数下来了一串贾母喜欢的序列，很显然，贾母喜欢的是我们前面说的"清明灵秀"之人，可是我注意到刚才在场的观众朋友们给我反馈贾母喜欢谁的时候，还真没有提到湘云，大家想一想，这是为什么？我们提到了王熙凤，提到了黛玉，提到了晴雯，提到了宝玉，但是就没有提到湘云，曹雪芹给湘云的是一个"憨"字，也就是说，其实湘云这个人物，你看你把她归到哪个序列里面去呢？可能归起来有一点踌躇。刚才以芩讲了，说这种"间色法"是在黛钗的中间，这的确是作者设置湘云这个人物的一个目的。可是有一个地方，就是当宝玉挨打之后，伤养得差不多了，湘云再来看他的时候，劝他也该想一想仕途经济了，当时宝玉的反应是什么？他说："姑娘请别的姊妹屋里坐坐，我这里仔细腌臢了你知经济学问。"

段以芩：对，史湘云劝他去见贾雨村，说你自己不读书，你也应该跟这种知经济学问的人来往，这是宝玉最讨厌的，他下了逐客令。

张霁：没错，也就是说，湘云这个人，我为什么说我不喜欢她，其实我对她的不喜欢很大一部分来自于像周汝昌老先生这些人对她的过分抬高，因为我不觉得湘云属于一个特别清明灵秀的人。在我看来，湘云固然是好，但是她是一个不深刻的人。有人会说那你怎么对人要求这么高，都要求深刻呢？我们说实际上在《红楼梦》里面，我们看到对于薛宝钗的看法，其实贾母看得是很透的，然后大家可以去看一下王熙凤对薛宝钗的态度，也是颇值得玩味的。薛宝钗最大的粉丝其实就是史湘云，湘云无数次甚至是代薛宝钗来讨伐林黛玉，这一点是很明显的。我是一个拥黛派，在我看来，史湘云象征着比较蒙昧的大众——当然，这是我自己的个人观点——就是她看一切人和事，更多的是流于表面，而并非实质。这样的大众表面上看起来虽是无害的，可是更多的时候，在历史上，往往在一个适当的关节，就可能会成为助纣为虐的土壤。总之，我对史湘云的态度就是：我认为她是一个比较平庸的、善良的、直率的这么一个姑娘，对她没有更多的好感。我对她的这种不喜欢更多是来自于对她的过分抬高，我觉得如果要论深刻的话，她不如王熙凤、探春，也不如林黛玉、贾宝玉。

孙相宁

湘云不只是宝钗的粉丝，她可以是很多人的粉丝，黛玉写诗写得好，她也一样赞。湘云心机不深，想事情也不会太深，基本上是"你跟我好，我就跟你好"的交友模式，所以我们看到，她带了一堆戒指给袭人、鸳鸯、金钏儿、平儿，她对宝钗赞不绝口，还会惦记着宝玉哥哥，似乎跟谁都很好。这些女子的命运都比较悲凉，但《红楼梦》里面有一个比较独特的女子，就是薛宝琴，她不是十二钗之列，她跟其他人都不一样。

张霁：对，她不是金陵十二钗里面的，这个很奇怪，薛宝琴这个人物的出现挺有意思的，她一出现，就赢得了所有人的心：贾母喜欢她喜欢得不得了，逼着王夫人认了干女儿，连黛玉都对她喜欢得无以复加，赶着她直接叫妹妹，贾母还想为宝玉求配。薛宝琴的确可爱，年纪又小，长得又漂亮，有才华，见多识广，随同她的父亲游历过一些国家——这对于当时贾府的这些大门不出、二门不迈的小姐来说，是很奢侈的一个经历，她还据此写了《怀古诗》。刚才以芩讲了，《红楼梦》诗词的研究还不到位，其实对于《红楼梦》诗词中人物的命运，以及每首诗里面含义的暗示的分析是相当多的，可是直到今天，对于薛宝琴所做的《怀古诗》到底有什么深意，还是没有一个大家都认可的解释，依然是谜。说到薛宝琴这个人物，刚才相宁说，她没有进入到十二钗之中，为什么呢？我们看到她是被许配给了梅翰林家的，然后自从离开了贾府，就再也没有音讯，至少在前80回里面是没有的，高鹗也没有再写她。为什么要给出薛宝琴这样一个人物呢？除了前面讲的，薛宝琴实际是贾母心中最理想的宝玉的伴侣，因为贾母已经毫不掩饰自己的意图了。除此之外，我们看宝琴不仅是兼美，甚至可以说是完美，因为她既有美貌，同时又有才情，还很直率、真诚。很有见识，这是非常难得的，我猜测可能是曹雪芹无意之中做出了一个预言，就是说未来时代的女子要想不像金陵十二钗及书中其他女性那样都有一个悲惨的命运，那么要怎么样呢？就要像宝琴一样，见多识广，游历天下，不再像其他这些女孩们大门不出，二门不迈，在家里面宅着——这是我个人的猜测，我猜可能是寄托着这样的一种预示。

段以苓：所以宝琴就是探春的愿望了。

张霁：对，探春那句话犹在耳边："我但凡是个男人，可以出得去，我必早走了，立一番事业"，所以我非常替探春惋惜，因为说实话，探春的悲剧最是时代的悲剧，探春要是换到今天的话，那可不得了了，就会是女企业家、女政治家了。

孙相宁

就像刚刚张老师说的，这些大观园里面的女子，如果能够走出去的话，就像薛宝琴那样的命运，那就不会是我们看到的《红楼梦》的这种结局了。大观园里面的女子，因为没有走出去，尤其是丫鬟们，是不可以走出去的，也就注定了她们的命运，是要系在主人手里的。

我们先说晴雯，晴雯的活动范围基本就是在怡红院里面，有时候她也去一下王夫人的房里，老太太的房里是她小时候工作的地方，这就是她的成长的范围。以晴雯的性格，这样的环境是注定了她最后这种悲惨的结局的。晴雯是一个什么样的性格？用平儿的话来说，就是一块"爆炭"，火一点就着，心比天高，身为下贱，她却从来不觉得自己是丫鬟，就要低人一等。我们都知道晴雯撕扇这一回非常有名，宝玉闷闷不乐回来，恰巧晴雯失手跌了扇子，宝玉叹道："蠢才！蠢才！将来怎么样！明日你自己当家立业，难道也是这么顾前不顾后的？"勾起了晴雯的火气，这时候袭人来调和，说："一时我不到，就有事故儿。"我们听听晴雯怎么说的——"自古以来，就是你一个人服侍爷的，我们原没服侍过。因为你服侍的好，昨日才挨窝心脚；我们不会服侍的，到明儿还不知是个什么罪呢！"一番话把宝玉气得黄了脸。可晴雯并未让步，继续说："你们鬼鬼祟祟干的那事儿，也瞒不过我去……明公正道，连个姑娘还没挣上去呢，也不过和我似的，那里就称上'我们'了！"直接挑明了宝玉和袭人的私下关系，也表达了自己的意见。宝玉当下就要赶晴雯出去，可见晴雯的语言确实过于毒辣，宝玉这样的好脾气，都忍不了。不过当天晚上，气消了之后，宝玉又纵容她撕扇子，想象一下俏丫头撕扇子，任性又肆无忌惮的画面，非常妖娆可爱。

张霁：对，整个《红楼梦》书里面直接当面挑明宝玉跟袭人关系的只有两个人，一个是晴雯，另一个就是黛玉。

孙相宁

"晴为黛影"，晴雯不仅样貌像黛玉，也更高调、更夸张地演绎了心高气傲、锋芒毕露的个性。黛玉是不理俗事的，妙玉更加不理俗事，而晴雯作为丫鬟，本就生活在俗事之中，于是更有了锋芒毕露的机会，见到不顺眼的就必定要管。脾气直爽、火爆、急躁，说话办事都不拐弯，如果说袭人是争荣夸耀，那么晴雯是争强好胜。当袭人得了姨娘的待遇，刚巧秋纹又提起太太赏她衣服的恩典，晴雯便说："一样这屋里的人，难道谁又比谁高贵些？把好的给他，剩下的才给我，我宁可不要，冲撞了太太，我也不受这口软气。"这句话非常像黛玉在第七回"送宫花"时说的话。

张霁：就是那句"别人不挑剩下的也不给我"啊。

孙相宁

晴雯和黛玉的身世也非常像，都是孤儿，晴雯被撵出去之后，只有一个远房的哥哥，也不照顾她。对比同样刚烈的探春，打了王善保家的，没有人敢拿她怎样，小姐有发脾气的资本，但丫鬟没有，尤其是晴雯这样没有退路的丫鬟。在当时的环境中，丫鬟的生存策略应是袭人模式，但以晴雯的脾气显然不会选择袭人模式，她是一名勇于冲锋陷阵的战士。袭人问谁去太太屋里取玛瑙碟子，麝月又紧跟着补充道："那瓶得空儿也该收来了，老太太屋里还罢了，太太屋里人多手杂。别人还可以，赵姨奶奶一伙的人见是这屋里的东西，又该使黑心弄坏了才罢。"这时，晴雯自告奋勇地去了，顺便还把袭人得了太太二两银子的事抖出来，一边做好事，一边得罪人。二两银子是怎么回事呢？在前一回当中，王熙凤提到丫头们的分例，晴雯、麝月等大丫头，每个月一吊钱，袭人原本是老太太屋里的，因此是一两银子，王夫人又私下调成二两银子一吊钱，晴雯不服气，在怡红院，论聪明、样貌、手工活计、勤快，晴雯样样拔尖，凭什么会是袭人得了赏呢？她当然知道是因为袭人在王夫人面前的讨好，因此十分不齿。晴雯的特点是知道的必定要说出来，心里藏不住话，并且说得十分直白。小丫头坠儿偷了平儿的镯子，此事大家已经商议好，悄悄打发了坠儿出去完事，宝玉也劝晴雯，但晴雯却说："这口气如何忍得！"晴雯一生，活的就是这口气。眼中容不下不平事，且一定要正面打击，终于还是当面教训了坠儿。晴雯是一名勇猛的战士，却并非有勇无谋，赵姨娘因为蔷薇硝一事，到怡红院找芳官大闹，袭人一面劝，一面拉，晴雯悄悄拉袭人说："别管他们，看怎么开交！都这样起来还了得呢！"一面悄悄地派春燕去回探春。

段以苓：所以晴雯的这种"勇"，"勇晴雯病补雀金裘"，她这个"勇"就体现在她特别敢言敢做敢当，所以她也是《红楼梦》里面人缘较差的几个人物之一。晴雯也是很机灵的，比如王夫人问她宝玉的情况的时候，她已知道有人在背后使坏了，所以她说："我不大到宝玉房里去，又不常和宝玉在一处，好歹我不能知道，只问袭人麝月两个。"晴雯实际上反应非常快，极聪明，因为如果她一旦说了跟宝玉素日怎么样，那她的罪名等于是罪加一等了，自此可见她的智商和反应能力都是非常高的。

孙相宁

的确。说到晴雯人缘差，晴雯眼中只有怡红院里面的人和事，太太房里的人，她都见过，老太太房里的更不用说，那是她工作过的地方，但晴雯与这些人很少往来，对宝钗也颇有微词。晴雯的朋友圈以牌友为中心，谈心的朋友倒不多，只宝玉与她亲密，因她心中不在意人情世故，不考虑现实矛盾。非情商不足，不用心而已。

张霁："聪明灵巧招人怨"，这是对她的判词，所以她被人诬陷。

孙相宁

这位战士"可杀不可辱"的气概，让她不太顾及得罪人的后果，临到抄检大观园之前，才想到自己被人算计了，拉出"老太太"的旗帜，也没能保住自己。可是到了抄检时刻，她依然展现了反抗精神——搜到晴雯的箱子，王善保家的问："是谁的，怎不开了让搜？"只见晴雯挽着头发闯进来，豁一声将箱子掀开，两手捉着底子，往地下尽情一倒。王善保家的也觉得没趣，看了一看，也没什么，就回了凤姐，往别处去了。在抄检一回当中，晴雯与司棋的不同就在于，绝不肯为了生存低眉顺眼，骨头非常硬。当然，性格决定命运，晴雯之死，导火索是抄检大观园，但根源却是自己的脾气，一股火上来，气病而死。

孙相宁：所以宝玉才为她写《芙蓉女儿诔》。

张霁：但是对宝玉在这一段的表现，我还是非常有意见的。他这么喜欢晴雯，也就只能写一首《芙蓉女儿诔》，你为什么不去求一下呢？

孙相宁

他眼睁睁地看着晴雯被带出去，当时晴雯已经病了四五天，滴水未进，就被架出去了，只带了贴身的衣服。

　　张霁：所以就凭这一点，我就反对现在很多研究者把贾宝玉的形象无限抬高，事实上，在抄检大观园的过程之中，在可以容许的范围内，宝玉其实没有为任何一个丫头去说过一句话，他的这种软弱性不容小看。所以他的这个行为不如晴雯，也不如贾府中另外一个让我非常钦佩的丫鬟，就是鸳鸯。鸳鸯是一个什么样的身份？她是贾母身边的头号大管家的性质，在当时那种礼制之下，连王夫人有些话都不敢和贾母说，但鸳鸯却敢说。说到王夫人，这个人跟贾母之间的关系，其实我们从性情上来看，不会太好：王夫人是一个性情寡淡，一心喜欢吃斋念佛的人，贾母是一个热爱生命的享乐主义者，这两个人首先气质就不合；她们喜欢的人也很不一样，王夫人只喜欢粗粗笨笨的像袭人这样的丫鬟，贾母喜欢的是晴雯，以及我们现在要说的鸳鸯。鸳鸯这个丫鬟作为贾府的首席大丫鬟，因为在贾母身边，所以贾府的所有人都很尊重她。王熙凤和贾琏也要叫她一声鸳鸯姐姐，当然也是为了在贾府入不敷出的时候从贾母那儿偷出一些东西当掉，但这个实际上贾母应该也是默许的。但我们看鸳鸯难能可贵的地方就是她虽手握重权，可是从来没有做过任何坏事，不仅如此，凡是她能去帮忙的，能去帮人的地方，她从来都是热心相助，绝不势利。还有一点鸳鸯非常让人钦佩之处，就是"鸳鸯女誓绝鸳鸯偶"，这个地方的鸳鸯真的是非常有锋芒，有骨气，堪比晴雯。而且鸳鸯在对跟她地位差不多的这些大丫鬟们，像袭人、平儿这些丫鬟，是怎么说的？她说，有不少人都希望自己家的女孩做小老婆，仿佛这个女孩做了小老婆之后，一家子都跟着成了小老婆，可以仗势欺人。她很瞧不起这样的人，然后她说，我不仅是现在不能嫁给贾赦（连袭人都说，这个大老爷太好色了），哪怕是以后他大老婆死了，明媒正娶，八抬大轿娶我，我都不能去，这是掷地有声的。贾赦听了之后很生气，说大约她嫌我太老，心里想的是宝玉，只怕还有贾琏。听说这个事之后，鸳鸯说，我谁也不找，哪怕什么宝天王，宝皇帝我也不要，有那么一天的话，我要么是自己抹脖子死了，要么我就剪了头发做姑子去，非常决绝。我们想多少丫鬟，尤其像袭人这样的丫鬟，处心积虑地想做一个贾府中的妾，可是鸳鸯却"誓绝鸳鸯偶",这是何等的傲骨！我们说整个《红楼梦》中的这些女性形象，一个赛一个的精彩，让人感动，曹雪芹把这么多优秀的女孩子的形象刻画得如此细致、生动、鲜活、感人。

孙相宁

相比之下，袭人可真是处心积虑，从第一回到后面整整 80 回，我们可以仔仔细细去查看袭人的心计，真的是藏得非常深。因为她这个人表面上非常随和，你看不出她有什么。可是我跟大家举一个例子："贤袭人娇嗔箴宝玉"这一回，宝玉到黛玉房中，跟黛玉湘云一起洗漱，袭人尾随过来，见宝玉已经梳洗，只得回到房中，刚巧宝钗走过来，问"宝兄弟那里去了？"（此处安插得极妙，这样两个"知音"在这样的时刻偶遇，定有共鸣。）袭人对宝钗说："宝兄弟那里还有在家里的工夫！姊妹们和气，也有个分寸礼节，也没个黑家白日闹的！凭人怎么劝，都是耳旁风。"宝钗觉得其言语志量深可敬爱。宝玉从黛玉房中回来，袭人便不给他好脸色，说道："横竖有人服侍你，以后别再来支使我。"接着横竖不理宝玉，直到最后，宝玉拿出一根玉簪，一跌两段，说道："我再不听你说，就同这个一样。"袭人这才告一段落。这样一件小事，触动的是袭人的控制欲，宝玉自幼受袭人照顾，离不开袭人，与袭人云雨情之后，越发亲密，这时的袭人，已经不再是那个简单的被卖进贾府的丫鬟了，她开始时时监督宝玉，采用心理战术，以自身的喜怒或者去留为条件，设置温柔陷阱，让宝玉答应她的要求。我们有些父母对孩子的教育，也会犯这样的毛病，给孩子传递这样的信息："假如你不按照我说的做，我就不爱你了。"宝玉最怕失去女孩儿的心，所以用这招治宝玉，立竿见影，马上发誓说"改"，态度是极好的。只是没有实际效果，宝玉终究还是牛心，无论王夫人还是宝钗、袭人，都改变不了他。

张霁：这里面还有一个问题，也是非常有争议的，此前我也看到一些红学专家在给袭人翻案，因为我们知道，在中国读过《红楼梦》的观众（男性观众）、读者（男性读者）里面，喜欢袭人的人多不胜数，我碰到过好多男孩跟我说，他们就喜欢袭人。对袭人的争议也一直是从来没有断过。曹雪芹的用笔很有意思，他在书里面是这样讲的"袭人也有些痴处"，怎么痴呢？当初跟贾母在一起的时候，她心里只有贾母，这回跟了宝玉，她的心里又只有宝玉，我们如果从一个职业经理人的角度来说，这是一个敬业的员工，跟谁到了哪里就是全心全意为这个公司。有一次，我也是讲到花袭人的问题，我说大家能不能跟我们讲一下袭人是一个什么样的女性形象？然后有男孩站起来告诉我说："我觉得她适合做老婆"，我说我问的是她是个什么样的人，没问她可能跟你发生的关系，然后他马上就很茫然。这就是鲁迅先生所讲的，一看到书中人物，先不管人家怎么样，先想对我有什么用。而且我告诉他，恰恰袭人是最不适合做老婆的，袭人做老婆是很危险的一件事情，为什么呢？这就涉及袭人的一桩公案。就在我们讲座开始之前，我们三个还在一起讨论了关于袭人的这桩公案。我们都知道，晴雯被赶出园子是因为有人告密，好多红学专家在这里争论，说这个告密的人是谁呢？首先王善保家的已经没有疑问了，可是袭人到底有没有告密？此前，北师大周思源老先生为袭人翻案，激动得拍案而起，说袭人绝对没有告密。我们特地又细细地看了一遍书，看到了一些蛛丝马迹。比方说，这桩著名的公案就是从王夫人大怒这个事说起的，书中说王善保家的向王夫人讲了这个事之后，又说本处有些和园中不睦的人，也趁机告诉了王夫人晴雯的不是。我们想想看，王善保家的，是书中明写的了，但只是成员之一，然后还有其他人（书中写得非常清楚，大家可以回去仔细看看），我们想想看，王夫人还能信任谁？还有谁能到王夫人这里去告密？并且不只是对晴雯，连四儿、芳官平时和宝玉说的话，王夫人也一概都知道了，宝玉都觉得奇怪，这么私密的话怎么太太都知道了？

孙相宁

袭人母亲死了，王夫人给了她四十两银子。袭人跟鸳鸯谈知心话，说"太太也算养了我一场，我也不敢再妄想了"，这个时候王夫人已经默认了袭人的位置，袭人的理想已经达到了，可见袭人是在王夫人面前做足了功课。

张霁：王夫人叫袭人"我的儿"，说她比宝玉要好出多少倍，她对袭人是非常信赖的。我们没有看到秋纹、麝月跟王夫人有什么特别亲近的举动，况且王夫人会不会听她们的？我们在书中能看到的，跟王夫人走得最近最多的就是袭人，这是一处；其次，当这个事情发生，晴雯被赶出去之后，贾宝玉首先向袭人发难，说怎么太太连我们平时私下里聊的天、说的话都知道呢？而且每个人都是有错就给挑出来了，为什么偏偏没有你和麝月、秋纹呢？实际上贾宝玉就是在问袭人，说这是怎么回事？

孙相宁

我们从袭人的话里面也听得出，她说"晴雯是个什么东西……他纵好，也灭不过我的次序去。便是这海棠，也该先来比我，也还轮不到他"。就说明她心里对晴雯是非常有意见的。

张霁：你这个已经是后面了。

段以芩：这已有一系列的心理过程了。

张霁：再接着讲下面的事，你讲的那个还要往后，我们接着再来看，贾宝玉说完之后，当时袭人的表现：袭人心内一动，低头半日，无可回答。大家想想，为什么是这个样子？接下来，宝玉又说了一些话，说你看四儿不过是那年我和你吵嘴把她调上来的，晴雯不过是比别人生得好点，犯了什么错，你们就这样，宝玉用的是"你们"。接下来袭人是怎么反应的？袭人看宝玉疑心到自己，"竟不好再劝"——我们想想看，如果告密的人不是她，她为什么会"竟不好再劝"，以他们两个的关系，如果真的告密的人不是她的话，她马上就会讲，"你错怪我了，你冤枉我了"，她没有这么说。所以我说《红楼梦》要细读。

孙相宁

或者帮他分析一下到底是谁告密。

张霁：之后才发生了你刚才说的这件事，然后把怒火转到了晴雯的身上。

段以苓：而且宝玉还讽刺地说她是一个至善至贤的人，是没有错的，麝月、秋纹又是她手下调教出来的，她们都没有错。这实际是话里有话的，他不是真的觉得她是至善至贤的，包括后来宝玉说袭人，说晴雯走得太凄凉，袭人还说，那你当我是什么人，我都把她的东西给打包好了，晚上让人送去——可见袭人是迫不及待地要把晴雯赶出去的，我们如果不是迫不及待赶出去一个人，怎么会说，这边行政上刚有命令，那边就把东西打包好了？

张霁：并且她还对贾宝玉说，太太现在正在盛怒的关头，你去求恐怕也没有用，你等过阵子气消了再说，然后宝玉说，到那时候，就不知道晴雯还能不能撑得住了。但是贾宝玉这个人的可恨也在这里，他明明知道晴雯可能撑不住了，事实上晴雯后来也确实死了，但是他也没有去替晴雯说一句话，并且他虽然疑心袭人告密（他其实已经认定了是袭人，因为袭人的表现：低头半日，无言以对，不说话不反驳，这完全不是她的作风），也没有对袭人怎样。

孙相宁

而且袭人的表现是反常的，金钏儿死的时候，袭人想到素日的感情，还掉了眼泪，可是晴雯走的时候，袭人没有任何表现。

张霁：不仅没有任何表现，反而在贾宝玉质问完她的时候，就讲了一番非常激烈的话，说："晴雯是个什么东西。"所以大家看，袭人对晴雯的怒火隐藏在她平日温柔和顺的外表之下，回到我刚才前面讲的跟那个男同学开的玩笑，我说袭人是最不适合做老婆的，很可怕，你根本不知道她心里面在想什么。而且贾家败落的时候，她作为贾宝玉的妾没有从一而终，嫁给了当时非常没有地位的戏子蒋玉菡。

段以芩：所以说袭人也是一个功利投机分子，贾家好的时候，她是处心积虑要得到妾的位置，贾家败的时候，她无利可图了，便逃走了，就改嫁，这是贾宝玉根本没有想到的，他还一心一意地想说，就只有黛玉和你两个人陪我，这也是对宝玉一个很致命的打击。

孙相宁

曹雪芹对袭人的心理描写有过那么几个词，叫"争荣夸耀"，说袭人被宝玉踹了窝心脚，吐了血，争荣夸耀之心皆灰了。

段以芩：对，她想"少年吐血，命不长久"，日后还有很多这种争名夺利的事她没法办了，一般人受伤怎么可能会这么想呢？一般人受伤肯定想缓解疼痛或者怎么治疗，但她想的是日后我要怎么享受荣华富贵，所以说袭人是一个标准的功利主义者。

但是，安兰德说，一个什么样的男性就会配一个什么样的女性，所以袭人这个样子实际是跟贾宝玉有关系的。贾府的公子们集体得了一种病，叫"无行动能力的男人病"，贾环也是这样。贾环当时跟太太屋里的彩霞是有私情的，当来旺家的仗着凤姐的势，要硬娶彩霞，赵姨娘就想让贾环出面来干涉，你保一个自己喜欢的人，人之常情，赵姨娘还想找贾政保彩霞呢，贾环的态度根本是无所谓的，他没有任何实际行动能力来保护女性，这个也是中国上层的男性的通病。

孙相宁

所以贾府里面普遍是男人不如女人，女人里面包括很多丫鬟都比男人强，非常能干，像平儿、紫鹃，这都是非常有智慧、有才干的人，还有小红。

张霁：还有像香菱，一心想作诗。

孙相宁

　　香菱也是蛮独特的一个形象，我们说贾府里面这些男人，相比之下，像是一个丑角。

　　张霁：探春说的这样一个大家子，若是从外面杀，是一时杀不完的。

　　段以芩：对，她说百足之虫，死而不僵，必须我们内里先杀起来，才能一败涂地。探春是非常有远见的人，但是有远见的人却不给她挽救家族的能力和机会，因为她是女性。而没有远见的人掌握着家族实际的命运，得过且过，玩一天是一天，所以说贾府里的男人们是这样一种角色。包括贾政，表面上看起来是清流，但是贾政是一个什么人呢？他非常欣赏读书人，这是没有错的，欣赏读书人，热爱文化，但他热爱的是谁呢？他欣赏的是贾雨村，贾雨村是一个什么样的人呢？贾雨村贪赃枉法，几次都被罢了官，贾政始终跟他往来频繁，这是反讽的写法。赵姨娘呢，上上下下都知道她是一个心术不正的人，可是始终，贾政都跟赵姨娘有来有往，起码是有事在一起商量，相处和谐。

　　张霁：我倒是觉得贾珍这个人物稍微复杂一点，大家看，我们前面也讲过，当秦可卿死的时候，贾珍哭得泪人一般，而且是倾尽全力，把秦可卿的葬礼办得很盛大，连贾政都很有意见。贾珍这个人物呢，其实仔细看的话，我们说他是不是完全的昏庸呢？他其实有没有能力呢？我觉得他不是完全的没有能力，包括贾琏也是。第二回"冷子兴演说荣国府"的时候，也说琏爷事情上颇过得去，他办事能力不是没有。贾珍也是。我们看，贾珍和贾琏，至少这两个人物的办事能力不是没有，而且在礼仪上，至少在外表的礼仪上，他们从来也没有缺过礼仪，连贾蓉都是如此。这个情况就很像后来西方 19 世纪的时候，贵族覆灭之前，花天酒地维持不下去了，像

《安娜·卡列尼娜》里面，安娜的哥哥奥布隆斯基维持不下他那种奢侈的生活，他要卖他的庄园，卖的时候另外一个地主列文告诉他说你卖得太便宜了，他说无所谓，卖了就行。他对自己的庄园能卖多少钱，市场价值等等一概不知。他想的，就是按照书中贾珍的话说，一味高乐，也就是只想寻欢作乐。你说这个人本身聪不聪明？并不差呀！所以我觉得贾府的子弟，无论是贾府的女儿，还是像贾珍、贾琏等人，其实论智商来说都是挺聪明的，他们并不笨，可是就是这种无尽的享乐让他们不去想任何长远的事，这里有贾母纵容的因素。

段以芩：这个跟文化有关系，所以大家看，凡是想事不长远的、没有历史眼光的、缺乏经营之心的，都是不读书的。有远见的、有卓识的、有非常高的眼界的，都是饱读诗书的，像探春也是非常爱读书的。

张霁：对，就是说你读了书不见得说一定有远见，但是如果不读书，恐怕真的很难有远见。虽然说"刘项原来不读书"，但他们至少要请相当多的读书人为自己出谋划策。贾府整个男性的荒淫、堕落，跟贾母的纵容是有很大的关系，也跟那个时代有着很大的关系。所以从曹雪芹的笔下，我们看到当时所谓康乾盛世的这种景象，已经到了这样的地步，所以全书从始至终，确实有着一种悲凉的宿命感。

段以芩：另外我们说《红楼梦》，大家对甄士隐和贾雨村这两个人物存有疑问，看似像是旁生枝节，张老师说她一个学生一直看《红楼梦》，卡在第二回贾雨村这边看不下去，可贾雨村和甄士隐实际是《红楼梦》里面两个重要的人物，《红楼梦》以二人始，以二人终。第四回我们知道，"薄命女偏逢薄命郎，葫芦僧乱判葫芦案"，此为《红楼梦》里面提纲挈领的一回，这一回的两个人物命运，一个是甄士隐，我们可以看甄士隐为"真事隐"，他就把"真事"给隐去了，他过的是一种古代中上层的诗意生活，出生书香望族，过一种审美生活，种花赏月，不太为现实操心。而且他有同情心，贾雨村作为他们当年的邻居，贫寒的寒门子弟，有读书上进的心，那甄士隐资助他，让其去考功名。那贾雨村是一个什么样的人呢？贾雨村就是一个彻底入世的人，他们两个人一个是出世，一个是入世，贾雨村是一个非常低层次的利欲熏心的人，他心内是无感情的，包括他一拿了甄士隐的银子，立刻动身就走了，没有告别。甄家的丫鬟娇杏多看了他一眼，立刻觉得，这个女性慧眼识英雄，为什么有这种男性的幻觉呢？因为贾雨村心内自卑至深，一个人有多少的野心，他就有多少的自卑，好像希特勒考不上美院、拿破仑是个矮子还被嘲笑科西嘉口音，野心起源于自卑，如同权力起源于卑微，所以说贾雨村的野心是昭然若揭，随处可见的，包括他写的诗的格调也很平庸，也充满野心，要"待时飞"。他跟甄士隐这一别，两个人命运彻底不同，甄士隐家破人亡，不知所终；贾雨村滚入红尘，摸爬滚打，当官贪赃枉法。为什么贪赃枉法？还是野心贪欲太大了，被罢官，又重起炉灶之后，他碰到的第一个案子，当事人之一就是当年的恩人、资助他考功名的甄士隐的女儿英莲。英莲被拐子拐卖之后，长大了，现许配给一个叫冯渊的人，"冯渊"这个名字也很有意思，冯渊为"逢冤"，遇到了冤枉，案子就是冤案，这又是曹雪芹的春秋笔法。贾雨村遇到了薛蟠打死冯渊，强娶了英莲的案子，他根本不想报恩，为什么呢？因为甄家对他已经没有利用价值了，没必要对一个没有利用价值的人去报恩。

张霁：对，从贾雨村和甄士隐这两个人的身上，我们可以看到，一个是象征着中国文化中的入世，像贾雨村考取功名、做官；还有一个就是象征着出世，甄士隐，他原本有很好的家业，失去了一切，最终遁入了空门。其实这也是一个文化上的象征。

孙相宁

一部《红楼梦》能带给我们的东西太多了，五期《红楼梦》讲下来，今天到了尾声，也想请二位老师给我们做一个简短的总结。

张霁：我们这五期系列讲座讲下来，从《红楼梦》的写作背景、时代，讲到政治、经济、民俗、思想史、美学、哲学，及作者的写法，又讲到人物、情节等等，给大家做了一个不算是全方位，但相对来说角度也算是比较多的一个分享。可是，我们今天一个很深的感触是：当我们面对这样一部皇皇巨著的时候，我们越研读，它其中所蕴含的博大精深的中国文化，越令我们惊叹，同时也被曹雪芹体现出的超凡脱俗的天赋震撼。在这里我衷心地跟大家再一次推荐这部人类文学史上的伟大的巨著，而且顺便提一下我个人的一个感受，就是大家在阅读的时候，一定要细读，再细读，曹公的每一个字都有来头，不是平白写的。

孙相宁

就像我们第一回的时候讲过的，这是一部百科全书性质的著作，你想要的答案都可以去《红楼梦》里翻到。你可以在里面看到当时的社会背景，当时的文化、思想流派，你还能看到几乎是每一种人或者每一种人群的人生，这个作为我们自己人生的参照，是非常有价值的，我相信可能再过几年，再重新翻一下的话，你的体会又不一样，另外《红楼梦》在读法上，前后的一些细节都要联系起来看，它都是有伏线在里面的。

张霁：这个从艺术性来说，确实是无与伦比的，在全世界也绝对是一流的。而且刚才相宁讲的，几乎可以这样讲，我们身边的每一种类型的人在里面都有体现。《红楼梦》全书有几百号人物，而且极其鲜活、极其立体和丰富的就有几十人，基本上你身边的人物的每种类型，几乎都可在书里面找到写照。所以真是说不完的《红楼梦》。

孙相宁

谢谢两位老师今天精彩的解读，也谢谢各位读者，我们今天的活动到此结束，谢谢大家！

南书房夜话第三十七期：
《三国演义》与职场智慧

嘉宾：张　军　姚寒俊　燕　子（兼主持）
时间：2016 年 7 月 2 日　19：00—21：00

燕子

在我们喧嚣的城市里，有一块心灵的栖息地，这就是我们的"深圳学人·南书房夜话"沙龙。非常欢迎大家来到这里，与我们一起分享和交流。这个沙龙由深圳市社会科学院、深圳图书馆主办，《深圳商报·文化广场》特别支持。上一期讲的是《红楼梦》系列，咱们今天不讲红楼了，今天另开篇章，讲的是《三国演义》。我先介绍一下今天的嘉宾，这位是深圳市社科院文化研究所所长、研究员，市华文文学学会会长张军先生（掌声），他的笔名叫"金呼哨"，估计大家在微博上也看过他许多精彩的文章。这一位是我们的诗人，市华文学会副秘书长、坪山区作协会员姚寒俊，他的笔名叫"老农"。我是中国作家协会会员，也就是作家，市文学学会会长，在市文联任职，叫燕子。

张军：也是我们全国著名的女作家。（掌声）

燕子

我们开始讲"《三国演义》与中国智慧"系列，今天探讨的主题是《三国演义》与职场智慧。在《三国演义》里面，大家应该都很不陌生的，就是谋略，被描述得非常出神入化。谋略是《三国演义》

很核心的一个要素，它在整部作品里起到了相当重要的关键作用。有人把《三国演义》的谋略用到当代的商战，比方说现代企业管理，还有商场竞争，感觉很受用；也有人认为，《三国演义》里面的谋略其实就是一个权术，不学更好。所谓"老不看三国"，张老师，你是怎么看待这个问题的？

张军：现在网上流行一句话，叫作"世界上所有的相见，都是久别后的重逢"。今天我们和大家都是有缘相聚，久别后的重逢。我今天穿这一身行头，看起来觉得有点滑稽，我不是说书的，要是传统曲艺中说书的，那得"说书不说书，先拍惊堂木"。也不是像马三立那样说相声的。这是我们主办方的一个创意，让我们穿上这个行头。我感觉在这儿更像是跟大家玩穿越的，我们穿越的是汉代、三国，到晋朝，然后到我们深圳的现代，这个就是《三国演义》与职场智慧。

今晚来了这么多观众，我想先做一个现场调查，问一问我们在座的看过《三国演义》的有哪些？举一下手，还是不少，有一半以上《三国演义》的粉丝。

看《红楼梦》的呢？女士居多，好，因为有一句话叫作"少不看水浒、老不看三国"，这里面是有原因的。因为《水浒传》年轻人看了之后会效仿，有的会呼啸山林，占山为王，打家劫舍，这就会滋生像"文化大革命"时期那种造反的精神。

"老不看三国"呢，说的就是到了老年之后，在《三国演义》中看到的是权谋之计，会让人工于心计。老年人有心无力，看《三国演义》容易幻想，再创事业不易。因为老人本来就多愁善感，《三国演义》讲的是古时候的那些很复杂又很悲怆的故事，让老人看了有一种担忧，或者忧国忧民、或者患得患失，就会想得多了。

《三国演义》是我国四大古典文学名著之一，讲的是魏、蜀、吴三国诸侯纷争、三雄鼎立、金戈相击、铁马争雄的历史。也是一部集文韬武略之大成的艺术化兵书。它出色地描绘了波澜壮阔、错综复杂的战争画卷，成功地塑造了一批以诸葛亮为代表的谋略家形象，艺术地体现了我国丰富的智谋韬略精华，因而成为我国历史上许多政治家、军事家所推崇的经典。

《三国演义》中汲取智慧、借鉴谋略，启迪竞争取胜、赢得优势的思路和方法。东邻日本企业界人士对《三国演义》推崇备至，认为诸葛亮的足智多谋给日本企业家提供了很多颇有教益的启示，日本企业要增强在国内外市场中的竞争能力，就要学习《三国演义》中应付错综复杂形势的能力，尤其是掌握和运用其中的智谋韬略。《三国演义》所蕴含的智谋韬略，业已被日益广泛和相当成功地运用于企业经营及现代商道与职场之中，从这里面学习到一些商战的智慧，成为现代企业家普遍重视的赢得竞争优势之道。

大家都在职场，职场概念怎么解释："职场，狭义是指工作的场所；广义是指与工作相关的环境、场所、人和事，还包括与工作、职业相关的社会生活活动、人际关系等。"

在职场中要注意职场政治和个人能力两个方面，社会中的政治和经济密不可分，在职场中职场政治和个人能力同样密不可分。职场精英们个个有能力、懂政治，个人能力表现为时间掌控能力、知识水平、现场问题解决能力；职场政治能力表现为判断自身所处环境的能力。

我认为，战略问题，是政治、军事斗争和经营管理中关系全局成败的首要问题，是决定一个企业、一个团体生死存亡的根本因素。在群雄并起，竞争激烈之时，谁能做出正确的战略决策，谁就选择了正确的发展道路，就有可能在竞争中占据有利位置，成为胜利者。

燕子

我觉得就是一个现代版《三国演义》。刚才张老师提到很多企业，不管是什么企业，我觉得它们在企业的谋略上面，未必是参考《三国演义》。企业家未必都读过《三国演义》。事实上有些谋略、有些人的行为，人性的东西可能就是人类共通的，历史远古的人已经这样去想、这样去做，一直延伸到现在。这就是为什么我们到现在还要讨论三国的谋略在当代到底有什么作用，到底有什么影响，我们需要从中学习些什么？

张军：我想讲的第一点是：现代企业家要选择正确的发展战略。战略问题，是政治军事斗争和经营管理中关系全局成败的首要问题，是决定一个企业、一个团体生死存亡的根本因素。在群雄并起，竞争激烈之时，谁能做出正确的战略决策，谁就选择了正确的发展道路，就有可能在竞争中占据有利位置，成为胜利者。古典名著，也是集文韬武略之大成的商道可资借鉴之书，艺术地体现了我国丰富的智谋韬略精华，因而成为我国历史上许多政治家、军事家所推崇的经典。政治斗争、军事斗争与商业竞争有不少方面的共性，因此商业经营管理者完全可以而且理应从《孙子兵法》《战国策》《三国演义》中汲取智慧、借鉴谋略，启迪竞争取胜、赢得优势的思路和方法。企业经营要重视决策，研究方法；管理有序，借力有道；得士者昌，失士者衰。

企业要有一个现代的发展战略，这是企业家首先要思考的问题。我们深圳，华为也好，腾讯也好，还有比亚迪也好，这些企业，它们都是在发展战略上差异竞争，不是同质竞争，所以它们发展壮大了。现在大家都知道一个热点的话题，就是宝万股权之争，可能你们也都知道，我觉得这个也是企业战略的各方博弈，宝能有大资本，可能想当第一大股东，但是万科呢，这个企业是企业家很久一路经营下来的，企业要讲究经营之道，商战也好，道义也好，即使宝能或华润没有联手，它们的利益趋向也是一致的。这里面都是有博弈的，宝能也好，华润也好，万科也好，这不也是现代的三方演义的大戏吗？

燕子

我理解张老师想说的，就是谋略很重要，无论在古代、在三国里，都显示出谋略的重要性。三国中，不管是哪个阵营，它们的谋略都是用得很棒的，而且在张老师看来，它们的谋略是不是都是成功的？

姚寒俊：应该也有不成功的吧。

张军：有的我觉得是成功的，当然有的虽然不成功可以接受一些经验教训。比如现在我们说的，万宝大戏，现在刚上演，怎么样一个结局，大家拭目以待。

燕子

为什么人家说"老不读三国"，我觉得《三国演义》通篇看下来，有一种悲哀感、一种悲凉感，这个悲凉感是什么呢？也就是说，不管他的谋略有多么的高明，有多少谋略，到最终，都是一个字，什么字？"空"。我们仔细琢磨一下这本《三国演义》里的人，个个智慧超群，能干到极点，却很少赢家，大都是输家。诸葛亮是智者的代表吧？他的形象完美无缺，神一般的存在，结局是"出师未捷身先死"；曹操精通兵法，也极懂用人唯才，"不拘品行、唯才是举"的用人方针就是他提出的，他也未能一统天下；孙权连曹操都感叹"生子当如孙仲谋"，在三国争霸中却无太出色的表现。那么多的英雄，或者是兄弟，或者是朋友至交，或者是敌人，最后尽皆凋零，"是非成败转头空"。看《三国演义》中的几大男主，最终都是壮志未酬，我觉得谋略用尽，最后也不过了了。也就留下了各种失败的教训，对当代职场同样具有借鉴意义。

张军：曹操他们是为司马懿家族作嫁衣裳，曹操两代人奋斗，成全了司马懿家族。

燕子

最后摘桃子的就是司马懿了，那又是另外一部三国了，另外一个故事了，我们这里就不扯开了。也就是说，我们看三国，不管有多少的谋略，多少的成功史，同时我们也要看到他的谋略事实上也是有限的，也就是说不管他怎么运用，他最终得到的结果是什么，那只有天知、地知，人还未必知呢。所以我觉得在三国里，不管我们学到的是谋略还是权术，关键还是到底他是好还是坏，也就是一个原则和道义，这也是我们要争议的一个话题，在这方面，我们姚老师好像有点研究心得，你来说说？

姚寒俊：大家好，非常荣幸能有这个机会跟大家坐在一起，我今天来是打酱油的，实际上张老师和燕子老师才是今天的主角，只不过他们可能一直处在高大上的层次上，而我呢，是草根，这草根的职场经历他们肯定没有经历过的，这得咱们草民来谈比较好不是？比如说找工作，他们肯定没我找得多，是吧？

我有时候回看三国，往往为三国两晋南北朝时期的士者，感动不已。那时代真正的士者，有风骨，有原则，有道义。虽然不乏愚忠之人，却愚得可敬，子曰："所谓士人者，心有所定，计有所守。虽不能尽道术之本，必有率也；虽不能遍百善之美，必有所也。是故智不务多，务审其所谓；行不务多，务审其所由。智既知之，言既得之，行既由之，则若性命形骸之不可易也。富贵不足以益，贫贱不足以损，此则士人也。"说得非常精辟！那时代的很多优秀的谋士和将领，都用"士者"的标准来要求自己，起码是以"士者"的标准来衡量自己。毫无骨节的降将降臣，是为人所不齿的。道德品行不佳的人，往往没落好下场。例子很多，正面的：如周瑜的雅量高致，如程普所说："与公瑾交，不觉自醉。"也有甘宁和凌统的以德报怨，有刘关张的不离不弃；有司马懿和诸葛亮的惺惺相惜，有陆抗和羊祜为敌却彼此信任相互赠酒赠药的美谈。

当然，反面也有，比如贪而不智的许攸，被审配抓住了他贪污的小辫子，再加上袁绍的猜忌，一怒之下降了曹，献计败了袁绍，自己却也被许褚所杀。二士争功的邓艾和钟会，都因眼前一时之利，被利益蒙蔽了眼睛，而搭上性命。因为和姐夫小妾有私而出卖自己姐夫黄奎的苗泽，在告密于曹操后，亦被曹操以"不义"之名所杀。在三国里，对这种无原则无道义的小人，是持批判态度的。

俗话说：小人诱之以利，士者诉之以义，君子明之以理。这句话放在如今职场，一样适用。目前我们的职场里，能做到的，基本是第一条，诱之以利。这当然也是必需的，物质是生活的基础嘛，但对士者诉之以义，很多人可能就忽略了，体制内我没经验，得问张教授和赵老师，但在企业里，虽然现在很多企业在建什么企业文化，却只知愚民，而缺乏托信。刘备的一句："子龙从我于患难，心如铁石，非富贵所能动摇也。"换来的是赵子龙单骑救主。孙权的："孤下马相迎，足显公否？"肃曰："未也。"权曰："然则何如而后为显耶？"肃曰："愿明公威德加于四海，总括九州，克成帝业，使肃名书竹帛，始为显矣。"

看看，对于这些有原则讲道义的人，他同时也需要他的老板有原则和道义，否则，他就瞧不起你，不愿意跟你干事。这类人比较清高，不大会溜须拍马，在如今土豪当道的企业中，这类人，往往是吃不开的。

这种道义最关键点取决在哪里呢？领导者，比如说我们的老板、上级等等这些人。你在前面，后面的人是跟着你走的。你能建立一个什么样的规范，什么样的模子，后面的人就受到你的影响，成为相类似的人。所以我觉得我们现在不管是三国还是在我们现实生活中，如果去说道德规范，首先是你站在前面的那个人你得好好去反省，你是不是把你下面的人全部纳入了正确的轨道？

在三国里，每一个主公下面都有很多的忠义之士，也有背信弃义的小人。每一个主公自身的素质，决定了跟随他的人的素质，从而影响到跟随他的人的行为。我们看到曹操手下人才济济，那是曹操"唯才是举"这一举措带来的。刘备是他一生的敌手，可是他还是容刘备而不杀，关羽明知不能长久为他所用，却还是大方地放关羽寻兄。贾诩曾设计将曹操打得大败，以至于折了他的爱将典韦、侄子曹安民。可他后来还是重用贾诩，可看出他的大度从容。反观袁绍，手下田丰、审配、沮授、郭图等都是一时之士，可在袁绍手下，却因为袁绍的好谋无断，外宽内忌，弄得是只知内斗，毁了大好基业。

所以，职场的原则和道义，不是员工单方面的遵守，而是自上而下，大家都要有。所谓的物以类聚。上梁不正，下梁能不歪吗？当上级在指责下级无职业道德的时候，可曾想过，自己给下面带来了什么？

燕子

　　肯定是的，道义和原则，这是一个成功的基础。你想做成一件事情，你必须有一个底线，不管怎么说，我们说邪不胜正，总是有一个正的东西在这里。人类之所以能够生存繁衍到现在，能够发展到今天，正因为有一个我们所说的原则——道义，也就是有一个正的东西，才能够让我们人类不那么容易就毁灭。

　　张军：刚才我们讲了第一点，关于企业家的战略问题。决策好，深圳就有这么多优秀企业像雨后春笋涌现出来，我觉得战略家的决策就很重要。

　　第二点我们说企业，根据企业的发展，知人善任是保证企业发展的基础。

　　"善任人者，总其纲则万目张，握其纪则万目起。"合理使用人才就是要区别好管人和管事的界限。不同特长的人才是为不同领域服务的，马谡熟读兵书，胸藏韬略，出谋划策是他的强项。在平定南蛮之乱和反间曹魏取得的成效来看，都是马谡献计而为。七擒孟获，他给诸葛亮建议，必须要"攻心为上"，后才把孟获真正给擒住了。马谡的能力是无须质疑的，如果从智囊者的角度思量，马谡应该是一个非常优秀的幕僚，但如果从战地指挥官的要求评价，他既没有实战经验又死搬教条，那就有点难为他了。马谡是一个人才，诸葛亮弃之所长，用之所短，失守街亭自然就不奇怪了。

　　克劳塞维茨说"理论应该培养未来指挥官的智力而不应该陪着他们上战场"。这里提出了一个很重要的问题，即如何把丰富的知识转化为作战指挥能力。曹操深知大用者不务细行的道理；刘备虽然在其他方面有些不足，但在建立西蜀政权时，人才济济，而到武侯治蜀时，西蜀人才已经寥若晨星。后来，魏向蜀发动进攻时，蜀国只剩下姜维一人东遮西挡。这时，后方兵力空虚，更重要的是人才空虚。

燕子

姚老师，你觉得三国里面用人用得最好的是谁？

姚寒俊： 三国里面用人用得好的，说不上最好，但是其中的代表肯定是曹操、刘备和孙权，我觉得他们三个人用人是各有各的特色。比方说像曹操，曹操主要是以威服，他个人能力极强，当世罕有匹敌的，文韬武略，又气度恢宏，个人魅力摆在那儿，所以见他的人基本都服他；像刘备呢，他个人能力稍微欠缺一点，所以在创业的时候，主打感情牌，像他与关张结义，和子龙相惜相知，敬年轻的孔明如师等，更为注重民望和自己的声誉；而孙权呢，他又不同，在他接位的时候，年纪很小，上面的老功臣都很多，所以他的用人跟曹操和刘备又有点不一样，他是以度合，就是他能容这些人，尽管他是无奈的，其实他的猜忌心很重，到了年老的时候因为猜忌心出了很多问题，比如废太子、防大臣等，几乎毁了他吴国的根基。曹操虽说是疑心重，但他和孙权的猜忌心不一样，这主要是因为他们个人能力上的区别，曹操是疑而不忌，他个人能力强，所以他可以怀疑别人，但却不惧怕忌讳别人，孙权是又疑又忌，不过孙权在前期年轻时候，还是比较有度量的，比如对周瑜、鲁肃的信任，吴也是三国中唯一设大都督一职的一方。综合起来，曹操是以威服，刘备以义合，孙权则以迁就，各有特点。

燕子

曹操是比较疑心重，当然这也是文学作品中描绘的，真实的曹操疑心重不重还有待探讨。你们说到用人，知人善任，不管是用的那个人，还是被用的那个人，我觉得都是对成功有相当大的一个作用的。我还是再唱一个反调，还拿诸葛亮说事。现在很多人喜欢为三国里的人物翻案，比如说，"扶不起的阿斗"中的阿斗。阿斗的个人品牌就是"扶不起"。对他这个"扶不起"也有很多解读，有的人说他是大智若愚，有的人说他确实是很傻很天真，各种各样的解说都有，但是我想说的是，这里也有一个用人的问题，就是使用他的人，和他被人用，我觉得双方都有造成他扶不起的原因。我们刚才说到了，谁谁谁都很会用人，但事实上，你们看刘备，三顾茅庐，好不容易把诸葛亮请出来了，诸葛亮最后让他成了一个什么大事没有呢？最后还是搞了一个扶不起的阿斗。把阿斗搞得扶不起，我觉得诸葛亮就有很大的责任。为什么会造成他扶不起？我们来看看诸葛亮都干了些什么。对于蜀汉的事情，"政事无巨细，咸决于亮"，也就说诸葛亮大包大揽，没有他不管的。说得好听点是"事必躬亲、鞠躬尽瘁"，说白了其实就是大权独揽，屁大点事也不放手。有诸葛亮这棵大树遮阴，阿斗啥也不用操心，那就乐得逍遥了。这也许是他聪明，也许就是傻人有傻福。事实上诸葛亮在这个时候到底是聪明还是笨？到底是鞠躬尽瘁还是揽权不放，我觉得我们还是可以去思考的，因为他最后还是一个失败的结局。如果说他是成功的结局，阿斗最后也做成大事了，我们可以说他对阿斗的这种方式是做得很好的，那阿斗这个富二代后面就不用做亡国君了，也不用装傻了。所以我跟你们唱点反调就是这个意思，你们讲的用人有多么重要，个个都那么知人善任，那刘备对诸葛亮呢？够知人善任了吧？你要是换作我，我知道他这么对我阿斗，我就不干了。

姚寒俊：刘备在世的时候他用人用得好。

张军：当年赵子龙大战长坂坡的时候，阿斗在他背后睡得很酣。阿斗这个性格和本性就决定了他是一个憨厚者或享福之人。再一个就是到了最后西蜀政权垮了之后，司马昭请他欣赏歌舞时，他乐不思蜀。《三国演义》也是这样记载的。

燕子

前面刘备用诸葛亮用得很好，这个决策无疑是正确的，后面也不能说用诸葛亮就用错了，因为他毕竟还是信任诸葛亮，也不能说诸葛亮去扶持阿斗是扶持错了，因为阿斗是个根正苗红的接班人，非他不可，蜀国就是个"私企"，是汉室的天下，诸葛亮必须要扶阿斗，但是，回过头来，还是再说到这个事，就是你到底用对了还是没用对，这个我们还是可以争论的。

姚寒俊：其实这个要说话题是太多的。

张军：刚才我说到了企业家的战略，企业里面的知人善任，现在我想说的是企业的职员问题。

职员应该具备怎样的职场才能？《三国演义》读出国学价值、文学价值、社会价值，也可以读出职场谋略、博弈之道来。职场离不开企业，企业离不开管理。只有精通管理之道，才能在职场、沙场上立于不败之地。

良禽择木而栖，贤臣择主而事。职场可用德、智、能、劳四字概括。

先说德。从古至今，从中到外，"德"均为做人之首；德者居上，这是亘古不变的真谛。经商者、企业家也同样如此。秉持传统与现代结合的新道德，是企业领导的首要条件。对于率领企业人在商场搏杀的老板来说，一定要有德行，也就是三观正确，然后才能做到任人唯贤。"三顾茅庐"可谓选人上的典范。为人有德，行事有定力，矢志不渝，坚持不懈，最终修成正果。

再看能。能者，能力之谓也。如果说"智"是心机、心计，那么"能"则是实践、行动的本领。"能"在整个三国里面，是用人标准上很重要的一个考虑，以刘备来说，他有五虎上将，作为他驰骋疆场的英雄，然后他有谋士，像诸葛亮、庞统、马良、马谡这些人。《三国演义》中的魏延乃一员降将，诸葛亮认为其"有反骨"，但刘备还是用其镇守汉中，就是看重魏延的军事才能。

燕子

也就是说每个企业的企业文化的定义应该是很广泛的。三国中，你说"德"最好的，《三国演义》里面描述的人物，德为先的人，刚才大家也说到了刘备，但是刘备的德在很多人眼里是伪善，所以我们如何去理解这个"德"，它是一个主观的东西还是一个客观反映出来的东西？我想问问你怎么看刘备的"德"？

姚寒俊：刘备的"德"，我们后人和那个时候的时代观可能有点不一样。我在说刘备之前我先举几个例子，说明那个时代的人是怎么来相互之间看待的，咱们说两个死敌，诸葛亮和司马懿，这是一辈子的死敌，不管战场上生死成败，但他们相互之间的那种推崇是很高的，《三国演义》里司马懿评诸葛亮："此天下奇才也！"而诸葛亮则说司马懿"深有谋略"，这是其一。第二个，大家可能知道的人比较少，就是东吴的陆抗，和魏国的羊祜，这两个人，明明是在那里敌对的，居然一个可以给对方送药，另外一个可以给对方送酒，而且还毫无猜忌，一句"抗非毒人者"和"岂有鸩人羊叔子哉"传为千古美谈。现在能这么玩的估计没几个人。

燕子

我觉得它应该是人才之间的惺惺相惜，我觉得它是有这个原因的。

张军：虽然他们是魏、吴两国的边境，羊祜是镇守襄阳，陆抗是镇守荆州，但他们两人是秋毫不犯。

姚寒俊：我现在回头说到刘备，大家都很多人说他是伪德。但是在那个年代的人来说，他们的三观可能和我们现在不一样，我们现在如果是两个敌对方，未必就能做得到这种雅度。所以那个时候，刘备的善，在当时人的眼中，可能觉得他那个就是真善，要不为什么那么多人追随他呢？尤其是败走当阳的那段时间，那么多的荆襄人士的跟从。如果他真的是伪善的话，用我们咱们的流行话说，"人民群众的眼睛都是雪亮的"，当时的人都看不懂他吗？不至于。

燕子

你有"能"的话，还得让人家知道，还得要销出去，告诉别人我有才，我值这个价，你怎么销的，要换作是你，你会怎么推销自己?

姚寒俊：这个可能就有点比较现实的问题了，我想在座的有几个人在深圳是换了几个工作的？找工作的人多不多？大伙能举手看一下吗？

张军：吕布都跳槽了，吕布开始跟着丁原，最后跳槽跟着董卓，然后又跟着王允。

姚寒俊：我在深圳起码换了 5 个工作，那不是更惨吗？其实刚才赵老师说到的，推荐自己，这个从《三国演义》里面我也有感受到，比如说找工作，怎么去找一份适合自己的工作，是很有讲究的。就像《三国演义》里面那些谋士一样，找到一个好的主公，他就能完成自己的心愿，达成自己的志向；找一个窝囊点的主公，啥都不成不说，还得赔上自个儿的性命。

在职场里面，我们去求职，不外乎两种。第一个是推荐的，哪个公司里，你里面有认识的人，把你推荐进去，就像以前三国，曹操、刘备下面的谋士都是相互推荐来的一样，这叫举荐；第二个是什么，自荐。我们生活中的自荐是什么呢？找工作，投个简历，别人看了，最多面试一下，面试了之后，看看，陌生人，对眼就用，不对眼就咔嚓了，你才能还没发挥出来呢，就没了，机会都没有一个。

但是我们这么看，平常企业里，不知道去把控自己求职的，不外乎两种，一个是普工，那是没办法，看到个招工广告，能进去就进去了，没得多少机会；第二个就是处在一个中低端的人才，一般来说，如果你真的是一个人才，在企业里一定要学会选择和推荐自己，这在《三国演义》里面有很多我们可见的例子，第一个例子，大家都熟悉的刘备，也许大家对刘备，可能从来不认为他是求职，我们且来看《三国演义》里是怎么说的："共聚乡勇五百余人，来见邹靖。邹靖引见太守刘焉。三人参见毕，各通姓名。玄德说起宗派，刘焉大喜，遂认玄德为侄。"

你看这刘备，就是个平民出身，刘焉招兵，大部分的人，比如关羽之流，都只知道吃饭就去投军，独刘备拉着一票人马去，用现代的话说，就是带团队去，带团队去不出奇，还先了解好了刘焉的皇族身份，拉上个家族关系，进一步拉近距离，这可是大大的成功了，其结果自然是"刘焉大喜，遂认玄德为侄"了。

好，我们来看，刘备的这份求职跟我们当下有什么借鉴：一是了解对方需求，知道对方在黄巾来犯时候最需要的不仅仅是一个个单兵，而是能带兵作战的将领，千军易得，一将难求嘛，能带来个团队，起码你的组织管理能力不用怀疑了。那我们现在的人去找工作，有没有了解过对方最需求的是什么呢？估计大部分人都没有。那你去就只有撞大运了，就像王八看绿豆，看能不能对上眼了。二是知道对方的心里预期和性格，知道皇族中人看中皇族中人，对平民白衣是看不上眼的，所以一定要把自己家世报出来。这既展示了自己的特长，也表露了自己的优点以及与对方的共同点，一下就拉近距离了。所以，我们第一个要记住：找工作，尤其是找自己喜欢的工作，就得深入地了解自己的工作对象，并充分展示自己的优势，带给别人最需要的东西，和找到与对方心理最近的点。

所以说，刘备是职场里很会推销自己的，第一步就迈得那么好，难怪能从织席贩履之徒，到三分天下的一方霸主了。

我们平常去找工作，就像刘备一样，他知道那个时候需要人马，而且需要带兵的将，去了之后，他还能够找到跟领导拉近关系的点，都是汉室宗亲，所以他轻而易举就待下来了，就生存下来了，而我们一般的人去求职，压根儿没有考虑这些，只觉得要找一个工作，我要挣钱养家糊口了，没那个选择性，也没去了解这个企业到底需要什么，我到底有什么是适合这个企业的，这是其一。刘备是一个非常成功的求职案例，对我们的现实生活是有借鉴作用的。

第二个是谁呢？第二个更高手了，诸葛亮，大家都只知道诸葛亮是刘备三顾茅庐时候请来的，跟他求职有很小关系。可是大家仔细看过三国的人，你们再仔细看看，在刘备没去到荆州之前，谁知道卧龙、凤雏啊？没听说过嘛，就刘备去了之后，这个谚语全出来了，要早知道有卧龙、凤雏，孙权能放过？还是曹操能放过？这两个都是好才的人。其实刘备一去，目标就是定在这儿了，我要找这老板，但是我不能掉价我自己去，我先把氛围给营造出来了。我本来想要来你公司上班的，但是我不直接来，我托一些朋友，跟你圈子认识的，这个跟你吹吹，那个人行，好手一把，特厉害，你听了几个人一说，觉得这个人真行，那我一定得找他去，一定要招这个人，诸葛亮就是用的这方法，先造势，先包装。这其实就是一个很好的推销方式，包括我们以后找工作也是一样，我们找工作的人，除了刚才我们说的，一个是准确判断双方的需求；二是要有合适的推销自己的方式。这个很关键，当然这些前提都是你自己必须要有真材实料，你要没有这点真材实料，你所有的技巧到后面都是空的。

燕子

除了有德，有才，还要会自我推销，在职场上还应该具备一些什么样的品格？

张军：我们都是生活在现实中的人，我们看历史的故事，也是为了对我们大家都有教育，所以有一句话叫作"一切历史都是当代史"，我们看《三国演义》，因为在座的好多都是青年朋友，刚才我说到一个"德"，一个"能"，再说"智"。"智"为做事关键。说到智者，《三国演义》里有诸葛亮。从《三国演义》里面可以看到，诸葛亮就是一个智慧的化身，周瑜想加害于他的时候，说一夜之间要搞多少箭，然后他就草船借箭；然后在紧急之下，他能唱空城计，这都说明他有智慧，才能临危不惧，临危不乱。

第四个呢，就是"劳"，"劳"者，劳动也。诸葛亮也是个典型，他鞠躬尽瘁，死而后已。他做到了任劳任怨、不遗余力，如果考核打分的话，我看可以打优秀或者一百分。像曹操也是的，因为要刺杀董卓，逃跑的时候，他也是劳心得很，陈宫开始抓住他了，陈宫还是个县官，陈宫可以县官都不做了，跟着曹操去干大事业，但是他在路上发现，曹操也比较紧张，因为刺伤董卓，全国都在通缉他，通缉他之后，他在屋子里听到别人在外面说话，磨刀霍霍，都准备好了，马上就宰，他一听以为是杀他，实际上人家是杀猪宰羊来犒劳他，结果他把别人误杀了。这里边有很多这样的故事，我就说关于员工的这四个方面。

燕子

职员是要具备这么多才华，但是职员个人再有才华，也脱离不了一个团队。没有团队，事实上个人是成不了事的，诸葛亮再强，没有刘备，他有再多的才华也施展不开。所以，你谈谈在三国里面发挥团队作用的一些比较好的例子？

姚寒俊：团队就回到刚才咱俩说的那个话题了，你说的刘备提用诸葛亮的话题，咱们现在就说回来了，我们经常在说团队忠诚度和凝聚力等等，但是这些忠诚度和凝聚力从哪里来呢？其实真正的一个团队的凝聚力是来自于领导者，来自于头，比方说就像赵老师说的那个话题，说他请用了诸葛亮，后来说刘禅成了扶不上墙的阿斗，这个时候已经跟刘备所领导的团队没有关系了，因为刘备已经死了。

燕子

核心人物还在的。

姚寒俊：在刘备的团队里他的核心人物就是刘备，因为只有刘备能驾驭这一群人，化解和利用他们之间的矛盾。比方说他能够知道诸葛亮适合什么，他也知道魏延适合什么，但刘备一死，对外，诸葛亮和魏延不合；对内，诸葛亮和李严不和，这是大家都知道的事情。

燕子

但是诸葛亮还是个核心人物。

姚寒俊：对，这时候核心人物成了诸葛亮，但是诸葛亮带的团队是诸葛亮的团队了，他已经不叫刘备的团队了。我们现在说的团队的凝聚力是来自于头，当刘备死了之后，带团队的人就成了诸葛亮，诸葛亮带团队的方式和刘备带团队的方式最典型的区别在哪儿呢？大家看刘备的时候，刘备明知道他和曹操的区别，他是个人能力不强，属于那种打感情牌的人，在我们现在企业中经常见到，很多领导或者是老总都是喜欢打感情牌，跟每个人交情都很好，你就碍着这个情面你也不忍背叛他，属于这种很典型的代表。

燕子

但是他不背叛刘备并不是碍于情面，那真的是刘备让人服他。

姚寒俊：对，自身也有能力是肯定必备的，你要自身没有能力，你再打感情牌也没用，就像刘璋，刘璋对下面的臣子也善，没用，当然一个领导都得建立在你的个人能力和个人魅力的基础上再发挥自己的特长。像曹操，文韬武略强，所以曹操建立的团队是什么？曹操属于像我们现实生活中企业里特有能力又有蛊惑力的领导，吆喝一声，大家跟我一起走，然后下面一窝人就跟着他走了，而且跟他走的人，确确实实跟着得到实惠了。在《三国演义》里，我看到曹操手下叛降的就一个——王平，被抓后降的一个——于禁，这实在是难得。

刘备虽文韬武略不如曹操，但弘毅宽厚，知人待士，属下之人，在备有生之年，也还都能尽心竭力，不出大乱。在他有生之年，手下叛将，好像也就一个孟达，黄权之叛，严格说都不叫叛。

再说孙权，孙权对管理团队，因为他本身处在弱势，我说的弱势是指个人而言，孙权他上位的时候年纪小，老臣一堆，如程普、周瑜等，都是父兄的老部下，你这些强者，我认你哥，我得叫你哥，我需要你帮我把它做好，我让你感觉你得如照顾子侄辈或者是小兄弟一样帮助我。

这三个人用人，各有特点，操以威服，备以义合，权以迁就。这三人又都有一个共同点，就是用人都以诚示，不疑有他。但这些都需要一个共同的前提，就是这三个人，都具备足够的智慧，其实在职场，乃至在生活中，都是一个智慧的博弈，你若想让你的团队能紧紧地团结在你身边，那你得具备足够的、能驾驭你们下面团队的智慧才行，否则，同样的人，法正在刘璋那里就是反叛，到了刘备那里就成了智谋之士。郭嘉在袁绍那里不招待见，到了曹操那里却成了股肱。甘宁在黄祖那儿是锦帆贼，在孙权那里却成为百骑劫魏营的英雄。是和非之间，委实让人唏嘘。

所以啊，在职场中一个团队是否能团结一心，虽然需要队员的素质、各种原则道义等伦理的约束，更重要的是，有没有一个有足够智慧的领导。

张军：你的意思是企业里边可能老板是主导的，英雄创造历史。

燕子

这是肯定的，肯定是先要有一个好领导。我们刚才讲到的很多方面，都是从大的框框去讲的，但这些谋略里面，大家也会很熟悉的一个说法，其实就是一个权术。在《三国演义》里，他们是怎么样去防止施诈，怎么样去识别对方玩的就是权术？然后怎么应对那些不好的手段？张老师，请谈谈我们如何应对奸诈？

张军：我们说的职场是内部的，企业要和外部的职场、外部的企业打交道，这个就牵扯到一些商战、谋略争论的问题。

第四点是职场商战——防间识诈。

《三国演义》以鬼斧神工的笔力出色描写了一场场扣人心弦或诡秘变幻的间谍战。如曹操、诸葛亮都是用间防间的高手。而风流千古的反间计导演非周郎莫属。联系商战中的经验教训，研究《三国演义》中的诡诈之术，对于提高我国企业经营者的防间识诈能力，定会有所助益。

一是示假隐真。一方面是以虚示实、借以唬人。诸葛亮草船借箭、唱空城计属此类。近年来发生的一系列海内外诈骗案，大都采用此种手段：冒充巨富或高干子弟，在资金、关系上虚张声势，皮包公司满天飞等。

另一方面是以实示虚、释人戒备。诸葛亮、黄忠都曾用骄兵之计诱敌取胜，能而示之不能、用而示之不用，卑而骄敌之计也。国外一些不法厂商以"竭诚为中国现代化建设服务"的"友好使者"面目出现，却在设备报价中低价高报、在设备进口时以次充好。

二是利而诱之。示利于敌，以利为饵，是军事谋略家诱敌克敌的有效手法。贪财图利心切，贪功不计危，见利不见害，明于小利而晦于大利，察眼前利而昧长远利，得有形利而失无形利，都会落入利而诱之的圈套。袁绍手下的大将文丑有勇无谋，因贪图曹操有意抛弃的粮草辎重马匹，而致使队伍大乱，为曹操率将士所杀。一些骗子也是利用某些经营者多欲贪利的弱点而得逞的。

三是因利间斗。施之小利离间对手，让他们彼此争斗，自己坐收渔人之利，这是《三国演义》中一些高明的谋略家经常使用的诈术。曹操为防刘备、吕布联合对付自己，接受荀彧献策，以实授刘备徐州牧为饵，诱使刘备去杀吕布，事成则刘备没有吕布可为辅助，事不成则吕布必然要杀刘备，此为"二虎竞食"之计。国际市场上一些厂商深谙此计，一方面强调一致对外，另一方面则极力制造和利用对方国家内部的竞争。在国外跨国公司的领导中流行着"竞争力来自集中统一"这样一种观点。而在我国的一些部门和企业中，对外贸易缺乏有效的统一管理，没有全局观念，甚至同室操戈，彼此打横仗，因而必然削弱了我国企业在国际市场上的整体竞争力。

燕子

> 但是吕布也是完蛋得最早的一个。

张军：曹操也惧怕他，曹操就想了二虎争食这个计谋，就叫刘备去打徐州，这样就离间他们的关系，后来刘备来到徐州之后，吕布屯军小沛，刘备外出以后，吕布就把徐州占了，最后在曹操拿住吕布以后，问刘备怎么处理？

燕子

就是刚才说到的，吕布把前面两个义父杀掉了。所以他再想投一个新主，也投不到了。

张军：看我们在座的各位青年朋友，你们还有什么疑问或者有什么想法，我们在这里进行一些互动。

听众：三位老师好，你们今天讲的主题就是《三国演义》与职场的智慧，刚才张老师就抛出了两个问题，一个是什么叫作职场，一个就是什么叫作德，我想这两个问题，要说复杂很复杂，要说简单也很简单，一句话就可以说清楚，有时候说复杂点可能还不太好理解，比如说什么叫职场，我认为简单一句话就是有职业的地方就叫作职场，职就是工作，有在岗的工作就叫作职场。什么叫德，指行为规范就是"德"，行为规范又怎么去展开理解呢？从宏观上讲，遵守国家的法律法令，从中观来讲，遵守企业的规章制度，从微观上讲，要遵循个人的行为品德，这三句话一概括就是行为规范，称之为德，想请问三位老师，把"德"和"职场"怎么样定义一下？

张军：说得很好，这位听众在听了讲座之后，有一个自己的思考和深化，我觉得说得很好。

燕子

我很认同刚才我们这位听众朋友的话。说到职场，我们刚才讲的都是《三国演义》里面的一些故事，到了当代，我们怎么去借鉴？我们深圳应该建立一个什么样的职场文化？刚才这位朋友说到的，一个是职场的定义，一个是道德。说到职场的定义，事实上职场无分大小，只要有一个人开店，有一个老板，有一个工人，两个人，它就是一个小职场；大就是大到集团、上市公司。职场可大可小。讲到"德"，就是行为规范。我还想说说在深圳，我们应该要建立一个什么样的职场文化？我也回应一下这位朋友的话。我个人觉得，首先，不能把职场当战场，把竞争对手当敌人。如果我们每天一上班，办公室就是战场，就要与同事斗个你死我活，那该多可怕。我们的职场氛围，应该是安全和谐的、团结向上的、利人利己的、互惠共赢的。第二是当今时代与三国时代是完全不同的时代。三国时期群雄并举，礼崩乐坏，谁打赢了谁就是王，王想用谁就用谁，想杀谁就杀谁，无法无天。当代职场，大有国家法律法规，小有单位的规章制度。如今之所以腐败频生，与缺乏健康的职场文化有很大的关系。在行政事业单位、还有国企私企，往往一把手说了算，视国家法律法规、单位规章制度于无物（这就有点像三国了），这样的单位是毫无发展前途的。有法有规、依法依规，是建立健康的职场文化的基础。第三是把《三国演义》中谋略化作职场智慧，古为今用，一定要去除糟粕，不能把权谋术当智慧，把厚黑学当职场鸡汤。有人说"老不看三国"，我不觉得老来读《三国演义》会引发老谋深算。开卷总是有益的。但《三国演义》里面的权谋术与现代文明、与法制社会、与我们的核心价值观，有很多地方是不相符的，毕竟三国是1700多年前的时代，我们不能一句"传统文化"就把三国的思想拔高，当作智慧宝典，一定去除糟粕，取其精华。第四是不同的单位有不同的职场文化，我们要选择适合自己的单位。摩托罗拉台湾区总经理陈胜裕曾打过一个比方："加入一家公司，好比交男女朋友，一开始得仔细观察对方的习性与喜好，了解后努力适应对方，之后工作就会顺利许多。"比如，华为公司主张的职场"狼文化"，适合进取心强、喜欢拓展性工作的人；而提倡与狼文化相对的"羊文化"的企业，比较适合性格温和的人。第五是，我有12个字与在职者共勉：职业道德、专业精神、诚信守法。"职业道德"指的是把工作当事业，踏踏实实打好这份工；"专业精神"就是要做到极致、做到最好；"诚信守法"就是要有契约精神，重承诺，不出尔反尔，守住道德和法律底线。有人说现在在职场上，有很多潜规则，我们不能不这么做，不然我们就给人搞下去了。但我觉得只要坚守这12个字，就是有再多的潜规则，我觉得哪怕你升不到大官，升不到你可能达到的高度，发不到你该发的大财，但是最起码，你首先是做得踏实，吃得踏实，而且不会饿死。只要你自己做到最好，只要遵纪守法，恪守职业道德，提升专业水准，就算职场上有再多的潜规则、再多的障碍，你还能够发挥出你的光芒，没有人能压得住的。

张军：我觉得燕子老师对我们前面的我讲解的四个部分，以及姚老师关于职场的一些经验，做了一个高度概括，认真梳理或经验总结，总结得很好。我想回应她一句话，也送给我们在座的各位嘉宾和朋友，没有人会把我们变得越来越好，时间也只是陪衬，支持我们变得越来越好的是我们自己不断进阶的才华，修养、品行及不断反思或修正的过程。送给大家。

燕子

谢谢大家跟我们分享。这期的南书房夜话到此为止。非常感谢大家的参与、交流和分享。我们下期再见，欢迎大家继续来参与和分享。谢谢！（掌声）

南书房夜话第三十八期：
《三国演义》中的女人们

嘉宾：燕　子　贝小金　张　军（兼主持）
时间：2016 年 7 月 16 日　19：00—21：00

张军

　　尊敬的各位来宾、亲爱的朋友们，大家晚上好！非常欢迎大家来到我们的"深圳学人·南书房夜话"沙龙，在这里"诗意地栖居"，与我们一起分享和交流。这个沙龙由深圳市社会科学院、深圳图书馆主办，《深圳商报·文化广场》特别支持。这是一个比较高端的学术沙龙。今天我们继续讲《三国演义》与中国智慧系列。

　　我看在座的女同胞有很多，而且还有女同胞的男家属也不少。我与两位女嘉宾一起来出场时，有一个想法，我说三个女人一台戏，今天这两个女士就是一台戏。我先介绍一下今天的嘉宾：主讲嘉宾是中国作家协会会员、著名的女作家、深圳市文学学会会长、《深圳文艺通讯·百家》总编辑燕子。燕子老师去年出了一套文学专著，有 7 本，我们都认真地拜读了，其中《局部爱情》我还写了一个评论。

　　再介绍贝小金老师，她是广东省作家协会会员，深圳孔子学院的副院长，也曾经在湖南高校做副教授，在高校里面就是讲古典文学的，我们请她来，也是来干她的老本行，今晚重操旧业。

　　我叫张军，现在深圳市社科院文化研究所供职，时任所长，也是研究员，《深圳文学》总编辑。对这两位女嘉宾的登场，希望大家欢迎。（掌声）

下面开始我们的主题——《三国演义》中的女人们。本来《三国演义》是一部男性"一统天下"的小说，是一部百年的战争史，直接出场或间接出场的女性有八十几位，作为小说中的女性，历来不被人们所重视和关注，但她们在书中仍然发挥着重要的作用。貂蝉被利用来作为除掉董卓的政治工具；吴太夫人辅佐孙策和幼子孙权，为江东的百年基业打下了良好的基础；糜夫人和徐母的舍生取义，更是为后人所传诵。一部《三国演义》，演绎了一代士人的悲剧命运。在这里有很多我们大家耳熟能详的美女、烈女和才女，今天燕子老师都会给在座的各位一一呈现，大家欢迎。（掌声）

燕子：谢谢，我们中国古典小说有四大名著，这四大名著说的是小说范畴，就是《三国演义》《水浒传》《西游记》《红楼梦》，在这四大名著里面，描写女人最多的大家都很熟悉了，那就是《红楼梦》，今天还是继续我们的《三国演义》，看看里面的女人是什么样子的。大家都很清楚，《三国演义》其实就是一个男人的江湖，但是，我觉得即使是最纯粹的男人的江湖，没有女人还是不行的，所以尽管在书里，相对男人的角色，女人的角色那是少得可怜，刚才已经说了，也才80来个，但是终归免不了还是要几个的。在书里面，我觉得我们这些女人都发挥着推动故事及整个章节、整个书的布局的情节和发展的陪衬，它是一个需要。《三国演义》到底一共描写了多少人物？我没有数过，有个数据是1192，差不多就是1200人左右，其中女人是多少？刚刚说的是80个，也有一个说法，是只有60多个，我们也没有认真去钻研，那就当是60多到80个之间，在这几十号女人当中，完整的、有名有姓的，我们又能数出几个呢？确实没几个。我能数出的，蔡琰，就是蔡文姬、李春香、辛宪英、曹娥，四个人的名字是有姓有名的，是完整的，在这四个人当中，其中曹娥还是死了的，就是当时曹娥是一个孝女，她的父亲掉在水里，死在江中了，几天都看不到尸体，这个孝女才14岁，沿江哭号着去找她父亲，最后也是投江寻父，这就成了一个孝女的事迹，当时县官就给她立了一个碑，作为一个传扬，事实上曹娥在《三国演义》里面不能算是一个人物，所以也就只有三个多一点。除了这几个有名有姓的,有名无姓的最有名的是貂蝉,貂蝉在《三国演义》里面应该是很有名的,其他要么就是有名无姓,要么就是无名无姓,那些大人物的女人很多就是叫什么什么氏、什么什么夫人,都是某某氏,某某夫人。曹操的老婆叫丁夫人、卞夫人、刘夫人;刘备的老婆叫甘夫人、孙夫人、吴夫人,好多个老婆;袁绍的老婆连夫人都不是了,就是刘氏,只有一个姓;吕布的老婆就叫曹氏。大家很熟悉诸葛亮的老婆叫黄月英,但是她在书里也没有名字,也只配叫个黄夫人;孙权的妹妹是公主,她也只能叫作孙夫人。所以我觉得,可能这个是当时的一个习俗,但是,从这里面,应该也能看得出,女人在《三国演义》或者在那个年代的地位,起码在《三国演义》里面不是很高的。

贝小金:我在这里,补燕子老师一句。大家可能都看过《三国演义》的电视剧,包括老版的、新版的。三国时代虽然离我们久远了,为此我想借古诗词这几句,让大家来感受那种战火纷飞,各路英雄、好汉怀着怎样一腔热血,从不同角落里杀出来,在历史舞台上上演了一幕幕或精彩或悲壮的大剧。我们这个世界,就是男人跟女人的世界,历史就是男人跟女人共同创造的。

张军

《三国演义》中的女人的形象,给我的感觉就像看到纪念碑上的浮雕似的,刚才燕子老师对一些主要的正面出场的人物也做了一些介绍,她下面还会从才女、美女和烈女三个方面来详细介绍。我觉得,虽然在传统的文化中,女人的文化价值和地位,是处于比较弱势的位置,但是在三国中的女人们,实际上也起到了很大的作用,引用一句话来说就是"巾帼不让须眉"。

在承认、肯定和赞扬女性的文化价值与地位的同时,作者却陷入了难以自拔的矛盾境地。在一些有关女性的描写中,当女性与男人的政治利益发生冲突时,就会否定女性的价值与地位。张飞陷刘备妻小于吕布军中,深感愧对义兄,欲自刎谢之。刘备急忙拉住开导他说:"古人云:'兄弟如手足,妻子如衣服。'衣服破,尚可缝,手足断，安可续？"妻子如衣服，是传统妇女观和宋代理学"女人非人"陈腐观念中极为腐朽的内容。作者借刘备之口说出，反映出作者对传统妇女观的认同。可见，作者这种妻子如衣服、女性如草芥的陈腐观念在意识深处是一时很难拂去的。

燕子：在《三国演义》中，我就觉得，跟《水浒传》是有差别的，就在于它对我们的女性是怀有一种敬意，也有一种爱意在里面的，它即使着墨不多，它也有一种尊重，表现出一种道德的人格，还是有一种伦理的色彩在里面，比如诸葛亮妻的相夫教子，徐庶的母亲，都是爱憎分明；曹操的卞夫人是很贤惠、很俭朴。即使有刻毒的，比方说刘表的夫人蔡氏，她就总是怀疑刘备会吞荆州，总是在刘表面前说坏话，意思就是"你要赶紧把刘备干掉"，事实上，也许她这种防备，从后面的刘备的所作所为肯定是有道理的，但是从书中的描述看，她并不是说她看穿刘备，而是她就是使坏，就是要把刘备逼走，赶出荆州。所以我觉得在《三国演义》里面虽然女性的形象不多，有的也就那么几笔，但是它还是面貌非常丰富，多姿多彩，是很多元的。我还是比较喜欢才女，我觉得《三国演义》里面的女人形象，我还是首推才女，这个才女我觉得第一位无疑就是蔡琰，就是蔡文姬，三国演义时期的蔡文姬。蔡琰在《三国演义》的出场不是很出彩，她其实是在第七十一回出场的，当时是曹操在行军途中，看到前面的树林里面很茂密，就问侍从这是哪里，然后侍从就说这个地方叫蓝田，那边就是蔡邕庄，蔡邕就是蔡文姬的爹，现在就是蔡琰和她的丈夫住在那里，这个时候，曹操就开始想起蔡文姬了，蔡文姬是怎么一回事，怎么个人，因为他跟蔡文姬的爸爸是好朋友，蔡文姬的命特别的苦，前面嫁了一个老公，是叫卫道玠，结婚不久后就死了，后来她被匈奴掳走了，嫁给了匈奴的左贤王，还生了两个孩子，但是呢，她还是很怀念自己的祖国，还怀念自己的中原，所以写了《胡笳十八拍》，后来还流入了中原，曹操听了之后，就很怜惜，然后他又用千金万金把蔡文姬给赎回来了，赎回来以后，又把她许配给了一个叫董纪的人，所以在这个时候，他想起蔡琰，然后"我们就去探访一下蔡琰吧"，到了蔡琰家，在蔡琰家的客厅，看到一个挂着有碑文的图轴，就问起蔡琰这是什么，蔡琰就说起，"这是曹娥的碑文"，就我们前面说到的曹娥的故事。曹操就读了，上面有八个字，"黄绢幼妇外孙齑臼"，然后就问蔡琰，你知道这什么意思吗？她说这是我爸爸从曹娥碑拓回来的一个东西，虽然是先人写下来的，但是我还是不是很明白，这个时候，曹操也是很想弄明白，就连夜要带着侍从到碑的现场去看，看的时候，也不太理解，就问侍从你们知道吗？杨修就说，我知道，然后曹操就说，你先别说，等我想想，然后就离开碑，往前走，走了三十里地之后，曹操想到了，就说，杨修，那咱们同时把这个答案揭晓吧，写出来吧，当时杨修就写出来了，"黄绢"，黄手绢，那就是说有颜色的丝，合成起来就是一个"绝"，"幼妇"就是少女，合起来就是"妙"字，"外孙"就是女儿的儿子，也就是女子，合起来就是一个"好"字，"齑臼"就是古代的人用来捶调料的东西，齑臼可以在里面捶辣椒捶什么，可以尝试一下辛辣的东西，合起来就是一个"辞"字，这样就叫作"绝妙好辞"，"绝妙好辞"是从这里来的。曹操写出的四个字，也是这四个字，但是曹操就叹息，"我的才华跟你杨修比起来，那还真是差了个三十里地"，他走出了30里才想起来。所以呢，作者事实上在这里，他可能是想凸显杨修的小聪明，所以就把我们的大才女蔡琰做了一个陪衬，蔡琰的才在这里是没有表现出来，《三国演义》虽然没有写出蔡琰的才，但是她是一代才女，我觉得大家还是可以从别的地方去认识到，在《三国演义》里面的蔡琰的才没有表达出来，但实际上还是很有才的，是我们古代的四大才女之一。四大才女还有李清照、卓文君、武则天的秘书上官婉儿，连同蔡文姬就是古代的四大才女。当时曹操也问过她，听说你父亲家里还有很多书，你记不记得，蔡文姬说，当年我爸爸去世的时候，给我赐书，留下了4000多卷，因为我颠沛流离，剩下的就不多了，现在我能背下来的，也才400多篇，但事实上，他爸爸肯定不止有4000册藏书，所以蔡琰从小就是饱读诗书，她写的有一首诗叫《悲愤诗》，她的诗里有一句写道"旦则号泣行"，就是白天哭号着走，"夜则悲吟坐"，就是晚上很悲伤地坐着，"欲死不能得，欲生无一可"，就是死也不是，活也不是，"彼苍者何辜，乃遭此厄祸"，就是这个听起来令人十分地感慨，除了诗歌以外，她还有一个音乐作品，就是《胡笳十八拍》，她在书法上，也传承了她父亲的才华，在草书、真书方面也是很得心应手，所以也有段子说曹操跟蔡文姬是有些爱情故事的，我觉得这个一点都不奇怪，因为蔡文姬有才，曹操爱才，曹操爱上蔡文姬，我觉得是很正常的一个事情了。

张军

　　曹操就是唯才是举，这点在《三国演义》里边都是公认的。刚才燕子老师说到蔡文姬，当时曹操问蔡文姬，蔡文姬说我现在还记得有400多篇，曹操就有眼光，他抢救性保护历史非物质文物，他叫蔡文姬复述出来，复述出来以后，他又抢救性开发，把他作为一个非物质文化遗产保存下来，所以蔡文姬复述的时候，400多篇跟它原来的著作是非常一致的。

　　燕子：我们还是先不讲美女，我还是要讲才女，因为我对才女情有独钟。我觉得《三国演义》里面另一名比较有名的才女，就是诸葛亮的老婆黄月英，在书里还是没有叫名字的，就叫黄夫人。关于黄月英的容貌，有两种说法，有的人说她好丑，就是叫阿丑了，因为她好像头发是黄的，黑皮肤，而中国人是黄皮肤、黑头发，她是倒过来的，所以就说她很丑；另外一个说法，就说她是绝世美人，其实也很漂亮，就因为村里的其他女孩都比较妒忌她，所以就把她叫作"阿丑"。事实上，我这里不是讲黄月英的美和丑，美和丑也没有标准的，所以说黄月英是阿丑也罢，美女也罢，但是不能否认的，她就是一个才女，她的才并不是表现在像蔡琰那种"琴棋书画、诗词歌赋"方面，她的才是在智谋和生活的创造方面，事实上她也是一个发明家，她做的很多东西都是很有创意的，历史上记载她就是一个熟读兵书，上知天文，下知地理，文韬武略，足智多谋，事实上就是毫不逊色于诸葛亮。诸葛亮娶了她，那其实就是如虎添翼，两个那么绝顶聪明的人加在一起，那就是"一加一还是大于二"。

　　在《三国演义》里面有一件很神奇的运输工具，叫什么？木牛流马，这个词有点拗口，就是诸葛亮六出祁山的时候，就是用木牛流马来运粮草，这个就是家喻户晓了，这个神奇的木牛流马就是立下了赫赫的战功，但是这个东西，史书上或者是传说都不是诸葛亮的创造，他的创意事实上就是来自他的老婆黄夫人黄月英，其实现在湖北的襄阳隆中还是在说世界上第一辆木牛流马是怎么来的，当时就是说诸葛亮和黄月英的婚事，诸葛亮第一次到黄月英家，黄月英是东汉末年一个名士叫黄承彦，黄承彦的独生女，诸葛亮第一次到黄家的时候，就看到黄月英发明创造了很多用木头做的木狗、木马、木牛等，用木头做了很多这些玩意儿，他心里面也是很称奇，很留心地观察，这也看出诸葛亮其实是很爱学习，不停地吸收一些东西，所以，黄月英也很聪明，不光你考察我，我也要考察一下你诸葛亮，到底你有多聪明，所以在成亲一个月前，黄月英就向诸葛亮提了一个"三不"条件，哪"三不"大家知道吗？就是结婚的时候，一不坐轿，二不骑马，三不乘船，"船"指的是旱船，当时隆中是有一种旱船，这"三不"条件，诸葛亮确实是很挠头，又不能让新娘走路，所以他日思夜想，怎么样才能把黄月英接回来，所以有一天，他在山上，也是在那儿想着，脚一不小心踢到一块石头，石头就不小心滚下去了，突然山底下听到有人喊，"牛跑了，牛跑了"，原来就是受惊了，牛正在磨东西，拖着一个石磴在跑。诸葛亮一看，计上心来，马上就有灵感了，然后回去就跟他的书童说，咱们来开干，他也成木匠了，亲自动手，就做了一个玩意儿出来。到了娶亲的那一天，乡亲们就来围观了，想看诸葛亮怎么解决"三不"，没想到，到了娶亲那天，诸葛亮和书童一前一后，就坐在用红色布幔围着的像一个台子一样的东西里，前面就有一个石磴在那里滚动，一滚一滚的，这玩意儿呢，就是木牛流马。它也用在很多方面，比方说，诸葛亮手上总是有一个什么东西不离手的？对，鹅毛扇，这鹅毛扇事实上是谁送的呢？就是月英送的，相亲的时候也是一个定情礼物，她送这个鹅毛扇给他是干什么呢？当时黄月英又想考考她的未来丈夫，那时候还没有娶，她说那你知道我送这个鹅毛扇给你什么意思吗？诸葛亮说千里送鹅毛，礼轻情义重吧，月英就说，还有呢？诸葛亮这么聪明的人也聪明不过黄月英，他说不出来。黄月英就说，我刚才看你跟我爸爸在谈论天下大事的时候，超有气概，但是你一说到曹操、孙权的时候，你就有点蔫了，就眉头紧皱，样子有些痛苦，我送你这个扇子，就是给你在这种时候，用来遮遮脸，意思是什么呢？就是喜怒不要让人家知道，在关键时候你要是说有什么情绪的时候，就扇一下扇子，扇一扇，别人就光看扇子去了，就不会去观察你的表情，也就是说，你心里想着什么，别人都不知道。所以我觉得黄月英这招也很绝，所以我们看整本书，或者是我们从历史上看，或者是从电视剧上看，诸葛亮的手是从来没离过这把鹅毛扇，这代表什么呢？首先我觉得还是代表对黄月英的情爱，把月英时刻放在身边，他太太时刻陪着他，像一个智慧过电一样，扇子一扇，智商全来了，我觉得诸葛亮那么神，这把扇子也是居功至伟的。

张军

说到鹅毛扇，我认为还有另一种引申的理解，在我们湖北襄阳有这样的话，说是这人工于心计、不怀好心的，就是个"摇鹅毛扇"的，意思就是扇阴风，点鬼火，因为诸葛亮计谋比较多，他摇着鹅毛扇，马上计上心头，后来扇鹅毛扇有引申到这个意思。刚才燕子老师也说了，很多到襄阳隆中去买纪念物的，都可以买鹅毛扇，是纪念诸葛亮一种特有的手信。

贝小金：我也讲一个才女，就是赫赫有名曹操的老婆，第三夫人即卞夫人，有没有人知道的？这也是他的压轴夫人，我在这里解读的是她的"才智"，为什么这么说呢？因为大家都知道，曹操的第一个夫人刘夫人，刚才燕子老师都说了，只有一个姓的，没有名的，刘夫人就属于这样的，刘夫人因病走了，留下一个儿子叫作曹昂，由丁夫人来把他一起养大，她非常疼爱他，后来在一次曹操与张绣的战争中，打败了，这样随军出征的曹昂被张绣杀了，死掉了。曹昂的死让丁夫人对曹操恨之入骨，这个时候，无论怎么样曹操跟她求和都没有用，也就是在这种情况下，曹操心灰意冷，他们形同陌路。但是作为曹操这样一个人物，他总需要一个大太太来镇场子，这时候就想起了卞夫人，但是卞夫人那个时候只是一个侍寝，按现在的话说是小妾，为什么要在这里说到她的才，她的"才"里面含有"忠"，忠诚的"忠"。也就是以后曹操坚定选择卞夫人继任正室，还有一个非常重要的原因，就是卞氏当年在曹操最落魄的时候，没有背叛曹操。曹操为了奖赏卞夫人的忠诚，正室之位非卞夫人莫属。

张军

关于才女，我也想补充还有一个才女，这个才女是一个老才女，她就是吴国的吴国太。在《三国演义》中还有另外一类女性形象，那就是参政议政的女性。在《三国志·孙破虏吴夫人传》中，有这样的记载："及权少年统业，夫人助治军国，甚有补益。建安七年，临薨，引见张昭等，属以后事，合葬高陵。"然而，在《三国演义》中，关于吴太夫人"助治军国"的事少之又少。

根据《三国志·孙破虏吴太夫人》中的记载，我们可以知道，吴太夫人"助治军国"是确有其事，不是作者为了小说的需要而任意捏造出来的。在内忧外患的情况下，年仅十八岁的孙权便接管了父兄的基业。作为孙权的母亲——吴太夫人，自然是要辅佐年幼的、刚刚接班的儿子，这是顺理成章的事。吴太夫人虽然是参政议政，但手段却高明得多。例如"建安七年，曹操破袁绍，遣使往江东，命孙权遣子入朝随驾"。（第三十八回）这是一个很重大的问题，孙权刚刚接管江东，根基未稳。如果遣子，以后就处处受制于人。如其不遣，曹操势必会挥师南下。如何抉择？这时吴太夫人出面了，她没有说遣与不遣，只是"命周瑜、张昭等面议"。（第三十八回）面议的结果是"不如勿遣，徐观其变，别以良策御之"。吴太夫人曰"公瑾之言是也"。（第三十八回）从这里我们可以看出。吴太夫人没有议政，最起码是没有直接参加议论。只是有了"良策"的时候出来拍板，或者说这个"计策可行"，于是"权遂从其（吴太夫人）言"。（第三十八回）如果在刚开始时，吴太夫人就说不遣子，那么孙权定会犹豫，为了解除儿子心中的疑虑，只有借助顾命大臣张昭和周瑜之口，以释其疑。这样，事情就顺理成章地解决了。这样做，既没有直接参与议政，又保持了女人的本分。

吴太夫人的参政议政的手段和策略实在高明。以至于在《三国演义》中，所有参政议政的女人之中，只有吴太夫人得以善终。我就补充这一点。

燕子：我觉得在《三国演义》的腥风血雨里面，女人要是没有一丁点才智，如果说你是在跟着打仗的男人们的话，我觉得是很难活下来的，所以女人这个时候的才智其实也是她们活命的一个技能。我觉得《三国演义》里面的女性，在我们作者的笔下都是才貌双全的，美女类的有才华，美女和才女其实也不能够截然分开，才女里面，也有很多很漂亮的，我们所说的美女、才女只是大致分一下，她们的美貌和才华都是集于一身的，确实很令人惊叹，所以我觉得为什么刚才还是说不像是写《水浒传》的人，因为《水浒传》里面的那些女人，漂亮的也恶心，像潘金莲，也给他写得好恶心，丑的就不用说了，那就更恶心了，基本上都没有个正常的女人，所以我们刚刚讲完了才女，现在要讲下一个话题，我们讲讲我们的美女，我觉得美女大家都是很关心，也是很喜欢，喜闻乐见的，《三国演义》里面大家最熟悉的美女莫过于刚才大家都说到的貂蝉，貂蝉就是一个美女的代表，所谓"闭月羞花"，"闭月"指的就是她，如果说《三国演义》里面哪一个女性占的篇幅最多，貂蝉算一个，还有我们后面要讲的孙夫人，这个妇女形象，一个是占的篇幅比较多，而且对整个故事结构，对整个故事情节，对男人的战场是起到一个至关重要作用的人，也是莫过于貂蝉、孙夫人，所以貂蝉是作者着墨最多，也是最引人注目的一个。一说到四大美女，一说《三国演义》，大家就会对貂蝉很熟悉，而貂蝉当时因为她美，所以是用在美人计上的，专门用来离间董卓和吕布而出现的。之前为了离间吕布，叫李肃的，他是用了金钱，金珠赤兔马，后面又用上了美人貂蝉，因为貂蝉比金钱、比赤兔马更高档，更能够动摇人心，更能够实现他的计谋，所以貂蝉本来大家也很清楚她的出身，就是一个歌妓，所以她是有很出色的容颜，而且她的音乐舞蹈等才艺都是非常出色的，因为本身在这种环境下，应该也是一个很有心机的人，今天来说就是一个心机女，在那个环境下生存下来还是比较有心机的一个人。所以在那个时候，她的出场就是闭月的时候了，她看到王允愁眉不展的时候，就是对她有养育之恩的王允，她就知道他遇到了难题，就告诉他，只要你有需要用得到我的地方，你就尽管说，我肝胆涂地也一定要给你做到，这个时候，王允一看，也是，可以用这个计谋，事实上，她事前也已经是有这么一个意思了，他只是等貂蝉说出来，显得不是他逼迫她，不是我要你去的，你主动的，这是男人的狡猾，既然你主动提出来，我就顺水推舟，然后就告诉她怎么准备，怎么怎么样，你要去董卓、吕布那里怎么离间他们义父、义子之间的关系，貂蝉当即就表示了，大人勿忧，妾若是不报大义，是指他的养父对他是有大义，那我就要死于万刃之下，所以她就是表示了一个很坚决的态度，貂蝉在这里就显示出她很有主动性，她是一个主动请缨的，结果貂蝉确实就是成功了。董卓沉迷于貂蝉，给吕布杀了，吕布后面沉迷于貂蝉，又被曹操杀了。所以在这里，他把貂蝉肯定是当作一个红颜，当作一个美人计来使用的，但是作者在这里，对貂蝉的描述的评价就是前后不一的，他要貂蝉去帮王允的时候，用美人计的时候，他就会说，他是大义，就是一个女英雄、女豪杰的形象出现的，当时罗贯中夸她的意念，夸她能报恩。我觉得，作者对女性的形象或者女性的作用、地位其实是蛮矛盾的。我觉得贝老师对貂蝉挺有研究的，您原来好像说过她改变历史，您说说您的观点。

贝小金：我觉得跟你的观点不一样，美就不用说了，因为传说貂蝉降生人世，三年间当地桃杏花开即凋；貂蝉午夜拜月，月里嫦娥自愧不如，匆匆隐入云中；貂蝉身姿俏美，细耳碧环，行时风摆杨柳，静时文雅有余，貂蝉之美，蔚为大观。正是因了这种美貌，让弄权作威的董卓、勇而无谋的吕布反目成仇，使得动乱不堪的朝野少有安宁之象。

其实，貂蝉在书中是怎么出现的，打哪儿来的，书里面是没有记录的，家世如何？不清楚，《三国演义》没有具体交代。貂蝉，本是东汉王朝高级武官的帽冠，所谓武冠"附蝉为文，貂尾为饰"，所以，因为东汉末年封官太多太烂，貂尾装饰跟不上，用狗尾巴充数，时有"貂不足，狗尾续"之说。貂蝉以前是指管帽子的朝官，后来成为美女的符号。话说东汉末年有十常侍之乱，十宦官之乱，这宫里弄得乱七八糟，貂蝉已经二八，很漂亮，流落到了民间，被司徒王允收成了义女。放在家里，教她歌舞，女人那个年代其实也就是男人的私产。貂蝉很感恩，也很讲义气。

因为那天，司徒王允回到府中，寻思着今日发生事情，席间之事，坐不安稳，长吁短叹，夜深月明之时，步入后花园，仰天垂泪。貂蝉见状，主动请缨，想为义父排忧解难。貂蝉曰："妾承蒙大人恩养，训习歌舞，优礼相待，妾虽粉身碎骨，莫报万一。近日见大人两眉愁锁，必有国家大事，又不敢问……倘有用妾之处，万死不辞。"司徒王允曰："我观二人皆好色之徒，今欲用连环计，先将汝许嫁吕布，后献与董卓。汝于中取便，谋间他父子分颜，令布杀卓，以绝大恶。重扶社稷，再立江山。"就这样，司徒王允把吕布请到府中设宴，美酒佳肴，好生款待，便叫出貂蝉歌舞……由王允授意施行连环计，让董卓与吕布反目成仇，最终借吕布之手除掉了恶贼董卓。我觉得貂蝉是这部以男性为人物主体的《三国演义》之中，出场的少数几位女子中最为光彩夺目的女性形象。貂蝉形象存在的意义就在于，在这个清一色男人争霸的世界里，成功地显示出了一个绝色女子的胆量与智慧，正是这种非凡胆量的展示，显示这位舍身报国的可敬女子，她为了挽救天下黎民，为了推翻权臣董卓的荒淫统治，受王允所托，上演了可歌可泣的连环美人计。不能说是什么权术，什么阴谋诡计，要看她对于什么人？她说的上用"除暴安良"几个字来形容，一点也不为过，对于义父司徒王允是个"孝"字，对于百姓是个"忠"。所以古人曰："为子不孝，为臣不忠，神明远之。"这是有道理的。这也是儒家文化的渗透。貂蝉周旋于两个男人之间，成功地离间了董卓和吕布，最终吕布将董卓杀死，结束了董卓专权的黑暗时期。她改变了整个历史的进程，貂蝉在我眼里是个有情有义、除暴安良的才女与忠女。《三国演义》成功地制造了貂蝉大智大勇的形象。正应了蔡邕的预言：这董卓必死于吕布之手，若要离间他父子，必用美人连环计。她智慧很高，如果你说董卓前面没杀掉，那后面那个历史，是什么样子的？

张军

孔子说，唯女人和小人难养也，这是过去封建社会对妇女的歧视，看到《三国演义》以后，大家都知道，马中赤兔，人中吕布，女中貂蝉，貂蝉在王司徒要实现自己的政治抱负的时候，她为王司徒做了一个政治工具或道具，她表现得非常好，她在王司徒许给吕布以后，又把貂蝉送到董卓的府上，然后每天服侍董卓，而吕布因为想念貂蝉心切，他趁着董卓睡觉的时候就过去那边，貂蝉就暗示他，貂蝉指着自己的心，又指着自己的眼，就好像是想他掉眼泪似的，她很难受，因为董卓在那儿，不好亲近吕布。这样吕布就示意貂蝉出来到后花园。实际上这就是她为了实现王司徒的抱负做的一系列设计安排，她说难道你就叫妾这样一直在这里忍受这种煎熬吗？但是吕布好像犹豫不决的样子，也不说话。貂蝉说你是人中豪杰，难道你就这样的懦弱吗？这一说，激将吕布下定决心，一是要得到貂蝉，二是要杀死董卓，第二天上朝的时候，他一戟刺中董卓的喉咙，把他的义父给刺死了，所以张飞骂吕布是三姓家奴。下面我们还是请燕子老师回到"论三国美女"这个主题上。

燕子：在《三国演义》里面的比较有名的，还有甄夫人，甄宓，宓，这个字可以念 mì，也可以念 fú，我查了一下字典，这里念 fú。甄夫人，她原来就是袁绍之子的老婆，就是荆州给破了之后，就给曹丕抓了，因为太漂亮了，所以就拉来做老婆，曹丕称帝之后，还把她立为皇后，当然把她归类为美女也是不太妥的，应该她也是一个才女，她如果不是才女的话，曹丕不可能会这么重视她，还把她立为皇后，当年的皇后就是要管后宫三千的，如果没有一定的才华，她肯定是做不来的，所以就说，我们把她放在这里说也可以，因为她确实很美，《三国演义》对她的描写就是虽然没有闭月羞花，但是也说她是玉肌花貌，倾国之色，也是跟闭月羞花不相上下的，总之甄夫人之美，就连小叔子曹植也是心往神驰，写了个《洛神赋》，大家都很清楚的，这个赋最开始篇名是叫作《感甄赋》，直接把甄夫人的"甄"字就放上来了，可见，他对甄夫人的美是多么入心，当然应该还有才的爱慕，大家也很清楚，就把她比为洛神，就是可与洛水之神相媲美，我们刚才说，甄夫人也是一个才女，因为她也写了很多诗歌，她其中有一首诗，叫《塘上行》，也是一篇杰作，诗是这么写的，"出亦复苦愁，入亦复苦愁，边地多悲风，树木何翛翛"，事实上这个感觉和我们前面说的蔡文姬的感觉是很贴近的，都是写自身的悲苦，后来因为曹丕对她也是多疑多心，最后把她赐死了，上吊死的，所以在这里红颜也是薄命。

贝小金：《三国演义》里有四回写到的一个人，那就是孙尚香，孙权的同父异母的妹妹，因为我觉得，说三国女人们，我就想讲这一个人，为何呢？我觉得她的笔墨比较多。她是被列为刚猛，比较烈，巾帼不让须眉的代表。

孙尚香是有实无名的东吴公主，地位非常尊贵。孙尚香为人行事有男人之风。她更像是一个假小子。史称孙尚香"才捷刚猛"，一个女孩子的气质被称为"刚猛"，可以想见孙尚香的勇悍。孙尚香的地位决定了她的婚姻必然是带有某种政治性的，这是古代贵族女子难以抗拒的命运安排，为了家族的最高利益，她们往往都要牺牲个人的幸福。孙权一直是把妹妹当成自己的政治筹码来看的，他要在合适的时机，在公元 209 年，孙权为了拉拢实力日益见强的刘备，决定利用妹妹做诱饵，固定和刘备的战略同盟关系，将孙尚香嫁给了刘备。政治婚姻总是家族利益高于夫妻感情。孙尚香和刘备也是如此。作为孙权的妹妹，她在刘备身边，更多的是代表东吴集团的利益。孙权把妹妹安插在刘备身边，也是一种权术。刘备和孙尚香表面上是夫妻，同床共寝，但心里根本信不过孙权的妹妹，这样把对方当贼一样防着的婚姻，对刘备和孙尚香来说，都是一种感情折磨。

总之，因为在那个时候，女人基本是男人的私物，女人也没有什么发言权，但是孙尚香，也叫她孙尚武，在另外一个版本里也看到她叫"孙仁"，她是有名字的，随着她的年龄的长大，她慢慢地作为孙权手中的一个棋子一样，作为一个政治婚姻，来填补孙氏想拉拢刘备的势力。因为她是一个练武之人，如果燕子老师先有说到的才女、美女，她可以称为"烈女"。孙尚香是"忠"与"烈"的代表，她忠于自己的家族。"烈"相对于刘备而言，也是个有个性的形象特征。

燕子：对，孙尚香是在《三国演义》里面比较完整的，有整个命运的一个人物。因为她从出嫁，也是用美人计，给刘备，之后，后面到她为刘备殉江，跳江而死，也只有这个人物是有头有尾的，也就是说，她有一个结局，所以我们说到烈女，烈女很多都放在刘备的夫人身上，为什么呢？因为《三国演义》里面，刘备是一个道德楷模，所以他的老婆们个个都是烈女，个个都是模范女人，刚才小金老师说到的孙夫人我不重复了，她就是一个烈女形象，前面就是好武、习武，都很能打的，后来被自己的哥哥利用了，也无怨无悔，但是她跟刘备还是很恩爱的，说她是烈女，是因为她最后殉夫了。

张军

现在回到对中国妇女的地位的反思上，因为整个三国是一部男权社会的大戏，对女人们的讨论，我觉得过去我们在《三国演义》的研究上是一个盲点。今天燕子老师选的角度也非常好，从中国传统文化上来说，它是由一个文化价值观和道德观来决定的，所以在客观的现实上，女人就成了男人的附庸，在《三国演义》里，实际就是女人的一个"悲惨世界"。

燕子：在三国里面，女人既然是这么悲惨的世界，一个我觉得是我们的作者罗贯中的局限性，他对女人的认识，另外一个也就是时代性，就是我们刚才小金老师说到的"时代"。

贝小金：我从甄夫人身上看到了"爱"，曹操也爱她，曹操是晚来一步，被他儿子抢走了，三个人，曹丕也喜欢她，曹植也仰慕她，梦中情人，难道说这个人不美吗？那个时代的三个文学家同时看上一个女人，所以我从她身上看到一种"爱"，魅力，这种爱，无论是爱甄夫人的外表也好，自然曹操与曹丕是贪恋其美色；"爱"与

"怨"，但她最后是死于一个"怨"字。甄夫人死了后，曹植悲痛欲绝，写了《感甄赋》，也就是《洛神赋》。曹植质问曹丕时说："竟然你这样不喜欢甄氏，为何当初还要逼她嫁给你。"对于甄氏的死，曹植是非常痛惜这位嫂子的。所以说，一个女人让曹氏父子三人同时看上，曹操、曹丕、曹植，这个女人很不得了。花容月貌，窈窕身段，这些应该只是一个外在的，肯定还有内在的。甄夫人十分聪慧，这里有一段与她婆婆卞夫人对话，话说卞夫人想早点让孩子们长长见识，便把甄夫人一对儿女带去观战，后来卞夫人征战回来看见甄夫人若无其事，不但没有半点担心，还养得粉嫩嫩的，作为婆婆卞夫人很是不理解，这时甄夫人便回答说：没错，出是出去，但是要看跟谁出去的，跟着自己的奶奶出去，有什么不放心的。所以，甄夫人几句，言简意赅，非常自然婉转地表达了对婆婆大人的肯定。甄夫人是相当有内在的人，称得上秀外慧中，内外兼修那种，这样的女人肯定能够得到男人倾慕。犹如现在女博士有才又有貌，谁不稀罕。当然曹丕是一个风流成性的家伙，他不知道珍惜。他一生占有很多女人，以致他母亲卞夫人都说他："此儿下流，猪狗不如，死了也活该。"甄夫人几乎是完美的女人，她美丽、贤惠、有文采，超凡脱俗，一个女人应该具有的优良品质她几乎都有了。曹丕称帝后宠郭皇后，郭后恃宠中伤甄皇后，甄后从此失宠，抛开帝后的身份不谈，从《塘上行》里读到了一个妻子对丈夫相思到极致的、无悔的深情泣诉，可怜甄后最后等来的只是曹丕的一纸死令，甚至是死后对尸身"以发覆面、以糠塞口"的侮辱与凌虐。

张军

战争可以让女人走开，我觉得小说不能让女人走开，在小说里面，包括燕子也好，如果没有这种爱情情节，没有这种婚姻故事的话，可能不会显得很精彩，它也是一种可以调节社会生活的氛围。

燕子：我们还是期待罗贯中如果他还在世的话，他应该能够改写一下女人的形象，或者从他自己的认知，刚才说男权世界这位听众不同意，好歹孙夫人还是一个叫刘备害怕的夫人，但是后面她也是为刘备跳江，就是不管女人多烈，也不管当时的女人还居于一个什么位置，像徐庶，也是很怕妈妈，很多夫人也是这个太后、那个太后的，在宫中也有很多话语权，但是只是说，罗贯中在《三国演义》里面描写女人形象，他已经有很大的突破了，不要跟曹雪芹比，不跟《红楼梦》比，跟《水浒传》比，跟《西游记》比，他已经有很大的突破了，我们也能够感受到他在里面对女性的那种尊重，甚至还是一种爱，他其实对那些美女、才女也是充满爱慕的。尽管是这样，但是他还是没有能够脱离那个时代的局限，也没有脱离他男性写作的视野。我们今天可以要求更高，但对他那个年代，我们可能不能要求。所以说在《三国演义》里面，女人事实上就是男人的事业的一个点缀，我们想要的应该就是说，女人真正能够在《三国演义》，能够在三国这个世界里面真正发挥到什么样的作用，就像貂蝉那种，可以扭转乾坤的这种作用的应该还有很多，但是很可惜，我们没有在《三国演义》里面读到更多有智慧的女性。

张军

今天我们真是两个女人一台戏，这里面刚才讲了一个地位问题，我现在把燕子老师今天的主题做一个梳理，她开始第一个大的部分分析了《三国演义》里面女人的一些形象，归类得非常好，才女、美女、烈女，就把这几类都归到里面了，然后我们又深入地进行了女人在传统文化或者三国历史中的地位及她们命运的分析。

我认为，封建礼教中有严格的"三从四德"，对女性的要求十分苛刻，其核心就是要求女性顺从男子的意志，逆来顺受。受这种观念的影响，《三国演义》中的一些女性完全失去了自我，成为男性的附庸和政治斗争的工具。在作品的一些事例中，女性成为男人政治、军事、外交角逐中的工具和武器，个人的情感意志完全被消融在男性意志中。例如孙权为结孙刘之好，假戏真做，把其妹嫁与刘备。这种美人计行为摧毁了女性的意志，侮辱了女性的人格，违背了她们的心愿，丧失了人性和灭绝了人道。最初孙权只是想用孙夫人之名，没想到弄假成真。结果，刘备和孙夫人恩恩爱爱，相当美满。后来孙权强行断绝二人夫妇之情，把孙夫人骗回东吴。刘备继位汉中王后，为替关羽报仇，兴师伐吴。在节节失利的情况下，孙权又企图送回其妹，割让荆州。尽管孙夫人是一个很有个性、很有主见的女人，但最终还是被孙权强大的势力左右，成为东吴对付刘备的一件特殊武器。

在某些女性被作为政治斗争工具的同时，另外一些有人身自由的女性却主动地让出了自己的权利，主张女性服从男性的意志，回到闺阁中，可见作者观念是受男性话语权影响的。甘、糜夫人表里如一，恪守古训。关羽被困土山，欲纳张辽之议从曹，问二位嫂夫人，二人道，"叔叔自家裁处，凡事不必问俺女流"。她们"凡事不必问俺女流"，表现得非常柔顺。甘、糜夫人主动放弃了自己的社会参与权，正是这种文化心理的反映。

今天我们主讲的发言就到此，我希望下面和大家互动，大家有什么好的问题，都可以问，我们来互相解答。

听众：一开始有一位女士说，刘表的老婆费尽心机想把刘备赶走，说得刘表的老婆坏透了，但是美国人是这么教育的，说当年灰姑娘的养母，就是继母，把她赶走是对的，因为从人性的角度上确实是这样的，因为来的是蔡瑁，这个人居心不良，就是要把我家的财产给吞掉了，这人不赶走是不行的？

燕子：对，这位夫人事实上她看得很准，我也说了一嘴，事实上她当时把刘备搞走是对的，因为从刘备后面的所作所为来说，刘备确实是有居心的一个人，她看人是看得准的，这点我同意。

张军

当时刘表晚年多病了，实际上是蔡夫人和刘表的小舅子蔡瑁在当家执政，他们看出刘备在这里一种威胁和隐患，才想把刘备除掉，所以后面有了刘备马跃檀溪，奔走南漳去见司马徽的过程。刘备当初见了诸葛亮以后，也是从荆州这儿开始，去取西川，这是他们战略决策的一个规划，后来也是这样把荆州拿下来了，被蔡夫人或蔡瑁言中了。

燕子：今天我们到时间了，我们下一期是半个月后的星期六，我们会在这里跟大家分享，下一期是《三国演义》中的男人们，欢迎在座的各位再次光临，谢谢大家与我们的互动与支持。

南书房夜话第三十九期：
《三国演义》中的男人们

嘉宾：燕 子　姚寒俊　任艳春　张 军（兼主持）

时间：2016 年 7 月 30 日　19：00—21：00

张军

各位听众，女士们、先生们，今天晚上我们继续品讲《三国演义》。"《三国演义》与中国智慧"系列讲五讲，前面我们讲到了《三国演义》中的职场智慧，第二期讲了《三国演义》的女人们，现在该讲到第三讲："《三国演义》中的男人们。"

今天这个讲座是由深圳市社科院、深圳市图书馆联合主办的"深圳学人·南书房夜话"第三十九期，《深圳商报·文化广场》特别支持。我们讲古典文学名著，主要讲四大名著，我们这是在《红楼梦》之后讲的第二部——《三国演义》，《三国演义》也是一部智慧书，所以希望我们今天的演讲能给大家带来一些开卷有益的智慧。

《三国演义》是中国古代历史小说的巅峰之作，在《三国演义》中，既有上层统治阶级意识形态的折光，又沉淀着浓郁、深沉的民间智慧。它是一部形象化的三国兴亡史，同时也是一部民众眼中的政治、军事、文化史。

《三国演义》是一部百年的战争史，是一部描绘战争的鸿篇巨制，是一部男性"一统天下"的小说，在全书直接出场或间接出场的1200多个人物形象中，女性有八十几位，在数量上，男性1120多位，许多人物在全书人物谱系中处于非常重要的地位。

汉末社会环境和政治气候的急剧变化导致了谋士、将领、臣民价值取向的转变,进而迫使各个群体出现分化。书中全景式地展现了霸主、谋士、将领、臣民各个群体的精神风貌与个性特征。鲜活的人物形象、宏大的战争场面、精彩的故事情节、巧妙的艺术结构无不令人赞叹。作品中塑造了一系列个性鲜明的人物形象。作者罗贯中用巧妙的艺术构思,立足史实的适度夸张渲染,以人物性格为逻辑,采用虚构、夸张、移花接木、对比衬托等手法,完美表现了这些人物的性格特征,从政治上分析国家由分裂到统一的政事和战争,从思想文化上讲的是忠义。通过对这些人物的塑造,表现了作者"尊刘抑曹"的政治观以及对美政理想的向往,对阳刚之美的崇拜。作者通过谋士、将领形象群体的演变,深刻认识了人才凋零导致事业衰败这一历史规律。

我们研究分析《三国演义》的人物的目的,是通过对霸主、谋士、将领、臣民的性格、命运分析与把握,揭示对后人的影响和指导意义。我们现代人深处复杂的社会生活,一部奇书《三国演义》会给各位人生以指导与借鉴,带来启示。

下面,我就分别介绍这次的嘉宾,今天的主讲人是中国作家协会会员,著名女作家,深圳市文学学会的会长,市文联的专业作家,同时也是我们《深圳文学》的总编,她就是燕子,大家欢迎。我再介绍第二位,姚寒俊老师,是一个擅长古诗词写作的诗人,下次他会讲《三国演义》中的古诗词,这是我给他出的题目,他在古诗词方面的涵养很深,他又是深圳市华文文学学会的副秘书长,也是坪山新区作家协会的会员,请大家对他的到来表示欢迎。第三位,任艳春,是四川作家协会会员,诗人,他擅长诗歌写作,对古典名著的涵养很丰厚,期待今天发表他的高见,大家欢迎。我呢,就职于深圳市社科院文化研究所,时任所长,也是研究员,张军,我的笔名叫金呼哨,第一讲是我主讲的,下面就进入我们的讲座环节。

燕子:好,我们言归正传。《三国演义》无疑是一本写男人的书,甚至可以说是一部男人的百科全书,书里面充满了男性荷尔蒙。男人的梦想、志向、兴趣、目的;男人的成败、得失、荣辱、取舍;男人的胸襟、胆识、勇气、谋略;男人的小气、冲动、懦弱、虚伪……都在书中展现得淋漓尽致。这一期谈男性，也很辛苦，因为他们太多了，而且个个都很出色，很有特点，个性十足，很难取舍。每个读者都可以从这1000多个人物里面找到自己喜欢的人物。大家听说过这样一个排名吗？就是一个顺口溜："一吕二赵三典韦，四关五马六张飞，七许八黄九姜维，还有夏侯紧相随。""一吕"，吕布，有"三国第一猛将"的威名，排行第一，吕布第一猛将这是没有争议的；"二赵"，赵云（赵子龙），初次登场即大战成名已久的文丑50合不分胜负，救了公孙瓒，后来又只身一人枪挑曹营50余员上将救了阿斗更是经典中的经典，排在第二位；"三典韦"，《三国演义》中所记录的典韦两次拼死相救曹操的经历，在历史上也是货真价实，排名靠前也是实至名归。紧跟在后面的关羽、马超、张飞、许褚、黄忠、姜维个个都浑身是胆，勇猛过人，万夫莫敌。文无第一，武无第二，武真的是可以比出来的，但是三国当时是群雄乱舞，不可能说一个人跟所有人都打不过，无论怎么排都会有争议的。

《三国演义》中的男人形象，毫无疑问，首推忠义派。我给加一个"派"字，是因为这一类人有很多，实际上忠义就是一个核心价值，我们当今讲社会主义核心价值观，在《三国演义》里面也有一个核心价值观，这个核心价值就是忠义。"忠义"是整部书的灵魂，忠义智勇，是作者、也是儒家思想极力推崇的精神。

"忠义派"代表人物有哪些？刘备就不用说了，正统的化身和代言人，刘备阵营里个个都义薄云天。诸葛亮、关羽、赵子龙、张飞、姜维、徐庶，不是刘备阵营的也多得数不清，张辽、鲁肃、黄盖、陈宫、沮授……

刘备阵营人很多，刘备大家很熟悉，诸葛亮也很熟悉，这两个我就挑一个说一说。先说说诸葛亮，为什么会选诸葛亮呢？是因为在诸葛亮的身上，他的思想、他所有的东西跟刘备是最接近的，也就是说，他们的理想、信念是很一致的，比桃园三结义的那两兄弟，诸葛亮应该更贴心。诸葛亮要维护汉室的正统思想、要让社会安宁的思想，他的忠君观念跟刘备是比肩的，他们两个在忠义的典型上面其实是不分上下的，在《三国演义》里的男一号应该是诸葛亮，因为诸葛亮在后半部戏份儿更多，诸葛亮是一个忠义的典型代表。

诸葛亮的出场做足了功夫，看上去都有点扭捏作态，非要刘备三顾茅庐。其实，他早已怀有"兴复汉室"的理想，在当时的情势下，他既然已看到天下将一分为三的格局，想出来创一番事业，自然要从三强中选其一，也自然要选刘备，因为刘备姓刘，是"皇叔"，是他所要拥护的正统。所以，他早已心中有数，就是跟刘备干了。但还是要刘备一请二请三请才隆重出山，用今天的话来说就是有点"作"。虽然诸葛亮在走上历史舞台的时刻有点作，但他一旦到位，马上就进入角色，马上就"在其位，谋其政"。诸葛亮对自己的定位很准确，尽管他是刘备三请而来的，也有很多计谋，但是他不会把自己跟刘备放在同一位置上，他把自己放在是刘备的属下。他既然是这么一个身份，他就要对刘备忠诚。我们现在要对领导负责，诸葛亮对哪个领导负责？一对刘备负责，后面的是对刘备的儿子阿斗负责。诸葛亮对刘备尽"汉、贼不两立，王业不偏安"的信守和忠诚，实在是"鞠躬尽瘁，死而后已"。诸葛亮的忠义比起其他人，还有一种更高的境界。那是一种"忠君爱国，守正恶邪"士大夫精神，一种国家大义。这当中，又混合着对刘备"知遇之恩"的深情厚谊，成为中国古代文化"仁义"的典范。他的忠义具有更高的境界，他不是打打杀杀，光讲兄弟情，为了你可以去死的那种两肋插刀的忠义，他这个忠义是胸怀天下的忠义，就是说，他就是忠君爱国，要守正，要辟邪，具有一种国家大义，刘备对他的知遇之恩是涵盖在国家大义之下的，他不是光因为刘备你看上我，我来替你打天下，而是我有这样的一个理想，我有这样一个想法，所以才会出来跟你打天下，所以才会这么尽力。

张军

我们今天的讲座，大概分这四个层次，一是分析人物形象，其次就是研究人物形象的特征和特点，我们分析了特点之后，第三是揭示这些人物的命运是怎么样的，第四点，就是作品对我们后人有什么影响，能给我们什么启示，给我们人生什么指导与借鉴。所以大家在这儿来分享，我们又谈古，也要论今，因为一切历史都是当代史，希望能使在座的各位有所收获。

　　刚才我们说到刘备，我觉得可以给刘备一个定位，就是仁君：上善若水，以柔克刚，韬光养晦，蓄势待发，借人才的智慧成就大业，而最后天下三分，与曹、孙鼎足而立，境界最高。整个《三国演义》实际是"扬刘贬曹"的一个主调。罗贯中描写刘备这个集团都是忠义之士，曹操的兵强马壮，里面各种人等混杂，吴国的仁人志士是比较中规中矩的，在两个大的集团中他属于是稍微被罗贯中放在次要位置来写的。刘备的身份有几个特点呢？第一个，他的仁义，包括他的仁慈和燕子老师讲的忠义；第二个就是体恤民情，这里面有两个例子，刘备身于乱世，家无财，身无技，因为他知道，打天下必须有人民来做基础，他体恤民情就做到了，他从新野城兵败的时候，他就带着老百姓跟着他一起去逃难，他从襄阳战败的时候，他仍然要带着百姓，一直到长坂坡，往长坂坡那边走的时候，他都是一直不舍得丢下这些跟他在一起的百姓，因为他在治理地方的时候，他的一些政绩深得百姓的爱戴，作为一个统治者他需要有民众的支持和辅助，也是国家强盛所必需的基础。第三个，就是任人唯贤，聚集人才，他能哭能笑，能打能闹，能软能硬，能进能退，连曹操也被他蒙了，正所谓潜龙入海，一去不回。这一点，刚才燕子老师也讲了，我把他的性格特点给大家再归纳一下。后面关于他的影响或启示，我一会儿再告诉大家。

　　燕子：讲到忠义，关羽也是《三国演义》中着力描写的重量级人物，关羽有句话，说："义不负心，忠不顾死。"屯土山关羽向曹操投降，还要约三件事：一是降汉不降曹（这有点自欺人啊，明明向曹操投降，还要说"我降的不是曹操你，我降的是汉"，说我降的不是你，但这也是表达了一个态度，不管怎么说，这也是一个姿态）；二是皇嫂待遇不变；三是一旦知道兄长下落，立马追随。关羽这个"义"，大概迷住了曹操。曹操确实对关公太好了，他太爱才，太想说服关羽投靠自己。这个"屯土山关公约三事"，这几个条件多么不平等，还是一个战败者向战胜者提的要求和约法，这大概是世界上对胜利方最不公平的降约了，曹操却笑而纳之。两人交织出一段"一个愿打，一个愿挨"的有趣画面。这里面表达了两个内容，一个是关公对义，要表达出他对刘备、对他本体的那种忠贞是永远不变的，但是你曹操对我好，我也受，他没有那么别扭，他还是懂得妥协，这个时候，假设他不降，曹操这个人杀人也不眨眼的，他再爱才，你要是很坚韧不拔的话，不能为我所用，我就把你干掉了。这个时候关公其实也体现了他的智，他其实还有一个计，"我先保命，但是我又要表明我的姿态"，事实上他也利用了曹操对他才智的爱。曹操答应之后，为了让关羽真正归顺，想尽千方百计，可谓各种花式的讨好都用上了。面对曹操的高官厚禄、百般恩宠和利诱，关羽毫不动心。曹操使坏，想让关羽与二位嫂嫂共处一室，希望他被女色所惑，"关公乃秉烛立于户外，自夜达旦，毫无倦色"；曹操送他新衣服，关羽把它穿在哥哥刘备送的旧袍里面；曹操送美女、黄金，他不拜谢，只拜谢送他赤兔马，直至最后挂印封金，过关斩将，千里寻兄而去。关公在这里的表现是很耐人寻味的，这个我们今天就不往深处解读了。大家可以思考一下，关公在这里是怎么平衡他的"忠义"，怎么平衡他跟曹操的友情。他在生死关头是怎样保存自己的实力，实际上他这也是保命的一招，他把命保住了，把皇嫂也保住了，然后还跟曹操建立了一种很莫名的友情。写了关羽这一连串"新恩虽厚，旧义难忘"的感人细节之后，作者还嫌关羽的形象不够高大，又特意描写了他如何知恩图报，不惜违反军令，在华容道"义释曹操"，并赞叹他"拼将一死酬知己，致令千秋仰义名"。关羽和曹操（敌人）这段很感人的关系，不仅无损他的忠义形象，反而"加分"。

张军

从关羽这个人物形象来分析，当时在三国时期，实际是礼崩乐坏的乱世，处于国家分裂的状态，这些文人志士们欲求贤进士的时候，出现三个国家，包括还有地方的军阀割据，他们有了一个英雄用武的天地。那个时候，人们的价值取向也发生了很大的变化，各国由于人才的争夺，并不是中国传统文化中的从一而终，实际上出现了一个"双向选择"和跳槽的情况。关羽得到了刘备器重，作为桃园三结义的兄弟，他同时又被曹操看中，曹操几乎是极尽自己的所能希望能把关羽收到他的麾下。我认为从关羽在两个国家所受的厚待中，纵容了关羽的一种狂妄自大、刚愎自用，甚至有点太过自负的人物性格，他轻敌、自恋、藐视一切，就导致了最后非常悲惨的命运，性格即命运。

关于这方面，姚老师你有什么高见？或者你也可以谈一下另外一个人物。

姚寒俊：在《三国演义》里面还有很多的小人物的"忠义"，我觉得也是特别感人的。有一个叫"陈宫"，曹操不是刺杀董卓未遂，然后逃到陈宫那儿被陈宫抓了吗，当时陈宫是县令，抓了曹操又放了他，为了国家，跟他一起逃跑，就因为曹操误杀吕伯奢后说了那一句"宁教我负天下人，休教天下人负我"后选择离开了曹操，这是演义里的事，当然史书里不一样。咱不说史，咱们说演义，最终他又选择了吕布，趁着曹操攻打徐州的时候，抄了曹操的老窝兖州，结果呢，从此，两人又做上了对手，一直到最后，曹操抓到他，我觉得那个场景让我最感动的，曹操抓到他了，曹操不好下手啊，因为陈宫毕竟对他有恩，杀吧，好像道义也过不去，想招降呢，其实曹操心里也知道了，他应该是不可能降了，曹操说："今日之事当如何？"宫大声曰："今日有死而已！"操曰："公如是，奈公之老母妻子何？"宫曰："吾闻以孝治天下者，不害人之亲；施仁政于天下者，不绝人之祀。老母妻子之存亡，亦在于明公耳。吾身既被擒，请即就戮，并无挂念。"何等豁达，我特别敬慕那时代的那些士人们，"我知道你曹操肯定不会杀我家人"，最多就杀我，这是我俩的仇，我俩的恩怨，而且我懂你曹操，我知道你会怎么办，所以我也不会装模作样去说什么降不降了。陈宫在《三国演义》里占的戏份儿不多，他的忠义体现在哪儿呢？他并不一定是忠于吕布，因为吕布只是用来实现他自己的理想抱负的一个平台，他是忠于自己的理念，就是振兴汉室，这是一种小人物忠义的一个其他的代表。其他的小人物还有更多的，比如像袁绍的谋士沮授，官渡之战后袁绍败了，沮授被抓，因为他跟曹操是认识的，兵士带他去见曹操的时候，大老远的就叫"授不降也"，就说我沮授不投降。他是典型的忠于主人,忠于袁绍,骨子里潜意识就是忠臣不事二主。以至于让曹操感叹:"吾误杀忠义之士也!"觉得这些小人物,虽然他们没有像诸葛亮和关羽的形象塑造得那么丰满,但是他那一些碎事,就像我们的精美小吃一样,一看到就让人心里怦然一动了,于古人风骨,不胜心向往之。

任艳春:说到忠义,补充一点,我认为董卓可以说是《三国演义》中最残暴最凶恶的一个坏人,大家看《三国演义》的一个细节,他带众兵去剿匪,没有找到,就把老百姓杀了一大堆,堆成山,然后放火焚烧,所以说,最坏的就是董卓。

燕子:作为忠义派的对立面就是奸诈派了。罗贯中的屁股是坐得很正、很稳的,他以对汉室的态度为衡量标准,凡是拥护汉室的或投奔蜀汉的就是忠,否则就是奸。所以曹操很不幸,因为他不可能替刘备打天下,他要替自己打天下,所以他就被树立为奸诈派的头号人物。《三国演义》第一回写许劭(shào)看相知人,一上来就给曹操定性,说曹操是"治世之能臣,乱世之奸雄","乱世奸雄"便成为曹操的标签。史书上记载的曹操性格复杂,西晋时期的史学家陈寿认为曹操在三国历史上"明略最优","揽申、商之法术,该韩、白之奇策,官方授材,各因其器,矫情任算,不念旧恶"。说的是曹操博览申不害、商鞅的法术,精通韩信、白起的奇策,任命官员,都依才所用,不会看你的性格如何,不念私交,也不念旧恶。曹操统率军队30多年,但爱学习,爱读书,手不释卷,登高必赋,写好多好诗好文章,下得一手好棋,书法(草书)造诣也高。他个人生活节俭,不好华服。与人议论,谈笑风生。他论功行赏,奖罚分明。对有功劳的人,奖励时不会吝惜千金;无功者想得到奖励,他是分毫不与。实际上,曹操是中国历史上一流的政治家、军事家、文学家。但是,在《三国演义》里,为了将他树立为奸诈、残忍、任性、多疑的奸雄典型,把他性格品德中好的方面抹掉了。

关于曹操的故事,从这些成语和歇后语中就可以温习到:老骥伏枥；望梅止渴；挟天子以令诸侯；说曹操、曹操到；曹操下江南——来得凶；曹操遇蒋干——倒了大霉；曹操做事——干干净净；曹操杀华佗——讳疾忌医；曹操战宛城——大败而逃；曹操杀吕伯奢——将错就错；曹操败走华容道——不出所料；曹操吃鸡肋——食之无味，弃之可惜；曹操诸葛亮——脾气不一样；还有，吃曹操的饭……这些故事我们就不展开了。

任艳春：另外，曹操也有悲天悯人的一面，包括他写的那个《短歌行》《步出夏门行》，"白骨露于野，千里无鸡鸣"，我们不看正史，就看罗贯中写的《三国演义》，从这些故事里面可以看出曹操的雄才大略，智谋和悲天悯人，包括对英雄忠义的那种尊重和崇拜。虽然他有一些奸诈，权谋，但是他确实让我们看出他的悲天悯人的情怀，及对忠义的尊重，而且还很可爱。我讲一个细节，赤壁之战，蒋干盗书，他中了反间计与连环计，当他杀了蔡瑁、张允以后，立即醒悟了，非常后悔——这下损失可大了！但是蒋干不知趣，还去讨赏，丞相我为你除了奸细，你该赏我，你想曹操当时恐怕气得吐血，但他心胸还是宽阔的，表现得很可爱，就吐了蒋干一泡口水在脸上，并没有拿蒋干怎么的。

张军

小说是以刻画人物为中心，通过完整的故事情节和具体的环境描写反映社会生活的一种文学体裁。小说有三个要素：人物形象、故事情节、典型环境（自然环境和社会环境）。

在座的各位有学文学的也好，或者是自己喜欢文学写作的人也好，在写小说的时候，塑造人物是第一位的，第二是故事情节的安排，第三是典型环境，对人物活动的环境和事情发生的背景做描写。环境描写分为自然环境和社会环境。三者都是写小说的主要的技巧。

我认为在整个《三国演义》里，罗贯中写曹操的时候，这个人物形象是非常丰满的，也是非常复杂。陈寿认为曹操在三国历史上"明略最优"，"揽申、商之法术，该韩、白之奇策，官方授材，各因其器，矫情任算，不念旧恶"。曹操御军三十余年，手不释卷，登高必赋，长于诗文、草书、围棋。生活节俭，不好华服。与人议论，谈笑风生。"勋劳宜赏，不吝千金；无功望施，分毫不与。"他是三国时期最伟大的政治家、军事家、谋略家、文学家。

在《三国演义》中，曹操性格品德中这些好的方面被忽略了，而对他残忍、奸诈的一面又夸大了。罗贯中笔下的曹操是奸诈、残忍、任性、多疑的典型人物。曹操的性格特征：奸雄形象。他有着过人的胆识才干，谋略超群；求才若渴、用人唯才又自负猜忌；他阴险、奸诈、好弄权术又暴戾、狡诈、野心勃勃。

在曹操身上，不能以好人和坏人来论说，他是一个比较复杂、丰满的人物形象，他处理很多事情，也是有他的智慧和才干的。我觉得《三国演义》很多智慧、谋略集中在他的身上是最多的。诸葛亮虽然说是智慧的化身，但他都是用在战争的场面上，他的人际关系这个方面不如曹操写得那么细致，而且曹操那些计谋的施展，在我们的职场生涯、商战中有些是可以运用的。

燕子：我觉得虽然曹操被定性为一个汉贼，视为是一代奸雄，但在《三国演义》里面，他根本就没有失雄才大略，也不失他的领袖风范，他这个人物实际是亦忠亦邪，还不能够完全说他是真正的最好最诈的那个。最坏的、最大奸大恶的，坏事做尽，千夫所指的，当数董卓、袁术。

袁术之坏也与董卓不分高下。《三国志》记录："袁术奢淫放肆，荣不终己，自取之也。"就是说袁术奢靡淫侈，放荡声色，虽曾经荣华富贵，却不能终享它，完全是咎由自取。袁术除了坏，还蠢。蠢就蠢在他得了孙坚质押的玉玺后，就开始膨胀了，头脑发高烧了。蠢人之所以蠢，就在于他不觉得自己蠢。糊涂加上野心的驱使，他称帝建号，立子封妃。这下子，招来全天下人的恨。在汉末群雄割据的局面中，诸侯之间，有一条禁忌，就是虽然谁都觊觎皇帝这个称号，但谁也不敢公然犯规，尝试一下做皇帝的滋味。这些军阀心里明白，什么事都可以做，就是不能贸然做皇帝。势力强大如曹操，已经可以挟天子以令诸侯，把汉献帝当成手中的一个傀儡，也不敢轻易滋生取而代之的念头。孙权有一次上表，建议他干脆称帝算了。曹操很清醒，说，这小子是想让我坐在火炉上烤呢！曹操当然有皇帝梦，只是没能实现。直到他儿子曹丕，才把汉帝废掉。说回袁术，这人在《三国演义》中是早早就谢幕收场了。称帝不到两年光景，袁术终于混不下去了，只好把玉玺和帝号送给他那位宝贝老兄袁绍。曹操哪里肯放过他，派刘备、朱灵围堵追击，袁术最后弹尽粮绝，只剩下千把人，坐以待毙。"家人无食，多有饿死者。"袁术嫌饭粗，不能下咽，乃命厨子取蜜水止渴。厨子说，只有血水，哪来蜜水！袁术坐于床上，大叫一声，倒于地下，吐血而死。看到又坏又蠢的人这样的下场，读者是大快人心的。

张军

　　三国的人物很多，奸诈的人物也还有不少，包括张松等这样的人，还有一些在吴国也有这种情况，请姚老师来一些补充。

姚寒俊：其实奸诈二字，还真不要绝对，在那种年代，我觉得他要是稍微没那点诈，从某种角度上他也没法活下去。战场上，兵不厌诈，你说这使兵的人，不诈的人，能打胜仗么？其实咱们从某个角度来说，诸葛亮才叫诈，我们看三国里诸葛亮用兵，用计远多于用勇。只是因为他被塑造成了一个正面的人物，所以他的诈不叫诈了，他的诈叫智慧。曹操就冤了，曹操用兵用计，就成了奸诈了。所以这奸诈与否，是相对的，诸位看诸葛亮每次统兵交战，从来都是一个套连着一个套，说到这儿忽然想起新版《三国演义》电视剧里司马懿败于诸葛亮之后说诸葛亮的那句话："我也是个钓鱼的高手了，却没见过这样钓鱼的，饵放在武都，钩却在祁山。"所以啊，诸葛、司马之流，这也叫诈，是不是？

燕子：奸诈的话题咱们是说不完的，我再说"才子"。说到才子呢，我觉得就得给周瑜平个反。大家在谈《三国演义》的时候，总觉得周瑜是很可惜的，总是被诸葛亮压着打，周瑜在里面绝对是算一个才子，他也可以算忠义，但是他比起关羽那种极致，又算不上标签型的。周瑜实际上是个相当完美的人。他对上司孙权谦礼忠君，尽心竭力；对敌手曹操不畏强暴，坚决抵抗；对同僚程普礼贤下士，不记荣辱；对朋友鲁肃坦诚相对，举贤荐能。历史上的周瑜"性度恢廓"，谦让服人，有"雅量高致"。刘备称他"文武筹略，万人之英"。孙权赞他有"王佐之资"。可惜在《三国演义》中，罗贯中为了突出诸葛亮的"智绝"而对周瑜进行了才智狭短的描述，用周瑜的嫉贤妒能来凸显诸葛亮的宽宏大度。从周瑜与诸葛亮交手开始，周瑜就一直处于下风。上期我们提到诸葛亮利用"二乔"来说服周瑜、孙权联合抗曹，而后，集诸葛亮和周瑜之智，以及庞统、徐庶等的协助，在赤壁大败曹操。

张军

周瑜：历史上的周瑜"性度恢廓"，谦让服人，有"雅量高致"。刘备称他"文武筹略，万人之英"。孙权则赞他有"王佐之资"。但在《三国演义》中，周瑜成了诸葛亮的垫底人物。写周瑜，是为了抬高诸葛亮。因此，《三国演义》中的周瑜气量狭小，智谋也总是逊诸葛亮一筹，根本不像苏轼所歌颂的周瑜"雄姿英发"，是"千古风流人物"。周瑜的性格特征：首先是一个足智多谋、才智过人的统帅；周瑜也是个忠贞不贰的人，在一定程度上能举贤任能；他性格中也有着嫉贤妒能、气量狭小的致命弱点。罗贯中塑造的人物形象，周瑜是小气的形象，我觉得这个人物性格的特征一个是有雄才大略，镇定自若。在孙策去世之前，就给孙权留了一句话，就是内事不决问张昭，外事不决问周瑜。这就赋予了他很重要的使命，当然孙策和周瑜他们还是连襟，因为大乔和小乔姐妹是他们两个人的妻子。

燕子：所以说，周瑜的计谋在赤壁大战当中是给予了充分的显示。我觉得这个可能也不是罗贯中有意要塑造他的才智，他是躲不了，绕不开的。

张军

在讲《三国演义》之前，我就重读过《三国演义》，我觉得整个赤壁大战，实际上没有刘备集团多少事，要是仔细看的话，只有诸葛亮大战之前参与决策，虽然是孙、刘两个集团共同拒曹，刘备集团没有在赤壁大战中作为一个正面的军团来和曹操对抗，没有正面作战，只是派诸葛亮一个人在那里出谋划策，整个赤壁大战的组织者和指挥者始终是周瑜，但是作为周瑜个人性格来说，是正面的，一是他有雄才大略，二是他智勇双全。负面的呢，罗贯中写得他可能是心胸狭窄，有点小气，他容不了诸葛亮的那种才智，他这个人物的性格命运是怎么样的呢？是因为他的心胸狭窄，最后虽然中了箭，但却是被诸葛亮三气气死的。现在看周瑜这样一个例子，我们还需要大气、大度来处理我们身边的人际关系和矛盾问题。

燕子：《三国演义》中的周瑜因小肚鸡肠给诸葛亮气死了。周瑜泉下可以感到安慰的是，他风流潇洒的形象并没有因为《三国演义》而完全歪曲，"雄姿英发"的"三国周郎"，还是以"豪杰""千古风流人物""谈笑间，樯橹灰飞烟灭"的"高大上"形象活在历史中，活在文学中的。

任艳春：再补充一个，就是东吴的谋士阚泽，阚泽不仅是我们历史上真实的天文学家，而且他在《三国演义》里的关键时刻也表现得很好，一个赤壁之战，他扮渔夫替黄盖给曹操送诈降书，大智大勇，取信于曹操；再就是后来刘备伐吴，东吴震动，苦无良将，当时保荐陆逊的也是阚泽，以全家性命保陆逊当都督，去抵抗刘备。所以说阚泽这个人，不管是正史还是演义，都是不可忽略的，他是一个大才子。

燕子：没错，在《三国演义》里，"最强大脑"比比皆是，蔡邕黑暗中摸碑文能读，曹植七步之内成诗……孔融、杨修、秦宓之辈，都是胸藏万卷，辩才无碍。还有东吴的阚泽过目不忘。阚泽少时家贫，无钱供读，便替人打工，曾向人家借书来看，看过一遍就不会忘。阚泽口才敏捷，赤壁一战，如果不是他看破苦肉计，密献诈降书，起到穿针引线的作用，打消了曹操顾虑，黄盖恐怕要白白受苦一场了。这个阚泽，还会算命，有个"不十为丕"的故事。说魏文帝曹丕即位时，孙权问群臣："曹丕正值盛年继位，恐怕我不能比他活得久，诸卿有什么办法？"众人还未回答，阚泽便说道："不到十年，曹丕就一定会死，大王不用忧虑。"孙权问："你怎么知道的？"阚泽回答："以他的名字来说，不到十就成丕，这就是他的命数啊！"七年后，曹丕果然去世。

庞统也是才干出众。初投刘备时只做个小县令，终日饮酒，不理政事。刘备派张飞前去问责，庞统醉眼惺忪，却不消半日便将百余日内积压的公事一一处理完毕，"手中批判，口中发落，耳内听词，曲直分明，并无分毫差错"。王粲曾为刘表幕僚，后归附曹操。王粲"博闻强记，人皆不及"。他与人同行，路边石碑上的铭文，看一遍即能背诵。有人下围棋，不小心将棋局弄乱了，旁观的王粲却能立马照样摆好，一个棋子不会错，哪怕已下两三百手。

我最钦佩羡慕的文才，在曹氏三父子中很是突出，曹操、曹丕、曹植父子三人，都是文学家，都在创作上形成了独特的风格。汉末建安时代出现的"建安文学"，主要代表人物便是曹氏父子。当然曹植的文才更见突出，南北朝时我国著名诗人和文学家谢灵运，如此评价曹植："天下文才共一石，而子建独得八斗！"（石：古代容量单位，一石等于十斗），后来人们用"才高八斗"形容文才高超。南北朝是挨他们比较近的，这种评价挨得越近，就越准确、越真实，因为越了解。

任艳春：我小时候看《三国演义》就喜欢张飞、黄忠、严颜这些人，包括黄忠不服老，当时刘备与曹操争夺汉中，张飞在阆中，关羽在荆州，没有大将可以去了，诸葛亮用激将法，激起了黄忠的奋勇，就在大殿当场演武：我虽然70岁了，还能开十石弓，吃上三斗米的饭，军师却嫌我老了？后来干脆又点了另一个老将严颜一同出征，在定军山斩了曹军大将夏侯渊。刘备也可爱，这个人说话不长脑子，说实话，当初他取成都，跟庞统在一起的时候也是，君臣两个人，喝了酒开玩笑，经常说一些无形状的话……后来在伐吴的时候，也是因为刘备一时说话不经过大脑，他见张苞和关兴跟东吴作战立了功，就说：两位贤侄如此英勇，从前跟我的将领都老迈无用了……就把黄忠激怒了，致使黄忠只带20个兵去挑战东吴，后来被乱箭射死。

燕子：所以我们说黄忠爷爷很可爱。《三国演义》里面的人物是林林总总，最典型的还是代表了作者的三观，各式人物都是与作者的立场息息相关的，人物形象塑造也是以作者对这个人物的定位和他的钟爱程度及讨厌程度来着墨的。

《三国演义》是一部以写人为主的文学作品，略写战斗过程，着重写人；详写占得上风者，略写位处下风者；详写胜者，略写败者。通过战争的交锋，逐步将人物性格形象塑造出来。尽管《三国演义》中的人物带有脸谱化，如刘备是"仁民爱物、礼贤下士、知人善任"的仁君典型，曹操则是一个野心家、阴谋家，"宁教我负天下人，休教天下人负我"的奸雄，人物缺乏丰富性和立体感；但是，文学创作规律还是会深刻地影响作者的主旋律思想的。也就是说，有时候，不是作者牵着人物走，而是人物牵着作者走。无论作者如何给人物预设一个定位，人物的性格心理还是具有其自然的走向。所以，哭与泪虽然表现刘备的"仁"，却给人"刘备的天下是哭出来"的印象，刘备的"仁义"才会在有的人眼中变成"伪善"。作者把诸葛亮写成"先知先觉"的人物，如几次"锦囊妙计"，可以说是他有远见，但"七星坛祭风""巧布八阵图""班师祭泸水""定军山显圣"等，又近乎道术，走向荒诞，所以鲁迅才说诸葛亮多智近乎妖。关羽，理所当然是一位正统观念的卫道勇士，正因为关羽太迷恋自己的神勇忠武，极度自信日益膨胀为"刚而自矜"，身上也就存在生性骄傲、听不进劝谏的弱点。刘备自封汉中王封官许愿，加封关羽、张飞、赵云、马超、黄忠为"五虎大将"，关羽意见大得很，愤怒地说："大丈夫终不与老卒同列！"根本看不起黄忠，更谈不上尊重黄忠。

任艳春：原话就说"黄忠何等人，敢与吾同列！大丈夫终不与老卒为伍"。

张军

关羽也是太自负自大，包括西凉马超投了刘备以后，给马超封了一个平西将军，然后关羽给诸葛亮上书，说要过来跟马超比武，他置社稷的大局于不顾，镇守荆州就是吴国的前沿阵地，实际上最后关羽这种自负自大、大意失荆州，导致了蜀国历史的转折点，从此就衰落、败落。

燕子：尽管整本《三国演义》在人物塑造上还留有许多不足和遗憾，尽管作者定了一个忠奸分明的主题，但不管怎么说，这些人物形象还是很鲜明的，而且这些人物故事一直流传到现在，这些人物的生命力和影响力至今仍在。《三国演义》的人物是影视、动漫改编最多、民间阅读和认知也最多的，也是普及面最广的，这得益于人物的典型性。

张军

刚才燕子老师把几类人物的形象做了一个描述，大家做了补充，对《三国演义》的不足和影响也谈了自己的看法。现在我对人物性格、命运及借鉴意义做一个总结。前面我对人物性格和命运做了一些点评，还有四个人物，我再点评一下：刘备的人物性格和命运是什么样？刘备是仁德的，爱民是如子的，特长是会哭的，天下都是他哭出来的，眼泪是充足的。这是刘备的这个人物性格。孔明呢，就是诸葛亮，孔明是英明的，治国是有方的，用兵是如神的，放火是他的专长。就是火攻。第三个庞统，因为我们今天没有说到庞统，当时司马先生和徐庶就推荐一个凤雏、一个卧龙，得一必得天下，这两个都被刘备得了，但是庞统是中道而亡：庞统是可惜的，出场是很少的，长相是挺丑的，死得是很惨的。（因为他的丑，导致当时别人推荐给孙权后，孙权以貌取人，不用他，他就在市井流浪。去投奔刘备了以后，刘备看他是人才，就给了他一个耒阳的小县令当。最后被乱箭射死在落凤坡。）关羽是红脸的，胡子是很长的，自负是肯定的，倒霉是迟早的。

我们总结研究这些人物性格，分析了很多人物，也知道他们的性格特点和命运，对我们当代是一种什么样的影响呢？对我们今人有一些什么样的启示呢？

对于我们刚才分析的人物呢，也给大家来一点启发，刘备的经历告诉我们，集团的总裁完全可以从摆地摊做起，因为原来刘备是卖草鞋、编凉席的。诸葛亮的经历告诉我们，进私企其实比进国企有更大的发展空间。当时魏国就相当于一个国企，曹操挟天子以令诸侯，有皇帝就有正统的汉王朝。第三个，吕布的经历告诉我们，频繁的跳槽直接导致没有老板敢录用他。都说人中吕布，马中赤兔，女中貂蝉，张飞骂吕布是三姓家奴，我觉得有一个提示，就是大家有事业，有专长了以后，不能频繁跳槽，你选择一个与你的专长、与你的兴趣、与你的志向相关的单位，就有一个长期的规划，然后做下去。第四个，马谡的经历告诉我们，专业课学得再好，工作时基本上用不上。在三国马谡实际上一个是谋士，不是将领，不是庶民，从这三大类来看，他是谋士做了将领的事，这当然是诸葛亮有错，他也是建功心切，拿自己的家小来担保，这也是对自己的家庭很不负责任的。第五个，杨修，杨修我们上一次很重点地介绍他了，他的经历告诉我们，在职场上总搞得比领导高明，你会死得很难堪。

任艳春：我补充一点，杨修的死不是他比曹操高明，不是曹操嫉妒他，是因为他参与了曹植和曹丕为王的争夺，后来卞后写信给杨修的母亲……

姚寒俊：我觉得张老师说得没错，杨修要是不认为自己聪明，他敢去参与争夺吗？

张军

汉献帝告诉我们：当家族企业被亲戚朋友或外姓人参股，而股份大过自己时，最终肯定是要更换董事长的。再说曹操的经历告诉我们，想在市场上大有作为，必先高举国家的政策。现在好多是这样的，在计划经济向市场经济转型的时候，好多人还是依靠计划经济，在国家的转型期是双轨制：计划经济转到市场经济时，这种计划经济的指令性和市场经济的内在功利性才导致我们深圳有这么多的优秀企业、企业家冒出来。曹操请徐庶的故事告诉我们：人才的恶性竞争是可以不择手段的，哪怕到了自己公司白拿薪水不干活，也不要将他让对手抢了去搞策划影响自己的企业前途。

任艳春：我再补充一点。杨修的经历告诉我们，跟私人老板打工，你不管怎么聪明，搞发明创造也可以，但是你不要去管老板的私事和家事，这样会有杀身之祸，会被炒鱿鱼，其他都没事。

张军

关羽的下场告诉我们：搞好人际关系至关重要，不能看不起别人，尤其是老板的干儿子或者小舅子之类的，哪怕自己跟老板是亲兄弟关系，也不能歧视老板看重的人，最终导致孤独无援的独守。蒋干的经历告诉我们，证券市场上庄家放出的利好一般都是为了套你的，实际上是周瑜把他套了。

王允告诉我们：不管多大型多么有实力的企业，只要存在私人利益的人员然后给予挑拨分化都是可以把它整垮的。刘表和刘璋的结局告诉我们：当企业做到小有成就时，忽然有一个自称是亲戚或朋友的要进来合股投资或来打工的，都要戒备，以防自己一手创办的公司会转手送人。袁氏兄弟告诉我们：家族企业更应该和睦、和气、团结，不该搞分裂、解体，不然最终会导致没落。马超的经历告诉我们：自己没能力单干时，不如找一个英明的老板跟着他干。郭嘉的经历告诉我们：红颜薄命不如天妒英才。黄盖告诉我们：挨打也是一门学问，关键是在于演技，演得越像得到的报酬越高，同时还有机会升职。大乔小乔的经历告诉我们：有才有钱又长得帅的男人，一般没法陪你到最后。这是有调侃也有反讽的意义在里面，仅供大家参考。还有黄月英，诸葛亮的夫人，她的经历告诉我们，学得好，不如嫁得好。我觉得，诸葛亮的成长与黄承彦、与他的夫人都有很大的关系，因为黄月英是一个才女，《三国演义》里面说她是一个丑女，但是我去过古城襄阳黄家湾，也看到黄月英的塑像，我看到跟杨贵妃差不多。

我们再继续说。赵云的经历告诉我们，个人实力再强，若只想高薪，结果只有一个，有职业，没事业，所以赵云一生虽然勇猛，但是最后也没有封侯。司马懿家族的经历告诉我们，为人打工，不如自己创业。实际上曹操他们也都为他打工了，为他人作嫁衣裳，把三国天下归一，为司马懿打了工。孙权告诉我们：其实有时候守业比创业更难。孔融的经历告诉我们，让梨是一种美德，也是一种作秀，是从小策划好的，为自身提高知名度的一种做法，谨记，出名要趁早。张飞的下场告诉我们，要善待员工，若是长期压制奴役，必将得到报复，即使不报复，也会导致集体罢工或跳槽。实际上张飞自己就死在自己将士的手里。黄忠，刚才我们也讲到了，他的经历告诉我们，年龄并不是问题，关键是要有实力，千万别小瞧老员工，有时候会干得比年轻人更出色，我不是别人，我是黄忠，是骨干，是精英。刘禅的经历告诉我们，富二代自己没本事，即使有再牛的职业经理人，也难免被兼并的命运。曹植的经历告诉我们，职场有时没有兄弟，只有利益。周瑜的经历告诉我们，遇到和自己旗鼓相当的对手要沉住气，扬长避短，不能把个人的成败输赢盖过了大局的利益。董卓的下场告诉我们，儿子不是乱认的，尤其是有前科的，更何况自己是大款，为得家产甘当孙子的都有。后面还有很多，因为时间关系，我们下一个环节开始互动，请大家踊跃提问。

听众：我想问一下，人家都说"真三国假西游，只有封神哄死人"，但是第一讲的时候说《三国演义》是假的，我就不太明白这个问题。

张军

《三国演义》没说假的，它是七分的真实，三分的虚构，但是罗贯中的写法，写这些英雄人物，包括诸葛亮，没有草船借箭，也没有空城计，这些情节历史上都没有，但是就是人物的塑造到了以假乱真的地步，颠覆了历史。

燕子：应该说它塑造了历史。

张军

《三国志》是史志，《三国演义》是小说，一看一比较你就非常清楚了。

燕子：《三国演义》写的不是假的，它是以历史为蓝本进行演义，为什么会叫演义？"演义"二字就是允许它虚构，是七分史实，三分虚构。你可以把它当历史看，但是又不能把它完全地当历史看。当中有很多史实，也添加了文学虚构。

《三国志》的"志"和"演义"是有区别的，"志"就是纪实，就是我们所说的史志，而"演义"是可以虚构的。

张军

今天越到最后越是掀起了高潮，将我们对《三国演义》的一种感慨都发出来了。今晚燕子老师主讲的，分了三个派，一个是忠义派，一个是奸诈派，再一个就是才智派，还有其他类型的，也都跟大家进行了讲解，讲解完之后，我们对人物的特征、人物的性格、影响及对我们的启示也做了一些分析。我们《三国演义》第三讲"《三国演义》中的男人们"的演讲今天到此结束。我们还有两场，一个是"《三国演义》中的古诗词鉴赏"，还有一个"《三国演义》与人才竞争"。在半个月以后，我们就会讲下一讲，欢迎大家能到时继续参加，谢谢大家分享。

南书房夜话第四十期：
《三国演义》中的
古诗词鉴赏

嘉宾：燕　子　姚寒俊　张　军（兼主持）
时间：2016 年 8 月 13 日　19：00—21：00

张军

　　由深圳市社会科学院、深圳市图书馆联合主办的"南书房夜话"第四十期，今天和大家见面了，我们开始讲"《三国演义》与中国智慧"系列。今天讲的主题大家也看到了，是《三国演义》中的古诗词鉴赏，原来大家对《红楼梦》的诗词鉴赏都比较熟悉、比较了解，而且《红楼梦》在四大名著里面，它的诗词成就是最高的，但是《三国演义》的罗贯中先生是开创了在古典话本中首先引用诗词进入小说的先河，所以罗贯中是有开创性的贡献的。我们今天的愿景，就是把《三国演义》的古诗词给大家做一个分享，下面我们会逐步介绍。

　　今天我介绍两位嘉宾，今天的主讲是深圳市华文文学学会副秘书长、古典诗词作家、诗人姚寒俊老师（掌声）。第二位嘉宾，是中国作家协会的会员，也是深圳文学学会的会长，深圳市文联的专业作家，同时与我一样，我们深圳文学学会办了一个《深圳文学》刊物，我们两个都是总编之一，欢迎有这个爱好的给我们投稿，请燕子老师来给大家点评，因为她过去一直就是我们深圳《特区文学》的资深编辑，小说也写得很棒，所以讲小说、小说里的诗歌，她都很有发言权。我是主持人，在深圳市社科院文化研究所供职，时任所长，同时也是研究员，很高兴有这样一个机会跟大家交流。今天晚上可能有人在看奥运，现在奥运健儿使出了洪荒之力，争取夺冠。

我们进入主题的环节，我先来开个头，先对《三国演义》的古诗词运用给大家做一个概括性的介绍。分四个方面：

第一，《三国演义》中诗词歌赋的演变。

历来读《三国演义》的人都喜欢欣赏曲折的情节和生动的人物，很少留意于书中的诗词，而学术界在这方面的研究也十分有限。事实上诗词是小说所采用的艺术表现手法之一，是《三国演义》整部书的有机组成部分，与情节、结构、人物等因素的发展变化一样，它的演变轨迹同样可以使我们看到《三国演义》在从民间口头文学发展为文人案头之作的过程中，由于文人的参与，使得这部小说获得了两次较大的艺术提升。现以元至治新安虞氏刊本《三国志平话》、明嘉靖元年刊本《三国志通俗演义》以及清初毛纶、毛宗岗父子评本《三国演义》中的诗词为例，对这一问题做一探讨。

明嘉靖元年刊本《三国志通俗演义》，罗贯中作为第一部白话长篇历史演义小说，它的出现开创了文人参与加工，创作白话长篇章回小说的新阶段，成为整个古代小说发展史上的一座丰碑。从篇首到卷终，运用了344首诗词歌赋，李卓吾先生评本为409首，与前面等版本相比，虽然数量上减少了很多，但在艺术质量上反而有了更大的提高，基本达到了"快悦者之目"的宗旨，又迎合了清代人追求典雅古朴的审美心理，因而极受读者们的欢迎。毛纶、毛宗岗父子删改本为206首，《三国演义》面世后立刻风行于世，至今仍是通行本这一点可以得到证明。作者把如此之多的诗词融入小说的叙事之中，使作品熠熠生辉，大大增强了小说的表现力和艺术魅力。中华人民共和国成立以后，以整理出版的普及本《三国演义》保留的206首诗词为研究对象，揭示了这些诗词在全书中具有的重要作用。

由于来源复杂，《三国演义》中诗词歌赋作者众多，诗词歌赋的艺术水准自然也就高低不齐，可谓优劣皆存，雅俗俱有，精芜并在，因此我们不能一概而论。但是，一般说来，唐宋诸朝诗人的作品和三国时代人物的作品，本来大都是中国诗歌史上的精品，所以艺术价值很高；毛宗岗在评点整理《三国演义》时所增之作，皆自然晓畅，雅俗共赏，艺术价值较高；小说原作者所创作的诗词曲赋，则浅显通俗，明白易懂，艺术价值次之；而那些来自民间戏剧讲史等的作品，则民间歌谣味儿较浓，富有生活气息，但是较为粗糙，所以艺术价值较低。总之，除第一类作品外，其他几类诗词歌赋，如果从小说中单抽出来读，的确思想艺术俱佳的作品不是很多；但是如果把这些作品放到小说所描写的具体环境中，应该说还是具有一定的艺术性的。

第二，"以诗证文"是中国的传统著作方法。

这种"以诗证文"的著文方法是中国的传统著作方法之一。这种方法大约始创于先秦的《论语》，以后《墨子》《孟子》都有，而《荀子》则最多，常在一段议论之后引诗用作论断。秦后在司马迁的《史记》中也不乏其例。由此可见，自孔夫子到太史公这一较长历史阶段，引诗证文已成为多数文言文的一种常用手法。元明章回小说时期，引诗证文发展到了成熟时期，元明的章回小说家们在其著作中毫无拘束地运用诗词歌赋等多种形式来表现其故事情节的趣味性、人物形象的性格特征、主题思想的深度和广度等，还通过运用诗词歌赋的点缀，为其增添诗体美，为散文语言增添和谐感与节奏感。

诗歌是评议艺术中最美的形式，诗歌具有象外之象、景外之景、韵外之韵、味外之旨，具有"不著一字尽得风流"的审美特征。诗歌铿锵有声，气韵生动，余味无穷……罗贯中深谙其理，在《三国演义》的创作中，不仅秉承小说叙事杂以诗歌的传统，而且借鉴话本小说引用诗词曲语的方式，开创了诗歌介入章回小说的先河。我将从小说中介入诗词入手，介绍《三国演义》中诗词的运用。

第三，《三国演义》中诗词歌赋的来源有五种情形。

《三国演义》中诗词歌赋的来源约有这样五种情形：一是小说原作者所创作；二是来自宋元戏剧讲史；三是三国时期历史人物的作品；四是唐宋诸朝诗人的作品；五是毛纶、毛宗岗父子在删改评点时所创作的。

这些诗词在《三国演义》整部书中，像章回中的"文眼"一样，涵盖了近百个历史人物的思想性格，数十次历史事件的史评史论；包容了丰富的历史文化知识，如儒道释思想的交融、军事谋略的展示、历史地理的沿革、俗谚口碑的流播、传统道德的弘扬以及占卜神怪鬼文化；表现了小说家的艺术构思，运用诗词的艺术特质刻画人物性格、推动情节发展、构建叙事视角等。这一首首韵语犹如一块块化石，当揭开其鲜活而灵动的内容后，仿佛置身五光十色、绚丽多彩的艺术之官，别有洞天。

第四，体裁上便呈现出"文备众体"的艺术特色。

由于受民间说话及讲唱文学艺术传统的深远影响，自唐代传奇以来，中国古典小说在体裁上便呈现出"文备众体"的艺术特色，其特点之一就是在小说中穿插着大量的诗词歌赋。作为中国小说发展史上第一部长篇历史演义小说的《三国演义》，同样也是如此。《三国演义》虽然写的是战争题材，但其中也有大量的诗词歌赋。这些诗词歌赋来源复杂，艺术水准不齐，思想倾向也不尽一致，但是不可否认的是，它们在小说中发挥着重要的艺术作用。然而，长期以来，研究界对此重视很不够，或视而不见，或不屑一顾，或评价偏低，这实在是不应该的。

"文备众体"，就是文里面备有很多种文体，像《三国演义》里面有诗歌，诗歌只是个笼统的说法，有诗、有词、有歌、有赋，歌就是民谣，赋就是汉代的那种赋体，所以我用一个词来介绍，就是文备众体，包括罗贯中写到一些关键的时候，就有一种散文语言，是我们现在理解的散文诗的笔法。

我想从总体上把握这几点。下面有请姚寒俊老师隆重出场，给大家介绍《三国演义》中的古典诗词，大家欢迎。

姚寒俊：张老师抬举，其实我很多都是跟张老师学的。今天我讲《三国演义》中的古诗词，其实可能跟大家想象中的有点区别，我并不想去就每一首诗去解读，因为大家只要看过《三国演义》中的诗，并不难懂。我们今天主要要说的呢，是看看三国演义里的诗歌所体现出来的一种诗歌在不同时代的衍变和传承，因为它里面既有魏晋时期的诗歌，也有唐诗，还有罗贯中自己代表的明代的诗歌，我们现在回头看罗贯中把这三个时代的诗歌都在三国里一锅炖，看看炖出了什么味道！

我们首先从《三国演义》里看魏晋诗歌，毕竟写的是那个时代的故事，魏晋时期，大家都知道，最出名的就是赋、四言诗以及后来渐渐兴起的五言和七言诗，《三国演义》里记录的魏晋诗歌主要是曹操和曹植的，相信大家一定还记得孔明智改曹植的《铜雀台赋》激周瑜的事，"揽二乔于东南兮，乐朝夕之于共"，铜雀台赋倒罢了，可是曹植的洛神赋，实在是文采斐然，虽然是赋，我是感觉怎么读都是诗的语言，辞藻华丽而不浮躁，清新之气四逸，令人神爽。讲究排偶，对仗，音律，语言整饬、凝练、生动、优美。"于是洛灵感焉，徙倚彷徨。神光离合，乍阴乍阳。竦轻躯以鹤立，若将飞而未翔。践椒涂之郁烈，步蘅薄而流芳。""凌波微步，罗袜生尘。"怎么读，都像诗句。大家觉得是不是？

不过尽管喜欢，常识上大家还是不把赋归类为诗歌，这不符合咱们今天谈论的话题，咱们回到三国时期最著名的四言诗上来，不用说，大家都知道，三国四言诗里，最出名的当数曹操的《短歌行》《龟虽寿》等。

这些经典的诗歌，慷慨激昂，沉雄悲凉。我想今天无须我们在这儿多做讲解，但凡爱好文学的人，都是很了解的，不过我每看到这些四言诗，就想起《诗经》，那里面也是四言诗，我有时候就想，为什么中上古时期的诗歌，多是四言呢？

张军

在《三国演义》里面，像当时诸葛亮去看诈病的周瑜的时候，他就写了一首四言的诗，叫"欲破曹兵，宜用火攻，万事俱备，只欠东风"，这个诗一作，然后东风就起了，周瑜马上就派丁奉和徐盛去追杀他，诸葛亮这首也算是四言句。

燕子：这个四言诗我倒觉得未必就是诗，也可能有时候就是说话用四个字，有一个节奏在这里，像刚才"宜用火攻，只欠东风"，可以把它当作诗，也可以不把它当诗看，我们说话就是这么说的，四个字的节奏感特别好，我们的成语什么的，很多也是四个字，你也可以说用在诗上，也可以说我说话就是这么说的，节奏感特别好。

张军

　　写旧体诗的时候，大家都知道，用五言句和七言句比较多了，但是我觉得《诗经》里面还是四言句较多。有时候会有"兮"在里面串着，但是有意义的就是四个字。

　　姚寒俊：其实我还有这么一个理解法，本来诗歌是从民歌演变来的，在没有文字前是歌，侧重于乐感，它有了文字的记录之后，再兼顾了音乐和乐感的同时，它更侧重于文字的表现力。在上古的时候，由于文字系统不是很完善，语言也比较简约，主要是单音词比较多，单音词一多呢，就不能用类似现代这么丰富的合成词来进行表达，所以整个上古时期的诗歌就相对来说以四言为多，比较简约，甚至在吴越春秋里所记载的《弹歌》，有两字诗的，我读一首给大家听听，"断竹，续竹，飞土，逐宍"，总共就四句，一句两个字，我把这几个字给大家解释一下，断竹，就是本身是砍伐竹子来做弓箭，再把竹子续起来，再拿来打猎的，本来描绘的是这么一个场景，但是在以前的时候，可能这种合成词比较少，写诗歌的时候因为字不多，所以能多简约就多简约，这是我在想为什么四言诗从最开始一直延伸到魏晋时期，可能是跟前期的文字有些关系的。

　　在《三国演义》里我们真正看到属于那个时代的五言诗其实只有两首，都是曹植的，一个是著名的看图七步诗：两肉齐道行，头上带凹骨。相遇块山下，欻起相搪突。二敌不俱刚，一肉卧土窟。非是力不如，盛气不泄毕。另外一首诗大家就都知道：煮豆燃豆萁，豆在釜中泣。本是同根生，相煎何太急？尤其是这后一首五言诗，虽然在形式上是属于古诗，但里面已经完全具备了后代我们写绝句的起承转合的技法，非常娴熟，所以说五言诗是在魏晋时期，已经开始成熟了。

　　燕子：我觉得魏晋时期的诗歌，在某种程度上是开创性的，我们经常说唐诗宋词，好像是唐宋的诗歌是最顶峰，事实上我觉得魏晋时代的诗歌已经是一个巅峰。比如,"建安七子",还有曹氏三父子(即曹操、曹丕、曹植)。在《三国演义》里,刚才张老师说了,诗歌的来源有很多,但指名道姓的真不多,真有指名道姓的也就是曹操、曹植,还有一个杜甫,稍带白居易和其他人,点名的不多。在《三国演义》中明确引用了曹氏父子的诗歌,这些诗歌都是很棒的。其中曹操一首《短歌行》,曹植的三首《铜雀台赋》《七步诗》《应声诗》)。尽管作者在这里引用的曹氏父子的诗歌都直呼曹操和曹植的名讳,不称其字,但都带有欣赏色彩。我们前面说过了《三国演义》是尊刘抑曹,对曹操是不应该欣赏的,但是作者在这里使用和运用曹操的诗歌,事实上又是用了一种欣赏的态度,与整部《三国演义》贬曹的倾向并不吻合,未必跟作者的立场和本意相通,实在是因为曹操的诗歌一级棒,说明作者对曹氏父子的文才诗才实在有压抑不住的喜爱。这就跟我们在谈论诗时,对魏晋诗歌的成果也是绕不开的一样。

姚寒俊:是的,其实魏晋诗歌,刚才燕子老师说的我非常赞同,魏晋时期的诗歌的高度我觉得一点都不逊色于唐诗。我们刚才说到五言,现在我们再举两个例子,比如说曹丕的七言诗,曹丕的《燕歌行》是迄今为止见到的最早的七言诗,我们一起来看看。

王夫之在《姜斋诗话》里这样评价曹丕的《燕歌行》,"倾情倾度,倾色倾声,古今无两",评价是非常之高的,大家回去可以翻来看看《燕歌行》,仔细看绝对是非常不错,因为我的朗诵水平一般,我读不出那个感觉。曹丕的《燕歌行》之后,才有了后来的南北朝的鲍照在此基础上改七言的句句押韵为隔句押韵,才有了后来隋唐时期的七言诗的鼎盛,可以说曹丕作为七言诗的开山鼻祖是毫不为过的。总之呢,汉末三国时期的诗歌,包括我们《三国演义》里面看到的,还是我们现在扯到的魏晋时期的诗歌,有一个典型的代表就是文风慷慨激昂,华丽通脱,于形式上,走出了汉赋的呆板僵滞,洒脱自如,正和那个年代辈出的英雄们一样,它们在精彩着那个时代。

好,我们简单地介绍了一下三国时期的诗歌,现在我们回过头来切入正题，说到《三国演义》里面罗贯中罗列的诗歌，从形式上来说，主要是这几种，一个是绝句，第二个是律诗，第三个是古风，先说一些带点个人情感的话，《三国演义》里罗贯中自己作的诗，手法老道，遣词用字炉火纯青，但和唐诗一比，怎么都觉得总少那么点灵气。

张军

　　是的，我也有感觉，我觉得有时候连韵都押不上。

　　姚寒俊：主要是整个明朝，大家看过明史的就知道，明朝整体的诗歌都有一种残暮之气，缺少一种生气，而且明朝那个时候，诗坛上是有一点僵化。不过在《三国演义》里面罗贯中的诗歌还是非常出彩的，尤其是他对一些人物事件进行总结和概括的诗歌，以寥寥数字，准确、鲜活地来概括一个人和事，在这点上，是非常成功的。

　　比如我们来看一首《叹陈宫》，"生死无二志，丈夫何壮哉！不从金石论，空负栋梁材。辅主真堪敬，辞亲实可哀。白门身死日，谁肯似公台？"

　　这一首是罗贯中的《三国演义》里形容人物我比较喜欢的一首诗，不知道大家有没有这样的感觉。当陈宫在白门楼和吕布被抓、杀陈宫的时候，他写的这首，我也没考证是话本里还是罗贯中写的。这首诗，为什么我喜欢它呢，因为这首诗用词精练，而且从头到尾是既夸了陈宫，又毫无做作，写得非常到位，"生死无二志"，陈宫虽然是一直跟随着吕布，就这么一个庸者他也能跟着，"丈夫何壮哉！不从金石论，空负栋梁材"，说的就是吕布不听他的，所以才有了白门楼被抓。"辅主真堪敬，辞亲实可哀"，"主"就是吕布，大家肯定知道，"辞亲"就是上次我们在说三国的时候提到过的陈宫的亲人，当曹操要杀他的时候，曾经问他你要是死了，你家人怎么办，宫曰："吾闻以孝治天下者，不害人之亲；施仁政于天下者，不绝人之祀。老母妻子之存亡，亦在于明公耳。吾身既被擒，请即就戮，并无挂念。"何等慷慨洒脱。最后总结是"白门身死日，谁肯似公台"，颇有点怀古的意思，所以我非常喜欢罗贯中这一首总结陈宫的诗。同时除开这一首之后，还有其他几首，比如说《叹庞统》：

古岘相连紫翠堆，士元有宅傍山隈。

儿童惯识呼鸠曲，闾巷曾闻展骥才。

预计三分平刻削，长驱万里独徘徊。

谁知天狗流星坠，不使将军衣锦回。

读这首诗大家有没有一种熟悉感？我往往一看到这首诗，就想起杜甫的《蜀相》，也是七律，它们的整个结构、方式，甚至采用的整个递进的层次都是一模一样的，所以这就是罗贯中悲催的地方。他的诗其实写得挺好的，问题是唐诗太高了，他始终也超越不过去，就这首七律，他说庞统，杜甫说诸葛亮，但高下立判。这就是说到《三国演义》里罗贯中的诗在这一点上有点无奈的地方，看起来都跟唐诗差不多，但终是屋下架屋，无法超越。

我们刚才读到了罗贯中的五律和七律，其实他的绝句，有很多也写得非常灵动。

张军

你说的绝句，实际就是分五绝，也分七绝，基本上五绝和七绝都是四句？

姚寒俊：是的，他的绝句里面我最喜欢的就是他的《赞张任》的那首，张任是刘备去打西川的时候，刘璋手下的将领，被抓住不肯投降被杀。"烈士岂甘从二主，张君忠勇死犹生。高明正似天边月，夜夜流光照雒城"，这首诗最妙的就是最后一句，我一看到最后一句，就喜欢上了。最后这句"夜夜流光照雒城"，就把张任的高风亮节表现得淋漓尽致，把他的历史地位也抬高了，这句确实非常经典。

燕子：姚老师谈到《三国演义》运用了许多种体裁的诗歌。诗词歌赋在我们古典文学里面是一种必备的东西，古典小说里面插一些诗词歌赋，也就是人们常说的"文备众体"。插入这些诗词歌赋，一个是朗朗上口，起到一个"文眼"、一个醒神的作用。《三国演义》里有很多来自社会、来自民间、来自俚俗的诗歌，所以质量不是太高，但还是有它的思想价值和艺术价值的。各类诗歌在整本著作里面，跟人物的命运和情节的推进是浑然一体的，也就是说，它是作品不可或缺的有机组成部分。一方面，诗歌成为作者寄予和阐发情感的载体和形式；另一方面，为故事情节的铺垫或推进增添了效果；同时，也体现了诗歌的美学品质，为整部作品增添了艺术光彩。

张军

我接着燕子老师的话讲下去，刚才姚老师讲到《三国演义》里面的诗歌了，我觉得我们为什么要在章回体小说中把诗词歌赋放进去呢？我觉得《三国演义》中诗词歌赋有以下几个作用：

第一，《三国演义》中的诗词歌赋充分体现了"拥刘反曹"的思想倾向。《三国演义》突出地描写了刘蜀、曹魏、孙吴三大政治、军事集团的斗争，但在描写中处处渗透着"拥刘反曹"的思想倾向，主要表现为对刘蜀集团则热情歌颂，对曹魏集团则深刻揭露，对孙吴集团则视其对刘蜀集团态度的好坏而褒贬。而小说中的诗词歌赋与之密切配合，大都体现了这种思想倾向。

与此相对，《三国演义》中的诗词歌赋对曹操诸人则予以猛烈抨击和大胆揭露。曹操于行军途中马践麦田，为严肃军令，削发代首，这未必就是奸诈的表现，何况自古"法不加于尊"，刑不上大夫，如能做到像曹操这样，也很不容易，可是小说写到这里便来了一首诗："十万貔貅十万心，一人号令众难禁。拔刀割发权为首，方见曹瞒诈术深。"（第十七回）对曹操此举予以鞭挞揭露。《三国演义》有时还在诗词歌赋中运用对比的手法表明褒贬情感，其"拥刘反曹"的思想倾向就更明显了。

第二，《三国演义》中的诗词歌赋也有助于人物形象的塑造。有的诗词歌赋侧重描写人物的音容笑貌，可以当作肖像描写来读。如第八回描写貂蝉几首诗词。先看其中一首诗：

红牙催拍燕飞忙，一片行云到画堂。

眉黛促成游子恨，脸容初断故人肠。

榆钱不买千金笑，柳带何须百宝妆。

舞罢隔帘偷目送，不知谁是楚襄王。

在描写貂蝉优美舞姿的同时，也展示了她的美丽容颜，而典故的运用，则更进一步激起读者的联想。

第三，《三国演义》中的诗词歌赋有益于故事情节的组织和发展。《三国演义》中有些故事情节是靠诗构成的，如曹操"横槊赋诗"和曹植"七步成诗"即是以诗构成的精彩片断，因为曹氏父子都是杰出的诗人，如果把他们写进小说，决不会少了他们的诗，否则故事情节便会暗淡无光。

第四，《三国演义》的诗词歌赋对小说篇章结构的安排也有一定作用。一是在通篇中的结构作用，这表现为以词起，以诗结，首尾呼应，结构完整。小说一开篇便来了个明代杨慎所作的一首《临江仙》，词抒怀古之感慨，更觉潇洒，小说引来冠以篇首，意在提醒读者究竟应该怎样去读演义小说，怎样去对待历史英雄。二是在段落上的结构作用，表现为当故事情节发展告一段落时用诗词来收束。如第四十二回，当写完赵云长坂坡救阿斗的情节时，便用了四句诗来收束这一段落，从"赵云救阿斗"到"刘备掷阿斗"的故事情节，表明这一情节至此而告一段落。三是在层次上的结构作用，表现为一个段落中如有几个层次，常插入诗词，有如层次间的提示。四是突出高潮的结构作用。表现为故事情节发展进入高潮时，或高潮结束时，常出现诗词，使得高潮更突出。五是承上启下的结构作用。表现为一首诗词歌赋把故事情节前后事件串联起来，使得小说结构更为严谨。如第三十六回"元直走马荐诸葛"，徐庶因为有感刘备知遇盛情，别后又回，向刘备推荐了远远胜过自己的诸葛亮，小说至此便来了一首诗："痛恨高贤不再逢，临岐泣别两情浓。片言却似春雷震，能使南阳起卧龙。"诗上承"元直走马荐诸葛"，下启刘备"三顾草庐"，把两个故事情节给结起来。

第五，《三国演义》中的诗词歌赋有利于调整叙事节奏。《三国演义》节奏鲜明，具有张弛结合、忙闲有致、冷热得体、起落自然等特点。小说中的诗词歌赋对于形成这种节奏美起了很大的作用。

如第五十八回曹操"割须弃袍"，曹操被马超打败，弃袍断髯，狼狈逃窜，眼看就被活捉了，情况万分危急，这时小说却突然插入一首诗："潼关战败望风逃，孟德怆惶脱锦袍。剑割髭髯应丧胆，马超声价盖天高。"使紧张的气氛因之而得到缓解，给读者以喘息之机，当读者得到片刻的松弛之后，小说再接着描写马超追杀曹操的情景。

第六，《三国演义》的诗词歌赋还用来描写社会背景和时代特征，展示人物活动的典型环境。东汉末年，朝政腐败，董卓等乱党贼子专权，祸国殃民，致使国无宁日，生灵涂炭。小说就曾描写过董卓挟帝迁都时，命李傕、郭汜尽驱洛阳百姓前赴长安，"死于沟壑者，不可胜数"，"啼哭之声，震动天地"，"军士手持白刃，于路杀人"的情形（第六回）。小说中的诗词歌赋也反映过这样的情景，如"董贼潜怀废立图，汉家宗社委丘墟。满朝臣宰皆囊括，惟有丁公是丈夫"（第四回），诗虽为叹丁管而作，但也表现了当时朝政衰微、奸臣当道的现象。

第七，《三国演义》中的诗词歌赋还常用来写景状物。《三国演义》写景文字并不多，往往在叙事中一两笔便带过，于是写景的诗词歌赋便因此而显得极为难得了。诸葛亮卧龙居处的景象：诗先总写卧龙岗的秀山丽水，再写孔明庐中修竹野花，继写室中名琴宝剑，最后写先生躬耕待时，清新如画，情趣盎然，足以衬出孔明幽雅的情怀。

第八，《三国演义》中的诗词歌赋还加强了作品的抒情气氛。前面所举小说中人物吟诗的例证，在有助于刻画人物形象和组成故事情节的同时，也使小说具有了浓郁的抒情气氛。尤其是刘备"三顾茅庐"和曹操"横槊赋诗"两回，因插入很多诗词歌赋，创造出了充满诗情画意的艺术氛围，文学色彩很浓。

我把阅读《三国演义》为什么要插入这么多诗词歌赋，究竟有什么作用，我就从这八个方面跟大家解读一下，希望引起大家一种反思，下面请我们姚老师发表高见。

姚寒俊：刚才张老师说得非常好。其实我们古代，尤其是章回体小说，不仅是《三国演义》，很多的小说里面都会掺杂着诗词，就像刚才张老师说的，可以适当地进行一种点缀，可以在某一种场合进行总结或者发挥，以表达作者的才情。《三国演义》里同样是这样，刚才我们说到了七律和五律，其实《三国演义》里我最喜欢的，最有亮点的诗歌是什么呢？就是古风。

张军

姚老师给大家对古诗词的常识做一个普及性的教育。他对什么是古风，什么是五律、七律，什么是五绝、七绝，讲得比较系统。

姚寒俊：这个我估计在座的大家都知道，我们简略地说，我们所谓的七律就是由八句组成，每首八行，每行七个字，每两行为一联，共四联，分首联、颔联、颈联和尾联的七言诗。七律少四句的时候就成了七绝，绝句就是律诗的一半，就只有四句，他们同样都遵循着一种同样的格律，就是我们常常念到的，"平平仄仄平平仄，仄仄平平仄仄平，仄仄平平平仄仄，平平仄仄仄平平"的这个，就是按照这个固定顺序的排列方式，当然平仄的变化很多，这里一下讲不完。而且律诗还讲对仗，讲起承转合，是古体诗歌中最难写的一种。绝句就是相对来说只有四句，它同样讲起承转合，它的平仄也是一样，五律就是跟七律不一样，一句只有五个字，同样也是八句四联；五绝呢，也就是一句五个字，只有四句，叫五绝，它遵从的平仄也是有固定的格式，如果是五言诗，"平平平仄仄，仄仄仄平平，仄仄平平仄，平平仄仄平"，这是基本上常见的模式。

再说到罗贯中《三国演义》里面的诗词，到了明代，为什么诗词都没落了呢？因为明代时候的流派非常多，但是教条僵化，这是明朝诗歌最大的弊端，普遍有点气格不高，像杨慎的《临江仙》，就是《三国演义》的主题词，像这样的好词，在明代找不出几首，这个《临江仙》大家应该都知道吧，就是不知道，那《三国演义》的主题曲记得住吧。一说到这个我还是想把它读一读，这首词我是真的喜欢。

"滚滚长江东逝水，浪花淘尽英雄。是非成败转头空。青山依旧在，几度夕阳红。白发渔樵江渚上，惯看秋月春风。一壶浊酒喜相逢。古今多少事，都付笑谈中。"

最后一句尤其让人喜欢。

虽然格律诗在明朝有些没落，但是其实在罗贯中的《三国演义》里，有一种诗是大家忽略的，就是古风。比如有一首，在刘备三顾茅庐的时候，碰到了诸葛亮的老丈人黄承彦，骑着一头小毛驴，过那小桥，口中吟的那首。

张军

这首诗是写景的。他说那首诗是诸葛亮写的。

姚寒俊：他里面说是诸葛亮写的。还有一首可能大家没有注意看，但是里面有一句名句，这就是评价曹操的那首，《邺中歌》，前边的我们先不说，但是最后一句一说，大家肯定就有印象了，"书生轻议冢中人，冢中笑尔书生气"，就是你在评价睡在坟墓里的人，就像我们今天在点评着古人一样，古人在里面笑我们，你们够格评价我们吗？说的是曹操，这个王侯霸气的人，他完全不在乎你如何评价他。这首诗也是非常地好，这首诗其实就是评价曹操之一生的，因为曹操大家都知道，是治世之能臣，乱世之奸雄，在《三国演义》里面对他的评价是不高的，可是不管你怎么骂，这首明朝钟惺写的诗，其实就是代表了罗贯中的观点，他的功绩是摆在那儿的，尽管你贬他也好，骂他也好。我们现在在这里评价着曹操的时候，曹操也许在坟墓里躺着笑咱们，"你们有什么资格评价我们"？

张军

我刚才听了一些高论，我觉得《三国演义》还有一些成功之处，《三国演义》诗词歌赋的艺术成就还体现在对前人诗文引用、改造和借鉴上。

先说其引用。《三国演义》善于引用历史人物的诗作构成动人的情节，揭示人物的内心，刻画人物的性格，造成抒情气氛。如第四十八回，曹操"横槊赋诗"。历史上的曹操虽然经常处在繁忙紧张的军旅生活中，但他"昼则讲武策，夜则思经传，登高必赋，及造新诗，被之管弦，皆成乐章"，他"鞍马间为文，往往横槊赋诗"，留下了一些辉煌的诗篇；但小说作者独喜《短歌行》一诗，这应该说是极有艺术眼光的。《短歌行》究竟作于何时何地？今日已经无法考证。可是小说却把它安排到赤壁大战前夕，让曹操把酒临江，横槊而赋出，这是一个绝妙的天才构想。历史上的曹操本来就是集军事家、政治家和文学家的一代雄杰。当他率大军乘胜直下江南，战船排列到千里长江上，大宴群臣，必然豪情勃发，于是才有"吾持此槊，破黄巾，擒吕布，灭袁术，收袁绍，深入塞北，直抵辽东，纵横天下，颇不负大丈夫之志也"的慷慨陈词。面对着浩渺无际的长江，遥望着天空中的皎皎明月，迎着江边的阵阵清风，他心潮翻滚，诗兴大发，吟诵出这千古不朽的诗章。正因为这样，"横槊赋诗"的场面安排才显得恰到好处。而《短歌行》一诗，旨在感叹人生的短暂，希望求得贤才，以建功立业，格调慷慨悲凉，写出了诗人的英雄本色。因此《三国演义》的作者把这首诗引来，使曹操与群像唱和的情节更具匠心。

这首诗的插入，不仅写出诗人慷慨不平的内心世界，表现出了一代英豪的性格特征，同时也调整了急促的节奏，化紧张的旋律为轻松的插曲，增强了抒情色彩，真可谓忙里偷闲，因而更具有艺术感染力。就结构看，这一场面的描写，又为曹操赤壁惨败埋下了伏笔，恰如毛宗岗所批："天下有最失意之事，必有一最快意之事以为之前焉。将写赤壁之败，则先写其舳舻千里，旌旗蔽空；将写华容之奔，则先写其南望武昌，西望夏口。盖志不得，意不满，趾不高，气不扬，则害不甚，祸不速也。"分析得很有道理。

次说其改造。《三国演义》善于对三国故事中的诗词歌赋进行润色、加工和改造，取得了突出的成就。第七十九回，曹植"七步成诗"一节最具有代表性。这一富于戏剧性的故事情节，来源于刘义庆《世说新语》"文学"第四："文帝尝令东阿王七步中作诗，不成者行大法。应声便为诗曰：'煮豆持作羹，漉菽以为汁。其在釜中泣。本自同根生，相煎何太急！'帝深有惭色。"原诗六句，语言啰唆，缺少韵味，比较直露。而《三国演义》则将前三句十五个字改成一句五个字"煮豆燃豆萁"，这样便显得叙事清楚简洁，又将"本自同根生"改为"本是同根生"，更显得通俗易懂，合起来变成了一首五言绝句形式的小诗：

煮豆燃豆萁，豆在釜中泣。本是同根生，相煎何太急！

这样便显得语言流畅，质朴凝练，蕴含深厚，更耐人咀嚼，艺术上较原诗高出许多。至于说故事情节由原来的七步吟成此诗而使曹丕"深有惭色"，变为先以"豆"为题七步成诗，曹丕仍然逼迫，曹植又以"兄弟"为题应声成诗，才使曹丕"潸然泣下"，这样更增强了故事情节的波澜起伏，因而这样的描写更具有戏剧性，同时又形象而真实地突出了二人的不同性格特征、心理状态及其发展变化，集中体现了曹丕之残忍、曹植之多才，读来令人愤恨曹丕，同情曹植。如果在这样的关键时刻，曹植吟的是那样慢节奏的六句诗，那一定会显得不协调。而四句短诗，与那紧张的故事情节更加和谐一致。可见小说家对原诗和情节的加工、润色和改造之功。

后说其借鉴。唐宋诸朝的文学作品，尤其是诗词，艺术成就非常突出，《三国演义》不仅直接引用了很多，而且还善于借鉴其精华。杜牧的《赤壁》云：

折戟沉沙铁未销，自将磨洗认前朝。东风不与周郎便，铜雀春深锁二乔。

这首诗给罗贯中创作《三国演义》以很多有益的启发。《三国演义》的作者不仅在第四十八回直接引用了这首诗，而且由此诗的启发而构思成了"智激周瑜"的故事情节，所谓"揽二乔于东南兮，乐朝夕之与共"二句，便由此诗得到启示，改变《铜雀台赋》而来。此外，第四十九回有："七星坛上卧龙登，一夜东风江水腾。不是孔明施妙计，周郎安得逞才能？"第五十回有："山高月小水茫茫，追叹前朝割据忙。南士无心迎魏武，东风有意便周郎。"这两首诗的构思、创意和句式，都能看出来与杜牧《赤壁》诗的承继关系。

我从这三点，一个引用、一个改造、一个借鉴，看出罗贯中也是非常成功的。下面我们还是请姚老师继续主讲。

姚寒俊：张老师抬举，但是话说回来，如果一个人真把古体诗读进去了，哪怕是一个喜欢现代诗的人，我觉得他只要认真地去读了，认真地去研究了，他一定会喜欢古体诗的，古体诗有现代诗无法比拟的美，尤其是音韵感和节奏感，以及那凝练的文字，是很多现代诗歌无法比拟的，它更适合汉语言的传统——精练、浓缩。但是呢，咱们从《三国演义》里看魏晋时期，看到明朝的诗歌，我们不难发现，古体诗其实也一直有一种变化，是什么变化呢？就是语言的日趋白化，也就是平民化、口语化。

本身我们以前的诗词是跟随于文言文走的，文言文一般在清之前属于官方文本语言，跟我们民间说的话是不同步的。但是随着普通话的普及，古体诗词就出现了一个尴尬，它的文字接近文言文，可是我们的文字又渐渐进入了一个平民化、口语化时代。

一个是语言上的日趋平民化，第二是格律上的日趋僵化，这是目前格律诗的艰难处境。我是写格律诗的人，但是我有时候跟我一些写格律诗的朋友在一起的时候，我也头大，一个个只谈这个格律该如何如何，我看着都憋屈。我说你先看看你那个句子通顺不？句子通顺了再跟我讲格律。现在很多写诗词的，包括上次有几个跟我说，老师这个格律该怎么怎么着，我说你先别管格律，你先把你的句子给捋顺了，它当不了格律诗，只要押韵了，它起码可以当一首古风。但是如果句子都不通，而形式是个格律诗的格式，那看起来跟一堆文字垃圾有什么区别呢？没用的。

说到格律诗，我自己基本是遵循格律的。因为格律真的是能够带来更好的节奏感和韵律美，由于汉字独特的一二三四声，这是很多外国语言所没法比拟的。不同字音的排列，它能带来更好的抑扬顿挫感，我们刚才说到的七律、五律、七绝、五绝等等这些平仄的制定，其实是前人的一种总结，一种极好的经验的总结。大家如果不信可以试试，找七个字，如果按照格律诗的平仄排列，把那几个字读过去，你会感觉它有节奏感，你读得气很顺；假设要是七个字全部是清一色的平声，或是清一色的第三声、第四声，你怎么读怎么拗口，其实这是一种节奏美，它不仅仅是在格律诗，后面可能大家还会争论的包括新诗里，都会讲究这些节奏感。我们讲格律，但是不能以词害意，为形所缚。诗歌里面好的一些规则，我们遵守它，但是我们不一定去被规则所束缚。

张军

　　我觉得古诗在复兴，过去有一句话叫"熟读唐诗三百首，不会走来也会扭"，真是有这种感觉，当时我们在上中学的时候，把那些古诗背得很熟，然后自己在写古体诗的时候，很自然地就流淌出来了，有时候熟读、熟记实际也是一种很好的学习方法。读现代诗也是这样，经常读你喜欢的那种气韵的好诗，兴趣也好、节奏也好，读多了之后，只要你有灵感，你自己的诗，也会油然而生的，这是我读诗、写诗的一个体会。

　　姚寒俊：是这样的，张老师说得非常正确，我们刚才说到的韵，其实到我们现在成了古体词的一个弊端，就是一个韵的统一，我们到目前为止，写古体诗词很多人尊崇的还是平水韵，平水韵其实是宋人根据唐韵整编下来的，可是我们想想唐朝人说话，到我们现在差别有多大，大家心里就知道了，为什么很多唐诗到现在我们来读不押韵不顺口了呢？包括我们里面读了好几首诗，大家都觉得不押韵对不对？很奇怪，其实这不是不押韵，我们看看贺知章的《回乡》，"少小离家老大回，乡音无改鬓毛衰。儿童相见不相识，笑问客从何处来"，在平水韵里"回"和"衰"居然是在一个韵，可是我们现在怎么读，也读不到一个音来啊。

张军

　　给我们解释一下什么是平水韵？

　　姚寒俊：平水韵是因其刊行者宋末平水人刘渊而得名。平水韵依据唐人用韵情况，把汉字划分成106个韵部（其书今佚）。每个韵部包含若干字，作律绝诗用韵，其韵脚的字必须出自同一韵部，不能错用。隋朝陆法言的《切韵》分为193韵。北宋陈彭年编纂的

《大宋重修广韵》（《广韵》）在《切韵》的基础上又细分为 206 韵。但《切韵》《广韵》的分韵都过于琐细，后来有了"同用"的规定，允许人们把临近的韵合起来用。到了南宋原籍山西平水（今山西省临汾市尧都区）人刘渊著《壬子新刊礼部韵略》就把同用的韵合并，成 107 韵，同期山西平水官员金人王文郁著《平水新刊韵略》为 106 韵，清代康熙年间编的《佩文韵府》把《平水韵》并为 106 个韵部，这就是后来广为流传的平水韵。今人所说的《平水韵》实际多指清朝的《佩文诗韵》。

平水韵不大好记，小时候父亲就让背诸如《笠翁对韵》，什么"云对雨，雪对风，晚照对晴空"，就是为了方便记平水韵。

因为唐诗是格律诗歌造诣最高的时代，所以这么多年一直没有谁去质疑过以它而定的平水韵的地位。但是到了现代，尤其是普通话的统一，刚才赵老师说的，普通话跟以前平水韵很多字的发音是有区别的，我们都知道，唐朝的首都是长安，陪都是洛阳，官方语言估计就是陕西河南的语言为主，如果以那边的语言跟现在的北京方言相比肯定是有老大区别的，且不说那个年代语言没那么统一，就算了到现代，各地方言都还有老大的区别。

所以，现在写近体诗的时候，有人就建议按照汉语拼音里的韵母来押韵，叫中华新韵。新韵还不是完完整整地照拼音，有些人就好事又进行分类，分为十四个韵部。

说到这里，我再简单介绍一下词，听到很多人说词古板，格律都定在那儿了，肯定比写诗麻烦多了，其实填词比写诗简单，每一个词牌都有它自己的特点，是一个调一种风格。比如说温柔的文风的，该用哪个牌、调子来填比较合适，激昂的该用什么调子来填比较合适，是有讲究的。你只要遵循了这个调子之后再来填词，根据你的节奏，你先一气呵成，回头你再来慢慢修改格律，填词它就没那么难了。

其实古体诗词给我们传下来的不仅仅是格律、音韵和对称的建筑美、跌宕的节奏美，更多是它独特的美学观，也许我们四言诗回不到魏晋时候的璀璨、格律诗回不到盛唐时候的巅峰，词也到不了宋的化境，但绝不是说，中国的诗歌就戛然而止，它一定会在中西融合之后，以一个全新的面貌出现在人们面前。就像从《诗经》到《楚辞》，到汉乐府、到魏晋的古风，到唐诗宋词元曲一样，我相信它终会有一个中国的新的诗歌兴盛起来的时间。

张军

好，刚才讲了很多，我们现在进入一个互动的环节，欢迎大家来提问。

听众：我上次听了《红楼梦》的讲座，说《红楼梦》的诗词好多已经超过了唐宋诗词，我不知道三位老师怎么看？

姚寒俊：《红楼梦》里面确实有很多诗歌，但是说超越谈不上，本身清代的诗歌也是一个巅峰期，清诗整体就比明诗好，清代的诗词是有它独特之处的，自然清丽，还真出了不少经典。但超越谈不上，只能说各有各的特色，我是这么觉得，因为文学上的东西，要真说谁好谁坏，还不好说。但是，你可以说《红楼梦》里的诗歌有它的特点，其实说白了就是曹雪芹的诗歌，《红楼梦》里面的诗词大部分都是曹雪芹自己写的，他只是假托里面的人物而已，曹雪芹的诗学观，在香菱学诗那一节表达得最清楚，咱们看林黛玉给香菱推荐的，首先看的是王维的，看李杜的，先看这几个人的，而不能先看陆游的，为什么不能先看陆游的？因为他觉得陆游的诗歌相对比这些人要低一品，至少在曹雪芹的心目中，他还是推崇这几个人，《红楼梦》的诗歌有它的特点，用字精准，语句精美，但是它跟唐诗相比，唐诗的气象和意境上，还是更胜一筹。

张军

清代一个人的诗作不可能比上两个朝代的几万个诗人的诗好，这样的比较是没有可比性的，这个说法我觉得从逻辑上是站不住脚的。好，今天深圳市社科院、深圳市图书馆联合主办的"深圳学人·南书房夜话"，我们第四期"《三国演义》中的古诗词鉴赏"，主要是姚老师对古诗词的几种体型进行了分析和解读，加上燕子老师对它的作用等都做了各个方面的梳理。很感谢大家参与我们今天的夜话，我们下一期半个月后的星期六，由我来主讲《三国演义》与人才竞争，希望大家能继续光临，我们继续互动，谢谢大家。

南书房夜话第四十一期：
《三国演义》与人才竞争

嘉宾：张 军 燕 子 姚寒俊（兼主持）

时间：2016 年 8 月 27 日 19：00—21：00

姚寒俊

大家晚上好！又到了南书房夜话的第四十一期了，我们聊的是《三国演义》与人才竞争，今天还是我们三位，这位是燕子老师，这位是张军老师，他的笔名是金呼哨，我是姚寒俊，笔名老农。（掌声）《三国演义》里讲人才的故事是很多的，在这风云际会的时间段里，出了各种各样的英雄人物，我们今天先来听听张军老师从《三国演义》里谈谈人才竞争，大家给点掌声如何？（掌声）

张军：各位听众，女士们、先生们，大家晚上好！"深圳学人·南书房夜话第四十一期：《三国演义》与人才竞争"，是"《三国演义》与中国智慧"系列的第五讲。在《三国演义》中，魏、蜀、吴三国，是诸侯纷争、三雄鼎立、金戈相击、铁马争雄的历史，也是人才鼎立竞争的历史，事业成败关键在于得人与否。我们通过书中看到的龙争虎斗的精彩演绎，不难看出人才是兴国固本的第一资源。一部《三国演义》，向世人展示了贤人智士各尽其才的辉煌画卷。这部名著所塑造的许多政治家通过对人才的招揽、利用，最终取得成功，尤其引人注目，或许我们可以从中获得很多有益的启示。

"人才"一词起源古老，古人在解诗时，谈及《诗经·小雅·菁菁者莪》时说"《菁菁者莪》，乐育材也。君子能长育人材，则天下喜乐之矣"。现在的人才学讲的人才是指：以其创造性劳动，为社会发展和人类进步做出一定贡献的人。"才能杰出者"即为人才。

第一，招揽与引进：是事业成败的关键。

吸引优秀人才是事业发展的基石，得人才则得天下，失人才则失天下，是事业成败的关键。

事业成败关键在于得人与否，汉高祖刘邦（《史记·高祖本纪》）曾说过"夫运筹策帷帐之中，决胜于千里之外，吾不如子房。镇国家，抚百姓，给馈饷，不绝粮道，吾不如萧何。连百万之军，战必胜，攻必取，吾不如韩信。此三者，皆人杰也，吾能用之，此吾所以取天下也"。

三国的领袖们推行唯才是举的人才方针，不论出身贵贱，不看社会关系，凡有超尘脱俗的才能者，一概收罗，吸引人才。在《三国演义》中，人才的开发和掠夺是空前的，一个集团为了垄断人才可以说是费尽心机，甚至不择手段。引进所需的，用好现有的，培育发展的，留住关键的，人才流动空前绝后。刘备思贤若渴，唯才是用，是小说中树立的典范，他成为后人思贤、求贤、用贤、惜贤的楷模。人才是一个国家的头等大事，要夺取天下，必先夺取人才，三国时期，袁绍、袁术、刘表、董卓、吕布、刘璋等人周围原本有很多智力超群的谋士和武艺精湛的战将，可最后的成功者却是起于微末的曹操，走投无路的刘备，寄人篱下的孙权。根本原因就是袁绍等人不能正确选择人才和留住人才。

拿识人来说，曹操的最大特点是"唯才是举"。只要有真才实学，不管出身贵贱，不管门第高低，不管资历长短，也不管是否与自己沾亲带故，一律加以任用。荀彧原来在袁绍手下，后离开袁绍投奔曹操，曹操与他交谈一番，非常高兴，称之为"吾之子房也"（汉高祖刘邦的头号谋士张良字子房），马上委以重任。以后，曹操每次率兵出征，都让荀彧留守后方，主持许都日常政务；荀彧将一切处理得井井有条，并在几个重大关头提出关键性的意见，帮助曹操选择正确的战略决策，为曹操统一北方做出了巨大的贡献。

在三国演义中，我们通过大量的实例可以看出一个集团为了笼络人才，可以说是费尽心机、甚至不择手段。

　　但是我想，在我们进行人才的招揽和引进时，我还想请姚老师也回应一下，我觉得人才的自荐，好像也是发现人才的重要方面。

姚寒俊

　　说到求职的方式，自荐和举荐，我个人觉得，刘备招揽人才不是从徐庶开始，应该是从关羽、张飞那时候就开始了，那时候就有眼光。说回来，魏国的招揽，张老师刚才说到，魏国举荐的方式，先是举荐，曹操从讨伐董卓失败回来之后树起了招贤的大旗之后，荀彧叔侄来投，结果荀彧就先给曹操推荐了一大堆人如程昱、郭嘉等。也就是说，先有一个人进去了，后来再带出一大串来，这就叫举荐；还有一个是自荐，就是自己找上门去的，就是像我们现在求职找工作的，在三国里自荐最明显的就是徐庶，他化名叫单福，在新野故意在刘备的前面唱歌，吸引刘备的注意。我觉得那是三国里自荐最明显的方式了。现实中，自荐估计就走到哪儿投个简历，面试时大家吹吹聊聊，这是自荐的方式了，就像张老师刚才讲的，人才的引进其实更多的是举荐，自荐有时候还是需要一点勇气和自信的，当然找一个普通的工作，投个简历，等着别人面试那是另一回事，被动式的。你要自己主动看中了某个职位，想方设法地把那个工作拿下来，那就是另外一回事了，得靠智慧了。比如咱们上次说的诸葛亮，那自荐方式，不由人不佩服。怎么呢？先炒作，把自己的地位抬起来，什么卧龙、凤雏，二者得一可得天下，让人把话传到刘备那儿去，这话一传出去，刘备一听，人才啊，这一定得去求他出山帮我去。其实我们想想，刘备在来到荆州之前，诸葛亮就已经在荆州住了，如果真有那么大名头，那个时候为什么刘表不去求他呢？孙权为什么不去求他呢？曹操也不去求他呢？就算是刘表徒有虚名，善善而不能用，恶恶而不能去，但曹操和孙权，那可都是求贤若渴的主，但是没有。等刘备来了，一看，这人不错，是个做事的人，想跟他一起混去，然后下钩放饵，钓的就是你刘备，跟姜太公一样，这是一种自荐的最高境界，是非得让别人来请他不可。这种自荐方式你说高不高，一直到现在，还屡屡被人所用。所以说，刚刚张老师说的人才的发现和引进，是多种多样的。不过，当人才引到手了之后呢，怎么管理使用，却也是一门老大的学问，我们继续听张老师说说关于人才的管理和使用方面如何？

张军：刚才我第一个方面招揽和引进已经说了，它是事业成败的一个关键和基础。人才引进过来了，那就是一个使用和管理的问题。下面讲：第二，使用与管理：一种科学合理用好人才的战略方针。

现实中，我们总喜欢赋予人才更多理想色彩，实际上没有万才具备的人才，无论是对诸葛亮还是对其他人才我们都不能苛求。让人才各得其所，各尽其才。

然而自古及今，真正做到把人才与否放在事关功业成败、身家性命之地步的，当首推曹操。他在《短歌行》之一中说："山不厌高，海不厌深。周公吐哺，天下归心。"当初曹操在各个层面都不能与袁绍相比，但就是如此弱小的曹操却打败了实力雄厚的袁绍，在此就针对两个人的性格和心胸才略展开剖析，郭嘉当时是曹操招纳的谋臣，他对袁绍的评价是：此人手下将士和有能力的谋士很多，但他疑心重，不能充分发挥每个人的优势，不能很好地信任和利用他们，只是不停地猜疑，导致手下能人异士都另寻明主，因此就胸怀和才智上，曹操就略胜一筹。

袁绍官渡之战失败的主要根源在于自己的多疑和其他弱点。在战争打响之时，有谋士田丰向袁绍提出了很多的建议和战略策略，但是袁绍没有采纳，并将出谋划策的人关进了大牢。他的疑心病还将谋士许攸的谏言看作是骗人的谎言，也使得许攸被迫归顺于曹操。许攸的归顺让曹操喜出望外，许攸的情报和才能得到曹操的重视，许攸被曹操爱才如命和求贤若渴的行为感动，最终选择为曹操出谋划策，并死心塌地地跟随曹操，帮助他不费吹灰之力地夺得袁绍的粮草要地。这场战役虽然小，但从此扭转了曹操在战争中的地位。

曹操用人不疑的态度以及求贤若渴的胸怀，吸引了很多谋士，谋士在心理上得到了重视，也实现了自我，因此尽心尽力效忠于曹操，以此可以知道曹操是一位心胸宽大的军事家。曹操具有的才能和智慧不仅能够吸纳谋士充实自己，也能让自己更壮大。袁绍与他相比就显得心胸狭窄，自断退路，导致彻底的失败。

这些用人的故事脍炙人口，向企业家展示了企业管理首先是人才管理的意义。

人才有的精于此而粗于彼：孙权未见出奇谋，但能任贤举能集众智、众力于一身，故成为一代明主。周瑜虽不冲锋陷阵，但能运筹帷幄、决胜千里被誉为英明的统帅。马谡任主将不行，却是个有智谋的人才。马超虽不善谋略，却是骁锐莫当的勇将。故用人要量才录用，不要强用其所不能。正是坚持对各类人才包容的科学态度，三国才演绎了波澜壮阔的历史故事。

《三国演义》不仅提出了争取人才的战略思想，而且强调了使用人才的重要性。刘备认定了诸葛亮是人才，便不嫌他年轻，让这个27岁的年轻人做军师，指挥关羽、张飞、赵云这样老资格的将军。

刘备走自己的路，这便是依靠对人的尊重和理解来争取人心，得人心者得人才。

刘备的第一个办法是"仁爱"。桃园结义时即宣布他出来做事的目的是"上报国家，下安黎庶"。做安喜县尉时"与民秋毫无犯"。在新野遇曹操大军相逼，不忘带百姓一起逃跑。部下建议："不如暂弃百姓，先行为上。"他流泪说："举大事者，必以人为本。今人归我，奈何弃之！"这种"仁爱"的声誉对于刘备争取人才有着极大的作用。

刘备的第二个办法是"义气"。"义"产生于封建社会，当然有其糟粕。

不过互相帮助，彼此信任，为同一理想奋斗，又不失为受压迫者团结起来反抗压迫的一种武器。刘、关、张桃园结义，誓言"同心协力，救困扶危"，显示出对等关系来，史称三人"义为君臣，恩犹父子"，更反映出社会下层人民在患难时相互扶持的理想色彩。刘备用结义的办法争取到关羽、张飞为他的事业效力，是他的第一个成功。当然，"义"是需要不断用行动来维持的，并非一个结义形式而已。张飞怒鞭督邮，刘备便将以战功换来的县尉印授挂在督邮颈上，与关、张一道弃官而去。张飞饮酒误事，被吕布偷袭了徐州。关羽埋怨："今日城池又失了，嫂嫂又陷了，如何是好！"张飞惶恐不安，掣剑欲自刎，刘备急忙"夺剑掷地"说："古人云：兄弟如手足……吾三人桃园结义，不求同生，但愿同死。今虽失了城池家小，安忍教兄弟中道而亡？况城池本非吾有。家眷虽被陷，吕布必不谋害，尚可设计救之。贤弟一时之误，何至遽欲捐生耶！"刘备做出结义之盟高于一切的样子，终于使得关羽、张飞带动了一大批人才为刘备的事业毕生奋斗。

刘备的第三个办法是"施礼"。其中三顾茅庐请诸葛亮出山，是最明显的例子。像诸葛亮这样的士人，如果不想躬耕陇亩一辈子，唯一的出路是依附一个统治者，凭智力谋出路。他"每自比管仲、乐毅"，就是盼望有明主聘用，施展治国平天下的抱负。刘备其实是诸葛亮选择的理想君主。不过，诸葛亮又是有才智的士人，肯定不会主动到刘备那里去乞食，刘备为了得到人才，必须要礼贤下士，于是主动至隆中拜访诸葛亮。虽然诸葛亮已经了解到刘备具有其他统治者所不能达到的思想境界，但却不知刘备将怎样对待自己，于是在与刘备见面前多次试探并故意摆了一点架子。刘备第三次到隆中时，"离草庐半里之外"就下马步行，诸葛亮却"在草堂上昼寝未醒"。刘备在阶下拱手而立，诸葛亮仍然"草堂春睡足，窗外日迟迟"。不过，刘备的谦恭下士终于使诸葛亮心甘情愿为他献策了，这便是著名的"隆中对"。只是刘备需要的不仅是一个战略方针，而且必须有实施战略方针的人，这样，邀请诸葛亮出山的话必然脱口而出。诸葛亮认为以求一饱而入仕，实在有些低俗，所以直言："亮久乐耕锄，懒于应世，不能奉命。"刘备却深知如何打动诸葛亮这样胸怀大志的士人之心，他不仅哭到"泪沾袍袖，衣襟尽湿"的地步，而且说："先生不出，如苍生何！"凭着对人的尊重、理解，刘备得到了诸葛亮、庞统这样最有智慧的军师，有了关、张、赵、马、黄等第一流的战将，凭着这样一支人才大军，取得了难以取得的成就。刘备争取人才的多方面经验对于现代企业家自然是极有启发的，为此，三顾茅庐成为现代企业家反复研究的内容，并不断加以引申。

姚寒俊

张老师刚才说的三国这几个霸主对人才的使用，我想听听燕子老师谈谈，对刚才张老师说到的这些个三国时期人才运用的特征，你有什么不同的看法吗？

燕子：我读的书不多，就我所涉猎的文学作品中，《三国演义》是古今中外文学书籍中将人才的重要性置于最高地位的作品。没有之一，就是之最。

一部《三国演义》争霸史，就是人才的争夺史。最早有此体认的是曹操。早初袁绍和曹操共同起兵讨伐董卓时，袁绍问曹操：如果事败，哪里可以据守？曹操不答反问，袁绍答：我南据黄河，北靠燕、代，兼有戎狄的兵力，向南争夺天下，大概可以成功吧！袁绍在这里设计了一份反攻蓝图，但曹操却不这样看，他说，我要任用天下贤才，统率他们，这样无论在什么地方都可以取得成功。

曹操是这么想的，也是这么干的。曹操一生都是"人才控"。根据《三国志》的记载，曹操一生中曾三次正式下发"求贤"公告，第一是《求贤令》，第二是《举士令》，第三是《求逸才令》，力求"各举所知，勿有所遗"。曹老大一而再、再而三地强调，别管你是清白身家还是鸡鸣狗盗之辈，就算劣迹斑斑、声名狼藉都无所谓，就算你曾经站错队反过我也没关系，只要你有一技之长，能为我曹某人所用，那就来吧，我热烈欢迎你，功名富贵在等着你！与刘备三顾茅庐请诸葛亮相比，曹操延揽人才的心情和手段可以说达到了登峰造极的地步，连老对手孙权都曾大发感叹："曹操御将，自古少有！"曹操手下的人才是数不胜数的。

第二个意识到人才重要性的是刘备。刘、关、张自桃园结义，经过伐黄巾、伐董卓，连吃败仗，到处流窜，投靠这个，投靠那个，毫无立锥之地。后来幸亏得到徐庶，才扭转了形势，跟曹军交手打了赢仗，得到喘息之机。但曹操为了挖人才，抓了徐庶的母亲要挟徐庶，徐庶不得不离刘备而去。这里有个很感人的画面，刘备苦留不住徐庶，只好送别。临别时，刘备捶胸大呼："军师去矣！"徐庶走远了，刘备又令人砍掉前面林木，因为它挡住了刘备看徐庶的视线，此情此景，比十八相送还痴情。徐庶走后，刘备三顾茅庐，得到诸葛亮的辅佐，可以说自此事业走向辉煌。诸葛亮新官上任三把火，火烧博望、火烧新野，又联合东吴火烧赤壁，进而夺取荆州、占据西川，建立根据地，终于形成三分天下的鼎足之势。

诸葛亮对人才也有高论。他在"隆中对"中分析天下大势，说曹操的名气和实力都比不上袁绍，却以弱击强，打败袁绍，靠的不只是天时，是因为有人才为他出谋献策。"非惟天时，抑亦人谋也。"说到孙权，诸葛亮认为有天然险阻，民心依附，许多贤士为他效力，"国险而民附，贤能为之用"。在这里，诸葛亮不单强调曹操、孙权占尽天时、地利，更凸显人才的作用。诸葛亮十分清楚，因为曹操、孙权身边都有不少人才，因此不能和他们硬碰硬，正面争锋。那么可以先干掉的是谁？是刘表和刘璋。诸葛亮提到这两个人时，没有提到他们身边有什么贤人智士，加上刘表、刘璋本身才智有限，柿子拣软的捏，诸葛亮便建议刘备伺机占取他们的地盘。

姚寒俊

我想到我上次提到的"士者诉之以义"那段话，这是出自《孔子家书》，是孔子和鲁哀公在聊天的时候说到怎么招揽人才的时候扯到的一句话，我觉得那个时候的孔子把人才分了几类，我看了特别有感触，大家一起听听，看看孔子说的有没有道理。当时鲁哀公是这么问孔子的，他说"寡人欲论鲁国之士，欲与之为治，敢问如何取之？"意思就是鲁哀公问孔子说，我想招揽鲁国这些有志之士，但是就不知道怎么才能得到他们？孔子回答他很多，最关键是后面的对人的分类，孔子说"人有五仪，有庸人，有士人，有君子，有贤人，有圣人，审此五者，则治道毕矣"，就是说你只要能分得清楚这五类人，你该怎么招纳人才、管理人才，那就一目了然，就简单了。再说回三国，比如说曹操、刘备、孙权，这几个他们招揽了那么多的人才。为什么我把孔子的话搬出来？因为在他们的人才当中就具备了这五种人，我们先说说刘备团队，这是大家最熟悉的，因为三国当中相对他的人才数量是最少的，他的人也好记，正面人物，比方说刚才孔子说到的，"君子"，在刘备那儿哪些人能算君子呢？孔子是这么说君子的："所谓君子者，言必忠信而心不忌，仁义在身而色不伐，思虑通明而辞不专，笃行信道，自强不息，油然若将可越而终不可及者，此君子也"，说君子的特征一定要诚实守信，心中对人不曾记恨，禀性仁义，但从不向人炫耀，这种人比较低调，通情达理，明智豁达，说话得体不武断，不是说有些才能就嚣张跋扈的，君子不是的，行为一贯，自强不息，在别人看来显得平平常常的，坦坦荡荡的，并无特别出众之处，但是真的要赶上去是很难的，我们再想想，你们觉得在刘备的人才集团里能达到君子这个境界的有谁？

说了君子，我们来说说士人。士人就多了，在三个集团里，不管是曹操也罢，刘备也罢，孙权也罢，士人是集团的主要架构。士人是指有专业人才，并且有一定德行的人，操守比较好。不管是我们企业也罢，单位也罢，国家也罢，这种人是一个基石，有点像我们现在所说的知识分子类型。所以说在用人方面，士人为本，君子为股肱。因为到了君子这个境界的大才能大智慧的人是凤毛麟角，有那么一两个，就是人主万幸了。而士人不，这种人才很多，但这些人大都不是完美的，或多或少有他的一些缺陷，你要知道扬长避短，做到知人善用。如三国的各位武将、众多的谋士，像曹操手下陈群、刘晔、张辽、徐晃等辈，刘备手下关张、法正、刘巴、黄权之流，孙权手下吕范、顾雍、诸葛瑾、吕蒙、甘宁、太史慈等，均是一时之士。

接着再说到贤者，在三国里有谁能算得上贤者呢？我们先来看看贤者的定义，所谓贤者，"德不逾闲，行中规绳，言足以法于天下而不伤于身，道足以化于百姓而不伤于本，富则天下无菀财，施则天下不病贫，此则贤者也"，刚才我们说到士人为本君子为股肱。贤者为鉴。贤者不一定是以雄才大略出名，但是他品德好，有思想，有见地，是周围人的楷模。

还有一种人，庸人，孔子说"所谓庸人者，心不存慎终之规，口不吐训格之言，不择贤以托其身，不力行以自定，见小暗大而不知所务，从物如流，不知其所执。此则庸人也"。这个庸人我们在现实当中看到的就太多了，翻译过来大概的意思就是庸人心里也没有什么谨慎行事、善始善终的准则，口中也说不出什么合乎道理的话，不选择贤人善人作为自己的朋友，不扎扎实实地安身立命、实实在在地做事做人，小事明白，大事糊涂，见小利而忘大义，自己不知道自己整天在忙些什么，随波逐流，跟着大众潮流盲从，没有自己的原则和方向，把持不住自己，这类人就叫庸人。

我把我刚才说的归纳成五句话，就是"庸人作势，士人为本，君子为股肱，贤者为鉴，圣人为师"，这是我个人对人才分类的一个理解，下面我们继续让张老师就人才管理使用说说他的意见。

张军：高见，《三国演义》是一部人才竞争史，也是一个非常典型的人才竞争的佳话和历史，他们也上溯到我们中国的古代，因为三国是上接汉代，下承晋朝，中间100年的人才竞争演变的历史。既然人才有招揽、引进，有管理和使用，我就接着讲第三个方面，人才的培养和发展，这是一个可持续竞争智慧，作为我们的统治者也好，作为我们人才本身也好，培养和发展也是很重要的。

第三，培养与发展：一种可持续的竞争智慧。

三国时期与罗贯中所处元末农民战争时期这种"乱世"，对于被封建王朝所压抑与冷落的人才来说，是百年不遇的机会。他们可以通过依附，选择不同的统治集团表现自己的才干，争取个人人生价值获得更大程度的实现。一贯唯我独尊的统治者，为了避免在兼并战争中被消灭，也只好礼贤下士，以争取人才求得自己的生存与发展。这样一种竞争时代的智慧，发展壮大之路，是《三国演义》的精髓。

曹操当权时，推心以待智谋之士，所以在他身边聚集着荀彧、郭嘉、荀攸、贾诩、程昱等一个人才群体，曹操死后，又出现了司马懿、邓艾、钟会等一群深藏韬略的智囊人物。

按当下的话语来讲，即最大限度地发挥人才资源的配置作用，突出人才的主体作用。

培养与发展，用德、智、能、劳四字概括。

先说德。从古至今，德均为做人之首。经商者、企业家也同样如此。秉持传统与现代结合的新道德，是企业领导的首要条件。对于率领企业人在商场博杀的老板来说，一定要有德行，也就是三观正确，然后才能做到任人唯贤。古人云："若非先主垂三顾，谁识茅庐一卧龙"，刘备"三顾茅庐"，不仅成就了诸葛亮旷世之才，也使得自己有"三分天下"之一，成为千古佳话。

智为做事关键。说到智者，《三国演义》里有诸葛亮、《水浒传》里有吴用。

再看能。能者，能力也。如果说智是心机、心计，那么能则是实践、行动的本领。静若处子，动若脱兔，该出手时就出手。

最后说劳。劳者，劳动也。这些都是人才的一个综合素质。

燕子：我觉得，在激烈的竞争中，魏蜀吴三国的最高领导人曹操、刘备、孙权都挖空心思，在网罗人才和起用人才方面，各展魅力。

有人把曹营比作央企、国企，因为曹操手中有天子。既有"天时"，曹操便大刀阔斧推行吏制改革，抢占争夺人才的制高点，比如前面所说三次正式下发"求贤"公告。这些极具煽动性和诱惑力的招聘广告一出，有一技之长的人都趋之若鹜。魏国形成了强大的人才吸附力，大批有志之士从四面八方拥进曹营，曹操麾下才能猛将如云、谋臣如雨，为实现他"摧灭群逆，克定天下"的政治抱负打下可靠的人才基础。

关于曹操求才若渴，唯才是举、知人善任，用人不疑的故事，实在数不胜数，集合在曹营的人才名单，排队点名至少得半小时。曹操手下的谋士也好，猛将也好，大多数一开始都不属于曹操。比如曹操在讨伐董卓时得到李典和乐进，在青州战黄巾余党时得到典韦和二荀（荀彧、荀攸），出征吕布时得张辽、于禁和许褚，挟天子以令诸侯时得到徐晃，讨伐张绣时招来贾诩，甚至还想把刘备的关二哥挖来。

有人说，曹老板用人霸气，爱才、惜才，疑人不用、用人不疑。刘老板用人仁义，信任员工、与员工打好关系，公司内部气氛好、向心力高。孙老板用人智谋，知道自己能力不够强，所以提供舞台让有才华的人尽情挥洒。我觉得这个归纳挺准确的。

与曹操的霸气不同，刘备最大的魅力来自他的仁义、正派。曹操最大的缺陷是不姓刘，刘备则拥有"汉室宗亲"的品牌，加上他特别擅长"心治"，营造出了"人和"的氛围。刘备与弟兄们要么结拜，没结拜的也交情匪浅、情谊甚笃，大家都乐意为他卖命。开头四处流浪时的刘备是没权没势的，但他却有办法使关羽和张飞死心塌地地追随，后来加入的赵云、诸葛亮等，亦都鞠躬尽瘁，死而后已。

对比曹操和刘备的用人艺术，孙权则以"举贤任能、不拘一格"为特色。孙权的个人才干或许比不上曹、刘，但他放手使用下属，果敢起用新秀，大胆给青年人压担子，依靠一批年轻有为的"少壮"，成就了大气候。据史料记载，东吴奠定三国鼎立基础的那一年，孙权自己26岁，周瑜33岁，鲁肃也不过36岁。

在《三国演义》中，对管理人才、商业人才、技术人才没有什么描述，历史也没有太多记录。这类人才应该是有的，作者没有写，历史也忽略他们。《三国演义》里面主要是看到了两类，就是一个斗勇、一个斗智。正是因为这里有一个人才使用的局限性，所以，并非所有人才都适合这个时代，不是所有人才都能够找到发挥自己才华的地方或者发挥自己才华的机会，甚至你硬要上，那么你就是一个悲剧。

姚寒俊

刚才燕子老师说到人才使用，我突然想到刚才一直说到的曹操、刘备、孙权他们的用人艺术，我个人觉得，这三个人当中，我最喜欢的还是孙权的用人，曹操主要是他太强了，所以他无论是什么样的人到他手里基本上没有超越他的，他都能用，他都能够驾驭得了。可是像曹操这样文韬武略的人，千百年才出一个。当年曹操在世的时候，司马懿也在，可是曹操还活着的时候，司马懿虽有才名，却一直没得势，在曹操的牢牢掌控之中。曹操一死，司马懿立马就起来了，成了魏国第一号人物，这就是曹操个人能力太强的体现，他在世的时候，以司马懿之才，也没法盖过他的光芒。

孙权那时候用到的人还真挺多，像程秉、阚泽等都是当时的大儒名士，周瑜鲁肃一时俊彦，所以在他们三个当中，曹操是个人能力，刘备是情谊，孙权是全凭肚量。孙权是文不见文章，武不上战场，却也能驾驭着下面那么多才俊之士，而且还能人尽其用，那是真的难得。

燕子：他们这样就是没有认清形势。他们根本就没有看准曹操处于一个什么地位，没有看清当时是一个什么局势，曹操留你是干什么的，你又能够干些什么？

姚寒俊

张老师，你刚才说的人才培养和发展，你觉得魏蜀吴在关于人才的激励和奖惩上，有什么特色呢？

张军：关于这个，我现在讲第四点，激励与奖惩：发挥人才的最大潜能。关于人才的激励和奖惩，就是发掘人才的最大潜能，通过激励和奖惩把人才的潜能发挥出来，这个是很重要的。不管是谋士也好，武士也好，大家都知道有一句话："重赏之下必有勇夫。"

曹操挟天子以令诸侯，用财大气粗的阔佬办法争取人才，曹操凭着一双识人的"慧眼"看中了关云长。这位"温酒斩华雄、大战虎牢关"的猛将，当年之所以能脱颖而出，全赖于曹操不论门第，力排众议的大胆起用。基于这一缘故，曹操乘刘备兵败之际，不惜答应关羽提出的苛刻条件，费尽心机地去感化关羽促其归顺，关羽极重桃园结拜之谊，仍千里寻兄，特别是曹操对关羽的恩宠礼遇，百般争取，更是人所共知的。曹操为了使关羽能留在曹营效力，不但优待俘虏，不计前嫌，并给以"汉寿亭侯"的高爵和"上马金、下马银""三日一小宴，五日一大宴"的丰厚礼遇，而且给官给名、给房子、给金钱、给美女、给面子、给衣服、给赤兔马，这都是刘备一样也使不出来的手段。

《三国演义》反复渲染天时不如地利，地利不如人和，正是将"得人心者得人才"的原则给予极大的推崇。曹操得势以后，对人才的尊重远不如前。他手下人才虽多，但用人如器，不尊重人。杨修说穿了曹操一些驭臣之术的谜底，被以"惑乱军心"罪名杀害，杨修聪明反被聪明误。

在现代职场中，"杨修现象"也是屡见不鲜。有的人一方面习惯猜测上司的意图行事，另一方面又表现得极为自负，总显得自己比别人聪明。因而，容易引起同事和上司的反感。职场上总显得比领导高明，会死得很惨。杨修确实够聪明，聪明得能看透别人看不到的很多东西，能猜透别人猜不透的许多事情。然而，他又太愚蠢了，愚蠢得不知如何保护自己。他到死都不明白，正是他的过分外露的聪明使他成了刀下鬼。杨修的下场，就是告诫人切忌炫耀卖弄、锋芒过露，应慎言慎行，韬光养晦。

荀彧反对曹操受九锡，得了一个空饭盒，意思是不养白吃饭的人，荀彧只好忧愤自杀。曹操的举措使志存高远的人才不肯为他效力。

人才激励必须因人而异，诸葛亮最谙此道。关羽骄傲自大，少不了要捧几句；张飞鲁莽暴躁，要鼓励他多动脑筋；赵云忠心耿耿，尽量表扬肯定；马超与西凉羌人关系密切，正好用来镇守西部少数民族地区；黄忠不服老，可以激发他争先立功。

人才激励与奖惩必须因人因事而异。诸葛亮没有考虑到马谡一直是以参谋身份献策，轻率地派马谡去守街亭，马谡纸上谈兵，丧失街亭，诸葛亮只好劳而无功地退回汉中。如何根据实际情况适当地发挥人才的作用，这是《三国演义》反复强调的内容，也是当代企业家正在考虑的问题。

曹操有很多用人之道，大家都知道大名鼎鼎的陈琳，他在文人中是一个杰出的大才。建安五年（200 年），袁绍出兵讨伐曹操，后来列名"建安七子"之一的大文人陈琳写了篇《为袁绍檄豫州》的檄文，文中声讨曹操"特置发丘中郎将、摸金校尉，所过隳突，无骸不露"，将曹操骂得狗血喷头。据说当时曹操正犯头疼病，看到檄文后出了一身冷汗，结果头也不疼了。袁绍战败后，曹操俘获了陈琳，俘获了之后曹操还是比较惜才，没有杀陈琳，曹操对这篇火力凶猛的檄文还耿耿于怀，便问陈琳：你骂我就骂我吧，为何要牵累我的祖宗三代呢？陈琳的回答言简意赅：箭在弦上，不得不发耳！

曹操听了呵呵一笑，不再计较。曹操把陈琳作为一个幕僚收到自己的帐下，这都充分体现了他在激励与奖惩方面还不错。

我们今天讲的四个方面，人才的各种使用，对我们有什么启示？我们在座的大家很多是年轻人，我们读三国，还是为了学史，明白我们今天要得到的一些智慧或者启迪，《三国演义》对我们有什么启示呢？

第五，《三国演义》对当今人才竞争的启示。

一个集团中没有人才是可怕的，有了人才没有合理利用，使其发挥作用，是悲哀的。以诸葛亮近乎神话的形象，却没有让蜀国长治久安，相反在三国中却是最先灭亡的，一直为后人所不理解。从历史看，蜀国灭亡虽然有偏安一隅，生产力发展水平低，连年征战致国力、人力空虚等因素，但南宋学者陈亮曾尖锐地指出，蜀国的灭亡，在于没有贤德的君主和可以辅佐的大臣。

知人善任是保证事业发展的基础。"善任人者，总其纲则万目张，握其纪则万目起。"合理使用人才就是要区别好管人和管事的界限。不同特长的人才是为不同领域服务的，马谡熟读兵书，胸藏韬略，出谋划策是他的强项。在平定南蛮之乱和反间曹魏取得的成效来看，马谡的能力是无须质疑的，如果从智囊者的角度思量，马谡应该是一个非常优秀的幕僚，但如果从战地指挥官的要求评价，他既没有实战经验又死搬教条，所以称马谡是一个人才，那就有点难为他了。诸葛亮弃之所长，用之所短，失守街亭自然就不奇怪了。

克劳塞维茨说"理论应该培养未来指挥官的智力"，"而不应该陪着他们上战场"。这里提出了一个很重要的问题，即如何把丰富的知识转化为作战指挥能力。曹操深知大用者不务细行的道理，刘备虽然在其他方面有些不足，但在建立西蜀政权时，人才济济，而到武侯治蜀时，西蜀人才已经寥若晨星。后来，魏向蜀发动进攻时，蜀国只剩下姜维一人东遮西挡。这时，后方兵力空虚，更重要的是人才空虚。

培养人才才能可持续发展。刘备在夺取西蜀政权时，身边有五虎上将，又得卧龙、凤雏相佐，可谓盛极一时。然而盛世一过，随着这些将领谋臣的相继亡故，西蜀也就人才无几了。吴国的孙权听取了鲁肃的建议，建立了大学社，面向全社会广招人才，才使吴国后继人才源源不断，才会有"周瑜之后有鲁肃，鲁肃之后有吕蒙，吕蒙之后有陆逊"的人才新老接替局面。

有比较才有鉴别。曹操为实现统一中原的政治野心，一开始就实施其长期的人才发展战略。曹操当权时，推心以待智谋之士，所以在他周围聚集着荀彧、郭嘉、程昱、贾诩、荀攸、刘晔、满宠等，形成一个人才群体。曹操死后，又出现了司马懿、邓艾、钟会等一群身藏韬略的智囊人物，保证了魏国不断强大。

要培育人才的忠诚度。良禽择木而栖，贤臣择主而事。当今世界人才流动极其频繁，没有忠于企业的人才甚至没有忠于职守的员工我们什么事情也无法实现，"身在曹营心在汉"是人才的大忌，徐庶终身不为曹魏设一计，固然有其政治诉求和人心所向，但也就失去了其人才的属性。而"忠臣必出孝子之门"的古训也为人才打上了道德的标签，所以，忠诚是人才属性的根本和基石。

人才是推动历史发展和人类进步的重要因素，在世界经济一体化的今天，人才关乎民族兴衰、关乎国家长治久安，关乎民生，爱才惜才、合理使用人才、持续培养人才仍然是我们永恒的话题。

人才流动的自我实现。《三国演义》第二十九回写道，孙权听到周瑜推荐非常敬慕鲁肃，命周瑜前往聘请。鲁肃当时正打算到别处谋事。周瑜见状，引用了东汉初年马援对刘秀说过的一段话："当今之世，非但君择臣，臣亦择君。"以此来说明当时的社会风尚极力称赞孙权的"礼贤下士"和"纳奇寻异"，劝说和打动鲁肃。鲁肃经过斟酌、选择改变初衷投奔了孙权。从此他们君臣相济，鲁肃得以充分发挥自己的雄才大略。

君择臣，臣亦择君，"君择臣"在人们看来是天经地义，不足为奇的。而"臣亦择君"，却难能可贵。正是这个"臣亦择君"造成了三国时代如现代所云的人才流动的生动局面。

诸葛亮高卧隆中并非是执意要老死林泉。正所谓：凤翱翔于千仞兮非梧不栖；士伏处于一方兮非主不依。"他是在以待天时"选择明君。张松、法正、孟达背刘璋而事刘备，许攸、张郃、高览离袁绍而投曹操；赵云弃公孙瓒而追随刘备；徐庶别荆州而入新野；关羽虽被迫暂时降曹，却能约法三章，终于出了许昌辗转千里重新回到刘备身边。其他如甘宁归吴、王平投蜀等。不论是静中等待还是动中选择，抑或是被迫"跳槽"，均足以说明三国时期的人才总还享有令人欣羡的很大程度上的流动的自由。

对于现代企业来说，人才流动是从战略全局上充分利用人才，从战略未来上更好培养人才的重要措施，具有巨大的心理功能和社会效应。

人才流动可以充分发挥人才的价值。此处不用我自有用我处；此处不重用展翅觅高枝；此处遭猜忌、别处找好环境。这样就可以使人才找到合适的单位和工作，既能够发挥其专长又能够造成催人奋进的激励环境。孙权不用庞统，庞统可以投奔刘备，终于当了刘备的副军师，虽然时间短促但也显露了他非凡的才能。如果当时刘备不改变耒阳县令的任命，觉得不称其志的庞统还可能再来一次流动。徐庶也是个很有天才的人，他弃刘表而投刘备实指望"共图王霸之业"，可惜不久被迫做了曹操的部下，从此郁郁寡欢，一言不发一生再没有什么作为。导演这场悲剧的是曹操。曹操因为重视人才的价值，竟劫持徐庶的母亲作为人质，迫使徐庶来到许昌。对曹操来说，徐庶即使不为自己出力也从此剪除了刘备的"羽党"。出于政治和军事上的需要这样做无可非议。对徐庶来说却是强扭的瓜不甜，身在曹营心在汉，"终身不为曹操设一谋"。更严重的是，在赤壁之战中徐庶本已识破庞统搞的"连环计"也不向曹操道破。从人才使用的角度来考察，可以看到不许人才流动对本人、对用人者，确是有害无益。

人才流动可以激励人们去追求高层次的精神目标。而追求高层次的精神目标，是人才的一个特征。流动可以为人才实现高层次精神目标创造机会和条件，从而使人超出物质需求的局限，致力于高层次精神目标的追求，促进整个社会的精神文明。想当年，诸葛亮如果没有在静中等来刘备，大概只能当一辈子"村夫"。尽管他素有凌云大志，但村夫毕竟还是村夫，总得计较春种秋收，吃饭穿衣。长此以往，他那出众不凡的志趣也终会被消磨殆尽的。

人才流动有利于形成尊重人才的良好社会风气。对一个管理者来说，人才流动是启示也是压力。由于流动可以充分发挥人才的效能，促成人才个人价值的实现，因而使管理者更加清楚地认识到人才的重要价值。同时，由于担心本单位人才流失，管理者将更加注意爱才、选才、用才、护才。这必将推动整个社会形成尊重知识、尊重人才的良好风气。

总之，企业只有把握住人才的竞争，才能使企业更加具有竞争优势，这就需要企业完善员工工作环境，把握用人机制的核心，切实从员工的生活和工作发展出发，留住优秀人才。

燕子：刚才张老师已经把人才的重要性，怎么抢人才，怎么争人才，怎么重人才，都涉猎到了，这是一个大课题，这么短时间肯定是说不完的。讲了那么多人才的重要性，人们很容易得出这样一个结论，"得人才者得天下"，真的是这样么？最后我想提出一个问题与大家一起思考。

还是回到《三国演义》来看。"曹操御将，自古少有。"曹魏人才济济，然而，曹家天下最后却落入司马家。

诸葛亮和庞统是《三国演义》中的顶尖谋士，并称"一龙一凤"。大隐士司马徽曾说："伏龙、凤雏，两人得一，可安天下。"刘备龙凤兼得，伏龙、凤雏在手，为何还是没能安天下呢？

人们的解释是诸葛亮不注重培养人才梯队，造成"蜀中无大将"的困境。相比之下，吴国后继人才源源不断，那为什么吴国也没能一统天下呢？

这就是我提出的问题，人才真的是万能的么？有了人才真的就能拥有天下么？曹操求才若渴，一请再请司马懿替他工作，司马懿装病患风瘫症，哪怕刺客拿刀来试也纹丝不动，一装就是七年，躺在床上，也不愿跟曹操。曹操统一北方后，始终忘不了司马懿，铁了心要司马懿出来帮忙，对使者说：能来呢就来，不能来呢就抬来！司马懿知道这次曹操动了真格，再装下去定有杀身之祸，无奈告别相伴多年的床铺，给曹操打工去了。曹操哪里想得到，他念念不忘、千方百计弄来的人才，竟篡了他辛辛苦苦打下来的江山。司马懿得江山，靠的可不是众多人才，他就是靠一人之力，当潜伏大师，作为曹魏的几朝元老，干了几十年，装了几十年，忍了几十年——他的风瘫在需要的时候就来，演技一流，忍功一流，到70多岁才执掌大权。最后把曹魏大权全部夺到自己手里，为西晋王朝的建立打下坚实的基础，为子孙谋得了江山。典型的前人栽树，后人乘凉。

从这里又可以解读出"人品比人才重要"的论点，人才要忠诚等等。但我们又常常念叨一句名言："不想当将军的士兵不是好士兵。"这句名言是拿破仑说的，拿破仑后来当了法国皇帝，史称拿破仑大帝，名垂千古，是不是又可以说"不想当皇帝的将军不是好将军呢？"那么，想当皇帝的将军是不是就是心怀不轨的篡权者，就是无品无德之人呢？我们现实中的很多官员，都是人才，不是人才上不来，可这些官员很多都成了腐败分子、违法犯罪分子，又该如何解释呢？

这绕来绕去，我把自己绕进去了。这里有很多悖论。人才与打天下、人才与成功立业之间，什么样的人才是真人才，一个国家、一个企业，需要什么样的人才，怎样使用人才才不至于政权被颠覆等等，都值得我们思考。这些问题，我也没有想明白。我只是想，我们在认识到人才重要性的前提下，抛出这么一个话题，大家有兴趣的话，不妨深究一下。

姚寒俊

我们这个活动还有点时间，刚好燕子老师抛出来这个话题，燕子老师的提问，大家有没有想回应的？

听众：老师想问一下，是不是应该用像诸葛亮这样的人，刘备死后他也没有造反，首先就是说德才兼备，还有稻盛和夫也说了"人品第一，勇气第二，能力第三"，这样子是不是就不会成了掘墓人了？

燕子：但是我觉得他也没有把刘家的江山保住，他不掘墓，但是他也没有把孩子教好。这就是我们在讨论人才的时候，要想什么样才叫真的人才？这个问题想深了其实蛮有意思的，这里面有很多悖论，诸葛亮很忠诚，但是也有很多人黑他，反过来解读他的。我认为诸葛亮忠诚，但是他没有把阿斗教好，他没有把蜀国江山保住。

姚寒俊

虽然时间到了，但是还是回应你一句，你不能全赖诸葛亮，也得阿斗能教得到才行。俗话都说，扶不上墙的阿斗，你非得要扶上墙能行吗？

燕子：我觉得这是可以探讨的，如果说天下是刘备传给阿斗的，这就是阿斗的东西，诸葛亮作为人臣，要想法保住这个天下。

张军：刚才这种争论交流，又回到古代一句话，就是天时、地利、人和，人和实际是人才的问题，外部成长的环境，人才自己的用武之地，我觉得可能还是需要综合考虑的。

姚寒俊

咱们今天时间到了，我们这些问题留到下次再一起讨论，咱们热热闹闹地过了一个晚上，我们三位谢谢大家参与，咱们下次再见。

南书房夜话第四十二期：
《水浒传》作者探秘及
主旨研究

嘉宾：陈斯园 赵目珍 张 军（兼主持）
时间：2016 年 9 月 10 日 19：00—21：00

张军

　　"深圳学人·南书房夜话"，是由深圳市社会科学院与深圳市图书馆联合主办，得到《深圳商报》的特别支持，今天第四十二期开讲，这期我们讲"《水浒传》作者探秘与主旨研究"。现在先介绍这次连续四讲《水浒传》的两位嘉宾，第一位是今天的主讲陈斯园，他是深圳市作协网络协会的副主任，一位对《水浒传》有很长时间的研究者，在不同的场合我们在一起切磋过关于对《水浒传》的心得，他要出版一本《水浒心学》的书，大概是 2017 年面世，大家掌声对他表示欢迎。（掌声）

　　再介绍另外一位，是深圳市职业技术学院人文学院的学者、副教授赵目珍先生，他出生在山东郓城，是宋江的老乡。他同时又是一个写古体和现代体的诗人，他出了一本《外物》，写得很不错。今天下午我们两人还参加了深圳市作家协会第六次代表大会，我和他都被选为深圳市作家协会理事，向他表示祝贺，大家欢迎。（掌声）

　　我叫张军，现在深圳市社科院文化研究所供职，时任所长、研究员，《深圳文学》总编辑。

　　《水浒传》是中国古典小说四大文学名著之一，从汉代以来中国文学就不断传承和发展：汉代有汉赋，到了唐代有唐诗，宋代有宋词，元代有元曲、话本，那么到了明清呢？明、清主要是小说，而且《水浒传》又是我国历史上第一部白话体的小说，《水浒传》风风雨雨经过了明、清以来的几百年，对它的评价也有不同的说法，一会儿我们在讨论它的主题的时候都会涉及。它的作者可能也是一个谜，也是我们现在各位学者研究考证的重点。

施耐庵（1296—约1370年），名耳，字伯阳，又名子安，又字肇瑞，谱名彦端，斋号耐庵，一般被认为是元末明初小说家，中国四大小说名著之一《水浒传》的作者。关于其籍贯，有兴化说、苏州说、杭州说。其生平因缺乏史料而众说纷纭，甚至对有无此人都有争议。他原籍苏州，生于兴化，舟人之子，13岁入私塾，19岁中秀才，29岁中举，35岁中进士。35岁至40岁之间官钱塘二载，后与当道不合，复归苏州。至正十六年（1356年）六十岁，张士诚据苏，征聘不应；与张士诚部将卞元亨相友善，后流寓江阴，在祝塘镇教书。71岁或72岁迁兴化，施迁白驹场、施家桥。朱元璋屡征不应；最后居淮安，1370年卒，终年74岁。著有四大名著之一的《水浒传》。

近些年，《水浒传》作者施耐庵的问题又引起了文史界的广泛关注。是由江苏省兴化、大丰两县发现了一些有关施耐庵的文物资料引起的。

"水浒"故事虽然流传甚早，但《水浒传》的刊行和广泛流传却是始自明代嘉靖年间，早期的几种版本的署名又不一致，或署罗贯中，或署施耐庵，或并署施、罗二公。而前此并无任何记述施耐庵的文字，此后的文字也极简略，且多臆断之词不足为据。所以人们无从知道施耐庵是何时、何地的何许人物，有人甚至怀疑是否真有其人。中华人民共和国成立后的几部中国文学史、小说史，都有其说：游国恩等主编的《中国文学史》中说："关于施耐庵，没有什么可靠的历史记载。"中国科学院文学研究所编《中国文学史》中说："施耐庵大约是和罗贯中同时的人。他的生平事迹不得而知。"

1952年冬，《文艺报》公布了近人所修《兴化县续志》中收录的署名王道生的《施耐庵墓志》、兴化县《施氏族谱》中所载明朝淮南一鹤道人杨新撰写的《故处士施公墓志铭》等材料。《施耐庵

墓志》说："公讳子安，字耐庵，生于元贞丙申岁，为至顺辛未进
士，曾官钱塘二载，以不合当道权贵，弃官归里，闭门著书"，"先
生之著作，有《志余》、《三国演义》、《隋唐志传》、《三遂平妖传》、
《江湖豪客传》（即《水浒传》）"。《故处士施公墓志铭》说："先公
耐庵，元至顺辛未进士，高尚不仕。国初，征书下至，坚辞不出，
隐居著《水浒传》自遣。"由于其中有明显的破绽，大多数研究者
不予置信，譬如元至顺辛未年并没有举行进士考试，施耐庵何以能
是至顺辛未科进士呢？《施耐庵墓志》作者王道生自谓施耐庵"逝
于明洪武庚戌岁（1370年），享年七十有五。届时余尚垂髫"，可见
他不大可能活到景泰初（1450年），可是他却把嘉靖间人田汝成的
《志余》，即《西湖游览志余》，也归到他的名下。

　　一些研究者对施耐庵的问题做过一些探索，补证前人已经提出
过的几种看法：一是坚持认为王道生的《施耐庵墓志》是可信的，
如刘冬的《施耐庵探考》等；二是认为施耐庵实无其人，不过是明
嘉靖时官僚武定侯郭勋或其门下士之托名，如戴不凡的《小说见闻
录》中之《疑施耐庵即郭勋》文等；三是认为施耐庵为元末人，可
能就是曲家施惠，如王利器的《〈水浒全传〉是怎样纂修的》。由于
皆无确证，所以也只能是各备一说，未能为广大研究者接受。文史
界对兴化、大丰两县新发现的一批文物资料非常关注，是很自然的
事情。人们都希望有确凿的资料，来解开中国文学史上的这个谜。
就《水浒传》来看，明清人的这种说法是符合实际的。

　　撇开兴化、大丰发现的材料，就《水浒传》本身来考察：《水
浒传》应该不是一位作者一时写成的书，它的成书有一个漫长的过
程。作为一部情节连贯，人物性格统一的艺术整体，又应该是有一
个基本定型的主要完成者。现存《水浒传》的最早版本，大都是并
署施耐庵、罗贯中二名，或题"施耐庵集撰，罗贯中纂修"，或题
"施耐庵的本，罗贯中编次"。罗贯中是实有之人，有文献可证，其
年代、事迹是可以约略窥知的。其《三国志通俗演义》明署"晋平
阳侯陈寿史传，后学罗本贯中编次"，与《水浒传》的署题格式相
类。所以，我们没有理由怀疑《水浒传》的署题，是后人随意为之。
高儒《百川书志》卷六："《忠义水浒传》一百卷。钱塘施耐庵的

本，罗贯中编次。"清初周亮工《因树屋书影》卷四也说："《水浒传》相传为洪武初越人罗贯中作，又传为元人施耐庵作。"

《水浒传》写宋代的故事，在地名、职官名、人事称谓等许多方面，大都符合宋代社会的实际。杂用元代事语的情况并不多，明代的事语就更是个别的了。古人写话本小说，是不懂什么历史主义的，不会像现代作家写历史小说那样，懂得要力求符合历史实际，要查阅大量的历史资料。所以，《水浒传》的这种情况，与其说是表明作者历史知识丰富，而又力求在写作中忠实于历史，倒不如说是表明作者生活的时代去"故宋"尚不甚久远，他一方面借助旧的话本，如《大宋宣和遗事》，一方面通过故老传闻，对宋代的名物制度、社会习尚比较熟悉，从而写来极少误差，避免出现《金瓶梅》中那种宋朝人做明朝官的错乱。再加上《水浒传》的基本语言，如现代的一些学者所论证的，和元人杂剧的语言非常近似，那么，谓其祖本成书的年代，也就是其作者生活的年代，当为元代，至迟不晚于元末。

为了让大家有一个总体的印象，我想先请赵目珍老师把整个对水浒的概况做一个介绍，然后我们再进入陈斯园老师的主题，大家欢迎。（掌声）

赵目珍： 我先来大概梳理一下关于《水浒传》作者研究的概况，然后我们再聆听陈斯园和张军二位先生的见解。在这个过程中，我们有什么问题还可以讨论。大家知道，《水浒传》的成书在明代，有的学者认为是在明初，有的认为是在明代中叶。但不论其成书是明代的哪一个时期，它都经历了一个过程。很显然，它是在以前的水浒故事的基础上逐渐成型的。大家都知道，《水浒传》是取材于北宋末年的"宋江起义"。"宋江起义"之后，在南宋初的时候，其故事就已经开始在民间流传，而且坊间的很多说书艺人也开始说水浒故事，所以《水浒传》这本书应该说在它之前已经有很多成型的关于"水浒"的独立的故事。有的学者把南宋时期形成的水浒故事，称为"南水浒"。大家知道宋朝偏安之后，到了南宋，建都临安，立足江南，所以南宋时期流传着很多关于"水浒"的故事，有的学者就把它们称作"南水浒"故事。而到了南宋灭亡之后，进入元代，元代那时候建都是北方，大家都知道元代时元杂剧很繁盛，元杂剧中也有很多关于"水浒"的剧目。据香港的学者刘靖之统计，元代水浒杂剧有 36 种，现在传世的还有 10 种，像高文秀的《黑旋风双献头》，康进之的《梁山泊黑旋风负荆》，李文蔚的《同乐院燕青博鱼》等。所以"南水浒"和"北水浒"里的这些故事或剧目应该就是《水浒传》成型的基础，它们构成了《水浒传》成书的重要资料。所以就我个人的观点来看，我觉得《水浒传》一定是经历了一个世代累积的过程，在这样的意义下讨论《水浒传》的作者问题是非常困难的。大家看现在通行的《水浒传》版本，包括人民文学出版社出版的"中国古典文学读本丛书"中的《水浒传》，中华书局出版的"四大名著名家点评"本的《水浒传》，署名都是施耐庵和罗贯中著，我觉得这个"著"字的署法就不合适。倒是以前明清人刊刻的《水浒传》以及一些笔记里面对《水浒传》署名的方式比我们现代的本子要严谨许多。我们看一下以前明清时期刊刻的《水浒传》，比如早期的 115 回本的《水浒传》，署名是"东原罗贯中编辑"，这里用的不是"著"，也不是用的"撰"，它是叫"编辑"。另外，像明代万历二十二年（1594 年），余氏双峰堂刊刻的《京本增补校正全像忠义水浒传评林》，作者的署法是"中原贯中罗道本名卿父编集"，也是叫"编集"，尽管"集"字不一样。此外像嘉靖间郭勋家刻的《忠义水浒传》一百回本和万历四十二年袁无涯刊刻的《忠义水浒传》一百二十回本，署名是施耐庵集撰，罗贯中纂修，用的是"集撰"和"纂修"的字样，它表明这不是一个人创作的。另外像明人田汝成、胡应麟、林瀚等在他们的笔记著作中，用的也都是"编撰""编""集成"这样的字眼。总之，明清这些版本或笔记表述中署名的方式都近似于"编"，像"集撰"这样的说法至少也有编的成分，而"著"和"撰"的表述就不一样了。但是我们现在的一些版本比如人民文学出版社、中华书局等出版的许多版本都是用的"著"，我觉得这个说法是不合适的，应该加以修正，因为《水浒传》中很多故事并不是施耐庵和罗贯中生活的时代才有的，更不是罗贯中和施耐庵他们两个人原创的。后来明人郎瑛、高儒的观点有些变化，他们都认为《水浒传》是钱塘施耐庵"的本"，罗贯中进行了"编次"。万历三十年前后刊刻的容与堂本却是个例外，它署名的方式有了大变化，署的是施耐庵撰，罗贯中纂修，尽管署名仍是两个人，但是已经是施耐庵"撰"了，大家知道这个"撰"字其实就是创作的意思。这已经是在认可施耐庵的创作权。现在关于作者（应该说是编订者或集撰者）比较流行的几种说法，我大概说一下，一个是施耐庵说，认为《水浒传》是施耐庵著的，这个观点应该说是萌芽于容与堂本，后来到了明末清初的金圣叹，大家知道金圣叹有一个所谓"腰斩本"的《水浒传》，他把 71 回之后的部分砍掉，把第一回改成楔子，后面依次更订为第 1—70 回，实际上就相当于是一个 71 回本的《水浒传》，他在署名的时候就直接写施耐庵撰，就是明确地认定《水浒传》是施耐庵写的，这个说法问世以来非常流行，一直持续到咱们中华人民共和国成立以来，基本上都是延续这个说法，包括咱们现在中小学教材里面也都说是施耐庵，这个说法造成的影响非常大，以至于金圣叹这个版本出来以后，很长时间里人们都不知道还有其他的版本。直到 1975 年人民文学出版社出 100 回本的《水浒传》，就是我刚才提到的，写的名字才改成了两个人，就是施耐庵和罗贯中，但是用的字眼还是"著"，还是认为是他们两个人合著的《水浒传》。第二个说法就是施耐庵和罗贯中合作，认为是他们两个合作写的，这个合作的说法有的是说施耐庵作的，罗贯中续写，大概就是认为前面 71 回系施耐庵作的，后面近 30 回包括招安、征辽、打方腊等故事这些都是罗贯中续的，而且金圣叹对后面这二十几回，他是很不认可的，他觉得这样太便宜梁山这一班强盗了，造反的人怎么可能有这么好的结局。他认为忠义在朝廷，不在水泊。所以他很果断地把后面的二十几回砍掉，他认为后面的二十几回就是罗贯中"狗尾续貂"，完全没有朝廷立场，这是"施作罗续"。另外就是施耐庵作，罗贯中编订，大概意思就是水浒这本书都是施耐庵写定的，但是罗贯中在这个过程当中，又做了一定的编辑。另外还有说是施耐庵作的，罗贯中进行了改写，还有说是罗贯中作的，施耐庵改的，总之很多种说法。但是大家去看以前这些学者的立论，他们也都有某方面的道理，但是也都不是很严谨，也都不能明确说明他们这个观点就是对的，这是第二个说法。第三个说法就是罗贯中说，就是认为是罗贯中写的，比如前面提到的115回本和双峰堂本，都认为是罗贯中编辑或编集，只有罗贯中一个人的名字。这是比较流行的三种。关于作者为罗贯中的说法，其实还有一些意见，比如，有的学者通过对比《水浒传》和《三国演义》，认为这两本书的写作手法看起来就是一个人写的，因为大家都知道，《三国演义》以前也多认定是罗贯中的手笔，所以这个观点就认为，《水浒传》和《三国演义》其实就是一个人写的，那是谁呢？就是罗贯中。那施耐庵这个人是怎么回事呢？有些人的观点就认为施耐庵其实是一个化名，类似于说是《水浒传》的"作者"假托了一个名字叫施耐庵写《水浒传》，这是个很有意思的观点。另外还有一些学者，从历史、地理的方面考证，认为确实也有施耐庵这个人，他跟《水浒传》也有关系，但是他跟《水浒传》是什么关系呢？就只是提供了一个原始的材料给罗贯中，最后是谁把这个书编成的？是罗贯中编成的。以上是最流行的三种观点。另外还有一些观点，我简单说一下。一个认为是山东罗贯中说，大家一听这个说法，就能够意识到，这种观点认为，叫罗贯中的不止一人，他其实是有两个人，在山东有一个罗贯中，在另外一个地方还有一个罗贯中，这个根据是什么？因为大家知道，《水浒传》里面围绕的地理中心是山东的郓州，也就是宋代那个时候称作郓州的地方，认为罗贯中的家乡是郓州，他对自己的家乡很有情感，而且对水浒中这些英雄人物的故事耳濡目染，他心中有一种创作的激情在，这是"山东的罗贯中说"，而且大家知道，在元代的杂剧里，在"北水浒"这些故事里面，很多元代的杂剧创作的中心都是在山东的东平，山东东平这个地方有一个作家群，作家群里面有一个作家叫高文秀，高文秀一个人写水浒戏（杂剧）就写了9部，所以大家看在山东一带产生《水浒传》是非常有可能的，所以这个观点的学者认为山东的罗贯中写了这个《水浒传》，而不是另外一个地方的罗贯中写的。最后一个观点是陆续完成说，就是这部书是断断续续很多人通过一定积累完成的。这种陆续完成说认为《水浒传》的作者有两类，一个是单篇的水浒故事，比如说前70回中的杨志督运"花石纲"、杨志卖刀、晁盖智取生辰纲以及与宋江有关的一些故事，还有宋人"说话"中的一些故事，比如"青面兽"的故事，"花和尚"的故事，"武行者"的故事，还有元杂剧中的"双献功""李逵负荆"这些剧目故事到底是谁最初创作的？有人认为其中的某些故事是在宋代时很多坊间的艺人说书的时候，为了讲这个故事，不得不写一个底本，就是类似于写一个提纲或者简单的故事雏形，然后说书的时候照着这个提纲或者故事雏形来讲，所以这些故事可能就是在北宋末到元代末期一些口头传说的人或者一些民间说话的人最初写出来的。而像元杂剧里那些水浒故事（也相当于是《水浒传》的某些单篇故事）的作者可能就是元代那些出身底层的元杂剧作者。但是这些人具体都是哪些人，除了一些留下名号的，其余的现在已经无法考证了。另外一类作者是编辑整理者和续写者。在《水浒传》成书之前已经出现了这么多的故事了，那么完全可以有一些有心人想到把这些故事辑录起来，按照一定的顺序，按照一定的逻辑把它们编成为一部书，这样的"作者"就是编辑整理和加工者。另外就是还有一些续写的人。第二类作者中的这些人当然也包括了咱们前面提到的郭勋、李贽、袁无涯、金圣叹这些人，实际上他们这些人也是《水浒传》的作者。这叫陆续完成说，也就是这部书不是哪一个人把所有的故事写下来了，然后编成一本书，不是这样的。以上就是对《水浒传》"作者"观点的一个大概梳理，下面我们来请张老师和陈老师谈谈他们的观点。

张军

　　好，刚才赵目珍老师把《水浒传》的作者给大家介绍了，众说纷纭，我觉得有点考证的成分，很多学者都是依据一定的史料来力图证明自己的观点。在我来看，首先是在元杂剧中有这样一些单本，比如说武松、李逵、潘金莲这些故事，然后慢慢形成了整体，再到明代以后形成了话本，《水浒传》是缀集话本而成的长篇，也就保持了宋元话本的特点：一是以说故事为主，中间时时插入词、诗、对联、摘句、骈文。二是经常插进话人的习惯用语，或以"看官牢记话头"之类的话来转换情节，或以自问自答的口气补充交代、解释所叙述的内容，如第二十三回有"说话的，柴进因何不喜武松？原来……"一段便是；或借以做些调侃、卖关子，如第三十二回叙述宋江离开清风山去清风寨投奔花荣，接着说："若是说话的同时生，并肩长，拦腰抱住，把臂拖回。宋公明只因要来投奔花知寨，险些儿死无葬身之地。"三是还残留着原来的话本最后交代题目的话，如第四回叙述毕鲁智深醉闹五台山，接着："此乱唤作'卷堂大散'"；第十六回叙述晁盖等人在黄泥冈劫取了生辰纲，也有一句："这个唤作'智取生辰纲'"；第四十回写梁山好汉江州劫法场后退到白龙庙中聚集，也有一句："这个唤作白龙庙小聚义。"在说话这种技艺中，这叫"缴题目"，所以话本小说中颇不罕见，如《月明和尚度柳翠》末尾就有："这一回话，唤作'显孝寺三喝机锋'。"这种种情况表明，《水浒传》就是编集话本而成的，甚至可以说它本身就是话本。

我觉得可能当时也需要一些有文化的人来把它付诸文字，而施耐庵应该是作为一个主要的、付诸实践地把它变成文字的人。到了明代的时候，话本比较流行了，就请人代笔，有一些民间艺人把这些故事讲给施耐庵这些文人们听，由施耐庵编成了一个《水浒传》的雏形，在这期间，也有说到施耐庵是罗贯中的老师，在这个编纂中，可能罗贯中更具有文学才能，罗贯中依据陈寿的《三国志》，形成了"七实三虚"《三国演义》，可能他们把《水浒传》本子在一起切磋的时候，施耐庵形成了一个基本的小说原型，由罗贯中再来纂修，形成了施耐庵原著，罗贯中纂修，这也是一种说法。

可以想象到《水浒传》作者探秘认为是"施耐庵的本，罗贯中编次"，或者是"施耐庵集撰，罗贯中纂修"，确乎是如实地反映着它成书的情况。"话本"，就是真本。这表明施耐庵是《水浒传》的原作者，是他在旧有的话本的基础上编撰成一部长篇话本。他在统一的艺术构思下，组织材料，将许多本来不相关联的短篇连成一个艺术整体，而且也对旧有的材料进行了改写和再创造，故又曰"集撰"。罗贯中又在施耐庵的本子的基础上进行了补充、编订、润色，便成了一部20卷本的《水浒传》。大约是出于尊重事实，或者表示言之有据，也或者是以前人做号召，像他作《三国志通俗演义》，在卷首明白地标明是以陈寿的史传为本一样，这里也明白地标明是根据施耐庵的本子编订的，并非独自创造，所以仅称作"编次""纂修"。

作为一个学者，不想蹚这个浑水，这个问题可能弄不清楚，下面请陈斯园先生跟大家演绎。

陈斯园：这个问题其实还是有关名利的问题。刚才两位老师讲得很严肃，不过这个问题可以轻松化解。如果说施耐庵是《水浒传》的作者，当时他就不会承认，因为著名作家现在是名利双收，而当时《水浒传》是通俗小说，作者是不可能署上自己的名字的，九儒十丐阶段呀，如果作者是大名士，《水浒传》写得很有艺术性，他也不愿意署名，因为当时诗是高层的，文章是高端的，小说是引车卖浆者为粉丝的。所以说，无论作者是个大名士，还是说书艺人，都不愿意署名的，丢人啊！四大名著，找一找作者，为什么找不出来，这才是真正的根源，因为当时作者不会因为小说而名利双收。

四大名著是我们传统文化的传承支流，作者很穷，但其书不穷，会被高人青睐。明代山东大戏剧家李开先（1502—1568年）在《词谑》中有一句话高评《水浒传》："史记而下，便是此书。"明代中期，文人思想已经非常开放并接地气了，大佬看小说已经不再把它看成是说书艺人的话本玩笑，而是把小说当成一个正经的东西来看了，例如江南四大才子之一文征明（1470—1559年），晚年手抄《水浒传》。用自己的书法抄写《水浒传》，这就是文化的传承。文征明也不知道或者也不说《水浒传》作者是谁，薪火相传，大家可能都不知道"薪"这个名字，但是薪还是存在的，作者也肯定是存在的。

首先《水浒传》故事是众多百姓人物，《水浒传》故事多可以独立成篇，譬如武松打虎，后来又演绎出很多其他故事，再传承一个长故事，即是"武十回""鲁十回""卢俊义"等，这几大板块结合到一块，就形成了一个几十回的《水浒传》古本。《三国演义》是七分真实，三分虚构，但是《水浒传》99%都是虚构的。宋江这个人在历史上是存在的，但当时规模只是千人"飞虎队"，后来在小说中变成20万，把辽国灭了，宋江能灭辽国吗？不可能的，但是我们从中可以看到人民群众在创作这个故事的时候，有它鲜明的正义性，譬如武松打虎，除暴安良，斗杀西门庆，也是除暴安良，教导我们要学习武松那种精神。

再回头说到作者的传承，宋末元初，一部2万多字的《大宋宣和遗事》就有相当规模了，是以宋江为主题，基本上和《水浒传》目前的架构是差不多的，有一个雏形，就是说《水浒传》开始萌芽了，之后又经过了100多年，这中间又有元杂剧中水浒戏的诞生，刚才赵老师也说了，山东高文秀写了9部，所以我们目前看到的《水浒传》并不是某一作者写的，而是很多原先都写好的，后来作者做了一个组合。元杂剧与小说话本的结合就会形成一个几十万字的单行本，就是金圣叹所吹嘘的古本。金圣叹腰斩《水浒传》，他忽悠大家，他说前70回与后30回是分开的，其实这是不太可能的，鲁迅先生早就揭露了金圣叹这种说法，鲁迅先生说，金圣叹主张施耐庵原著，罗贯中编辑，其实罗贯中应该比施耐庵更早。所以说，通过这两个人就揭穿了金圣叹的造古本，但是金圣叹说有古本在，它确实存在，不是金圣叹70回本，真正的古本是什么？原名应该叫《宋江》，这是我今天讲的第一点。当然并非我的臆造，而是最早论及《水浒传》作者的明代杭州藏书家郎瑛说："《三国演义》《宋江》二书，乃杭人罗贯中所编。予意旧必有本，故曰编。《宋江》又曰钱塘施耐庵的本。"《水浒传》原名《宋江》，很容易理解，就是刚才我说的《大宋宣和遗事》以宋江为主角的《水浒传》系统故事，当然可以从中篇蝶变为长篇。

《水浒传》的终极传承，是不可能由说书艺人再来完成了。古代经典，大多起初可能是民间的，包括《诗经》可能也是民间的吟唱，后来经过高层文化人来进行修饰才形成《诗经》。《水浒传》小故事肯定是众多说书艺人自由创造，后来形成几十回本的《宋江》，再到目前我们看到的成书100回或者120回的《水浒传》。这样一个宏大的结构，应该由一位文学造诣非常高深的作家人才来写的，这个人不再是明初的施耐庵，应该是杨慎（1488—1559年），这就是我今天给大家提供的第二点。杨慎是明代状元，号升庵，其实"庵"字是在宋代、明代文人、说书艺人中常用的一个字，并不是因为这两个字相同，杨慎就跟施耐庵有关系。当然，文化是有传承的藕断丝连，这是一个丝连，并不成为真正的联系。

张军

刚才陈老师又进一步对《水浒传》的作者究竟是谁阐述了他自己的观点，从客观的学者角度看，我认为施耐庵有可能是作者的有这样三点：第一，他是书香门第世家，文脉有传承。他的祖上是孔子七十二门生之一施之常后裔，所以他们家教的传承是一直延续到他那个时代，就是一个书香门第的世家，这个是可以肯定的，也是有据可查的，说明他是一个文人，他有文字功底。第二，非常熟悉《水浒传》所写的地理环境、风土人情。他曾经到过梁山泊，杭州，他对梁山泊非常熟悉，写《水浒传》的主要背景就是梁山泊，所以他对地理环境、风土人情非常熟悉，因为他在那里客居的时候，有非常多的了解，虽然他从本子上来说还是按北方基准方言宋代的一个官话来写这个小说，但据考证，他是属于江、浙这边的人，《水浒传》作者长期生活在杭州。也可以从《水浒传》中找"内证"。从地理态势方面的描写来看，宋江征方腊，攻杭州，自秀州进军临平镇，以至东新桥，扎总寨于皋亭山。其水军自北新关，越京杭大运河，过古塘（荡），翻桃源岭，进驻灵隐寺。这些大大小小的地名与方位，都描写得非常具体而准确。宋江分路进攻杭州城门，东西南北，城门名字，都毫无差错。不但如此，城东菜市门外，只描写鲁智深与方腊国师邓元觉步战一场，而城西北的北关门外，则描写为攻打杭州的主要战场，步兵、马军先后都上，战斗了三四场，牺牲了郝思文、徐宁、索超、邓飞、鲍旭五位将领。为什么要这样描写？因为，菜市门外历来是菜地，土质松软，易于塌陷，而北关门外则是有数十平方公里的干旱地，便于驰骋纵横。可见，作者对杭州城门外的土质地势，也很熟悉。第三，我觉得施耐庵是《水浒传》这部书的作者的另外一个原因，就是书里面那些原型人物实际是他现实生活经历的人和事件。有的是他过去谈的对象，比如说，他谈的第一个对象就姓潘，结果人家不干了，第二个就叫潘巧云。所以潘金莲，我当时看小说就想，难道小说里面的原型都是他自己内心的那两个离他而去的女子？这两个都弃他而去了，他就发泄自己内心的郁闷，把这两个女子都写得很坏。潘金莲跟西门庆、潘巧云与和尚做那种淫乱之事，都是虚构的故事。《水浒传》作者施耐庵的后人给武、潘造像，并写了道歉诗。2009年12月18日，施耐庵的直系后人施胜辰（河北省著名书画家）专程到清河县武松祠，代表先人向武氏后人表达歉意，为武松和潘金莲造像，并写下道歉诗，该诗至今仍裱糊在武松祠墙壁：

　　杜撰《水浒传》施耐庵，武潘无端蒙沉冤。

　　施家文章施家画，贬褒迄今数百年。

　　累世因缘今终报，正容重塑展人间。

　　武氏祠堂断公案，施姓欠账施姓还。

　　所以从客观来分析，结合我刚才讲的两点，我觉得这点作为一个客观条件也可以印证，下什么结论不能凭空而论，根据他个人的经历，他里面有写到这两个原型，我觉得可以印证他是作者的说法。我觉得这两个客观存在的条件可以支撑刚才两位老师说的观点。

赵目珍：下面我们进入第二个内容，就是讨论一下《水浒传》的主旨思想，主旨思想说白了就是作者写这本书到底想表达什么？其实大家心里面印象最深的可能就是"农民起义说"，我相信大家对这个观点可能印象更深一点。20世纪以前，我们说主要是从伦理学的角度来进行道德阐释，两个大的观点，一个是李贽的观点，大家知道李卓吾评点了《水浒传》，影响很大。李贽认为《水浒传》就是一部忠义之书，他的观点就是"忠义说"，《水浒传》实际是一部表达忠义主题的书。李贽当时的理解是，按照中国传统的观点，大家都认为应该是"小德服从大德""小贤服从大贤"，但是《水浒传》里面所描写的恰恰是相反的。宋江他们这些英雄人物都被逼上了梁山，而那个时代朝廷里面当高官的都是一些什么人？大家最熟悉的高俅，包括童贯、蔡京、梁中书，这些人都是一些奸邪小人，是他们统治着像宋江这样的英雄人物，所以李贽认为这个社会其实正好是把"小德服从大德""小贤服从大贤"的秩序给颠倒过来了。正是因为这个社会跟我们理想中的社会秩序是相反的，所以李贽认为这样一种情势势必是把天底下那些忠义之士全部逼上梁山，因为这个社会比较黑暗，好人只能是被逼上梁山，所以他觉得，《水浒传》里面这些人物都是大贤人，都是有情有义之人，有才能的人都被逼到梁山上去了。当然，像宋江后来又带领这些英雄人物归顺朝廷，这其实又是一个"忠"，所以他觉得《水浒传》里面的英雄人物忠于君、义于友，都是一些有忠有义的人，《水浒传》里面的这些英雄人物都是一些忠义之士，而且李贽在里面把宋江这个人归为忠义的典型代表。李贽认为宋江这个人身居水浒之中，而心实际是在朝廷那里的，因为他时刻想着归顺朝廷，所以认为他是一个忠义之士，李贽把宋江称为"忠义之烈"，认为宋江在忠义方面体现得是最典型的一个人，这是一个说法，是20世纪以前李贽的"忠义说"。

另一个观点，就从统治阶级这方面来看，代表统治阶级权力话语的，也就是那些所谓的正统的知识分子的观点，就是"诲盗说"。什么叫诲盗？就是教大家都去做强盗，对于正统阶级来讲，这部书写了那么多绿林好汉，都打家劫舍，都到梁山聚义去了，实际上他们是反抗朝廷的，他们是不把朝廷正常的秩序放在眼里的。所以，持这种观点的人认为，如果大家都去看《水浒传》这部书，就会把天底下的好人都教坏了，大家都去做强盗去了。大家看，《水浒传》里面描写的梁山泊实际上有点理想国的味道，梁山泊实际是个乌托邦，什么大秤分金银，大碗喝酒，大口吃肉，这实际是一个理想社会，所以就认为《水浒传》这部书实际是教大家都学坏，这叫"诲盗说"。所以大家知道，从明代开始，一直往后到清代，《水浒传》都被统治阶级认定为是一部禁书，明代的时候曾经几次下令要把这个书销毁掉，大家手里都不要有这个书，一旦查到你，把你抓起来。所以如果大家从禁书的方面来研究《水浒传》其实也很有意思。这是对20世纪以前两个大的主题的解读，其实都是从封建伦理学的角度来进行阐释的，有点类似道德绑架的味道。

第二个观点，就是"投降说"，大家把这个观点与前面一个观点可以联合起来看，你会发现，"投降主义说"所依据的就是梁山聚义之后受招安、征辽、打方腊等这些故事的，是针对这部分的。这个说法的来源其实也跟毛泽东有关，这个"投降主义说"引起广泛影响的时间主要是"文革"期间。大家知道"文革"期间，毛泽东指出宋江是投降主义路线，《水浒传》是一个反革命的教材，实际当时的背景就是反修正主义，所以，"投降主义说"也是一个时代性的解读，跟当时"文革"的背景有关。

第三个说法就是"市民说"。"市民说"的最早萌芽应该是鲁迅的观点，他曾经说《水浒传》是为市井细民写心。后来的文章里，像伊永文的一篇文章《再论〈水浒传〉是反映市民阶层利益的作品》里面说"《水浒传》是根据市民阶层的理想，着重地反映了市民阶层的反抗思想行为"，王开复的文章里面说"《水浒传》是在城市说话记忆的基础上形成的，它所描写的生活自然是以城市为主，所表达的观点和抒发的感情自然是城市下层人民当中流行的观点和感情。"

第四个影响比较大的说法就是"忠奸斗争说"，这一观点认为，《水浒传》实际上反映的是地主阶级内部忠的一派和奸的一派的内部斗争，是一个内部斗争的主题，不是农民阶级跟地主统治阶级两个阶级之间的斗争，变成了同个阶级内部矛盾的斗争。

其实，对《水浒传》的主题解读越多越丰富，就越能证明这部小说的价值。《水浒传》作为四大名著之一，它应该具有经典性。那么，什么是经典？我觉得"经典"所应该具备的要素之一就是具有无限阐释的可能。这是我个人的观点。下面请张老师和陈斯园先生来谈一下他们的理解。

张军

刚才赵老师对《水浒传》的主旨也谈了自己的几种说法，实际上《水浒传》从它的成书过程到它的多层次结构，比我国古代任何一部长篇小说都更为复杂：不同的时代，不同的作家，由于不同的世界观，在他们笔下的作品中，就表现出不同的思想内容，要想用简单的思维方法、用一句话就去归纳它所表现的主题思想，显然是比较困难的。为了说清楚这个问题，我想再适当联系与《水浒传》有密切关系的事情来谈，相互参证，这样，或许能够比较清楚地说明这个问题。

关于《水浒传》主题思想的论争，众说纷纭，莫衷一是。概括为以下多种说法：忠义说、诲盗说、农民起义说、投降主义反面教材说、两种《水浒传》说、市民说、游民说、忠奸斗争说、农民革命的一面镜子说、地主阶级内部斗争说，还有"两种《水浒传》，两个宋江"的观点，由此可见，这个问题十分复杂，有进一步开展争鸣的必要。按照伽达默尔哲学诠释学的理论，任何现象都是历史的、有限的，因而对它的诠释也是相对合理的。以上各种主题说都有其历史的合理性。按照权力话语理论，"一切事实都是某种解释，是'权力意志'的表达。确切地说，所谓'真理'或'真实'，不过是一个特定的时代和社会的权力集团的意识形态的某种表达而已"。

《水浒传》的主题就是官逼民反、逼上梁山，作为下层反对封建统治阶级的一次农民革命，这是我们通常正统观念的一个主旨。这个主旨支撑了一点，就是农民起义，以晁盖、宋江为首的梁山义军，是一支农民起义军。

我们从正统的观念来讲，把这些各种主题的说法介绍给大家。下面我们请陈老师来发表他另类的高见。

陈斯园：谢谢，我想提出一种新的说法，我认为《水浒传》看以下四个人，我们通过这四个人看他们身上的光，可能会发现《水浒传》的中心思想。第一，儒家的人物，宋江一出场，对谁都是彬彬有礼，彬彬有礼的背后也是有投资的，例如阎婆惜流浪街头，他送20两银子，但最后结果呢？他包养了阎婆惜，这就是抄底投资，而不是助人为乐。助人为乐是谁？鲁智深，佛家的代表。金翠莲在一个大排档卖唱，被郑屠欺负，鲁智深果断出手，救下那个乐手，他就忘记了她的名字，也忘记了这件事，后来鲁智深到五台山的时候，金翠莲没有忘恩，衬托了鲁智深是雷锋前身，助人为乐是不求回报的，这就是佛家。

我们再看一下道家，公孙胜，公孙胜是大智慧，吴用是小聪明，公孙胜的师傅罗真人教训天杀星李逵，因为李逵是不分军民、排头砍去，是英雄所为吗？是一个好汉而已，所以作者要教育惩罚他。罗真人把他"哗"飞上天，"哗"然落地，最后给他扣了一个屎盆子。就像《红楼梦》里面的骚扰凤姐的贾瑞，被扣了一个屎盆子一样，所以说伟大的小说都是有传承的，所以我们可以看到儒家、道家、佛家都在提倡正义。

还有一个是谁呢？武松，大家会想，武松不是一个和尚吗？不，武松是假行僧，穿行头而已，自然吃酒肉，最后被宋徽宗封为清忠祖师，属于道家尊号。武松与人一见面常说"武松是个粗人"，"粗人"是什么意思？非礼也，墨家侠客之风采，就是"鄙人"，"鄙人"墨子脸上有墨，武松这位黑胖大汉也有黑色金印。墨子的精神的真正传承人不是黑矮胖汉宋江，他后来以为耻辱，涂去金印，在水浒英雄里，墨子的精神就是武松的精神，行侠仗义，力求公平，这就是墨家。墨家在春秋战国时的影响是非常大的，但是在后来两千年来的封建帝国历史发展过程中，儒家、道家、佛家发展比较强盛，墨家没有得到大力的推广，但是我们可以看到墨子卫星开始飞天了，我们开始注重学习墨子了！

从文化视角看小说臧否，也可见作者立场。作者对儒家宋江点赞，也批判；对佛家鲁智深，几乎全部是赞扬；对墨家武松，最后让他折了一条胳膊；对道家公孙胜，更也是隐含的仰慕。王阳明心学有云："除山中贼易，除心中贼难"，就是说宋江这样的枭雄，扶持成功是很容易的，但是人心是很难修养的，也是很难帮助的，自我修养或者帮助别人从心开始，所以"正心"是作者塑造小说人物时候认真斟酌的。所以我们看水浒英雄之正气多少，再看其是否正心，就看到四个儒、道、佛、墨代表人物在水浒故事里面的表现，从而深谙作者传承了中华文化正能量。

所以我们需要文化大视野，重读《水浒传》，正确把握《水浒传》的正气描写与正心本意，才能继续从古典文学名著里传承真善美。

张军

刚才陈老师从文化学的角度对水浒的主题做了一个阐释，下面的时间可以和大家进行互动。我们今天主要谈了《水浒传》作者与主旨这两点。《水浒传》是四大名著之一，我们要介绍它的作者、主题思想，主旨思想是我们文本内部的，但是作者是文本外部探讨的问题，因为按照西方美学的接受美学来说，一个作者完成了他的作品以后，他只完成了创作的一半，另一半只有交给读者，读了以后，这部作品才算叫完成，所以这个观点作为接受美学，我是赞成的，这也是检验我们书的优劣的一种很好的方法，也是完成整个读书全过程的一个规律，所以我们虽然现在没有直接接触到文本内部来谈，但是谈到了文本的主题思想，我们看关于作者和主题思想的一些关联性的问题。大家现在可以互动一下。下面将时间交给各位听众，希望大家踊跃和我们对话，厘清一些思想认识。

听众：我有两个问题，第一个问题，刚才张老师提到的，《水浒传》这部书跟《金瓶梅》的关系还是很密切的，我想了解一下它们的关系，一个是人物背景的关系，作者怎么来考虑这个问题，以及时间背景这两个点，想请几位老师谈一下。第二个问题，就是《水浒传》有很大一点可能大家没有谈到，就是"忠君"的思想，这个思想是不是当时大家都这样认为的？还是编辑也好或者编撰人也好的一个思想局限性，老百姓或者他们会认为所有的坏事都是皇帝下面的人干的，就是地主或者大臣，皇帝永远是好的，他们反的不是朝廷，而是朝廷下面的贪官污吏，这个问题就涉及老百姓的局限性，以及作者的局限性问题，他会怎么考虑这些问题？谢谢。

张军

我先回答你的第二个问题，我们在读《水浒传》的时候，也想到这个问题，实际是"只反贪官，不反皇帝"，"替天行道"，其含义是"除暴安良"，忠君思想在这个书里面还是有的，包括李逵、阮氏兄弟的描述，如阮小七在蓼儿洼唱的两支山歌，这是典型的"忠君"思想。这种思想我觉得一个是我们中国传统文化思想的一种传承，在家里是尽孝，在外是忠君，这是一种受传统文化根深蒂固的影响。第二，是维护统治阶级的需要。有一句俗话叫"经是好的，是小和尚念歪了"，也有这样的意思在里面，加上封建统治阶级的御用文人后来对小说进行了一些加工、修改，包括最后为什么要招安，都是和忠君思想一脉相承的。关于你说的第一个问题，请陈老师回答一下。

陈斯园：《水浒传》与《金瓶梅》的关系，是文学传承，就像上帝造人一样，它是它的一根肋骨，变成了一个人，作者只抽取了"武十回"那一个章节，扩大十倍，成了长篇。

刚才我已经说了，历史上武松是南宋人，而不是北宋的人，另外，元代有一个戏剧家叫红字李二，他写了《折担儿武松打虎》，就是把扁担打折了，后来在《水浒传》里，扁担变成了什么？哨棒，这就是武松打虎的来历，并且武松打虎诗，也跟罗贯中有关，因为罗贯中写了一个《五代史演义》，里面有李存孝牧羊打虎的故事，后来李存孝成为一代名将，李存孝跟项羽齐名，即"王不过霸，将不过李"。

《水浒传》这部书是一个演义，那既然你能演义，我也会演义啊，然后兰陵笑笑生编出了100回。我们又可以参看另一部书，就是《红楼梦》，打个比方，《红楼梦》的父亲是《水浒传》，《红楼梦》的母亲是《金瓶梅》，大家这样理解文学的传承，因为优秀的文学作品都是有传承的，不优秀的作品不会传承，因为他读不懂《水浒传》就批判是毒，这是对文学经典的误判，当然，古代文学经典有其文化局限性，但是我们后人传承，是传承它的正能量，而非为其细枝末节的表面形式所误导，盲目于作者之意。

张军

文学季从上一期把《三国演义》的五期讲完后，今天我们从第四十二期开始是四期《水浒传》了，希望在这段时间大家对《水浒传》感兴趣的，在"深圳学人·南书房夜话"这个环境下，我们继续分析、欣赏、讨论《水浒传》。今天我们讨论了两个方面，一个是水浒的作者，再一个是水浒的主旨思想，下一次我们会给大家带来一些新的见解，谢谢大家的参与。

南书房夜话第四十三期：
《水浒传》的"忠义"
思想及其现代诠释

嘉宾：赵目珍　陈斯园　张　军（兼主持）
时间：2016 年 9 月 24 日　19：00—21：00

张军

　　各位听众、各位观众、女士们、先生们，晚上好，今天我们"深圳学人·南书房夜话第四十三期：《水浒传》的'忠义'思想及其现代诠释"继续开讲。今天我先介绍我们主讲嘉宾，首先介绍今天的主讲人赵目珍老师（掌声），他是深圳职业技术学院的副教授，华中师范大学文学博士，深圳职业技术学院建了一个关于深圳作家的资料中心，他是主要负责深圳的作家资料收藏。大家以后有什么好的作品，他那儿都可以留存，成为历史资料。第二位，我介绍陈斯园先生（掌声），他是深圳市作家协会新媒体中心的副主任，前期研究红学，出了一本红学专著，最近他会出版一本叫《水浒心学》，主要是研究《水浒传》的，今天请他来讲也是正逢其时。

　　我来自深圳市社科院，也是今天晚上活动的主办方之一，这个活动是由深圳市社会科学院和深圳市图书馆联合主办，我时任深圳市社会科学院文化研究所所长，研究员，也是《深圳文学》杂志的总编辑。

　　上次我们讲的《水浒传》文本以外的话题较多，特别是前半部分谈到了《水浒传》的作者，前天《深圳商报》已经见报了，在那里边我们三位都发表了自己的学术观点和看法。今天我们应该是纯粹进入文本的内部来研究主旨思想问题，今天讲的主要是"忠义"思想。我觉得就《水浒传》来讲，在主题思想的研究里，"忠义"还是主要的思想观念和价值取向，前面71回是讲"义"，后面29回是讲"忠"，呈现的是这样的结构。为什么叫"水浒传"？这个名字也有叫《江湖豪客传》，也叫《忠义水浒传》，这个《忠义水浒传》就体现了我们今天要讲的主题思想——"忠义"。

《水浒传》是我国历史上第一部以农民起义为题材的长篇小说。小说记述了以宋江为首的一百零八条好汉从聚义梁山泊，到受朝廷招安，再到大破辽兵，最后剿灭叛党，却遭奸臣谋害的英雄传奇故事。统摄全文的最核心的思想是："忠"和"义"。

我们就以内容齐全的120回本《水浒传》为例，《水浒传》大致就是由六部分组成：

第一回至第四十六回，是第一部分。这部分主要写的是史进、鲁智深、林冲、宋江、武松、李逵等人物的个人传说和晁盖、吴用等劫取生辰纲并上梁山落草的故事。

第四十七回至第七十一回，是第二部分。这部分写的是梁山好汉整队人马主动出击，如同《宋史》所载："转掠十郡，官军莫敢撄其锋。"

第三部分，包括第七十二回至第八十二回和第一百十回后半回至第一百十九回，写的是梁山英雄受招安、征方腊，"宋公明衣锦还乡"的故事。即《宣和遗事》所载："后遣宋江平方腊有功，封节度使。"

第四部分，自第八十三回始，至第八十九回止，写的是宋江全伙为朝廷征辽的故事。这回事与史无证，是后人加进去的。

第五部分，写的是平田虎、平王庆。从第九十回开始，至第一百十回前半回结束。无论史书，还是《大宋宣和遗事》，都没有这方面的记载。这是纯属后人硬塞进《水浒传》中的故事。因此，在清乾隆年间，就有人把这从内容到形式都与水浒故事不协调的征辽、平田虎、王庆和平方腊并在一起，单编一书，书名《征四寇十卷》（亦题《水浒后传》）。

第六部分，悲剧结尾，即第一百二十回所写的内容。它既与

《宣和遗事》所写的宋江结局不符，也与第一百一十九回缺乏必然的联系，同样是后来人添加上的笔墨。《水浒传》就是这样一部长篇小说，有不同时代不同作者的笔墨，造成极为复杂的结构与极为复杂的思想内容。

忠义思想观念有一个不断演变的过程。封建正史忠义观念强调的是道德准则本身的价值，封建统治者将其上升到天理伦常的高度来达到自己统治的目的。《水浒传》中的忠义观有着浓厚的正统思想氛围，但是，又有许多正统思想所解释不了的东西，是一个十分复杂的建构，这是与其多元的思想来源密切相关的。

首先谈"忠""义"的原始含义。

在中国文化典籍中，"忠"和"义"本是两个各自有复杂内涵的概念。《说文解字》对"忠"的解释是"忠者，敬也，从心中声"。忠的含义大致是指主体内在的虔敬之心。根据《论语》《孟子》《左传》等书的记载，"忠"的比较早的含义主要是两层意思：一是指对他人尽心尽力的精神。如："为人谋而不忠乎？""教人以善谓之忠。"二是指臣对君、对国要尽力负责的道德，如："临患不忘国，忠也。""臣事君以忠。"

忠的这两种含义，在秦汉以前的著作中是并存的，而且"忠"作为臣民对于国家和君主应尽的道德义务，是相互的、有条件的。随着中国封建专制主义的形成和加强，君权不断强化，"忠"成为臣民绝对服从君主的一种片面的道德义务。唐朝出现了《忠经》，宋代以后，"忠"这个规范便僵化、绝对化，发展到"君叫臣死，臣不得不死"的愚忠。

忠在封建君主时代，是一切社会品德中的最高品德，一切社会义务中的中心义务。

"义"的含义，主要有两层：第一层是与利相对的义。如孔子所谓："不义而富且贵，于我如浮云。"又说："君子喻于义，小人喻于利。"就是在这层含义上使用的。第二层含义是行为的适宜和恰当。《说文解字》解释说："义者，宜也。"义，指的是办事正确，几乎包括处理一切人和人之间的关系的问题。封建社会中后期所提倡的"忠孝节义"分指"忠臣，孝子，义夫，节妇"。可见，在封建社会中，不同的社会角色所必须遵循的道德规范都可以称之为义，义可以视为道德行为的总规范。

"义"的两层含义是相关的，两层含义的联系在于：正因为义相对于利在价值上处于优先地位，所以个体必须循义而行。

"忠义"两字连缀出现较晚。谢灵运绝命诗说："韩亡子房奋，秦帝鲁连耻。本自江海人，忠义动君子。"子房是汉高祖谋臣张良的字，张良原为韩国贵族，韩亡后"悉以家财求客刺秦王"，曾与客在博浪沙狙击秦始皇。鲁连即鲁仲连，战国时期反对秦兼并战争的义士，曰称"为人排患释难解纷乱而无取也"。诗中所说张良对故国的感情，鲁仲连积极救世，不求名利的精神，确和后世所说的忠义有贯通之处。

正史忠义观念首见于《晋书》，其《忠义列传》专门表彰"忠臣义士"，说"处死之难"。宋祁、欧阳修撰修《新唐书》，将《忠义列传》列于各传之首，凡十卷，载忠义之士多人。其卷首说："故忠义者，真天下之大闲欤！……故王者常推而褒之，所以砥砺生民而窒不轨也。"元宰相脱脱集合"儒臣"议决"前代忠义之士，咸得直书而无讳焉"。张廷玉等编的《明史》之《忠义列传》载"有明一代死义死事之臣"，旨在"忠厚开基，扶植名教"。正史所表彰的忠义之士是正统思想认为死得其所的人，明清开国之初，都表彰过反抗他们的前朝忠义之士，目的在于以此封建思想维护自己的统治。

"忠义"作为个体道德行为的当然之则，在正史里是超越具体个人的感性生命的。封建正史忠观念强调的是道德准则本身的价值，在正史里面往往被描写为履行封建伦常而不惜牺牲一切的精神。《宋史》载死于侬智高叛乱的苏缄，于城陷之际："……力不敌，乃曰：'吾义不死贼手。'亟还州治，杀其家三十六人，藏于坎，纵火自焚。"（《宋史卷四百四十六·列传二百五·忠义一》）载抗金不降的王复，"阖门百口皆被杀"。（《宋史卷四百四十八·列传二百七·忠义三》）统治者通过对忠义行为的褒扬使之成为普遍化的道德准则，上升到天理伦常的高度，以此约束不同阶层尤其是官绅阶层，以达到巩固封建统治的目的。

由此可以看到秦以后忠义观念的演变过程，即从原来比较宽泛、丰富意义上的个体行为准则抽象成为普遍的政治原则，进而普遍化为群体的道德行为准则。

其次，谈《水浒传》忠义观的内涵。

"忠义说"最早的代表是明代的李贽，他写了一篇文章叫作《忠义水浒传序》。这篇文章评《水浒传》抓住了两点：第一点，他认为《水浒传》这部小说是一部发愤之作，作者身在元代，心系宋朝，出于对当时朝廷那些文武大臣缺少忠义以及宋代灭亡的愤怒写了《水浒传》。这是他立论的一个根据。第二点，他根据小说的故事情节，认为"独宋公明者，身居水浒之中，心在朝廷之上，一意招安，专图报国，卒至于犯大难，成大功，服毒自杀，同死而不辞，则忠义之烈也"。"忠义"是梁山好汉行事的基本道德准则，作为一个完整的概念，它是传统道德的范畴。尤其"忠"，主要表现为对皇帝与朝廷的忠诚，甚至梁山义军的武装反抗，攻城略地，也被解释为"忠"的表现——"酷吏赃官都杀尽，忠心报答赵官家"。由于后期人们对忠义的强调，忠义《水浒传》的观念深入人心，以至明刻本几乎都冠以"忠义"一词。其实《水浒传》最早的名字叫《忠义水浒传》，也叫《忠义传》。

《水浒传》的"忠义"内涵是复杂的。全传本《水浒传》第五十五回说："忠为君主恨贼臣，义连兄弟且藏身。不因忠义心如一，安得团圆百八人。"显然，"忠义"中有"为君"而符合封建统治阶级利益的；但"忠"字又包含着"保境安民""杀富济贫"等爱国精神和民本思想。

对"义"的强调，更反映着社会道德规范的变化。小说讴歌"仗义疏财，济困扶危"，不仅仅在一般意义上反映了下层群众为了维护自身利益而"戮力相助"，且更深刻地反映了由于城市居民、江湖游民等队伍的不断扩大，社会道德规范正悄悄地发生着变化。

总之，《忠义水浒传》的核心是"忠义"论，其突出内容是赞扬"水浒之众""皆大力大贤有忠有义之人"，宋江是"忠义之烈"。其"忠义"思想以儒家伦理道德为基础，既有维护统治阶级利益、维护现实秩序的一面，又有符合包括城市居民和江湖游民在内的一些老百姓愿望和意志的一面。

想说的很多,请赵目珍老师讲课,大家欢迎。(掌声)

赵目珍:好,各位朋友,今天的内容有几个方面。我讲的可能就是材料、文献或者理论化的多一点,比较有兴趣的由张老师和陈老师来补充,他们两个是点睛的。首先说一下《水浒传》里面有关"忠义"思想的源流。咱们第一讲说《水浒传》是一个逐渐的、世代累积形成的小说,它不是哪一个作者一口气写出来的,实际上在此之前已经有很多的文献,已经有很多水浒的故事都已经成型了。那么,在这个逐渐形成的过程中,"忠义"的思想是怎么加进去的?《水浒传》里面的故事,大概从什么时候、"忠义"的观念在里面开始出现?先说第一个文献。我们说《水浒传》是起源于"宋江起义",其实关于宋江当年是不是真正的"起义"还有争议,我们姑且这么说吧。关于宋江等人的事迹,正史里面是有记载的,包括后来的一些明清人的笔记里面也都有记载。其实,宋代的时候就已经有人记宋江故事,大家知道宋江起义是北宋末年,在南宋时期有一部书叫《十朝纲要》,是南宋的李埴撰的。这部编年体史书中,清清楚楚地记载着宋江是哪一年被招安的。我们看这里面的记载,"宣和三年二月庚辰,宋江犯淮阳军,又犯京东、河北路,入楚州界,知州张叔夜招抚之,江乃降"。这是史书里面记载宋江被后来的楚州知州张叔夜给招降了。但是招降之后,原书这几句话的后面还有一点记载,这个对于"忠义"思想的发展非常重要,那就是后面所说的"六月辛丑,辛兴宗、宋江破贼上苑洞",也就是说,宋江他们被招降之后,实际上是又替朝廷去打方腊。这一点为什么很关键?因为大家知道,如果宋江没有招安这个事情,没有后来的平方腊,包括后来补进去的征辽、平田虎、平王庆,实际上"忠"的思想基本上站不住脚。因为你不投降,无法体现你的"忠"来,因为"忠"在那时就是体现为效忠朝廷。所以这是史书里面第一次把宋江受招安、打方腊的故事记载在文献里面,而且这也是《水浒传》中"忠义"思想最早的源头之一。

第二个方面,关于晁盖的死,其实还有不同的演绎,元人水浒戏中说"不幸哥哥晁盖三打祝家庄，中箭身亡"。晁盖之死的时间为什么向后推，就是晁盖死得越迟，宋江上梁山上得就越晚，或者说越曲折。水浒戏中说宋江杀了阎婆惜，宁愿被打、充军也不愿意上梁山。后来晁盖他们把押解宋江的解差打死了，把他救上了梁山，他才迫不得已坐了第二把交椅。其实，这里面这样安排情节的目的跟《宣和遗事》差不多，就是要把领头造反这种与忠义思想相矛盾的行为全部移至晁盖身上，然后安排他死去，让带着忠义思想光芒的宋江登上梁山老大的位置。并且，这么安排，水浒故事忠义思想的发展显得更合乎情理，逻辑也更严密。第三个比较大的发展，就是关于宋江个人的，那就是他身上代表"忠义"形象的艺术造型得到进一步的发展。比如里面出现的，关于他的绰号，以前都说"呼保义"，后来在元代的水浒戏里面，有时候前面加两个字，叫"顺天"，表示是顺应天意的，叫"顺天呼保义"，还出现了"及时雨"的称呼，这其实是分别代表"忠"和"义"的两个绰号。

陈斯园：长篇小说的诞生不是横空出世的，需要一个过程，从宋代话本到明清小说，所以说明初诞生《水浒传》是不可能的。明初，应该是民间有几十回的话本《宋江》，而不是《忠义水浒传》，它可能有 20 回、有 50 回，像刚才赵老师说的，它可能是一个中篇、小长篇，所以说，施耐庵他可能是话本《宋江》50 回的作者，而不可能是目前 100 回的成书作者。

赵目珍：明初的几个水浒戏曲中，刚才说到的第四条也提到了晁盖死的说法。在民间的水浒故事中，攻打曾头市的故事在三打祝家庄之前，这说明宋江上梁山坐上第一把交椅的时间又被向后推迟了一段。大家知道，打曾头市的时候，当时说是晁盖留了一个遗嘱，就是谁捉到史文恭，谁就当梁山的寨主，所以安排这个的目的是什么？要让宋江当梁山的老大，让他当得名正言顺，这是为忠义、招安做铺垫。第二条比较关键，这时候开始出现平辽国的故事，而且平辽国整个的结构写得还是很宏大的，情节也很复杂，也可以看出来这不是哪一个人某一时写出来的，应该也是有前人的积累。为什么平辽国更重要一点呢？因为大家知道，宋江受招安，去打方腊，其实方腊是真正的农民起义，用我们的话讲，宋江投降了，你去打真正的农民起义的人，按道理来讲，"忠"还是有点问题的，实际上你成了朝廷的鹰犬，去镇压真正的农民起义了，所以这时候就把平辽加进来了，平辽国就不一样了，因为辽国是宋的敌人，所以这时候平辽就成了抗敌救国，成了保家卫国了，所以这时候"忠义"的思想就更加名正言顺，所以这是明初戏曲里面关于"忠义"思想进一步发展特别重要的一点。当然"忠义"思想到底是好是坏呢？或者说在当时，是反动的思想或者落后的思想？当然由于历史的原因，在咱们现在看来，好像"忠义"思想还有点复杂。张老师对这个有什么看法？

张军

《水浒传》的忠义思想呈现复杂性状况。

其一，《水浒传》忠义思想是十分复杂的结构。一方面，忠义是忠于大宋天子，特别表现在宋江及一些朝廷降将身上，他们追求"封妻荫子、青史留名"，"忠义"是对国君之忠诚，表现为封建皇权主义思想。宋江在被奸臣以朝廷名义毒死前，还对李逵说："我为人一世，只主张'忠义'二字，不肯半点欺心。今日朝廷赐死无辜，宁可朝廷负我，我忠心不负朝廷。"另一方面，忠义是忠于兄弟义气，忠于梁山事业，忠于朋友所托等，如在晁盖、李逵等人身上所表现出来的那样，忠义既是江湖好汉间的团结战斗、无私援助精神，又表现为人格上的互相欣赏和尊重。

忠义作为水浒英雄个体的处世准则和梁山英雄群体的政治原则，它与对一定的理想社会、理想人格的追求联系在一起，它也没有仅仅停留在观念上，水浒英雄一直以激烈的行为进行印证、践履。《水浒传》的忠义观念虽然由于社会历史条件的限制，同正统儒家的封建政治哲学有着千丝万缕的联系，但它毕竟有许多方面同正统忠义观念迥异：第一，正史忠义观念同普遍的天理相联系，理性原则优先；《水浒传》忠义观念同个体的生存欲望相联系，感性原则优先，较多地渗入了意志的因素。第二，从忠义观念的社会功用来讲，正史忠义思想是封建统治秩序的肯定性因素；而《水浒传》忠义观念成为封建统治秩序的否定性因素，水浒英雄常常以忠义为名"杀富济贫""抢掳官府"，他们要"掀翻天地重扶起，戳破苍穹再补完"，"搅扰得道君皇帝龙盘椅上魂惊，月风楼中胆裂"。第三，从忠义观念的行为主体来说，正统忠义观念是一种普遍性原则，如黄宗羲在《原君》里所说"君臣之义无所逃于天地之间"，对所有臣民尤其是官绅阶级具有普遍的约束力。而《水浒传》忠义观念是少数天罡地煞的德性和行为准则，水浒英雄是历劫的天神，他们身上的忠义带上了神性的色彩，忠义并没有推及于一般人。

《水浒传》的故事虽然也有不少发生在农村，但书中写得像样的农民群众极少，祝家庄的钟离老人算一个，作品中的农民形象一般比较猥琐，只会说一些"我等村民，只靠大郎作主，梆子响时，谁敢不来"一类的话。相反倒把刘太公、宋太公、孔太公、穆太公一类的地主都写成"乐善好施"的长者。《水浒传》主要人物的故事，大都发生在城市中，一百单八人中，约有三分之一来自市民阶层，这其中有工匠、商贩、店家、自由职业者及无业游民。这些人无疑把市民的思想带进梁山来。但市民思想只能解释《水浒传》忠义观念的部分内涵，小说中许多人物（如朝廷降将）的思想不能用市民思想来解释。而市民和农民在封建社会同为被压迫者，很难分清哪些思想是农民思想，哪些是市民思想。梁山英雄出身成分、生活经历、政治态度和思想观点各不相同，但却能在忠义观念下团结在一起，说明它具有一定的包容性，不同的人能在其中各取所需。宋江盼望的是"青史留名"，花荣等人盼望的是"封妻荫子"，李逵盼望的是跟着宋江"快活"。宋江利用忠义作为团结弟兄的精神武器，也是各有所偏的，对李逵、张顺一类粗人，较多地讲兄弟情分，对于关胜、呼延灼一类朝廷降将，较多地讲招安以后为国尽忠的美好前程。

其二，《水浒传》主题内涵是十分丰富的。

《水浒传》忠义观念复杂性的成因之一在于其多元的思想来源。如作为《水浒传》忠义观念价值依据的"天"，在书中，既是儒家"民心""民意"的天，又是墨家赏善罚暴的天，还掺杂了道教的天数、天意的成分。忠义观念在外在形态上接近儒家，如"忠君报国""宁可朝廷负我，我忠心不负朝廷"之类，强调的是伦理观念本身的至上性和群体的利益，而在其实际内涵上，在强调感性欲望的满足方面跟墨家相通，在强调个性自由方面跟道家相通。从忠义观念所指导的行为来看，一方面是"赃官污吏都杀尽"，同封建统治者的军队刀戈相见，反映了儒家反暴政和墨家天志的思想，另一方面是"忠心报于赵官家"，反映了正统儒家维护君臣等级秩序的思想，但最终没有突破皇权主义。从其性质来看，由于受游侠之风的影响，《水浒传》忠义观念既有除暴安良的公义的成分，又是一种狭隘的私义，是小集团内部的道德行为准则。由此可见，《水浒传》忠义观念里蕴含着的文化传统远大于作者的主观思想，有着深厚的思想文化背景。

其三，《水浒传》忠义观的实质。

《水浒传》中用以组织群众和团结群众的思想基础是"忠义"。忠，是儒家的一个很重要的观念。《水浒传》的"忠义观"从来就是中国古代儒家伦理观念中的重要范畴。

忠君，是这一观念的最重要应用。《水浒传》里的"忠"，有忠于梁山的方面，又有忠君的方面。而"义"，在某种程度上注入了被压迫阶级的思想感情和道德观念，这一点，有些地主阶级的知识分子是有所觉察的。在中国封建社会里，下层人民也常讲义，他们为了维护自身的利益，免受暴力的欺凌，自然产生一种团结御侮的愿望，这种愿望，在为生活所迫、流落他乡异地的一些游民身上，反映得尤为强烈，他们最讲朋友之间的义气。路见不平，拔刀相助，进而"济困扶危""杀富济贫"，都是"义"的表现。因此，《水浒传》中所写的义，在特定的环境中，具有反封建反压迫的性质，而不同于儒家的纲常伦理中的"义"。但是"统治阶级的思想在每一时代都是占统治地位的思想"。所以《水浒传》里的"义"，还不能取代旧的伦常观念的地位和作用。

我觉得从现在来说，按照中国的传统观念文化来讲，"忠"和"义"还是一个正能量的。有的说宋江最后是愚忠那是另一种看法，从中国传统封建社会来讲，招安了之后他还是回到了主流社会，开始因为自己的生存问题得不到解决，一旦生存问题解决了，安全问题解决了，他就可能有一个更高的爱的归属、被尊重、自我实现的追求。经过"文化大革命"和改革开放后，对很多问题的认识都是多样性的，不同的人有不同的解释，不同的时期也有不同的解释，但是在我看来，"忠"和"义"在中国传统文化意义上还是一个精华，而非糟粕。

尽管大家对《水浒传》的忠义观大多都保持肯定的态度，但由于受历史认识水平的限制，《水浒传》中所宣扬的"忠义"和"替天行道"，都是有其局限性的。

赵目珍：我觉得"忠义"思想在当时可能还有一些很功利性的，比较实用的目的。

陈斯园：当时"忠君"，其实是当时的爱国，你当时不忠君那就是不爱国了。我们今天讲课的标题是把忠义跟现代进行结合，才能进行一个现代的诠释。比如说我们大家要有爱心，让世界充满爱，老子早就说"大兵之后必有凶年"，孔子早说"仁者爱人"，所以《水浒传》表达的不是要战争，也不是要屠杀，而是"兵者，不祥之器"。鲁智深最后是不是醒悟圆寂了？天伤星武松最后是不是断臂了？作者是在教育人。

我们现在大多喜欢打网络游戏，其实《水浒传》就是当时的一款网络游戏，那时候没有互联网电脑，说书人只有在馆舍里表演口才。母夜叉剥人了吗，那人皮不过是电影道具，说书人其实是说着玩的。我们在玩网络游戏的时候经常说"我要杀死你"，我真的杀死你了吗？那只是网络游戏里面的一个动作，星光一闪，肝脑涂地，对不对？他当时的说书人说故事就要说得精彩才有人听，当时的说书、演义应该不是生活的真实，就是刚才我说的，宋朝有那么多的屠戮吗？有那么多的农民起义吗？回想一下，960年赵匡胤取得天下，到1127年，这是北宋的历史，有几次农民起义：王小波、李顺起义，方腊起义，钟相、杨幺起义等。

所以我们看宋江，跟历史进行比较，还要把他当成一个小说人物，千万不要当成是历史人物去看宋江。所以说，很多伟大的人物、伟大的学者，都在《水浒传》的研究上失败，然后误导别人，包括大的学者，就是因为把宋江当成历史人物。宋江是个小说人物，108将也只有十几个人是有名有姓的，是真实的，所以说我们要把《水浒传》当成一种网络游戏。

张军

刚才赵老师讲了第一部分，我回应了第一点思想渊源方面。第二点，赵老师提到了晁盖和宋江这两个人在忠义观上的不同点，我觉得晁盖的思路，按照我们现代的诠释，他当时智取生辰纲时也符合我们现代人的某种思想和心理。他要智取生辰纲是贪官梁中书要拿这些钱财给他的老丈人蔡京生日进贡，晁盖觉得梁中书这些钱都是不义之财，要么是在民间巧取豪夺、要么就是行贿受贿搜刮来的，按我们现在说的贪污受贿来的，这种不义之财，他说就是要取，取了以后咱们开心，他的思想并不是说生活所迫，从晁盖本身来讲，他是一个员外，他也有农庄，他也很富裕，他何不安心地过自己的富裕生活呢？如果是农民起义的话，他是一个富裕的农民，所以他的思想，按我们现在的思想，就是反贪官，我就是要拿你这个行贿受贿、搜刮民脂民膏的财，你这个财是不义之财，我可以取，他有这种思想。第二个，从宋江来看，他一直以来就是个想忠义双全的人，他当时在山东老家的时候，也是见到老人就散个棺材钱，有病人了就散个药饵，所以叫"及时雨""呼保义"，因为这些而得名，所以他被刺配江州时，他当时不愿意上梁山，他怕梁山的好汉劫他上山，你既然已经成了囚犯了，那你到梁山，我们来大碗喝酒、大块吃肉不行吗？但是宋江当时的设计，我不从梁山的正路走，他要绕过梁山去江州，然后在江州得到赦免之后再回来做忠臣，再来实现自己的"立功、立德、立言"的思想。一开始史进也是这样，但朱武叫他上山做大王的时候他也是不去，有很多水浒中的好汉就是这样的一种思想。

赵目珍：下面我们来看一下第二个大的方面的问题，就是关于

《水浒传》"忠义"思想的两种接受，就是后人怎么看待这个问题。这又牵扯到主题的问题了，其实说两种接受就是一正一反，一种是认可水浒的主题是"忠义"的，一种就是反对的，认为是非忠义的，"忠义"的主题首先还是李贽谈到的，我们上一讲已经谈到这个问题，李贽认为正常的社会秩序就是有大德的人统领有小德的人，大贤统领小贤，大概是这样一个秩序，但是在宋江他们生活的那个年代，恰恰这个社会秩序是颠倒的，凡是有才能的人、有贤德的人都得不到任用，都被逼上梁山了，就是说社会秩序不是人们理想中的社会秩序，是一个不合理的社会秩序，所以他认为被逼上梁山的这些人他们其实都是有忠有义的人，这就是认可这些英雄人物实际上是忠义之士，这是李贽的观点。李贽在《水浒传》里面把宋江推为"忠义之烈"，就是他是忠义的最杰出的代表，他认为宋江身居水浒之中，但是心在朝廷之上，一心想着招安，所以李贽就认为，宋江的骨子里面、内心里面其实是心在朝廷的，因为宋江本身是一个小吏，他其实也对当时的秩序不满。大家可能了解，在宋代时，吏和官是不一样的，吏是很底层的，用我们的话讲就是打杂的小人物，跟官是有严格的区别的，宋江他何尝不想摆脱吏的身份，而进入到官场中去？他肯定也是这样的，而且宋江还是一个孝子。大家知道，中国古代，历来都是把"忠"和"孝"联系在一起的，所以从水浒中来看，宋江的忠义心还是很明显的。别看前面 70 回中写宋江时很少提到他说"忠"的话，因为时机不成熟，他自己还没有上梁山，还没有当老大的时候说这个话不起作用，而且还容易引起草莽英雄的反感，所以他的"忠义"思想的影响主要是在第七十一回之后。李贽这个人是很有意思的人，李贽在当时被称作异端，陈老师对李贽比较了解，给我们讲讲，这个人物在当时其实是个很好玩的人。

陈斯园：其实李贽批评《忠义水浒传》是伪托，可能是李贽的一个朋友写的，借用李贽的思想为表李贽忠心朝廷。李贽的思想比较先锋，后来做和尚，又被朝廷下狱，然后自杀。金圣叹就不一样，他看出了宋江的奸诈，这就是看一部书，我们怎么去看的问题。

近年，有旅美学者说《水浒传》《三国演义》是毒，不能看；

近期，北大考试研究所所长更建议不要给孩子阅读四大名著。这真是杞人忧天啊！我们阅读文学经典，我们做这几期水浒解读给大家，并不是模仿古人，而是去鉴别古人，鉴别古人的"真善美"，然后抛弃他们的历史局限，这样才能做一个很好的传承。

从金圣叹和李贽他们两个的对垒，看宋江是忠义还是奸诈，我就做了一个比较中庸的评判，就是人都有两面性，宋江的平辽有他"忠"的一面，诱杀阎婆惜又有他阴险的一面。书中作者写宋江，自幼曾攻经史，长成亦有权谋，他从小也是读经的，但是他没有能通过科举考试。可能水平还是不行，是那种野狐禅，而王安石、苏轼等通过科举考试做了宰相，做了翰林学士，报效国家。吴用也是一个秀才，在科举道路上也是一个失败者。洪秀全，科举不成，领导农民起义，走上了野路子。我们在看宋江忠义表面的同时，也要小心他有某些阴暗心理，比如三打祝家庄，李逵杀了扈家庄一家，他没有惩罚。扈三娘被捉过来了，当天晚上，怎么写宋江的？宋江一宿没睡，那他在想什么？第二天，扈三娘成为他的义妹，然后又送给王英，所以水浒写得是很细的，留白艺术，需要读者三思。

张军

今天的听众可能是男士读《水浒传》的多，女士读《红楼梦》的多，但是我昨天在别处做文学沙龙的时候，北京理工大学珠海学院的一位教授，他说现在大学里面男孩子读《红楼梦》的比较多，我问他为什么？他们说去里面找爱情，找里面的女性人物在现实中有没有。我说现在这些年轻的大学生也是另类，跟我们传统的不一样。今天我们在座的男士多，我想问一下，"水浒"二字到底是什么意思？大家有知道的吗？

我就解释一下，在《诗经·大雅》里有"水浒"这个词，实际"浒"就是"水边"的意思，为什么叫"水浒传"呢？是发生在梁山泊这个地方，在水边，而且前面我们说的太行山杨志、孙立他们当时去太湖取花岗岩，因为路遇一些情况，没有搞成，他们再下黄河、回朝廷交差就不行了，他们等杨志遇雪阻下来以后，就把官兵杀了，然后就在太行山梁山泊聚义了，整个里面的故事都是发生在水边，所以叫"水浒传"。

赵目珍：《水浒传》是"忠义"的，水浒人物是忠义之士，我主要提两部《水浒传》的续书，一个是清代陈忱写的《水浒后传》，还有一个署名青莲室主人写的《后水浒传》，这是水浒的两部续书，这两部续书都是沿着李贽"忠义"的观点进行的，而且他们都是给了大团圆的结局，因为中国的老百姓最喜欢看到这样的结局，这是第一个，认可"忠义"主题的。第二个接受，就是金圣叹说的"非忠义"，金圣叹怎么认为它是"非忠义"的？金圣叹觉得"忠义"应该是在朝廷这边而不应该在水浒，就是不应该在朝野。"浒"又在水滨之外，离王土更远。它远离政治、经济、文化中心，是蛮荒之地，没有教化，怎么能是"忠义"所在之地。金圣叹读出来的意思就是，施耐庵命名为《水浒传》，其实就是很讨厌这帮人，他们其实是跟正统的秩序是不沾边的。如果说忠义在水浒，那将置国家与朝廷于何地？所以他认为，"忠义"应该是在朝廷这边，而不是在水浒。他认为《水浒传》里面这些绿林豪侠并不是忠义之士，就是打家劫舍的，就是强盗。所以正史里面很多地方都说，宋江他们这帮人就是"盗"，而并不说他们是农民起义。

对于金圣叹的"非忠义"的接受，有一部续书，就是清代俞万春写的《荡寇志》，《荡寇志》实际是沿着金圣叹的观点来的。俞万春在小说的开始交代了他为什么写这部书："你道这书为何而作？缘施耐庵先生《水浒传》并不以宋江为忠义。众位只须看他一路笔意，无一字不描写宋江的奸恶。其所以称他忠义者，正为口里忠义，心里强盗，愈形出大奸大恶也。圣叹先生批得明明白白：忠于何在？义于何在？总而言之，既是忠义必不做强盗，既是强盗必不算忠义。乃有罗贯中者，忽撰出一部《后水浒》来，竟说得宋江是真忠真义。从此天下后世做强盗的，无不看了宋江的样：心里强盗，口里忠义。杀人放火也叫忠义，打家劫舍也叫忠义，戕官拒捕、攻城陷邑也叫忠义。"

《荡寇志》就是认定梁山人是流寇，是盗匪。他的目的就是要跟以前罗贯中续的"忠义"的那一部分划清界限，所以他是沿着前71

回往下续的。俞万春沿着 71 回往后，让朝廷派出了陈希真和她的女儿，去灭宋江。其实这两个人也是受高俅的迫害，按道理来讲，他们也是应该上梁山的，也是被高俅陷害的，但俞万春就说这两个人忍辱负重，带兵去平宋江了，就是这样一个结局，他的意思也是代表正统阶级的权力话语，其主题或者说核心思想是"尊王灭寇"。这是《水浒传》"忠义"思想的两个接受。这是第二个大的内容。下面请张老师来总结一下。

张军

　　刚才赵老师说到"两个接受"，把宋江他们的起义叫流寇，我刚才也提到了四大流寇，王庆、田虎、方腊、宋江四大流寇，但是有学者也有这种观点，就是朝廷那些贪官实际是"坐寇"，也有这样一种说法。在现代社会来说，行贿受贿、贪污索贿，也可以说成是坐寇，这是一个不同的观点。金圣叹也好，李贽也好，在关于它的主题是不是"忠义"来说，他们有不同的看法，他们是大学者，我们尊重他们的意见。但是我想说的，刚才赵老师也提到，整个《水浒传》120 回为什么会形成一个主题思想的前后悖论？形成一种自相矛盾呢？我想谈一下看法，可能是因为这个原因，大家看到前 71 回，是对封建黑暗势力的一种背叛或反抗，但是到了后 29 回，就变成了招安与投降，毛泽东在 1975 年时也说是招安与投降，毛泽东 13 岁就开始看《水浒传》，是读私塾时，那些读私塾的先生觉得看《水浒传》肯定会学到那些打家劫舍、造反犯上这种行为，私塾先生对这些是非常反对的，所以把他驱出学校。他到延安还看了一部《逼上梁山》的京剧，到了 1975 年他又念念不忘，把《水浒传》拿出来，为了"反修防修"，又批宋江的投降主义，我觉得从 72 回以后或者后面为什么出现自相矛盾的原因，一个是前 71 回可能是宋代人有一个说书的话本小说，属于底层民间演绎而成，对封建社会当时现状的不满，就从 71 回说书里面可以得到一种发泄。施耐庵看到有这个话本，然后把它改成一个小说，有这个原因。但是到了后面，封建文人按照正统的主流价值观念，那些御用文人开始加入征王庆、田虎、方腊、平辽这些内容，招安与投降实际是后来的御用文人又重新撰写、修改的，形成《水浒传》的主题思想的前后矛盾。

我觉得从现代人现代阐释来说，古代的水浒英雄也是为了生存和发展，最后博得一个什么功名，宋江招安之后衣锦还乡了。从我们中国古代来讲，传统儒家的礼乐文化的观念，作为一个男人，都是要么立功、要么立德、要么立言，所以在这种观念的指导下，他们一方面求生存，一方面希望得功名，最后光宗耀祖，能够青史留名。

但是这里边体现了他们的"忠义"思想观念，今天要诠释的"忠义"的现代思想可能有两点，从中国传统的理论出发，按照中国儒家的礼乐文化来讲，今天我们讲的"忠义"实际是按我们中国封建士大夫和知识分子来讲的，就是"立功、立德、立言"，最后通过自己的奋斗取得功名，流芳百世，要达到这样一个目的；但是从西方现代的观念来看，1943年，美国心理学家马斯洛在《人类动机的理论》这本书中提出了著名的人的需求层次理论。马斯洛理论把需求分成生理需求、安全需求、自我实现需求等五类，依次由较低层次到较高层次。低层次的需要是生理需要，向上依次是安全、爱与归属、被尊重和自我实现的需要。安全需求包括对人身安全、生活稳定以及免遭痛苦、威胁或疾病等的需求。和生理需求一样，在安全需求没有得到满足之前，人们唯一关心的就是这种基本生存需求。水浒好汉的安全需要恐怕还要低，仅仅是"大碗喝酒、大块吃肉"的生理需求。这样低的需求，在他们看来就是值得为之抛头颅、洒热血了。在《水浒传》第十五回中，阮小五羡慕梁山强人"论秤分金银，异样穿绸锦。成瓮吃酒，大块吃肉，如何不快活？"阮小七不是也说："人生一世，草生一秋，我们只管打鱼营生，学和他们过一日也好！"宋江能够得到江湖好汉的钦佩，不就是因为宋江"时常散施棺材药饵，济人贫苦，固人之急，扶人之困"，解决了一些穷苦人们生存中的燃眉之急吗？

尊重需求既包括对成就或自我价值的个人感觉，也包括他人对自己的认可与尊重。这一阶段关心的是成就、名声、地位和晋升机会。水浒好汉招安之后，宋江关注的就是这个层次的需求，例如在第八十三回，宋江"陈桥驿滴泪斩小卒"，乃是"今日一身入官，所管寸步,也不由我不得!"。自我实现需求的目标是自我实现,或是发挥潜能。总之,落草梁山是为了生存,造反是为了活路。宋江以及朝廷原先将官都是愿意回归正统主流社会再为朝廷出力,讨个出身,博个封妻荫子以青史留名。

我们要从理论上来诠释"忠义"的现代观是生存和发展的问题,现在就是我们如何生存和发展的问题。当时梁山泊108将里游民就有50个,无事可做,有一个英雄或者一个好汉要占山为王了,他们就可以讨一个生存的空间,就相当于我们现代所说的"就业"了,在过去就业的门路也没有我们现在这么多,我们现在互联网和新媒体都可以去就业。我想从中国的理论和西方的理论两个方面来诠释,下面我们荡开这个主题,请我们陈斯园先生讲他的见解。

陈斯园:今天我们的标题是现代诠释忠义,还是我们读经典怎么读的问题。忠义堂怎么来的?它是从聚义厅来的,先有"义",后有"忠",从小到大,这是一个过程。所以清代有一个大学者叫钱大昕,他就说施耐庵是中国的小说教主,怎么又出来一个小说教?儒教、道教、佛教影响中国,所以说清朝的钱大昕提出来,这是很振聋发聩的。

我们可以把水浒108将分成三派,宋江派即梁山派,比如表面是儒家,鲁智深是佛家,和武松一起领导义派,可以说是边关派或者太行山派,还有一支是自由派,他们的思想就接近我们的现代性,比如说混江龙李俊后来成立了暹罗国,就是我们的邻居泰国,这是一个新的思想,他不在中国混了,宋江奋斗结果是失败,岳飞奋斗还是失败,好,另建一个理想国,我不在本地了,这是一种理想。包括我们地球,我们也无须学美国搞星球大战,而是寻求跟外星人合作,和谐开发宇宙,这是一种新的思路,这就是自由派。自由派也属于道教,公孙胜是第一的,宋江不会用天书,公孙胜懂。

分成三派之后,我们就可以分清"忠"和"义",这个水浒的作者也在遣词造句,并通过人物,我们可以看出"忠","君使臣以礼,臣事君以忠"。所以这说到一个深的问题,"忠"是忠君爱国、爱人民,为人民服务,而不是为某些人服务,这才是真正的"仁"。

再分析一下"义","义"这个字的古体字上面是一个"羊",下面是一个"我",怎么理解呢?"羊"跟"鱼"配在一块,鱼羊叫鲜,鲜美,羊在古代是吉祥物,是一种美好,上面是"羊",下面是"我",就代表一种公平、正义、美好,这就是"义",大家经常点赞好朋友,说这哥们义气,国与国之间,就是战争与和平,但是孟子怎么说的:春秋无义战,春秋五霸,战国七雄,庄子鄙视为"蜗牛而角之争"。我们用"义气"可以消灭这些东西,我不争,这就是老子说的。老子有三宝,第一宝是什么?"慈","慈"就是有爱心,慈悲;第二,"俭",俭朴,不是追求成功者的黄金屋、颜如玉;第三,不敢为天下先,即礼让三先,不争。

我们从《水浒传》可以看出,它从一个"忠义"方面讲了很多东西,并且有很多的东西也是很先锋的,并不是说《水浒传》是很落后的,我们现在看,分析它的"忠义"后,有它的现代性,它跟我们现代是相通的,经典跟我们现代是不可割裂的,这就是一个传承的问题,我们如何传承经典。

张军

好,陈老师对"忠"和"义"又做了不同的解读。我们还有一点互动时间,大家有没有什么问题提出来,和我们互动一下。

听众:《水浒传》从头到尾都是写忠,应该这么认为。因为看他们一见面都是兄弟相称,从电视剧那首慷慨激昂的歌看,也可以说传承了小说里面那些官吏说的"不忠不义,神明远之",从古诗词里面能看到这个"忠"字在《水浒传》里面的体现,所以说,看《水浒传》就是来看"忠","忠"就是"义","义"也是"忠",跟其他的古代文学相比,《水浒传》里面就是一个"忠","忠"对现代的意义来讲,我也可以把它理解为我们现代人的真诚,诚心诚意也是"忠",任何历史都是发展的,所以我们不能以古人的东西去看以前的"忠",在我们的生活中,我们对朋友、对父亲、对兄弟、对姊妹,我们都应该忠心耿耿。谢谢。

张军

　　她说的这点，我也很赞成。按照我们现在的诠释来讲，我们说忠孝两全，现在我们的"孝"，按照中国儒家传统来说，百善孝为先，这就是你忠于你的家庭、忠于你的长辈，也是一个"忠"，当然也可以联想到，你在职场，若是在公司的话，做什么事情你是否爱岗敬业，你是否有一种奉献精神，或者你拿到这份工资，你是不是觉得你尽到了这份责任，在现代这个情况下，有的见钱眼开，比如一个快递员，因为公司信任他，叫他去拿这 3 万块钱，但是拿着 3 万块钱之后就开溜了，什么都不要了。这样的一些人在现代来说，也有一些负面的东西，这样对比来说，我们每个人也可以得到一些启示，做一个自己设计好的追求的事情，然后就勇往直前，也不是说频繁跳槽就是很好的，但是一旦是自己选定的、热爱的事业，就要做好。

　　好，时间到了，我们"深圳学人·南书房夜话"是由深圳市社科院和深圳市图书馆联合主办的，今天我们的第四十三期关于《水浒传》的"忠义"思想的现代诠释，今天就到此结束，感谢各位的光临，与我们进行互动。下一期我们讲第四十四期，在半个月后的星期六的晚上，由我们陈老师继续主讲。谢谢大家，今晚活动到此结束。

南书房夜话第四十四期：
重新评价《水浒传》
中的女性们

嘉宾：陈斯园　赵目珍　张　军（兼主持）
时间：2016 年 10 月 15 日　19：00—21：00

> **张军**

　　各位嘉宾、女士们、先生们，由深圳市社会科学院和深圳市图书馆联合主办的"深圳学人·南书房夜话"第四十四期，今天晚上和大家见面了，我们这期的主题是"重新评价《水浒传》中的女性们"。在前面多期的南书房夜话中，曾经讲到《三国演义》中的女人们，这一期呢，我们讲一下《水浒传》中的女性们。

　　今天先介绍我们三位嘉宾，第一位是陈斯园先生，他是深圳市作家协会新网络办的副主任，也是红学和"水浒心学"研究的民间学者，大家欢迎。（掌声）再介绍另外一位，是深圳职业技术学院的副教授赵目珍，是华中师大博士毕业，研究古典文学的，也是一位当代诗人。大家欢迎。（掌声）自我介绍一下，我是深圳市社科院文化研究所时任所长和研究员。

　　《水浒传》版本较多，主要有三种：一种为明嘉靖年间《忠义水浒传》100 回本，一种为明万历年间《水浒全传》120 回本，一种为清初金圣叹腰斩的《水浒传》70 回本。通称前两种为繁本，后一种为简本。目前最流行的是 120 回本的《水浒全传》插图本。

　　《水浒传》在我国小说发展史上具有里程碑的重要意义。《水浒传》是一部以梁山好汉的兴亡为主线的中国古代社会的风俗史，《水浒传》从本质上来说是一部讲述反抗的故事，其内容叙述的重点也在于对英雄好汉的忠义的描写，在这些水浒英雄用残忍手段进行谋杀、斗争的过程中，通过对这些女性进行细致的描写，可以从侧面反映出《水浒传》自身所体现出的政治、伦理、道德等内容。不仅因为它蕴含着深刻的思想，而且取得了空前卓越的艺术成就。这一艺术成就，突出地表现在塑造人物形象方面，他们不仅是一群叱咤风云、"替天行道"的男性英雄好汉，其中还包括一群有血有肉、个性鲜明的女性人物形象。作品在描写众多血性男人涤荡肮脏世界的同时，还刻画了众多的女性形象，剖析这些女性形象的客观意义与认识价值，也看到了作家落后的女性观。

据统计，在中国古典四大名著中，《三国演义》场面宏大，描写了1200多个人物，其中女性只有80多个，男性就占1120个。《西游记》写了400多个人物。《红楼梦》写了448个人物。《水浒传》人物众多在中国小说中也是很精彩的。《水浒传》人物有名有姓的577个，有姓无名的有99个，有名无姓的9个，共写了685个人物，书中提到但未出场的人物还有102个，《水浒传》写了社会各阶层有名有姓的人物共787个。《水浒传》（120回本）共写376个妇女，其中略微提及不做具体描写的有47人。对其中主要人物，作者大多写得栩栩如生，血肉丰满。清人金圣叹在《读第五才子书》中赞誉道："别一部书，看过一遍即休，独有《水浒传》，只是看不厌，无非为他把一百单八个人性格都是写出来。"金氏又说："任凭提起一个，都似旧时熟识，文字有气力如此。"金圣叹道出了小说独具魅力的艺术真谛。

我觉得中国古典四大名著都是文学经典，今天讲的《水浒传》呢，施耐庵先生对小说人物形象的描写、人物性格的塑造、人物的文学意义展示方面都是非常成功的。我们今天讲的这12个女性人物，九天玄女、李师师、金翠莲、林娘子、母大虫、孙二娘、扈三娘、琼英、潘金莲、潘巧云、阎婆惜、贾氏。

我想大致可以分为三类，第一类属于女英雄、女侠客形象；第二类就是淫妇或荡妇形象，因为小说本身是真实的有这种人物，我是这样来归纳的；第三类是贤妻良母型的。但是这些女性在里面只是一些点缀、陪衬或道具人物，有的在小说的情节发展中起媒介和结构作用，譬如林冲娘子、雷横母等。虽分为这三类人物，但这三类女性都是缺乏自我价值认同的女性。一会儿三位嘉宾会逐一跟大家演示。今天的南书房夜话除了有深圳社科院和深圳图书馆联合主办以外，我们也得到了深圳市宣传文化基金的大力资助，从去年开始到今年，已经对我们有很大的支持，同时我们也得到了深圳商报的特别支持，我们每一期节目在《深圳商报》都会和大家见面。在座的有一些是老朋友，我们现在就开始我们的正题，先隆重推出陈斯园先生讲《水浒传》中女性人物。

陈斯园：谢谢大家，其实刚才张军老师做了一个概括，我把《水浒传》中主要女性人物比喻成"水浒十二钗"。我们可以看四个女人，九天玄女、李师师、林娘子、金翠莲，这四个人可以归为一类。另外还有四位女英雄，顾大嫂、孙二娘、扈三娘，还有一个琼英，琼英是后来的续书写的，但是这个人物表达了什么？琼英跟张清的爱情故事，这就反映了不是明初的时期，而是明末的时候，西方式人文主义已经在中国开始慢慢地抬头，这就是说爱情在古代还是比较稀少的，但是在《水浒传》中已经有所表现。再回头看一下王英和扈三娘之间有没有？肯定是没有的，所以说琼英这是一个亮点。第三类，比如四大红杏：潘金莲、潘巧云、阎婆惜，还有一个贾氏贾娘子，贾氏就是卢俊义的夫人，我们可以对这12个女性人物为大家做一个重新的解读和重新的评判。

我们先说一下李师师，李师师帮助了宋江，她也是非常重要的一个人，她为什么姓"李"呢？因为她的妈妈姓"李"，叫"李妈妈"，其实李师师不是一代人，而是两代人，宋徽宗喜欢的李师师是一代人，秦观、周邦彦他们是一代人，他们那一代也有一个李师师，其实是颍州的李师师，就是现在安徽的阜阳。"师师"这个名字呢，其实师是狮子的狮，师师是一个佛教的用语，五台山文殊菩萨的坐骑就是青狮子，这就是李师师的来历。那么正史中有没有宋江跟李师师的故事？宋江跟燕青都不可能见过李师师，因为燕青和宋江他们的活动都在山东，没有到过东京，但是作者为什么这样写呢？

其实作者是进行了一个讽刺，北宋的词写得最好的是周邦彦，公认的词家之冠，周邦彦是李师师的老师，宋徽宗也是写词的，宋徽宗的词水平也很高的，包括书法绘画，所以宋江献诗李师师其实对宋江是一种讽刺。宋江和李师师喝酒的时候，宋江捋起了袖子，是一种山野的做派，李师师是一个见过大世面的，所以说作者对宋江是一种调侃。

张军

刚才已经概括提到几个女性人物。《水浒传》是一曲英雄的颂歌，同时也是歌颂女性英雄的赞歌，这三位女英雄分别是一丈青扈三娘、母大虫顾大嫂和母夜叉孙二娘，虽然从称谓上看都缺乏正派、旖旎之气，但也是闯荡江湖、除奸镇霸的正面人物形象。她们与男性英雄一起走向社会，参与改天换地的起义斗争，表现出一定的胆识与才干，是作者在108位好汉中为女性割出的"半天之角"。

顾大嫂、孙二娘、扈三娘身上，女性的美被涤荡得干干净净。

从外貌上看：孙二娘"眉横杀气，眼露凶光。辘轴般蠢垒腰肢，棒锤似粗莽手脚。厚铺着一层腻粉，遮掩顽皮；浓搽就两晕胭脂，直侵乱发。金钏牢笼魔女臂，红衫照映夜叉精"。（见第二十七回）

顾大嫂"眉粗眼大，胖面肥腰。插一头异样钗环，露两个时兴钏镯。有时怒起，提井栏便打老公头；忽地心焦，拿石锥敲翻庄客腿。生来不会拈针线，弄棒持枪当女工"。（见第四十九回）

"杀气""凶光""腻粉""乱发""魔女""夜叉精"和"眉粗眼大""胖面肥腰""提井栏便打老公头""拿石锥敲翻庄客腿"这些语汇和行为，与传统上认可的"花容袅娜""玉质婷婷"的女性美有着天壤之别，怎么也难让人亲近起来，更何况孙二娘在十字坡杀人卖人肉馒头，顾大嫂为救兄弟说："有一个不去的，我便乱枪戳死他！""连身便掣出两把明晃晃尖刀来……早戳翻了三五个小牢子"……面目狰狞恐怖，与我们传统上女性观念落差太大。

尤其是母夜叉孙二娘的形象更显得野性十足，她的职业是在十字坡开酒店，麻倒过往行人开剥人皮，将大块人肉切作黄牛肉卖，零碎小肉，做馅子包馒头。在摆弄武松时，她的言语、行为都极为粗野、泼辣，"由你奸似鬼，吃了老娘的洗脚水"，"你这鸟男女……直要老娘亲自动手！""这个鸟大汉，却也会戏弄老娘"，"她一头说，一面先脱去……"，"赤膊着便来把武松轻轻提将起来"，以其勇敢刚强凶恶形象，丝毫无女性的温柔软弱，失去了女性特有的性别特征。她的职业是杀人，语言是粗野，行为是狂暴，本来与张青的夫妻关系很有人情味，但根本看不到她女性的社会性别。就凭着这种男性化的脾性和生活方式，她才取得了与好汉们平起平坐的地位，殊不知在将她们置留上英雄宝座的同时，也扼杀了她性别的生命，充其量她们只不过是生理上属女性的男性英雄的影子罢了。这是作者片面英雄观的塑造结果，也是其无法肯定女性特有气质的落后性别观·的表现。用后现代女性主义观点来看，女性文化有着不同于男性文化的价值和方式，女性通过自己的存在肯定自己的性别美，不能用单一的文化标准去衡量其生命存在。

《水浒传》中女英雄的塑造，是突出英雄品格的艺术再现，根本不是从性别角度书写女性的，主要写"英雄"的文化内涵。从这个角度看，孙二娘也是很成功的角色。有人认为这种女性是没有价值的，其实，这种女人是作者认同的女性，是"新"的性别意识，作者强调女人在不重视性别的情况下，完全可以和男人一样建立"英雄"业绩。这是"男女都一样"观念的初期绽露，只不过带有早期粗朴的印迹罢了。

另一个女英雄就是扈三娘，她在《水浒传》中是具有女性美的正面人物形象，但是作家因为自己模糊的女性观，把美丽与浮艳混淆，用调侃、玩弄的态度塑造出的这位女侠缺乏逻辑概念和生气。

一丈青扈三娘原有如意郎君祝彪，却被林冲擒拿，而自己的亲人又被李逵杀尽，宋江吩咐"连夜与我送上梁山泊去，交与我父亲宋太公收管，便来回话。待我回山寨，自有发落"，众头领都只道宋江自要这女子。谁知竟由宋江送与矮脚虎做了新娘！

作家甚至不去计较扈三娘是如何忍下梁山杀父、兄之仇的心理变化，更没有费神描述扈三娘嫁与矮脚虎的反抗，倒是尽情描写了她的死："郑彪嘴里念念有词，喝声疾，就头盔顶上流出一道黑气来。黑气之中，立着一个金甲天神，手持降魔宝杵，从半空里打将下来。王矮虎看见，吃了一惊，手忙脚乱，失了枪法，被郑魔君一枪戳下马去。一丈青看见戳了他丈夫落马，急舞双刀去救……郑魔君歇了铁枪，伸手去身边锦袋内摸出一块铜砖，扭回身，看着一丈青脑门上只一砖，打落下马而死。"（《水浒传》第九十七回）。

　　刚烈勇敢，胆识杰出的女英雄没有与自己杀父仇人斗争，没有反抗丑陋丈夫的侮辱式的求亲方式，倒是一心一意，死心塌地跟随自己的丈夫，甚至为了他而献出生命，用现在的观点看迂腐至极。但是它反映了明代时期中国的性爱观，也就是说作家在塑造女英雄形象时完全遵从这样的婚恋观：采用封建思想塑造女性。在全社会都压制或忽略女性的人性需求，把女性作为男性道德的教科书和应声虫，牺牲女性，成全男性，把男性中心意识发展到极端时，作者又怎么可能超越他的时代表达女性的欲望和要求呢。不仅《水浒传》，《三国演义》《西游记》都有忽视女性感受，贬低女性人格的倾向。如果一两部书有这样的倾向是作者思想局限性的话，那么，这么多长篇都是一种性别态度，至少证明这种观念是长期历史积淀的结果，那个时期，女性的感受被忽略，女性的价值被歧视，女性是一种性的工具是当时社会的主流意识。作者这样写自然是为了求得当时社会舆论的认可和肯定，迎奉接受群体（听众、读者）的性别观。验证人类历史中女性"失声"的沉重现实，这不能不成为现在学术界用来诟病《水浒传》思想性的角度。当然，现在看来，这种态度扼杀了女性生命的积极主动精神，成为塑造女性形象失败的主要原因。《水浒传》是塑造英雄的，中国式的英雄是与情感绝缘的，正是忽略了扈三娘的儿女情长，才有了战场上举兵血刃的"英雄"，恰恰是不突出"女"的性别观，才反衬出现代人观念中以性别气质先入为主的思维定式。

　　我先说这几个人物，请赵目珍老师再介绍。

　　赵目珍：好，刚才我们张老师和陈老师分别是从不同的角度来讲的，下面我接着刚才陈老师讲的简单说一下九天玄女和李师师。这两个人物，大家看，好像里面的分量不重，尤其是九天玄女，但是刚才陈老师说了，九天玄女在里面是很关键的。如果从小说的结构来看，九天玄女在当中起的作用是非常大的，因为在还道村那一回，就是九天玄女救宋江那一回，九天玄女给了宋江三卷天书，其实天书里面，大家都知道其中有一个很重要的观念就是让他忠君保国，辅国安民。这从当时九天玄女对宋江说的话也可以看出来，九天玄女对宋江说什么呢？她说："宋星主，传汝三卷天书，汝可替天行道，为主全忠仗义，为臣辅国安民，去邪归正。他日功成果满，作为上卿。"大家注意这几句话里面的几个词，第一个是"替天行道"这个词的出现，这四个字正是后来梁山大旗上的四个字。大家会问这有什么作用，其实这是梁山向朝廷靠拢的一个策略。"替天行道"其基本含义是殄灭奸邪，它不包含反皇帝。第二个是"全忠仗义"，就是既全对君之忠，也行对兄弟之义，但是忠是在前面的。第三个是"辅国安民"，但是"辅国安民"有一个前提就是"为臣"。第四个词是"去邪归正"，什么叫"去邪归正"，很显然九天玄女认为宋江及梁山好汉们的行径是一种"不端"的行为。什么是正，从对前面几个词的分析我们可以看出来，"辅国安民"才是正。

　　同样地，李师师也是在招安过程中起到了很大的作用。大家知道，宋江两赢童贯、三败高俅之后，想通过高俅来实现朝廷招安，结果没能实现。后来只能通过其他的途径来进行。于是，小说在此前安排了李师师这个人物的出现，因为她"与今上打得火热"，其实宋江从一开始见到李师师便有通过她来实现招安的想法。只是此前两次见面，都因为徽宗的突然驾临，宋江未能吐露衷肠。尽管好事多磨，但是没想到这个途径居然还真的走通了。其实这个途径之所以能够走通，完全得益于李师师这个人的非凡见识和宽广胸襟。当燕青告诉李师师梁山人想通过她来实现朝廷招安时，她的反应有些出乎人的意料，她没有认为梁山人是强盗，是贼寇，相反，她把梁山人称为"义士"，我记得书上原话是："你这一班义士，久闻大名，只是奈缘中间无有好人与汝们众位作成，因此上屈沉水泊。"当然，李师师有这样一种见识，可能也与她的个人身份有关，她虽然得皇帝宠幸，但毕竟是个青楼女子（官妓），她其实与梁山人有相似之处，那就是他们都是天涯沦落人。我想这可能是李师师内心深处愿意帮助梁山人的一个情结。大家知道，后来李师师让徽宗皇帝明白了高俅、童贯陷害梁山人的真相，以及梁山人的忠义之心，最后招安得以实现了。

张军

这个可能也与宋代的话本有关，过去专门有武松的话本故事，当时除了武松以外，宋江、鲁智深的故事等也有一些话本。

赵目珍：对，所以这是很详细的一个人物，再一个就是顺带着跟潘金莲缠在一起的大家可能都觉得很可恶的王婆，大家不要小看了王婆这个人，这个人真的是一个能说会道的人物，很多东西她都精通，你看她自己说："老身为头是做媒，又会做牙婆，也会抱腰，也会收小的，也会说风情，也会做马泊六。"因此，王婆虽然表面上开茶馆，其实主要不是靠这个赚钱，书上说她专一靠些"杂趁"养口，什么是"杂趁"？就是咱们前面提到的什么做媒呀，做牙婆呀，抱腰呀，收小的呀，说风情呀，做马泊六呀之类的。什么是牙婆？牙婆是古代的三姑六婆之一，以贩卖胭脂花粉和为大户人家买卖丫鬟歌女为生；抱腰就是类似于做接生婆的助手，在接生的时候专门为产妇抱腰；收小的，就是指接生；说风情和做马泊六，就是撮合男女搞不正当关系。所以这王婆也暗地里做了很多见不得人的事情。比如这潘金莲跟西门庆的事，应该说王婆在整个过程中起了很大作用。古代这个做虔婆的人，有一个特点，就是贪财害人。你看这一回的题目就叫"王婆贪贿说风情"，就是为了多从西门庆那里弄点钱物，然后不惜陷害潘金莲，谋害武大。

另外的四大淫妇中的两个人，一个就是杨雄的妻子潘巧云，再一个就是卢俊义的夫人贾氏，这两个人物呢，从刻画上来讲，不如潘金莲和阎婆惜塑造得成功。

我们谈到《水浒传》中的所谓"四大淫妇"。从封建伦理的角度看，"四大淫妇"都是可恨之人，都不是什么好人。但毫无疑问，她们的出现极大地丰富了文学作品中的女性形象。尽管"作者"对她们都持一种鄙薄的态度，在作品中有意书写她们淫荡的一面，并且都让她们在最后付出惨重的代价，但是换另一个角度来看，这些女性人物又都是非常可怜的，她们没有幸福的婚姻，为了追求个人对爱情和婚姻的美好幻想，她们做出了不为当时社会所容的举动，有些行为甚至是扭曲了的，变形了的。她们的结局都比较惨，都是悲剧人物，她们的反抗带有一定的合理性，是情有可原的。

陈斯园：对啊，你说到情有可原，这也是作者的意思。我们看潘金莲死，一刀下去没了，对不对？但是王婆怎么死的？要坐木驴，剐刑，是很痛苦的，所以说潘金莲的结局还是比较不错的。无论是潘金莲还是潘巧云，她们都可以用一首歌来说——《因为爱情》，她们没有要钱，她们是因为情感而出轨，当然还是要受到道德的谴责，这就是作者非常超越的地方。

张军

说到女性，还有几个人物。因为市民阶层对艳情事件的痴迷，意外地使这类人获得了鲜明的性格和饱满的人物形象，这就是第二类女性：淫妇和荡妇。

与五大三粗，威猛勇敢的女英雄不同，淫妇型女性都有着千娇百媚的容颜，如写潘金莲，容貌更堪题："眉似初春柳叶，常含着雨恨云愁；脸如三月桃花，暗藏着风情月意。纤腰袅娜，拘束的燕懒莺慵；檀口轻盈，勾引得蜂狂蝶乱。玉貌妖娆花解语，芳容窈窕玉生香。"

"这妇人正手里拿叉竿不牢，失滑手将倒去，不端不正，却好打在那人头巾上。那人立住了脚，正待要发作，回过脸来看时，是个生的妖娆的妇人，先自酥了半边，那怒气直钻过爪哇国去了，变作笑吟吟的脸儿……"在这些或骄或行、或斩截或绵长、或抒情或叙事的言语中，可以一窥作家赋予潘金莲的花容月貌。殊不知，"美"本身就是一种具有诱惑力的因素，一方面，它是人的直观情感认同，有超出人的理解力和理智判断因素的效果，另一方面它还与人的自然本性追求观念有关，对人类精雕细刻建立起来的理性大厦，具有冲击和摧毁的破坏力。

早在刘向的《列女传·晋羊叔姬》："夫有美物足以移人，苟非德义，则必有祸也"的警讯。对于潘金莲，小说一方面从"女色祸身败家"的角度，对她做出道德审判和性别归属，"若遇风流清子弟，等闲云雨便偷期"。比如，在整个故事中，作家花了大量的笔墨绘声绘色地描写"她被偷"的过程。

但是另一方面又对她作为在全社会都压制或忽略女性的人性需求，把女性作为男性道德的教科书和应声虫，牺牲女性，成全男性，把男性中心意识发展到极端时，作者又怎么可能超越他的时代表达女性的欲望和要求呢？《水浒传》《三国演义》《西游记》都有忽视女性感受，贬低女性人格的倾向。如果一两部书有这样的倾向是作者思想局限性的话，那么，这么多长篇都是一种性别态度，至少证明这种观念是长期历史积淀的结果，那个时期，女性的感受被忽略，女性的价值被歧视，女性是一种性的工具是当时社会的主流意识。作者这样写自然是为了求得当时社会舆论的认可和肯定，迎奉接受群体（听众、读者）的性别观。验证人类历史中女性"失声"的沉重现实，这不能不成为现在学术界用来诟病《水浒传》思想性的角度。当然，现在看来，这种态度扼杀了女性生命的积极主动精神，成为塑造女性形象失败的主要原因。《水浒传》是塑造英雄的，中国式的英雄是与情感绝缘的，正是忽略了扈三娘的儿女情长，才有了战场上举兵血刃的"英雄"，恰恰是不突出"女"的性别观，才反衬出现代人观念中以性别气质先入为主的思维定式。

第三类女性就是作为小说道具的贤妻良母型人物。譬如林冲的娘子，她具有中国女性的传统性格特征，温柔娴静、贤惠端庄、恪守妇道，作家很大程度上是按照传统文化规定的女性角色塑造出来的这类女性形象，但是作家在写这类女性时并没有按她们生存的视角去写，像潘金莲一样，而是在描写男性英雄时，把她当成一种点缀，一个过渡，为英雄们"逼上梁山"制造一个契机，而不是写一个动人的爱情故事。林冲好好儿的八十万禁军教头做不成，变为"强盗"了，这其中需要个缘由，于是林冲的娘子就被塑造了出来。一般就人物形象本身而言，让她按照贤妻良母型的传统女性固定性格行动就行了，根本用不着费心思。

另外，雷横之母也属这一类型。雷横因忘记带钱无法给白秀英

"标首"，遭白秀英言语侮辱，"原来这白秀英却和那新任知县旧在东京两个来往，今日特地在郓城县开勾栏"。由于她在知县面前"撒娇撒痴"，雷横不但被"当厅责打"，而且被押到勾栏门首剥衣示众。雷母来送饭，见此情景，那婆婆一面自去解索，一面口里骂道："这个贼贱人直恁的倚势！我且解了这索子，看他如今怎的！"雷婆婆骂了白秀英一通，白秀英听了，大骂雷婆婆道："老咬虫、乞贫婆、贱人怎敢骂我？"雷婆婆道："我骂你怎的？你须不是郓城县知县。"白秀英大怒，抢向前只一掌，把雷婆婆打个踉跄，雷婆婆却待挣扎，白秀英又打雷婆婆的大耳光子，这雷横是个大孝的人，见此情形，衔愤在心，怒从心起，打死白秀英，在朱仝的帮助下，投梁山去了。在这一段中，雷母实际上被简化成一个摆设的道具，为了宣扬某种观念服务的。这类人物不求性格的鲜明生动，只是为了完善情节的发展和建构，人物都是封建伦理塑造下的传统性格，很少被作为一个主体、作为一个丰富的人物形象来塑造。因而其形象相比于其他两类女性形象要逊色很多。

贤妻良母型的女性是封建社会认同的女性，也是它精心培养的结果，她温柔、善良，具有奉献精神，成为男性塑造的理想品。虽然这种女性形象饱满、立体都不如前两类，但是在她们身上闪烁着现代文明仍然认同的一些品格，我们不应该忽视这种女性对性别文化传承的重要作用。对传统女性文化古代、近现代女性文化中的精华与糟粕进行辩证的、合理的区分，使其中真正反映女性特质的思想观念、行为方式剥离出来并为当代文化建设服务，这既是贤妻良母型女性的重要意义，也是性别文化中不可或缺的一角。

探讨《水浒传》中的女性观，我们不应该脱离时代来讲。毕竟性别观念受文化进程的约束。《水浒传》中性别观充分表达了那个时代的性别特征，虽然用现代眼光来看，对女性形象的塑造带有明显的歧视意味，但是它的确记录了当时的男性中心观念，并且标举着两性不平等给男性和女性带来的愚昧方面的伤害，甚至为作品的艺术价值也打上了负面的烙印。从这个角度看，《水浒传》中的女性观，其价值仍然是非凡的。

赵目珍： 刚才张老师提到了白秀英这个人物，大家都知道，白秀英唱到"务头"上，也就是故事最精彩的地方，然后就去敛钱。没想到为首第一个就是雷横，恰巧他没带钱。后来双方就起了口角。大家知道越到后来，白秀英父女的话就骂得越难听。白秀英的老爹说，这人不是城里人，就是个村夫，不晓事，女儿别再跟他啰唆了，咱们换个人吧。雷横就反驳说，我怎么不晓事了。没想到白玉乔（也就是白秀英的父亲）就说了一句侮辱的话，"你若省得这子弟门庭时，狗头上生角。"就是说，你若懂得这风流子弟玩的门道，狗头上都能长出角来。这一来，雷横忍不住了。白玉乔还是继续骂。这时场外的人有认得雷横的，就说，这是县里的雷都头，你们不可这么放肆。但是白玉乔继续辱骂雷横是驴筋头，于是雷横就动手把白玉乔给打了。后来白秀英将雷横告上县衙，于是雷横被捉，还被押出去示众。这还不行，白秀英又动用与知县的关系，非得把雷横放在她原来表演的那个勾栏门口羞辱他。本来雷横的同事还想做做人情，结果这白秀英不依不饶，监督着那些公人去把雷横扒了衣服捆起来。后来雷横的母亲来送饭，又跟白秀英起了争执，先是口角对骂，后来白秀英动手打了雷横的母亲。这雷横是个孝子，看了母亲被打，怒火一下子就烧起来了，扯起枷来照白秀英脑袋上打去，打得脑浆都出来了。所以，在整个过程中，我觉得白氏父女一直比较骄横，他们认定了知县是自己的后台。我的后台比你硬，你是都头有什么用？所以我觉得骄横，是最后导致白秀英的悲剧结局的一个关键因素。当然雷横打人也不对。

有人说，《水浒传》里面描写了这么多的坏的女性，包括潘金莲、阎婆惜、潘巧云、贾氏、王婆等，还有很多女人像李瑞兰、白秀英，其实也都不是好的人物形象，《水浒传》里面宣扬的女性观完全是一种落后的丑化女性的观点，即使是三个女英雄人物，也不完全是赞赏的态度，她们都有被异化的倾向。

陈斯园： 你说歧视女性，顾大嫂在家当家吧？孙二娘也能管住张青吧？王英也听扈三娘的吧？女性是弱者吗？包括潘金莲，潘巧云，这12个人物都是高高在上的，在家里面大多是管着老公的，这还歧视女性吗？所以作者写得非常委婉。

张军

　　你们两个人刚才研讨这个问题，是关于女性描写的文学意义何在？是个什么作用的问题。《水浒传》的女性人物形象群体正是作者在那些野史和话本、杂剧艺术中女性故事素材的基础上进行加工、改写和创造的结果，而更能体现这些女性人物形象价值和文学意义的，是《水浒传》作者艺术地彰显了她们在男性英雄故事中的特殊作用，她们丰富多样的性格也一一凸显。《水浒传》中的男性英雄好汉几乎每个人都有一段被逼上梁山的经历。这里的"逼"，除了生活所逼、官府贪官所逼等因素外，也有因为女性方面的原因所逼，女性成了男性英雄好汉上山的一股助推力量。

　　宋江仗义疏财，名满天下，因阎婆惜揪住他与梁山贼寇通书信的把柄，得理不饶人，逼得他杀人，后又因刘高的老婆将恩作怨，致使他遭缧绁之厄，不得不走上梁山。杨雄和石秀因潘巧云偷汉子而智杀裴如海，大闹翠屏山，投奔了晁盖。卢俊义因妻子贾氏等首告其到梁山落草而吃一场屈官司，一步步被逼到梁山。孙新、孙立、邹渊、邹润因救顾大嫂的两个兄弟解珍、解宝而"自去梁山"；安道全因李巧奴、虔婆被杀不得不上梁山等。这些男性英雄都是因为与女人的种种瓜葛或杀人、吃官司，最后不得已上梁山，在这些由偶然的事件而导致的必然的趋势和结果中，女性起到了催化剂的作用。

　　而从小说叙事的角度，《水浒传》中的女性因为各种原因也推动了故事情节步步向前发展。除上述英雄好汉上梁山的各种原因和方式可做例证外，武松上山之前的故事是与四位女性紧密联系的，其中潘金莲、王婆、玉兰逼着他犯罪，孙二娘既让他知道十字坡的险恶，也为他出谋划策，使他做了一个行者，上山入伙，最后在六和寺颐终天年。

　　《水浒传》中的女性世界客观上反衬了男性世界，使男人成为顶天立地的英雄好汉。《水浒传》中的男性英雄好汉崇尚的是一种勇武豪壮的阳刚之气，在他们的生活中几乎没有男女情欲的表现，都以不近女色作为"好汉"的标准之一。宋江曾告诫王英："要贪女色，不是好汉的勾当。"（第三十二回）而梁山男性群体中也多半是独身汉子，对女性不感兴趣，如晁盖、武松、鲁智深、李逵、杨志等，他们无牵无挂闯天下。晁盖"最爱刺枪使棒，亦自身强力壮，不娶妻室，终日只是打熬筋骨"（第十四回）；孔亮出场时就借武行者一所见赞道："相貌堂堂强壮士，未侵女色少年郎"（第三十二回）；宋江虽然与阎婆惜妍居，但他"是个好汉，只爱学使枪棒，于女色上不十分要紧"（第二十一回）；李逵更是见不得女人。在浔阳江边琵琶亭，宋玉莲搅了他的话头，便大打出手（第三十八回）。

有时女性甚至成了男人的试金石。武松不怕色诱，表壮里更壮，他向潘金莲宣告："武二是个顶天立地、噙齿戴发男子汉，不是那等败坏风俗、没人伦的猪狗！"（第二十四回）燕青婉拒李师师，并向戴宗发誓："大丈夫处世，若为酒色而忘其本，此与禽兽何异！燕青但有此心，死于万剑之下。"（第八十一回）所以《水浒传》中一些女性情爱得不到满足，有出轨的情况，这是对男性的严峻考验，而考验的结果，都是男性在血腥的屠杀中标举了强悍精神，维护了"好汉"的人格尊严，完成了奔赴梁山理想社会的思想境界的升华。可见《水浒传》中的女性在塑造男性英雄方面，客观上起到了铺垫、反衬的作用，没有女性的柔弱和美以及一些人乱用美色，也就没有男性的刚强和威武。

陈斯园：她们有的比我们现代人更加坚强，那还不值得赞扬吗？诚所谓：贫贱不能移，威武不能屈，富贵不能淫。

张军

这是一个例子，另外，金翠莲的故事，金翠莲跟她父亲一起，当时因为嫁给了郑屠——镇关西做妾，然后休了她以后，还要金翠莲还他三千贯，就这样逼迫她。鲁智深在吃饭的时候，听到了这个情况，他就两肋插刀，英雄路见不平，拔刀相助，就到了郑屠的肉店里，要十斤肥的，十斤瘦的，剁成馅，搞得郑屠最后才发现是来找事的。弄完之后，他把包子馅一下子拍到郑屠的脸上，三拳打死了镇关西。因为这个女性的故事把他慢慢逼上了梁山了，实际从某些方面是衬托男性人物的，而且他在逼上梁山的途中，又见到了金翠莲，逼上梁山也好，推进故事发展。

第二个，实际是衬托男性英雄不好色，像戴宗他们都这样讲，是一个男性，近女色，我还算什么好汉？卢俊义也是，成天舞枪弄棒，冷落了他的贾氏，因为这样产生家庭危机，李固这个人就插进去了。卢员外在当时的大名府可能是第一员外，非常富有，宋江想把他挟持上山，从某一方面也是想改变一下《水浒传》这108将的人员结构，因为这里面游民就有50多个，完全是身无分文的，宋江可能想，他虽然是一个小押司，但也不能说我这一帮人都是乌合之众啊，吴用设计把卢员外逼上梁山了。因为卢俊义经常不近女色，就导致李固，本来是一个身无分文的奴才，卢俊义收留了他，作为管账先生，李固当时还有感恩之心，就以一种报恩之心在家里踏踏实实工作，但后来因为卢俊义老是在外面舞枪弄棒、做生意，冷落了贾氏，贾氏就跟李固私通了，卢俊义不在家时，他们两个人就苟且偷欢。吴用他们也知道这个原因，把他们骗到梁山以后，叫李固先回去，而且交代李固说，卢俊义投靠我们了，他就不回去了，所以宋江也好，吴用也好，他们设计把好多人逼上梁山的。所以一是不近女色，二是反衬男性英雄，这两个方面，作者在写的时候，它的文学意义和作用可能也会体现出来。

陈斯园：今天的题目是重新评价水浒里面的女性，林冲、林娘子他们是绝配，林娘子长得又美貌、又贤惠，这就是我们要重新评价《水浒传》的女性，找到了学习的榜样。另一个榜样就是琼英，"琼"是美玉，可见琼英是美玉无瑕，所以琼英跟扈三娘有争斗的时候，扈三娘怎么骂她的？"贼泼贱小淫妇儿"，人家琼英还没有结婚，怎么能说小贱妇呢？所以这是作者的一种反讽，琼英没有结婚，跟张清一见如故，这可不是以前的媒妁之言，两个人发生了爱情，又没有经过媒妁之言，然后成婚，所以这个爱情是写得非常浪漫。

然后再回到我们今天的主题，重新评价《水浒传》的女性，四大淫妇情有可原，四大巾帼值得赞扬，四大高人，我已经把林夫人、金翠莲提到一个高人了，等同于李师师、等同于九天玄女，因为人不分高低，众生平等，有贵贱，应该是人的精神的高贵与低贱。

张军

我觉得咱们今天谈了 12 个女性，我们对这 12 个女性人物有不同的认识，我要归纳一下作者在《水浒传》中塑造这些女性人物时的一些特点。

《水浒传》描写的是豪杰英雄图王霸业、角逐江湖的历史感和征服欲，在这个主题的驱动下，女性被视为男性的附庸，女性形象也被政治化、伦理化，成为宣扬道德的化身，这种单向价值判断刻意地将男性世界与女性世界对立起来，形成了在表面上宣扬封建伦理，但实质在宣扬男性文化品格的局面。为了配合男性优势需求，《水浒传》中的女性有以下特点：

第一，在市民审美趣味的影响上，最明显的女性风格是艳情。

《水浒传》乃是从南宋初年到明朝中叶这四百年的梁山泊故事的结晶，从南宋《宣和逸事》的宋江故事，到嘉靖、万历年间的《水浒传》100 回、120 回本，《水浒传》的成书经历了从民间到文人改编、创造的漫长过程，其间跨世纪越南宋、元、明三个朝代，一方面是传统儒学占着不容动摇的统治地位，另一方面，宋、元之际又是中国古代城市经济空前发展的时代，随之而来的是市民阶层的壮大，他们以特有的心理物质和社会心态影响着社会的方方面面。另外《水浒传》又是一部长期以"说话"形式存在的故事，市民意识鲜明地体现在作品的方方面面，就女性形象而言，细细研读，便会发现作者在以极尽铺陈的方式描绘淫妇的艳情，有时甚至已经游离于英雄之外。鲜明地体现出市民阶层讲求实际，沉醉于在世俗的追欢逐笑中去寻求人生乐趣的生活方式，毫不掩饰地追逐美色的欣羡之情。

不过，不能只看到作品中娓娓道来的女性"红杏出墙"的故事所渲染的轻薄艳情，更应该关注蕴于其中的、鲜明的"扬情"之风，它以不可遏止的人文精神冲击着水浒世界。在古代，宋明理学盛行之际，"存天理，灭人欲"的说教喧嚣一时，情和理的对抗在主流文化观中也是水火不容的，但在市民阶层，一直保持着情、理兼重的道德观，所以才在潘金莲、潘巧云身上，看到作者不仅仅单纯地否定她们的反抗，也承认她们婚姻的不幸的先进性别观，依稀可以觅见市民阶层追逐个人情欲的人性的光辉。

第二，在作家传统的伦理道德观的影响下，否定最强烈的女性性格是"淫"。

法国艺术家丹纳说过："自然界有它的气候，气候的变化决定这种那种植物的出现，精神方面也有它的气候，它的变化决定这种那种艺术的出现。"在《水浒传》成书的200多年中，传统儒家思想占领着绝对的统治地位，而作者施耐庵虽然生平难详，但估计其为一个底层文人应该是不争的事实，作为一名底层社会的知识分子，他的节烈思想既带有市民阶层的情理兼顾的趋向，也有知识分子强调礼教的特点，所以在《水浒传》中的女性身上既有迎合市民的趋向，也有浓重的封建道德迷雾。

为了塑造作者理想中的英雄形象，作者借用女性的艳情来衬托英雄，不过，与西方的"美女加业绩"的英雄内涵不同，《水浒传》中的女性是作为迷惑英雄的反面角色出现的，为了进一步反衬英雄的不可征服。比如为了突出武松的崇高，就有一段潘金莲勾引武松而武松不为所动的情节。为达到警戒女性的目的，也就使作品中所有的荡妇都"死得很难看"。"婆惜却叫第二声时，宋江左手早按住那婆娘，右手却早刀落，去那婆惜颔子上只一勒，鲜血飞出。那妇人兀自吼哩。宋江怕他不死，再复一刀，那颗头伶伶仃仃，落在枕头上。"（第二十一回）

"石秀便把那妇人头面首饰衣服都剥了，杨雄割两条裙带来，亲自用手把妇人绑在树上。石秀也把迎儿的首饰都去了，递过刀来说道：'哥哥，这个小贱人留他做甚么？一发斩草除根。'杨雄应道：'兄弟把刀来，我自动手。'迎儿见势头不好，却待要叫，杨雄手起一刀，挥作两段。那妇人在树上叫道：'叔叔劝一劝。'"（第四十六回）

下面我们就进入互动环节，和大家进行一些沟通，我们刚才在谈到女性人物的时候，都还有些不同的观点，我希望在座的各位女士们和先生们，对你们心目中的水浒女性有一些疑问的，提出来，我们共同探讨。

听众：三位老师好，请教一下，潘金莲是作为我们 20 世纪民国时期，作为女权运动所推崇的一个对象，好像是女权解放的一种偶像，请问你们是怎么看的？

张军

社会背景不同，对人物的评价也不同，不同的历史时期，或者我们在座的各位读者，你看一个小说中的人物的话，就是 1000 个读者可能有 1000 个哈姆雷特的不同的看法。在读者心中，看《红楼梦》，有不同的林黛玉，当然对潘金莲也是一样，我刚才在讲的时候，可能大家能听得出来，对潘金莲作为封建时代处在弱势地位的女性，我们还是有一种同情心的，但是像现在后现代主义时代，在女性解放、女权主义的这些人的眼里，可能觉得潘金莲张扬人性，能打破传统的伦理道德观念，追求她个人的幸福。有为潘金莲翻案的，四川有一个人为潘金莲翻案写过这样的戏剧，当然我觉得这可能是每个人的社会阅历也好，所处的不同的历史阶段也好，作为一个包容的心态的话，都是可以理解的，而且最近好像冯小刚拍了一个新的电影，叫《我不是潘金莲》。

陈斯园：我认为是不可以拔高施耐庵这个作者的思想高度，因为刚才说有他的历史局限性，不要把潘金莲的行动和现代人权进行等化，我们不能拿民主的东西来做历史的标尺，因为古代的生活就是古代的生活，我们去看小说，只是通过小说来体验剧中的人物的感情。《我不是潘金莲》是刘震云写的，刘震云是我们河南的作家，是调侃我们现在的生活，跟潘金莲没有关系了。就算《金瓶梅》它从《水浒传》脱离出来以后，跟《水浒传》也没有关系，《金瓶梅》写的是宋朝的生活吗？肯定不是，它写的是明朝当代的生活，《我不是潘金莲》也不是写的潘金莲的东西，它是写的当代的东西。

张军

《我不是潘金莲》中的女主人公可能还是把潘金莲作为一种传统的淫妇和荡妇的观念去看待的，她想证明自己不是那种人。

陈斯园：所以这也是一种穿越。我的意思是理解潘金莲还是按照历史的角度去看，第一，把它当成小说，像张军老师刚才说的话本，有很多卖艺的、说书的、搞笑的，说一个故事，谁杀谁，谁打谁，有这种事情吗？没有，是说的书。我们经常打游戏，电子游戏，杀死了，打倒了，我们现在看小说，其实应该这样看，就是说，武松杀人，你知道人家杀人就可以了，然后再看很多暴力游戏，虽然我们限制游戏，但是为什么我们很多人还迷恋到游戏当中，因为它可以发射枪，打打杀杀这种东西，它是一种娱乐，所以我认为要用娱乐的态度看待水浒中的打打杀杀，然后通过历史分析。

张军

这个问题就讨论到这里，今晚跟大家互动交流进一步深化了我们这次讲课的主题，今天我们对《水浒传》中的12个女性人物：水浒四钗：九天玄女、李师师、金翠莲、林娘子；四大巾帼英雄谱：顾大嫂、孙二娘、扈三娘、琼英；四大红杏案：潘金莲、潘巧云、阎婆惜、贾氏，从人物形象到性格塑造，以及她们的性格特征进行了分析，能帮助大家对《水浒传》的理解有新的认知。《水浒传》是一部描写乱世的小说，在这个乱世中老百姓的生活受到了政治、欲望、暴力的扭曲，人们对道德、法律的信仰逐渐失去。原本在封建社会中地位低下的女性的命运更加凄惨。作者通过对水浒中诸多女性角色的塑造与刻画，对封建社会进行了进一步的控诉，通过对女性的生活和权益受到任意的损害，诸多原本应当过着幸福美好生活的女性的命运被毁灭等，说明了封建社会的丑恶，也从侧面反映出了水浒英雄为何会造反的原因。

其实《水浒传》中的女性，都是不幸的。林冲娘子张氏，是循规蹈矩的贤妻良母，终被高太尉威逼亲事上吊身死；秦明的妻子、李逵的老母无辜被杀、被（老虎）吃；金翠莲、刘太公的女儿、玉娇枝都被强娶为妻妾；玉兰、宋玉莲、锦儿、迎儿等都依附主人而生存。就是顾大嫂、孙二娘、扈三娘她们，也是被扭曲的女性。母大虫、母夜叉的绰号，奠定了顾、孙二人的粗野面目，是从内到外对女性温柔的丧失；而扈三娘只会用沉默来认同自己的命运。至于潘金莲、潘巧云、阎婆惜等人，为追求真爱和人性的合理诉求，背负"淫妇"的骂名，被钉在人伦之道的耻辱柱上。同时我们也对《水浒传》中的女性特点从三个方面进行了分析，对《水浒传》在塑造女性人物中的作用，以及它的文学意义进行了分析和解读。

我们这一期节目是由深圳市社科院、深圳市图书馆联合主办的第四十四期南书房夜话，"重新评价《水浒传》中的女性们"，我们下一期会在31号跟大家共同分享第四十五期："《水浒传》中的诗词韵文鉴赏"，欢迎大家有时间继续参与，与我们互动、交流，谢谢大家的参与。（掌声）

南书房夜话第四十五期：
《水浒传》中的诗词
韵文鉴赏

嘉宾：张　军　赵目珍　贝小金　张晓峰（兼主持）

时间：2016 年 10 月 31 日　19：00—21：00

张晓峰

　　大家晚上好，现在开始"南书房夜话第四十五期——《水浒传》中的诗词韵文鉴赏"，今天有幸又回到南书房夜话的现场，跟在座的几位专家和听众又一次见面，我很高兴。接下来由我引导，让在座的三位专家对自己的个人情况以及研究特长做一个简单的介绍。首先有请贝老师。

　　贝小金：大家好，有缘来相会，我叫贝小金，我是一个中英文传记、家族史、企业发展史的作家，曾经用英文撰写过长篇小说系列《远走他乡的家族》等等。以前教书就是教古代文学，今天跟大家一起学习，请多多指导，谢谢！

　　张军：在座的有些对我来说，应该是比较熟悉了，我是深圳市社会科学院文化研究所的时任所长，也是研究员，主要是研究当代诗歌、当代文学，同时，作为我的工作来说，是研究深圳的城市文化、文化体制改革、文化产业、公共文化服务体系之类，今天很高兴能有这个机会和大家共同分享古代文学名著《水浒传》中的诗词韵文，谢谢。

赵目珍：大家好，我是来自深圳职业技术学院的一名老师，我原来学的也是古代文学，主要是研究古代的诗词，对于新诗也有创作和研究。我们单位现在在筹建一个深圳文学的研究中心，在座的文学的朋友以后都可能会到我们单位去交流，如果大家有一些自己的著作的话，可以赠给我们，我们可以作为研究的材料，或者帮助大家开个研讨会之类的，希望大家多交流，谢谢。

张晓峰

我简单地也介绍下自己，我叫张晓峰，前两季跟大家见面比较多。是一名高校教师，我的研究特长是在政治社会学、世界史等板块，今天有幸作为本期的主持人。现在先切入正题。有请三位专家从文学表达方面给大家讲一讲水浒里面的诗词韵文及其具体的作用。从文学表达的角度来讲，写景、叙事、描物是基本功。而小说的背景一般包括人文环境和自然环境两方面，就这方面有请张军老师对《水浒传》中关于环境描写的诗词给大家做一个总括性的介绍。

张军：《水浒传》可以说在中国古典四大名著中是读者众多、最为普及的一部小说，大家可能都是耳熟能详的，我们前面讲课也谈到了："老不看三国，少不看水浒；男不看红楼，女不看水浒"，很早就有这样的一些说法。大家知道《水浒传》在电视剧播放了以后，有一个主题歌叫什么名字吗？《好汉歌》。对，我觉得这首《好汉歌》如果是后来人再续《水浒传》的话，说不定《好汉歌》也会被收入《水浒传》里面。

我们今天讲的是《水浒传》中的诗歌韵文的鉴赏。《水浒传》里面还不像《三国演义》那样主要是诗词歌赋，《水浒传》里面的韵文就比较杂，分类很多，涉及各个朝代的文体，《水浒传》在中国古典四大名著中是诗词歌赋加韵文最多的，有1040首，其中诗和词就有598首，占总数的57.5%；骈文就有235处，占总数的22.6%；章回的题目和末尾的回目、回末有199首处，占总数的19.1%；另有偈语8首，占总数的0.8%。这些就构成了《水浒传》庞大的诗歌韵文体系。

这里主要以《水浒传》中的诗词韵文为研究对象，进行鉴赏。早在小说形成的魏晋南北朝时期，诗歌就被用于小说，不过当时尚属小说家无意识行为。到唐代，传奇小说开始有意识地糅进诗歌，开启了中国古典小说运用诗词之开端；到了宋元时期，通俗小说蓬勃发展起来，从口头故事，到话本小说，再到拟话本小说，其不但用了诗，而且用了词。这时小说诗词韵文的运用达到了形式多样化，运用手法熟练的新阶段。到了明代，小说依然继承使用诗词的传统，并且处于结合紧密程度不断提高的状态。《水浒传》的诗词韵文达到了小说使用诗词数量、密度上的一座高峰，可以说是当时使用诗词成就的佼佼者之一。《水浒传》诗词总体水平很高，其成就不可忽视。

我们大家都知道，诗和词的概念好理解，那么韵文是什么？韵文我要给大家解释一下。韵文，指讲究韵律的文学体裁，是用韵律格式写成的文语，指有韵的文体，与散文相对。如诗、赋、词、曲和有韵的颂、赞、箴、铭、哀、诔、古风等。章炳麟《文学说例》："韵文完具而后有散文，史诗功善而后有戏曲。"

韵文广义的就是指有韵的文体，但是在《水浒传》中，韵文是相对于散文而来的，它包括有韵的文体，像诗歌、歌谣这些都是有韵的，也有像《诗经》里面的四六句，也有汉赋，同时也还有回目，回末和对偶句，回目有时候只有两句，对偶也是两句，所以我们统称叫韵文或韵语。它们往往以"诗曰""正是""但见""怎见得""有诗（词）为证""常言道""古人云""怎生打扮""有分教"等话来标明。这些韵文、诗词、民谣，或点明主题、概括大意，或造成意境、烘托环境，或抒发感慨、劝诫读者，或刻画人物、写景状物等等，总之，都有明确的目的性。

《水浒传》每回书的开头、结尾以及正文中，常常插有或诗、或词、或民谣、或韵文之类。这些韵文、诗词、民谣的设置并非多余，它也不仅仅是使作品行文活泼、富有变化，而且还有其他很多好处，它是整个作品有机的、不可缺少的一个组成部分。

在中国古代，《水浒传》能吸收这么多的诗歌韵文，说明是吸纳了各个朝代的具有鲜明特色的一种文体。不同时代有其流行的韵文文体，在周、春秋，是诗经，以四言为主的诗歌；战国时，有楚辞、古风；汉朝有汉赋、古诗、乐府；到了六代，有骈文，赋，唐朝有唐诗、乐府；到了宋朝，就是宋词、宋诗、赋；元代是元曲，包括散曲和戏曲；明、清就是我们现在讲的古典小说。

　　我先回到我们主持人说的第一个方面：写景状物，烘托环境写景状物的诗词、韵文，在《水浒传》里比比皆是。野猪林的阴森恐怖，是对黑暗社会"不知天日何年照"的控诉，这景已抹上了政治色彩；孟州东门外卖村醪小酒店的幽静给人一种馨新之感，武松怎能不开怀痛饮呢？这景中已有人情；浔阳江上黑旋风斗浪里白条，一组色彩分明的诗句描写，又怎不引来五百人"喝彩不已"，这景又具有强大的号召力。

　　我们讲到写景或环境，中国传统小说有三要素，在座的有没有谁能答得出来？中国传统小说三要素：人物、情节、环境，我们为什么第一个要讲环境？而且在三个里面，环境因素也是非常重要的，我们会分享到野猪林的环境、飞云浦的环境等等，都写得非常生动，环境在小说的三要素中是不可缺少的。这里的环境又分自然环境和人文环境，我先把自然环境给大家做一个描述。自然环境实际就是写景，在《水浒传》中，很多处都是写景，写景的时候都是用诗表达的，用诗表达更有深意，而且更丰富多彩，刚才我说到有野猪林的阴森恐怖也好，飞云浦的险恶也好，这些都反映了在小说中通过环境来衬托人物，对环境的讲解我觉得应该是这样理解的。

　　《水浒传》中有许多精彩的片断，集中地反映了作品的特点。我觉得"智取生辰纲"是最精彩的片段之一，也是本书一个新的起点，其中也包含了许多经典的诗词，反映了本书中的背景特点。

　　自然环境。在写作方法中，一种是从外在角度出发，把诗词作为作者叙述的手段，客观地加以运用，《水浒传》第十回中"林教头风雪山神庙　陆虞候火烧草料场"的雪景：

凛凛严凝雾气昏，空中祥瑞降纷纷。

须臾四野难分路，顷刻千山不见痕。

银世界，玉乾坤，望中隐隐接昆仑。

若还不到三更后，仿佛填平玉帝门。

这首词和接后的一首词，目的不是为了写雪景点缀故事，而是为了用雪把林冲送出草料场。一场大雪，使林冲感到寒冷，到市井去买酒；用大雪压倒草厅，送林冲到山神庙，安排了雪后的情节。

写景状物功能。举凡写景状物，基本上是由诗词承担。如第四回借鲁智深写五台山：

云遮峰顶，日转山腰；嵯峨仿佛接天关，崒嵂参差侵汉表。岩前花木舞春风，暗吐清香；洞口藤萝披宿雨，倒悬嫩线。飞云瀑布，银河影浸月光寒；峭壁苍松，铁脚铃摇龙尾动。山根雄峙三千界，峦势高擎几万年。

张晓峰

谢谢张军老师，接下来有请赵老师给大家讲一讲《水浒传》在人文环境描写是如何呈现的。赵老师是山东郓城人，是水浒的老乡人，他来讲水浒，我想在某些方面会有一些不同的感觉。

赵目珍：诗词渲染的环境主要分为两种，一种是自然环境，一种是人文环境，诗词渲染自然环境刚才张军老师已经谈到。下面我来说一下诗词如何表现人文环境。像林冲，或者是宋江，他们因刺配或者逃命要经过或者逃到柴进的庄上去，那么在进庄的时候一般都会插入一段描写，说这个柴进的庄院是一个什么样的庄院。比如第九回林冲刺配沧州的途中，在路上一家酒店吃酒时，听说柴进就在这个村上，于是就去投奔他。书上说，"四下一周遭一条涧河，两岸边都是垂杨大树，树阴中一遭粉墙"。就像古代的州城一样，外面有一条"护城河"，大家想如果不是柴进身份特殊，大家都知道，柴进在水浒里面是一个非常特殊的人物，为什么很多杀了人的人都跑到柴进那里去避难？按道理来讲，柴进的庄院在大宋时也是大宋皇舆版图的一部分，所谓"普天之下，莫非王土"，主要的原因就在于柴进是后周世宗的柴荣的后人，也就是他们以前是帝王家。这是里面用诗词来进行的人文环境描写，我觉得从整体上看，描写人文环境的诗词相对比较温和。好了，我就讲这么多。

张晓峰

贝老师在人文环境这方面还有没有什么补充的？

贝小金：你们两位老师讲了那么多理论方面的，我就讲一讲实际的。既然讲诗词鉴赏的话，我们就来看看《水浒传》里面，有哪些诗词是说人物环境的。比如在《水浒传》第十六回，"杨志押送金银担，吴用智取生辰纲"这一段就是杨志把朴刀插在地上，自去一边树下坐了歇凉，没半碗饭的工夫，只见一个个汉子，挑着一副担桶，唱上冈来，唱道："赤日炎炎似火烧，野田禾稻半枯焦。农夫心内如汤煮，公子王孙把扇摇。"太阳火辣辣的烤得地面像是着了火一样，野外田地里禾稻因为缺水都枯焦了，农民急得像身子内有烧开的汤水，而那些公子王孙却不着急，他们悠闲自在把扇摇纳凉。就是描写的一种劳作的艰辛，就是统治阶级跟农夫的鲜明的对比，同时也铺垫了统治阶级跟百姓矛盾的日益尖锐化。

张晓峰

贝老师讲得非常好。刚才张军老师讲到，小说在描写过程中有三要素，我们接下来看诗词如何表现人物的出场，包括和故事的进展有什么关系，这方面有请张老师给大家做一个简要的介绍。

张军：现在说到第二个方面：刻画人物，塑造形象。《水浒传》的艺术成就，最突出地表现在对英雄人物的塑造上。人物的个性鲜明。作者笔下的水浒人物，是"同中有异""异中有同"。而且代表着古代历史小说的最高成就。小说采用浅显易懂的文字，明快流畅，雅俗共赏；笔法富于变化，对比映衬，旁冗侧出，波澜曲折，摇曳多姿。又以宏伟的结构，把百年左右头绪纷繁、错综复杂的事件和众多的人物组织得完整严密，叙述得有条不紊、前后呼应，彼此关联，环环紧扣，层层推进。

特别注意通过人物的相貌、姿态、声音、表情以及服饰等等外形特征来表现人物的性格特点，许多都是用诗词韵文来刻画人物、塑造形象。《水浒传》大家印象最深的就是因为塑造人物非常成功，比如鲁智深和李逵，这两个鲁莽之人，"同中有异""异中有同"，他们俩的性格还有迥然不同的地方，李逵有点像三国里面的张飞，他们在性格上有一点传承，因为这两部小说据一个史料说，罗贯中都是作者之一，所以在塑造人物方面，包括武松打虎，以及斗杀西门庆、潘金莲，这些都是小说中的经典。在塑造人物中，可能在座的也有写小说的，我们今天在这里讲古典小说的时候，实际上也是提升大家一种写作的能力。你们要写小说，主要是以叙事或叙述为主。叙述是通过多种的描写来实现的，一是有人物肖像描写，在《水浒传》里面每个人物的出场都是一个肖像描写。二是动作描写，那种打斗就是。三是场面描写，场面描写有别于刚才说的背景描写，背景描写是人物所处的时代背景，场面描写是人物活动的场面。四是行动描写，后面我们也还会讲到，这都是通过动作来体现人物的。五是心理描写，我们中国传统的古典小说中，心理描写有点薄弱，有时候甚至缺位的，在《水浒传》中，这些人物他们都是敢打敢杀，有什么心思都喊出来了，可能有时候心理上不一定去想那么多，但是还是有，像宋江和吴用他们这些人都还是有一些思考的。

张晓峰

　　刚才张老师讲的，有几方面我就非常认同。下面有请贝老师从女性自身角度讲讲《水浒传》的女性人物描写。

　　贝小金：在《水浒传》里，李师师是集书中女子优点于一身的。她有胜潘金莲般的美貌，亦有孙二娘般的侠气，师师爱财，但取之有道；师师多情，但绝不轻佻放荡；师师受宠，却绝不骄狂蛮横。在《水浒传》后30回里，李师师的形象颇有重要性，如果不是李师师从中牵线搭桥，宋江等人的招安之事就不知要等到猴年马月了。作为妓女形象的女子，她却能得到作者施耐庵的眷顾，不仅写出了她作为风流名妓的高超的交际手腕，还塑造了她聪明伶俐、侠骨柔情的形象。

作者描写李师师容貌是："芳容丽质更妖娆，秋水精神瑞雪标。凤眼半弯藏琥珀，朱唇一颗点樱桃。露来玉指纤纤软，行处金莲步步娇。白玉生香花解语，千金良夜实难消"（《水浒传》第七十二回）；句句都是衷心地描写李师师的花容月貌，并无像描写书中其他女子的无礼之言。好汉燕青看到，也纳头便拜，拜倒在师师的美貌之下，这里有诗为证："芳年声价冠青楼，玉貌花颜是罕俦。共羡至尊曾贴体，何惭壮士便低头。"（第七十二回）潘巧云描写得更为露骨，"……一捻捻腰儿，软脓脓肚儿，翘尖尖脚儿，花簇簇鞋儿，肉奶奶胸儿，白生生腿儿"（《水浒传》第二十五回）；好像要把女人从头到脚赤裸裸仔仔细细地观摩一遍，句句都充满淫亵。潘金莲是中国文学史上的一个典型的淫妇，但同时潘金莲应该也是施耐庵写得最成功的一个女人，她至今仍然鲜活地留存在人们的记忆中，为人们所争论。作者施耐庵的深厚的文字功底也在对潘金莲的刻画中展露无遗。对于这一女性肖像描写很成功。

张晓峰

谢谢贝老师，《水浒传》江湖豪客多，里面有大量的打斗的场面描写，也有很多战争的场面的描写，这方面想听一下张老师给大家讲一讲《水浒传》关于人物动作的描写。

张军：人物动作的描写，因为斗争的场面非常多，特别是在横刀立马的时候，都要大战多少回合，有时候射出的箭阵前好汉只一闪身，然后把箭就拿住了，表明他们有一种高强的武艺。有一个比较经典的人物动作的描述就是大家知道的"武松打虎"，这里面把武松和老虎这两者之间的动作描摹得非常细致，我们今天所讲的就不是传统小说用一种叙事的方法来表现人物的，都是一种用诗歌来表现人物的，我就把武松在景阳冈打虎的一首诗来描写的，来给大家分享一下人物动作描摹。

讲究格律的韵文做到了通俗易懂，第二十三回描写景阳冈武松打虎的韵文中：

景阳冈头风正狂，万里阴云霾日光。

触目晚霞挂林薮，侵人冷雾弥穹苍。

忽闻一声霹雳响，山腰飞出兽中王。

昂头踊跃逞牙爪，麋鹿之属皆奔忙。

清河壮士酒未醒，冈头独坐忙相迎。

上下寻人虎饥渴，一掀一扑何狰狞！

虎来扑人似山倒，人往迎虎如岩倾。

臂腕落时坠飞炮，爪牙爬处成泥坑。

拳头脚尖如雨点，淋漓两手猩红染。

腥风血雨满松林，散乱毛须坠山奄。

近看千钧势有余，远观八面威风敛。

身横野草锦斑销，紧闭双睛光不闪。

用了狂、霾、挂、侵、响、飞、踊跃、奔、闪、迎、掀、扑、淋漓、染、坠等一系列的动词和形容词，以及极其平白的话语把武松赤手打虎的壮烈场面和英勇的形象描写得惟妙惟肖。

这首诗每到四句就转韵了，"昂头踊跃逞牙爪，麋鹿之属皆奔忙。清河壮士酒未醒，冈头独坐忙相迎"，清河壮士就是指的武松。接下来"上下寻人虎饥渴，一掀一扑何狰狞！虎来扑人似山倒"，看这虎来扑人多厉害，似山倒，多么形象。"人往迎虎如岩倾"，就是说武松站着像一座岩石一样的向前倾，我觉得诗歌里面动作描写一般通过小说的叙述描写是达不到的。接着就是"臂腕落时坠飞炮，爪牙爬处成泥坑"，这时候前面又是用的另一个韵，再下面就是"拳头脚尖如雨点，淋漓两手猩红染。腥风血雨满松林，散乱毛须坠山奄。近看千钧势有余，远观八面威风敛。身横野草锦斑销，紧闭双睛光不闪"，写的确实很有气势，通过"狂、响、飞、踊跃、奔、闪、迎、掀、淋漓、染、坠"等动词把人物和老虎打斗的场面写得栩栩如生，我点的这几个字都是在这首诗里面作为一个动词体现出来的，所以人、物动作的描写，也能很好地塑造英雄人物形象，特别是《水浒传》中的侠客人物。

张晓峰

张老师讲得非常棒。作为诗词韵文在表达叙事的过程中大致有这样四个特点，第一个就是我们为了让故事展现得比较跌宕起伏，包括为了表达某个人物的命运过程，有个把握节奏的特点，这个特点我们请张军老师给大家介绍一下。

张军：现在说到第三个方面：辅助叙述，把握节奏。《水浒传》中的诗词不只是抒情也不只是议论，而是和小说的叙事之间相互唱和，承担着一定的辅助叙事功能，这是古代小说中诗词的另一特色。如"瓦罐寺前"，则有一首道人的"嘲歌"是这样唱的：

你在东时我在西，你无男子我无妻。

我无妻时犹闲可，你无夫时好孤恓。

这首歌虽是道人崔道成挑着鱼肉酒菜边走边唱的，但并非道人的"创作"，而是作者为表现道人、和尚在感情生活方面的无聊和无赖而"强加"给和尚、道人的，但它确实非常生动传神。金圣叹对此也很感兴趣，提笔批道："并不说掳掠妇女，却反说出为他一片至情。"（第五回）这样的评语，正是看到了这首"嘲歌"特殊的写法和效果。

把握节奏这在《水浒传》的诗词韵文中也是体现得非常突出的，我们还是用传统小说来比较一下，传统小说中的文体都有一个规律：起、承、转、合，小说、戏剧、叙事散文，包括叙事诗歌，对于小说等叙事文体来说，都有开端、发展、高潮、结局，所以这些就是我们在推进叙事的一种节奏，在这个节奏里实际就形成了小说的抑扬顿挫、错落有致、荡气回肠的效果，在诗歌里面，它就体现了这样一个特点，这方面应该是分四个特点来介绍，在我们中国的古典诗歌中，能够通过这样的起、承、转、合来完成小说的故事、完成这篇小说。现代小说里，包括上一次我们在这儿谈《三国演义》的诗词时，也说过有人认为小说里面不需要诗词，有时候我们在看古典小说时，觉得诗词与情节没有很大的关系，有时候可能会跳读过去，这种情况有。在西方的小说中也有用诗歌的，大家看过西方的名著《红与黑》，那里面的主人公于连的爱情情节，包括抒写他的心情，也是用诗辅助叙述，把握节奏。所以我们也要借鉴中国古代的小说用诗歌辅助叙述，把握节奏手法，写现代小说。比如你在里面写了你初恋求爱的某个情节，你觉得公开表达不好，用你写的一首诗表达、过渡，或者设置情节用一条微信给恋人发去这首诗，传递给你暗恋的那个恋人的时候，这样的情节也可以用诗表白爱情，比直接表达更有效、更有艺术性。诸如这些，我们下面就来一一分解。

张晓峰

　　首先讲的第一点，就是这些诗词在叙事中，有点明主旨这方面的作用，这方面的作用我们有请赵老师给我们讲一下。

　　赵目珍：好，下面来看小说中以诗词韵文点明主旨的问题。书里面有很多地方都是用诗词韵文的形式来点明忠义的主题的。我举个例子。其中一个版本的《水浒传》（第七十一回）有一首回首诗，"龙虎山中降敕宣，销魔殿上散霄烟。致令煞曜离金阙，故使罡星下九天。战马频嘶杨柳岸，征旗布满藕花船。只因肝胆存忠义，留得清名万古传。"当然这最后一句是点题的，"只因肝胆存忠义，留得清名万古传"，就是对于世俗的人来讲，接受朝廷的招安，就是站在了统治阶级这一边，站在了话语权这一边。至于说，《水浒传》这些英雄人物的结局他们最后是不是真的"留得清名万古传"了？大家可以思考一下，这个跟投降有没有关系？另外一个版本的《水浒传》七十一回中有一首宋江的《满江红》，词是这样写的：

　　喜遇重阳，更佳酿今朝新熟。

　　见碧水丹山，黄芦苦竹。

　　头上尽教添白发，鬓边不可无黄菊。

　　愿樽前长叙弟兄情，如金玉。

　　统豺虎，御边幅。

　　号令明，军威肃。

　　中心愿，平虏保民安国。

　　日月常悬忠烈胆，风尘障却奸邪目。

　　望天王降诏，早招安，心方足。

这里就不细说了，其中下阕的"忠义"主题非常鲜明。同一版本的《水浒传》第八十三回回首诗是一首古风，里面有几句也是在点明"忠义"的主旨："只为忠贞同皎日，遂令天诏降梁山。"还有"尽归廊庙佐清朝，万古千秋尚忠义"。你看，对这一主旨的宣扬太明显了。此外，在征方腊的时候，就是"乌龙岭神助宋公明"那一回有一首诗，开头一句是"伪朝事体溃如痈"，大家看，把方腊这一集团称为"伪朝"，其实也是将受招安后的梁山集团作为一个"忠义"的象征。

总之，我个人的观点大概是这样，《水浒传》里面对人物的描写也好，对情节的刻画也好，甚至是众多的诗词也好，好像时不时地就为我们点明一下"忠义"这个主旨，书中"忠义"的字眼出现的次数也非常多。我们刚才提到的武松的观念，其实不只武松，梁山上像他们这一类出身的人，或原来处于当时社会中下层、底层的人，能够通过招安混一个官做，很多人都有这样的想法。我们说中国人都有皇帝梦，其实就是典型的古代社会那种"忠君"思想对中国人的影响太深了。他们认定皇帝是好的，国家之所以这么乱，就是因为朝廷里面有太多的乱臣贼子。所以他们是这样一种思想，就是杀贪官，不反朝廷。

张晓峰

我们很多人想造反可能是一个归路，但是每个人在不同的情境会有不同的反映。这个问题我们先说这么多。在叙事方面还有一些为了推动情节的发展，这方面我们有请贝老师给大家讲一讲。

贝小金：这里比较典型的就是第十回林教头风雪山神庙，林冲作为一个八十万禁军教头，他的身份跟这些其他的人不一样的，就是属于统治阶级，有一个很好的家庭，又有一个美貌的妻子，如果不是高太尉的继子插进来调戏他的娘子，不会导致后来刺配沧州。他分四个情节在这里很明显，第一个情节就是陆虞候暗害林冲，第二个情节就是把草料场给烧掉了，第三个情节，因为雪下得太大了，房子就塌了，这个时候他就躲到山神庙去了，门外偷听有人谈话要陷害他，所以他怒发冲冠中杀了三人。这个推断情节作者施耐庵在这里是做了铺垫的，不是林冲是八十万禁军的教头，首先他就要去奔梁山，他是有个情节的推动的，然后杀了人直奔梁山的。林冲风雪山神庙，诗词就不念了。还有一个比较明显的，就是刚开始出场的时候，吴用智取生辰纲，这个情节也是这样，那么热的天，他故意用了蒙汗药，致使那些人中了计，用了这个手段，这也是一个情节的推动。

张晓峰

　　在表达过程中设置悬念也是文学表达的常用手段，自从有了影视手段以后，关于《水浒传》的剧目很多。记得描写林冲的形象，香港演员梁家辉拍过一个叫《水浒传之英雄本色》的电影，对陆虞侯设计陷害林冲误入白虎堂桥段影响深刻，对于设置悬念方面我们有请张老师给大家讲一下。

　　张军：现在谈的是第三个方面：辅助叙述，把握节奏。这里面我再讲一点：设置悬念。

　　或是后置事件由诗词韵文表露的部分，埋下伏笔。金圣叹所言"横插法"，今之谓插叙。如第十二回写杨志因失陷生辰纲，被困京城，这时又插了这样一首诗："花石纲原没纪纲，奸邪到底困忠良。早知廊庙当权重，不若山林聚义长。"此时不过是暗示杨志将来要投奔梁山罢了。又如《水浒传》第十八回："有仁有义宋公明，交结豪强秉志诚。一旦阴谋皆外泄，六人星火夜逃生。"这段诗写在晁盖和吴用、公孙胜、刘唐在后园葡萄树下吃酒之时，尚不知危险将至。

　　设置悬念是写小说必须有的一个手法，有时候还用另外一种说法就是埋下伏笔，写小说要有故事情节，故事情节要曲折，这些东西都是用得上的，当然还有误会、巧合等可能都是在设置悬念之前出现的叙事。这里面有一个悬念，在第七十一回"忠义堂石碣受天文，梁山泊英雄排座次"的时候，宋江写了一首词《满江红》：在菊花会上的词，表达了他的投降之志。看《水浒传》的前70回，英雄们风风火火，大碗喝酒、大块吃肉，多快活，但是到了宋江这一首词以后，实际就是设置了一个悬念，也埋下了一个伏笔，然后水浒108将就开始走向一个悲剧的过程。《水浒传》也好，《三国演义》也好，都有回目和回末，特别是回末的时候，大家是不是觉得在设置悬念了？突然跳出来一个战将，立马横刀要怎么样，他说欲知这人是谁，且听下回分解，在回末来两句对偶句，有时候看古典小说为什么放不下来？章回小说看了这一节完了之后，突然蹦出一个人物来，这个人物到底是谁呢，那你就要往下看，这也是一种设置悬念。

《水浒传》还有一个特点，就是在回目的时候用诗，回末的时候用词，基本上有这样一个大致的写法。我分析了一下，在《水浒传》里面，实际有这样几种诗词，但这里面的诗词，大家不要误认为是施耐庵自己的作品，有的是他写的，这是第一种，有的是他借人物的形象来展示的，比如宋江浔阳楼题反诗，他这是通过人物的情节用诗过渡。第四种，有时候是校对人（就是修订的人）自己加的，还有的修订的人还删了不少，我一开始说的1040首，实际后来在不同的版本里都没有这么多，有100回本的，我这次要讲《水浒传》时看的是100回本，看了之后一对照，发现跟120回本的诗词韵文不太一样，120回本的会多一些。第五种就是民谣、歌谣，还有就是偈语，在我们水浒里面有8首，宋江到罗真人那儿去的时候，他给他偈语，虽然开始不懂什么，这也是一种伏笔，但到最后就印证了他们的悲惨的结局。刚才说到水浒中诗歌的五种来源，第六种诗歌韵文的来源，大家刚刚听到贝老师说的"山外青山楼外楼"，实际这个第六种就是见到过去历史上的一些唐诗、宋词里面一些经典的诗词，在诗歌里面也借用了，借用苏轼的比较多，刚才朗诵的就是苏轼的一首。

张晓峰

小说叙述他们最后的命运前面其实是设置了悬念的。这个问题就说这么多，那么在叙事过程中，通过一些诗词、韵文来证明一些事件的本身，这方面我们有请赵老师给大家说一说。

赵目珍：《水浒传》与其他很多古典小说一样，之所以能达到这种水平，也得益于"有诗为证"这一类形式的表达。书中引出诗文常见的表达方式，除了"有诗为证"，还有"但见""正是"等。比如书中写武松离开柴进庄上，在没有到达景阳冈之前，就有一首诗，书中的叙述是"话分两头，有诗为证"，紧接着的一首诗是"别意悠悠去路长，挺身直上景阳冈。醉来打杀山中虎，扬得声名满四方"。告诉你确实有武松打虎这个事。意思是，这事不是我空口说的，你看有前人的古风为证。《水浒传》里面有大量的这样的诗词韵文，作者为了表达看法的时候就会说"有诗为证"，或者写到哪个事件的时候，就来两个字，"正是…"，然后下面罗列诗文。

张晓峰

我们知道，诗歌和诗文有说教劝诫、也有抒情言志的，还有场面渲染，还有娱乐谐趣等方面的作用，就这方面的总体情况，我们先请张军老师给我们做一个简要的介绍。

张军：现在说到第四个方面：抒情言志，渲染氛围。

从《水浒传》的内容来讲，我们对它的第四个方面、诗歌在这里面的功能和作用进行分析。抒情言志，大家都知道这是诗歌的一个主要功能，目的就是为了渲染氛围。从小说的叙事角度讲，它完全是要靠叙述和描写来表达人物的，而这里诗歌的手段是通过抒情，有些甚至也用议论的语言，当然在现代小说中还是不要有议论。按照叙事的理论来讲，有全知叙述角度，还有一个隐含作者叙述角度，在写小说的时候，小说的作者可能是一个全能的人物，每个人的心理活动他都知道，这是全知角度叙述。有些是一个暗含的作者，他在小说里面不是像在诗歌里面把自己的抒情、议论、说教、劝诫直接说出来，他是通过小说人物形象的描写、场景的描写以及故事的节奏和转换来表达自己的主题思想的，不直说，小说中主题思想也好，跳出来议论也好，都不是小说写作最好的方法。在电影里面大家知道用"画外音"来展示，在戏剧里用"旁白"。古典小说在传统的心理描写不佳的情况下，基于"话本"、说书人说书时，主动跳出来，有诗为证，小说中以诗歌作为道德证明，跳出故事之外，对故事内容进行评论，把作者观点和盘托出，揭示自己的情感态度。抒情出来了、议论也出来了，是一个道德的说教，或者是鞭笞一种不合理的社会现象、弘扬一种传统文化的观点，来表达自己的思想。古典小说实际就是跟话本来的，里面有这种"有诗为证"的诗词，是主要的因素。下面我们几位就来分头分析。

张晓峰

诗歌一般情况下是承载文学教化的功能，通过这种口耳相传的方式让更多人去接受，就这方面水浒里面也有，这方面我们请贝老师跟我们讲一下。

贝小金：在《水浒传》第二十一回中，宋江因为阎婆惜母女缠绕的事情很烦躁，这里有几句这样的话大家可能非常熟悉，可能大家都能说这几句话，"酒不醉人人自醉，花不迷人人自迷，直饶今日能知悔，何不当初莫去为"，其实宋江在这儿是一个多重性的人物，因为阎婆惜是当时的一个妓女，死了爹，去葬爹，而宋江舍了银子，给他买了棺材，10两银子，后来经过撮合有这么一段故事，但是因为宋江不太近女色，也可以说宋江是当时怀才不遇的一个文人，这个时候阎婆惜又跟他的押司张文远勾搭上了，也就是在这种情况下，阎婆惜很是担心，就与宋江说我们的下辈子都得交给你了，因为你现在都不理我了，那怎么办呢？也就是这个时候去找宋江，宋江这时候在无可奈何的情况下，他对自己的一个规劝，虽然贪得一时的女色，他也是劝诫，我因为我自己一时为阎婆惜的美色，所以才酿成最后的后果，也有点接近《红楼梦》里面那句话，叫"何必当初"，当然那个是写的林黛玉和贾宝玉的故事，这里就是有反讽的一个思想，从这里可以看出宋江性格是多重性。作为封建社会不得志的文人，宋江有着满腔抱负却无处施展。他仗义疏财、济弱扶贫、孝亲敬友，这是他性格温柔敦厚的一面；他孝忠皇帝，讲义气，这是他性格中正统思想的一面；他明处为大家办事，暗处结交江湖大盗，这是他性格中虚伪狡诈的一面；他聚众反国，题诗言志，这是他性格中反叛的一面……施耐庵通过描写宋江充满矛盾的行为，向我们展示了一个多重性格的人物。

张晓峰

　　还有一方面就是我们经常说的诗歌里面"诗言志，歌咏言"一说，这方面请张军老师给大家讲一下。

　　张军：关于"诗言志"，我们这一部分一个重要的方面就是抒情言志，在小说里有些是作者通过人物的诗来表达的，大家看，宋江为什么上梁山？开始他对梁山是一种排斥的态度，他左躲右闪的，他杀了阎婆惜，发配江州的时候，他就绕着梁山走，怕被逼上梁山，成为匪寇。他还是有正统思想观念的，也是想博个名声、讨个出身，光宗耀祖，不败坏祖上的名声，是有这些想法。为什么他最后又投降了？他在浔阳楼上喝醉了之后题写反诗，实际上是他思想长期郁闷的正常表达。

　　宋江的反诗大家熟知，水平虽不太高，但也算写得不错。很有点类似于黄巢的"冲天杀气透长安"的意味。如《水浒传》第三十四回，宋江上梁山前作者为他安排了一首《西江月》：

　　自幼曾攻经史，长成亦有权谋。

　　恰如猛虎卧荒丘，潜伏爪牙忍受。

　　不幸刺文双颊，那堪配在江州。

　　他年若得报冤仇，血染浔阳江口。

　　描写了当时的宋江因被发配江州，身心都受到了很大创伤，内心的不平和愤怒在那一刻像火山一样喷发，强烈的内心活动通过诗词表达出来。

　　宋江的这一诗一词都是发泄不满，抒情言志，并借以咏志之作。《西江月》词"自幼曾攻经史，长成亦有权谋"。说的是他从小就攻读经史，大了后又精通权谋之术，你们当官的会的我宋江也都会，我宋江的本事一点也不比你们当官的差。

从这首《西江月》来看，宋江一方面感叹心比天高、命比纸薄，另一方面宋江的潜意识内一直是有反心，至少一直是把梁山当作自己的退路。当宋江在官场已经穷途末路的时候，本能就想起，自己还有江湖这条路，在江湖这个世界里，我宋江则是个大名鼎鼎的及时雨，真要把我惹火了，就上梁山了。

再一个，林冲也有通过人物的诗来表达他的抒情言志这种感情。《水浒传》中的人物做过诗的主要有宋江、林冲、燕青等。林冲在夜奔梁山时，在酒店写过这样一首：

仗义是林冲，为人最朴忠。

江湖驰誉望，京国显英雄。

身世悲浮梗，功名类转蓬。

他年若得志，威镇泰山东。

对于一个以习武为主的人来说，林冲这诗已写得不错了。在诗歌中，有很多是作者跳出来，然后抒情言志的，这样的例子有很多。在这个艺术特征方面，我就举这样两个例子。

张晓峰

接下来有请赵老师给大家讲讲诗歌在场面渲染、烘托方面的一些作用。

赵目珍：大家知道《水浒传》在不少情况下，场面描写都是用诗词韵文的形式来进行的。我分别举几个例子。前一个部分的例子，"九纹龙大闹史家村"那一回，有一个史进与陈达在马上打斗的场面，书中是这样描写的："一来一往，一上一下。一来一往，有如深水戏珠龙；一上一下，却似半岩争食虎。九纹龙忿怒，三尖刀只望顶门飞；跳涧虎生嗔，丈八矛不离心坎刺。好手中间逞好手，红心里面夺红心。"这是渲染两个人的打斗。另外，举个群体出场的例子，一个是"小霸王醉入销金帐 花和尚大闹桃湖村"那一回，小霸王周通带领山上的小喽啰们去抢亲，我们来看书上的背景描写："约莫初更时分，只听得山边锣鸣鼓响。这刘太公怀着鬼胎，庄家们都捏着两把汗，尽出庄门外看时，只见远远地四五十火把，照耀如同白日，一簇人马，飞奔庄上来。"然后下面是韵文描写，"但见：雾锁青山影里，滚出一伙没头神；烟迷绿树林边，摆着几行争食鬼。人人凶恶，个个狰狞。头巾都戴茜根红，衲袄尽披枫叶赤。缨枪对对，围遮定吃人心肝的小魔王；梢棒双双，簇捧着不养爹娘的真太岁。夜间罗刹去迎亲，山上大虫来下马"。这是对桃花山上以周通为首的"强盗"群体的出场描写，似乎略带有一些贬义。但大家注意，周通也是梁山好汉之一。这说明"作者"在刻画人物的时候是客观的，没有把所谓的英雄都进行美化或异化。

书中像这样类似的描写还有很多。就不多举例子了。

张晓峰

赵老师给大家讲了这方面。在表达方式上会有一些娱乐谐趣的诗歌，这些方面有请张老师给大家讲一下。

张军：我现在讲娱乐谐趣的功能。《水浒传》中的诗词有时如古之戏曲演出间歇时的插科打诨，是为了搞笑而来。如第四十五回，以叙述人口吻攻击和尚色情最紧，并引苏东坡的玩笑话：

不秃不毒，不毒不秃，

转秃转毒，转毒转秃。

对佛家人的调侃形象言语，让人看了有点忍俊不禁。谐趣功能中也借用了苏轼的顺口溜，我觉得水浒的作者对僧人非常不敬，可能我们现在社会就不会这样来写，一般僧人不都是剃光了头发，他就说僧人是"不秃不毒，不毒不秃，转秃转毒，转毒转秃"，我觉得谢顶了一般咱们都会说是绝顶聪明，但有时候又觉得是机关算尽，工于心计，然后头发掉光的。他说这样的人可能就是工于心计，不怎么正大光明，这一句歌谣就是这样写的。

谐趣功能实际也就相当于我们戏剧中的插科打诨，通过这些诗词增加小说的生动性、趣味性，这也是他诗词韵文运用的成功之处。

张晓峰

《水浒传》整体来说是一部古代白话文小说，它侧重反映下层人民的生活。从诗歌角度看，《水浒传》无论是从人物刻画，包括从战争场面的描写，包括里面运用的一些偈语，反映的社会生活状况，从这些方面来说它都是一个非常伟大的作品。就《水浒传》中的诗词韵文以及它的使用情况，还体现了明代和明以前中国在诗词歌赋方面的一些运用，张老师刚才讲了古代最早有四言体、有三言体，有汉赋，两晋南北朝是骈文志怪小说，唐诗、宋词、元曲、明清小说，在这过程中，明清小说在后面又是新的一个文学样态，这种新的文学样态，尤其是反映了我们刚才讲的《水浒传》本身的写作关注的群体又是比较接近社会底层的，让我们感觉读水浒特别接地气，这对于《水浒传》总体的诗词韵文水平的情况，我们有请张军老师给大家做一个总性的评价和概括。

张军：四大名著中，《红楼梦》的诗词成就是最高的，这点是毫无疑问的，其次我觉得是《三国演义》，《三国演义》在上一次我们也跟大家分享了，《水浒传》呢，因为我没有留意看过《西游记》里面的诗词，所以我把这三部名著《水浒传》是排在第三的。

分析《水浒传》诗词韵文的内容及功能，对诗词中呈现的艺术特点进行了探讨，从《水浒传》诗词韵文的特点、内容及使用情况，来探讨明代诗词创作特点：语言率真自然、俚俗明白和创作题材的世俗化等艺术特点，主要表现为语言通俗易懂、表现手法丰富（比拟、夸张、用典、借代）、意境多样化：恬淡闲适、雄伟壮阔、凄清悲凉、旷达开朗。诗词的这些艺术特点，使诗词能够在渲染环境、衬托人物形象、辅助叙事、议论说教等方面起到很好的作用。

《水浒传》诗词比较多，刚才讲到一些诗词的时候，我们觉得有的诗词韵文应该怎么样来修改一下比较好，但是《水浒传》是一个古典的白话小说，一是它里面的诗词基本是通俗易懂的。第二个，它也是借鉴了很多的艺术手法和表现手法，有时间我们还可以跟大家分享一下用诗词韵文表达的艺术手法。第三个，语言也是生动活泼的，这些大家都可以看到的。第四个，用诗歌韵文塑造人物形象也是非常成功的，所以总体我认为它是一部经典的名著，对它的诗词韵文在小说中所起的作用，我觉得还是非常值得肯定的，这是我一个总体的评价。

张晓峰

好，今天我们三位专家、我作为今天的主持来跟他们进行对话，今天主要的内容环节就已经结束了，下面进入到提问环节，或者是现场互动的环节，谁如果有这方面的问题可以向我们在座的三位专家来请教。

听众：四位老师好，非常感谢你们今天在这里给我们就《水浒传》里面诗词韵文做了一个比较突出的分析，使我们在平常的阅读中为古典名著的诗词的功能更加了解，诗词只是其中一个辅助的手段，当然刚才各位老师分析的也很到位，在打斗的时候武松什么什么样，人物出场的这些印象也比较深，我想刚才张老师也做了一个很好的点评，下面我想问的是几位老师也谈到了关于古典诗词韵文一些名词，比如有骈文，有韵文，我对这个方面不太了解，我就想请教一下骈文和韵文是不是一回事？如果不是一回事，它们各自有什么特点？能不能跟我们讲解一下？谢谢。

张军：我来回答，我们说诗词韵文呢，是我们这次的题目，当时定题目的时候是叫"韵文"，在之前跟他们两位商量的时候，我在想是不是可以叫韵语或者韵句，因为有的在《水浒传》里面是韵语，有的是韵句，有的是韵文，所以我们最后还是用了一个大的概念，叫"韵文"，就是有韵律的文字。至于骈文呢，文体名，与散文相对称，也叫骈体文，因其字句皆成对偶而得名，其以四字六字与四字六字相对为基本句法者，别称四六文，并讲究声律的谐调、用字的绮丽、词汇的对偶和用典。刚才赵老师举了一首，我当时都提醒给大家了，那就是一首典型的骈文，是南北朝的时候运用比较多的是骈文。这是南北朝的一种诗文形式。

今晚这期南书房夜话是由深圳社科院、深圳市图书馆联合主办的，同时也得到了《深圳商报》的特别支持，今天我们是第四十五期，叫"《水浒传》中的诗词韵文鉴赏"，谢谢大家的光临。

张晓峰

今天的夜话就到这里，谢谢大家。

南书房夜话第四十六期：
深入探究《西游记》中的弱者

嘉宾：王海鸿　项裕荣　孟　瑶（兼主持）

时间：2016 年 11 月 5 日　19：00—21：00

> **孟瑶**

　　各位读者，各位朋友，大家好，欢迎来到图书馆南书房，今天是我们"南书房夜话"活动的第四十六期，前面几期聊了有关中国四大名著的《红楼梦》《水浒传》《三国演义》，今天我们就聊一聊《西游记》。下面我给大家介绍两位主聊嘉宾，这位是我们深圳青年杂志社兼女报杂志社社长王海鸿，他还是深圳市人大的常委，是北航飞行器设计专业的研究生，可以说是一个工科硕士，但是他在文学方面也非常有造诣，在历史、红酒、围棋、宗教等等方面都研究非常深，所以我个人是相当佩服他，他博学多才、博闻强识，可以说是过目不忘，连我这个学文的都不如他。还有一位是项教授，他是广东技术师范学院的教授，是硕士生导师，古代文学教研室的主任，曾经获得"南粤优秀教师"，广东省"千百十人才工程"省级带头人等称号，看上去很年轻，就这么有成就。他还是广东省青年社会工作者协会的常务理事，广东省古代文论的研究会理事。我呢，是王社长的部下，我是深圳青年杂志社的总编助理，曾经是湖北省文联今古传奇杂志社的副总编辑。下面我们三个人就开始来聊一聊《西游记》里面的弱势群体。

　　王海鸿：其实一提到《西游记》里的弱者，大家想到谁呢？可能第一想到唐僧、八戒等等，但是我偏偏最看重的弱者就是孙悟空本人。我认为孙悟空是一个弱者，一切以事实为依据，我先给大家读一段原著。第七回"八卦炉中逃大圣　五行山下定心猿"，孙悟空大闹天宫，被二郎神抓住以后，扔到太上老君的八卦炉里头去炼，从这段开始，"真个光阴迅速，不觉七七四十九日，老君的火候俱全。忽一日，开炉取丹"，他要把孙悟空偷吃的仙丹炼出来，就把它炼成灰了，"那大圣双手侮着眼，正自搓揉流涕，只听得炉头声响。猛睁睛看见光明，他就忍不住将身一纵，跳出丹炉，嗡喇一声，蹬倒八卦炉，往外就走。慌得那架火看炉与丁甲一班人来扯，被他一个个都放倒，好似癫痫的白额虎，风狂的独角龙。老君赶上抓一把，被他一捽，捽了个倒栽葱"，太上老君被他捽了个倒栽葱，"脱身走了。即去耳中掣出如意棒，迎风幌一幌，碗来粗细，依然拿在手中，不分好歹，且又大乱天宫，打得那九曜星闭门闭户，四天王无影无形，好猴精"，后面有几首诗就不念了。"这一番，那猴王不分上下，使铁棒东打西敌，更无一神可挡。只打到通明殿里，灵霄殿外"，玉皇大帝的办公地点，外间叫通明殿，内间叫灵霄殿。"打到了通明殿里，灵霄殿外。幸有佑圣真君的佐使王灵官执殿。他看大圣纵横，掣金鞭"（他的兵器是金鞭）。"掣金鞭近前挡住道：'泼猴何往！有吾在此，且莫猖狂！'这大圣不由分说，举棒就打，那灵官鞭起相应，两个在灵霄殿前厮浑一处。"后面有很长的一首诗，写的就是他们激战了100多个回合不分胜负，"他两个斗在一处，胜败未分，早有佑圣真君，又差将佐发文到雷府，调三十六员雷将齐来，把大圣围在垓心，各骋凶恶鏖战"，我第一次读这段的时候，就有种很怪的感觉。可以想象：当时的天庭也是一个和谐社会，第一次招孙悟空上天当了弼马温，他闹事，跑下去，本来就应该镇压，但是以和为贵，因为追求和谐社会，太白金星下去把他要的"齐天大圣"都给他了，第二次又偷吃蟠桃，闯那么大的祸，这时候天庭几乎是颁布了总动员令，调十万天兵天将一十八架天罗地网，然后又不停地增援，把体制外的军队、把二郎神这个体制外的军队听调不听宣的都调来了，这才把他拿下，在准备极其充分的情况下，费了老劲才把孙猴子抓住了。现在这次情况完全不同，他从炉子里跳出来，这是一个突发事件，而天庭是没有任何准备的。而且这时候达到了他的巅峰时期，据书上讲，炉子一炼，炼成了铜头铁臂，火眼金睛，而且人受的委屈正常的报复心理最强，斗志最旺盛的时候，一路打到了领导人办公室的门口，竟然被这么一个没听说过的人挡住了。佑圣真君的佐使王灵官，这个灵官二字不是一个人名，它是一个官职，是天界里的一个官职，而且这个官职的地位不是太高，佑圣真君的佐使王灵官，把他翻译成今天的语言就是办公厅张主任下属的秘书科王科长，就这个意思，结果就打成了平手。由此我就想起了一个现实生活中的故事，我有一个律师朋友，大概几年前就开始接行政诉讼，就是民告官的官司。前几年，因为从法制建设角度来讲，对民告官各级的被告比如工商局等等都比较重视，往往都是局长亲自代表去应诉。而且局长到了法庭，肯定是规规矩矩的。于是我这个律师朋友，有一句名言，他说在这个场合，我是敢犯浑的，说面对着领导，假如你跟他讲道理，他就给你要流氓，你跟他要流氓，他就跟你讲道理，他是抱着这样一种心态，和我们各个职能局的局长打官司。打赢了几场，有几场虽然没赢，但是场面又很好看，于是这个家伙自我感觉膨胀，觉得自己非常了不起，接受电视的采访、出宣传文章，已经是到了什么话都敢说的程度了。然后大概一年前，非常轻率地又接了一单民告官的官司。这次那个局里没有派局长，也没有派处长，就派了一个大学毕业刚三年的小女孩，是职能局的一个法务，坐到被告席上跟他打官司，连律师都没有请，因为这个女孩就是学法律的。最后这个女孩伶牙俐齿，一步不让，偏偏他准备又不充分，在法庭上输得非常难看。到我这儿来，说他很郁闷，我当时就跟他说了这么一句话，我说你这是孙悟空遇上了王灵官。从这个东西往回推，就是太上老君栽了个倒栽葱这个事，我是怎么看的，你如果看《西游记》的话，后面可以看到，太上老君身边给他扇炉子的那两个童子，就是金角大王、银角大王，把孙悟空整得狼狈不堪，太上老君骑的那头牛，变成了妖精，把孙悟空搞得要死要活。太上老君本人怎么可能被扯个倒栽葱呢？我觉得这个就是现代足球里经常看到的一个现象，叫假摔，我的第一段论述到此为止，欢迎二位批判。

孟瑶

谢谢，我想做个现场调查，我们在座的看过央视 86 版《西游记》的，请举手，有不少。看过原著的请举手，还是有一些。看样子还是有不少的西粉。项教授，您有什么高见？

项裕荣：第一，我非常意外，王社长把孙悟空当成《西游记》中的弱者，在一般人的理解中，孙悟空是一个强者，虽然在西行途中，因做唐僧徒弟磨难极多，偶尔也有迎风抛泪的时候，但是在大闹天宫等片断，给我们的感觉，他是位人间喜神，遇事都是乐哈哈的，嬉皮笑脸，没有愁苦的时候。当然，王社长的这段文字又很有说服力，孙悟空碰到名不见经传、看起来官衔级别很低的王灵官，便打了一个平手。这个王灵官出现得很突兀，让人惊讶，我揣测在中国的某一个地区，他的信仰很是盛行，有民间故事的支撑，他降妖捉怪的本领仿若二郎神。可是他没有二郎神这么幸运，二郎神变成了一个传说中的正神，民间地位也越来越高。有趣的是，我对王灵官的揣测得到了印证。在云南昆明，滇池西山的某个道观门口有一非常庞大的塑像，正是手持钢鞭的这位王灵官，我是旅游时偶然看到，当时很是惊喜。可见这王灵官虽然在天宫中地位不高，但在民间信仰中不可小觑。《西游记》中他可以算是屈居下僚的一位天神吧，能力很强，但级别不高！此外，首都师大的侯会先生，作为古代小说的研究专家，他考证的结论是，王灵官信仰可能源自二郎神。若是如此，就更有意思了。也说明，孙悟空轻易不能把王灵官拿下，倒不能证明孙悟空弱；真正的原因则是，王灵官其实很强！

王海鸿：其实刚才您提的这个问题，就是大闹天宫的时候，确实有读者注意到，大闹天宫的时候呼风唤雨，为什么到了唐僧取经的时候就步步皆难，有读者很俏皮地回了一句话，说给自己干的时候劲很足，给别人打工的时候就不行了。这个是一种解读，其实另外一种解读，就是说他把天宫惹出那么大的风浪，有他的背景，我按今天的判断，当时的天庭很像个政治世界，表面看起来一片和谐，其实波涛暗涌，像玉帝，他其实是名义上的行政级别最高的统治者，如来佛在他面前自称贫僧，就跟国师对皇帝的称呼是一样的。你从书上也能看出一些蛛丝马迹，本来天宫一片和谐，突然一个石头里蹦出来的妖猴，这么胆大妄为、折腾，那么从统治者的角度就想，他是受了哪一派势力的指使，第一感觉最大的嫌疑就是西天佛祖，所以说，有一种解读就是，他大闹天宫的时候，像央视版玉皇大帝吓得钻到桌子底下去的时候，当时就有人说这个完全是误读了，原著写的就是早惊动玉帝，于是派了一灵官和一真君去请西天佛老，为什么请西天佛老，这种怀疑就付诸质询阶段，有一个猴子在这儿闹，是不是你的授意？

孟瑶

这是一个阴谋论。

王海鸿：对，阴谋论，如来佛来了以后，他的表现也有一些吻合，首先，他要骂孙猴子，你不知道他老人家修了多少劫才修到今天这个位子上？然后再用五指山挡得他飞不出去的时候，轻轻地把他扑出南天门外，化作五行轻轻压住。这是什么意思呢？这小子挺讨厌的，给我惹事，但是不能搞死他，我今天用不着他，也许明天用得着他，所以轻轻给他压住，然后给他喂铁丸子吃，为什么喂铁丸子？在炼丹炉里，炼好了以后，他人生最缺金，滋补他、养他，派将来之用。其实在孙悟空成长的、搞得名气这么大的过程中，不光是如来佛，不光是太上老君假摔，中间这样明明有能力，却故意让着他的比比皆是，再举一个例子，他跟二郎神激战的时候，众天神，所有的神仙在南天门观战，观音就向玉帝表功，你看，这二郎小神是我举荐的，已经把妖猴困住了，就差擒获，贫僧帮一下就行了。你怎么帮呢？把我的净瓶扔下去砸他一下。太上老君就说了，说你这个净瓶是一个瓷器，砸到他身上也就罢了，要是碰到他的铁棒不就碎了吗？这是太上老君的话，观音并没有认可太上老君说的这句话，所以太上老君用金刚镯打了他一下。这个净瓶后来又出现了，就是对付红孩儿的时候。这对付红孩儿又有讲究，红孩儿出场那首诗写的有一句就是他像哪吒，说张三像李四，那一定是张三不如李四，不能说张三比李四强，这儿说像哪吒，应该就是不如哪吒。可是红孩儿一把火把孙悟空烧得焦头烂额，到四海龙王那儿去借了大量的水来扑，扑不灭，因为它是三昧真火，用水是扑不灭的。而且路上孙猴子还被他算一把，这个小孩竟然变化成观世音，把他给骗了一把，孙悟空到菩萨那儿去告状，把这个话也说出来，因为孙猴子像男孩的那种奸刁，所以就说，当时观音一生气，把这个净瓶"啪"一下就扔到她的池子里面去了。孙悟空吓傻了，因为菩萨脾气很好的，生气了，就把这么好的瓶子给扔了，当时还说了一句俏皮话，"她要不要了给我也行啊"，就类似这样的意思，没过多久，一个老乌龟驮着这个瓶子上来，上来以后，向观音点了24个头，就等于24拜，这个瓶子端端正正地驮在乌龟的背上，观音说你去给我把瓶子拿过来，孙悟空一拿，蚍蜉撼树，根本动不了分毫，观音说你不是有神通吗？为什么不拿啊？他说我这几天伤风，没劲，拿不动。观音说，你知道这个瓶子吗？就我这丢下池子一会儿工夫，它已经走过了八海四渎，借了一海水，这儿"海"是一个量词，一海水就是一个海的水浓缩在瓶子里了，这"一海水"是什么概念？咱们放开解读，中国面临着四个海，渤海、黄海、东海、南海，面积逐渐加大，深度逐渐加深，南海3000多米，而渤海是最小的一个海，八万平方公里，大概平均海深20米左右，算一下大概是1500、1600立方公里的量，一立方公里就是十亿吨的容量，一千多立方公里就是1万亿吨，孙猴子金箍棒13500斤，不到7吨重，这个金箍棒和这个净瓶相比，就是一根绣花针跟一个万吨轮相比的这么一个数量级，一个万吨轮会被一根绣花针碰破，你信吗？但是就是神仙们可以这样调侃，观音不反驳，就留下了这个遐想的空间，当时天庭和谐已久，大家都认为闹点事是正常的，突然有一个人在这个特定的时间出现在特定的地点的时候，大家乐于让他折腾得大一点，所以孙悟空的神通广大是在这种特定的形式下造成的，欢迎反驳。

项裕荣：对，有关孙悟空大闹天宫的原因，之前常有人将之比拟为"农民起义"。意思是说，原来是一个割据一方的小妖，后来去闹上天庭，分庭抗礼，很像是历史上的农民起义。但若准确说来，孙猴子闹天宫乃是因为"玉帝轻贤",实在没有要为民请命的意图,也没有因为活不下去或缺衣少食。孙悟空认为自己有本领,但你把他请到天庭之后,只封了个弼马温,美猴王自然不爽。弼马温的官衔大不大呢?我们孟老师说这个官级别还可以。

孟瑶

我还补充一句,在咱们中国古代,天官的弼马温相当于咱们朝廷的太仆寺,当年的包拯就做过这个官,王安石、司马光都做过这个官,而且不是正职,是副职,所以它是列于九卿之一,官不小了。

项裕荣:孟老师说的资料我不确定,暂时存疑吧。不过《西游记》里面,孙悟空说得非常清楚,他询问过自己的手下,弼马温是几品,回答是"没品"。他原以为这是指大到了极点,可是手下告诉他,此官其实是"未入流"。怎么讲呢?你这个马养得好,养得肥,玉帝能夸个"好"字,马若瘦了就还得自己赔钱。这叫不入流。试想,这种为人差役的官,级别低到何种程度了?孙悟空这才大怒,推倒案桌,反下天庭。这不,到花果山就竖了个齐天大圣的旗帜!为何?自尊心受到了强烈的伤害嘛,得弥补。另外,我们王社长说了,如来和观音是指使者、怂恿者,总之,他们宽容、纵容了孙悟空的大闹,所以说孙悟空的能力原本不强。另外,王老师还有一个有趣的说法,说孙悟空在八卦炉里面被炼得缺金,而五行山下如来安排的铜汁、铁丸,可以算是一种滋补,补金。不过,吃铜汁铁丸之说,其实源自于佛经。据云,某些人平时太过贪念,吃得太多,死了之后就会变成饿鬼,饿鬼是什么形状?腹大如鼓,喙小如针,喙,就是"嘴"。总之,做了饿鬼,任何人给你烧的香火和美食,你都吃不着。凡所美食,你一想吃,它就会化为火焰。那如何聊解饥饿呢?只能吃铜汁铁丸!说白了,这是做鬼后遭受到的报应或酷刑。换句话说,其实也没给孙悟空滋补,因为他在接受惩罚,吃不了别的,只能吃铜汁铁丸这一类疗饥。至于观音的净瓶,我想,也许观音真的是怕被打碎了。因为瓶子虽可装重物,但未必经得起金箍棒一击吧。

王海鸿：我是从工科的角度讲，因为这个东西，你从工科的受力来讲，用重力去捶击它，和你平静加了多少压力方面，这是可以直接换算的，就是你那么重的东西，平静的上万吨的东西，几吨东西平静地放着，和你拿个100公斤东西去撞，这中间是可以换算的。接着还展开我的讲，为什么说孙悟空是一个弱者呢？原著中可以看出几点，首先有一点，就是有一些小问题他解决不了，中间有一段朱紫国，朱紫国的国王生病了，他的三个娘娘金圣宫、银圣宫、玉圣宫，结果金圣宫娘娘被一个妖精给劫持了，孙悟空打探清楚了，闹了半天是怎么回事呢？首先这个妖精的来历，这个妖精是观音的坐骑，叫金毛犼，犼这种动物，我们现实世界中是没有的，这个东西其实挺有点意思，几个著名的菩萨，普贤菩萨的坐骑是六个牙的白象，很威猛，长得六颗大长牙的白象。最好玩的是文殊的坐骑狮子，但是大家留意了没有？文殊坐骑的狮子两次下界来变成妖精，一次是在乌鸡国变成一个妖道，把国王迷惑了，然后把国王推到井里淹死了，他变成国王的形状，就霸占了王宫，但是这是一个阉割过的狮子，从来不碰后宫的，后来不知道是不是吴承恩写着写着忘记了，在狮驼国又来了一只更威猛的狮子，这个需要解读一下，怎么解读呢？这个文殊的坐骑是狮子，就好比今天某个阔佬喜欢某个品牌的车一样，比如他喜欢保时捷，他不会只有一辆保时捷，他还会有辆跑车，有辆卡宴，甚至有辆什么其他的车，原来乌鸡国的狮子肯定不是那个狮子，不是他忘了。文殊、普贤都有威猛的动物作为坐骑，初步的感觉观世音总是一袭白衣，坐在莲花座上，这个是怎么回事呢？就是佛教在它的原产地是没有菩萨这一说的，只有佛，没有菩萨，更没有女性的菩萨，传到中国之后，为了在中国能够传播，就需要修改它的一些教义或者是一些层面的内容。中国的人口和世界的人口一样，一半是女性，中国女性在长期的封建社会中地位比较低，地位比较低是绝对的，还有一个更重要的，就是相对的。一个女人无论是大户人家的女儿，还是穷人家的女儿，假如你不能生孩子，你会很惨，只要你能生孩子，你哪怕在穷人家也会得到很好的照顾，在富人家里更会得风得雨，女人最大的苦衷就是没有生孩子，所以她要倾诉的对象不可能是一个男性。因此迎合这个需要，佛教在中国就硬生生造出了观音这么一个形象，而且造成的影响极大，慢慢地就仅次于如来了，甚至某些方面还超过如来，弥勒佛其他的佛是不能和她比的。同样的道理，面对女性的时候这么一个观世音不适宜骑很威猛的猛兽，女人们连狗和猫都怕的，所以她总是坐在莲花台上，但是不等于她没有，所以她有这么一个"金毛犼"，这个金毛犼还精灵古怪，朱紫国的国王在当太子的时候喜欢打猎，一次到外面去打猎，正好大明菩萨，也是佛祖的亲戚，他的一对儿女变成一对孔雀在那儿玩，这个太子肉眼凡胎认不出，"嗖嗖"几箭，两只孔雀一死一伤，佛祖就说了，他得受报应，他得病三年，而且还得夫妻分离，这里插一句，佛祖好像也都是心胸很狭窄的睚眦必报的这种感觉似的，就等于是做了一个预算，要让他受报应。偏偏被金毛犼听到了，这个金毛犼执行能力很强，就从观音那儿跑出来，变成妖精，来把这个预算完成，他就去劫持了金圣宫娘娘，但是别的神仙又干预这个事，有一个不太有名的，又是道教的紫阳真人，大闹天宫的时候不觉得他有什么神通，但是他就觉得，你既然定了这个预算了，定了这个因果关系，我没法干预，但是假如这个畜生、这个金毛犼把人家皇后玷污了，他三年之后人家怎么团聚呢？所以他就干预这件事情，他跑到妖精的洞府中，送了一件衣服给金圣宫娘娘，这一穿上浑身毒刺，妖精没法碰她，金毛犼没什么本事，就是有三个铃铛一摇，孙悟空但凡遇到这种妖精，他主要是去找主人的，这个几乎是唯一的一次不找主人了，他自己通过自己的智谋，跟金圣宫娘娘里外勾结，把这三个铃铛一偷，把这妖精降住，降住之后要把这个妖精打死，像对待白骨精那样，像对待草根妖精一样把它打死，观世音到来了，说悟空，不许动手，悟空一看，没办法了，只好不打了，这个金毛犼一看，马上摇身一变，就现了原形了，观音一看，脖子上的三个铃铛怎么不见了，悟空，是不是你偷了？没有没有，我没有偷，结果观世音说了，那三个铃铛不偷到，你十个悟空也近不了，孙悟空老老实实地还了，还了之后金毛犼收走了，孙悟空的职业生涯中比较精彩的一笔不找主人自己把妖怪收服了，等到把金圣宫娘娘送回王宫以后，国王连拉手都拉不了，一身毒刺，他把金毛犼收了他解决不了这个小问题，而这个时候，紫阳真人出现了，念着咒语这件衣服就蜕去了，就把这个问题解决了，所以就是说，我认为这是孙悟空是弱者的又一个论据，他有一些小问题解决不了。

孟瑶

　　我还想补充一下王社长刚才说的那个故事，孙悟空他的确是弱者，他上面有如来、观音、玉帝，各级组织压着他，但是他有时候也欺凌弱者。第一个，他在宝象国的时候，宝象国公主和奎木狼星生了两个孩子，那两个孩子是无辜的，本来可以不杀，包括猪八戒和沙僧都说了，这两个孩子还是不要杀，但是孙悟空坚持要杀，把他们两个拎着，当着宝象国的国王，高高的地方一下两个摔成肉饼。还有两个人也是不该杀，孙悟空坚持要杀，就是车迟国，重道轻佛的那个国家，那两个道士对他可好了，他去打听，说为什么这个国家的和尚那么遭苦难，两个道士说是因为国王请和尚求雨，没有求到，然后这个国王就不喜欢和尚，杀得只剩下五百个人，其他的和尚都被杀掉了，孙悟空说那我有两个亲戚在这些和尚里面，我想找到他们，这两个道士很热情地说，这样吧，我帮你去找，找到了之后，我让上级开一个病假条，把他们放出来，而且说我带你去哪里吃，去哪里住，应该说这两个道士对他是仁至义尽，可是他反转来就把这两个道士给杀了，两棒把他们打成肉泥，他为什么要打这两个道士呢？他可以有其他的方法处置，比如说使个定身法，让他们定在那里，弹一个瞌睡虫让他们睡觉，甚至就不理他们，让他们去了，但他就把这两个无辜的道士给杀了，所以有时候孙悟空干的一些糊涂事，也是欺凌弱者。

　　项裕荣：对，有点儿滥杀无辜的味道，怎么解释呢？也许孙悟空一直都很压抑吧。

孟瑶

孙悟空让这两个小道士把这 500 个和尚全部放了，这两个小道士说，如果说是一个、两个，我可以打个报告，批个病假放了，如果这么多人全放了，这全国就剩下这么多的和尚，是我们国家的重犯，是派我来看管他们的，我是没有这个权力的，如果我放了这 500个和尚，我自己也得死，这是不可以的，所以孙悟空一气之下把前面的好全部忘记，一棒就把他们两个打死了。

项裕荣：是，孙悟空这种做法在整个《西游记》里并非特例。他一时怒从心头起，会打杀某些小妖，那些小妖看起来至少显得蛮可爱。不知道这种滥杀，算不算是弱者的表现。

孟瑶

他更不通人情的还有一个细节，就是到了一个荒村，一户老人家请他吃，请他住，招待他师徒，结果这家的儿子是一个强盗，并不是强盗头子，只是一伙强盗中的强盗之一，他把那些强盗先杀了几个，后来，孙悟空专门把老人的儿子杀了，提着那个儿子的头，放在这家的门口来，我觉得这个事情是很残忍的，不说他的爹妈对你有恩，就是一个小小的强盗你也不能这样子草菅人命。

王海鸿：孟瑶以女性独特的很细腻的视角读的这些东西很有意思，我的领悟，其实就恰恰证明了孙悟空真的没有一个有担当的强者的心态。而且到后来，有点批判他的品质了，到西游的后期，就有读者读出问题来了，就是有来头的妖精都被收服了，草根的妖精都被打死了，孙猴子到了后期也有这种见风使舵，先搞清楚来路，有点这个意思在里面。我再读一段原著，第七十三回"情因旧恨生灾毒　心主遭魔幸破光"，这个是遭遇几个蜘蛛精，蜘蛛精背后有一个蜈蚣精，先是捣毁了盘丝洞，盘丝洞这七个女妖精有一个师兄，当时不知道是啥，后来发现是一个蜈蚣精，这孙悟空跟蜈蚣精打了，两个人先比武艺，那道士见他打死了师妹，心甚不忍，发狠举剑来迎，大战了五六十回合，渐觉手软，这道士武艺是比不过他的，一时间松了筋节，便解开衣带，呼啦的响一声，脱了皂袍，把黑袍子脱了，行者笑道"我儿子打不过人，就脱剥了也不能彀的"，原来这道士剥了衣裳，把手一齐抬起，只见那两胁下有一千只眼，眼中尽放金光，十分厉害。后面又是诗，诗我就不念了，"行者慌了手脚，只在那金光影里乱转，向前不能举步，退后不能动脚，却便似在个桶里转的一般。无奈又暴躁不过，他急了，往上着实一跳，却撞破金光，扑的跌了个倒栽葱"，这回是孙悟空跌了个倒栽葱，撞得头疼，急伸头摸摸，把顶梁皮都撞软了，自家心焦道（这是孙悟空自己说的话），"晦气！晦气！这颗头今日也不济了，常时刀砍斧剁，莫能伤损，却怎么被这金光撞软了皮肉？久以后定要贡脓，纵然好了，也是个破伤风"。这段给人什么感觉？就是铜头铁臂这东西是真的吗？就感觉怎么好像水分很大似的？被一道光一照，就照软了？而且自己感觉要化脓，要得破伤风，现在就不得不产生一个考虑，他的铜头铁臂究竟有几分的真实？类似的还有一段，这段遭遇的是蝎子精。这个蝎子精更厉害，竟然还是孙悟空和猪八戒两个人去打一女士蝎子精，本来是二人打出洞外，那八戒、沙僧正在石屏前等候，忽见他两人争持，慌得八戒将白马牵过道："沙僧，你只管看守行李马匹，等老猪去帮打帮打"，好呆子，双手举耙，赶上前叫道"师兄靠后，让我打这泼贱"，那怪见八戒来，他又使个手段，呼了一声，鼻中出火，口内生烟，把身子抖了一抖，三股叉飞舞冲迎。使的是三股叉，跟希腊神话海神波塞冬使的三叉戟是一回事，那女怪也不知有几只手，没头没脸的滚将来。这行者与八戒，两边攻住。那怪道："孙悟空，你好不识进退"，这是强者对弱者说的话，"你好不识进退，我便认得你，你是不认得我，你那雷音寺里佛如来，也还怕我哩，量你这两个毛人，到得那里，都上来，一个个仔细看打"，三个斗罢多时，不分胜负。这又让人很困扰了，孙悟空和猪八戒合伙打一个人，还战多时，不分胜负。那女将身一纵，使出个倒马毒桩，不觉得把大圣头皮上扎了一下，行者叫声"苦啊，忍耐不得，负痛败阵而走"，这儿明明白白写了，"负痛败阵而走"，八戒见事不谐，拖着钯，彻身而退，那怪得了胜，收了钢叉。然后孙悟空自己怎么描述伤势的：行者抱头，皱眉苦面，叫声"厉害、厉害"，八戒到跟前问道："哥哥，你怎么正战到好处，却就叫苦连天的走了？"行者抱着头，只叫"疼！疼！疼！"沙僧道："想是你头风发了？"行者跳道："不是！不是！"八戒道："哥哥，我不曾见你受伤，却头疼，何也？"行者哼哼的道："了不得！了不得！我与他正然打处，他见我破了他的叉势，他就把身子一纵，不知是件甚么兵器，着我头上扎了一下，就这般头疼难禁，故此败了阵来"，他自己承认败了阵。八戒笑道："只这等静处常夸口，说你的头是修炼过的，却怎么就不禁这一下儿？"行者道："正是，我这头自从修炼成真，盗食了蟠桃仙酒，老子金丹，大闹天宫时，又被玉帝差大力鬼王、二十八宿，押赴斗牛宫处处斩，那些神将使刀斧锤剑，雷打火烧，及老子把我安于八卦炉，锻炼四十九日，俱未伤损。今日不知这妇人用的什么兵器，把老孙头弄伤也！"就这一段，我就觉得反正我们学自然科学的人对这种前后描述不一的地方就特别地敏感，也不知道这铜头铁臂到底是怎么回事？看你们能不能给我解决这个困扰？

项裕荣：我不知道在座的朋友怎么想，从文学的角度来说，《西游记》是一个故事，人物性格的完整与否，不一定是故事的核心。举个例子来说，小说中每当孙悟空在前面探路或者降妖的时候，猪八戒就特别喜欢说他的坏话，这似乎是八戒的性格使然，而沙僧则是公认的好人。可是，小说第二十八回写孙悟空因三打白骨精被贬回花果山之后，猪八戒自告奋勇前去探路，化些斋饭。结果却多时未归，此时沙僧也来了这么一句，他说："二师兄估计是在前面贪嘴，哪个地方斋僧，他肯定是填饱了才能回来呢，哪能顾得我们呢？"奇怪了，一向老好人的沙僧，怎么也嚼舌根子了，性格好像不统一呀。我的解释是，小说无中生有，只是要制造出一点情节的矛盾，并不特别在意人物性格的统一。所以说，前面说孙悟空铜头铁额，现在说他头破化脓，这只是为了情节的需要，倒未必显得孙悟空多么虚弱。

　　王海鸿：咱们回归到文学领域，我刚才自己的那些困扰，其实我自己也想了一番答案，刚才项教授提到金庸的作品，我就把两个作品做对比，人说金庸的武侠小说是成人的童话，首先我们说什么是童话？童话就是有它的构型，有它基本的结构的，王子和公主相恋，被女巫作梗，然后只要把女巫这个问题摆平了，从此王子和公主就能过上幸福的生活，这是个基本的框架，好人会有好的结果，这个可能，未必需要自己付努力，因为一个好的运气，因为一个贵人帮忙等等，这种话是去哄小孩子的，"你不要怕，这个世界还是美好的"，什么是成人的童话？只要你付出努力，最后你就能得到好的结果，典型的像《射雕》三部曲，郭靖本来是一个傻小子，四岁才会说话，江南六怪教他武功，费了老劲，但是因为他是一个正派人物，他最后慢慢练练练，再加上自己的机缘，等到《射雕》结束的时候，成了天下前五名的高手。杨过从小流浪，父母都很惨，年轻的时候性格又不好，还被人削了一条胳膊，残疾人，也是同一个套路，最后成为天下前三名的高手。到《倚天屠龙记》张无忌，从小是一个药罐子，感觉活不长的，父母惨死，但经过自己的努力，自己的坚守，最后成为当之无愧的天下第一高手。成年人的童话。但是《西游记》我觉得从某个角度比它高明，教育意义比它深，成人童话告诉你，只要你付出努力，你一定能得到你想到的东西。而真正的现实生活中，一个负责任的教育家要告诉自己的学生，即便你付出再大的努力，你很可能还是得不到你想要的东西，这才是真实的人生。但即便如此，我们还是要努力，还是要自强不息，还是要坚守正道，回到两个系列作品的对比，刚才说的，郭靖、杨过、张无忌最后都爬得那么高了，在《西游记》里，你们说孙悟空是强者，到了《西游记》结束的时候，他已经成了斗战胜佛的时候，他的神通在整个世界上能排得进前100名吗？未必排得进前100名，比他能耐大的人多了去了，所以这就是《西游记》这部小说的立意和我们真正应该看到的和金庸小说的区别，金庸小说也是好东西，我是非常痴迷的，但是不得不承认《西游记》为什么成为几百年读的名著，其实它是有深刻的教育意义在这儿的，回到我刚才说的话题，年轻人刚投入社会的时候，觉得自己很牛，有时候那个牛像是真的，我真做成了一件事，比如刚才说的那个律师，是特定的因缘之下，产生的这么一种效果，你又加了适当的、一定的幻觉中的放大，就觉得自己无所不能了，所以中国有句老话，"少年得志，人生一大不幸"，就是这个道理，经过你一通折腾之后，才知道，你其实算不了什么，你还得老老实实戴上紧箍咒去做一件很小的事情，别领着几万个猴子在那儿折腾，你就是一个小团队四个人中间的一个，你得去克服千难万险，去做一些很细很小的事情，最后才能够走上人生的正道，还不能保证你会成为郭靖、杨过、张无忌，从文学的角度我是这样理解的。

项裕荣：这倒是让我想起自己的一些人生经历，我当年在浙江大学读博士，在撰写博士论文的后半段时间中，曾恍惚中觉得天下好像没有自己不能做的学问。这种骄傲来源于那时候天天在看书，摆了很多的资料在桌面，觉得写起来有段时间还挺顺手。可是当博士论文做完之后，回来在高校工作时才发现，人生的很多时候，很多工作，都要从零开始。博士论文的成果甚至经验，都不能帮你太多。

王海鸿：就你刚才的经历，我又想起一句话，马克思说过一句话，叫"人是一切社会关系的总和"，你的人的影响力往往是在特定的环境里施展出来的。我又联想到一个很有意思的例子，我认识一个朋友，他的父亲不是老红军，而是老八路，就是抗战时期参的军，算是混得不错的，解放战争结束的时候，就已经是刘邓二野下属的一个主力团的团长，按照这种资历，到55年授衔的时候，最多授到大校，不能授将军。你们看《亮剑》就知道了，李云龙是红军时期的团长，觉得授少将授低了，你到解放战争后期才当到团长的话，本来你的资历只能授到一个大校就拉倒了，就这哥们，这老爷子，觉得自己应该破格提拔，为什么觉得自己应该破格提拔呢？48年年底，中原野战军攻克襄樊的时候，他是主攻团的团长，他的战绩是生擒了国民党在襄阳的一、二把手，襄樊的守将，一把手是康泽，三青团的创始人，复兴社的十三太保之一，江湖人称"小戴笠"。副手郭勋祺，郭勋祺是什么人？本来是进步青年，四川人，26 年的时候曾经被陈毅发展成为中国共产党，到 27 年，觉得共产党不太好，脱党了，共产党联系不上他了，他根本没做任何事，就自然而然失去联系了，当了川军的旅长。到了 35 年他是川军的旅长，35 年遵义会议完了之后，三万红军一开头没打算出赤水，打算向北，渡过长江跟四方面军会合，本来以为川军肯定是龟缩在长江北岸去防守的，没想到郭勋祺渡过长江迎战而来了，毛主席当时作出决定，在青冈坡要消灭这支川军，结果敌情有误，不仅是郭勋祺这个旅，他不是两个团，是四个团，后面还有一个潘佐和潘文华的部队蜂拥而来，在这种形势下，土城之战打成了一个消耗战，在这场战役中，有名有姓的对方就是郭勋祺，而共产党这边投入战场的有谁呢？陈毅，当时因为受伤没有参加长征，留在赣南，徐向前，当时四方面军的领袖，正在强渡嘉陵江，贺龙，是红二军团的军团长，还在湘西。除了这三个人之外，七个元帅全数在场，朱德亲自上的第一线，开国的将军 200 多人参加了这场土城战役，七个元帅加上 200 多个将军围攻一个郭勋祺，愣是没有把他拿下，最后只好丢盔卸甲，渡过赤水河。所以国共战史上这么牛的国民党人就只有这么一个。等到 48 年，我朋友的父亲，一鼓作气打进襄樊城，生擒郭勋祺，（意思是）我这功劳：你们七个元帅都搞不定的事，我搞定了，再给我个大校合适吗？很不平衡，到处闹，那时候毛主席都批评了，评军衔是丑态百出的时候，男儿有泪不轻弹，只因未到授衔处，这个事一直闹到级别很高的罗荣桓的助手那里，人家一句话就把这老人摆平了：你有本事就 1935 年捉住郭勋祺，你今天就是元帅了，48 年的郭勋祺不是 35 年的郭勋祺。

项裕荣：对，此一时也，彼一时也。

孟瑶

现在我们三个人在这儿全聊，今天来的各位大家都是《西游记》迷，各自有各自的心得和体会，而且各自在不同的岗位、不同的地方，可能也有不同的看法，大家互动一下，有什么需要提问的，或者有什么需要表达的，我们在这里给大家一个机会。

听众：你好，孟老师，刚才我在这里一直听着，听到您讲到的一个事情，你在强调弼马温这个官职并不小，为什么孙悟空不满足？但是我有我的一些看法，不知道可不可以简单地谈一下。因为我觉得人除了追求一种价值及自身的资本，还有一点就是社会的认同感，比如说秦朝秦始皇的祖宗是在周朝养马的，一些诸侯国就很嘲笑他，说很不愿意跟秦朝在一起，觉得你只是一个养马的，哪怕你是跟周天子养马的，但你就是个养马的，我觉得跟这个故事应该差不多，这是我的一个理解，包括一些很有名的大太监，他们位高权重的，但是他们在内心里，包括一些文臣武将都要贿赂他们，但是他们并没有一种身份认同感，因为太监虽然权力重，但是他没有身份认同感，弼马温呢，虽然官职不小，但是在天庭里面是没有身份认同感的，就像始皇帝的祖宗是养马的，被诸侯嘲笑一样，我觉得《西游记》表面写的是神仙妖怪，其实写的是人心，是整个社会的一个大杂烩，我看到网上很有名的一个人在讲《西游记》，他说《西游记》并不是给儿童看的，他是给成年人看的，这是我对孙悟空为什么不满足弼马温的理解。就联系到现在的土豪，很多社会层次非常低的一些人通过改革开放的契机，得到了很多财富，但是在身份上，没有认同感，别人会嘲笑他，所以他想通过很豪放的一些行为去证明什么，无非就是求得身份认同感，孙悟空闹天宫是不是也是如此？

孟瑶

你这个问题提得非常好，我当时也是这样讲的。孙悟空为了面子、为了尊严，但是他忘了一个，在天庭都是论资排辈的，孙悟空才来了半个月，你寸功未立，你凭什么就坐到玉皇大帝的位置上去？所以从论资排辈方面讲，孙悟空这样要求是没有道理的。而且弼马温跟我们现在情况对比，他就是领导的司机、局长的司机，跟局长走那么近，又是管交通的，慢慢地，得到提升的机会会很多，那玉帝要出去骑个马，孙悟空来给我挑一匹马，孙悟空"我挑最好的给你"，这一来二去不就熟了吗？提升机会不就多了吗？咱们现在不也有很多的干部是从领导的司机、秘书提升起来的吗？这叫近水楼台先得月，孙悟空没有后眼，他看不到这点。

王海鸿：听你这么一说，我都觉得《西游记》的内容更丰富了，第一，一个人想取得更高的地位，这完全是正当的。但是想取得这个地位，可以通过潜规则和显规则两种方法，潜规则就像你说的，利用这个机会，把领导伺候好，往上爬。他倒是有年轻人的这种率真，我还不屑于这么玩，我宁可造反，但是造反更加违反社会道义。《西游记》教育你的就是如果你想往上走的话，你得去取经，你得做一件作品，做一个对社会的文化建设有意义的一件东西，这是回归到了显规则、正能量，我是这么理解的。

听众：请问王老师，我想请你谈一下，为什么《西游记》会成为中华民族的四大名著之一？一个写神话的故事竟然能够成为一个民族的名著，不是那么简单的事情，一定是暗合了中国文化里很多深层次的东西，绝对不是为了写这几个神话人物。第二个问题，这部小说为什么要写这样一个有个性的孙悟空？中国的文化里，是不太允许出现这样反叛的一个角色的，这反映了作者一个什么样的心理目的？

王海鸿：今天下午正好在书城有另一场，《乐读一小时》，我给大家介绍《乱世佳人》，也是名著，也是跟读者互动的过程中，好几个读者表示，看了电影以后，曾经都有很强烈的读原著的愿望，但是手拿着50万字的原著，能坚持到底的不多，名著、史诗往往读着读着都非常枯燥，中国非常难能可贵的是，这四大名著都是朗朗上口，非常容易读的，非常有趣，这是第一个原因。第二个原因，至少《西游记》和《水浒传》好像还真不是作者一个人或者两个人从头到尾编下来的，尤其是《西游记》，他是把很多的本来就有的传说故事，大家知道吗？唐僧取经是确有其事的，然后他在路上收了一些胡人，有点像猴的，慢慢传就传成了猴子了，有很多的故事一代一代的说唱艺人在这儿说唱，摊上了吴承恩这个天才，把它汇总，加了很多东西，而且中国在宗教上是相对包容的，在佛教和道教和平竞争的过程中，就产生了很多很趣味的课题和话题，把它都糅合进来，就成了一个非常朗朗上口的东西，而且形象呢，我觉得还不是说作者本人要塑造这个形象，要怎么样，而是他把已经形成的，甚至深入人心的形象凝练了，总结了，具体化了，所以我认为《西游记》是一代又一代说唱艺人他们作品的一个总汇，吴承恩扮演的只是那个角色，他不是从无到有地创作了《西游记》，这是我的理解，正因为如此，所以它才和《乱世佳人》不一样，它具有非常强的可读性，从头到尾读也好读，跳一段读也挺有意思的，每个故事相对独立，但是这中间肯定有大量他的完善，可是好像有很多故事本来就有所流传，有了一个集大成者把它整理成这么一部作品，这也是我们的文化之幸，我觉得您这个问题也比较大，我也很难完全回答，我只能说这几点，我是这样考虑的，他真不是说吴承恩个人刻意塑造这个人物要达到一个什么目的的，而是这个人物本来就存在，他的形象已经大致清晰，然后由吴承恩这么一个天才把他最后完成定型了而已。

项裕荣：我试着回答一下这位先生的问题。就我的理解，第一，《西游记》被称为四大奇书之一，因为它是神魔小说的代表。我们现在称其为四大名著，但它的思想价值与艺术价值，曾经也被人不太瞧得起。举个例子，胡适并不认为《西游记》有什么深奥的东西，他也不觉得这部小说本身的艺术性有多高超。所以说，《西游记》成为经典，后人传播与阐释起着很大的推动作用。就像我们今天在深图南书房，在这儿夜话，也意味着在座的全体朋友都参与到了《西游记》文化的解读和传播中来，这样《西游记》才能成为经典。第二，为什么有这样一个猴子的产生？我觉得，孙悟空反映了底层民众，包括知识分子的某种英雄情结，可以说是代表了普通人的某种梦想。而孙悟空的形象是在演变过程中逐渐改邪归正的。小说中还写有他曾把无数的猎人用乱石打死呢，所以说，孙悟空有杀人之心，妖性十足。由于这部小说有明显的历史累积的过程，所以《西游记》的敞开性、开放性是非常明显的，电影、电视剧也很愿意去改编这个作品。毕竟《西游记》故事中的矛盾原本也多，比如王社长就看出来文殊的狮子两次下界成妖的矛盾。总之，我的理解是，第一，名著的地位是逐渐形成的，当然前提是要有精彩的部分。第二，孙悟空身上，集合了文人的、民间的，以及大家对英雄的期待与梦想。他的形象不一定那么统一和完整，反而更让人能够饶有兴趣地去改编他，翻拍他。

孟瑶

今天的活动就到这里，两周之后，这里还是《西游记》，奇文共欣赏，疑义相与析，欢迎大家再次光临。

南书房夜话第四十七期：
《西游记》中的那些悬疑

嘉宾：王海鸿　项裕荣　孟　瑶（兼主持）
时间：2016 年 11 月 19 日　19：00—21：00

孟瑶

　　大家好！欢迎各位来到南书房参加今天的夜话，上期（第四十六期）我们夜话的话题是《西游记》中的弱者，结束的时候我记得我还说过一句："奇文共欣赏，疑义相与析"，刚好今天我们要讨论的话题就跟《西游记》里面的疑问有关，这个"疑问"，可以是悬疑、疑惑，甚至是谜。正是这些未解之谜，使作品充满了悬念和魅力，也更增添了我们阅读的兴趣。那么书中究竟有哪些谜？有哪些悬疑是我们可以探讨的？今天想跟这两位老师及在座的各位，大家一起来理一理思路，来探讨一下，也许我们在理思路的时候、探讨的时候，突然一下子豁然开朗，这个"谜"也就不成为谜了，大家说是不是？首先请王社长来给我们抛砖引玉。（掌声）

　　王海鸿：关于《西游记》系列的主题，我是认真考虑过的，报了这样一个主题，就是《西游记》——魔幻悬疑的文学与娱乐自黑的宗教，就是有魔幻、有悬疑。什么是魔幻？什么是悬疑呢？我觉得其实两者是有区别的。举个例子，我在家也是居家男人，我灌了一壶水，准备到楼下去丢个垃圾，回来以后再把这壶水烧开沏茶喝，等我丢完垃圾一回来，这壶水已经烧开了，这叫"悬疑"，我并没有烧，但它开了，但这种悬疑呢有时候很好破解：我老婆本来不应该在家的，她突然间回来了，就顺手把这壶水烧开了，这就很简单。什么叫魔幻呢？我扔完垃圾回来以后，把这火点着了，然后就咕噜咕噜在烧那壶水，我等了5分钟过来一看，我感觉这个水已经烧开了，结果看到火旺旺地烧着，打开盖一看，一壶水烧成了一坨冰块，而且“哧哧”地散着冷气，底下的火旺旺的，这叫“魔幻”。由此“魔幻”，我就想到了上次跟项教授沟通时，曾谈到当时孙悟空的铜头铁臂到底管用不管用？本来说得很认真，在大闹天宫的时候被天兵天将用斧子砍，用雷火去劈，没事，结果被蜈蚣精搞了一下以后，他自己说的，他说“头皮软了，要化脓了，要得破伤风了”，他这个到底管用不管用。当时项教授的回答是，作者觉得他是，他就是，作者觉得他不是，他就不是，大概是这个意思吧，原话我没有记住。由此我就想到了一个比较高深的话题，《古兰经》第19章现在是受到基督徒和伊斯兰教徒的共同关注，第19章的标题叫“麦尔彦”。“麦尔彦”是谁？其实就是玛利亚，基督教和伊斯兰教是一脉相承的，好多人是同一个人，只不过改了名字。亚伯拉罕，到这边就是易卜拉欣，摩西，到这边是穆萨，耶稣，到这边是尔萨，玛利亚，到这边是麦尔彦。在《古兰经》第19章中，真主安拉就教训基督徒，说你们犯了一个不可原谅的认知的错误，你们竟然认为尔萨是我的儿子？唯一的神嘛，不错，我承认麦尔彦是童贞女，但尔萨绝不是我的儿子，他也是一位先知，但他不是我的儿子。我作为绝对孤独的神，我缔造了整个世界，我怎么可能把自己的生命参与其中？所以你们认为尔萨是我的儿子犯了绝对的错误。当然你们要问了，如果没有我的介入，麦尔彦作为童贞女，她怎么能够生孩子？我要告诉你们，我说有，就有。由此一个什么联想呢？但凡到了魔幻程度，可能就不得不从宗教层面去寻找答案了，所以按我的设想，我们的第四讲就是宗教，第二讲我们就梳理一下，稍微浅显一点，“悬疑”，我当时提这个建议，你们两位也认可了，咱们梳理梳理悬疑，轮流我提一条，你提一条，你提一条，再我提一条，这样其实也比较好，当然一会儿也可以邀请大家一起来谈。我觉得第一个要梳理的悬疑就是说，孙悟空的师傅菩提子、菩提祖师到底是谁？这个是很有意思的，他教了孙悟空那么大的本事，然后他就突然翻脸了，说你将来一定要闹事，你不能连累我，以后到外面也不许说我是谁，孙猴子是个听话的主吗？是个守信用的主吗？他根本就不是个听话、有记性、守信用的人，但他竟然真的就不找他师傅了，这个就让人很奇怪，好像这个菩提祖师从此之后就消失了（后来找过一次，但是没有找到）。这个菩提祖师，我想来想去，也是美国的电影工业给了我一个启发，就是一个片子但凡有了一个广大的观众群的话，他就要拍前传，比如《星球大战》《蝙蝠侠》《蜘蛛侠》。那我们这个前传是有的，就是《封神演义》。大家看过《封神演义》的就应该知道，在中土的截教和阐教，也就是老子和元始天尊领导的正义一方，和通天教主领导的反动一方斗争的时候，西方教一直在积极参与。其中有一位准提道人老是出现，老是掺和，而且后来透露出来他尽管有捍卫正义的成分，但是他中间也有 N 多的想法，要在这场仙界的大劫难中收服对自己有缘的神仙，收到自己的旗下。但是这个准提道人并不是西方教的大教主，他是二教主，当然大教主是最后才出现，是接引道人。所以就有人认为，是不是这个接引道人就是后来的如来佛？而这个准提道人，本来在佛教的创立之初，建立了很大的功勋，后来，可能佛教内部发生了某些政治斗争，他被排挤，于是他就归隐了，就成了菩提祖师，而且他就是要有意无意地生出些因缘来，或者说得不好听的要给佛教找点麻烦。我对这个事情的看法是基本认可的，我认为准提道人确实就是菩提祖师，但是接引道人不是如来佛，认真讲的话，大家知道西方世界佛的系列是横三世佛，竖三世佛，就是空间上的三世佛和时间上的三世佛。时间三世佛过去佛是燃灯佛，现在佛是如来佛，未来佛是弥勒佛。空间上呢，东方琉璃世界的教主是药师佛，西方极乐世界的教主是阿弥陀佛，也叫无量佛，中央婆娑世界的教主是如来佛，你自己研究。这个阿弥陀佛有点意思，他既叫阿弥陀佛，又叫无量佛，他是观音菩萨的师傅，观音的冠上有一个小佛，就是阿弥陀佛。而且大家看庙里有一个殿叫三圣殿，供奉三圣，这个三圣又分西方三圣和华严三圣，华严是如来佛居中，一边是文殊，一边是普贤，而西方三圣中间是阿弥陀佛，一边是观世音，一边是另一个菩萨，大势至菩萨。这个大势至菩萨在禅宗里面没有什么重要性，可是在净土宗里面非常重要，大势至菩萨，仔细研究净土宗的经典，发现阿弥陀佛也就是无量佛有另外一个称呼，叫接引佛，假定按照这个推导的话，接引佛就是当初的接引道人，那如来佛反而是谁呢？这里头有人研究的，通天教主的首席大弟子叫多宝道人，多宝道人能力非常强，在那一派里面，但是他没有被西方收走，他是被太上老君制住的，于是道教徒有一个说法，当然这个道教徒的说法佛教徒是绝对不能接受的，叫"老子化胡说"，老子骑青牛、过函谷，他留下《道德经》后不知所终，道教徒说他化胡为佛，他到胡人境界去传佛。道教的论点认为佛教只不过是我们太上老君去给你们，用一套你们能够听懂的语言创造了一个新的教，当然这一点，佛教徒是绝对不会接受的。按照他这个思路，化胡说这个道理能成立的话，这个多宝道人可能就是化胡为佛中一个重要的抓手、重要的楔子，就把多宝道人培养成了未来的如来佛。他是接引佛和准提道人的弟子辈的人物，因此菩提子不是如来佛的师弟，而是如来佛的师叔，这个不是我自己瞎撰的，也是读了一些书，我不知道你们二位怎么样认为？第一个我先说到这里，供你们批判。

项裕荣：各位朋友好，王老师娓娓道来，引经据典，他引用的《古兰经》我不熟。关于须菩提，菩提祖师，他究竟是谁，王老师提出此一悬疑。事实上，须菩提，是释迦牟尼佛的弟子，号称"解空第一"，他最能理解佛教中的"空"，《金刚经》记录的就是须菩提跟佛祖之间的对话。所以说，须菩提，当然是来自佛教的了。小说又称其为菩提祖师，把"须"字略去。"菩提"在佛教中，有"顿悟"与"智慧"之意。这样须菩提或者说菩提祖师在《西游记》中最少可以代表着这么两层含义：第一他来源于佛陀弟子的名称，第二代表的是佛教最高的智慧。但是《西游记》的实际描写中，这菩提祖师又像极了一个道士，是一个传授孙悟空道法的博学者，他对"术""流""静""动"各种门派均了若指掌。另外，孙悟空向须菩提求学的这段故事中，显然有六祖慧能学艺的过程隐含其中，所以，从这个角度，则五祖弘忍也是菩提祖师的前身。当然，《西游记》的描述中，孙悟空被菩提贬退的描述，则显得比较古怪。孙悟空作为菩提祖师最为得意的弟子，老师关着门，在房间里面，三更半夜传授给孙悟空七十二般变化，以及真正的长生不老之术。却只因孙悟空在众兄弟们面前显摆，菩提祖师就马上把他贬退，这又显得过于突然。他贬退孙悟空的那段话中，很有意思：徒弟你有好手艺拿出来显摆，别人求你教他，你若畏祸，就只能教他。你若不教，他定害你。这很像一个老江湖在教训徒弟不知江湖之凶险。菩提祖师还说，你孙悟空肯定要惹是生非，将来永远不许提我是你老师这件事，如果敢提，他就要把孙悟空贬到九幽之处，让他永世不得翻身。此处他又像是个怕惹事的老江湖，其中不乏古人的市井生活经验。当然，这些难懂之处，事实上都有禅宗慧能在黄梅得法的故事的影子。因为禅宗得法之后，确实凶险呀。慧能在得衣钵之后，老师也是让他马上逃离黄梅回到广东的。

王海鸿：这个可能就是项教授说的，六祖慧能学艺就是这么学来的，这个其实就是借用了一些现成的智慧来写这个故事。不过现在看来，我感觉这个还真的是能形成悬疑，要是我和项教授，我们理解不同，就把须菩提的辈分差了三辈，很难有结论，待会儿也许观众能给我们做结论，咱们要不就进入第二个悬疑吧。

孟瑶

　　行，我来说一下我的疑惑。有关唐僧的父亲究竟是谁？原著里面写的，唐僧的爸爸叫陈光蕊，是海州人氏。我查了一下，唐代的海州应该是现在的连云港，海州区。所以他应该是江苏连云港人氏。（历史上真实的唐僧应该是河南偃师人，本名叫陈祎。法名玄奘。他的父亲叫陈惠。他的曾祖、祖父都是官僚，到了他父亲陈惠这里，便潜心儒学不做官了。玄奘生于隋文帝开皇二十年，即公元 600 年。少时因为家境贫困，跟着他二兄长捷法师住在洛阳净土寺，学习佛经，十一岁就熟习《法华》《维摩》，十三岁时，洛阳度僧，他破格入选。）

　　西游记中的唐僧父亲叫陈光蕊。那一年陈光蕊进帝都长安赶考，考了头名状元以后，就按惯例打马游街。游街的过程中，正碰上丞相府的满堂娇殷温娇小姐在抛绣球选夫婿。殷温娇看到来了一个头名状元，长相不凡，戴着大红花，骑着马，在游街，这个小姐一高兴，就把绣球直接砸到了唐僧的爸爸陈光蕊的头上，这个时候，丫鬟仆妇小厮等府里的人一窝蜂地把这个状元公就带到家里去了，当天晚上就拜堂成亲，第二天一早，五更天的时候，皇帝就宣布，任命他为江州的州主，就是江州司马之类的官，江州的一把手，让他马上去上任。第三天，他就携娇妻动身，因为他家里还有一个老母亲，就带着娇妻顺道回去把他的老母亲接上。但老母亲病在半路，怕他耽误行程，就让儿子先去江州就任，过段时间再来接她。在这个过程中，夫妻俩带着书童走到洪江渡口的时候，被水贼刘洪和李彪两个人劫持了。刘洪把书童一刀杀死，再把状元公打死，然后将两人抛尸江中。注意了，这两个人死的方式是不一样的，这是一个细节处理。然后刘洪自己就换上这个状元公的衣服、帽子，带着状元的公文和夫人去江州上任了。江州是什么地方？就是现在的江西九江，这个路线图是这样子的：长安—海州—江州。就是西安—连云港—九江。

　　现在的疑问是：为什么丞相府的一个小姐，而且长得那么美貌，家里又有钱，又是高干子弟，肯定求婚的人是踏破门槛，为什么她没有选中？而要上街去抛绣球来选夫婿？因为街上的话，贩夫走卒流氓地痞什么人都有，这个绣球万一砸偏了，砸到一个讨饭的人头上，你怎么办呢？难道你就这样草定终生吗？这个好像跟丞相府的小姐身份也不合。当然古代抛绣球这个事情也许是有的，包括守寒窑的王宝钏也是彩球砸中了她的老公薛平贵，成就婚姻。这个事情可能存在。但是一个丞相府的美貌的大小姐为什么要抛绣球来选夫婿？这是悬疑之一。第二，从他们成亲到孩子出生，据书里的描述前后加起来不到6个月，唐僧就出生了。出生了之后，他的妈妈怕她的丈夫谋害这个孩子，就拿一块布包着，抱到江边，正好江里漂来一块木板，他妈妈就把唐僧绑到木板上，推到江里，让他顺流而下，任其自生自灭。为了怕孩子到时候长大了不好相认，就写了一封血书，说明这个孩子的身世、背景、父母、来历，然后把唐僧的脚趾头给咬断了一根，让他有点残疾。所以说，唐僧的妈妈是第一个吃唐僧肉的人，最后还不是落得一个惨死。她把儿子的脚趾头咬断了之后，让他顺流漂到了金山寺，这个从江西的九江，漂到江苏镇江的金山寺，也有 1000 多里，这个路程，顺长江这么远地漂下去，风大浪急，居然这个孩子没死，漂到金山寺被和尚收了，这也是一个疑问。还有，这个小姐她 18 年伴随贼寇刘洪，杀夫之仇人，居然 18 年没有举报，就跟他一起同床共枕，还夫妻恩爱，为什么说是夫妻恩爱呢？因为最后有一个细节，她要去见唐僧，就编了一个谎言，她说相公，我要去金山寺里面还一个愿，因为多年前我承诺过要为寺里的僧人做 100 双鞋子，我现在想还这个愿。她的夫婿刘洪就说好，立即就命人几天内赶做了 100 双鞋给他的夫人，他的夫人第二天就去寺里还愿。这个细节说明这个老公对她还是言听计从，依着她的。所以总的来说，感情应该还算可以。那为什么会这样子呢？既然是你的杀夫仇人，为什么还跟他在一起和平共处了 18 年？这个小姐肯定是有文化的，这么多年，就算是你交通不便，信息不发达，难回到京城故乡去，但是你可以书信来往，古代也有书信来往的。实在不行的话，也可以跟他的同僚，比如说官场上的一些人，跟他关系不太好的，可以举报他，说他是一个假冒的，他是杀了我丈夫的人。为什么这个小姐什么都不做，就一直等到唐僧 18 岁以后才来考虑复仇的事情？再有，这位丞相府的小姐，出嫁 18 年都没回家，她娘家人也不闻不问，不来看她的吗？这都是很大的疑问。是不是可以怀疑，这个水贼刘洪就是小姐以前待字闺中时候的情人？为什么是他？因为她是未婚先孕，实在是已经遮掩不住了，肚子大了怎么办？这个时候临时要找个人嫁的话，那肯定是有家世、有身份的人她才适合嫁吧，嫁了这个人，夫家肯定会想，你怎么那么快就生孩子了？这对他们丞相府是有辱家风，肯定是不允许的。但是又想不出其他的办法，所以就搞一个临时的抛绣球，而且是在非常快节奏的情况下，有点像拉郎配。当彩球砸中了状元公以后，也不问他同意不同意，立马一伙人把他拥入府内，当天晚上就拜堂成亲。照说一个状元公成亲是很隆重的一件事情，人生大事，起码要下聘礼，择吉日，还要托媒人上门，女方家也要回礼，有很多的程序要走的。就这么草草的！当天晚上就成亲，第二天就上任，这也是一个令人百思不得其解的地方，为什么这样？所以有的人这样解读，说刘洪就是小姐以前的情人，双方密谋好了，到渡口见面，把书童一刀结果了，因为书童跟他没有直接的仇怨，前面说过两个人死法不一样，而陈光蕊是被打死的，就是说，我恨你，因为你跟我老婆成亲了，吃醋，所以打。打的话有虐待、惩罚的意思。把他打死，然后抛尸江中。有一个叫吴闲云的，他解读西游的时候，对这一段说得特别详细，一口咬定，刘洪一定就是这个小姐的情人。后来我就查了一下地图，仔细地算了一下那个时间，关于她怀孕，为什么结婚那么短时间就生了小孩？第一个，唐代科举考试的时间应该是正月或者是二月的某个日子，就算他是正月底的某个日子开科考试，陈光蕊得了头名状元，然后他出发到了连云港的母亲家里，那个时候已经是暮春，因为原著里面描述"暮春时节"，书中写的是："离了长安登途。正是暮春天气，和风吹柳绿，细雨点花红。"然后接到了陈光蕊的母亲，又上路了。到了万花店那里，他母亲病了，说"天气太炎热了，他的母亲病了"，那已经到了夏季，这个时候已经经历了三四个月了，因为从长安到连云港，古代的车马又慢，又妇孺老小，起码得走一个月到两个月吧，然后到达连云港，在这个路上，他的妈妈又生病，又在万花店住了一段时间，然后再从这边到达江州，就是九江，这边过来可能磨叽磨叽又走了个把月时间，所以到这里以后过一段时间再生孩子的时间估计应该是够了，我觉得时间上是可以排除这个疑惑，唐僧应该是足月的。不能排除的是，为什么这个小姐一直不举报她的夫婿，而且最后唐僧带着朝廷派的6万大军来征剿水贼刘洪，唐僧为父亲报了仇，活挖了水贼的心来祭奠父亲。唐僧并不是没杀过人，这就是一次杀人。为什么这个小姐突然又要自杀去？难道她是对这一位正牌的丈夫羞愧？还是给水贼殉情？这个都是值得怀疑的地方。

王海鸿：感觉听孟瑶这么一描述，这个悬疑绝对能成立。

项裕荣：孟老师提出"唐僧生父是谁"这一悬疑，这很有趣。她提到古代女子选夫婿会抛绣球，关于这一点，除了在小说戏曲等虚构文学中，我个人并未在史料中见到过这一类记录。其实很难想象古人选择配偶，会这么仓促和随机。当然，也有一种意外，会导致民间的女人急于择偶，拉郎配。就是宫廷选秀，宦官人等到民间选择青年女子入宫，民间不胜其扰。谁也不希望与自己女儿永世隔绝，难以见面，于是上至贵族下至民间，在这种情况下，会有着急嫁女，胡乱婚配的情况出现。但也没听说会采取"抛绣球"的形式。回到小说中，殷丞相的女儿抛绣球，的确蹊跷。另外，孟老师还提到了"金山寺"的问题，真正的金山和焦山都在江苏镇江，说从江西的江州，唐僧沿长江漂了几千里到金山寺，这自然让人难以接受。不过，小说中倒是把金山安排在了江州附近，虽然地理上有错乱，却也勉强说得过去了。孟老师提出的"阴谋论"，是对故事有趣的解读，如殷小姐未婚先孕，这才有了乱抛绣球，而情夫在半路上埋伏着，将陈光蕊打死。于是，这对原有奸情的相好，刘洪与殷小姐这对真夫妻，在江州的地面上延续着他们的法外之情。这似乎还可以解释为什么他们要到遥远的，当时很荒落的江州来。所以我觉得这种解读，有它的合理性。

孟瑶

其中还有一个不可思议的就是，这位刘洪在江州司马的任上，18年不升也不降，这个做官也是有一定的规则的，要么你有政绩，你就升，要么你做不好，就下，要么你就要异地做官，也是有可能。但是他一直在这里，就没有动过，而且作为一个水贼，他应该没有多少文化知识，跟状元公是不能比的，他为什么就能胜任江州的州主呢？放到现在，是地市一级的官员啊。这也是一个很大的疑问，说明刘洪不是普通的水贼，他还是有一定的文化背景，说不定家里就是朝廷的某个官，他才能有这个才华来胜任这个职位，起码日常处理公文，还有行政管理这块都是要自己亲自过问的，一个普通的水贼怎么可能驾驭得了？

王海鸿：这个猜测有点颠覆三观，从来没有这种强烈的感觉。按你的思路理一遍，首先王宝钏也是宰相的女儿，唱词里"那王允在朝中官居太宰相，他把我贫苦人哪放在心怀？"正如项老师说的，抛绣球招亲这个事是现实生活中绝不可能发生，但是传说中一定会有的东西，这个可能这样的，有很多东西也都是这样的，这个社会太缺某种东西了，在民间的传说中就会编出一些事实上不存在的东西来弥补。还有一个，这种东西往往在不同的文化中有共性。举第二个例子，把襁褓放在一个东西里面让它顺水漂，《芈月传》里芈月享受过这个待遇，只不过她漂得比较近，就在皇宫里面漂一漂就完了，《圣经·旧约》"摩西"，领着以色列人出埃及的，小时候也是这个遭遇，又是遭遇大难的一种很典章式的、很套路式的一种描述，他受过这样的苦都没有死，那这个人就真的是被上天选定的，是这个样子。假如说，唐僧可能是水贼的孩子，我怎么越来越觉得你说的有道理？确实是，中间如果 18 年的时间都平平庸庸地过去了，并不是说委曲求全为了自己的孩子活着的，你孩子都已经扔掉了，然后又委曲求全，等到这个事情大白之后，反而就走到那一步，待会儿我们听听观众的意见。第二个疑惑挺好。

孟瑶

王社长不是提到过一个悬疑吗？就是花果山究竟在什么地方？到底是不是贵州的那个水帘洞？

王海鸿：这个正好接着刚才孟瑶的话题，连云港的云台山，云台山里的水帘洞我去过，而且我没有记错的话，是我今生今世在那个洞口拍的第一张彩色照片，1985 年，31 年前，读书的时候。那个水帘洞不要说存几万只猴子了，我估计几万只蚂蚁都住不下，太小了。连云港的云台山是江苏省第一高山，海拔 600 来米，原著里描述的花果山有这么一段文字，很美的几句诗，"海外有一国土，名曰傲来国。国近大海，海中有一座名山，唤为花果山……真个好山，有词赋为证，赋曰：势镇汪洋，威宁瑶海。势镇汪洋，潮涌银山鱼入穴；威宁瑶海，波翻雪浪蜃离渊"。首先它是孤悬在海中的一座山，因为从吴承恩的经历，大家有多个方向的证据证明，他就是以云台山作为他花果山的原型了。这个云台山是怎么回事？其实是三座山，西云台、中云台、东云台，这个水帘洞就在西云台上。而且在千把年前，这个山不叫云台山，叫苍梧山。在连云港今天还有一座山，叫孔望山，据说是孔夫子登上这座山，去望海里的苍梧山，苍梧山在海里头，孔望山在岸上。但是在今天，孔望山离海岸线的距离已经达到了二十七八公里，而云台山不是在海里头，它下面就是平原，它是在陆地上的，根本没有刚才那两句诗描述的那个，潮翻浪涌的根本见不到。结果有一些学者，好像中央台的"地理中国"的节目专门做一个节目，从连云港坐上船往东边走 40 公里，有一个岛叫车牛山岛，呈现出来的完全就是诗里描述的那番景色，但是在那个年代，说是坐着船垂直于海岸线往外走几十公里其实是很难的，大家别以为好像我们海上丝绸之路几千里都走出去了，那是怎么走的？但凡一个船开出去以后，它基本上尽量沿着海岸线，距离不会超过 2 公里，这样才安全，一旦浪大了，我就往岸上靠，当然这个由不得你，风吹浪打，把你吹出几百里去，那是没办法的办法，但不会主动地选择垂直于海岸线往远处走的，比如我们南海一号那些都沉在离海岸线一两公里远的地方。那个时候东方的航海和西方的航海不一样，欧洲人面对的是地中海，地中海宽度就是几百公里，特别是古希腊时期，面对的是爱琴海，那东西方的距离就更近了，我就是垂直于海岸线过去，去另一边的海岸线，它是一个封闭的海，后来跟北非的交易，我漂过地中海过去，对面也是陆地，四面都是陆地，这是一个封闭的水系。但东方人，外面是汪洋大海，开放的，不敢往远处走，肯定航船都是贴着海岸线，像车牛山岛，在吴承恩那儿，因为他不是航海人士，他不可能垂直到那儿去，只能揣测当年的云台山是不是曾经泡在海中，当年的苍梧山，根据孔子的描述，2000 年前，他是从孔望山能够看到海，苍梧山是泡在海里的，从吴承恩时代到现在只有短短五六百年，怎么会变化这么大？后来考证还真有这个可能，本来是不可能的，有两个数字，一个叫天文数字，动不动多少亿亿公里，还有一个叫地质年代，也是极长的，一块石头，从那时候地球中心熔岩，推到地面，裸露出表面变成岩石之后要经过几千万年的风化才成为土壤，地质年代本来也是一个恒久的概念，就是沧海桑田本来应该经过很长很长的时间。但有特例，这个特例还真的就发生在连云港的附近，就是经过他们地质的测试，云台山底下的那片地，往下打个一二十米，土壤的含盐量是正常土壤含盐量的上百倍，好几十倍，就说明在不是很长的时间之前，这个地方就是海底，这个事怎么会发生呢？ 1123 年是靖康之变，靖康之变，北宋灭亡之后，金国还没有永久地占领东京汴梁这个地带，这个地方成了南宋和金拉锯的地方，这个时候，南宋这边出了一个后来被历史定性为坏人的一个将军，叫杜充，他想了一个绝招，把黄河大堤扒开，去淹金兵，结果导致了黄河的改道，本来黄河那个时候从开封那带流过以后，是奔着东北方向，从山东出海，经过他的一改道以后，黄河水泛滥，夺了淮河出海的路径，黄河拐到向东南方向，就在连云港附近入海了，这一次改道经过 700 多年，直到清朝的是嘉庆还是道光年间，才回归黄河故道。这几百年黄河一直这么流，大家知道，黄河是全世界含带泥沙最重的一条河，一年带进海的泥沙是 16 亿吨，稍微一算就知道了，16 亿吨的泥沙是可以把几百平方公里的海面垫高几十米的，短短几百年之间，这个悬疑就是我们揣测当年的吴承恩看到的这个云台山肯定还泡在水里，是他能看得到的景色，短短的 500 年到 600 年，就变成了今天的这个样子，这是一个带有着实证性的悬疑。

孟瑶

　　这个悬疑就留待地质、历史部门去研究。我们再进入下一个悬疑。说唐僧肉吃了可以长生不老的风是谁放的？是谁散布的这个可以说是谣言，也可以说是信息？因为在古代，一没有电脑、二没有网络，也没有手机、没有电报，信息的传播速度应该是很慢的，而且吃唐僧肉的事情并不是爆炸性的，不是哪个国王被推翻了这种大的政治事件，也不是哪里发生了大的灾难，怎么可能在那么短的时间内风靡全球，搞得地球人都知道，包括妖怪、神仙，及民间的都知道，那到底是谁来散布的这个消息？有的人说，是佛界的，因为佛界的散布这个消息之后，他就想考验唐僧取经的九九八十一难，是为了制造灾难，另外也有人说，是天界的，是神仙。因为如来佛的东扩计划，他的经若传到东土来，是把自己的影响和势力扩大到东边来，扩大到天庭管理的这块地方来，那天庭肯定有想法，所以就不能让你这么顺利地把你的影响打到我的界面来，所以就制造一个吃了唐僧肉可以长生不老的信息，让你路上一路被妖精吃，也有这样一个打算。那究竟谁是始作俑者呢？全书里面第一个表示说唐僧肉吃了可以不老的人是白骨精。白骨精有一天踩着阴风在云头观看，看见唐僧坐在地上休息，就不胜欢喜说：造化，造化！这下可好了，可逮着了，几年前听人家说，东土唐僧是金蝉子化身，十世修行的原体，吃他一块肉，可以长生不老，她说今天可有幸了，太好了！原话我不记得了，大概就是这个意思。这是全书里面第一个说唐僧肉可以吃了长生不老的人，白骨精作为一个最草根的、最低级的一个妖怪，她从哪里知道的这个信息？而且她作为一个独行侠，周围没有什么人群，没有什么朋友的，她为什么知道这个消息？还有，后来是金角大王、银角大王，他们从天庭下来的时候，还带着唐僧的画像，因为这两个人是太上老君的童子，那画像是谁给的？为什么他带着唐僧的画像下界来为妖？他是有目的的，因为他们两个可能没有见过唐僧，怕他们不认识唐僧，吃不了唐僧，所以太上老君或者天庭某人画了一个像给他带下来，就定点清除。所以天庭说我觉得也还有一定的道理，不知道各位有何高见？觉得到底应该是谁来散布这个消息？

王海鸿：你是不是认真考证了白骨精这段是第一次出现？"造化！造化！几年家人都讲东土的唐和尚取大乘，他本是金蝉子化身，十世修行的原体，吃他一块肉，长寿长生"，我这个版本总共 1000 页，这个页码已经到 250 页了，就是四分之一篇幅之后才第一次提出来？

孟瑶

是，我确定第一次刚刚出国门不多久，唐僧被黑熊精吃了两个随从，却把他放了没吃他，显然这个黑熊精不识货，不知道吃了他可以长生不老，但是过了这个国界以后，就有了这样一个谣言了。

项裕荣：孟老师提出的"悬疑"比较有意思，看来是某个神灵沿途发了传单？大家知道《水浒传》里的宋江，名号山东"及时雨"，宋公明被贬江州的时候，一路上多次遇贼，几次险些丧命。但只要他说出我乃山东郓城押司宋江，这些所谓的江湖好汉就莫不跪倒在地，口称死罪。为什么呢？因为宋江的名号大极了，大江南北无人不传。而"西游"也是一个江湖，江湖上的消息，唐僧肉吃了长生，哪怕是谣言也已经不翼而飞了。另外，可能跟人的传播有关，《西游记》中不是写有狮驼国中的一个小妖，未被孙悟空剿灭，他后来就跑到连环洞的豹子精处为妖，还因为知道孙悟空手段高明，帮着豹子精出谋划策过。这类似于今天某个公司被解聘了的员工，到另一家公司谋职，于是原公司里的信息或机密，也就转移到了别家。这大概可以用来解释唐僧肉的信息，是怎样在西行途中传播的这个"悬疑"吧。

王海鸿：对，这个悬疑我理解应该分两个层面，第一是谁散布的消息，第二，这是真的假的？现在恐怕从原著中还真的找不出到底是真的假的？

孟瑶

我刚才说的唐僧的妈妈是第一个吃唐僧肉的人，但那个时候，唐僧刚出生，他还没有成佛，还没有到庙里当和尚，所以他那个时候的肉是不是不管用？

王海鸿：吃唐僧肉长生不老，只能是避免你生病死，如果这个真的管用的话，唐僧有一个绝招使出来，所有妖精奈你何？你咬自己一口不就完了吗？所谓的长生不老只能是吃了以后可以让你免去正常死，非正常死亡还是免不了的。

孟瑶

王社长再给我们讲一讲仙丹和蟠桃有什么关系？谁更厉害？

王海鸿：天庭也是一个社会，一个社会要想运作，他得有活动，经济活动、政治活动，而且也是经济基础决定上层建筑。这么一大帮人聚在一起，你得发展经济，你得有 GDP，类似于这样的东西。组成天庭的这些人他们追求的是什么？无非就是长生不老，修行这些东西，这个需要有物质的帮助，需要有资源，本来天庭里最重要的资源就是那几千棵蟠桃树，所以这个蟠桃大会是最重要的一个活动，当然这么重要的资源交给一个混混来管是怎么回事？又是一个悬疑了。低级的神仙无不以吃到蟠桃为很高的一个追求，就算高级的神仙，也不是太能免俗的，这是大批量的工业化的产品，至于那些个人参果，都是小作坊生产的，尽管功效不错，但是产量很小。唯一能够和它抗衡的，金丹，它这个也是类似于工业化生产。打个不恰当的比方，如果天庭是一个社会，蟠桃这个东西很类似于今天的石油，金丹就很类似于今天的天然气。我是这样想的，而且两者之间有激烈的竞争关系。从哪一段可以看出来，乌鸡国那一段，乌鸡国国王不小心得罪了文殊菩萨，要遭报应，文殊菩萨拥有的其中一头狮子，变成一个道士迷惑了他，把他推到井里淹死了，然后这个妖道就占据了他的位置。孙悟空来救的时候，因为自己吹牛惹了麻烦，唐僧说不仅仅是得把这个妖精给我除了，还得把这个死人给我救活，这下就难住孙悟空了。在那段故事中，可以仔细看到，有意无意地玉皇大帝引了一条路，让孙悟空去找太上老君要金丹，而且似乎太上老君也是心领神会，一见到，孙悟空说"老头你给我一千粒金丹"，太上老君就很生气，上次我炼的都被你糟蹋了，你现在向我要，哪有那么多？那就要 100 粒吧，也没有那么多，最后苦求苦求地给了一粒，这个给人的猜测是掌控着石油的人，资源也匮乏了，很担心自己的竞争对手的资源的储备情况。所以我觉得这里是一个悬疑，这是唯一的两个能够工业化生产的大批量地满足大人群需要的对于那个社会最重要的资源，有如今天对于我们最终的石油和天然气，如果我的产量减少了，供应短缺了，我非常关心我的对手怎么样。这是揣测的一个悬疑，有点解读另类。

孟瑶

　　我觉得有道理，但是神仙到了一定级别以后，应该都长生不老的，既然上升到仙了，为什么他们还需要这些蟠桃和金丹呢？

　　王海鸿：又是一个骗人的话，那好蟠桃什么三千年一结果的、六千年一结果的、九千年一结果的，严格按照等级规范，绝对需要。要是你已经修到那个程度了，你就不需要了吗？比如发财的是没个够的，长生不老的是泛泛地对"麻瓜"说的话。对还没有入界的人说长生不老，到进入长生不老那个境界之后，肯定还有很多很细的台阶、等级，你看这些神仙有一个拒绝蟠桃的吗？有严格的规范，你得混到什么程度，才能够享受那个九千年一结果的？否则只能六千年一结果的。能混到三千年一结果的，也算是已经入了门了，我觉得长生不老还真不能理解得那么粗。

孟瑶

　　话说三千年一熟的桃，人吃了可以成为仙道，六千年一熟的，人吃了长生不老，九千年一熟的，人吃了与天地齐寿，那九千年一熟的，应该很多仙都吃过了，每年都有摘的，那既然已经与天地齐寿了，他为什么还要再追求？还要再吃这个？

　　项裕荣：我以为长生不老是相对的概念，相对于凡人是长生不老，但天地也有崩塌的时候，宇宙也有其尽头呢。所以我想蟠桃的确是一个必需的产品，不然神仙们也没有必要趋之若鹜，这样理解才有趣嘛。另外，王老师的解读别有意味。代表天庭的玉皇跟代表道家的太上老君之间，在紧缺资源方面还存在着竞争的关系，由于蟠桃已经被摧毁得差不多了，而太上老君又正在加紧生产，所以让孙悟空去打探一下太上老君的产量究竟如何，这个解读，可以敷衍出更多的有趣的故事来。我再来说说《西游记》中的另一悬疑。大家都知道孙悟空大闹天宫的时候，在花果山占山为王，自号齐天大圣。他结拜了七弟兄，这六弟兄在他第一次反下天庭，打出齐天大

圣的旗子，击败巨灵神与哪吒时，都来替他贺喜，还一一给自己取
了外号，当时的牛魔王没有强调他是大哥，他起了"平天大圣"的
称号，还有"覆海大圣"等等，大家既然结拜兄弟，应该能力都差
不多。但是比较蹊跷的第一处，就出现在孙悟空偷蟠桃、盗御酒、
窃仙丹，犯了死罪反下天庭后，此时有十万天兵，布了十八架天罗
地网，危急之时，正要用人之际，这六个兄弟，却一个也没有出现。
孙悟空率领的是七十二洞妖王与自己满山的猴族，溃败后，七十二
洞妖王全被抓了。而这曾经结拜的弟兄们，只是非常蹊跷地、个别
地、零星地出现在了西行的途中。明确写到的只有牛魔王。而这牛
魔王写得最为生动，他充满了人情味，他在外面另娶了小妾，却还
爱着自己老婆，对孙悟空也同样讲交情。虽然红孩儿被迫出家，但
看着当年咱们兄弟相交，他也就作罢了。只是后来听说孙悟空欺负
了铁扇公主，这才勃然大怒，与孙悟空单挑。另外，七弟兄中还有
个鹏魔王，他实际也在西行途中出现了，那狮驼国里的老三不就是
个鹏魔王吗？小说中的鹏魔王看似与孙悟空并不认识，但鹏魔王的
描写却让我们很是怀疑。如强调了此王的法力通天，这个鹏魔王跟
十殿阎君可以称兄道弟，一封书信到西天，都有几百罗汉接出来。
还强调了鹏魔王的坏事做绝，怎么厉害呢？他曾把狮驼国里的满朝
文武和百姓，在五百年前全部吃光了。这情景有点像今天丧尸类电
影吧？满城人死光得有多恐怖。而大鹏带着妖怪在这儿盘踞了五百
年，他只因担心抢不到唐僧肉，这才联合了狮驼山的老大狮子，老
二大象，建立了这么一个联盟。这样无法无天，丧心病狂，满天神
佛居然没人敢管他。大鹏最后的被擒，还得惊动如来。我想，搞得
满天神佛出来降它，这样一种能量级的妖魔，不正是与孙悟空的能
力相当，级别相当吗？所以，我说这个鹏魔王应该就是覆海大圣，
孙悟空当年的兄弟。说完了牛魔王、鹏魔王，小说中还有一个六耳
猕猴，就是"真假美猴王"这个部分。大家知道，孙悟空的兄弟当
中便有一个猕猴王，这个猕猴王与后来的六耳猕猴是什么关系？有
一种解释，假美猴王代表的是孙悟空的心魔，他是孙悟空恶念的化
身，这是另外一个话题。总之，从小说情节的层面看，这里悬疑众
多。当年的七弟兄为何分散？他们分别去到了哪里？何以只强调了

一个牛魔王？这些都很值得文学爱好者去琢磨琢磨，甚至可以好好地改编一下。或许，曾经的故事中，孙悟空能够大闹天宫和这六个兄弟的帮助是离不开的。诸位还记得狮驼国里的老大狮子精吧，他不就号称曾经一口吞了十万天兵吗？原因，居然也是因为蟠桃大会未曾请他。这些描述都与孙悟空的故事太接近了。所以我觉得这个话题还比较有意思，悬疑丛丛。

王海鸿：项教授这个问题我还真的是研究过。首先七弟兄和72洞洞主，我是这样理解的，72洞洞主类似于苏联的加盟共和国，立陶宛这些国家，而七弟兄相当于华约成员国，关系疏远了一层，就是说他大闹天宫的时候，六弟兄并没有搅和进来，这是第一个。第二个，这个大鹏和那个大鹏肯定不是同一个大鹏，这个猴王和那个猴王肯定不是同一个，因为这种例子有，就是我们上次探讨过的，文殊有两头以上的狮子，大鹏肯定不止一只，尽管描述很一样。但这个大鹏和孙悟空认识的那个大鹏不是一回事。还有你刚才说到的非常有味道的就是，七兄弟发生了什么事情？很可能在大鹏那个国度里，原来认识孙悟空的那个大鹏失势了，年老体衰了，更激进的年轻一代崛起了，孙悟空是老一辈，在他年轻的时候，理想主义激情的折腾，然后他被压了500年，这时候已经换代了，他的那个七兄弟跟他多多少少有一样的想法，也受到现实的挫折，但是挫折没他那么大，慢慢地都衰落了，但是更激进的年轻一代成长起来，感觉好多妖精的心理都是认为孙悟空是一个不成器的长辈，你折腾得不行，我会折腾得比你更厉害，这个意思。要细细揣测还有更多，比如太上老君和牛魔王骑的那头牛，说不定中间也有一定说不清道不明的关系。

项裕荣：在《西游记》里面，我倒觉得对牛魔王并不客气，只因孙悟空与牛魔王二人旗鼓相当，甚至孙悟空还有些够呛，小说中第一次出现了降魔的土地和阴兵，阴兵就是所谓的鬼兵，按理应该是能力不强，但这些神灵参与围剿的积极性很高，显然，这说明孙悟空一人无法取胜。此时，西天的四大金刚、满天神佛都下来了，最后是哪吒化成三头六臂，反复砍下这牛魔王的脑袋。牛魔王偏又很倔强，砍了一个脑袋又伸出一腔脑袋，砍了又生，生了又砍，他是迫不得已这才降服的。说起大鹏，王社长的解释更有趣，也更有活力。说大鹏意味着那种更扎刺的、更强有力的、更要翻天覆地的妖魔，"魔二代"开始出现了。大鹏的口号确实比孙悟空还要大，他要返上西天抢夺雷音寺，他连佛祖的位置都敢抢。不过，论年龄，则大鹏的资历却老得很，可以算如来的母舅。为什么呢？传说倒是很"民间"的，就因为如来曾被孔雀一口吃到肚子里面去了，而这孔雀与大鹏都为凤凰所生。孔雀把如来吃进去后，如来是把孔雀的左肋剖开，跳了出来。跳出来之后，就相当于这个孔雀生了他，所以如来就把孔雀叫作佛母，于是大鹏呢就算是他的母舅了。故事有些无厘头的味道。但孙悟空还是笑称，如来呀，原来你还是妖精的外甥，这个妖精指的就是大鹏。所以要论年纪，大鹏老，要论性格，大鹏则比较火爆。

王海鸿：你刚才说的那个刚好接上我提的第一个话题。孔雀在西游前传出现过，孔宣，他就是一头孔雀，最后被准提道人收了，被西方的二教主准提道人收了。那他就在西方修行了。准提道人尽管收他了，管他叫道友的，同一辈的，但后来，比自己低一辈的多宝道人成了如来佛，他肯定不服，他不知道这个因果关系，因为我跟接引、准提是同一辈的，这侄子辈的怎么成了这个教的教主，他不服，于是才有了他吞如来的这个事情。

孟瑶

现在已经八点半了，剩下还有半个小时，我们几个在这里聊了这么多，各位读者有何高见？有什么疑惑要提的？还有刚才我们提的那些悬疑，你们有能够解答的，也可以在这里发表一下。

听众：三位老师好，关于《西游记》我有两个疑惑点，希望请教三位老师，第一个就是，猪八戒和沙和尚他们两个在天庭的时候，本来是能力很强的，猪八戒是天蓬元帅，沙和尚是卷帘大将，下界尤其是取经之后，发现他们两个几乎与妖怪作战过程中，能力是很弱的。说到沙和尚，他在流沙河兴风作浪的时候，那时候还吃了9个取经人，他以前在天庭时能力是很强的，为什么取经之后，沙和尚的经典台词就变成了，大师兄不好了，师父被妖怪捉走了；大师兄不好了，二师兄又被妖怪捉走了；师父不好了，大师兄会来救我们的，就变成这样的三句台词，他的能力有这么大的变化，这是为什么？第二个疑惑点，我想问一下关于孙悟空的七十二般变化，因为我在某些探讨西游的文章中，他们说道，猪八戒会三十六般天罡变化，而孙悟空会的是七十二般地煞变化，为什么在变化上，孙悟空的能力还是那么强，猪八戒的能力又这么弱，而且提到二郎神的话，他是有七十三般变化，据说书上是有这么个提法，关于他们的变化和作战能力及各方面的能力是怎么样的一种关系？

王海鸿：首先说能力问题，能力问题是相对的，看你在什么环境下，我记得有一个日本人，因为日本过去在明治维新之前，实行的是跟中国一样的制度，也是科举制度，当时就有一个日本的启蒙者福泽谕吉，他就说过一番话，他说，在小乡村里成长起来的秀才，会有一个认识偏差，在十里八乡，很快，经过他的努力，他成为了一个最有学问的人了，他就以为自己将来应该出去当宰相，等他到了京城，到了天大的场面，发现自己什么都不是。其实我们个人也有这么一个认知的，能力强和弱，看在什么样的环境，其实上一期我们探讨这个问题了，特别是猪八戒，比较消极，他精通中国人的为人处世之道，他不全力以赴，有时候往往是不全力以赴，这又使得能力不强的感觉更强了一些，所以在我们的日常生活中，第一，对我们的能力有一个认知，你能力没有那么强，但是真正面对着你的核心价值，你的重要问题解决的时候，对自己要有自信，人必自助而后人助之。您的第二个问题，一般来讲，也是变化越多，能力越强，但是我不知道您留意了没有，小圣斗大圣那段互变很精彩，那一段把孙悟空写得非常不堪，二郎神变的每一次都克制他，到最后非常不堪，有点伤害孙悟空形象的那种感觉，至贱至淫之物。二郎神倒是没有七十三般变化，原著上没有提，是民间说，但是给人的感觉好像确实是压了他一头，毕竟回归到主流价值观点，造反你是不对的，讨伐你是对的，所以这个时候在气势上就落了下风了，可能应该这样理解。

孟瑶

好了，时间也差不多了，两周以后还是这里，我们也是讨论《西游记》，是很有趣的话题，到时候再相见！谢谢各位今天晚上陪伴我们。

南书房夜话第四十八期：
散见于边边角角的慈悲
——漫谈《西游记》中的
慈悲与杀戮

嘉宾：王海鸿　项裕荣　孟　瑶（兼主持）
时间：2016 年 12 月 3 日　19：00—21：00

孟瑶

　　各位来宾各位读者，大家晚上好！（掌声）欢迎各位来到南书房参加我们的西游夜话。今天是我们的西游夜话第三场。前面两次的西游夜话，第一期讨论的是《西游记》里面的弱者，经过一番交流，我们一致认为，孙悟空虽然是外表强大，但他在《西游记》里确实是一个弱者；第二期我们讨论的是《西游记》里的悬疑，其中我们有讨论到《西游记》花果山的原地在什么地方，太上老君的仙丹和王母娘娘的蟠桃谁更厉害，还讨论到了唐僧的生身父亲究竟是谁，孙悟空的七个弟兄，还包括到底是谁放出的风说吃了唐僧肉可以长生不老等等很多有趣的、悬疑的话题，其中有一些读者也踊跃参与，也给出了一定的解读，还有一些也是未解之谜，留待我们以后研究。今天我们要讨论的话题是：散见于边边角角的慈悲，副标题是：漫谈《西游记》里的慈悲与杀戮。我们知道，《西游记》用现在流行的话语说，其实就是一次带血的旅行。因为去西天取经的过程就是降妖伏魔的过程，所以打打杀杀流血是难以避免的，因此杀戮是《西游记》里的主要情节。但是，《西游记》里面有没有慈悲呢？为什么我们要用"散见于边边角角的慈悲"，而不是大块的慈悲呢？这个也是有讲究的。仔细读了原著后，你会发现，这个慈悲是有的，而且不止一处。什么叫慈悲呢？其实"慈悲"是一个佛教的术语，也是佛教基本教义之一，所谓"慈"，是指带给他人利益和幸福，"悲"是指扫除他人心中的不利与悲伤，换句话说，关爱众生并带给他快乐就是叫"慈"；怜悯众生，同感其苦，并消除他的悲苦，叫"悲"，用现在的白话来翻译，这个"慈"就是爱，"悲"就是一种怜，合起来"慈悲"就是"爱"和"怜"。通读《西游记》后，发现这里面有关"爱"和"怜"的故事确实有不少，下面就请王社长来破题。

王海鸿：谢谢大家的支持和鼓励。大家都知道，中国有四大佛教名山，金五台、银峨眉、铜普陀、铁九华。五台山我 2005 年、2011 年、2015 年去过三次，比较认真。五台山有 100 多座庙，其中有五个最有名，号称"五大禅处"。这五座庙有三座是黄庙，也就是藏传佛教的寺庙，有两座是青庙，也就是汉传佛教的寺庙。这汉传佛教的寺庙一个是显通寺，显通寺的初建年代是仅次于白马寺，东汉明帝时期，公元 100 年之前。当然我们今天看到的建筑都是明清的建筑，这个庙早就有，然后就是塔院寺。三个黄庙就是菩萨顶、殊像寺和罗睺寺。2005 年去的那次，我看了前四座，罗睺寺就没有看，所以到了 2011 年去的那次，就一定要补上这个缺。我就脱离大队的活动，从后门就钻进了罗睺寺。其实我那时候就犯忌了，江湖上有一些小说讲，一定不要从后门进佛寺，弄不好，因为佛寺里面可能各种人都有，撞破了那些事情弄不好很危险的（但现在法治社会没有那么严重），结果到后面一撞进去一看，还真撞上事了。这个罗睺寺是一座黄庙，就是藏传佛教的寺庙，里面不是和尚，是喇嘛，但是不等于说是藏族人，也不一定是蒙古人，可能是汉人，汉人当然可以去当喇嘛。就看到两个岁数比较大的喇嘛，正在后院训斥一个小喇嘛，我全听得懂，大概是训斥他不好好学之类的，但说得不具体，怎么就不好好学，不学好，就这种话，很笼统的，像农民的父亲骂孩子那种话似的。小和尚低着头，后来我一看，他手上拿着本东西，《西游记》。那时候是 2011 年，庙里原来是不许看《西游记》的，当时我匆匆走了。等到2015年去的那次，我就认真地和显通寺和塔院寺的和尚聊了聊，我说你们怎么看《西游记》，这回是有备而去，找的就是庙里比较有理论水平的和尚。他们明明白白告诉我，一个像样的寺庙，是禁止特别是刚进门的僧人读《西游记》的，理由是什么呢？读了《西游记》就会入魔道，他们是这么说的。我不知道是不是所有寺庙都这样，至少是三个庙是这样，五大禅处中间有三个是这样，由此我就一直在思考一个问题，传统的看法认为《西游记》是崇佛抑道，崇尚佛教，抑制道教的，但最近几年就有人认为，恰恰相反，骨子里面是崇道抑佛的，一种新的论点。由此我们可以引申一个相对更深的论点，《西游记》本质上是"崇佛"的还是"反佛"的？怎么讲呢？回到"慈悲"这个话题，孟瑶刚才讲了，"慈悲"是佛教的核心价值和核心理念，那入门级的"慈悲"是什么？"恻隐之心"；最高的"慈悲"是什么呢？"悲天悯人"。也有人这样讲，理性的极致是"智慧"，感性的极致是"慈悲"，大慈大悲，按照这个"慈悲"的理念，面对妖精，你应该怎么办？尽管妖精无恶不作，做了很多坏事，但按照佛家的理念，他沦落到今天这步，必有因缘，你应该做的是劝诫他、引导他走正路。说实话，唐僧在取经早期遇到几个妖精时好像有这个意识，但这个意识很快就被现实击得粉碎，到后面遇上妖精，他根本就不做这种努力了，就打杀就拉倒了，这个真的就违背了、抛弃了佛教的核心理念，真的就给人这种感觉。正如孟瑶刚才讲的，慈悲反而存在于某些边边角角了。《西游记》从开头到末尾都有"慈悲"，那么，第一次"慈悲"发生在什么地方呢？孙猴子从石头缝里面出蹦出来，眼睛往天庭一看，两道强光就震动天庭了，非同小可，玉帝就派千里眼、顺风耳来查看，一查看，是天生地养的一个猴子蹦出来，生有灵性，然后说了一句，但是他现在已经吃着凡间的果实、喝着凡间的水，光线已经消失。于是玉帝就说了，既然如此，那就让他自行自灭吧，我把这个理解成为一种"慈悲"。而末尾的"慈悲"是什么呢？好不容易费尽千辛万苦取到了经书，九九八十一难最后一难，老龟驮着他们过河，但是当年从这儿过的时候，人家要求你唐僧问一下我的寿命还有多少，唐僧把这个事给忘了，那龟一不高兴，一翻身，师徒四人带着那些经书都落到河里去了。好不容易打捞上来，放到石头上晒，往下取的时候，电视剧显示猪八戒笨手笨脚，"啪"撕破了几页，唐僧就无比的沮丧、无比的懊恼，这九九八十一难，千辛万苦，最后拿回来的还是个残缺的东西。最后孙悟空一句话就把他劝解住了，"天地本不全"，这个是对自己慈悲，有时候是需要对自己慈悲的，你对自己苛刻，弄得别人要跟着你受累的，所以我的第一轮思考就是开头和末尾的两个"慈悲"，然后咱们再接着讲。

项裕荣：王社长强调"慈悲"，并指出刚好在《西游记》的开头和结尾各有一处。不过玉帝虽然放任了孙悟空的破石而出与自由生长，但这只是在猴王未表现出危害之前。同样是这位玉皇，在孙悟空大闹天宫后，却传旨要将擒来的猴王"押至斩妖台，将这厮碎剁其尸"，可见他的慈悲是很有限的。而小说末尾处的孙悟空，他对待经书残破的态度，确实难得，他学会了宽容自己。王社长提出的这一头一尾的"慈悲"，确实给人以丰富的启迪。不过，《西游记》在多大的程度上反映了"慈悲"，"慈悲"作为主题思想又有没有在人物的性格上得到某种彰显或贯彻，我觉得还要进一步地思考。个人觉得，倒是有一位人物的"慈悲"，或者说是"和谐"的精神吧，倒算是一以贯之的。这就是太白金星。作为天庭中有名的和事佬，正是他的两次劝说这才招抚了孙悟空，使得这齐天大圣有了天庭的官方背景，也正是这位太白金星，解救了险些被处斩的天蓬元帅，而且在《西游记》狮驼岭这一节中，金星老儿还亲自前来通风报信，这么高身份的神仙，玉帝对他似乎也言听计从，还操这种小心，亲力亲为。所以说，这个人物身上的谦卑和顺，他的慈悲，倒是值得我们关注与尊重的。说来有趣，他大概还是中国民间最活跃的一个道教神灵。民间故事中常有的"金光一闪，出现一白胡子老头"，这"白胡子老头"往往就是太白金星！不过，总体上《西游记》这部小说中的杀戮之气还是比较浓郁。以小说主人公孙悟空为例，他在整部书中以斩妖除魔为己任，固然后台硬的他打不了，但诸山诸洞中的这些个小妖，孙悟空就很少客气过的，往往是"见一个打一个，见两个打一双"。比如黄眉老妖被弥勒菩萨收走后，孙悟空把洞中这

"五七百个小妖尽皆打死"，而打死的呢，都是些"山精树怪，兽孽禽魔"。这样的孙悟空，他慈悲吗？当然，《西游记》中的故事来源不同。是不同作者在不同时期的各自创作，有的可能来自于戏剧，有的应该来自于当时的说唱艺术。所以，孙悟空固然有杀戮之性，但在某些故事还是相当收敛的，甚至是慈悲的，这也是事实。比如，狮驼国这一段故事。此几回书中，孙悟空仅仅打死了一位外号"小钻风"的小妖，而且心中好生不忍，还自言自语道："咦！他倒是个好意，把些家常话儿都与我说了，我怎么却这一下子就结果了他？也罢也罢，左右是左右！"已经多少是在忏悔了。而在这段故事中，他对其他老妖，简直是大仁大义、大慈大悲了。他饶放了狮子精，后又捉拿了二魔王大象精。在捏住这大象的鼻子后，孙悟空专门嘱咐八戒说，师父不愿我们伤生，你把这钉耙倒过来用柄子打，以免九齿耙弄破它的皮。应该说，这是整部《西游记》中特别和谐的画面，连沙僧都见了笑道："师父，大师兄把妖精揪着鼻子拉来，真爱杀人也！"所以，此段故事中的这大魔头与二魔头都被悟空感化了。更有甚的是，这狮驼岭号称有四万七千小妖，居然全部走散了，吓跑了，孙悟空也破天荒的没有滥杀小妖。所以说，孙悟空"有时"是非常"慈悲"的。我判断这个故事原始形态是个单篇传说，而且是以宣扬佛教为主的。故事中，魔头们也与佛教诸神关系紧密，或为文殊与普贤的坐骑，或为佛祖的舅舅。总之，这个故事中基本没有血腥的杀戮。所以，我对《西游记》的判断，是相对细化的，而且觉得有时做出细致的、分段式的研究，是符合这部小说的成书历史的。而我的总体意见是，慈悲作为主题思想，甚至在观音的身上也没有得到贯彻，它们只处在小说的"边边角角"，不占主导地位，显得较为微弱。

王海鸿：我接着你的话说，孙悟空其实还有一个桥段，我是称之为突如其来的慈悲，就是过子母河的时候，唐僧和猪八戒都喝了子母河的水，然后就怀胎了，最后就住在一个老婆婆家里面，赶紧要找到落胎泉的水来解这个事，结果落胎泉被一个道士，叫如意真仙，被这个人把持着。这时候孙悟空的表现非常古怪，他说这个道士本来是在这儿把着的，但凡附近的人需要用落胎泉水必须给他准备一套很贵重的礼品，才能求一碗水回去。孙悟空去了以后，他觉得肯定可以商量的，他就去了，遇上那个道士了。道士把着那个井，这个道士已经知道他是谁了，有间接的仇恨，就问孙行者，你认识我吗？一贯刁蛮的孙悟空非常客气，说我过去也是道界的朋友很多，现在我皈依了佛祖以后，跟这些老朋友确实往来少了，意思是很对不起，我不认识你，然后才说明自己的来意，我需要这碗泉。最后那道士露出身份了，他是牛魔王的兄弟，痛恨你把我的侄子红孩儿害了。于是两个人就动手了，动手的话，道士肯定是打不过的，孙悟空把他打跑了，就拿着桶到井里面去接水，道士这个时候就趁着孙悟空在接水，就拿钩子勾了他一跟头。孙悟空掉过头来打他，他跑了，孙悟空又回来弄水，他又给勾一跟头，所以我就觉得这像小孩过家家的感觉，孙悟空自始至终就没有动一棒子结果他的念头，就为这点破事，只要他躲在旁边，弄的时候他勾我一下，我弄的时候他再勾我一下，我去打他他就跑，这个竟然还来几个来回，我觉得《西游记》中这段的描写是非常搞笑的，你把他打死不就完了吗？不就不能骚扰你了吗？但是孙悟空自始至终没有动这个念头，最后怎么办？连桶都被人搞丢了。驾起云头回来，找到沙和尚，说得两个人去才行，说我去跟他打，你趁机去把水取了。然后去了以后，果然，他跟如意真仙纠缠在一起，沙和尚就打水，打水的时候，道士有一个弟子也去骚扰他，被沙和尚一禅杖把胳膊打折了，倒在地上，沙和尚也受了影响说，我本该结果你的，但你是个人，意思是你滚蛋吧，那个家伙就跑了，然后打了一桶水，告诉孙悟空，水打到了，孙悟空掉头就走。所以就这个情节，以及你说的反例，整个情节中就是一个很另类的事例，而且同时的搞笑还发生在他们的后方基地里面。一个老婆婆照顾他们，她是女儿国的，本来是那两个人怀胎，沙和尚在照顾他们，孙猴子一个人去找水，现在还不行了，回来叫帮手，不知道是唐僧还是猪八戒说的，你们两个不生病的都走了，剩我们两个生病的怎么办？那个老婆婆说了，我来照顾他们，我不会害他们的，孙悟空就很不屑，你一个妇道人家，你家里几个人都是女人，一个妇道人家，你害什么人。那个老婆婆还说了一番很凶的话，说我们几个岁数大了，没有什么愿望了，所以不会害你，你要换第二家试试，要求跟你交合，你要不同意的就把你们人杀了，把你们的肉切下来做成香袋，就是在孙猴子面前说这种话，孙猴子默不作声的，就明显弱者面对强者的感觉，不敢吱声。猪八戒说句话把这个尴尬解了，这样的话，我就放心了，因为他们几个的肉是香的，我的肉是骚的，就是师徒把自己的身段放得这么低也是仅此一次。后来就分析，为什么这个时候一点杀性都没有了？是不是孙悟空已经形成了他的原则和底线了？有一条底线就是只要是人，不是妖精，我不能杀，当然有人提反例，他是打死过强盗的，那个底线稍微往后退一点，修行的人我不能杀，是不是他在他的内心深处已经形成这么一条底线了，虽然这个底线未必符合慈悲的大原则，但是至少说是不是跟了取经走到半程的时候已经在自己的内心中树立起了一个底线？这个我不知道孟瑶怎么看？

孟瑶

我认同，孙悟空也好，唐僧也好，其他人也罢，他们认为人是不可以杀的，如果是妖怪的话，他对你有危害，你可以杀他，如果是没有危害的妖怪，也不应该杀，这是唐僧的一个理念。孙悟空为什么不杀守护那个落胎泉的道士？有两个原因，一个是他念旧，这个道士是铁扇公主的哥哥，孙悟空有愧于他，他害得红孩儿，就是铁扇公主的儿子被观音菩萨收了，收了以后，红孩儿虽然是成了正果，但是他是为奴，是被观音菩萨驱使的一个小童子，没有什么地位的。第二个，铁扇公主和牛魔王这两夫妇本来是很自由自在，游走在山林之间，过着很快活的日子，还可以包二奶，但是因为孙悟空，他们也被菩萨天界又收走了，又皈依了佛教，又变成了没有什么生活乐趣的两个人，所以孙悟空觉得自己有愧于他们这一家人，害了他们三个。所以对道士一个是客气，因为是故人，第二个，可能也是跟你们所说的情况有关，就是他慢慢地在取经的过程中已经悟道了，不能滥杀无辜，因为这个道士是一个半人半仙，比人稍微高一点的，人没有那么高的武功和法力，但是他又还没有到达仙的境界，是一个高等级的人，所以他不杀他，也不为难他，我很赞同这个观点。

王海鸿：那就再说一说本该是最慈悲的观世音菩萨，我感觉在整个书的过程中，很多收这个，救那个的行为其实都算不上慈悲，都是给自己牟利，自己都是有所得的，唯一的一次就是把镇元子的人参果树给救活了，有人就认为这是一个大慈大悲的行为，这是个生命，已经死定了的一个生命，用她的大仁、大智慧、大爱心把这个树重新给搞活了。那这个到底是大慈大悲还是小慈小悲呢？还真的有热心的读者给我探讨了一下，因为上次我们说，读者是在网上看了我们的讲座，他对我提出了批评，我当时是做了一个比方，蟠桃好比是石油，金丹好比是天然气，天庭是在发展经济。他说错了，佛家除了慈悲以外，还有一个核心的理念就是不执着，不能执着，不执着应该是佛家的核心理念，对任何事情都不能太执着，但是我们整个《西游记》的全部人物对长生不老太执着了，像中了毒瘾一样的执着。从这个角度讲，蟠桃就好比是鸦片，自然长出来，金丹好比是甲基苯丙胺，冰毒，人工合成的，那人参果树是什么呢？大麻，这个更接地气，长在人间。西方有些国家吸大麻是合法的，在中国房祖名吸大麻，以为跟外国一样吸大麻是合法的，美国好像是各个州不一样，有些州真的大麻是合法的，在纽约，有些特定的酒吧，在房间里面抽大麻是合法的，走在街上抽是犯法的，这人参果树就好比是大麻。观世音迁就本不该执着的东西，本来大家都应该别那么执着，一切都是虚无，那么多人执着于长生不老，这个人参果树是长生不老的物质支撑，而你还费心费力地去把它救活，这不是大慈大悲，这是小慈小悲，这个话可能又容易引起批判了。

孟瑶

我觉得救人参果树是给镇元子一个面子，如果不是他，换作是一个别的人，我估计观音不会去救它，因为镇元子号称是地仙之祖，与世无争，在天庭里没有什么地位，也不可能危及佛界或者天庭界的统治权威，所以给他一个面子，我觉得观音可能是出于这个目的。我这里想讲一个在《西游记》里比较慈悲的人物，那就是龙王。我觉得龙王是非常慈悲的一个人，为什么呢？孙悟空好几次遇到了干旱之地的时候，遇到要行云布雨的时候，龙王立马就过来助他。其中有两个细节我觉得可以体现龙王的慈悲，第一个是唐僧的父亲陈光蕊，当年他在万花店买了一条金色的鲤鱼，准备吃的时候，发现这个鲤鱼的眼睛会动，他就觉得这不是一般的鱼，然后他就放生了。原来这条鱼就是这个龙王变的，后来陈光蕊被水贼刘洪打死了以后推入水中，龙王把他接到他的龙宫里去，说这就是我的恩人了，我要救他，怎么救他呢？当时就写下牒文，派了夜叉，到洪州府找到了土地爷，找到了城隍老爷，就把陈光蕊的魂魄（我估计那个时候人们认为人的魂魄也是有人管的，它和肉体是分开的。城隍老爷和土地爷就管着这个人的魂魄，就像现在的户籍）派夜叉召回来，放在地府，然后用定颜珠把他定住，就是让你这个人不腐烂，还保持原状。还在龙宫封他一个小官做。18年以后，当唐僧长大了，为他的父亲报仇了，然后龙王就把他推送到江面上来，让他还魂，他又活了。这是一个例子。这个人是对龙王有恩，他救他，我觉得还说得过去。另外还有一个人是乌鸡国的国王。这个乌鸡国的国王因为得罪了文殊菩萨，让菩萨在水里泡了三天，所以文殊菩萨就报复他，就让他被一个道士推到井里淹死了，在井底下待了三年。又是龙王一看，上面怎么推了一个人下来，龙王在跟死者没有任何关系的前提下又救了他，用定颜珠把他定住，而且好好地安放在一个地方。三年以后，猪八戒跳到井里去，把这个国王背上来，孙悟空又到太上老君那里要了一颗还魂丹给国王吃了，国王又活了。那就说明龙王这个人是很有慈悲心的，见到上界有人被淹死了，就会相救，说明他这个人有慈悲之心。从这个意义上讲，龙王是非常好的一个人，他体现了《西游记》里慈悲的一面。

王海鸿：其实我一直在想相对更深刻一点的问题，也是可能有批判现实主义意义的问题，就是对慈悲的垄断，官方对慈悲的垄断。这里有一个例子，就是金平府观灯，遇上三个犀牛精的故事。原著里的故事就是说三个犀牛精，辟暑、辟尘、辟寒三个犀牛精，在金平府这个地方冒充佛，不时地做点好事，布布雨什么的，但是向当地的百姓勒索高额的回报：香油。这个要求到什么程度呢？可以迅速地让这个地方所有富人都变穷。唐僧去看灯的时候被他们抓了，他们也是打算把唐僧吃了，整个《西游记》中间所有妖精吃唐僧都是清蒸的，只有这一次准备的吃法是把唐僧肉用香油细细地煎着吃，只有这一次口味不一样。后来孙悟空把他们除掉了，请来了天上的四木禽星，奎木狼、井木犴把他除掉了。而且犀牛挺怪的，犀牛按中国历史的说法是神兽，从天上贬下来的，所以老是调头看月亮，犀牛望月，就是怀念故土，又说这三个犀牛不是寻常的望月之犀，比这还要高一点，这是原著。我要说的是几年前最新版本的《西游记》电视剧是张纪中搞的，据说张纪中版的金平府这一集被广电总局严令改掉，为什么改呢？据文艺评论家说，这一段超越原著了，怎么超越原著呢？三个犀牛精在这儿做好事，老百姓就认为他们是佛，这三个犀牛精自始至终就没有要害唐僧的意思，是误打误撞，知道自己这个骗局要穿了，但是他这个骗局是带着善意的骗局，我替佛祖做点好事，你们把对佛祖的恭敬给我就行了，是这个逻辑。然后孙悟空撞破这个事了，他们就把唐僧作为人质绑架了，没有要吃他的意思，到最后当然是失败得一塌糊涂，也被处死，然后这个电视剧涉及后面一个情节，就是孙悟空他们要走的时候，发现当地的老百姓把这三个妖精的像又竖起来了，在那儿拜。孙悟空大怒，一开头他们冒充佛，你们不知道、肉眼凡胎看不出也就罢了，老子现在费了九牛二虎之力，帮你们搞清楚他们是犀牛精，不是佛，我们都把他灭了，你们怎么还要拜他？最后有一个地方的老头义正词严地驳斥孙悟空，"我现在知道他是假的，但是真的管过我们吗？我们求雨的时候真的从来不管我们，他虽然是假的，但是我们有病有灾的时候他帮过我们，他就是我们心目中的神，假的也是真的，你那个真的，真的也是假的"，就这一段，我觉得具有很强的批判现实主义，也难怪广电总局严令把这段砍了，所以大家看到的版本是没有这一段的，但是有人看过没杀青之前的版本是这样拍的，这里头一个问题就是说，慈善是不是也成了专卖品，这个问题就比较深刻了，想听听你们的意见。

项裕荣：王老师提出来的问题，就足够深刻了。政府号称要做慈善，那么妖魔可不可以呢？梁山泊号称自己是"替天行道"，宋朝廷能答应吗？这三个犀牛精如果能够让当地风调雨顺，那么收一点租金，收一点香油，难道不可以吗？这确实是个耐人寻味的问题。而说到《西游记》中的三个犀牛精，其结局倒是比较惨，除了被四木行星给活啃了一只外，另两个被捉住后，都让猪八戒拿戒刀给砍了。当时孙悟空还口口声声说，他要把珍贵的犀牛角割下来送给佛祖，不过后文却未有交代，可能是这犀牛精故事，也是后来才插入到《西游记》全书中的吧。

王海鸿：其实刚才孟瑶提到龙王的时候，我觉得隐隐地理解为一种倾向，就是好像比较真诚的、发自本心的慈悲更多于见于社会的低层，越往高层的慈悲可能就带有更强的功利性，不是那么单纯，那它的极致我认为就是对慈悲的垄断和专卖。从中国独特的历史看，统治者是很忌惮、很怕自己的体制外的人去做好事的，所以我觉得可能《西游记》中多少也会体现一点这方面的东西和意识。

孟瑶

同感我觉得《西游记》里面最大的慈悲不是体现在官方，也不是仙，也不是佛，而是体现在民间。真正存在于普通的草民百姓中间的那种慈悲，是非常感人的。有几个例子，比如一开始，唐僧到了两界山，他的马也没有了，随从也被吃掉了，他一个人孤苦伶仃的时候，突然碰到了一只猛虎，这只猛虎马上就要扑上来咬他，这时候一个猎人，叫刘伯钦的，就过来救他，不但救了他，而且把他领到家里去住，烧斋饭，烧热水招待，安慰他，后来一直护送他到了两界山的边界，他说师父，你就自己往前去了，我不能再送你了。唐僧当时就吓坏了，说："你为什么不能送我了？我一个人怎么办？"他说："我已经到了国界边境了，如果我越界的话，是要以叛逃罪论处的，所以我不能过去了。"从这个人的言行和细节里面可以看出来，他是打猎的人，不信佛，他也不是斋僧，他就是一种发自本能的善，与人为善。这是一个例子。还有个例子，就是师徒四人到了七绝山的时候，七绝山有一个柿子胡同，这个地方长年累月很多的柿子掉地上了之后，因为风吹雨打所以很臭，800里漫山遍野的烂柿子，风一吹，其臭不可闻，师徒四人要从柿子山这里通过，没有路，都会被臭晕过去，三个徒弟还可以，但是唐僧不行，他必须要一步一步地走过去。这个时候，猪八戒就被强推着，说你去开路。猪八戒这个人因为食量很大，他一开路的话，要吃很多的东西，这个附近村庄的人，一共是500户，来了有七八百个老百姓，来帮助他们开路，怎么帮助呢？有骑驴的、有挑水的、有送饭的、接力，这样三五天来回接力，送吃的，这拨人在家里做饭，一拨人在路上来送饭，这样反复，几十里路地来回支持他们，后来这个路终于打通了，这就是普通的老百姓。还有一次就是在黄风岭一个姓王的老者家里，家里面也不是很富有，可是师徒四人去了以后，猪八戒饭量特别大，眼睛还没有眨，三碗下口了，又一眨，又十几碗下肚了，把这家人自己的晚饭吃个精光，可是这家人没有说任何不满的言语，然后又继续煮饭给他们吃。所以觉得这个老百姓很淳朴，他们是一种待客之道，一种普通人的善心。还有一个例子，寇员外，寇员外斋僧是有了几十年的历史，几十年如一日地斋僧，到孙悟空他们上门的时候，他已经斋了9996个，他当年发的愿是说要斋满10000个僧人，而且在他家门前竖了一个招牌，叫"万僧不阻"，就是你来10000个僧人到我这儿来，我都接待，供好吃好喝。因为他对唐僧师徒四人太好了，又是大办宴席，又是鼓乐，又彩旗飘扬地大做善事，结果给自己招来杀身之祸，被一伙贼寇瞄上了他家的金银珠宝，把他给杀了。照说，一个人斋僧，应该是善有善报，恶有恶报，不至于招来杀身之祸，可是在这个书里面这里是一个悖论。好在孙悟空把这一伙贼寇灭了以后就跑到阎王爷那里去，说这寇员外是一个好人，这么善良的一个人为什么这么早就让他死呢？阎王爷一看，也不对，他还有12年阳寿，就把他的魂魄还给他，又让他回到了世上，再活了12年。这也是民间慈悲的一个善人。还有每到各个地方，孙悟空降妖除魔了以后，当地的百姓一定是箪食壶浆、好酒好菜斋僧，这家请，那家请，一般是待半个月到一个月，家家户户虔诚得不得了，对他们四个人简直佩服得五体投地，而且每次走的时候，那些老百姓都要成群结队地送他们到三四十里外，送的时候还依依不舍，最后有人还热泪盈眶，他们走了之后，还会建生祠、建寺庙，拿出自己家里的田地、金银财宝，来供奉他们四个人。所以我觉得《西游记》里民间的善行、慈悲、善意处处都有，可以说，民间没有一个地方是心怀恶意，没有一个地方是有违慈悲的。所以我的结论是慈悲存在于民间。

王海鸿：如果思路稍微延展一点，咱们不说西游中的唐僧，说真实历史上的唐僧的经历，就可以把你们两位刚才提到的这些问题，就是民间的慈善、官方垄断的慈善，统治者的取经是不是一个面子工程这些都汇总在一起。李唐，公元618年开国，第一位皇帝是高祖李渊，李渊的年号是武德，用了9年，在武德年间，他就颁布了一个很重要的诏书，叫"先老后释诏"，先老子、后释迦，等于那个诏书规定的道教是李唐的国教，佛教反而是第二位的，因此唐玄奘取经是非法偷越国境，拿不到批文的，在敦煌那一带逡巡了很久。因为去印度那个时候不可能从南线走，喜马拉雅山太高耸，必须往西走，绕过帕米尔高原，向西走，向南折，再往东，走这么一条大路线。第一段你必须沿着河西走，到了敦煌怎么过不去？就是最后的偷越边境，偷越边境的真实过程就是最后一段路就五座烽火台，这五座烽火台的距离正好是一个人在沙漠戈壁上走路一天能走的极限，凑巧这五个烽火台附近有五眼泉水。你错过任何一座，你得不到水的补充，你是一定要死的。首先唐玄奘拿不到官文，那就走一条比较偏僻的路，带着皮囊和水，结果在沙漠中一失手，皮囊和水没了，那就只好在第一座烽火台那儿去偷水。这种情况是格杀勿论的，在泉眼那儿偷水，士兵发现了箭就射过来了，不是一箭射死，是警告他，他一看躲不过了，赶紧说我是取经的僧人。没想到这个烽火台的指挥官，也就指挥10个人，就一小班长，武警班长，内心就有一种善念，马上就接纳了他，这是历史上的，《西游记》里面没有的，就让他休息，给他补足水分和给养，还告诉他，我这是第一座，第四座烽火台的指挥官是我亲戚，又把他带过去，所以唐僧完全是在民间自发的爱心或者慈善的帮助下，他出去了。等到他在外面学了 20 多年回来的时候，这个时候已经到了第二个皇帝，李世民贞观二十三年（649 年），已经到了贞观的末期了。尽管李唐的道教是国教这个没有改变，但是李世民到了年老的时候，他有他的心结，第一，你的帝位来得不正，你把自己的亲哥哥、亲弟弟杀了，得到的这个帝位，在这种情况下，他会做出一个什么样的反应呢？就是说我一定要把这个江山治理得很好，让别人觉得，幸亏是我当了皇上，这是第一个，所以就是著名的"贞观之治"。同时我觉得随着岁数的增长，他内心的愧疚越来越深，这时候正好听说唐僧要学成归来，所以以极隆重的国家礼仪把他请回来，所以唐僧取经在后半截成了大唐王朝的"面子工程"，《西游记》从头到尾写的都是一个"面子工程"。就像你说的，为了这个面子工程，老百姓牺牲了多少，做得并不是很好。我讲一点真实的历史，非常有意思。到了李世民末年，他已经很信奉佛教，因为老年身体也不太好，人老了之后，总是对来生有一个渴望，可是同时又压抑不住长生或者永生的欲愿，而这个时候，道教扣住了帝王的命门，给你炼金丹，李世民死的多少有一点蹊跷，有一种说法也是吃金丹死掉的。到了武则天时候，她觉得她自己是革命，我革了李唐王朝的命，她的王朝是叫周，把首都从长安迁到洛阳，然后等于事实上这短命的武周王朝的国教是佛教，她的理念就是李唐王朝是不慈悲的，可是我是慈悲的，而且伪造一部经书叫《大云经》，直到今天，缅甸的和尚、泰国的和尚还在批评中国的佛教，你们从大云经开始就造伪经了，但是武则天等等，他们老了的时候，也不能例外，也就是放弃来生了，还是想活得长远，又回归，首都又迁回长安，本打算把位子传给自己武家的侄子，算了，还是传给自己的亲生儿子吧，最后把自己皇帝的号也去掉了，留下无字碑，你们爱怎么评怎么评吧。这种道教和佛教的纠葛一直延续到后面，到了宪宗皇帝那时候，叫"元和中兴"，灭了淮西镇、灭了淄青镇，所以叫短暂的"元和中兴"。宪宗皇帝极其崇佛，经常迎佛骨，弄得韩愈看不下去了，写了《谏迎佛骨》，然后被贬了，但是宪宗之后，穆敬文武四朝反佛的情绪就在酝酿，终于到了武宗的时候灭佛，所以佛教的慈悲的核心理念未必被统治者的灵魂深处接触了，从统治的需要垄断了这个东西，崇佛的那段年代，就觉得释放给公众的信息就是，我作为受命于天的统治者，我把慈悲做得最好，而另一半的时候，又觉得慈悲不是一个好东西，而是另外一种什么修身养性、与世无争的道教那套理念是最正确的，一直是不那么单纯，相形之下，从古到今，那些很单纯的爱心、慈善，可能民间出来的更单纯一点，这个是不是也是《西游记》给我们的一点启示？

项裕荣：王社长谈到的李世民，他是小说中西行的发起人、批准人。他入冥的故事，反映的乃是他弑兄篡位后的内心焦虑与忏悔。《西游记》也提到冥界中他两个兄弟亡灵的出现，但强调的则是历史争战中的士兵们的冤魂向李世民讨命。应该说，李世民的忏悔，是他慈悲心的起点。他晚年意识到自己当年为了功名或事业，所做的多有一些亏心事，内心便有了皈依的念头。或许这种对于青春往事的忏悔，类似的生命体验人人都有。说来有趣，《西游记》对李世民的忏悔挖掘得并不深，小说中妖魔的皈依，也没有多少忏悔的意味，而往往是被迫，这显然是民间故事的特点，不是文人自省式的内心挖掘。如孙悟空，他是被紧箍咒所迫，红孩儿是受金箍所制，"黑风山"的黑熊精则被戴上了金箍。难道观音菩萨也只能用外在的约束与威胁，来使人皈依吗？回到慈悲，我觉得这个"悲"字，年青人不容易做到，唯有真正"悲伤"过的人才能同情他人之苦，才能做到"同体大悲"。我在五台山旅游时，偶然看到一位中年女性扒着那个栅栏，在药师佛殿下痛哭流涕，我想她不是诉苦就是忏悔，或许是病痛、或许是人世的屈苦吧，我相信她流泪诉说之后，内心会愉悦得多。我在江苏常州的天宁寺还见到过一位年轻女性在大骂庙里的金刚，她倔强地表示她就是要做第三者，并声称"你能把我怎么样"。她看似刚强、无理、强横，内心的焦虑与不安却又显而易见。我感觉她是在与自己的良心做斗争。所以说，慈悲，其实只要你体验过人生之苦，又想超越这种痛苦，这"慈悲"就可能在你的内心中油然而生。

王海鸿：我倒是愿意解读一下你的经历，你说感觉那个女的在那儿痛哭是在忏悔，我觉得不是这样的。东西方的宗教真是有一个很大的区别，前不久，国防大学的政委刘亚洲在网上说了一番话，网上的争议很大，"人家到了教堂里去忏悔，我们到庙里是去行贿的。"佛教固然是一个非常智慧、高深的一个体系，但是在传播中有一个致命的弊端是什么呢？他可以为了拓展市场的需要，有一些原则可以无底线地退让，前不久又有人问了一个很尖锐的问题，说有一个人一辈子从善，一辈子规规矩矩没有做一件坏事，但是很穷，带着很微薄的香火到庙里去上供，另外一个家伙无恶不作，但是带着百万巨资到庙里去上供，你认为庙里的和尚会更欢迎谁？这个问题就比较尖锐了，从佛祖的角度是一个概念，已经入了佛门的这100个僧人中，能有几个领悟到精髓？即便领略到了精髓，也有问题，这里头又有一个很著名的佛教故事，有两个人，一个张三，一个李四，张三和李四是发小，但是命运天壤之别。张三生在豪富家庭，后来当了宰相，李四祖祖辈辈就是他们家的奴才和仆人，李四干了一辈子好事，就看着张三一辈子做缺德事。到最后两个人先后死了，李四就很不服，阎王都不能劝慰他了，就直接找地藏王菩萨，为什么我做了一辈子好事不得好报，这小子一辈子做缺德事，还可以做宰相，还善终。最后菩萨说你太执着了，这样吧，我就把你做一个小白鼠试验一下，我迁就你，我特许你转世的时候不喝迷魂汤，一般人都是喝了迷魂汤忘掉上辈子的事才能转世，我特许你不喝迷魂汤，记得这辈子的事，然后去转世。这一转世，他不仅知道自己是谁，也知道张三是谁，张三也转世了，转世到一个稍微差一点的家，他本人也转世到一个稍微好一点的家庭，不再是奴才，自己有几亩薄田了，反正还是很苦，两个人开始人生的2.0版。那个小子还是无恶不作，最后混到了县官的位置，他还是一辈子做好事，家境稍有起色，但这辈子又结束了。他还是不服，我两辈子做好事，他两辈子缺德还没有报应，结果又去找地藏王菩萨投诉，地藏王菩萨说既然这样，我再特许你3.0版，你还是不喝迷魂汤，还让你记得上两辈子的事转世去，第三辈子，那个小子就投身了富人家庭，他呢，就是一个中农了，不再给人当奴才了，能够稍微有一点生活自尊，又这么活了一辈子。这回到最后，他多少有一点明白了，这地藏王菩萨最后见了他一下，说这个事我得给你前因后果说清楚，你虽然这三辈子做的都是好事，但是你上辈子、再上辈子，你做了极其缺德的事情，所以这些年你必须受这个报应，过苦日子，那小子虽然做了三辈子缺德事，但是在之前那一辈子，救了几千人的命，但这个小子不知道爱惜，他把自己的福分全折完了，全折完以后，他下辈子的福已经折光了，本来他下辈子可以和你的这辈子一样，平平稳稳，但是由于他这辈子多做了一件缺德事，所以他下辈子必须是个瞎子，你下辈子就是能够跟他的这辈子差不多，是这个意思。这个故事告诉我们什么呢？人家西方的理念，人生活着就是探索真理的，我一定要搞清楚世界是怎么回事，而我们的理念是你不可能搞清楚是怎么回事，所以你做什么坏事都无所谓，而且更糟糕的是，你做了很多坏事，你只要多烧一点香，给庙里面多捐一点钱，这个账就可以抹掉，教义里面没有这个成分，我觉得高僧是决不可以认这一点的，但实际上，寺庙的管理委员会主任绝对的会在行动中落实这个理念。就是解读的话，你到庙里是去行贿的，把我之前的账给我抹平。人家是真心地忏悔的，而且忏悔的前提是一定要搞清楚发生了什么事情，没法知道这辈子之前，我就这辈子做了多少好事、多少坏事，就回到刚才说的那个例子上，到底更欢迎谁？如果是西方的教会的话，一个贩毒的，做了恶事的人，你想要成为这个教会的成员，你第一件事，你得明明白白跟神甫说清楚，我做了多少缺德事，人家知道你做的这些缺德事，你要抱着负罪感，而不是说，我是这个庙的护法，我捐了400万，你们都没有捐钱，我还趾高气扬的比你们身份更高，我们是这样的，因为前世本来就是不可知的，你这辈子贩毒做了很多坏事，说不定你上辈子做了很多救人命的好事呢，就搞得很混淆，不很清楚，为什么说其实宗教是有抗恶能力的区别的？有人认为，佛教的抗恶能力是等于零的，基督教是有相当的抗恶能力的，当然本人绝对不是基督教教徒，好像有点跑题。

孟瑶

　　现在还有半个小时留给我们的读者，大家有什么疑问，有什么观点需要跟我们交流和探讨的，欢迎踊跃提问。

听众：谢谢三位老师，特别精彩，我想问一点边边角角的问题，就是你们中间提到执着，以及执着跟佛教的关系，还有就是《西游记》的一个主线最后他们取到经了，就是因为他们有这样的执着，他们最终的目的就是要取到经，之前又说不要太执着，我在想说，人生中就是你要达到一个目标，你要完成一件事，你下定这个决心，这个执着是非常重要的，但是因为这个执着，你可能会错过一些沿途的美好，也可能会犯一些你认为无伤大雅的错误，所以我就想希望老师在执着以及执着和佛教的关系，跟人生的关系方面多一些延展，谢谢。

王海鸿：这个问题其实会把人绕进去的，逻辑学上有一个命题，凡事都有例外，只有刚才那个事没有例外，就是没有例外这件事情是没有例外的，是不是别的事都不应该执着，就取经这个事应该执着？我只能这么解释。

项裕荣：是呀，在"执着"与"沿途的美好"中怎样选择呢？大家都很困扰。我倒是想起了庄子的一个故事。庄子在山林中行走，对学生们说，你们看大树因其有才所以被人砍伐了。所以做人不能太有才，有才就会被累死，各种事情会找到你。结果他们投宿到某户人家，这户人家便把不会下蛋的鸡给杀了，以招待他们。当然原书写的是"雁"，今天一般人家中养的是鸡！于是聪明的弟子就反问庄子，说，老师呀，你刚才说做人不能太有才华，有才华就会被人砍伐了做成家具，现在你看，如果是一只鸡，没有才的就会被杀掉呢，所以到底人是要有才还是无才呢？庄子回答得很妙，他说，你们呀都是些笨蛋，才会问这样的问题。我告诉你们，真正的处理方法是"吾将处于才与不才之间也"，该有才的时候就要有才，该没才的时候就要没才。不能执着，同样现在您这位听众朋友就在执着，真正答案就是：该执着的就要执着，该不执着的时候就要不执着！（众笑，鼓掌）大概觉得累了，人自然就会去调整一下的，不必紧张。只要不紧张，就自有转机。

　　王海鸿：有西方的哲学家说过一句话，所有的宗教进展到最后都是诡辩术，我稍微延伸一些回答你刚才的那个问题，固然不执着是佛教的核心理念，那不等于是什么事情都可以做着做着就不做了，不等于任何一件事情都可以半途而废。如果你认定的是一个好事的话，还是得认真地去做，是大好的，就更应该认真地去做，但是不要追求百分之百的完美，比如最后你取回来的是缺了几页的经，行了，差不多了，这也算是一种不执着。我这样解释，不等于说不执着就说什么事都可以没有一个结果。我们三个聊着聊着，本来不执着，聊了半天起身走人，那是不行的，起码的工作还是应该做完的，如果做得让大家不满意的，那也没办法。

孟瑶

　　时间差不多了，今天非常感谢各位来参与《西游记》夜话，两个星期以后，也是星期六晚上7点，我们在这里讨论的是《西游记》里面的宗教问题，欢迎各位下次再来。谢谢。

南书房夜话第四十九期：
《西游记》——道教与
佛教的娱乐自黑

嘉宾：王海鸿 项裕荣 孟 瑶（兼主持）
时间：2016 年 12 月 24 日 19：00—21：00

孟瑶

　　各位来宾、各位读者，大家晚上好（掌声）。欢迎大家来到南书房参加我们的西游夜话，今天这个日子非同寻常，是平安夜，在西方的宗教里，平安夜是耶稣基督诞生的晚上，所以是特别庄严、肃穆又温馨、美好的一个夜晚，在西方的年节里面相当于我们中国的大年三十。在这样一个夜晚，大家没有跟家人在一起，而是来参加我们这个活动，我们特别感动。而且我们也有压力，如果这一场夜话不太精彩的话，那有点愧对大家。王社长还特地带了两瓶酒来，等下活动结束以后，我们来痛饮美酒，共祝平安。因为今夜有比较浓厚的宗教色彩，刚好我们今天这个话题是《西游记》里的道教和佛教，跟宗教有关的话题，所以我觉得两者结合得还蛮恰当的。也是机缘巧合，原定是上个礼拜六，因为王社长出差，所以挪到这个星期，我觉得这个日子还特别好。关于《西游记》的夜话，我们前面已经进行了三场，前面三场现场有很多读者都来参加了，一直陪伴着我们，谢谢各位读者！我们三个人这几场的夜话下来，归纳了一下，觉得我们基本特点是立足原著、结合历史、用我们现代人的眼光和价值体系来解读和评判《西游记》，我觉得这样一个方向是我们应该肯定的。今天晚上宗教的话题，我在网上也搜了一下，特别多，众说纷纭，莫衷一是。有的人说《西游记》是一部宗教小说，它主要是扬佛抑道，也有的人从另外一个角度说，《西游记》其实是在贬佛尊道，更有人说，它是又贬佛又贬道，那么我们的观点是什么呢？王社长对这个问题是特别有研究的，项教授对这个问题最近也做了很多的研究，今天晚上会有精彩的妙语。特别是王社长，一个月以前我陪王社长去了一趟深圳市检察院，听他做了一场报告，这个报告的标题就是"宗教与法治"，我听了他这堂报告之后，觉得茅塞顿开，醍醐灌顶，里面有关各种宗教的来历、历史、纷争，各种宗教的著名的历史人物、生辰年月等等，他是如数家珍，上下千年、古今中外，可以说是纵横捭阖，妙语连珠。我是受益良多。今天晚上我想先请王社长来给我们解读一下《西游记》里面的宗教问题。（掌声）

王海鸿：谢谢大家，孟瑶刚才的夸奖，我真的是有点愧不敢当，但是有一点我跟孟瑶、项教授一样有高度的共识，就是在这么一个平安夜，大家能够坐在这儿，我的朋友钟鹤立是一家三口都来了，他没有不和家人，他是和家人在一起坐在这个地方，非常感谢。同时我也有一点自恋，我感觉是大家和我们一起在做文化担当：还有人以这么一种方式生活着。2016 年马上就要过去了，这一年有人说是叫"黑天鹅乱飞的一年"，发生很多事情，作为一个平民知识分子，我总结我自己身边的事情，我发现我能接触到的几个圈子里，明显地感到心情比较抑郁、不开心，这种人数好像在增加，而且还有一些政界的精英、商界的精英、学界的精英，甚至于到了走向很极端的那种地步。简简单单是一个抑郁症呢，恐怕就还是太粗放了一点。按一种理论就是：人的一生要经过四次的觉醒，第一次觉醒就是人生的觉醒，就是我这个人不能浑浑噩噩，我得去发财，我得去升官，我得去做大学问，这是人生的觉醒；第二次觉醒就是性的觉醒，我作为一个男孩子，我得去爱女孩子，我作为一个女孩子，我得去爱一个男孩子，这是性的觉醒，当然，东方人是先人生觉醒，后是性的觉醒，西方人可能相反，先是性的觉醒，然后人生的觉醒，这是 20 岁要发生的事情；到 30 岁的时候，就是人生的第三次觉醒，叫艺术的觉醒，人想明白了，我不能光是升官发财，我得有一份爱好，我可以去当一个驴友，或者我喜欢当一个票友，我喜欢下围棋，喜欢去钓鱼，自己总得有一点爱好作为自己的一个调剂，为什么事业的精英走着走着遇到事业一点瓶颈期后，就突然精神状态走向极负面，因为他没有这次觉醒；第四次觉醒，就是 40 岁左右，人应该有一次宗教的觉醒，当然你可以狭义地把它说成是"哲学的觉醒"，开始思考一些终极问题，我是谁，从哪里来，到哪里去，从这个角度说它是哲学觉醒也无不可，但是哲学觉醒是没有情感注入的，如果说宗教觉醒，就带有了情感注入，就是我信什么。所以如果渐次实现了这四次觉醒的话，那么他的人生就是一个比较饱满、立体的人生，实现了四次觉醒的人，我没听说过谁得抑郁症的。所以可以大胆地推测，得抑郁症的人恐怕都是人生缺乏了两次或者一次觉醒所导致的，因此我们应当开始关注宗教问题。当然一旦开始关注宗教问题，就能发现文化的巨大差异。正如孟瑶刚才说的，《西游记》究竟是扬道抑佛还是崇佛抑道，甚至还有一种说法说它是反佛的，我们上次讨论了，因为佛教的核心理念是慈悲，但是在西游里很难找到慈悲，在边边角角才能找到，到处都是砍砍杀杀，对佛教的基本价值是颠覆的，所以有人认为它是反佛的，用我个人的看法是《西游记》是娱佛的。娱乐，把佛教拿来娱乐，同时是娱道的，既娱佛又娱道，这只有在东方社会才能发生，这也是东方的宗教所以可爱的一方面。西方的宗教观不是这个样子，一个古板的基督教徒是这么看的，如果你跟他讲，我是佛教徒，你是基督教徒，他不认可，我是基督教徒，你是偶像崇拜者。按一个古板的基督教的看法，所谓"低级宗教"有两个特点，第一个是偶像崇拜，第二个是多神，很多神，很多神的宗教就必然严肃不起来。伊斯兰教更是把这种一神教发挥到极端，它认为基督教本身就不是一神教，而且你有偶像，十字架是不是偶像？你说你是一神教？那圣父和圣子是怎么回事？所以基督教的这些理论家不得不编出一个三位一体的理论，圣父、圣子、圣灵三位一体，耶稣降临到人间，完成他的使命之后又和圣灵合为一体。在基督教的世界里，比较社会主流的人是不能拿宗教开玩笑的，社会的不太主流的人可以调侃一下上帝，仅此而已。到了伊斯兰教的世界里,连这点空间都没有,大家都留意到查理周刊事件,这就是两个文明冲突的最大体现,西方一些非主流的艺术家画漫画,画面里调侃先知穆罕默德,最后人家认为不能忍受,打上门去,用冲锋枪扫射,杀十几个人。到事后,一些比较温和的穆斯林学者发出了这样的声音:"杀人不对,亵渎先知也不对",西方欧洲的学者就予以纠正,说你这个说法是错的,正确的说法应该是什么?"亵渎先知不对,杀人更不对",在层次上是有差别的,所以在一神教的框架内,不存在娱乐宗教的空间。而东方的宗教,我们有娱乐宗教的空间,体现在两点,第一个就是调侃神仙,第二个是歪解教义,到了西方不存在调侃神仙这一说法,你只要做了这个事,人家不理解你是调侃神仙,而就是亵渎先知,亵渎神,也不叫神灵了,而是叫"神",你要是歪解教义,那是个很严肃的问题,等于你创立了邪教,是这样子的。我觉得我们的多神教,我们的这种比较松散的宗教体系就提供了这种娱乐的空间。按我的理解,《西游记》中的娱乐佛教体现有很多点,比较鲜明的两点,一个是佛祖贪财,上次孟瑶也谈过,在取经最后,经就是取不出来,两个大弟子难为他们,不给他们,用假经给孙行者,发觉之后,找到佛祖,佛祖有这么一番辩白:山下有个赵员外,我派出人给他念了一遍什么经,他只给了三斗三升碎金子,米粒金,"斗"是一个容器单位,大斗小斗,一般就是能装十几斤粮食的容器,如果装粮食装十几斤的话,金子的比重比粮食是要高十几倍的,那就是几百斤的金子,再加上三斗,那就是万两黄金念一次经,佛祖贪财。观音护短就更多见了,典型的就是"赛太岁",孙悟空不借助帮助把它降服了,观音及时赶到,不许你打伤,而且收走之前,他认出来了,那三个铃哪里去了?是不是孙悟空你贪了?连这个都要追回去,这种例子还有很多。今天我倒是想更多地探讨一下道教的"娱道","娱道"最明显的体现就是由玉帝和太上老君所领导的天庭的组织架构非常混乱,我记得上一次项教授提了一个挺有意思的观点,玉皇大帝身上是体现了中国儒家文化的很多特质,我认同,但这个也正是体现了道教的问题,你道教作为一个宗教,你又树立了一个儒教的形象,这是什么意思?在历史上正好验证儒、佛、道三者的关系,其实在中国漫长的历史上，儒教一直是占有核心地位的，儒家的理念，国家的立足的依据是儒家的那套东西，像道教，包括佛教从来没有对儒教产生过这样的心理，说今天你对我爱搭不理，明天我让你高攀不起，这两种教从来没有对儒教产生过这种心理，几次灭佛灭道的争论的时候，往往都是我们承认儒教是第一，到底佛教和道教谁是第二，因为这个而产生争执，有好几次重大的争端，那么道教自始至终的心态是虽然你对我爱搭不理，但我一定要追求的，让你觉得我对你高攀得起，它是这么一个心态，所以很自然地把玉皇大帝就组装到它这个里头了，但一组装到这里头了，就产生了一些混淆，比如读者就问，他们俩到底是谁大？你若认为太上老君是玉皇大帝的臣子，那这个认识就绝对是错的，在道教的教义里，"三清四御"是最高神，"三清"最高，玉清元始天尊、上清灵宝天尊、太清太上老君，"四御"，南极勾陈大帝、北极紫微大帝、中央玉皇大帝，还有一个可能是东岳大帝，这"四帝"是低于"三清"的，这是教义。即便在《西游记》本身来看，玉皇大帝绝不能说是地位在太上老君之上，一个很技术性的例证是什么，玉皇大帝的办公室通明殿、凌霄殿位于哪儿？九重天外，太上老君的私宅兼办公场所兜率宫在什么位置？第三十三天，离恨天上，住在第9层的，和住在第33层的，这个就可以看出来了，但是是不是太上老君是玉皇大帝的上级，有点像伊朗的最高领袖对总统的关系呢？又不是，伊朗倒也很明显，最高领袖虽然是50个大阿訇选出来的，但他是国家的最高领袖，几千万选民选出来的总统，那绝对要是归他领导的，在中国太上老君又不是这个样子，所以他们就好像产生了一个政治领袖和宗教领袖分离的情况。我觉得在中国历史上，所有体面一点的封建王朝没有这种架构的，唯一的和太上老君和玉皇大帝的天庭有一比的政权是哪个政权呢？太平天国洪秀全是政治领袖，杨秀清是宗教领袖，而且我发现太平天国把很多中国民间的东西都化作了现实，中国民间有很多东西都是通过评书或者老百姓的想象，只能存在于这个空间，比如说佘太君的龙头杖，徐延昭的锤子，上打昏君，下打奸臣，这个在真正的历史上是绝不可能发生的，说是一个皇帝因为做了亏心事，对不起一个大臣家里，所以赏他一根龙头杖，在中国这种残酷的政治斗争中，这种事绝对不可能发生，如果一个皇帝良心上亏欠了某个大臣，那他唯一能做的就是把这个大臣家斩尽杀绝，而绝不可能说是给你一个上打昏君、下打奸臣的东西，这是第一，只存在于民间传说的。第二个东西，一字并肩王，某某人功太大了，封他为一字并肩王，稍微体面一点的封建王朝，绝没有这样的事情，而且连《鹿鼎记》里面的韦小宝都看得很清楚，因为封建王朝的荣誉级别有六级，太师、太傅、太保、少师、少傅、少保，韦小宝都看得很清楚，但当了少保，人都没有好下场，因为开始功高震主了，岳飞是少保，于谦是少保，保卫北京城的于谦，鳌拜是少保，都被皇帝做掉了，但是他功劳大到太师那个程度，往往皇帝就制约不了他了，比如说董卓董太师。这个事连韦小宝也看得清楚，仅仅通过他的知识面都能看清楚，在中国一字并肩王这种东西根本是不存在的，可是在太平天国中就出现了。太平天国的官场是一个很闹的闹剧，它没有万岁独尊的意识，真正的封建王朝这个意识是很强的，尤其是到了最后的清朝，清朝天下初定，就颁布了一个规定，本朝无名臣，我这个朝代是没有名臣的，天子至圣至明，没有哪个事情是哪个大臣做的，从理论、逻辑上排除了这种可能性。在太平天国呢，天王是万岁，东王杨秀清是九千岁，西王萧朝贵是八千岁，南王冯云山是七千岁，北王韦昌辉是六千岁，翼王石达开是五千岁，他把这个搞得很搞笑，很儿戏，又迎合普通战士的心理滥封官职，到后期的滥封不用说了，就早期丞相这个官职，其实中国历史上，从汉朝以后，到了隋唐叫中书令，就没有丞相这个词了，但太平天国设丞相，编制是 24 个，怎么个 24 个？春夏秋冬天地，六宫，这六宫每宫设四个丞相，正丞相、又正丞相、副丞相、又副丞相。春官又正丞相、秋官又副丞相，四乘以六，24 个丞相，它的编制就是这么大，最搞笑的是什么呢？洪秀全的权力受到抑制，若是杨秀清看不顺眼了，咣当一下，天父下凡了，可以把洪秀全弄去打板子，这个事情我看过一些材料，当初连清朝政府分析敌情的官员对这个事情都深感困扰，有一段文字是这样写的："古之叛逆，末路受制于臣下，篡夺者有之，缚献者有之，袭杀者有之，未闻跪而受杖仍尊为王者，荒唐儿戏，真蜂衙蚁队之不若。"什么意思呢？古时候的叛逆，"末路"，穷途末路的时候，受制于他的大臣，把他捆绑起来献给朝廷的，缚献者有之，篡夺的把他杀了，也有，没听说过做手下的把领导打屁股打了一顿，翻身再跪拜他，把他作为王，荒唐儿戏，连蜜蜂的衙门和蚂蚁的队伍都不如，荒唐儿戏，真蜂衙蚁队之不如，这就是太平天国的状况。我觉得《西游记》里面玉帝和太上老君领导的天庭的形象很像这个样子，体现在封官职上，孙悟空嫌弼马温官小，回去自己琢磨了一个词，叫"齐天大圣"，竟然这边就同意了，就真的封他为"齐天大圣"，而且肯定是没有编制的，肯定也没有薪水，就这么一种东西，你说跟太平天国的丞相是不是有高度的相似性？所以我就觉得这个结论是什么呢？就是《西游记》把在中国东方的宗教框架给平头百姓和草民提供了一个阅读、娱乐的很大的空间，这是我的第一拨论点，欢迎大家批判。（掌声）

项裕荣：王社长讲到，人的一生要有四次觉醒，这让我想起《论语》中的"三十而立，四十不惑"。孔子谈的也是一种"觉醒"，或是人生不同阶段应该成就的境界。"不惑"，可以解释为自己有了坚定的人生目标，不再为浮华的欲望所左右。这与王社长所言，人在40岁应该有一次宗教的觉醒，非常相似。不过，所谓宗教的觉醒，肯定需要一些机缘，我本人就40多了，不仅还匮乏于宗教的觉醒，而且强烈的功利之心时常也让自己觉得疲劳，甚至痛苦。当然，今天这种学术活动，却让我能另获一种快乐，尤其是有幸还能思考与宗教有关的话题，这就更让人觉得殊胜无比了。今晚在南书房这个地方，无论是我还是在座的诸位，至少可以暂时抛开功利、欲望给我们带来的烦恼，我们一起来思考宗教话题，确实是有趣的、快乐的。

王社长刚才还有一个话题，不知诸位注意到没有，玉皇大帝在《西游记》里虽然是一个人格神，但中国民间供奉玉帝的庙却很少，什么原因呢？诸位知道中国古代有"拆除淫祠"的传统，所谓"淫"，指"多余""不合理"，淫祠，就是不合理、不合法的庙，这类庙宇就会不停地被历代的各级官方拆除掉。一般说来，在古代只有受到官方许可的，经由古代皇帝册封的庙，才能算是合法的，可以被大家所祭奉的。这方面，洪秀全似乎没有古代的"天子"聪明，他创立了"拜上帝教"，承认有一个天父与天兄的存在。当然，他的目的是要宣称自己是天父的次子。可是，这给了杨秀清可乘之机。而我国古代的天子，事实上是将天虚化了，天不姓张，也不姓王，他不是一个人格神。所以天子之上，并没有一个实在的"天"，也就说，并没有一个"天神"来控制皇帝。而我国民间，不知大家注意到没有，也几乎没有传说会提到有玉皇老儿下凡，因为这样才不会给当今的"天子"带来任何麻烦。"天子"宁愿祭祀黄帝，也不会愿意祭祀所谓的"玉皇大帝"；谁愿意制造出一个比自己圣明的"父皇"来压制自己呢？所以说，古代的专制帝王是在有意识地将"天"给虚化了，只让他在抽象中存在。我个人还注意到，纪晓岚在《阅微草堂笔记》这本志怪书中，他甚至连观音也不曾谈及，更不要说玉帝了。其中的玄妙，大家可以想一想。显然他对皇帝的忌讳最是洞明。古代皇帝对于"谁是天下老大"这个问题非常敏感，以至于出现这种情形。皇帝到了寺庙，要不要在大殿上公开跪拜佛陀的神像，这一点，他们是犹豫的。据说当年的宋太祖入了寺庙之后就很尴尬，不知道跪是不跪是，而一旁的高僧赞宁则非常聪明，他巧妙地应答了皇帝的疑惑："现在佛不拜过去佛。"您就是现在的佛，仿佛如武则天宣称的一样，是转世的佛，所以不必跪拜过去的佛，佛像。

说回到《西游记》，玉帝形象虽然在其中很生动，但在官方的庄重场合里，帝王可以祭天，但不会去祭祀人格神的"玉帝"，这在我国是传统。《西游记》的功绩之一，是总体将佛教、道教、儒教三大系统的神灵，整合到了一个宫廷结构之中，这个安排虽然还粗糙了些，但对于民间的影响却是极大的。中国古代的各种神灵甚多，鲁迅先生提到过，中国的神灵信仰极是庞杂，古老的神渐渐被人遗忘，或者说是"死"掉了，遂被新的神灵所取代。以门神的演变为例，神荼、郁垒这样的门神，逐渐被唐朝的秦叔宝、尉迟恭所取代，甚至民间也多有贴关羽、张飞为门神的，所以说民间的神灵信仰是驳杂的，略显混乱的。而《西游记》则把天宫、佛界大致按神灵的品级阶位做了一个宏大的"排位"，做了"整合"。中国有一位道教人士，梁朝时的"山中宰相"陶弘景，他创作出《真灵位业图》，按品级给神仙们在天宫中安排了位置，这些神灵中还有刘备、曹操，当然也有孔子。总之，他把当时人们崇信的神鬼都安排到天上去。这大概是中国道教史上最早的一次尝试。《西游记》则可以视之为一种民间尝试，其影响力则超越了陶弘景。《西游记》它构造了这么一个天宫佛界的关系图。当然，《西游记》在这方面也显出民间的随意性，比如说太上老君住在所谓的三十三天之上，所谓的兜率宫，而这些名词，"三十三天""兜率宫"，其实都来自于佛教。所以说，《西游记》的作者是毫不客气的，该变型就变型，该抄袭就抄袭，完全是一副游戏笔墨的无稽与自由。这是我的观点。

王海鸿：我再补充一点，有人问我一个问题，吴承恩是怎么看待这两个宗教的，咱们就探究 600 年前他的内心世界。有一件事情给我一些启发，2011 年深圳开大运会，大运会之前，欧盟青年有一个代表团到深圳来，当时深圳市政协就委托我去跟欧盟青年代表团的年轻人接触，有一个美国小伙子，我不知道美国小伙子怎么混进欧盟的那个团的，当时很热情洋溢地跟我沟通了，留下了联系方式，尽管他刚来中国几个月，但是中文已经很流利了，然后就留了地址。两年多以后，他给我打电话，这个时候中文当然就更流利了，他说我刚把中国的佛教、道教名山走了好几座，五台山、峨眉山、青城山、武当山，走了一遍，他说我发现一个很怪的现象，所有山里的本地的农民不经任何人的授权，穿上袈裟、穿上道袍，自己批准自己打扮成和尚道士，然后就去纠缠那些游客，无所不用其极，就是敲诈勒索，这个地方你不烧一炷香，你的行程就不利，烧一炷香可不是你自己兜里掏个香来点，你得给他钱请他的香，每个地方都是如此，一通敲诈接一通，一个真心信佛信道的人会感觉很难受，无所适从。这个小伙子就问我一个问题，说这些农民他们世世代代就住在文殊菩萨的道场旁边，世世代代住在真武大帝的道场旁边，他就这么肆无忌惮地把信众们本来打算孝敬文殊菩萨、孝敬真武大帝的钱给敲诈了，他们不怕报应吗？把我给问住了，这家伙挺厉害的，有西方人这种直率。他说王老师你别给我打马虎眼，你正面给我回答这个问题，最后我只能这样回答，我说我给你的答复是他们不怕报应，因为他们祖祖辈辈生活在这个地方，他们祖祖辈辈看明白了，庙里的和尚道士自己也不信，这就是当时的情境之下把我逼出来的一个答案，我感觉吴承恩对佛道是不是也持的这么一个态度，介于信和不信之间，但是他的人格、心灵比这些骗钱的农民要高尚得多，他不会把这个东西拿来去忽悠人、骗人，他把它制造成一个娱乐空间给他的读者，一直惠及今天的我们，这是我个人的一点解读。（掌声）

孟瑶

谢谢王社长，谢谢项老师！接着王社长的话题我想谈一谈，他刚才说到一个，为什么在中国这么漫长的历史上，儒家的地位永远是正宗，道也好，佛也好，都没有凌驾于儒家之上，我觉得可能跟儒家的入世的态度有关。因为儒家的核心就是要修身齐家治国平天下，它是有抱负的，它是能帮助帝王、帮助政权来治国平天下的，对国家是有好处的。那道家呢，是避世的，只是修自身，它炼丹也好，追求长生不老也好，它只是修自身，逃避世俗，它在山林，或者在一个隐于世的地方，它并不太参与世俗的事务，和政权的事务，所以道家对政府的帮助不是很大。那佛家更是了，佛家连避世都不是，它是出世，它是修来世，不管现在。而且它所谓的修炼，跟政权的统治甚至还有冲突，为什么这样说呢？你都去修来世，去把现在的因果报应归于往世和来世，那现在的社会，你的今生就不会太在意，反正我今世这样做，我今世报不到，我要来世才能报，所以它对于现世报、对政权并没有很直接的反映，所以这两个教在统治阶层看来，对它没有太大帮助，所以最终还是儒家占了统治地位。另外我们中国人信佛也好，道也好，并不是真的信教，他信的是神！这个"神"，能帮助他，给他提供现实的好处，比如说，拜关公、拜财神菩萨，求升官发财，拜观音菩萨，没有孩子的，要去求孩子，拜送子观音。总之是有所求。包括我自己。我儿子考大学之前，我路过惠州博罗，听朋友说那有一个道观，说那儿的神灵可灵了，他说你去求一下吧。我想我身体也挺好的，家庭都挺好的，我有什么需要求的？后来想想，我儿子过几个月就要高考了，那我是不是去求一下，不管有枣没枣先打一竿，万一灵了他考得好，岂不是好事吗？于是我就进去拜了。后来果然我儿子考到了北航，考了700多分，考得确实挺好。但是我并没有完全觉得，是这个神给我提供的帮助，而是我儿子平常成绩就不错，是深中的，而且从小学到高中一直成绩就很好，我并没有太多地感谢这个神仙。不过我心里还是想，幸亏我去拜了一下，万一我没有拜的话，也可能会考砸。所以中国人就是这种心态，我有求于神，他应我了，我就慢慢信一下他，如果我没求他的时候，就并不是很信这个，他不是一个教，而是一个神，具体能帮助你的神。具体我们说到《西游记》里面的道和佛，吴承恩对它究竟是一个什么态度？这些人物和故事里面所体现出来他个人的倾向性，我个人认为表面上他是黑道，是贬道的，但他骨子里是贬佛的，为什么这么说呢？道家的妖精乱是乱在明处，而佛家的妖精是乱在暗处，而且是乱在深层次的。比如说，孙悟空所打的妖怪90%以上都在西牛贺洲，为什么安排在西牛贺洲？因为这是佛的地盘，是如来佛的灵山脚下，在你的地盘上，这么多妖魔鬼怪，而且这些妖魔鬼怪都是危害百姓，吃人，让苍生蒙难，在这样一个地方，你产生这么多的悲剧和苦难，你这个佛是好的吗？你普度众生了吗？你连基本的民众的生存权和生命权都得不到保障，你这个佛有什么用呢？所以他安排90%的妖怪在佛的灵山脚下、在西牛贺洲，我觉得就是他心灵深处的对佛的不满。同时，他对道也可以说是十分谴责，因为在他生活的那个年代，他写书的那个年代刚好是明朝的嘉靖皇帝迷恋道士，炼丹，用宫女的经血来炼丹的一个很奇怪的年代，所以他对道肯定是爱不起来的。但是因为中国人传统的几千年的道教已经深入到人的思维和血液里面，所以他对道还是留了一定的面子，并没有把道一棍子打死。但是他心里面肯定对道是有很多的怨恨，包括他里面安排了几个道派妖精。特别奇怪的是乌鸡国的假国王，他本来是菩萨的一个坐骑，是佛派的人物，但是他假扮一个道士来把国王害了，他来做一个假国王，我觉得这里面是不是有一个佛派想嫁祸于道？这里面的钩心斗角一般人是很难去体会的，他本来是佛派的人，他为什么假扮道士来祸害乌鸡国呢？他是一个什么心理？他是做一个假动作呢？还是有意来黑道？

王海鸿：确实，《西游记》中，道家做坏事，然后嫁祸于佛家，还真没有这样的例子，至少是明明白白地做坏事，佛家的狮子，文殊的其中一头狮子干的这个事呢，我觉得是挺不地道的。你是崇扬一个东西还是否定一个东西，他的能耐大不大是第二位，他的道德上能不能站得住脚，是第一位的。所以正如你所说，明朝的知识分子对嘉靖皇帝过度的崇道意见很大，有点像当年韩愈对迎佛骨的那种厌烦，但是道教深入人心已经太久了，道教这个宗教神仙谱系庞杂，而且最重要的是，刚才孟瑶其实谈到这个问题了，往往比神更重要的是它的教义和教条，可偏偏道教在这方面是最弱的，它几乎没有什么严谨的教义，教义弱意味着什么？意味着你就不容易产生所谓的邪教。它自己都没有主张，你怎么产生和他相背离的主张呢？我在福建考察过，我觉得福建人是中国人群中最善于造神的一群人，到了福建，你会发现很多稀奇古怪的神，按照项老师的说法，可能在比较文化昌明的地方，在封建王朝作为淫祀就戒绝了，可是人家那个顽强的生命力能够突破这个，福建人很容易造神，妈祖娘娘，福建人造出来的，一个医生，姓吴的，治病救了些人，成了保生大帝，台湾地区也有很多信徒，另外一个女的临水娘娘，福建这种神非常非常多。而且但凡到福建去做过的地方官，在那个环境感染之下，他都会变得更开明，会主动地跟皇上打报告，我们这个地方出了一个什么神，还挺灵验，三番五次打报告，皇帝就会批准，就成了官方允许祭祀的神了，所以道教的神都是人民英雄，你有本事让乡里的人信你，你就是这个乡里的神，如果影响扩大到全县，那就是全县的神，一般情况下，如果没有坚持儒教正统的知识分子在旁边顶着的话，皇帝一般不会轻易地去阻挠对一个神的崇拜。这里有一个很鲜明的例子，就是我们刚才提到的真武大帝，明成祖朱棣用不正当的方法违背法统抢了自己侄子的皇位，他必须寻找理论根据，理论根据是什么呢？某一次就靖难之役中最艰难的一个叫什么河之战，眼看着是必败无疑的，突然间狂风转向，从北边向南边吹，把南边的军队吹得丢盔卸甲，他反败为胜，然后他就授意他底下好几个人，杜撰出一个故事，说战斗最激烈，我军即将崩溃的时候，北方出现一尊金甲神人，披发仗剑，然后狂风大作，压制了南方，后来我们就赢了，后来他们认定这个神就是真武大帝。于是朱棣做到什么程度呢？北修紫禁城，南修武当山，用30万民工修了多少年，把武当山完整的什么九宫八观，加上这些路线修好了。金顶那个地方我们去过，这个真武大帝的塑像据说就是照着朱棣本人的面相塑造的，然后修建过程中，他不厌其烦地做了很多指示，对这个山的分毫都不能撼动，然后他就成了明朝皇帝的家神家庙，到了清朝，一得关内，我的想法是不是理所当然上山把这些神都摧毁掉？我发现不是这样的，在明清更替之后，武当山有过一段困难时期，等到康熙十几年、二十几年，朝廷又开始恢复对武当山的财政供给了，这是什么原因呢？这是明朝皇帝的神，这就扯到皇帝对神的态度了，康熙之前是顺治皇帝，尽管有野史说他是不爱江山爱美人出家了，实际正史记载是死了，英年早逝。康熙6岁就继位了，继位之后就有人给他讲，说真武大帝他不仅是明朝皇帝的保护神，他还执掌帝王的寿命，这句话只要让康熙信到7分，甚至5分就足够了，人不会拿这个开玩笑的，所以康熙到他的中后期就开始恢复了对武当山的财政供养。到雍正时期，雍正的后期，国事繁重，自己想活得长一点，大量的服食金丹死掉了，乾隆皇帝是比较明白的，他首先就把道教的地位大肆地打压，当时道教主流的就是天师派，天师派的掌门人本来是享受朝廷一品的待遇，降成从五品，从正部级或者副国级降到了副局级，回你江西龙虎山待着去，没有我朝廷的宣召你不能来北京城，然后宣布藏传佛教为国教，但是乾隆自己有一道诏书写得很清楚，说他并不是痴迷藏传佛教到这个程度了，而是因为漠北的蒙古、西方的西藏，这些周边的他们都信，为了国家的长治久安，我不得不做这个表示，这里头就引出了，乾隆还是一个大智慧的人，可是其他的，在这个点上，我觉得他比他的祖父康熙、比他的父亲雍正要更开明，真正的实际情况是什么呢？正如今天我们就在这儿重演的，王林的那些伎俩为什么能骗那么多大精英？世界知名的企业家，著名的演艺明星，王林那些玩折的雕虫小技就能骗他们，而平头老百姓反而敢于以一个娱乐的态度对待宗教？这是今天我们值得深刻思考的一个问题，回到孟瑶的话，教义的成分太低，太少，神的成分太多，很像古希腊的那个神，所以为什么西方人认为东方的宗教是低级宗教，因为他们在一神教兴起之前，有过希腊众神的那个时候，希腊众神那个时代是什么呢？也是娱乐的，神根本不让人崇敬的，乱七八糟，宙斯到处生私生子，他是人放纵自己欲望的都可以效仿的楷模，而绝不是说他决定我的一切，我一定要秉从他的意志，可是到了后来一神教时期，那就完全不一样了，基督教的教义，你不可以测试上帝的真伪，你只有信的义务，到了伊斯兰教更进一步，你不可以设想真主安拉长什么样子，任何两个人在一间屋子里密谈，真主必然在场，所以为什么伊斯兰教有那么强大的战斗力？一个地方，比如吐鲁番信佛教信得好好的，等到伊斯兰教一传进来，佛教是半点还手之力都没有。今天，吐鲁番这个地方，佛教的痕迹你只能从地底下刨，没有一个佛教信徒了，一个太善于娱乐的东西和一个非常严肃的东西摆在一起，只能是一触即溃，但是换一个角度看，它可爱。

项裕荣：王社长谈到伊斯兰教，这种话题相对敏感，我倒是愿意回到巫术！鲁迅先生说过，"中华文化本姓巫"。那么为什么中国人信仰的根基在巫术，而非宗教呢？我以为，宗教其实是对巫术世界的改造，是将无序的巫术世界改造为我们可以理解的"有序的"、理性的世界。然而，中国人观察到的现世与人生偏偏是次序混乱的，是一个人情的世界与等级的世界，所以中国人在骨子里没有办法认同宗教。就如同王社长刚才提到，如来佛都会怕青牛精，这就仿佛一位清正的官员会怕一个流氓一样，正是无序世界或者说是强权世界，在人们头脑中的反映罢了。故此，中国人更相信巫术力量的存在，无序感的强烈是我们的思想基础。

说到中国人根深蒂固的巫文化，这在我国古代小说确实有生动的表现。《红楼梦》里写王熙凤有一次手提一把钢刀，闯入大观园中见鸡杀鸡，见狗杀狗，见人就要杀人。什么原因呢？原来是赵姨娘请了巫婆，所以把她弄得疯癫了，同时中了巫术而疯癫的还有贾宝玉。《金瓶梅》中潘金莲也用巫术对付过西门庆，将西门庆的生辰八字放入一个稻草小人中，将稻草人的手脚用针扎住，从此西门庆再也没有动手打过潘金莲；再用红布把稻草人的眼睛扎住，最后用艾草把稻草人的心塞住，这样一来，西门庆每每只能看到潘金莲，而且心中充满了"爱"意。于是一个小小的巫术，就这样把二人的关系也给限定住了。《聊斋》中也写过类似的故事，在《孙生》这则小说中，一对如同冤家一般的夫妻，宿怨很深，偏因为有个老尼姑前来施展巫术，把某个物件放到二人枕头之下。于是二人就在某个夜晚，性情大变，两人之间突然有了说不完的话，甚至开始产生出奇怪的柔情蜜意，这个故事中的巫术不是同样耐人寻味，甚至更是让人惊心动魄吗？巫术居然可以改变我们视之为神圣的情感——爱情。

而说到"人情"，还以《聊斋》为例，蒲松龄虽然很讨厌社会不公，但他小说中的主人公也往往会通过人情或者说是人际关系的特殊性达到自己的目的。其实，此时也无公平可言，可是蒲松龄却往往觉察不到。如同《西游记》中描写的唐太宗，崔判官让他多活二十年的寿命，无非是看在魏征的面子上嘛。唐太宗接受了这种好处，大家心照不宣罢了。所以我说，中国人对佛和道自然是信仰的，但不坚定，内心中都还希望得到神灵或他人的特别照顾，这倒是普通人的大众心态。而说到普通人，儒家讲律己与慎独，主要针对的是大人与君子，对于"小人"，也就是平民阶层，要求却并不高。试想古代的平民，衣食尚且是问题，你让他精神上自我约束，做一位贤良君子，这要求是不是太高了呢？

中国的道教在传播过程中，针对统治者或上层，以宣扬金丹的功效为主。炼丹对于经济的要求很高，不富于钱财的话，道士们都不愿意传这种仙法给你，因为你也"玩不起"。而平民阶层所尊奉的道教，则往往呈现出另一种面貌，如忏悔或苦行，这两点就可以视为平民道教的特点之一。《西游记》描写的道教基本是贵族阶层所尊奉的道教。小说中道士被戏谑的戏份比较多。再者，《西游记》中的道士们，似乎行为也比较小气。小说描写了一些妖道，诸如车迟国的虎力大仙、鹿力大仙等，再比如说比丘国的国丈，这个国丈是个要用1111个人心来炼什么长生不老药的妖道，这些我们都不提。我们只来看《西游记》中的道教天仙，也就是正牌神仙们。事实上，他们的形象也谈不上伟岸，甚至很有些猥琐之感。以太上老君为例，八卦炉前见逃脱了孙悟空，原想抓上一把的他，没承想却被孙猴子推跌了一跤，摔了个倒栽葱。这个姿势很是"不雅"，读来让人不免发笑。再看，西行途中，途经乌鸡国的孙悟空上天向他借取金丹，可怜的太上老君心内舍不得，他倒是满葫芦的有，却一颗也不舍得发放，因见孙悟空讨要不得，转身欲走时，转念一想，怕孙悟空来偷，这才勉强给了悟空一颗。此时，孙悟空跟他开了个玩笑，将仙丹往嘴里一丢，原来孙悟空喉咙里有一个嗉袋，食物可以临时收藏于此，并没有真吃下去。可是老君就急了，一把抓住了孙悟空的头皮，立逼着要他吐出来，孙悟空嘲笑他道："嘴脸！小家子样！哪个吃你的哩！"这"嘴脸"一词极是搞笑，意思是你看看你现在这个嘴脸，还像不像个德高望重的神仙？同样，委琐的道教神仙中，五庄观里面的镇元子也算一位。这镇元大仙为了一棵树居然要把唐僧师徒用油给炸了，这算不算有点儿小题大做呢？可见他的小气。而当孙悟空请来观音把这棵树给救活后，他一时高兴居然拉着孙悟空结拜了兄弟，论其原因还可能是出于"小气"，出于爱树的情感。因为树活了，喜出望外，所以深谢孙悟空。从这些材料看来，《西游记》对道教人物的戏谑成分显然更重。至于佛教呢，作家也不乏讽意，比如说观音院中那个贪爱袈裟的老和尚，再如西天的如来，作为佛祖居然认为超度理应收些黄金，这些戏谑的成分与勇气，相当惊人。所以说，《西游记》对于佛教、道教，有基本的尊重，也有明显的不满与讽刺。而其讽刺，主要不是针对它们的教义，针对的则是世俗中的宗教徒。当然，这些宗教徒的恶劣品性，则会在小说中的神仙身上体现出来。

孟瑶

我们几个谈得差不多了，看看读者们有什么问题需要问的？

听众：老师们好，王老师刚才开场说的，人生有四次的觉醒，我对这个比较感兴趣，但我们附近周围有些人谈起宗教会比较反感，他们讲起来会神神道道的，讲起来让你不知道他说的是什么，就是类似于像农村迷信的一种效果，说这个有来世、有报应有什么的，想问问确实是不是存在这个报应？因为我们一般群众的心态是，如果我信这个，对我有什么好处没有，我信仰它，到底有一个什么作用，比如在我们深圳，大家要是想不通了，应该怎么样和宗教结合起来，能不能给我们一个具体的方式，比如可以去参考什么书籍或者怎么样帮助我们落地一下，因为我总觉得说宗教就是类似于像迷信的一个东西。谢谢。

王海鸿：你这个问题更证明了我曾经说的，西方人认为东方的宗教都是低级宗教，这个是有道理的。如果你真的对宗教问题感兴趣的话，我倒是建议，特别是你现在这种心态，对这种人强行讲报应、很反感的情况下，我倒建议你不妨先读读《圣经》，我不是推荐你成为一个基督徒，我再三强调，我自己本人也不是基督徒，但是前几次我们有探讨过，佛家世道轮回、因果报应崇尚了一种对自己人生不负责任和世界不可探测的这种观点，我做再多的好事没用，因为我不知道我上辈子干了多少缺德的事情。而人家基督教就认为，每个人生下来就是有原罪的，你只有一次生命，你必须活好你的一生，对你的一生负责，然后面对末日审判，所以为什么在基督教的框架内能产生自然科学？人家以探索真理为己任，所以倒不妨先读一读，特别是咱们这个年龄，读读《圣经》，此外，《古兰经》作为一部优秀的文学作品，可以读，若是岁数再大一点，调过头来读读佛教的《金刚经》，甚至更高深一点的佛经《大藏经》的一些部分都可以。这里头又不得不讲一个挺具有娱乐性的事情，大家看中国的影视剧经常出现这样的场面，十恶不赦罪大恶极的坏人做了一件坏事之后，回到自己的豪宅，抄写佛经，或者在佛像面前搞上几炷香，这种镜头在我们的电视剧里太多了，难道是哪几个编剧对佛教有强烈的歧视感要做这个吗？不是的，就是在现实生活中可能都有影子。记得我上次探讨过一个，也是从网上提出的一个很深刻的问题，张三、李四两个人都到庙里去皈依佛祖，张三一辈子做好事，但是他很清贫，拿不出多少香火钱，李四是贩毒的，一甩手就是500

万人民币，这时候庙里更欢迎谁？庙里十有八九把李四封为护法。你如果批评他，和尚觉得很委屈，我又不是政法机关，我哪知道他的钱是贩毒来的？更深刻的解释是他虽然这辈子贩毒了，上辈子他不定做啥好事了，所以他才能有这么多钱。在这种情况下，第二天，张三、李四都穿上法衣和和尚们祷告的时候，李四是趾高气扬的，我是护法。在基督教里的情况是怎么样的？约翰和汤姆都要去皈依基督，约翰贩毒，拿了500万美金，不是那么简单，你要皈依某个教会，第一步，在神甫面前做忏悔，就像《非诚勿扰》，葛优跟那个神甫做忏悔，当然东方人要心眼，趁人家听不懂他才敢说，那两个人你肯定不是开玩笑的，真心要皈依基督了，那基督的要求你就得说清楚了，他得老老实实说清楚，我这辈子干了多少坏事，我贩毒怎么样，一旦把这个事情说清楚之后，你还能趾高气扬地站在上帝面前吗？你要给500万美金也不是说就那么简单，人家就愿意要的，所以这里头在宗教运作结构上，东方的宗教是有问题的，但是西方的宗教是不是没有问题也是不好说，西方的宗教本来经过一代又一代人的义无反顾地当殉道者，使得本来残酷镇压它的罗马帝国最后从君士坦丁大帝那里接受洗礼，宣布基督教为国教。一旦成为国教，掌握权力之后，马上走向它的反面，设立宗教裁判所，迫害异端，把欧洲带入漫长的中世纪，它也有它的毛病。但是它具体的，至少是它的传教不会让你那么反感，现在正在重新评估基督教传教士的历程，我看了一个传教士的秘书100年前写的日记，他把中国的民族性也做了非常深刻的剖析，传教士是很具有牺牲精神的一批人，哪能一开头就有教堂？你得学习中国语言，然后深入中国的很偏僻的地方，去做好事，谁有病了，你给治病，然后等人家对你有了好感，你再给人家传道。这个秘书记载的就是这个传教士把村里面的几十个人男男女女，聚起来，因为没有教堂，就聚在一个很小的观音庙，唯一的一间大殿里头，就给他们传教，主的福音是什么。到激动的时候，他就拿着个拐杖出来，就敲观音塑像的头，说这是一个糊涂偶像，有罪没有灵，你们不要信，这时候几十个听众眼里放着怪异的光。等会儿传教士也讲得差不多了，退席了，这个秘书慢一步走，他就看到了很怪异的一幕，这几十个都已经宣称皈依了基督的人，齐刷刷地跪下来给那个观音塑像磕头，有些人就很感性地去拿着布掸那个刚才被拐杖敲过的神像的位置，这就是中国人的心态。所以如果真的严肃地从我说的宗教觉醒的角度对待这个问题的话，不妨先读点书，其实连我们德高望重的十多年前中国佛教协会的会长赵朴初先生，也有这种启示，他老人家临终前说过一番话，他说我还是希望多建几个佛学院，少修一些寺庙，尽管他本人修了很多，恢复了很多庙，但是他在临去世前，他是有这么一个建议，应该多建一些佛学院，好好研究佛经，研究它中间的一些智慧的东西，而不是一个宗教本来很高端，到了为了要传的时候，不得不结合那些装神弄鬼的东西，那是很悲哀的，所以底线被自己拉得太低了。这就是我给你的建议。

项裕荣：佛教徒也未必都那么不堪。印象中，纪晓岚的《阅微》中有这么一个故事：当某位妇人要捐一件棉袄给寺庙的时候，被募捐的尼姑拒绝了，她说你的婆婆现在穿得这么单薄、破烂，这件新袄还是留给你的婆婆穿吧。诸位，多么好的一位尼姑！另外，还有个故事提到，一个穷人家的妇女捐了一块普通的布匹，心里为其寒薄而很是不安。募捐的尼姑说道：你这捐的是一片心呀，观音菩萨会知道你的心意的。所以说，这两位佛教僧侣本身，她们的境界很高。传教士的水平与境界，就是人们对这门宗教的境界与水平的认知印象。

至于宗教，尤其是佛教，其实还是非常强调因果的，要深信因果。纪晓岚在《阅微草堂笔记》中提到儒家的一个缺点。儒家称人死了之后就化为"气"，也就什么都感知不到了。这导致人们在生前，会放肆无羁。所以，纪晓岚觉得，鬼是必须存在的，鬼的存在，是道德的基础，也是人们精神生活的延续。他写有一个小故事，说一个妇人去世前，就嘱托自己的老公与家中小妾，说你们一定要照顾好我的孩子。但这个妇人死后，还是不放心，时时在家中"闹鬼"，她的灵魂一会儿隐在院落的孤树下，一会映在有月光的窗台上。总之，只要孩子一哭闹，这妈妈就必定显灵。于是家中的那位小妾，一方面对孩子也很是尽心，时时还要对着这"鬼魂"喊：好姐姐，你放心去吧。只待两年之后，孩子大了，这个鬼才从这家院落中消失。这个故事其实写的是母爱，很感人。鬼魂的存在，成为某种道德的实体，确实起到了一种"威胁"，或是人心扶正的作用。再来看一个宣扬传统观念的作品，谈的是守节，这种观念今天我们不会接受，但故事本身却很有趣。说某位妇人，她老公临终时就拉着她的手，要求她抚孤养家，不要改嫁，说咱们家孩子还小，你想改嫁以后再说。结果呢，老公死了没多久，这女人就决定改嫁了。此时男子的灵魂化为了一条小蛇，在他们家的屋檐上昂头看着老婆改嫁，仿佛非常不舍，见到自己的女人上了花轿，这条蛇还在屋檐上跳跃了几下，像极了人生气跺脚的样子。村人们也都看到了这一幕。纪晓岚是以鬼神的实有，来抚慰人心，人们在做的事情，要对得起良心，要对得起鬼神。鬼神，成为他的信仰的保障。所以说《阅微草堂笔记》也是一种能让人心安定下来的阅读品。此外，与《西游记》属于神魔幻构不同，纪晓岚强调他的故事都是真实的，有依据的，不瞎编。

孟瑶

　　谢谢这位读者，那位帅哥来。

听众：你好，王老师，刚开始你开场的时候提到人的四个部分的觉醒，这个我觉得能不能再深入展开一下讲讲，我觉得这个有现实意义。第二个问题，我觉得刚才谈到的最后的宗教的觉醒和信仰的问题，我在想除了我们传统的几大宗教，不管是儒释道，还是基督教，还是伊斯兰教，我们能不能够有一些超越这种世俗宗教的共同的一些信仰？比如说对人性或者对自然，这样一些共同的部分，而不是局限于我是基督徒或者我是伊斯兰教徒，然后其他人都是歪门邪道，我就应该把你其他人灭了或者把其他人都归顺了，我是在想，刚才也谈到了，可能中国都是比较世俗化一点，现实主义派一点，觉得对我有利我就信谁，这个实际上不叫信仰，这个应该跟精神层面完全没有关系，是物质层面的东西，所以我觉得精神层面来说应该是有一个超越性的东西，因为我不是任何教徒，但是我在想，其实每个人心中总还是有价值观，有一定自己认为对或者错或者认为该做或者不该做的事情，所以我在想从这个层面上说，我们是不是可以追求一种超越普通宗教的基于人性或自然方面的东西？谢谢。

王海鸿：上一次其实我们就探讨过，尽管有些人对佛教的批评是它的抗恶能力等于零，但是大家都不能否认它有很强的扬善的能力，至于你说的，超越之上，当然是应该有的，你可以用一个词叫普世价值，不是普世价值的话，传统的儒家所提倡的那些传统道德，到今天现代社会提倡的公民道德，我倒是觉得它还真的是超越了每个宗教的范围的。比如说美国，美国宪法明确有一规定，联邦政府不得规定任何宗教为国教，但是它所提倡的公民道德，要深入探究的话，它也承认它是以基督教精神立国的，但是它要明明白白撇清，基督教不是我的国教，这我倒认为是美国做的一件大好事，现在世界上比较体面的国家都不规定国教的，你一旦规定了国教，那其他的宗教信众就成了二流公民了，就很难了，这是不同宗教共融，不规定国教，就有像你说的，达到那种效果，使每一种宗教所能够弘扬的正能量、正面的东西能够发挥出来。比如像我们的政府，过去"文革"中是很偏激，从改革开放开始，它也认为信正教的群众是一个健康积极的力量，我们的宪法规定，公民有信仰宗教的权利，和不信仰宗教以及宣传无神论的权利，这是什么意思呢？就是说，我如果是在寺庙里面，我一个无神论者跑去说，没有神，那你会受到批评，但是如果在外面，在宗教场合之外，比如我们这个场合，我鼓吹无神论，在座的有 10 个佛教徒对我进行围攻抨击，那他们是违法的，因为这个场合，中国的公民有宣传无神论的权利，没听说在这个场合你有宣传你教义的权利，这就是宗教场合外和宗教场合里的关系。我觉得这个也是从立法的角度，也是有点和你的思路相通，就是不要被某个具体的宗教框住，哪怕每个宗教都有它正能量的东西，但是不要被框住，因为我们肯定是一个世俗政权，一个健康发展的国家，宗教有它的位置，但是好像孟瑶给我推荐过一篇文章，说一个民族如果对宗教过于执着，就意味着它在拒绝离开蒙昧，这里面有两点，对于一个民族整体和对个人是不一样的，我觉得个人需要宗教觉醒，但不等于他要皈依一个宗教，但对于一个民族而言，整个民族痴迷于宗教就意味着它拒绝离开蒙昧，至于你说把那四个觉醒展开讲，我们私下再单独谈，毕竟时间有限。谢谢。

听众：刚才王老师讲了在乾隆年代，乾隆批准藏传佛教为国教，当时会对本土的佛教有什么影响？另外能不能简单讲讲这两种佛教的区别在哪里？

王海鸿：首先我说一下大乘、小乘的概念，我们现任的中国佛协主席叫学诚法师，66 年生，上一届的是传印。赵朴初老去世之后，有相当长时间中国的佛教协会没有会长，有近 100 个副会长，没有会长，因为朴老德高望重无人能比，后来佛教协会也和我们的群团组织差不多同样管理了，所以大概在 7 年前，选了 1929 年出生的传印法师当了中国佛教协会会长。他基本上承前启后，学诚法师是 66 年生人，比传印法师整整小了 37 岁。他上台以后第一个工作，中佛协发了一个文，以后佛教系统不得使用大乘佛教、小乘佛教的说法，是什么意思呢？我们把南边的缅甸的、泰国的佛教称为小乘，就有点像项老师批评的，它们只度自己不度别人，人家马上反击，大乘非佛。这就是一段纠葛了，但是现在按照中国佛教协会的要求，不叫小乘佛教，叫南传上座部佛教，就是佛祖涅槃以后，他手下这些最亲近的大弟子是向南传的，而受到排挤的地位比较低的，反而要越过非常险峻的帕米尔高原向北边传。到传了以后，发现这边中国人的传统道德理念已经很熟，不得不把自己的理论大幅度提升，成了大乘佛教，藏传佛教等于是小乘佛教和大乘佛教的合成，因为松赞干布在迎娶文成公主的同时迎娶了尼泊尔的尺尊公主，小乘大乘合到一起成了藏传佛教，而且它里面又有密宗的成分。密宗又是佛教发展比较复杂的派系，唐朝之前叫杂密，比较杂的密宗，从唐朝开始才进入纯密，纯密的巅峰之作就是法门寺地宫。我们打开才发现，它有整套的仪轨，应该说藏传佛教是小乘、大乘加密宗的相当多东西的一个糅合。而且基本上我觉得他的教义没有太大的区别，比如佛教很经典的一部著作《大藏经》，很厉害的一部经书，藏传佛教里有甘珠尔，那些喇嘛整天辩经，辩来辩去，十有八九就是那个内容，就是大藏经藏文版。所以最和谐共处的就是五台山，五台山有黄庙、有青庙，什么叫黄庙？藏传佛教的庙，什么叫青庙，汉传佛教的庙。这个从教义上没有太大的区别，但是修行的仪轨上的区别比较大，为什么像藏传佛教就不禁止吃肉呢？吃素的条件根本不具备，所以乾隆我觉得他是看得很清楚的，没有本质区别，我为什么偏偏把藏传佛教列为国教？因为当时清朝的疆土非常大，蒙古、西藏，还有这些少数民族，尽管人数不多，但是占据的疆域极大，可是在那些民族里，藏传佛教有很广泛的市场，所以他要把藏传佛教立为国教，其实从教义上来说，我真看不出有任何的区别，比如说我们的本焕大师，本焕在世的时候到西安去讲佛法，青海的那些比较高的地位的喇嘛纷纷来听这个讲座。我看过青海塔尔寺，那也是藏传佛教的六大寺，它的活佛到这儿来，我看过他跟广州六榕寺的方丈切磋佛法，没有任何障碍，就是修行仪轨上的区别，教义上我认为区别不是太大。谢谢。

孟瑶

今天的夜话就进行到这里，感谢大家的聆听，谢谢！

南书房夜话第五十期：
四大名著：中国人人文
性格的合成

嘉宾：王海鸿　张　军　张　霁　张晓峰（兼主持）

时间：2017年1月7日　19：00—21：00

张晓峰

　　大家晚上好，现在开始本年度最后一期南书房夜话，也是文学季的收官之作。在话题之前，我们还是要做一个例行的嘉宾介绍，首先有请张老师。

　　张霁：各位读者大家好。（掌声）自我介绍一下，我是深圳大学人文学院的张霁，今天很高兴跟大家又在这里见面。可能此前已经有朋友听过我前几期的讲座，在去年4月到6月，我在南书房夜话给大家讲了五场《红楼梦》，当时朋友们也很热情，我也很感动。我的研究方向有《红楼梦》研究，发表了一些论文、专著；同时也进行中西方文学的比较研究，平时在深圳大学教书，欢迎各位朋友有闲暇时到我们深大一起切磋。谢谢大家。（掌声）

　　王海鸿：大家晚上好，非常高兴再次跟大家见面。我是王海鸿，20多年前我学的专业本科是飞行器设计，北京航空学院，现在的北京航空航天大学，后来研究生我读的是工业系统工程。1988年中国在航空和航天两个工业上的投入和2016年相比，是一比一万，就是那时候的投入是现在的一万分之一，即便考虑到通货膨胀的因素，现在比那时候的投入也是大幅度增加。所以那个时候是没有在这个领域发展的机会的，于是我就改行，改来改去，就变成了办杂志了。先是参与创办深圳青年杂志，到了 2007 年，我就当了深圳青年杂志社社长，到了去年 4 月 1 日，我又兼任了深圳女报杂志社的社长，大家可能会知道，这个在全国是仅此一例，为什么呢？深圳青年是共青团系统的刊物，女报是妇联系统的刊物，在全国范围内妇联和共青团是壁垒森严的两个大山头，只有在深圳改革了，把所有的期刊社都改成企业，都改到国资委的名下了，这样才可能由我一个人来兼任两个社长。今天跟三位张老师合作非常高兴，一位来自中山大学，一位来自深圳大学，还有一位来自社科院，都是比较严谨的学术研究机构，我作为办杂志的肯定不需要有这份担当，我觉得我的责任是寻找一些比较奇特另类的视角，对名著做一种另类的诠释，我相信能够和大家达成一种默契，谢谢。（掌声）

张军：（掌声）今天是我们文学季：中国古典四大小说名著的收官之作，我叫张军，网名叫"金呼哨"，可能有人知道我的网名多，知道我的真名少，我的经历是在深圳市社科院任文化研究所副所长、所长，研究员，从我的工作来介绍，研究的是深圳的城市文化、文化体制改革、公共文化服务、文化产业，这是我的工作背景；我的专业背景是华中师范大学文学院文学硕士研究生毕业，所以我一直钟爱中文专业和汉语言文学专业，作为基础研究一直没有放弃，主要关注、研究中国当代文学，以当代诗歌理论为主，但是经常会因为工作忙碌而中断，是这样一个状态。讲《三国演义》也好，还是《水浒传》也好，与大家一起分享中国文学的经典，我感到非常高兴。谢谢。（掌声）

张晓峰

我叫张晓峰，南书房的老面孔。平时研究政治社会学、中西思想史比较等方面。但对文学这块，不是内行。现在进入今天的夜话主题。（掌声）首先由我给大家对这个题目做一个简单的诠释。四大名著相对于中国其他的文学名著名气要大很多，众所周知，文学相对于哲学、史学、经济学、法学等，它的受众面最广。也就是说，大凡识字的人没有看过小说的概率是很小的。由于大多数小说能够雅俗共赏，所以社会受众是非常广泛，而对于国人的内心世界、人格形成的渗透性影响相比其他的学科更有优势。四大名著相对于当下时空不是特别遥远，自然对我们现当代国人的人文性格的形成具有很大的影响。自从有四大名著的称号以后，随着中小学教育普及，高校研究，这四本小说渗透性自然无可比拟。而从四大名著透析研究中国人文化性格，甚至外国人通过研究四大名著也可以透析出来我们中国人的国民性格，乃至人文性格。今天这个题目起得非常好，开题之前跟三位嘉宾做了一个沟通，张霁老师说四大名著中《红楼梦》相对来说比较小众一点，因为《红楼梦》代表贵族生活，其中美学、艺术、诗词等方面较深。所以第一轮的总括性介绍，张霁老师是作为接力棒的最后一环压轴。首先有请海鸿老师给我们从他的角度看看四大名著对我们中国人的人文性格的合成，有何见解？有请。

王海鸿：平安夜那天，我们在这儿做了《西游记》的第四讲，当时我提到了人生的四次觉醒，当时就有读者非常感兴趣，希望能够展开讲，但是时间不允许。所谓四次觉醒是什么呢？就是人生的觉醒，性的觉醒，艺术的觉醒和宗教的觉醒。我认为我们的四大名著非常巧合地就对应着人生的四次觉醒。首先讲什么叫人生的觉醒？我认识一个大姐，她在深圳某个局当局长。她就讲，她年轻的时候，在湖南一个边陲小镇成长起来。等到十六七岁的时候，就看那些比自己大五六岁的小媳妇们和老大姐老大嫂们，每天聚在一起，东家长、西家短。她当时就发下誓言，我将来绝不能成为这样的人。于是她就发奋苦读，在很艰难的情况下考上大学，离开了那个小城镇，这是人生觉醒的第一个例子，就是我绝不能成为那样的人。第二个例子，我认识一个企业家朋友，现在可能也是三五十个亿的销售额，潮州人。他说他年轻的时候，潮州那个地方有一个国道，如果你们家正好房子盖在国道旁边，那就光卖茶叶蛋就够了。但是他们家偏偏就不靠近那条国道，要绕过一条小山梁，所以日子就过得不如靠国道的人家好，他家里的大人也唉声叹气。而他就很小发下一个誓愿，我将来一定要过得比这些靠国道的人好，这也是他的人生觉醒。后来他走出来了，到深圳创办企业，几十个亿的销售额。反而那些卖茶叶蛋的，因为在国道旁有一间房，再也走不出来了。这两个例子都是比较初始等级的人生觉醒。人生觉醒高一点的，到较高层次呢，就有很大的上升空间了。陆游有一首诗《金错刀行》："黄金错刀白玉装，夜穿窗扉出光芒。丈夫五十功未立，提刀独立顾八荒"，一个男人到了50岁还没有立下功劳的话，就要提刀独立顾八荒了。"京华结交尽奇士，意气相期共生死。千年史册耻无名，一片丹心报天子。""千年史册耻无名"，如果一千年的史册上没有我的名字，那是一件耻辱的事情，中国古典文人的人生觉醒是到这个程度，"千年史册耻无名"。到了李鸿章，近代史的风云人物，在1860年前，他年轻，风华正茂，他有两句诗，"三千年来谁著史，十万里外觅封侯"，过去的三千年历史是谁写的？"三千年来谁著史"，你将来总不能不把我李某人写进去吧？为了达到这个目的，怎么办？"十万里外觅封侯"，我不惜走出十万里外去寻觅封侯的机会。同样是李老先生，到1900年，庚子事变，义和团运动，八国联军占领了北京，太后带着皇帝仓皇逃到西安，没人管了，那你总得跟中国谈判吧？最后洋人说了，整个你们中国这些官僚我一个都信不过，说话不算数，我唯一信任的就是李中堂，当时他是两广总督，住在广州。就勒令清廷任命李鸿章为全权谈判代表，从广州赶回北京来，跟洋人谈判。洋人为了显示对他的尊重，整个北京城都是占领区，唯独把李府这块划出来，算作中国的领土，没有把兵派进来，而且门外还设了岗，允许李某人在里面有一个办公的空间。那个时候李鸿章又写了两句诗："三百年来伤国步，八千里外吊民残"，三百年来国家走得太艰难，伤国步，我这个老头子不得不从八千里之外赶回来，"吊民残"，挽救老百姓于倒悬之间，这是对自己人生觉醒的一个交代。个人看《三国演义》，对应的就是中国人的人生觉醒，什么叫人生觉醒？就是我这一辈子不能浑浑噩噩，我要建功立业，最起码的，我要过上体面的生活，高一点的我要建功立业，最高点就是我要青史留名。《三国演义》中我觉得多数体现的就是这么一种情怀，大家读《出师表》，你仔细读一读《出师表》，中间那个最催人泪下，最精彩的片断。"臣本布衣，躬耕于南阳，苟全性命于乱世，不求闻达于诸侯。先帝不以臣卑鄙，猥自枉屈，三顾臣于草庐之中，咨臣以当世之事，由是感激，遂许先帝以驱驰。后值倾覆，受任于败军之际，奉命于危难之间，尔来二十有一年矣。先帝知臣谨慎，故临崩寄臣以大事也。受命以来，夙夜忧叹，恐托付不效，以伤先帝之明，故五月渡泸，深入不毛。今南方已定，兵甲已足，当奖率三军，北定中原，庶竭驽钝，攘除奸凶，兴复汉室，还于旧都。此臣所以报先帝而忠陛下之职分也。"大家仔细一看，这根本就不是国家战略的阐述，而是一篇顶端的人生觉醒的一个宣言，就是说我要青史留名，而这个在《后出师表》中得到进一步的体现。他写的出师表率兵北伐，最后街亭大败而归。一年之后他又要北伐，这时候大臣们就纷纷提出反对意见，他写了个《后出师表》。《后出师表》中有个"六不解"，不能理解什么？不能理解别人对他的责难，通篇而论，就是你不能要求对北伐做出多大的胜算，那就很奇怪了，作为一个国家的几乎是最高领导人，他根本没有对国家的生存发展做出万全的谋划，而是就是把我这个小人群，特别是我自己，以我为首的人群一定要青史留名看得比什么都重，可以说这个《后出师表》中对他的小皇帝刘禅说白了就是两句话，第一，你要有统一全国的信心，第二，要做好战败亡国的心理准备。这样一个人做国家领导人，我觉得其实是挺恐怖的。但过去这么多年，大家都认为"汉贼不两立，王业不偏安"是一种理想主义、明知不可为而为之的极致，但是现在批评的声音慢慢出来了，这个小到自己的岗位，大到国家，是不是有点不太负责任？而无独有偶的是，这种事在《三国演义》中不是一个孤例。比如说最后一回，"荐杜预老将献新谋，降孙皓三分归一统"，晋朝的大军南下，要灭掉孙皓。这个时候，东吴所有的大臣都知道，这个国家肯定没戏了，这个国家灭亡的时间表就是晋国大军进军的时间表。但是东吴的末代丞相叫张悌，还煞有介事地去调兵遣将进行抵抗，他旁边的朋友就问他，难道你以为这还有戏吗？做这些抵抗还有意义吗？张悌的回答是我也知道没戏，但是好歹这个国家立国70多年了，如果它灭亡的时候都没有人蹦跶一下，挣扎一下，没有一两个大臣死节，将来历史书不好看，会成为后人的笑柄。我个人认为，可能略有偏颇，就是人生觉醒到了这个极致，追求青史留名差不多就是这个样子，这是《三国演义》。《红楼梦》，为什么说它是性的觉醒呢？中国人对性是非常隐喻的，不是那么赤裸裸地表达，但是又无法回避，《红楼梦》通篇中间就体现了这么一种既纠结但是又无法回避的心态也好，或者什么也好。可以举一个很别致的例子，大家都知道南京卷烟厂前些年出了一款高档烟叫"九五至尊"，把周久耕给搞死了，就是这个厂还推出了"金陵十二钗"，这一套烟是12种烟，对应着金陵十二钗，那么在烟盒那么一个方寸之地上，你要把这个人物的神髓体现出来，难度很大。他请名画家、请名设计师设计这个人物的最具代表性的行为，每一款烟盒由周汝昌先生配一首诗，这十二钗都有了，其中有四个很有意思。黛玉葬花，宝钗扑蝶，可卿春困，湘云拾麟。秦可卿的岁数在这四个人中间是最大的，但是我感觉她的文化素养可能是最低的，所以她的表白就很直露，这个春困的"春"可能就跟思春的"春"是一个概念，"春困"。张老师是专家，我可能说错，因为红楼我读得不是那么细。史湘云虽然最年轻、最小，但是她冰雪聪明，她捡到了这块玉石的麒麟，于是跟贾宝玉辩论这个麒麟的公母，好像是说"麒"是公的，"麟"是母的。这个我觉得在中国的文化里很有意思，比如"凤凰"，本来在凤呈祥中龙是公的，凤是母的，但是细细一分，"凤"是公的，"凰"是母的。我亲口听了外国一个生物学专家怪怪地说，他是研究科莫多巨蜥的，就是印度尼西亚世界最大的爬行动物。科莫多巨蜥，困扰生物学家多少年的问题，科莫多巨蜥那么小一个岛上，它从外面飘过去，它怎么能够繁殖？结果人家后来几十年研究成果说，特定情况下，某些物种能单性繁殖，它一个性可以分化成两个性，那个家伙就亲口说了，说你们中国人是不是从你们的文化中早就预料到了这种可能性了？凤可以分成凤和凰，麒分成麒和麟。当然麒麟本身是以阳性居多，但是麒又分成麒和麟，湘云拾麟。黛玉葬花和宝钗扑蝶，这是这两个人性格的表现，林黛玉就想告诉大家，爱情是很珍贵的，很娇嫩的东西，像花一样，如果你们不爱惜它，那我只能去埋葬它了。宝钗呢就觉得爱情、感情像蝴蝶一样捉摸不定，但是我至少可以去扑它，这个我是用弗洛伊德的理论来解，就这四款，假如说《红楼梦》勉强能作为中国人的性觉醒的一个例证的话，可以从这种角度来比较旁门左道地解读一下。《水浒传》呢，我认为体现的是艺术的觉醒，《水浒传》怎么能体现艺术的觉醒呢？《水浒传》里倒是有几个艺术家，有刻章的金大坚、玩乐器的乐和，还有写书法的萧让，这几个人排名可能都是在108中排在100之外的，他们肯定不能算很主流的，为什么说《水浒传》有可能是艺术的觉醒呢？我是这么看的，当强盗这种行为既不符合政治学的价值评判，也不符合经济学的价值评判，也不符合社会学的道德认知，为什么人们肯做？用一句话来解读，当强盗本身就是一种行为艺术，因为时间所限，我只能用一句话来概括，当强盗是一个行为艺术。第四个，《西游记》为什么是对应着中国人的宗教觉醒？这中间倒是想多讲几句，西方宗教在社会上扮演的位置跟东方完全不一样，西方社会从古希腊、古罗马到中世纪的欧洲，到现在的欧美一脉相承，它的几千年是一个什么过程呢？三种权利的互动，民权（民众的权利）、王权、神权，三种权利的互动。在古希腊的雅典共和国，民权至上，一切东西选票算数，绝没有出现独裁者的空间，但是后果就是大家都讲权利，不讲责任。于是古希腊的民权就亡于了古罗马的王权。王权把老百姓压得喘不过气来之后，老百姓信奉心中的耶稣，等待末日审判。罗马帝国用两三百年的时间疯狂地打压，扑灭不了，君士坦丁大帝接受基督教的时间是公元313年，标志是与李锡尼共同颁布《米兰敕令》。它一旦取得压倒性的胜利，它就走向它的反面，把欧洲带入漫长的中世纪。到文艺复兴了，民权和王权苏醒了，它们合起伙来，把神权逐回自己该在的位置上，所谓的上帝的归上帝，恺撒的归恺撒。在这个基础上，就形成了今天所谓的民主自由的政体。在中国为什么就形不成这个民主自由政体呢？因为中国的神权自始至终不成气候，中国的民权如果在反抗王权的过程中，想借助于神权的帮助的话，最后的结果一定是建立起一个更糟糕的王权，比如说太平天国。于是就派生出一个后果是什么呢？在欧美国家，宗教是很严肃不能开玩笑的，政治是可以用来调侃的，而我们正好相反，政治是非常严肃的，不能用来调侃的，宗教是可以开玩笑的，这就是我们在《西游记》过程中探讨的一个问题：传统观点认为，《西游记》崇佛抑道，但有一批人后来就觉得，其实不然，它其实是崇道抑佛的，而我们的观点是它既不崇道，也不崇佛，它是娱道、娱佛，把佛教拿来娱乐，把道教也拿来娱乐，所以我们最后一讲就是"娱乐自黑的佛教和道教"。中国人的宗教觉醒呢，比较悲催，他就是意识到了宗教既可以把它很严肃地当回事，也可以把它拿来娱乐，这个我们曾经也探讨过刘亚洲将军前不久说的一句很厉害的话：洋人到教堂是去忏悔的，我们到庙里是去行贿的。把四大名著放在一起来讲，为什么说它是中国人人文性格的合成呢？中国人的人文性格和中国人的民族性格是两个概念，民族性格是一个整体，人文性格是很多群体的叠加，中间充满了大量的自相矛盾，充满了大量不能自圆其说，但是可能文学之所以成为文学，就在这里，它把不同的真实以不同的角度展示给你。我知道我说的这番话可能让各位有高度的不认可，我是静候着大家的批判。第一轮先说到这儿。谢谢。（掌声）

张晓峰

　　在这里简单对人文性格做一个诠释。比如一个中国人、一个日本人、一个韩国人站在一块，如果稍有眼力，就可以很快地从他们的神情和说话神态气息看出来，哪个是中国人，哪个是日本人，哪个是韩国人，为什么呢？也就是说，他内在的心灵溢出来的那种场性区别很大，虽然都是黄皮肤和黑眼睛，但是区分起来并不是很困难。这和他们身上洋溢出的场性分不开，那么什么是场性呢？这里我不给大家讲直接概念，举个例子，切洋葱时当你刀下去你眼睛掉眼泪了，洋葱触动你掉眼泪的反应就是场性。

　　人文性格是个多元体，一般情况下我们如果按照逻辑分类讲的话，一个是对外部世界的看法，还有对内心的问题，刚才海鸿老师讲的，中国文化外部权力比较大，刚才他没讲透，中国政治文化特别强调集体意识，而对于个体意识来说，集体意识压制个体意识是显而易见的，所以中国文化的权力意识形成是跟中国的历史过程紧密相关。现在的文学已不是一个狭义上的概念了，随着时代的发展文学已和戏剧、电影、话剧等多种表现形式密不可分。比如日本著名导演黑泽明在 20 世纪 50 年代拍的经典黑白片《七武士》，讲的是农民和武士之间的故事，从中映射出来的农民和武士性格给人震撼和回味无穷，其对人物性格的刻画经典至极。有人说文学太浅、哲学太死、历史太空，事实上真文学从来不浅。记得前几年著名导演张艺谋说，我们现在的电影拍不出好的片子，其实是文学的枯竭，没有好文学哪有好剧本。

四大名著其实代表的是四个不同的维度，例如海鸿老师讲《三国演义》中的建功立业，但是它不单纯是一个建功立业，《水浒传》里讲反抗造反意识，《红楼梦》讲贵族的生活，《西游记》以浪漫主义手法讲西天取经。四部著作有讲历史观的，有讲文化观的。比如《三国演义》开篇词杨慎《临江仙》滚滚长江东逝水那段，就是典型的历史观，说到史观，百姓有百姓的史观、贵族士大夫有自己的史观，对于人这个生命体来说，所谓建功立业也只是一类人的追求，但是历史上多少风云人物，到最后还不是落在渔夫和樵夫的谈笑之中？中国作为世界上人口最多的一个群体，文化源远流长。由此形成的人文性格是成体系的，面对世界与内心，自然有人文关怀、宗教敬畏意识，但是面对生活个体的生命历程需要饱满，而出生到死亡这个过程是一个抛物线的过程，并且这个过程是连续的，如要变得饱满而不是一个流浪颠沛的状态，离不开安慰与寄托，人文性格的成熟与否与经历造化有关，而历史、文学等等的修习也是一种经历，最后转化成人生阅历沉淀出来的一种东西那就是人文性格，这种东西让我们较从容地面对人世间的一切，这也是我今天借四大名著说的一点话。下面我们有请张军老师，因为张军老师对《水浒传》和《三国演义》研究得比较深，看他对这个主题有什么见解？

张军：（掌声）文学是文化的核心层，名著又是文学的经典。现在我们面对海量的信息，为什么要读名著？我们讲中国古典四大小说名著，里边有人生的智慧，比如《三国演义》是一部集文韬武略之大成的艺术化兵书。它出色地描绘了波澜壮阔、错综复杂的战争画卷，成功地塑造了一批以诸葛亮为代表的谋略家形象，艺术地体现了我国丰富的智谋韬略精华,因而成为我国历史上许多政治家、军事家所推崇的经典。

中国古典名著蕴含了丰富的、值得借鉴的谋略思想和管理方法。在国外,许多国家的管理者把《三国演义》作为必读书之一,将其视为珍品,而大加推崇。日本的几家大公司公开提倡:当一名好的企业家,就得读《三国演义》,学习应付错综复杂局势的能力,学习其审时度势、知己知彼、因势利导,以己之长、攻敌之短等谋略思想。因为,中国古典名著在激烈的竞争中,所蕴含的那些高度理智、迅速决策以及制胜的谋略思想与管理方法,足以使现代经营管理者在思维上产生顿悟。企业要想在争夺市场的竞争中站稳脚跟,在运筹定计、行销谋略等方面就显得至关重要了。在这些问题上,中国古典名著蕴含的可供经营管理者借鉴的谋略和管理的思想、原则与方法,对企业经营管理中的用人、决策问题是十分丰富的。所以要以古典名著为鉴,进行探讨。对我们每个文学写作者来说,读名著是有志于从事写作的唯一正确的道路,这是我个人的体会。

我今天讲三个大的方面:

第一,对"深圳学人·南书房夜话"活动评估;

第二,从中国古典四大小说名著,探讨关于中国人的人文性格,做一个简单的概述;

第三,就我参与深圳市社会科学院和深圳市图书馆联合主办的九期"深圳学人·南书房夜话",《三国演义》也好,《水浒传》也好,做一个简单的梳理与总结。

现在我讲第一个方面,"深圳学人·南书房夜话"活动评估。我认为办了这一年多来的一个特点,首先,它有一定的学术性,深入分析问题,在学术的基础上,我们通过一些观点、事例深入浅出给大家讲解。其次是趣味性,我们通过四大名著的一些故事展现小说的魅力和趣味,陶冶我们的情操。再次,生动性,因为这里边的故事也好,人物也好,它都与我们的生活息息相关,比如三国讲的是人才争夺与使用的故事。第四个,知识性,我们与读者和观众是面对面的交流,实际上耳濡目染,又把历史、文化、文学知识灌输给大家。我记得我们在讲三国的时候,讲到貂蝉,提问大家四大美女是谁，这个美女有什么雅号，雅号的来历又是什么，这样和大家互动，实际在某些方面增加了大家一些历史文化常识，这是我对"深圳学人·南书房夜话"的一个评价，学术性、趣味性、生动性和知识性。

第二个大方面，我也回应一下刚才大家说中国人人文性格的问题，就我讲的《三国演义》来说，我觉得思想人物性格是士者情怀，推崇道义、风骨、智慧、天下，人物性格多以有较高教养的贵族阶层——士族为主体；这种情怀展现的是一种情操，风骨，智慧。大家知道，在日本也好，在东南亚也好，包括如今的深圳也好，都是把《三国演义》作为一个商战智慧书、职场智慧书来读，从《三国演义》中汲取智慧、借鉴谋略，启迪竞争取胜、赢得优势的思路和方法。日本企业界人士对《三国演义》推崇备至，认为诸葛亮的足智多谋给日本企业家提供了很多颇有教益的启示，日本企业要增强在国内外市场中的竞争能力，就要学习《三国演义》中应付错综复杂形势的能力，尤其是掌握和运用其中的智谋韬略。《三国演义》所蕴含的智谋韬略，业已被日益广泛和相当成功地运用于企业经营及现代商道与职场之中，从这里面学习到一些商战的智慧，成为现代企业家普遍重视的赢得竞争优势之道。所以它作为文学经典是对我们人生启示的百科全书。这里面也反映了贵族阶层和士者阶层的人情故事和战争场面。

其次，《水浒传》我觉得讲的是市井流氓文化，是市井文化和小民的江湖义气、率性、争斗、暴力和杀戮，人物以形形色色市井百姓、游民为主体，说的是小民的智慧和愚昧。看了小说里面血溅鸳鸯楼那么多杀戮，我们现在都觉得不可理解，武松就是手起刀落，撞见一个打灯笼的丫鬟，他就一刀把她杀了，这里面反映了义气、暴力，以及杀戮、争斗等。有学者把宋江他们的起义叫流寇，提到王庆、田虎、方腊、宋江是四大流寇，金圣叹很讨厌这些流寇和农民起义。对于金圣叹的"非忠义"的接受，有一部续书，就是清代俞万春写的《荡寇志》，《荡寇志》实际是沿着金圣叹的观点，他安排一个结局，就是除了宋江这些强盗，又安排了两个人，当时叫陈希真和陈丽卿，这是一对妇女，她们就沿着金圣叹的路子，把宋江这帮人全部都灭掉，这叫《荡寇志》，宋江他们是流寇，直接把这帮人灭掉就完了。但是也有学者持这种观点，就是那些贪官实际是坐寇。在我们现代社会来说，行贿受贿、贪污索贿，也可以说成是坐寇，这是一个不同的观点。

再次，关于《西游记》，我觉得是宗教信仰，讲人生的一个宗教信仰，讲因果、缘法、人情、世情，通过神话人物，把儒、释、道三教文化和当时世道人情融合一起；宗教信仰反映出来的就是刚才张老师提到的人文关怀，更深一点还有人的一个终极关怀问题。

最后，是《红楼梦》，是官宦贵族文化，讲闺情、人情、世情、亲情，道的是人世间的荣华兴衰、官宦世家的众生百态。有句话是说"一千个读者有一千个林黛玉"，《红楼梦》讲的是贵族文化，这里面反映了四大家族从鼎盛到衰落的过程。我就这四大名著概要地讲这么一些想法。

第三大方面，我接着对《三国演义》和《水浒传》两个方面综合起来给大家梳理与总结。对这两部中国古典小说名著，第一，分析了人物形象、性格特征，揭示人物的命运。我们在与大家一起分享的时候，我觉得是分享了人物的形象及他们性格的形成，以及最后的命运，大家看到刘备也好，张飞也好，关羽也好，虽然他们曾经说"不求同年同月同日生，但求同年同月同日死"，他们的命运就是在三国的百年的战争中，通过对他们人物性格的塑造，揭示他们的悲剧人生。

《三国演义》无疑是一本写男人的书，甚至可以说是一部男人的百科全书，书中充满了男性荷尔蒙。男人的梦想、志向、兴趣、目的；男人的成败、得失、荣辱、取舍；男人的胸襟、胆识、勇气、谋略；男人的小气、冲动、懦弱、虚伪……都在书中展现得淋漓尽致。《三国演义》写了1200多名人物。其中，女人最多只有80多名，跟男人相比，百分之一都不到。谈男性，因为他们太多了，而且个个都很出色，很有特点，个性十足，很难取舍。每个读者都可以从这1000多个人物里面找到自己喜欢的人物。有这样一个排名，就是一个顺口溜："一吕二马三典韦，四关五赵六张飞，七许八黄九姜维，还有夏侯紧相随。"

　　我们在讲塑造人物性格上，说刘备的天下是哭出来的：他的故事告诉我们，当集团总裁是可以从摆地摊做起的，他原来就是一个织席贩履的。刘皇叔是仁德的，爱民是如子的，特长是会哭的，眼泪是充足的。杨修是有才的，缺点是多嘴的，风头是爱出的，被杀是难免的。杨修的经历告诉我们：在职场上，总搞得比领导高明，你会死得很惨。貂蝉是绝色的，容貌是动人的，风华是绝代的，红颜是薄命的。庞统是可惜的，出场是很少的，长相是挺丑的，死的是很惨的。云长是红脸的，胡子是很长的，自负是肯定的，倒霉是迟早的。张飞急躁、粗鲁，翼德是莽撞的，粗中是有细的，嗓门是挺大的，睡觉是睁眼的。张飞的性格让我们给现在职场提供了一个启示：要善待员工，若是长期压制奴役，必将得到报复，即使不报复也会导致集体罢工或跳槽。他最后的下场是被他虐待的士兵杀了头。

　　在人物形象和人物性格上，《三国演义》也好，《水浒传》也好，都展现了人物的不同特点，特别是在《水浒传》中，108 将各个都有自己的绰号，绰号反映了人物的性格，像及时雨宋江也好，智多星吴用也好，行者武松也好，这些人都是反映他们自己的不同的性格走向，同时也反映了他们的命运，像武松一开始希望用正常的司法的手段，能让西门庆和潘金莲得到应有的惩罚，但是他告到衙门，这条路走不通，当时是衙门大门朝南开，有理无钱莫进来，所以他最后只能用杀戮的方式来以泄家仇。包括李逵的性格也好，大家都记忆犹新，因为《三国演义》是中国历史小说的巅峰之作，作为《水浒传》来说，它又是中国最普及的名著、历史长篇小说，这是关于人物性格我要讲的第一个方面。

　　第二个，故事情节的趣味性，不光是《水浒传》里，鲁智深倒拔垂杨柳也好，武松血溅鸳鸯楼也好，李逵与李鬼这些故事情节都给我们留下非常深刻的印象，有一些情节里面写得也很有趣，在《三国演义》里面也是如此，《三国演义》里传为佳话的，刘备三顾茅庐请诸葛亮，徐庶进曹营——一言不发，关羽的是：人在曹营心在汉。还有人中吕布，马中赤兔，女中貂蝉。吕布的人物性格塑造上，吕布是英勇的，画戟是无敌的，人品是不佳的，勒死是可惜的。吕布的经历告诉我们：频繁地跳槽，直接导致没老板敢录用你。对美女来说，大乔、小乔，她们的命运：二乔是可怜的，运气是不好的，丈夫是早死的，守寡是痛苦的。大小乔的经历告诉我们：有才、有钱又长得帅的男人，一般没法陪你到最后。这些都是非常典型的故事。

曹操是"治世之能臣，乱世之奸雄"，"乱世奸雄"便成为曹操的标签。史书上记载的曹操性格复杂，西晋时期的史学家陈寿认为曹操在三国历史上"明略最优"，"揽申、商之法术，该韩、白之奇策，官方授材，各因其器，矫情任算，不念旧恶"。说的是曹操博览申不害、商鞅的法术，精通韩信、白起的奇策，任命官员，都依才所用，不会看你的性格如何，不念私交，也不念旧恶。曹操统率军队30多年，但爱学习，爱读书，手不释卷，登高必赋，写好多好诗好文章，下得一手好棋，书法（草书）造诣也高。他个人生活节俭，不好华服。与人议论，谈笑风生。他论功行赏，奖罚分明。对有功劳的人，奖励时不会吝惜千金；无功者想得到奖励，他是分毫不与。实际上，曹操是中国历史上一流的政治家、军事家、文学家。但是，在《三国演义》里，为了将他树立成奸诈、残忍、任性、多疑的奸雄典型，把他性格品德中好的方面抹掉了。所以说，曹操是奸诈的，性格是多疑的，手段是毒辣的，下手是无情的。曹操的经历告诉我们：想在市场上大有作为，必先高举国家政策。关于曹操的故事，从这些成语和歇后语就可以温习到：老骥伏枥，望梅止渴，挟天子以令诸侯，说曹操、曹操到，曹操下江南——来得凶，曹操遇蒋干——倒了大霉，曹操做事——干干净净，曹操杀华佗——讳疾忌医，曹操战宛城——大败而逃，曹操杀吕伯奢——将错就错，曹操败走华容道——不出所料，曹操吃鸡肋——食之无味，弃之可惜，曹操诸葛亮——脾气不一样，还有，吃曹操的饭……这些故事我们就不展开了。

周瑜的才，有一个大家都耳熟能详的故事，叫"周瑜打黄盖——一个愿打一个愿挨"。讲的是诸葛亮草船借箭以后，周瑜与他不约而同地提出了火攻曹操水军大营的作战方案。恰在此时，蔡和、蔡中兄弟俩受曹操的派遣，来到周瑜大营诈降。心如明镜的周瑜装聋卖傻，将计就计，接待了蔡和、蔡中。一天夜里，周瑜正在帐内静思，黄盖潜入帐中来见，也提出火攻曹军的建议。周瑜告诉黄盖：他正准备利用前来诈降的蔡中、蔡和为曹操通报消息的机会，对曹操实行诈降计。并说：要使曹操上当，必须有人受些皮肉之苦。黄盖当即主动请缨。于是，在军事会议上，黄盖故意以江东旧臣的资格倚老卖老，根本就没把周瑜放在眼里，并出言轻侮。周瑜佯装下令将黄盖斩首，因为黄盖是有功的老臣，诸将苦苦求情，周瑜将处罚改为笞刑，将黄盖打得卧床不起。这正是做给诈降的蔡中、蔡和看的，于是阚（kàn）泽为黄盖献诈降书，蔡中、蔡和又恰好将这一假情报传回了曹营，曹操便深信不疑，在黄盖领军前来假装投靠时，丝毫没有防备。黄盖的苦肉计告诉我们：挨打也是一门学问，关键是在于演技，演的越像得到的报酬越高，同时还有机会升职。为了给火攻创造更有利的条件，周瑜之前又巧妙地让庞统潜至曹营，为曹操献上了将战船拴到一起的"连环计"。这时，诈降的黄盖开船来投降曹操，离曹操军队二里多远时，各条船同时点起火来，火势很旺，风势很猛，一下子就把曹操的战船全部烧着，并蔓延到岸上军营。霎时间，烟火漫天，烧死的、淹死的人和马很多。周瑜等率领着轻装的精兵跟在他们后面，擂鼓震天，曹操彻底溃败，败走华容。周郎是俊美的，老婆是漂亮的，水战是擅长的，火气是不小的。周公瑾的经历告诉我们：遇到和自己旗鼓相当的对手时，要沉得住气，扬长避短。不要把个人的成败输赢盖过了大局的利益！

　　第三个方面，专题讲了这两部长篇小说的主题思想。我刚才说了，《三国演义》讲的是道义，仕者天下，反映作者罗贯中"褒刘贬曹"的政治观以及对美政的向往，对阳刚之美的崇拜。他把曹操定为一个奸雄，借战争的描写和人物的刻画反映了一种政治倾向。同时大家能看出来，整个《三国演义》是一部人才竞争史，从里面也揭示了人才竞争的一个规律，为什么魏国最后一直能到晋国统一三国？为什么蜀国在三国中最早失败？因为他后继乏人了，刘禅是一个扶不起的阿斗，阿斗是幸福的，吃喝是不愁的，操心是从不的，强项是玩乐的。刘禅的经历告诉我们：富二代自己没有本事，即使有再牛的职业经理人也难免被兼并的命运。也不能撑起你的天下，因为人才枯竭。诸葛亮是精明的，治国是有方的，用兵是如神的，放火是专长的；诸葛亮的经历告诉我们：进私企，其实比进国企更有发展空间。诸葛亮的鞠躬尽瘁、死而后已，姜维支撑不了大局面，只能第一个在三国之中落败。姜维是好样的，文武是全才的，打仗是很行的，失败是可敬的。

《水浒传》是我国历史上第一部以农民起义为题材的长篇小说。小说记述了以宋江为首的一百零八条好汉从聚义梁山泊，到受朝廷招安，再到大破辽兵，最后剿灭叛党，却遭奸臣谋害的英雄传奇故事。统摄全文的最核心的思想是："忠"和"义"。"忠义说"最早的代表是明代的李贽，他写了一篇文章叫作《忠义水浒传序》。这篇文章评《水浒传》抓住了两点：第一点，他认为《水浒传》这部小说是一部发愤之作，作者身在元代，心系宋朝，出于对当时朝廷那些文武大臣缺少忠义以及宋朝灭亡后的愤怒写了《水浒传》。这是他立论的一个根据。第二点，他根据小说的故事情节，认为"独宋公明者，身居水浒之中，心在朝廷之上，一意招安，专图报国，卒至于犯大难，成大功，服毒自杀，同死而不辞，则忠义之烈也"。"忠义"是梁山好汉行事的基本道德准则，作为一个完整的概念，它是传统道德的范畴。尤其"忠"，主要表现为对皇帝与朝廷的忠诚，甚至梁山义军的武装反抗，攻城略地，也被解释为"忠"的表现——"酷吏赃官都杀尽，忠心报答赵官家"。由于后期人们对忠义的强调，忠义《水浒传》的观念深入人心，以至明刻本几乎都冠以"忠义"一词。其实《水浒传》最早的名字叫《忠义水浒传》，也就叫作《忠义传》。讲的是忠义、江湖义气、侠气。

关于《水浒传》主题思想的论争，众说纷纭，莫衷一是。概括为以下多种说法：忠义说、海盗说、农民起义说、投降主义反面教材说、两种《水浒传》说、市民说、游民说、忠奸斗争说、农民革命的一面镜子说、地主阶级内部斗争说，还有"两种《水浒传》，两个宋江"的观点，由此可见，这个问题十分复杂。按照伽达默尔哲学诠释学的理论，任何现象都是历史的、有限的，因而对它的诠释也是相对合理的。以上各种主题说都有其历史的合理性。按照权力话语理论，"一切事实都是某种解释，是'权力意志'的表达"。确切地说，所谓"真理"或"真实"，不过是一个特定的时代和社会的权力集团的意识形态的某种表达而已。

《水浒传》的主题就是官逼民反、逼上梁山，作为下层反对封建统治阶级的一次农民革命，这是我们通常正统观念的一个主旨。这个主旨支撑了一点，就是农民起义，以晁盖、宋江为首的梁山义军，是一支农民起义军。

从梁山义军提出的纲领、口号看。梁山泊头领都有程度不同的皇权主义与"忠君"思想。宋江，他还没有上梁山前，便赞赏武松的招安思想；当他上梁山后，便进行了一系列准备接受招安的投降活动，特别是当他坐上梁山第一把交椅后，打出"替天行道"的旗号，口口声声"为主全忠仗义"，"共存忠义于心"，"我为人一世，只主张忠义二字"，并立即将"聚义厅"改为"忠义堂"。这简直是"忠君"思想的顽固派。但是，我们决不能因为他们有皇权主义与"忠君"的思想，就否定他们是农民起义军。

从梁山义军的革命对象看。晁盖等"智取生辰纲"，劫的是贪官梁中书的不义之财，败何涛，打击的是官府派来镇压造反的官军。其后，梁山好汉江州劫法场，智取无为军，三打祝家庄，大败高太尉三路兵，打青州，闹西岳华山，打曾头市，智取大名府，两赢童贯，三败高俅，等等，矛头无不是指向北宋王朝与地主反动武装的。当时社会上能形成这么一股强大的造反势力。

"乱自上作"揭示了"逼上梁山"的原因。由于封建制度是建立在地主阶级对于农民的残酷的经济剥削之上的，地主阶级是靠自己的国家机器对广大人民进行残酷的政治压迫以维持其反动统治的；所以一切罪恶的渊薮都来自地主阶级及其反动统治者。"乱自上作"便是这种腐朽反动的封建制度的产物。《水浒传》揭露了大量"乱自上作"的事实，从而揭示了广大人民"逼上梁山"的原因。

我们在上一次关于《水浒传》的主题思想讲座时做了深入的探讨，今晚我就这三个大的方面做此梳理。谢谢大家。（掌声）

张晓峰

接下来由张霁老师给大家讲《红楼梦》，《红楼梦》是江南斯文雅致文化的典型代表。中国文化地域性很强，江南水乡温柔富足，读书人比较多，由此形成的文化比较雅致细腻。比如起于昆山的昆曲，格调唱词极为雅致，文化修养欠佳的人自然弄不懂，那是因为其中的艺术性和人文性较高，《红楼梦》恰好就是江南雅致文化的投影，作者曹雪芹出身贵族，文化修养极高，同时本人也是一个出色的艺术家，我记得他写过一本研究南北方各个地域风筝的制作《南鹞北鸢考工记》，作者自身的文化修养决定了《红楼梦》的高艺术性，诗词等诸多艺术性方面明显高于同时代的著作，如要想叩开《红楼梦》这扇研究的大门，必须要做好一定的准备，张霁老师在这方面研究是比较深的，我们有请她给大家做一些介绍。（掌声）

张霁：中国人人文性格的合成——今天王老师这个题目拟得很好。说到人文性格，这是一个很大的题，在说中国人人文性格合成之前，我们先说说印象中其他国家人的人文性格是什么样子的。我们举个例子，比方说德国人，我们对德国人的印象或者说德国人给我们的感觉是什么样子的呢？很认真、很严谨，有时候甚至死板——这个印象不是凭空而来，它是在一个漫长的时间里，政治、文化、历史、艺术等等形式综合构成的一个民族的性格。如果到德国的历史中去看，我们会看到，德国的前身之一普鲁士王国，曾经是条顿骑士团的后裔，这很大程度上决定了德国民族性格中有相当的铁血精神和军事化作风，也很容易能够理解为什么德国人总是那么能打。再来看另一件事，我们都知道德国人给世界贡献出了许多伟大的哲学家，而如果会德语的人就会发现，德语的句子往往表达思想感情和主张的时候是很长的，有的时候一个句子长达几行，跟我们中国古代文言文言简意赅是很不一样的，这个说明什么呢？这种很长的句子需要相当严密的逻辑能力，同时也塑造着国民的性格。这些东西都是文化的表征，德国给我们严谨的印象背后，有着很多文化历史层面的东西。再比方说，大家总爱提到的"战斗民族"俄罗斯，俄罗斯人给我们的印象又是什么样的？很彪悍，能打，但是比较粗糙。如果我们看俄罗斯的历史和文学的话，都能够在这里面找到一些依据。俄罗斯的历史的确是一部战斗辉煌的历史，伟大的拿破仑、不可一世的希特勒全部被俄罗斯人打败了，他们的民族自豪感是极强的。我们再来看俄罗斯的诗人和作家，整个 19 世纪，俄罗斯文学的天空群星璀璨，其中最灿烂的两颗星是陀思妥耶夫斯基和托尔斯泰，其他像普希金、契诃夫、果戈理等等太多太多了，还有好多我们都知道的大艺术家，比如大音乐家柴可夫斯基，大画家列宾，大科学家闵可夫斯基等等，这样的一个民族当然有着非常强的民族自豪感，所以我们看，俄罗斯人往往比较傲慢自大，这都是它民族性格形成的一部分。

回过头来看我们中国人的人文性格是什么样子的呢？我们在世界上给人的印象往往是什么样子的呢？（观众：中庸、散漫……）我觉得还有一点：我们比较勤劳，我们还比较现实。那这些当然不是全部，但也是很重要的方面。刚才听两位老师发言的时候，我在想一个问题，就是：的的确确四大名著从各个不同的方面体现了我们中国人的人文性格。我也简单说一下我的理解。

首先群众基础最广的一部作品是哪部呢？可能有朋友会说是《西游记》，因为中央台每年不停地播放，但这是经过影视作品改编的，真正读过原著的人其实很少。我自己觉得，相对来说，大家随口就拿来能够用典的，比方说刮骨疗毒、桃园三结义、过五关斩六将等等都来自于《三国演义》，甚至在日本、东南亚，其实群众基础最广，最深入人心的也是《三国演义》。而且《三国演义》的故事是根据史实改编的，距离我们也最久远，《三国演义》的前身有《三国志》，还有许许多多民间流传的小故事，这些故事已经在很长一段时间影响了中国人。我觉得《三国演义》从作品本身来讲，有一种苍凉之感，古今多少事，都付笑谈中，更大的意义上来说，是宏观上对我们这个民族相当长一段历史时期内的社会秩序，尤其是以战争为代表的秩序整合的一个反映。作者给我们塑造了几种人生的典范，《三国演义》中最重要的人物身上寄托了作者心目中理想人物的样子。首先是一个贤明的君王——刘备，这是作者心中明君的一个形象，尽管他爱哭，但这是优点，善良心软，爱民如子，三顾茅庐，能够听取忠言进谏，他对结义兄弟的感情也非常深厚，这是我们长期以来老百姓心中一个英明君王的形象；第二个人物，关羽，今天大家已经把他从人提高为神，尊为关公，进了庙里祭拜，他是一个武将的典范，武将就应该这样英勇善战、重视义气；还有一个，这个人在《三国演义》中的影响是更大的，他就是诸葛亮。他是作者及很长时间内中国人心中贤臣的典范，鞠躬尽瘁、死而后已。作者给我们推出来几个人物典范，又推出来了一种关系典范，什么关系呢？就是桃园三结义的关系，义薄云天，情深义重，没有血缘胜似血缘，这也是作者心中理想的人与人相处的关系模式。当然里面还有一个大反派曹操，曹操在整个《三国演义》里是一个反面的角色，但相对来说，作为反角，还不是完全的大奸大恶的，他多多少少还有一些他的灵慧之处，比如他出于爱才，对关羽还是不错的。反正不知道别人怎么读，我从小读的时候没觉得他坏得不行。我们说这样的一部作品，实际上在很长一段时间内塑造着中国人的思想行为，它体现了这些典范人物的人文性格，同时反过来又对广大读者进行一种塑造。一个大臣应该是以谁来为楷模呢？诸葛亮；一个武将应该像关公那样，文臣则应该如诸葛亮一般智慧与忠诚兼备。

　　然后我们说《水浒传》，刚才张军老师提到了一句话，说《水浒传》是流氓市井的小说，的确，它反映了流氓市井阶层的一种文化。从我个人来讲是很不喜欢《水浒传》的，我从小熟读《水浒传》，特别是有些段落简直快倒背如流了。但是当慢慢长大后，我忽然觉得非常可怕，因为它在赤裸裸地宣扬着一件事，就是"暴力"。当然你也可以说是"暴力美学"，但是"暴力美学"这个事在学界上也是有争议的，"暴力"是否能够构成"美学"？这是一个存疑的事。我们说，这种"暴力"不管是不是美学，它存在着相当的不正义性，刚才张老师也举例说武松在鸳鸯楼看到一个侍女就将她一刀捅死了，还有李逵进东京的时候，杀人如麻，拿着个斧头砍人脑袋像砍瓜一样，它的正义性又在哪里？包括替天行道，行的到底是一个什么样的道？整个这部小说里，讲的这些流氓市井的暴力文化其实更大程度上更像是我们中国古代一个游民阶层也即底层的一种状态。不管你喜不喜欢，但是它比较真实，它也是根据历史上的"宋江三十六人起义"改编的。即便你认为它邪恶，但中国确实有这么一群人信奉的就是这样的东西，包括今天我们说的一些黑帮电影，他们所遵循的"道"，也有他们自己的一套标准。

　　跟前两部相比，《西游记》里面更多了一些精神层面的东西。孙悟空毫无疑问是一个正直的、实干的、有能力的理想主义者。刚才张晓峰老师说这是一种修行，那这种修行相当艰难，一般人恐怕都会放弃，尤其是在"三打白骨精"的地方，唐僧把他赶回去了，后来唐僧遇难，孙悟空又跑回来，这是一个很写真的理想主义者的历程。而本质上《西游记》还是一个悲剧，为什么这么说？猴子被戴上紧箍咒之后的这种艰难前行，最终的皈依，虽然是从实际的效果上，我们说（孙悟空）保护唐僧取得了真经，但是从个体的人生来讲，他的自由一直是受限制的，是戴着镣铐的舞蹈，他是戴着紧箍（经过）这样一个漫长的修行过程，很不容易。这是一个自由主义者、一个理想主义者的艰难人生。

　　回过头来再看《红楼梦》讲的是什么？刚才王老师说《红楼梦》跟性的关系，我个人不太同意这个观点，如果从性的角度来说，从数量来说，很显然是《金瓶梅》更多；如果从性觉醒的角度上来说，中国古代性觉醒的作品相对比较早且影响力较大的当属《牡丹亭》，它以性来反对礼教的桎梏，虽然《牡丹亭》在今天以昆曲的典雅形式出现，但它内里就是春情的萌动，是一个性解放的作品。在汤显祖《牡丹亭》的原著和昆曲的唱词里，有一些词汇是很淫秽的，两个人在梦中初相见就是赤裸裸的挑逗并发生了性关系。可是这个事在《红楼梦》里是怎样的呢？《红楼梦》中的"性"，不错，是有很多，但是都集中在贾琏、贾珍、贾赦等人身上，贾宝玉也有，但是写得相对比较隐讳，林黛玉和贾宝玉从始至终没有发生实质性的性关系，甚至没有实质性的表白。也就是说，《红楼梦》的重点绝不是在性的意味上。虽然里面有的地方，比如贾宝玉第五回"初试云雨情"很真实，可这只是伟大的《红楼梦》符合现实人生的很小的一部分，这并不是它的主旨。那么《红楼梦》的主旨是什么呢？用一句话概括是很难做到的，因为它过于博大，我刚刚在地铁上正在翻《剑桥中国文学史》，它里面提到了这么一句话，我深有感触，这也是我一直以来想把它阐述清楚的一个问题，《剑桥中国文学史》里面提到《红楼梦》的时候，说"它没有涉及到多少当时的思想和文学话语……曹雪芹给予他的时代的，比他从中得到的要多得多"。

然后我们想起鲁迅先生在《中国小说史略》里面也说了类似的话，鲁迅先生说，《红楼梦》一出来，原有的小说写法被打破了。

　　《红楼梦》跟其他那几部名著都很鲜明的不一样，不一样在哪里呢？我们回过头去看刚才说的那几部作品，《三国演义》在讲朝代更迭，讲人世间人与人之间的秩序的调整，做一个什么样的人，怎么样相处，怎么样一起去干一番事业，主要是政治和历史的一个大的框架；《水浒传》讲的是底层的这些流民是一个什么样的状态，市井间的规则是什么样子的；《西游记》给大家讲一个实干的理想主义者是怎么样冲破重重的阻碍，最终去进行自己艰难跋涉的故事；而《红楼梦》不是这样，主人公仿佛是一个完全没有现实生活能力的人，书中说贾宝玉"天下无能第一，古今不肖无双"，这样一个主角，他的内心想法、做法，他的追求，他所有的一切都不一样。如果我们用一个更宏观的视野来说的话，其他三部作品讲的都是在中国古代漫长的农耕社会时期，外部世界秩序的表现和调整。

　　农耕社会比较重视集体的利益，然后在这种集体利益的背景下，出现了忠君爱国、义气等理念，这是因为农耕时代的生产力比较低下，所以要有桃园三结义、要有宋江等人在梁山聚义，要有师徒四人分工协作去取西经等等以集体利益为上的观念，你必须要把大家凝聚起来一起去做一件事，才能够更容易做成。直到今天依然是我们中国绝大多数人所秉持的观念。相当长的一段时间内，这种观念有着绝大的好处和优点。前面说了，在生产力水平不高的时期，这种观念可以凝聚起大家去做成事情。可是，我有一个朋友，他是一个典型的儒生，他倡导的就是这种家国秩序。我问他一个问题，假如一切都按照你的理想达到了一种和谐的秩序的话，那么每个人每天的生活应该是什么样的？他想了一想，他说他只能告诉我他个人的选择，他说："如果是那样的话，我可能就提笼遛鸟、听听戏、泡泡澡。"那我们大家可以想象一下，如果天下已经平定，不需要你在那儿奔波，也不需要你去出征，那么这个时候你个体的人生选择是什么呢？我们说，这个世界不光只有集体，集体是由个体来构成的，个体到底应该怎样处置自己的人生？个体该以什么样的理念在这个世界上生存？我觉得这个是《红楼梦》所要探究的一个问题，《红楼梦》的着眼点最重要的在于个体上。

刚才王老师也讲了，中国古代的伦理里，死后留名很重要，"人生自古谁无死，留取丹心照汗青"——这个是文天祥的名句，也可以看作是我们中国古代士大夫的一种理想。但贾宝玉跟这个是格格不入的，贾宝玉说他的人生理想是什么呢？他说我只希望我死的时候众姐妹的眼泪葬我，漂到那不用见人的地方，随风化了，来世再也不要变成人才好。后来他又看到了龄官画蔷，悟到了个人只能得个人的眼泪，他又想，最终洒泪葬他的不知道是谁，其实他希望那个人是林黛玉，当然最后是他洒泪葬林黛玉了，因为林黛玉身体不好早逝了。我们看到，贾宝玉出生在这样一个贵族之家，有着绝好的条件，他根本就不需要去科考，依然能够继承庞大的家业。在这个时候，他达到了一种外部的功利世界对他没有太大影响的一种状态。这种状态我觉得比较像西方的贵族，因为西方的贵族是世袭的，一个贵族世袭下来几百年，家里面传下来大量的文物、画、珠宝等等。这样的贵族世袭制度使西方出现了一大批艺术家和赞助艺术家的贵族。所以西方的艺术特别是在文艺复兴之后比中国发达。像英国大诗人拜伦，他确定继承了爵位之后，马上在英国最辉煌的、顶级的公学里面就有了他的名字，到时候去上学就行了，然后到了成年后就去上院、下院就可以了，也就是说，在这个时候，这些生活条件最优渥的摒除了外界的功利影响，开始过上了我刚才给大家讲的我那位朋友的理想生活——一切都平定了，我该干什么。于是我们看贾宝玉的人生追求，他不追求身后之名，而且他唾弃科举（这儿有一个时代背景，当时清代的科举发展到那个时期已经非常僵化糟糕，所以像蒲松龄、吴敬梓这样的才子都考不上），那么他追求什么呢？我们发现，中国人里还有一群或者说还有一些比较稀少的个体，不想当官发财，也不想平定天下，甚至不想死后留名，他觉得那些事都交给你们去做。他想干什么呢？他要追求他的艺术人生，为自己而活。这里有一个有代表性的群体，就是清末的时候那批八旗子弟，首先清末京剧的兴起就是八旗子弟的一个巨大功劳，还有很多八旗子弟的书画都非常好，还有一些像唐鲁孙先生那样的美食家。这个群体中的一部分人，他们的追求更多的是一种个体内心的感受，而不是外界秩序给定的标准。很显然，贾宝玉就是这样的一种人。

还有，到《红楼梦》这儿，终于出现了个人情感中最宝贵的一种，就是真正的爱情，这种爱情不像《牡丹亭》，《牡丹亭》严格来说不是爱情，它是春情，包括杜丽娘还魂之后，柳梦梅还是继续要求说赶紧上床吧。但《红楼梦》不是，红楼梦的爱情是建立在对自由和美的追求基础上的。葬花是对美好的凭吊和痛惜，同时也是对自由不能够实现的一种哀悼。"花谢花飞飞满天，红消香断有谁怜"，以及对于美好的凭吊。大观园实际是一个理想的美的场所，但是同时它又非常脆弱。所以《红楼梦》给我们展示了这样一种唯美的、纯粹的对艺术、对爱情、对自由的追求，是怎么样在这样的一个世界里行不通，它最终给我们讲的就是这样的一个悲剧。而这个悲剧在人类历史上具有一种永恒的意味，我们人类就是以这样的一种方式在生存。美好的东西，顶尖的东西很少，但并不代表它没有，所以《红楼梦》给我们提供的是追求心灵澄澈、追求爱情自由、追求不受功利世界困扰、也不理会外界秩序人生的一种个体心灵样本。

如果没有《红楼梦》，而只有前面那几部名著对外部秩序的描绘的话，中国人的人文图景是不完整的。说到这儿，我提示大家一点，就是《红楼梦》中的心理描写是篇幅比较多的，不要说在中国古代小说里，就是在《红楼梦》同时期的世界其他国家的小说中，也难找到与其比肩的。一直到《红楼梦》问世的一个世纪之后，西方小说中才出现了大量有关心理描写的桥段，大家都知道心理描写意味着什么，那是个体的，所以《红楼梦》也是指向个体心灵的。时代发展到今天，人类逐渐进入到现代文明之中，我们发现原有的农耕时代的文明给予我们的滋养已经不足以应付今天的这个世界。我们中间的大多数人都达到了温饱乃至小康，那在这之后你一定要有你的精神追求。随着时代的发展，这种精神追求也越来越变得多样化，个体化。我们越来越不再为了他人的目光而活，我们越来越趋向于追求自己内心的独特感受，这时候，《红楼梦》这种作品就给了我们很大的选择依据。

刚才张晓峰老师说，读《红楼梦》要有一定的门槛，的确是这样，它的丰富文化内涵使得需要有一定文化基础才能领会里面的大量内容，但同时，也无须望而生畏，觉得资质不够读不了，不是这样的。我一直以来有一个不怕得罪人的说法，去年网络上有一篇文章特别火，叫《中国男人为什么这么丑》，说中国男人为什么这么不好看，因为中国男人审美不好，不会打扮，不会穿，卫生习惯生活习惯都不太好，比较粗鲁，中国女性在这方面好像就比男性强，这点上大家也都公认了。当然后来也有很多反驳的文章，中国女性也有女性的一些问题。但在这点上，我觉得，如果我们中国人特别是男性能更多地从小就阅读《红楼梦》的话，我们的心灵会变得更加细腻而柔软，我们的外在也会随着这种心灵的变化而产生变化。我们中国人在《红楼梦》这部名著的身上应该得到的滋养比现在大家想到的还要多得多。当然随着时代的进步，我相信《红楼梦》会逐渐地普及。集体主义的东西我们要有，亲情的东西我们要有，但同时，我们一定要知道，这个世界最终每个人都是孤独地来、孤独地走，如果每个个体都能完成好自己的生命旅程，那么整个世界就像那首歌里面说的"明天会更好"。谢谢大家。（掌声）

张晓峰

张霁老师好口才，我简单从对海鸿老师和张霁老师的有些观点做一些自己的看法。人对于生活的态度，对于做学问，一般有三类：最高境界是玩家，还有一种是属于兴趣使然，玩家要有非常好的经济基础，其二，他必须在这方面有一定的悟性，玩的东西里面没有明显的功利意识，也就是说，我不靠这个东西活着，这是一种；还有一种是职业结果。因从事这个职业会产生相应成果；还有一种是在两者之间进行平衡，也就是有说自己一个后花园，过贵族生活。刚才张霁老师讲的《红楼梦》里面的贵族生活，它是贵族生活里面一种好的东西，但是贵族生活里面也有坏的东西，我们知道一个人生下来，家庭条件决定着一个人一生能够走多远，但事实上有一部分人成功了，一部分人没有成功，在豪门之下，长出来人类历史上的精神之花极少，反而长出来孽海之花更多，这就是人性的悖论。

张霁：对，因为只有一个贾宝玉，其他的都是贾琏、贾珍。

张晓峰

所以说这个过程是珍贵的。近几年大家热衷于谈民国史，回头看看民国培养的科学家、国学大师灿若星辰。但是如果细致品察发现他们大多数家庭都非常殷实的，这些人能够把他家庭殷实的条件转化成追求自己内心世界的一种动力，成就了非凡的人生高度。但是很多人做不到，也就是说被富裕家庭条件所拖累，为什么要讲人文性格的形成？众所周知，人文性格是在不同时空条件下动态转化的，比如唐以前的中国人文化是一个风格，宋以后又是一个风格，现在我们又在形成一种新的风潮。当下时代我们接受的信息及我们亲眼看到的世界，比中国历史任何时代更多元更包容，但是沉淀不够梳理不够，当然沉淀是一个缓慢的过程，需要当下的学者和未来的学者耕耘整理，形成当下时空条件下的主流文化生态，这对于世界是一种福音。贵族生活，譬如欧洲维特根斯坦，他父亲留下了一大批遗产，足以保障他的精神之路，其醉心于自己的哲学研究，成就了那时的人类精神之花，成为数百年不世出的哲学大家（数学哲学、精神哲学和语言哲学大家）。自称哲学自他终结。然后他就去快快乐乐地做一名中学教师去了，给世人留下了传奇式的人生。但是我们知道，他是幸运的，也是个例。人追求自由的过程中，会被各种社会关系所牵动，人是不自由的，但是人不自由的时候，有勇气向精神自由追求，这是值得尊敬的，这是我所要强调的，我从这方面给大家再转化一下会更饱满。包括刚才海鸿老师讲的，"启蒙""觉醒"，这个词其实不是我们中国文化里原有的概念，"启蒙"这个词是康德发明的，我前期在南书房跟深大几位哲学老师讲过中国哲学、子学的发展历史，中国文化的发展路径跟西方的历史路径是不一样的，刚才海鸿老师讲西方教权、皇权，还有我们所说的贵族的权力，中国政治的文化相对比较早熟，但是从文学的角度，去关怀我们的内心，到了近代史来说的话，才有这样的一些意识，人从生下来在年轻时有没有条件，其实大家就是四个字"修、学、储、能"，而"修、学、储、能"是为了干什么？是在年轻时希望自己有所建功立业，当然我们知道，有些人能够建功立业，有些人可能功业没有那么大，但是如果你能够把你的家庭、把你的周围的关系处理好，而且让你的家庭向一个正的方向去发展，这也是功德无量的，这个是不能否定的，当然我们知道，自古以来，如果要建大功业的，那是少之又少，代价又高昂，我说这个话的意思，文化实际上是分层的，人不断地处在社会的某个层面，我们接触的东西是不一样的，尤其是贵族文化在以前是不传给下层的，是作为他们团体内部交流的东西，比如我们刘姥姥进大观园以后，她看到，原来贵族是这样生活的，她从来没有想象过。以前有一个流传的段子：说一个老百姓在发感慨，是不是皇帝老儿吃的肉比我们碗里面的肉会更多一些？事实显然不是这样的。现代社会多元开放，但离精神贵族的生活还差好远好远，比如我们比较尊崇的弘一法师（李叔同），他父亲是清末天津二品大员，他们家里有天津第一架钢琴，他是中国近代话剧之父，也是中国第一个把西洋写生引入中国的画家，同时也是出色的篆刻家和诗词韵律专家，年轻时候人生极尽洒脱，留学日本，当过教师，僧俗两界名气都很大，但是到最后为什么选择出家？他费尽一生在寻求一种东西是什么？"他是为了让自己内心活得安宁。"民国时代典型富二代公子哥张学良的传奇人生经历也是一个传奇，大家可以有空看一下《张学良回忆录》，不同的人有不同的活法，但人的从出生到死亡，这是一个哲学问题，中国人的人文性格及世界的其他民族的人物性格，其实就是看他所处时代各个方面的营养吸收到什么程度，然后溢出来，就是我们刚才讲的场性表现出来的是一种什么样的状态，包括我们刚才讲《水浒传》是流氓文化，每个社会都有它所遵循的东西，例如意大利的黑手党、日本的山口组、近代中国的洪门。著名反映黑帮的电影《教父》，它也有一种精神的东西维系，所以社会的构成是多元的，一个人不可能经历世界上所有的精彩，所以我们要用自己的心去感受，用我们的眼睛去观察，最后让我们的心去活起来，人不可能把世界上所有的书去读完，但是你的心灵可以洞察世界的一切，这是我所说的一个观点。看其他老师有什么补充？

王海鸿：我想起来最近正在放还没有完全退市的一部电影，这个电影有一半接得上张霁老师的话题，有一半接得上张军老师的话题，这个电影就是《血战钢锯岭》，大家是不是看过了？一个虔诚的教徒，二战后期了，他觉得他应该参军，但是他有规矩，我不能杀人，因为他小时候差点失手把自己的哥哥打死，所以就对应了《圣经》里面该隐杀弟的故事，他那时候就发誓我不杀人。所以我参军，作为国民我有参军的义务，但是我拒绝接受开枪的训练，招兵的时候那些人糊里糊涂地把他招进去了，没跟他说清楚，说答应你的条件。等到了部队，长官不干了，连长说，我这一个连队，大家都在苦练枪法，就你不练枪，这就意味着你的战友是不可以相信你的，最后把他弄到军事法庭。这个时候他的酒鬼爸爸（是一战的老兵），找了关系户，当年一起出生入死的战友现在是准将，找了这个将军之后，裁决，这个人他可以不持枪上战场，当医疗兵，所以人家的主旋律作品拍得非常棒，它的主旋律就是什么？即便在战争那种很混乱的、你死我活的环境里，也要保护一个个人的信仰。第二条，要走后门走关系才能达到这个，这是社会现实。但是，它确实有制度保障，这跟我们刚才说的贵族不一样，我们的贵族因为确实有了足够的钱了，就可以不再为自己的生计奔走，但是这个靠得住吗？一旦改朝换代，贵族往往是要集体归零的，清朝到民国是一个特例，这一课49年补上了。

张霁：西方是即便是换了王，贵族也不变。

王海鸿：是这样的，而且你说贾宝玉还没等改朝换代，贾宝玉的原形就是曹雪芹本人，曹雪芹本人的后半辈子过得有多凄惨，这个大家是应该知道的。这点呢，和张老师您讲的张学良还真不一样，他老爹和他自己都清楚地意识到这一点，所以现在不是有个大笑话吗？尽管台湾那儿，张学良住过的那个旅游景点也写着少帅居住处，那是给我们大陆人看的，真正的台湾人讲，说你当时要在张学良面前，你称呼他为少帅，他很可能掏出枪毙了你，是个什么概念？民国时候，一省的最高军事长官叫巡阅使，一个地方的叫镇守使，巡阅使是可以叫大帅的，北洋民国的后期镇守使也可以叫大帅，这个大帅50多岁，娶了第四房姨太太或者第八房姨太太，生了个小孩子，这个襁褓中的婴儿叫少帅，少帅是这个概念。而张学良从17岁开始，就当了张作霖的卫队旅旅长，那时候叫张旅长，后来是张军长，后来是军团长，后来是总司令，他这一辈子至少在西安事变之前，从来没有人当面叫过他少帅。就是在那个大争之世，他是绝对有足够的生存能力领兵打仗，尽管打得未必好。而且张学良到后期表现出很强的两面性，一方面他自己会开飞机，这个正史有记载的，跟中共的秘密联络放心不下别人，就自己亲自开飞机，当时延安还不是共产党，从西安飞到延安去，当时共产党还在瓦窑堡呢，亲自开飞机跟中共谈判。但是另外一面，他吸毒成瘾，到西北之前，他退入关内，蒋介石命令张群督促他去检查长城的防务，张群发现他这火车每开半个小时停下来，要烧一个泡，吸毒成瘾，这也是他的另一面。回到我刚才说的四个觉醒，第一个次序，人生的觉醒，然后性的觉醒，但是性的觉醒东方和西方不太一样，性的觉醒西方人可能更早，东方可能是在人生的觉醒之后，而且性的觉醒不等于就一定要牡丹亭那一步，而且张老师您也不能否认，爱情终究是离不开性的，张老师说的《红楼梦》不光有这个我是赞同的，但是有这方面的内容，从次序来讲，先是人生的觉醒，然后性的觉醒，然后就是艺术的觉醒，是什么意思呢？一个人立下宏愿，所谓的人生的觉醒就是我不能浑浑噩噩，我起码得能养活自己，性的觉醒是说我作为一个男孩子，我得去爱一个女孩子，作为一个女孩子，我也得去爱一个男孩子，如果人生就这两次觉醒就此打住了就会发生什么情况呢？比如我们某某一个局长，干这个局级干了多少年，升不上去了，后来突然就不让他当局长了，让他改当非领导职务了，"嘣"跳楼了，就是他没有实现第三次和第四次人生的觉醒，就像您说的，艺术的觉醒，到了人30来岁就知道，我除了要升官要发财，我还得有一门爱好，我可以喜欢下围棋，可以当一个驴友，或者喜欢打个乒乓球，或者喜欢画个画，只有这样，你的人生才能得到调剂和立体饱满，如果你的人生这辈子就是升官发财，那你留个小目标实现了之后怎么办？没完没了地追求大目标吗？一个亿的小目标都实现了，是不是一定要追求 10 个亿或者 100 个亿呢？那这时候，万一到了瓶颈，你就要卡住了，那么就要出问题了。第四次觉醒，到 40 岁的时候，人就应该考虑，所谓的宗教觉醒并不一定是皈依哪一门宗教，而是他开始考虑宗教的那些问题，或者是哲学的这些问题，我是谁，我从哪儿来，我到哪儿去，人生的终极意义何在？我要说的和您的相关的是什么呢？《血战钢锯岭》是不是它主旋律宣传这样，它事实上能做到多少是另一个问题，就是说，它寄希望于能够有制度的保障，哪怕在那种你死我活的战争环境下，也使个人的这种信仰得到保护，这是第一个。第二个，和张军老师刚才说的有关系的是什么呢？电影一开头大家可能留意到了，说是根据真人真事改编的，我还认真看了这一段历史，其中有一本美国海军陆战队第一师的历史提到过这个事，他是真人，但是真事就不完全，典型的好莱坞拍摄方法，战场是在一面 50 英尺或者更高的断崖之上，美国军队被日本人全部赶下来了，断崖以上全部是日本人控制，日本人完全控制这个战场，这个哥们儿在这个范围内救了 75 个人，这个完全是胡编的。真正的情况是他是救了几十个人，但是在战线之后，就是前面有自己的战斗人员在挡着，而他是在战斗员后面营救伤员，当然能做到这点已经非常了不起了，你在战壕后面，敌人的炮会打过来，敌人的流弹会打过来，照样会要你的命的，在这种情况下，他不知疲倦的，就如他那句话，"我要再救一个，再救一个"，就这样，救了 70 多个人，这确实作为一个英雄是当之无愧，但是把他搞成那个样子，从断崖上面用一根绳子，而且上面已经被日本人完全控制的情况下，他从日本人控制的战场上，把 75 个人找出来，一个个放下来，这个就是典型的好莱坞式的夸张。这种故事在我们的《三国演义》中挺多，《三国演义》和《三国志》对比，就这种虚夸，特别典型的一个例子，在《三国演义》中，诸葛亮像神人一样，司马懿之前的那个对手叫曹真，简直一个草包，但实际上是什么情况呢？第一次北伐诸葛亮败回来之后，曹真马上就料到了诸葛亮第二次来不会再走这条道，一定会走陈仓道，所以他提拔了一个不太有名的年轻将军，叫郝昭，带了 1000 人镇守陈仓道口，第二次诸葛亮完全没有出乎人家的预料，带着十万兵马奔这儿来了，被这 1000 人的郝昭挡了40天，真正的诸葛亮带着十万兵被一个叫郝昭的年轻人阻挡了40天，不能越雷池半步，这是真正的诸葛亮。而且在历史上，《三国志》中，诸葛亮根本不是说自从刘备跟他一见面以后，他就到了那么高的地位，因为有一句话，《三国演义》自己本身也说了，刘备要为关羽报仇，出兵东吴，最后大败，很惨，诸葛亮说了一句，如果法孝直在，就可以劝主公不出征，法孝直是谁？法正。诸葛亮明明自己没有能力劝阻刘备，法正能劝阻他，这是什么意思呢？其实我们认真梳理一下刘备集团的历史，他是三群干部，三个人群。最早一个人群是涿郡系，就是河北涿州的那一批，关羽张飞刘备最早起家时那一批基本干部，颠沛流离，坚韧不拔地转战南北，反正一直没有得到一块稳定的地盘，一会儿侥幸得了徐州占据了几天，又丢了，这是第一个人群。后来他到了荆州，就加入了所谓的荆州系，就是刘表留下的一部分家底，这里头是谁呢？诸葛亮应该算是这个人群里面的人，这个中间有很多人，比如庞统。取得益州系，法正，李严，其实在刘备的后期最最倚重的是益州系，因为那时候涿郡系已经凋零殆尽了，荆州系并不是自己的嫡系，而且力量也不是那么强大，最强大的是益州系，比如一个生动的例子，汉中战役，那是刘备集团兴衰的一个重要的分水岭，你取得了汉中，首先你得到了当初刘邦兴起的地方，这个政治意义非常重大，而且正好是打破平衡的一点，这场战役跟诸葛亮没有什么关系，法正和黄忠在前线指挥，而且事实上这场战役也是刘备这个集团战场上取得的胜利成果最大的一次，因为赤壁之战的成果得记在东吴周瑜的头上，刘备汉中战役的结果是把曹魏排名前五名的大将夏侯渊斩于阵前，《后出师表》都提到了夏侯授首，这场重大的战役没诸葛亮什么事，所以诸葛亮在那个时候还是一个不是很重要的角色，根本不像我们《三国演义》里写的那样，这就是文学作品和正史的一个很大的区别，姑且把它理解成类似于《血战钢锯岭》那样，为了弘扬它的主流价值的一种夸张吧，我不知道张军老师是不是赞同这一点？（掌声）

张军：刚才王社长和张老师两位的观点，我在听也觉得很有意思，第一个方面，关于性的觉醒的话题，我觉得王社长说的可能是人性的觉醒，张老师理解的是性爱的觉醒，我不知道对不对？假如这两者，因为王社长没有解释性的觉醒是什么，要是两者之间论点相同的话，可能就没有什么，我觉得各人从各人的角度去说。

第二个方面，作为文学艺术，它都是一个有历史的真实和艺术的真实的问题，我们传统的中国文学理论就是，文学源于生活，高于生活。我们通过深入生活，提炼生活，才塑造一个典型环境中的典型人物，我们写的文学作品就是写的典型环境、典型人物这样表现出来的，《三国演义》里，我们原来讲课就说了，是七分的真实，三分的虚构，因为《三国志》的影响也太大了，所以罗贯中必须依照真实的历史史料进行虚构，《血战钢锯岭》我觉得也有这个问题，它可能也有这样一个故事，在塑造一个典型人物时，就像鲁迅说的，杂取种种人，合为一个。有一个人物的原形，是真实的，要是变成小说，我觉得这里边必须要经过虚构，达到一种艺术的真实，如果完全写我们纪实性的传记等，那必须要符合历史的真实，所以我觉得要是王社长从这方面来说，把历史的真实和艺术的真实区别开，也就好理解了。

张晓峰

我就这个问题再把它往透里面说一下，我们考虑问题，从哲学上讲有两种意识，一种叫应然性，一种叫实然性，实然性就是这个事情本应该是什么样的，应然性是我们根据实然性来预设出来的一种轨道，比如《三国演义》受理学影响很大，理学里面特别是对道义很看重，从《三国演义》本身讲的话，三国的较量最后还是归于魏晋，最后我们是以道义的方面去评说的，相当于是我们应然性根据我们学者、根据文化的发展的需要，有些人把它们塑造出来一种模子，有些时候是有一种把现实往这个模子里面摁的需要性，这种需要性就相当于是代数里面的十字坐标系，它可以让这四个象限的事实在这四个象限里面乱动，但是不能超出边境，它对社会本身的意识形态，包括主流意识的塑造上有这样一个宏观的作用，它是一种常见的操作性文化行为，这个情况给大家说明一下，大家可能就听得明白。这种东西我们发现对有些文化的意识，我们拔高或者梳理再造形成一种主流文化，对于我们整个人文性格塑造也是一种常用的社会或者意识形态的塑造手段，这么一说大家可能就明白了。这由于时间关系接下来就把互动的时间留给大家。

听众：王老师和张霁老师，还有其他两位张老师，我觉得你们今天真的谈得特别好，先说王老师吧，因为现在抑郁症很严重，尤其是一些很厉害的人跳楼了，我觉得就是像王老师说的，老是想建功立业，老是想名垂青史，结果现在比他厉害的人还有，他实现不了，他没有办法解脱，所以跳楼了。张霁老师提供了一个建议，就是像《红楼梦》当中，选择一个自己内心的沉淀，一个清静，我觉得就这两种思想进行一个大讨论，像张霁老师说的，你追求了心灵的安静了，但是你人生有唯一性，你死了之后，确实感觉有点啥都没有的遗憾，但是像王老师说的，要想出人头地又很难，但是你又不能实现的话，有可能最后要么就是出家了，要么就是死掉了，所以这个也有遗憾，我觉得这两派观点，有没有一个更能把这方面折中一下，能更好地让人的心里缓解一下的路子？

王海鸿：我还是觉得人还是应该依次实现人生的这几次觉醒，第一个觉醒，我不能浑浑噩噩，起码我能自食其力，哪怕在比较艰难的社会环境下，我能生存下去，还能照顾我的家人。第二，我不能孤独一个人，我应该被爱和爱别人。第三，我还得有爱好，我不能前两条走了之后，我就到此为止就什么都没有了，那这样的人生就比较单薄、比较苍白了，到了一定的时期，还要考虑我是谁这个问题，我觉得人生应该逐步一步一步地实现人生的四次觉醒，不要有遗漏，就像刚才你也赞同我的看法，一个人的第一次觉醒做得很极端，也混得非常好，突然进入瓶颈了，就人生失去意义了，"嘣"跳楼了，这种事例特别多，无论是成功的企业家、还是成功的公务员，一旦离开了春风得意的那个阶段，马上就无所适从了，真的他就是缺这第三次和第四次的觉醒，人生只觉醒两次还是不够的，我的破题就是人还是得依次实现这四次的人生觉醒。

张霁：今天其实全世界都在面对您说的这个问题，在西方，过去这个事归上帝，但是现在上帝死了（尼采语），于是今天也面临着各种各样现代科学特别是网络等等的冲击，西方人的宗教信仰也不太行了，不像以前那么虔诚了。中国的情况也是一样。我想，人类目前为止，你要说真找到一个良方，我们就拿着这个就把问题解决了，恐怕还没有。坦率地说，解决这个问题恐怕还要再过一段时间，因为我们从农耕文明走到今天的现代文明，我们这个时间还是很短的，恐怕还要经过几个世纪，人类才能渐渐摸索出一些新的与这个世界相处的法则，其中包括怎么样树立信仰等等，逐渐形成一套新的理论，来指导人类怎么样处理这些问题。这是我的一种预测。我觉得人类此刻还处在一个摸索期。当然这个话题非常大，不是三言两语能说清的。

张晓峰

刚才海鸿老师说的，人生是连续的，从出生到死亡是向死而生的一个过程，这个过程在年轻的时候强调修学储能建功立业到最后是收敛回归平淡归于一抔黄土，从人生的次序上来看，人的一生随着体力和心力变化，年轻的时候修学储能，一个是认识和知识的成长过程，还同时伴随身体成长，形成心力，心力找到正确的投放地，是一种好结果，反之可想，如果没有找到自己正确的释放心会抑郁，人生往下走，随着年龄的增长体力和心力是个慢慢下降的过程，为什么佛道这个时候介入最为恰当？因为这两种文化的内质和当下内心是吻合的，会让人的内心得到安慰。譬如说历史上很多文人失落的时候看《庄子》，庄子对中国文人的慰藉是无可比拟的，中年以后佛和道打通以后，对你的人生来说是有意义的，所以这个时候根据你的体能和心力的变化，去负责收放自如，中国文化里面有这么一套方法，但现在很多人并不知道。西方哲学这块，由于西方哲学从初始对认识实践的二元关系难以弥合，也就是说，恺撒的事情恺撒管，上帝的事情上帝管，但二元的统一始终是西方哲学的难题，到现在也没有解决，这也是西方哲学与人文分裂的主要原因，我们有待于未来，现在可以说一句预测性的话，中国文化可以说是把世界各个文化都扒拉了几个来回，目前中国文化前所未有的多元，这种文化如果能够得到我们在座的学者和未来优秀的学者的沉淀、挖掘、提纯，沉淀出来这种代表未来世界的生活方式必须得面临这几个基本的问题，如果这个问题解决以后，中国的文化乃是代表世界未来文化的发展的主要方向。（掌声）

听众：谢谢主持人，第一次听文学讲座，四位老师讲得很好，我不是学文学的，大学学数学，研究生读哲学，以后教法学，我是在佛山工作，今天上午专门来，下午是在深圳中大听一个经济学的高端论坛，我也不是搞经济的，我为什么今天来听这个呢？第一，题目很吸引我，因为文学是我的短板，我是来恶补的，今天补了一下，好像找到了一点感觉，四大名著过去没有看完，今天听了你们讲，我准备再读，但是听了你们讲，我有一个感觉，就是你们四位基本上都是从自己对四大名著的理解来谈中国人，而我要看四大名著，我觉得四大名著是什么？实际就是中国人所画的最长的四幅画，我要看四大名著不是看中国人，而是要看作者，你们刚才四位只有两位老师讲到了它的作者，我觉得四大名著应该回到名著，回到作者，而我要看四大名著，我看的是作者，而不是看我所看到的人，不知道我这么讲对不对？

王海鸿：给您答复，我们这个活动今年一整季都是讲四大名著，张霁老师讲了五讲《红楼梦》，张军老师讲的五讲《三国演义》，又参与了四讲的《水浒传》。

听众：我没听。

王海鸿：对，所以有一个语境。

听众：我就讲讲我的感觉，我可能从另外一个角度，我觉得讲四大名著，我还是那两句话，应该回到名著，回到作者，不知道我讲的对不对？

王海鸿：对，前面这些都是立足于名著，今天是最后一次总结，是在前面的基础上。

听众：我觉得今天这个标题更应该是四大名著四位作家的人文性格的合成可能更准确一点，不知道我理解的对不对？

王海鸿：您希望四位作家的合成，但是我们偏偏选了这个，对，这是一个想法不一样。挺好，没错。

张晓峰

你的意思强调从内理解，而现在讲的是四大名著溢出来的外在效益，跟你讲的不是同一个维度，因为前期，刚才海鸿老师也讲了，前期已经做了一些铺垫，所以今天如果再讲的话，可能内容有些重置了。最后一个问题。

听众：四位老师好，我是刘生，我想提的一个问题比较大一点，心、自由和幸福是一个大的课题，这三点我不知道是画等号还是不能画等号，但是它会直接影响到我的整个人生，包括家庭的幸福，还有以后我未来整个人生的规划，我想向四位请教一下。

张霁：这里面要提到的一个问题是文学的一个基本原理：文学作品一旦出来，其实既是作家的，同时它又不完全属于作家了。我们都知道，一千个读者有一千个哈姆雷特，每个人有他自己的视角和解读，以《红楼梦》为例，已经200多年了，研究红学的书籍已经汗牛充栋，基本上大家已经公认的差不多也就是那么几个方向。我们刚才讲的也不完全是我们个人的观点，只能说我们代表一部分人从这个作品里面读到的作品所能表现出来的东西，其实要想有一个跟别人都不一样的观点是很难的。

刚才那位朋友提到的问题，关于心、自由和幸福，我觉得这个其实可以归结为一个问题，这里面不敢说解答，但是我可以给一点借鉴。哲学家叔本华说，人一生是非常苦的，怎么个苦法呢？叔本华认为人的一生是由各种各样的欲望组成，基本上就只有两种状态，欲望没有满足的时候，是痛苦；满足了之后就是无聊。我们一想说，那这个世界我们怎么活？这没法活了。可是伟大的哲学家一定会给你办法的，他说能够让你从这种钟摆一样的痛苦和无聊之中摆脱出来的是什么呢？是艺术，是审美，是美本身。叔本华说人只有在审美的过程中是没有功利之心的，当你被一幅画、一首歌、一部文学作品所感动的时候，你是忘了自己的。然后，你跟着它流泪，跟着它体会了种种悲欢离合，从中感受到人类的丰富的情感，使你一个比较短暂的个体生命在短时间内仿佛经历了更广阔的人生。所以在这个意义上，在阅读过程中，虽然是你自己的感受，但又跳脱了你现实的所有的烦恼。然后叔本华说，这个过程虽然短暂，但这是唯一能够使你的心灵逃脱这种钟摆一样状态的一个路径。所以叔本华主张我们要过一种审美的人生，这种审美的人生有高高的目标在前面给你追求，能够让你摆脱人之为人的劳碌。所以我们生活中那么多的痛苦、那么多的奔波，其实不就是为了你心灵的那几个瞬间给你带来的那种幸福感吗？但不要贪心，这种幸福感不会贯穿你的一生，如果一生都是幸福感，没有对比也就没有幸福这事本身了。我觉得，以我自身的感受，瞬间的一些幸福感就足以支撑我快乐一生了，希望能够给你提供到一些借鉴吧。

张军：刚才第二位佛山的听众，你有自己的想法，但是我要给你提供一点信息，按照我们现代西方接受美学的观点来说，也是西方现代阐释学的观点，一部作品创作出来以后，就与作者没有关系了，后半部就是它和读者结合起来，经过读者的阅读和理解，才是真正地完成了这样一部作品。

张晓峰

往往我们经常看到的是电影发行完以后，有很多搞电影评论的人，电影评论其实跟电影本身无关，它是在这个方面从运用中发挥，但是作者有些时候也认同，刚才我讲的就是那个方法。我再举一个例子，比如社会契约论，人类起源其实跟社会契约论没有关系，但是卢梭把这个总结出来，还能解释过去的有些现象，而且大家还认，成为解释国家起源的一种学说，所以实然性是说本来长出来的东西，但是应然性包含着一个塑造的过程。最后的机会留给一个女士。

听众：几位老师好，我第一次听这个讲座，我想问一个问题，就是有人说古代没有剩女，我想知道为什么？好像都是说因为指腹为婚，因为从小就有了，没有得选择。我想几位老师对这个有什么看法？比如现代的剩女，可不可以结合我们古代有没有剩女的这个问题做一个解释？

王海鸿：我觉得你已经自己回答这个问题了，百分之百没有失业的，没有失业下岗的是什么社会？奴隶社会，没有下岗，没有失业这回事，没有剩女那就是说封建礼教高度压制人，女性根本没有自由的社会，就没有剩女这一说。再怎么样，女的无论如何都能嫁出去，上次是有一个日本人说的，一个优秀的女孩子，25岁了，嫁不出去，着急，26岁更着急，到了30岁以后还嫁不出去，那种不嫁的倔强油然而生，我自己一个人过得非常好，我为什么要嫁给人去？起码从这个角度来讲，剩女的出现是社会进步的标志。

张霁：我同意王老师的看法，这个社会其实还有很多剩男，我看过一组数据，日本截止到去年，50岁以上的成年男性，未婚（从来没结过婚）的高达五分之一到四分之一，50岁还不结婚，那基本上就是不想结婚了。想想这是很"恐怖"的一个数据了吧。接着说，为什么说是社会进步的表现呢？因为在以前，你根本没有不结婚的自由，不管你想不想结婚，不管你是同性恋还是异性恋抑或是无性恋，你都必须结婚，但是时代走到今天，我们在物质进步的同时，精神也比过去多了更多的自由，自我的选择在今天更大程度上被认可，人们可以选择单身，干吗非要去嫁人，对吧？这是时代进步的一个标志。如果你去观察"剩女"，你会发现情况是不一样的，有些人是恨嫁但真的嫁不出去，但是更多其实是条件很好的，只是这辈子就不想跟别人一起过，包括剩男也是一样，人家就是想追求自由，

那你为什么不让人家去追求呢？今天是一个相对来说比较开放的时代了。（掌声）

张晓峰

其实人有选择自己生活方式的自由，选择结不结婚，只要能够很好地处理自己未来的生活。但是我们很多的困扰是来自于世俗社会或者周围舆论压力，比如说父母逼我们，周围的人去问我们，好像你选择的生活跟其他人的生活是不一样的，所以这就是一个异化的概念，教育一直在强调自己跟别人不一样，但当你发现你自己跟别人不一样太多的时候，成异类的时候，这时候你会觉得自己不正常，而其实你很正常，但是你心暗示使你觉得你自己不正常，这个时候就开始出现问题了。一个真正的剩女是很自信的。但是毕竟来说，人类的生活很多都是到一定年龄就结婚，双方两性搭伴而生活是常态，选择不结婚的相对来说到后面可能面临着没人陪伴，也没有天伦之乐可以享受，加之老年人社会保障不够完善，有很多很多的连带问题会干扰你。同时，刚才两位老师说是社会进步的表现我也同意，但是我更多地希望你要能把你自己的心安顿得当，然后自信地告诉别人，这是我的事，与你们无关，如果你敢大声说的话，你就能做到爱干什么干什么。今天由于时间关系，这个活动到此为止，希望我们春节后跟大家以新的面孔或者新的方式会面，谢谢大家。（掌声）